东方文学概论

（修订本）

DONGFANG WENXUE GAILUN

何乃英　主编

中国出版集团
世界图书出版公司

图书在版编目（CIP）数据

东方文学概论/何乃英主编.—修订本.—广州：世界图书出版广东有限公司，2014.12
ISBN 978-7-5100-9099-8

Ⅰ.①东… Ⅱ.①何… Ⅲ.①文学史—东方国家 Ⅳ.①I109

中国版本图书馆CIP数据核字（2014）第284100号

东方文学概论（修订本）

策划编辑：刘正武
责任编辑：魏志华　熊长林
出版发行：世界图书出版广东有限公司
　　　　　　（广州市新港西路大江冲25号　邮编：510300）
电　　话：020-84451969　84459539
网　　址：http：//www.gdst.com.cn
经　　销：各地新华书店
印　　刷：广州市怡升印刷有限公司
版　　次：2014年12月第1版　2014年12月第1次印刷
开　　本：787mm×1092mm　1/16
字　　数：373千
印　　张：22.25
书　　号：ISBN 978-7-5100-9099-8/I·0335
定　　价：38.00元

版权所有　侵权必究
咨询、投稿：020-84460251　　gzlzw@126.com

序

在所谓"学科目录"中，我不知道东方文学是属于几级学科。反正东方文学的研究在中国起步较晚。如果我的记忆不错的话，只是到了解放以后，外国文学或世界文学的研究才正式出现在一些大学和师范学院中文系的课程表上，而其重点之一就是东方文学。这主要是出于政治上的考虑与需要，为了肃清"欧洲中心主义"这种殖民主义的思想残余，我们中国作为东方大国代表着东方国家和人民的利益——从本质上来讲也代表着全世界真正爱好和平的人民的利益——必须这样做，这是惟一的正道。

根据我个人的观察，最近几十年来，中国研究外国文学——其重点是东方文学——的学者们可以笼统分为两大部队：一支部队是以综合大学的外文系科中研究文学的教师，以及外语学院（现在有的已改为大学）从事文学研究的教师为中心组成的；一支部队是以师范院校以及没有外国语文系科的大学中文系教外国文学课的教师为中心组成的。部队虽有两支，用意却只有一条：大家都勤奋努力从事外国文学的研究，以满足我们国家在政治上和学术上的需要。

在几十年的长时间内，这两支队伍不但丝毫没有矛盾、没有敌意，而且是亲密无间、相互学习、相辅相成。有时候分开来开会，有时候在一起开会。等到全国性的中国外国文学学会一旦成立，两支队伍立即合为一支，都在这个全国性的学会中活动了。

又是根据我个人的观察，既然目标都是研究外国文学，两支队伍的共性是必然存在的，这为主。但是，倘若仔仔细细地向细微处探索一下，其间的差异性又不容置疑。第一支队伍的成员，都能精通某一种外语，对某一国的文学从原文来进行研究，因而了解得较深较实，这是其优点。但是，他们往往对文艺理论重视不够，汉语的表达能力也有时不能尽如人意，这是其不足之处。第二支队伍往往在文艺理论方面有较高的造诣，汉语表达水平也往往较高，这是其优点。但成员中往往有不能精通外语者，这样就只能靠翻译来做研究工作，这是其不足之处。

把两支队伍的优点和不足之处摆在一起，加以衡量，人们立即能想到：如果两支队伍互补互助，那不是两方面都能受到益处，两方面的水平都能提高了吗？事实上，在过去长时期的合作中，双方都已经这样做了。尽管双方的成员不一定都能意识到这一点，但在潜移默化中，他们已经做过，而且也取得成果了。

眼前的这一部有水平、有自己观点的《东方文学概论》就是最有说服力的证明。

现在已经是1998年，再过两三年，一个新的世纪和千纪就将降临人间，我们今天再强调研究东方文学，有什么特殊的意义和价值吗？至少有颇大的一部分人，包括我自己在内，认为是有的，而且对这个意义和价值的认识，较之几十年前东方文学研究初起步时，明确得多了，也深刻得多了。

要想说明这一点，话必得扯得远一点。我生性厌恶义理之学，我总觉得那玩意儿有点玄乎，公说公有理，婆说婆有理。今天这样说有理，明天那样说又有理，而且人皆自是其是，而非他人之是。无端引起纷争，什么问题也不能解决。我天资笨拙，适应不了这种圆融的大自在。可不知为什么，近年来我忽发"少年狂"，侈谈起本来属于义理范畴的东西文化异同问题来，而且愈谈劲头愈大，颇有点忘乎所以，沾沾自喜之概。呜呼！——这里用得上了"呜呼"——人心变幻真难预料啊！

我的一些想法，大都已写成文章，这里不必完全重复。我只讲最重要的一点，就是，我认为，西方文明辉煌了几百年以后，弊端或恶果日益显露。别的且不谈，只谈环境污染这一项，就让全世界的领导人大伤其脑筋，狂呼"环保"不已。我的结论是，在下一个世纪，在继续发展西方文化的基础上，在东西方文化继续融合的基础上，必以东方文化的核心"天人合一"的思想济西方文化"征服自然"的思想之穷。换言之，东方文化必将重现辉煌。

对于我这个看法，赞成者大有人在，反对者的队伍也颇雄威。这本是正常的现象，天下事无不如此，无所用其骇怪。将来究竟谁是谁非，一决定于广大的读者群众，二决定于历史发展的进程。现在争论，"可怜无补费精神"。即在研究外国文学的学者队伍中，"欧洲中心主义"的思想残余仍然健在，我们决不可以掉以轻心。还有人认为东方文学水平不高。对于这类的意见，我们一方面欢迎，另一方面又决不苟同。我们要让事实来讲话。

眼前的事实就是《东方文学概论》这样一部书。我们切盼普天下的反对者和拥护者都能"拨冗"来读上一读。这一定会大有好处的。谓余不信，姑一试之。

是为序。

季羡林
1998年11月17日

目 录

绪论　建立东方文学学科的依据和从事东方文学研究的意义 ································ 1

第一章　东方文学的历史地位 ·· 6
　　第一节　古代东方地区是世界文学的摇篮 ·· 6
　　第二节　中古东方文学光辉灿烂成绩卓著 ·· 14
　　第三节　近代东方文学发展不够充分但却放射异彩 ······································ 24
　　第四节　现代东方文学正在蓬勃发展前途无量 ·· 33

第二章　东方文学的基本特征 ·· 44
　　第一节　历史悠久源远流长 ·· 44
　　第二节　民族特色浓厚鲜明 ·· 47
　　第三节　道路漫长迂回曲折 ·· 54
　　第四节　民间文学繁荣兴旺 ·· 60
　　第五节　宗教影响既广且深 ·· 68

第三章　中国文化体系与东方文学 ·· 78
　　第一节　中国文化体系的形成和特质 ·· 78
　　第二节　中国文化体系对日本文学的影响 ·· 85
　　第三节　中国文化体系对朝鲜文学的影响 ·· 94
　　第四节　中国文化体系对越南文学的影响 ·· 100
　　第三节　中国文化体系对东方其他国家文学的影响 ···································· 107
　　第六节　中国文化体系对东方各国文学影响的比较研究 ···························· 115
　　第七节　中国文化体系与东方其他两大文化体系的关系 ···························· 123

第四章　印度文化体系与东方文学 ·· 134
　　第一节　印度文化体系的形成和特质 ·· 134
　　第二节　印度文化体系对南亚国家文学的影响 ·· 143
　　第三节　印度文化体系对东南亚国家文学的影响 ·· 153
　　第四节　印度文化体系对东方其他国家文学的影响 ···································· 167

1

第五节　印度文化体系对东方各国文学影响的比较研究……………172

第五章　阿拉伯—伊斯兰文化体系与东方文学……………………………179
　　第一节　阿拉伯—伊斯兰文化体系的形成和特质…………………179
　　第二节　阿拉伯—伊斯兰文化体系对波斯文学的影响……………190
　　第三节　阿拉伯—伊斯兰文化体系对南亚国家文学的影响………200
　　第四节　阿拉伯—伊斯兰文化体系对东方其他国家文学的影响…208
　　第五节　阿拉伯—伊斯兰文化体系对东方各国文学影响的比较研究……215

第六章　东西方文学的交流和影响…………………………………………220
　　第一节　古代东西方文学的交流和影响……………………………220
　　第二节　中古东西方文学的交流和影响……………………………228
　　第三节　近现代东西方文学的交流和影响（上）……………………240
　　第四节　近现代东西方文学的交流和影响（中）……………………246
　　第五节　近现代东西方文学的交流和影响（下）……………………255

第七章　我国东方文学研究史要……………………………………………267
　　第一节　起步阶段（1919～1949）……………………………………267
　　第二节　发展阶段（1949～1978）……………………………………280
　　第三节　繁荣阶段（1978～　　）……………………………………291

附录一　东方文学史大事年表………………………………………………310

附录二　中国出版的东方文学研究著作书目（1949～2014）……………329

附录三　本书主要参考书目…………………………………………………344

修订后记………………………………………………………………………346

绪论　建立东方文学学科的依据和从事东方文学研究的意义

从1919年"五四"运动算起，我国的东方文学研究工作已有近百年的历史；从1949年新中国成立算起，我国的东方文学研究工作也已有近70年的历史。在这个过程中，我们取得了可观的成绩，同时也积累了若干经验和教训。当此20世纪已经过去、21世纪已经来临之际，从理论上对东方文学本身以及东方文学研究工作中的许多重要问题加以概括和总结，以便提高我们的认识水平，今后更好地开展研究工作，是十分必要的。为此，我们决定编写这部《东方文学概论》。

建立东方文学学科的依据

东方文学是与西方文学相对而言的。我们习惯上称欧洲、北美洲、南美洲和大洋洲的文学为西方文学，而称亚洲和非洲的文学为东方文学。那么，为什么要将亚洲和非洲文学称为东方文学，并且将它作为世界文学中一个相对独立的组成部分，作为世界文学中一个相对独立的学科进行研究呢？要回答这个问题，必须从地理、历史、政治和文化体系等方面加以考察。

这里所谓的"东方"，首先当然是一个地理概念。也就是说，由于亚洲和非洲位于世界的东方，所以把亚洲和非洲文学叫做东方文学。但认真考虑一下便不难发现，这种说法其实并不很严密，并不很科学。因为世界的东方，自然应当是指地球的东半部，也就是东半球。可是按照严格的地理概念，东半球和西半球是以本初子午线（通过英国伦敦格林威治天文台原址的经线为零度经线，也称本初子午线）为界的，本初子午线以东的半球称东半球，以西的称西半球。依照这个标准来划分，亚洲无疑属于东半球，非洲的大部分无疑属于东半球，但连欧洲的大部分也应属于东半球，大洋洲也应属于东半球。非但如此，在制作地图时，为使非洲和欧洲完整，习惯上以西经20度和东经160度的经线圈划分东、西半球，这样一来不但亚洲和非洲属于东半球，连欧洲和大洋洲也都属于东半球,只有北美洲和南美洲才属于西半球。而且,即使不按照严格的地理概念,只是按照一般的说法,从经度来看,非洲也并不比欧洲偏东。由是可知,仅仅依据地理概念还不能把亚洲和非洲文学界定为东方文学,还得从其他方面考虑。

这里所谓的"东方",同时也是一个历史概念和政治概念,即同一定的历史时期和一定的政治形势有联系。事实上,"东方"一词的含义有一个演变过程。据季羡林先生在《简明东方文学史·绪论》中考证,在古代,我们中国人所说的东方,是以中国为中心,凡是在中国以东的就叫东方,凡是在中国以西的就叫西方。例如,日本在中国以东的海岛上,所以长期被称为"东瀛"("瀛"是大海的意思,"东瀛"指东方的大海,也指东方的日本);印度和阿拉伯等国在中国以西,所以历来有"西方"、"西洋"之类的称呼,在中国佛教徒的心目中,印度是西方极乐世界,明代作家吴承恩描写唐代高僧玄奘到印度取经的长篇小说名叫《西游记》,《明史》认定"婆罗"即"文莱"为东洋、西洋的分界处,明代探险家郑和之所以被说成下"西洋",是因为他的航海旅行已经越过"婆罗"即"文莱",达到了印度、阿拉伯国家以及非洲东部一带,随同郑和出使的人写了不少游记,其中有个名叫巩珍的人写的就叫《西洋番国志》。近代以来,由于西方殖民主义侵入东方,西方列强国家成为侵略者,东方国家,包括中国在内,成为被侵略者(日本或许可以算作是惟一的例外,它起初虽然也曾受到西方国家的侵略,但并没有沦为殖民地或半殖民地,而且还曾一度侵略其他亚洲国家),中国人的东方、西方观念才发生了彻底的变化。从这时起,人们开始把欧美国家称为西方国家,而把亚非国家称为东方国家了。这是因为欧美国家的确是在亚洲的西面,而非洲国家虽然也在亚洲的西面,但却与亚洲国家的命运大致相同,所以没有被列入西方的范畴。于是,所谓"西方",就自然而然地与"欧美资本主义国家"的概念联系在一起了;而所谓"东方",也就自然而然地与"被西方殖民主义国家侵略和压迫"的概念联系在一起了,与"殖民地、半殖民地和半封建国家"的概念联系在一起了。也正是在这个意义上,人们开始把亚洲文学和非洲文学放在一起加以考虑了。正因为如此,作为东方文学之组成部分的亚洲文学和非洲文学便不仅在地理上有一定的联系,而且在历史上和政治上有一定的共同性。这里所说的共同性,既包括它们都在近代以来的作品里表现出强烈的反殖民主义的思想感情,也包括它们都在近代以前的历史进程中走过大体相同的道路。

除此之外，我们在建立东方文学学科时，还考虑到了文化体系的问题。什么叫做文化体系呢？季羡林先生给它下了这样的定义：一个民族或若干民族的文化，延续时间很长，其间没有中断，影响比较大，基础比较统一和巩固，色彩比较鲜明，并能形成独立体系的，叫做文化体系。用这个标准来衡量，整个世界文化可以分为四个文化体系，即中国文化体系、印度文化体系、阿拉伯—伊斯兰文化体系和欧美文化体系。这四个文化体系都对世界文化和世界文学的发展产生了广泛而深刻的影响。其中，前三个文化体系都在亚非，主要影响的是亚洲和非洲的文学，也就是东方文学；后一个文化体系在欧美，主要影响的是欧洲、北美洲、南美洲和大洋洲的文学，也就是西方文学。从这一点来说，亚洲和非洲文学也有其共同性，这种共同性既表现在作品的内容上，也表现在作品的形式上。这是我们建立东方文学学科的另一个重要依据。

最后还应指出的是，我们之所以建立东方文学学科，归根结底是因为目前在世界各国（至少是绝大多数国家）研究世界文学（外国文学）的学术领域里，作为世界文学之一部分的西方文学早已构成一个完整的体系，并且大有以这个体系取代世界文学体系的态势；而作为世界文学之另一部分的东方文学却尚未构成完整的体系，至少尚未为许多人所承认。依笔者看来，随着世界各国文学的联系越来越紧密，世界文学的形成趋势越来越明显，如马克思和恩格斯在《共产党宣言》里所说的，随着人类历史的发展，如今国家和民族之间的闭塞状态已被打破，"各民族的精神产品成了公共的财产。民族的片面性和局限性日益成为不可能，于是由许多种民族的和地方的文学形成了一种世界的文学"[①]。我们的最终目标是要建立包括东西方文学在内的，并且给东西方文学以适当地位的世界文学史体系，而不是像现在这样以西方文学取代世界文学或以西方文学为主体而以东方文学为陪衬的世界文学史体系。为了实现这个最终目标，我们很有必要建立东方文学学科。

从事东方文学研究的意义

东方文学是世界文学不可或缺的组成部分，在世界文学发展史上占有重要地位，对世界文学的进步做出了巨大贡献。这是确凿无疑的事实。在古代，东方地区是世界文明的发源地，也是世界文学的发源地。在西亚的两河流域和北

[①] 《马克思恩格斯选集》，第1卷，人民出版社1995年版，第276页。

非的尼罗河流域，人类首先进入了文明社会，并创作了第一批文学作品。其后，西亚的伊朗高原、南亚的印度河流域、东亚的黄河流域以及西亚的巴勒斯坦地区也相继进入文明社会，创作文学作品。在中古，特别是在15世纪以前，东方人在文学上再创辉煌，独领风骚达数百年之久，当时的中国、印度、伊朗、阿拉伯以及日本等均可称为文学大国，在诗歌、小说、戏剧、散文等方面涌现出一系列名篇佳作，堪称当时世界文学的高峰。到了近代以后，虽然由于种种原因，东方文学不像西方文学那样引人注目，但仍然创作出为数不少的好作品，在世界文坛上显示出鲜明的特色。至于现代东方文学，则正随着东方各国人民的日益觉醒和东方各国经济的日益繁荣而蓬勃发展。展望21世纪，我们对于东方文学的未来充满信心，坚信它必将在今后的世界文坛上占有越来越重要的地位。一言以蔽之，自古以来东方人在文学方面的成就是有目共睹的，不能一笔抹煞的（关于这个问题，本书将在第一章里详细论述）。既然如此，我们要研究世界文学，当然就需要研究作为世界文学之一部分的东方文学。

非但如此，研究东方文学还对研究整个世界文学具有重要意义。既然世界文学是由东方文学和西方文学两个部分共同组成的，那么单纯地研究西方文学自然就不能达到全面地、深入地研究世界文学的目的，这是显而易见的事实。人们不难理解，只有既研究东方文学，又研究西方文学，并将二者加以比较对照，才能真正认识世界文学的整体面貌，才能充分揭示世界文学的发展规律，才能深入理解世界文学的本质问题。举例来说，如果不研究古代的东方文学，就会人为地把世界文学的开端推迟数千年，以为世界文学史始于古希腊文学；如果不研究东方的三大文化体系，就无法全面认识世界四大文化体系互相交流和互相影响以推动世界文学前进的规律；等等。甚至于可以说，仅仅研究西方文学，那就不但不能达到深入研究世界文学的目的，而且不能达到深入研究西方文学的目的。譬如，如果不研究属于东方文化和文学范畴的希伯来文化和文学（主要集中在《圣经》里），就无法全面说明作为西方近现代文化和文学的两个源流（即所谓"二希"，一个是古希腊文化和文学，一个是古希伯来文化和文学），因而也就无法深入领会许许多多的西方文学作品；如果不研究印度的《五卷书》、阿拉伯的《卡里来和笛木乃》等作品，就很难解释西方许多故事（如薄伽丘的《十日谈》、乔叟的《坎特伯雷故事》和拉·封丹的《寓言诗》等）的来源；如果不把东方文学和西方文学加以比较，而是只在西方文学的内部比较来比较去，那就无论如何也得不出关于什么是西方文学特征的正确结论来；等等。

然而，由于历史上形成的诸多原因，由于"欧洲中心论"的恶劣影响，上述事实至今仍然没有为许多人所接受。所谓"欧洲中心论"，是某些西方人凭空制造的理论。在他们看来，欧洲（和美洲）是世界的中心，欧洲（和美洲）文化是世界文化的中心，甚至就是世界文化的全部；欧洲（和美洲）文学是世界文学的中心，甚至就是世界文学的全部。因此，他们所写的世界历史是以欧洲（和美洲）为中心的历史，甚至就是欧洲（和美洲）的历史；他们所写的世界文化史是以欧洲（和美洲）为中心的文化史，甚至就是欧洲（和美洲）的文化史；他们所写的世界文学史是以欧洲（和美洲）为中心的文学史，甚至就是欧洲（和美洲）的文学史。这是不符合事实的，是他们不可一世的态度的表现。但不幸的是，这种理论的流毒甚广甚深，不仅影响到西方很多人，而且影响到东方一些人。再加上我们一向对东方文学作品的翻译、出版、介绍和研究较少，近年来虽然有所改进，但是仍然远远不够，所以人们对东方文学的了解很少。由此可见，我们必须彻底批判"欧洲中心论"，大量翻译出版东方文学作品，广泛介绍东方文学，深入研究东方文学。

此外，我们还应当注意这样一个事实：我国是一个东方国家，而且是一个东方大国；我国文学属于东方文学的一个部分，而且是一个重要的部分。如果我们忽视、压低或否定了东方文学，那实际上也就等于忽视、压低或否定了我们自己的文学。因为"欧洲中心论"者不仅忽视、压低和否定东方其他国家的文学，同时也忽视、压低和否定我们中国的文学。因此，我们可以说，下大力气翻译、出版、介绍和研究东方文学，乃是我国文化工作者不可推卸的责任和当仁不让的义务。不言而喻，我们重视东方文学，决不是盲目地、片面地夸大东方文学的成就和抬高东方文学的地位，决不是从一个极端跳到另一个极端，从"欧洲中心论"或"西方中心论"跳到"亚洲中心论"或"东方中心论"，而是尊重事实，尊重科学，本着实事求是的态度，还事物以本来的面目，准确地评价东方文学的成就，适当地肯定东方文学的地位。

第一章　东方文学的历史地位

关于东方文学在世界文学史上的地位，本章拟从历史发展的角度，分为古代、中古、近代和现代四个时期加以论述。

第一节　古代东方地区是世界文学的摇篮

据大量考古资料和历史记载证明，西亚的两河流域和北非的尼罗河流域是人类首先摆脱蒙昧状态、进入文明社会的地区。大约从公元前4800年左右起，苏美尔人便已住在亚洲西南部的幼发拉底河和底格里斯河流域（即美索不达米亚平原），并且创造了欧贝德文化。到公元前3500年至前3100年的乌鲁克文化时期，各地开始出现若干小型城市，城中有较大规模的神庙，并有文字和印章，这是初期文明的表现。有的学者认为，在随后的杰姆代特奈斯尔文化时期（前3100～前2900）已经形成城邦国家。公元前2900年以后为苏美尔早王朝时期，也就是奴隶制城邦的繁荣时代。公元前2371年，苏美尔早王朝为阿卡德人所建立的阿卡德王国所取代。此后则有古巴比伦、亚述和新巴比伦等王国相继在这块土地上诞生。大约与此同时，非洲东北部的尼罗河流域形成了人类生活的另一个聚集地。人们在这里先后创造了拜达里文化、阿姆拉文化和格尔塞文化，而格尔塞文化（约前3500～前3100）则是当地进入文明时代的标志，因为这时业已产生贵族与平民、奴隶主与奴隶的阶级区分，有些地方已经发展成为城市公社性质的小型城邦。其后，传说美尼斯于公元前3100年左右统一上埃及和下埃及，成为有史以来的第一位埃及国王，埃及从此进入早王朝时代（约前3100～前2686）；而到了古王国时代（约前2686～前2181），埃及则实现了真正的统一，建立了奴隶制国家，确立了君主独裁的专制制度。

继西亚的两河流域和北非的尼罗河流域之后，西亚的伊朗高原、南亚的印度河流域、东亚的黄河流域以及西亚的巴勒斯坦地区也接连进入文明社会。在伊朗高原的西南部，早期居民为埃兰人，他们于公元前2700年左右步入阶级社会，逐渐形成阿万、西马什、安善、苏萨等奴隶制城邦，其中以阿万最为强大。公元前2300年，阿万国王建立统一的埃兰王国。此后，米底人和波斯人从中亚移居伊朗，并着手建立奴隶制城邦和奴隶制帝国。印度最古老的文化当属印度河流域文化和恒河流域文化。印度河流域文化约产生于公元前2350年至前1750年之间，当时人们已经使用了铜器，发明了文字，并且建成了相当规模的城市，这可能是印度最早的奴隶制城邦。恒河流域文化约产生于公元前1800年至前600年之间，即吠陀时代文化。中国的远古文化可以上溯到公元前2000年以前。早在公元前1400年商代成立之前的传说时代（即黄帝、尧、舜时代），便已创造了光辉的文明，并渐次由原始社会向奴隶社会过渡。中国奴隶社会始于夏代（相传夏代传世四百多年），王位由"禅让"改为"世袭"是我国奴隶制国家正式形成的标志。巴勒斯坦地区的早期居民是迦南人，公元前1900年和公元前1210年左右，希伯来人（又称以色列人）先后两次迁徙到此，终于在此定居。经过一番较量，他们于1030年建立起以色列联合王国，该国实行贵族政治和君主专制，将居民分为贵族、平民、奴隶和奴婢等若干阶层。

而欧洲文明的发祥地——古希腊文化的起源大约可以从公元前2000年左右算起，据说希腊人这时曾在克里特岛创立了克里特文明。此后他们迁到希腊半岛定居，并在这里建立迈锡尼等小国，形成了迈锡尼文明。但到公元前1200年以后，迈锡尼文明衰落，希腊半岛又重新回到了原始社会末期。其后经过几百年，从公元前8世纪起，希腊半岛和附近诸岛再度组成一些城邦式国家，成为希腊文明的正式开端。

以上便是巴比伦（含苏美尔、阿卡德等）、埃及、伊朗、印度、中国、希伯来、希腊等文明古国和文学古国产生的大致顺序。从这个简要说明中，我们不难看出，在人类从原始社会进入到奴隶社会的过程中，东方人是走在前列的。

在古代东方人率先进入到奴隶社会的同时，他们也率先创造了一批文化财富，使东方地区成为世界文化最早的发祥地。如在文字方面，苏美尔人和埃及人造出了人类社会最初的文字，前者称为"楔形文字"，后者称为"圣书体"。楔形文字的雏形——一种象征符号式的文字早在公元前3000年以前就已产生，而楔形文字则最终形成于公元前2500年前后，是人类最古老的文字系统。据说楔形文字是用削尖的芦苇杆做笔刻画在泥板上的，笔道颇像木楔，因而得名。这种文字其后曾供阿卡德人、巴比伦人和亚述人长期使用。圣书体又称象形体，也形成于公元前3000年以前，之后逐渐演变为僧书体和民俗体。在苏美尔人和埃及人之后，生活在地中海东岸地区的腓尼基人觉得楔形文字过于复杂，于是另行创立由22个辅音字母组成的文字系统。这种文字后来直接影响到古希腊字母，又由古希腊字母派生出拉丁字母和斯拉夫字母。另外，印度人和中国人也分别于公元前2000年前后创立了自己的文字系统。在数学方面，埃及人和中国人分别测算出了圆周率，结果颇为接近。在天文方面，中国人早已提出了"二十八宿"的说法，据说印度人和伊朗人也有类似的观点。在历法方面，埃及人早在公元前2781年便创立了太阳历，这种历法后来经过改造，成为现在世界各国通用的公历。在建筑方面，埃及规模庞大的金字塔成为古代世界建筑事业的奇观。诸如此类，不一而足。

　　古代东方地区既是世界文化最早的发祥地，也是世界文学最早的发祥地。埃及文学和巴比伦文学堪称世界上最古老的文学。埃及文学的形式是多种多样的，有神话、诗歌、故事、传记、旅行记、箴言和戏剧等，其中以神话、故事、诗歌和《亡灵书》的文学价值最高。埃及神话很丰富，代表作是关于奥西里斯与伊希斯的神话。埃及故事也有不少流传下来，《能说会道的农夫的故事》《遭难水手的故事》等各具特色。埃及诗歌形式多样，有劳动歌谣、爱情诗歌、颂神诗歌等。而最能代表埃及文学成就的则是《亡灵书》。这部作品共计140章，是供人们死后的亡灵在下界旅行时作为指南书和备忘录用的（当时的埃及人认为，人生不限于现实世界，人们死去之后的亡灵还要经历一段下界生活，经过种种考验，只有合格的才能重新返回上界，获得再生的机会），包括符录、祷词、颂歌、挽歌、神话、宗教仪礼文等多种文体，具有古代埃及文学汇编的性质，可以说是世界上最早编辑的诗文集。据考证，收入该书最早的作品大约创作于公元前3000年左右，全书大约形成于公元前1600年至前1100年之间。巴比伦文学（含苏美尔、阿卡德文学）所包容的范围极广，但这里所说的巴比伦文学主要是指公元前19世纪至前16世纪古巴比伦王国时期写在泥板上的作品。它的体裁也有很多，如神话、寓言、故事、歌谣、祷词、箴言、史诗等，其中以神话和史诗成就最高。在神话方面，最有代表性的作品是《埃努玛·埃立什》，它被认为是世界上最古老的创世神话（其中涉及到神灵的诞生、天地的开辟、人类的创造等内容），据说在公元前15世纪至前14世纪时已经定型。由于全部刻印在七块泥板上，所以又称为《七块创世泥板》。在史诗方面，《吉尔伽美什》无疑是巴比伦文学中最有影响的作品。这部史诗的内容早已在人们口头流传，最后编辑成书大约是在公元前1500年左右，比希腊荷马的两部史诗《伊利昂纪》和《奥德修纪》要早600年到700年，被公认为人类创作的第一部史诗。该诗共计3000余行，刻在12块大泥板上，主要描述吉尔伽美什的英雄故事，他杀死妖怪洪巴巴和天牛，他四处探求人类永生的方法等等。其中心思想是反映人类与自然的矛盾，表现人类企图战胜自然灾害和死亡威胁的愿望，具有浓郁的浪漫色彩和深邃的哲理性质。

印度文学和中国文学的产生虽晚于埃及文学和巴比伦文学，但却先于世界其他国家和地区。印度现存的最古文献是四部吠陀本集，即《梨俱吠陀本集》、《娑摩吠陀本集》、《夜柔吠陀本集》和《阿达婆吠陀本集》，约成书于公元前1500年至前1000年之间。其中最古老的是《梨俱吠陀本集》。"梨俱"是诗节的意思，"吠陀"是知识的意思。全书分为10卷，共有1028首诗，共计10589节，主要表现人们对于种种自然现象（如天、地、日、月、风、雨、山脉、河流、动物、植物等）和社会生活（如集会、畜牧、农耕、酿酒、恋爱、婚姻、赌博、偷盗等）的态度，对于天上、空中和地上诸神的崇拜、赞美和祈求。《娑摩吠陀本集》共有1875节诗。"娑摩"是曲调的意思，所以《娑摩吠陀本集》实际上是一部曲调集。"夜柔"是祭祀的意思，《夜柔吠陀本集》包括祷词和祭祀仪式等内容。《阿达婆吠陀本集》分为20卷，共有731首诗，共计5975节。"阿达婆"是祭司或巫师的意思，其中的诗歌大都具有巫术的性质，所表达的是当时的印度人力图控制自然和社会的强烈愿望（如驱邪治病的、祈求幸福的等）。这四部吠陀本集主要采用诗体，可以说是世界上最早编成的大规模的诗集。中国文学的起源可上溯到公元前2100年以前，一批原始的神话传说已在这时产生并在口头流传。之后随着文字的萌芽（大汶口文化晚期），到公元前14世纪至前11世纪左右，标志着上古散文之发端的《尚书》的《盘庚》(3篇)便产生了。到了公元前11世纪至前771年的西周时期，卜筮之官依据旧有筮辞编纂成《周易》中《经》的"卦爻辞"，与此同时四言诗兴起并出现繁荣局面，中国的第一部诗歌总集——《诗经》中的许多作品就应运而生了，而《诗经》的编定则大约是在公元前544年前后。

此外，伊朗文学和希伯来文学的历史也很古老。据说伊朗的上古宗教——琐罗亚斯德教的创始人扎尔多什特可能生活于公元前10世纪或者更早一些，而琐罗亚斯德教经典《阿维斯塔》的第一部分《亚斯纳》中的"卡特"乃是扎尔多什特本人所写的诗歌。《阿维斯塔》其实不仅是宗教经典，而且也是一部文化典籍和文学典籍，其中保存了许多伊朗最古老的神话、传说、诗歌和散文。希伯来文学的形成和发展历史大致可以分为三个时期：第一个时期从公元前13世纪至前11世纪，为建国前的文学，主要体裁有神话、传说、故事和歌谣等。

第二个时期从公元前10世纪至前6世纪，为建国后的文学，主要体裁有故事、抒情诗和预言等。第三个时期从公元前6世纪至前2世纪，为亡国后的文学，主要体裁有哀歌、颂神诗、小说和戏剧等。这些文学作品后来分别编入《旧约》、《次经》、《伪经》和《死海古卷》里，其中以《旧约》价值最高，影响最大。《旧约》共有39卷，包括经律书、历史书、先知书和诗文集4部分。它的成书与犹太教的确立是密切相关的。犹太教是希伯来人的民族宗教，崇拜上帝耶和华，于公元前586年"巴比伦之囚"时期形成。与此同时，他们着手编辑民族文化遗产，作为宗教经典；到公元前2世纪大功告成，称为《圣经》，也就是基督教所说的《旧约》。

以上是东方古代几个文明国家文学产生的大致情况，而作为欧洲文学之源头的古代希腊文学则是从公元前9世纪至前8世纪流传下来的荷马的两部史诗——《伊利昂纪》和《奥德修纪》开始的。由此不难看出，古代东方文学的历史更为悠久。

古代东方文学不但历史悠久，而且材料丰富，数量极多。这自然与古代东方文学产生的"多源性"有关系。如果说古代西方文学只有希腊和罗马这两个互相联系的源头的话，那么古代东方文学却有好几个源头，它们基本上是在本国和本地区的土壤上独立产生并发展起来的，只是到了后来才出现了相互之间的交流和影响。如上所述，在古代东方地区，埃及文学、巴比伦文学、印度文学、中国文学、伊朗文学和希伯来文学都获得了丰硕的成果，其总量远远超过欧洲的希腊文学和罗马文学。这里我们仅以印度文学为例便不难说明东方文学的丰富性。

就单个国家而论，在世界古代文学史上，印度文学作品的数量恐怕是首屈一指的。首先是卷帙浩繁的吠陀文献。四部吠陀本集已如上述，其规模已经相当可观。继之，又在公元前1000年至前600年编成了各种梵书、森林书和奥义书等散文作品。梵书现有十几种，其主要内容是介绍各种祭祀仪式，说明它们的起源和意义，解释各种吠陀颂诗的用法，其中含有若干神话和传说，有的叙述颇为具体，描述颇为生动，不乏文学价值。森林书本来是梵书的结尾部分，或者包含在梵书之中，或者作为梵书的附录，同时又具有一定的独立性。森林书现有8种，其主要内容是探索祭祀的意义，特别是祭祀的内在的和精神的意义。奥义书本来是梵书和森林书的组成部分，或者包含在梵书和森林书之中，或者作为梵书和森林书的附录，同时也具有一定的独立性。奥义书的数量极多，仅一般公认的主要奥义书就有13种，其基本内容是研讨关于世界和人生的哲理问题，主张泛神论和泛爱论，含有若干文学色彩。

其次是两部史诗——《摩诃婆罗多》和《罗摩衍那》。"摩诃婆罗多"的意思是"伟大的婆罗多族的故事"，全书约有10万颂，据说相当于希腊两部史诗总和的8倍，被认为是古代世界文学史上篇幅最长的史诗。这部作品约成型于公元前4世纪至公元4世纪之间，共分为18篇，以古代印度列强争战时代为背景，叙述婆罗多族的两支后裔——俱卢族和般度族争夺王位的18天大战。其基本思想倾向是：在战争问题上，同情代表正义的般度族，谴责代表非正义的俱卢族；在政治体制上，反对长期分裂割据，要求实行统一联合；在君主选择上，排斥残暴的君主，拥护贤明的君主。这在当时具有一定进步意义。"罗摩衍那"的意思是"罗摩的游行"或者"罗摩传"，全书约有2.4万颂，据说相当于希腊两部史诗总和的2倍，也被认为是古代世界文学史上篇幅最长的史诗之一。这部作品约成型于公元前4世纪至前2世纪之间，共分为7篇，以男女主人公罗摩和悉多悲欢离合的故事为主要线索，反映古代印度社会的宫廷矛盾和列国矛盾。其基本思想倾向是：在王位继承上，主张长子继位，提倡兄弟互让；在战争问题上，支持自卫的一方，反对侵略的一方；在夫妻关系上，承认夫权至上，肯定一夫一妻。

第三是规模庞大的佛教文献。佛教创始人释迦牟尼约生活于公元前563年至前483年之间。在他去世之后，佛教徒曾于公元前5世纪至前3世纪举行过3次结集，主要内容是汇集和研讨佛陀释迦牟尼关于佛教教义和戒律的言论，构成后世流传的佛经的基础。佛经分为经、律、论三藏，经藏是佛陀本人所说的教义；律藏是佛陀为教徒制定的规则及其解释；论藏是对经藏、律藏中的各种理论的解释和研究。目前佛经有巴利语系、汉语系和藏语系3大系统。兹以巴利语系的三藏为例。巴利语系佛经流传于今斯里兰卡、缅甸、柬埔寨、老挝、印度、泰国和我国云南部分地区，属于上座部佛教经典。在巴利语三藏中，以经藏《小尼迦耶》的文学色彩最为浓厚。《小尼迦耶》共有15部经，其中又以《法句经》、《上座僧伽他》、《上座尼伽他》和《佛本生故事》的文学价值最高。《法句经》是格言诗集，共计423首，运用生动的语言和形象的比喻讲述人生的哲理。《上座僧伽他》是比丘写的诗歌，共计107首，《上座尼伽他》是比丘尼写的诗歌，共计73首，分别表现比丘和比丘尼的宗教生活和宗教感情，包含若干感人的故事和动人的描写。《佛本生故事》是一部大规模的故事集，共计547

个故事，记述佛陀前生的经历，即他成佛之前的经历，其中包括许许多多长期在印度民间流传的故事。除了佛教经典本身以外，属于佛教文学系列的还有作家的创作，而在这个领域则首推诗人和剧作家马鸣。马鸣约生活于公元一二世纪，写了两部叙事诗和三部剧本。两部叙事诗是《佛所行赞》和《美难陀传》，前者描述佛陀的生平活动，后者叙述佛陀度化难陀的经过，语言简明，韵律优美，堪称佳作。他的剧本虽已残缺不全，但从残存的部分仍可看出当时印度的戏剧业已达到成熟阶段。

第四是丰富多彩的古典梵语文学和泰米尔语文学。所谓古典梵语是指在两大史诗使用的通俗梵语的基础上，经过语法学家规范化的梵语。古典梵语文学的前期，约从公元3世纪至5世纪。这时印度北部和中部的一部分曾一度为笈多王朝所统一，从而形成了古典梵语文学的黄金时代。当时正是文学作品与宗教文献逐渐分离的时期，是抒情诗、叙事诗、戏剧、故事和小说等纯文学形式产生的时期，也是印度古代文学进一步提高和成熟的时期。尽管不少材料已经丧失，可是保存至今的作品仍然相当可观，限于篇幅，这里只能列举一下名字。在戏剧方面，如跋娑（约2世纪至3世纪间）一生写了13部剧本，其代表作是《惊梦记》，他的剧本标志着古典梵语戏剧的早期水平；首陀罗迦（约3世纪）的《小泥车》被誉为古典梵语名剧之一，另外还有两部剧本也被认为是他的作品。在故事方面，只要举出《五卷书》和《伟大的故事》就足以说明问题了，这两部故事集都编定于公元6世纪以前，前者通过其译本《卡里来和笛木乃》周游世界，对世界许多国家的故事产生了影响，后者则是印度规模最大的故事集，据说共有10万颂。不过，真正代表这个时期古典梵语文学最高水平的还不是这些作品，而是诗人和剧作家迦梨陀娑的创作。迦梨陀娑约生活于公元4世纪至5世纪之间，一般认为确实属于他的作品有5部：《鸠摩罗出世》、《罗怙世系》、《云使》、《优哩婆湿》和《沙恭达罗》。其中《鸠摩罗出世》和《罗怙世系》是叙事诗，被认为是古典梵语叙事诗的范本；《云使》是抒情诗，被视为古典梵语抒情诗的样板；而《优哩婆湿》和《沙恭达罗》，特别是《沙恭达罗》，则被誉为古典梵语戏剧的典范。此外，由于古典梵语文学创作得到蓬勃发展，对于古典梵语文学进行理论总结的著作也应运而生，婆罗多的《舞论》（定型于公元4世纪至5世纪）堪称这方面的代表。泰米尔语是印度南部泰米尔族人使用的语言，也是多种印度语言中历史最悠久、生命力最强大的语言之一。这个时期用泰米尔语写出的作品主要有《八卷诗集》（1世纪至2世纪）、《十卷长歌》（1世纪至2世纪)和瓦鲁瓦尔的《古拉尔箴言》(1世纪至2世纪)。

古代东方文学不但在数量上大大超过古代西方文学,而且在质量上也足以与西方文学媲美。试就古代文学创作的几种主要体裁加以比较。在神话方面,希腊神话是丰富多彩的;但印度神话在瑰丽的想象和神奇的色调上决不逊色,希伯来神话在体系的完整和描绘的细致上显示特长。在史诗方面,希腊两大史诗《伊利昂纪》和《奥德修纪》是值得称道的;但印度两大史诗《摩诃婆罗多》和《罗摩衍那》也同样值得赞美,尤其是后者,不仅内容完整,故事集中,并且在艺术表现上达到了相当高的水准,如人物刻画生动形象、有血有肉,景物描写多姿多彩、有声有色,语言修饰美而不怪、恰如其分等。在诗歌方面,罗马有优秀诗人维吉尔、贺拉斯和奥维德的名字传于后世;但印度伟大诗人迦梨陀娑和我国伟大诗人屈原的成就也决不稍逊一等。在散文方面,希腊希罗多德、苏格拉底和狄摩西尼的作品以及罗马西塞罗的作品历来为人推崇;但我国以孔子、墨子、孟子、庄子和韩非子等人为代表的散文作品同样光辉灿烂。在故事方面,希腊的《伊索寓言》传遍世界,脍炙人口;但印度的《五卷书》也不胫而走,经久不衰。在文学理论方面,希腊亚里士多德的《诗学》享誉全球;但印度婆罗多的《舞论》也可与之比肩,只不过后者传播得不那么远。在戏剧方面,希腊以三大悲剧诗人埃斯库罗斯、索福克勒斯、欧里庇得斯和喜剧诗人阿里斯托芬的创作而自豪;但印度也以迦梨陀娑的创作为荣耀,后者非但受到印度人的热烈欢迎,同时也得到欧洲人的广泛好评,德国诗人歌德和席勒更是对迦梨陀娑的《沙恭达罗》赞不绝口,甚至将其推崇到了无以复加的地步。歌德曾经写过几首诗赞美它,其中一首是这样的:

春华瑰丽,
亦扬其芬;
秋实盈衍,
亦蕴其珍。
悠悠天隅,
恢恢地轮,
彼美一人:
沙恭达纶。①

---

① 苏曼殊译文。转引自[印]迦梨陀娑:《沙恭达罗》,季羡林译,人民文学出版社1980年版,第18~19页。

他还曾写信给法国梵语学者、《沙恭达罗》梵语原本的编校者谢举,极口称赞《沙恭达罗》。据说他的名作《浮士德》中的"天上序幕",便是受了《沙恭达罗》的影响而创作的。席勒则在给威廉·封·宏保特的一封信里写道:"在古代希腊,竟没有一部书能够在美妙的女性温柔方面,或者在美妙的爱情方面与《沙恭达罗》相比于万一。"①

最后应当指出,由于古代东方文学产生较早,所以古代东方文学对西方文学的影响大于古代西方文学对东方文学的影响。关于这方面的情况,本书将在第六章里详细论述。

综上所述,古代东方文学的历史悠久,材料丰富,质量高,影响大,因而在古代世界文学史上占有极其重要的地位。我们完全可以说,古代东方人在文学创作方面所取得的成就是相当突出的,他们对古代世界文学的发展所做出的贡献是极其重大的。

第二节　中古东方文学光辉灿烂成绩卓著

中古东方文学大致上可以15世纪为界分为前后两个时期,前期相当于欧洲的中世纪文学时期,后期相当于欧洲的文艺复兴至19世纪中期文学时期。

当人类的历史从古代进入到中古时代,即封建社会时,东方的一些先进国家仍然走在世界各国的前列。就进入封建社会的时间而言,我国建立封建社会的时间可能是最早的。尽管历史学者对于我国究竟在何时进入封建社会持有不同看法,如有人认为从战国时期(前475)算起,有人认为从秦王朝统一中国(前221)算起,还有人认为从汉王朝建立(前202)算起等;但无论哪种看法,我国进入封建社会的时间均较世界其他地区为早。东方其他一些较为先进的国家也在公元六七世纪以前陆续进入了封建社会。例如:一般认为存在于公元320年至540年之间的笈多王朝是统一印度的第一个封建王朝,其首都在华氏城(今巴特那),其疆域包括印度北部、中部以及西部的一部分,而其统治时期则被认为是印度中古的黄金时代;阿拉伯进入封建社会是与伊斯兰教的创建分不开的,公元610年穆罕默德利用阿拉伯半岛各部落要求改善社会经济和实现政治统一的愿望,在麦加建立伊斯兰教,其后经过22年的奋斗,终于在他去世时(632)建成了一个统一的、政教合一的阿拉伯国家;伊朗的封建社会始

---

① 苏曼殊译文。转引自[印]迦梨陀娑:《沙恭达罗》,季羡林译,人民文学出版社1980年版,第19页。

于公元651年阿拉伯人推翻萨珊王朝并占领伊朗之时，从这时起伊朗由独立的帝国沦为阿拉伯帝国的一个行省，伊朗人放弃琐罗亚斯德教而改信伊斯兰教，伊朗文化和文学也与阿拉伯文化和文学互相吸收，彼此融合；日本于公元646年发生一场社会政治变革运动——大化改新，决定削弱旧贵族的势力，加强以天皇为首的中央政权的力量，从而促进了国家的统一，成为日本进入封建社会的起点。而欧洲的封建时代一般是从公元476年西罗马帝国灭亡算起，各个国家真正进入封建社会则是在这之后若干世纪的事。总之，东方有的国家（如我国和印度）进入封建社会的时间早于欧洲国家，东方其他一些国家（如阿拉伯、伊朗和日本）进入封建社会的时间也不比欧洲国家晚。

在中古时代的前期，东方各国人民显示了自己的聪明才智，创造了大量的文化财富和文学财富；而同一时期的欧洲国家却由于受到封建统治者和基督教教会严格束缚以及其他种种原因，未能在文化和文学方面取得特别突出的成绩。

在文化方面，正如恩格斯所指出的那样："阿拉伯人留传下十进位制、代数学的发端、现代的数学和炼金术；基督教的中世纪什么也没留下。"[①]这时东方一些先进国家，如中国、印度、伊朗和阿拉伯等国的发展水平超出于欧洲国家。举例来说：中国人有众所周知的四大发明，即造纸术、印刷术、指南针和火药，它们通过丝绸之路等途径传到欧洲，促进了欧洲文化的发展。印度人创造了零的符号和十进位法，阿拉伯人加以改进和推广，将它们传给欧洲人，取代了欧洲原有的比较繁琐的罗马数字，这种被称为阿拉伯数字的符号直接推动了现代数学的产生。伊朗医学家伊本·西拿（又译阿维森纳，公元980年至1037）总结了伊朗、阿拉伯以及希腊的医学理论，记录了自己的大量医案，写出了医学名著《医典》，该书早在12世纪便被译成拉丁文，至17世纪时已经翻印15版，在欧洲被视为医学指南，支配当地医术达700年之久。阿拉伯文化也在这时得到蓬勃发展，阿拉伯人一面广泛吸收古代东西方许多文明国家（如埃及、巴比伦、伊朗、印度、希腊和罗马等）的文化，一面进行大规模的研究工作，在数学、医学、化学、地理学、天文学、哲学和历史学等领域取得了丰硕的成果。在数学领域，他们对代数学、几何学和三角学的研究成绩历来为人称道，数学家穆罕默德·伊本·穆沙的《代数学》把代数知识发展成为一门独立学科，并被欧洲许多国家的大学用作代数学教科书。在医学领域，医学家拉齐的

[①] 《马克思恩格斯选集》，第3卷，人民出版社1972年版，第447页。

《秘典》是欧洲各大学医学课的主要教材之一。在化学领域，化学家贾比尔·伊本·哈扬的著作曾经统治欧洲化学界上千年。在地理学领域，地理学家伊德里西的《世界地理志》是欧洲各大学地理课的主要教材之一。在天文学领域，天文学家巴塔尼和阿布·比鲁尼的研究成果引人注目，阿拉伯人创造的天文仪器长期为欧洲人所利用，他们记录的星宿名称至今仍被世界各国采用。在哲学领域，肯迪和法拉比等哲学家将希腊哲学与伊斯兰教神学观念融合起来，使伊斯兰教的正统思想中渗入科学的因素。在历史学领域，以记载穆罕默德及其弟子的业绩为发端，之后陆续出现若干编年史、通史和人物传记的名著，如塔巴里的《历代先知和帝王史》、麦斯欧迪的《黄金草原》和伊本·阿西尔的《全史》等。由于阿拉伯地处亚、欧、非三大洲的交汇处，所以阿拉伯文化的兴起对于三大洲文化的发展和相互交流都有深远的影响；其中欧洲所受影响最大，即一方面希腊的古代名著被译为阿拉伯文，使之得以保存下来，另一方面东方各国的先进文化通过阿拉伯传入欧洲，促进了欧洲文化的进步。

在文学方面，尽管这时欧洲的中世纪文学也取得了一定的成果，如《贝奥武甫》、《罗兰之歌》、《熙德之歌》、《尼卜龙根之歌》和《伊戈尔远征记》等英雄史诗，《列那狐》和《巴特兰律师的笑剧》等城市文学；但是除了被恩格斯誉为中世纪最后一位诗人，同时又是新时代最初一位诗人的意大利诗人但丁特别出类拔萃之外，总体水平并不很高，不能与同时代的东方文学抗衡。这时的东方文学在古代文学的坚实基础上进一步向前发展，涌现出不少优秀的作家，创作出不少不朽的作品，呈现出一派欣欣向荣的景象，可以当之无愧地被称为当时世界文学的高峰。

我国文学的成就是人所共知的。在这个时期，我国出现了司马迁（前145？～前87？）、陶渊明（365～427）、李白（701～762）、杜甫（712～770）、韩愈（768～824）、白居易（772～846）、柳宗元（773～819）、欧阳修（1007～1072）、苏轼（1037～1101）、陆游（1125～1210）、辛弃疾（1140～1207）、关汉卿（1229？～1297？）、王实甫（13世纪）、罗贯中（1330？～1400？）和施耐庵（14世纪）等一系列杰出的文学家，在散文、诗歌、戏剧和小说等领域获得了全面的丰收。

印度继续保持着文学大国的地位。在各种文学体裁中，诗歌仍然最为发达，名家名作有：婆罗维（约5～6世纪）的长篇叙事诗《野人和阿周那》，分为18章，取材于大史诗《摩诃婆罗多》，描写般度族五兄弟之一阿周那的故事；伐致呵利（约7世纪）的抒情诗《三百咏》，分为"世道百咏"、"艳情百咏"和"离欲百咏"三部分，分别表现诗人对社会、爱情和遁世的态度，语言平易，耐人寻味；《薄伽梵往世书》（成书时间不详，约在7世纪至12世纪之间）在一系列大小往世书中是流传最广、影响最大的一部，其中包含着丰富的神话传说材料；胜天（约12世纪）的长篇抒情诗《牧童歌》，分为12章，描绘毗湿奴大神（印度教三大主神之一）化身黑天的恋爱故事，在内容上和形式上都具有一定的创造性；阿密尔·霍斯陆（1253～1325）是一位多产的诗人，他的长篇叙事诗《赫哲尔的故事》描写的是一对青年男女感人至深的爱情故事，在印度广为流传。戏剧的成就仅次于诗歌，主要作家和作品有：戒日王（606～647年在位）的五幕剧《龙喜记》，取材于佛经《持明本生》，但又有所创新；薄婆菩提（7～8世纪）的10幕剧《茉莉和青春》和7幕剧《后罗摩传》，前者描写两对青年男女争取恋爱婚姻自由的故事，想象丰富，构思巧妙，后者取材于大史诗《罗摩衍那》，内容充实，情节动人，被认为是迦梨陀娑戏剧创作之后的又一高峰。小说是在史诗、叙事诗和故事的基础上形成的，以波那（7世纪）的《迦丹波利》和檀丁（7世纪）的《十王子传》两部长篇小说最负盛名，前者描写两对情人的生死恋，充满浪漫色彩，后者描写10位王子的种种奇遇，具有传奇味道。此外，欢增（9世纪）的《韵光》和新护（10世纪）的《舞论注》在建立印度独树一帜的文艺理论体系上的作用，也是不可忽视的。

　　阿拉伯和日本是这时东方新崛起的文学大国。阿拉伯文学始于公元5世纪，但取得较大成就则是7世纪伊斯兰教建立之后的事。阿拉伯文学作品主要包括散文和诗歌两个部分。在散文方面，首先应当提到《古兰经》（7世纪），该书共计30卷、114章，它既是伊斯兰教的根本经典，又是阿拉伯第一部典范性的散文著作，文体独特，风格多样，对于以后阿拉伯语言和文学的发展产生了深远的影响；其次是伊本·穆格法（724～759）的寓言故事集《卡里来和笛木乃》，该书以印度的《五卷书》为蓝本，进行了再加工和再创造，语言流畅，结构严谨，故事生动，既是东方多民族智慧之结晶，又在西方国家广泛流传（据说译本之多仅次于《圣经》）；第三是赫迈扎尼（969～1007）的《玛卡梅集》，玛卡梅是阿拉伯的一种具有特定模式的散文文体，大都用引人入胜的文笔讲述生动有趣的故事，而赫迈扎尼则是其创立者；第四是长篇民间传奇故事《安塔拉传奇》（14世纪定型），该书依据阿拉伯诗人安塔拉的生平事迹编成，采取散文和诗歌结合的形式，在阿拉伯地区广为人知，其深入人心的程度大大超过《一千零一夜》；第五是民间故事集《一千零一夜》(定型于16世纪，但大部分故事产生于8世纪至15世纪之间)，该书为印度、伊朗和阿拉伯故事之汇编，早已不胫而走，享誉世界。在诗歌方面，只要举出乌姆鲁勒·盖斯(500～540)、艾布·努瓦斯(762～813)、艾布·阿塔希叶(748～826)、穆太奈比(915～965)、麦阿里(973～1057)、蒲绥里(1212～1296)等著名诗人的名字便不难想象这个时期阿拉伯诗坛的盛况了。日本的第一批书面文学作品是在公元8世纪问世的，这时最突出的成果当属和歌总集《万叶集》(760?)，该书分为20卷，汇集了当时存在的各种诗体，形成了民族诗歌的独特风格，在日本诗歌发展史上的地位类似于我国的《诗经》。其后有女作家紫式部(978?～1014?)所著长篇小说《源氏物语》出世，该书共计54回，是东方文学中的第一部长篇小说，也是世界文学中最早的长篇小说之一，充分地显示出日本民族的创造力和日本文学的长足进步。此外，大型说话集《今昔物语集》(1120?)在日本说话文学史上占有重要地位，长篇小说《平家物语》(1221?)堪称日本战记文学的代表作品，戏剧作家和理论家世阿弥(1364～1443)则为推动日本戏剧的发展做出了重大贡献。

格鲁吉亚和乌兹别克虽不能算是这个时期的文学大国，但也出现了达到世界水平的作家和作品。格鲁吉亚诗人卢斯达维里(12世纪至13世纪)写有长篇叙事诗《虎皮武士》，该书采用独特的16行诗体，文字优美，比喻生动，代表格鲁吉亚叙事诗的最高成就，也是世界著名叙事诗之一。乌兹别克诗人纳沃伊(1441～1501)效法伊朗诗人内扎米写有《五诗集》，其中包括五部长篇叙事诗，在乌兹别克和中亚地区广泛流传。

除了上述各国的文学之外，还有必要稍微详细地评述一下另一文学大国——伊朗的文学，尤其是伊朗七大诗人及其创作，作为东方文学所取得的卓越成就的力证。

如上所述，伊朗是东方的文明古国，特别是在诗歌领域更加成绩卓著。歌德在《东西诗集》的题诗里曾经热情地赞美道：

谁要真正理解诗歌，
应当去诗国里徜徉；
谁要真正理解诗人，
应当前去诗人之邦。[1]

---

[1] 《歌德诗集》，下卷，钱春绮译，上海译文出版社1982年版，第303页。

从这部诗集的内容来看,我们不难发现,歌德在这首诗里所说的"诗人",主要是指哈菲兹等伊朗诗人;所说的"诗国",主要是指伊朗。而伊朗诗歌大放光彩的时期正是中古时代的前期。

鲁达基(850~940)是伊朗中古诗歌的奠基者。他是著名的宫廷诗人,其主要功绩是创立抒情诗(卡扎尔)、四行诗(鲁拜)、颂诗(卡斯台)和叙事诗(玛斯纳维)等各种伊朗诗体,因而拥有"诗歌之父"的美称。

菲尔多西(940~1020)是著名的史诗诗人,也是伊朗中古时期最著名的诗人之一。他几乎把自己的毕生精力都倾注在《列王纪》的创作上了,据说这部长达六万联句的民族史诗占用了他三十余年的时光。《列王纪》从远古时代写到萨珊王朝灭亡,前后经过四千六百余载。其基本内容可以分为三大部分,即神话传说、勇士故事和历史故事;其中以勇士故事所占篇幅最多,主要勇士是鲁斯塔姆。而全书最精彩的所在,则是四大悲剧故事,即伊拉治的悲剧、苏赫拉布的悲剧、夏沃什的悲剧和埃斯凡迪亚尔的悲剧。在伊朗文学史上,《列王纪》的出现具有划时代的意义。它的规模宏伟,故事生动,形象丰满,语言精练(特别值得注意的是,在阿拉伯语广泛传播的情况下,他坚持使用民族语言,很少采用阿拉伯语词汇)。在世界文学史上,《列王纪》是著名史诗之一。俄国作家车尔尼雪夫斯基认为,菲尔多西是与弥尔顿、莎士比亚、薄伽丘、但丁并列的第一流诗人。我国学者郑振铎在《文学大纲》中也高度评价了菲尔多西及其《列王纪》,指出:"他的诗名极高,在欧洲人所知道的波斯(即伊朗)诗人中,他是他们所熟知的第一个大诗人,如希腊之荷马一样。《帝王之书》(即《列王纪》——引者注)包含波斯古代至弗达西(即菲尔多西——引者注)之前代,即阿拉伯人之侵入(636)时为止。他所用的文字是波斯文字的最纯粹者,阿拉伯字极少。《帝王之书》中有许多节是非常美丽的,其描写力之伟大与音律之谐和,没有一个诗人可以比得上他。"①

欧玛尔·海亚姆(1048~1122)是著名的哲理诗人,也是伊朗中古时期最著名的诗人之一。他主要采用四行诗的形式从事创作。这种诗体虽然不是由他创立的,可是却在他的手里达到了成熟的地步。他的四行诗以语言流畅、旋律优美、比喻巧妙、风格自然为艺术表现特色,但更加令人瞩目的乃是其中所包含的广阔的思想、新颖的见解和深刻的哲理。其基本内容可以归纳如下:探索宇宙的奥秘和人生的意义;否定关于地狱和天堂的说教;揭露世道不公,谴责

---

① 郑振铎编:《文学大纲》(影印版),上海书店1986年版,第735页。

压迫和仇恨；保持独立高尚人格，不愿追求利禄，不肯随人俯仰；此外也表现了人生时间短暂、应当及时行乐的思想。他的创作不仅对于伊朗后世诗歌的发展产生了深远的影响，甚至对于19世纪以后外国诗歌的发展也产生了广泛的影响。在伊朗国内，他的四行诗对哈冈尼、欧贝德·扎康尼和哈菲兹创作的影响是显而易见的；在伊朗国外，自19世纪英国著名欧玛尔·海亚姆诗歌译者菲兹吉拉德的译本问世以来，欧玛尔·海亚姆的四行诗迅速传播到欧美各国。

内扎米（1141～1209）是著名的叙事诗人，也是伊朗中古时期最著名的诗人之一。他创作的诗歌数量相当可观，已经出版的有抒情诗194首，四行诗68首，颂诗17首；不过，他的主要功绩还不是创作这些诗歌，而是创作使他名扬千古的《五卷诗》，即他从1176年到1200年间创作的五部长篇叙事诗的汇编。这五部长诗是《秘密宝库》、《霍斯陆与西琳》、《蕾莉与马杰农》、《七美图》和《亚历山大故事》。这些长诗都是用叙事诗（玛斯纳维）体写成的，共约二万六千联句。其中又以《霍斯陆与西琳》、《蕾莉与马杰农》和《七美图》等三部讴歌男女爱情故事的诗歌最为出色。他继承菲尔多西的传统，巧妙利用历史材料和民间传说，充分发挥自己的创造力和想象力，使诗歌的描写更加细腻，语言更加优美，感情更加深沉，形象更加丰满。他的《五卷诗》在伊朗文学发展史上占有重要地位，具有重要意义，并对后世产生了深远的影响。在他之后，不少伊朗诗人纷纷效仿。自18世纪末起，内扎米的《五卷诗》又被介绍到欧洲乃至世界各国，内扎米则被列为伊朗七大诗人之一。

莫拉维（又译鲁米，1209～1273）是著名的苏菲派诗人，也是伊朗中古时期最著名的诗人之一。苏菲派是伊斯兰教的宗派之一，苏菲派诗歌带有一定的神秘色彩；而莫拉维则是苏菲派最出名的诗人，苏菲派叙事诗之集大成者。他的主要作品是一部抒情诗集（《沙姆斯丁·大不里士集》）和六部叙事诗；后者被苏菲派评为"知识之海"，而他自己则将其比作芦笛，说这芦笛是用来表达人们的离愁别恨的。这六部叙事诗的篇幅有长有短，其故事或来自民间传说，或是诗人自己的创造。诗人往往首先在诗篇的开端叙述一遍故事情节，然后指出这个故事的含义，对这个故事作出符合苏菲派观点的解释。他的诗歌一般都具有生动的故事、优美的语言和丰富的比喻，因而流传很广；但其中所含的神秘思想，却很难为普通读者所领会。莫拉维的诗歌在伊朗的地位很高，评论界将他与菲尔多西、萨迪、哈菲兹并列在一起，认为他们是伊朗文坛的"四柱"。

萨迪（1208～1292）是著名的训诫诗人，也是伊朗中古时期最著名的诗人之一。他认为,一个人应当经历两段生活。第一阶段进行探索,自然会犯一些错误,同时也就积累一定经验。第二阶段则根据这些经历,总结出若干收获和教训。他自己就是这样做的。他前半生走过许多地方,接触了各种各样的人,取得了相当丰富的经验;他的创作便是这些生活经验的艺术结晶,所以内容极其充实。他的作品很多,不过有些已经丧失。保存下来的作品可以分为三个部分:《果园》、《蔷薇园》及其他诗歌。《果园》和《蔷薇园》是他的主要作品,前者分为10章,全部采用诗歌形式,着重表现诗人的理想世界;后者分为8章,采用诗歌和散文交织的文体,着重描绘现实社会的图画;而两者的基本思想又是一致的,即同情和热爱受苦受难的人民大众,谴责和批判压迫、剥削人民大众的帝王、官僚和富人。他的语言十分朴实、自然,但又极其简练、深刻。他的诗歌虽具有训诫性质,但并非干巴巴的说教,而是采用既形象又生动的方式,易于为人接受。正如他自己所说的:"我用美丽词彩的长线串着箴言的明珠,我用欢笑的蜜糖调着忠言的苦药,免得枯燥无味,使人错过了从中获益的机会。"[1]他的作品不仅在伊朗广泛流传,而且受到东西方许多国家读者的喜爱;他的名字也早已被纳入世界文化名人的行列。

哈菲兹(1327~1390)是著名的抒情诗人,也是伊朗中古时期最著名的诗人之一。相传他写的诗歌很多,流传至今的约有五百余首。学术界一致认为,他使伊朗古典抒情诗发展到了最完善的地步,将这种诗体推上了最高的境界。他的诗歌充满了热爱现实和热爱生活的精神。歌咏美酒和歌咏爱情是他的诗歌最常见、最重要的主题。放荡不羁、感情炽热、语言生动和词汇丰富则是他的诗歌在风格上的显著特点。长期以来,他的诗歌广为流传。在伊朗国内,的确可以称得上是家喻户晓,人人皆知,人们爱用他的诗句占卜,以寄托对未来的希望;在伊朗国外,他的诗歌被译成中、阿拉伯、印地、乌尔都、土耳其、英、德、俄、法、意和西班牙等多种文字大量出版,为世界各国读者所喜爱。恩格斯在一封信里称赞哈菲兹的诗歌写得好,使人读起来觉得相当愉快。歌德特别推崇哈菲兹,据说德国东方学者汉默将哈菲兹诗集译成德文出版后,歌德于1814年读了这部诗集,异常兴奋,大加赞赏,对哈菲兹崇拜得五体投地,甚至写道:"哈菲兹啊,除非丧失理智,我才会把自己和你相提并论。你是一艘鼓满风帆劈波斩浪的大船,而我则不过是在海浪中上下颠簸的一叶小舟。"[2]

---

[1] [伊朗]萨迪:《蔷薇园》,水建馥译,人民文学出版社1958年版,第232页。
[2] 转引自季羡林主编:《简明东方文学史》,北京大学出版社1987年版,第248页。

总而言之，自9世纪至14世纪的五百余年间是中古伊朗诗歌的繁荣时代，以鲁达基、菲尔多西、欧玛尔·海亚姆、内扎米、莫拉维、萨迪和哈菲兹为代表的一系列著名诗人都是这个时代的产儿，真可谓名家如林、名作如林了。关于伊朗诗歌所取得的成就，歌德曾经说过："据说波斯人认为，他们在五百年间所产生的众多诗人中，只有七位是出众的；但是，就是在这七位之外的其余诗人中，仍然有许多人是我所不及的。"

以上所述是中古时代前期东方文学所取得的成就及其在世界文学中的地位。从15世纪起，东方文学进入中古时代后期。在这个时期，东方各国文学的情况各不相同，大致说来可分为两类，即有些国家的文学仍在前期的基础上继续向前发展，继续涌现优秀的作家和作品，如我国、印度、日本、朝鲜、越南、泰国、缅甸和马来等；另外有些国家的文学则呈现出停滞甚至衰败的景象，不再产生特别值得提出的作家和作品，如阿拉伯和伊朗等。

我国这时正当明、清两代，在小说和戏剧两方面取得了特大丰收。小说方面可举出吴承恩（1500？～1581？）的《西游记》、蒲松龄（1640～1715）的《聊斋志异》、吴敬梓（1701～1754）的《儒林外史》和曹雪芹（1715～1763？）的《红楼梦》；戏剧方面可举出汤显祖（1550～1616）的《牡丹亭》、洪升（1645～1704）的《长生殿》和孔尚任（1648～1718）的《桃花扇》。

在印度，诗歌的成就令人瞩目。主要诗人及其作品如下：格比尔（14～16世纪），出身于织布工人家庭，以写格言式的四行诗为主，其诗集题为《真言集》，观点鲜明，内容充实，语言通俗易懂，深受大众欢迎。加耶西（1493～1542）是苏菲派诗人，名作为长篇叙事诗《莲花公主传》，描写青年男女的爱情悲剧。苏尔达斯（15世纪至16世纪）有抒情诗集《苏尔诗海》传世，其中收入4936首诗，以黑天的故事为线索串联起来，反复吟唱黑天的童年和少年时代生活，语言优美，笔触动人，并且可以演唱。杜勒西达斯（1532～1623）有长篇叙事诗《罗摩功行之湖》传世，描述罗摩的故事，以史诗《罗摩衍那》及其他类似作品为基础，但又有所创新，在印地语地区广为传诵。

日本文学在17世纪以后的江户时期取得很大成就。这时由于工商业的发展和工商业者的增多，表现工商业者的所谓"町人文学"迅速崛起。在小说方面，代表作家井原西鹤（1642～1693）写有《日本永代藏》和《好色一代男》等名作，前者描写商人发家致富、破产衰败的故事，后者属于言情小说的范畴。在诗歌方面，代表诗人松尾芭蕉（1644～1694）一面继承前人所取得的成就，一面锐意革新,将日本的短诗"俳句"推上了更高的境界,因而荣获"俳圣"之美称。在戏剧方面,代表作家近松门左卫门(1653～1724)一生发表过一百余种剧本,将日本的"净琉璃"(木偶戏)和"歌舞伎"(歌舞剧)推上了成熟的阶段。

朝鲜、越南、泰国、缅甸和马来也有名著问世。说唱脚本体小说《春香传》(19世纪定型)被公认为朝鲜古典文学史上最优秀的作品之一,该书既有感人的爱情故事,又有深刻的思想内容。阮攸(1765～1820)的长篇叙事诗《金云翘传》被誉为越南古典文学的典范作品,该书以我国的同名小说为基础,在内容上删繁就简,在语言上精心加工,所以获得了很大的成功。长篇叙事诗《昆昌与昆平》(19世纪定型)被视为泰国的民族史诗,该书以故事曲折、描写细致取胜,深受广大人民喜爱,传遍家家户户。吴邦雅(1812～1866)堪称缅甸19世纪最杰出的诗人和作家,他采用记事诗、讲道故事诗、诗文间杂书简和剧本等多种体裁进行创作,其中尤以剧本最佳。历史传记文学《马来由本纪》(1613)和长篇传奇小说《杭·杜亚传》(17世纪以后)是马来古典文学(其范围包括今印度尼西亚、马来西亚、新加坡和文莱在内)中享有盛名的两部作品,前者从文学角度描述马来王朝的兴衰,使用典范的马来古典语言;后者叙述民族英雄杭·杜亚富于传奇色彩的一生,情节生动,形象丰满。

而阿拉伯和伊朗这两个在中古时代前期曾经取得辉煌成就的文学大国,到了后期却似乎一蹶不振了。阿拉伯文学史家称这几个世纪为"衰微时期"。当时显赫一时的阿拉伯帝国早已灭亡,阿拉伯领土处于奥斯曼帝国的统治之下,史称奥斯曼土耳其时代。由于异族统治者对阿拉伯文学采取冷淡甚至压制的态度,许多作家被迫迁往奥斯曼帝国的首都君士坦丁堡,所以这时的创作水准明显降低,其主要表现为内容贫乏,因袭传统,很少创新。伊朗文学的情况也与此大同小异。由于社会长期动乱、统治者不提倡以及宗教教派纷争等原因,这时的文坛颇为冷落,所写的诗歌被称为"印度体",特点是重形式而轻内容,正如现代著名诗人巴哈尔在一首诗里所说的那样:

> 思想贫乏,想象奇异,
> 内容杂乱,缺乏魅力。
> 语欠流畅,笔下费力,
> 格调不高,乃印度体。[①]

[①] 转引自张鸿年:《波斯文学史》,北京大学出版社1993年版,第210页。

不过，以上所说中古时代后期两种不同类型国家文学的情况，还是仅就东方文学内部的比较而言；若与同时期的西方文学加以比较，便会发现这时的东方文学，不论是继续向前发展的国家的文学，还是呈现停滞甚至衰败景象的国家的文学，都逐渐落在西方（主要是欧洲）先进国家的后边了。这是因为，从15世纪前后起，西方先进国家已经渐次步入资产阶级革命时代，资产阶级文学开始取得突飞猛进的发展，相继出现了文艺复兴、古典主义、启蒙主义、浪漫主义、现实主义等文学思潮和文学运动，产生了塞万提斯、莎士比亚、弥尔顿、莫里哀、笛福、菲尔丁、伏尔泰、卢梭、歌德、席勒、拜伦、雪莱、雨果、普希金等一系列大诗人和大作家，所以继续囿于封建框框之中的东方文学就显得大大落后了，东方文学自身发展缓慢性的弱点就充分地暴露了，东方文学与西方文学的对比形势也就根本地改变了。举例来说，欧洲文艺复兴的杰出代表、英国诗人和剧作家莎士比亚生于1564年，卒于1616年。这个年代仅比我国《西游记》的作者吴承恩晚十几年，而比《红楼梦》的作者曹雪芹要早一百多年。尽管《西游记》是出色的作品，《红楼梦》更可以说是封建时代登峰造极的杰作，但是毕竟与莎士比亚的创作分属两个不同的时代。莎士比亚的生卒年代也要比日本"町人文学"代表作家井原西鹤、松尾芭蕉和近松门左卫门早一百多年，更何况"町人文学"还只能说是市民文学，不能算是真正的资产阶级文学呢！

第三节 近代东方文学发展不够充分但却放射异彩

"近代文学"一词，在西方主要是指资产阶级革命时期和资本主义社会初期的文学，在东方情况有所不同。对于东方绝大多数国家来说，近代文学是殖民地、半殖民地和半封建社会的文学；只有日本例外，近代文学是资产阶级革命和资本主义社会初期的文学。这是因为，东方国家在近代历史阶段所走的道路有别于西方国家。东方国家的封建社会发展较为缓慢，延续时间很长，直到进入19世纪以后，由于西方资本主义的侵入，这些国家社会的内部才发生了重大的变化。因此，东方的近代历史也就与西方的近代历史明显不同。

首先，西方国家的封建社会解体比较早，资本主义社会产生也比较早，西方的资本主义阶段一般从17世纪40年代英国资产阶级革命算起，西方近代史也由此算起；但东方国家的封建社会解体却要晚得多，近代史开始也要晚得多，一般从19世纪中叶前后才算进入近代历史阶段。如日本从1868年明治维新算起，我国从1840年鸦片战争算起，印度从1858年沦为英国殖民地算起，伊朗从19世纪被英、俄等国不断侵略算起，阿拉伯国家从18世纪末和19世纪初多次遭到西方列强侵占算起，等等。这就是说，东方近代史的开端要比西方迟两个世纪左右。由于东方近代史开始的时间比西方晚，而结束的时间却与西方大体相同，所以东方近代史持续的时间也就比西方短，西方大约经过了二三百年，东方则只有半个多世纪。

其次，西方的近代史是资产阶级革命的历史、资本主义产生和发展的历史；而东方的近代史既是绝大多数国家变为半封建社会的历史，又是它们沦为殖民地和半殖民地的历史，如我国沦为半殖民地，印度沦为英国的殖民地，伊朗被英、俄等国占领，阿拉伯国家先后变成法、英等国的殖民地，其他亚非国家的命运也大体相同。惟有日本由于国内外多种因素的作用，经过明治维新以及其后的一系列改革，走上了资本主义道路。

再次，西方的资本主义发展比较充分，资产阶级力量比较强大；而东方绝大多数国家的资本主义却没有得到充分发展，资产阶级（主要指民族资产阶级）的政治力量和经济力量相当薄弱，不能与殖民主义势力和封建主义势力进行强有力的斗争，他们所领导的民族民主革命常常带有改良主义色彩，并且往往以妥协和失败而宣告结束。只有日本的情况有所不同，它的资本主义发展比东方其他国家要充分一些，资产阶级力量比东方其他国家要强大一些。

最后，西方近代社会的主要矛盾是贵族阶级和资产阶级的矛盾、资产阶级和无产阶级的矛盾；而东方绝大多数国家近代社会的主要矛盾却是殖民主义和各个民族的矛盾，封建主义和人民大众的矛盾。与此相关，由于东方绝大多数国家的人民大众遭到殖民主义和封建主义的双重压迫，苦难深重，所以反抗斗争精神也就格外顽强，民族解放运动连绵不断。如1848年至1852年伊朗的巴布教徒起义，1850年至1864年我国的太平天国运动，1857年至1859年印度的民族大起义，1896年至1898年菲律宾的独立战争，1905年至1908年印度的民族独立运动，1905年至1911年伊朗的立宪运动等。在这方面，也独有日本近似西方。

由于近代东方国家的社会历史情况与西方国家相比差异甚大，所以近代东方国家的文学也与西方国家迥然不同，具有自己的特点。

第一，东方近代文学的产生比西方近代文学晚，历史比西方近代文学短。

西方近代历史始于17世纪中叶，近代文学的开端还要早些，一般认为始于文艺复兴运动，即14世纪至16世纪；而东方近代历史则大致始于19世纪中叶前后，近代文学的产生也大体上是在这时，但取得较大成就、出现成熟作品的时间还要晚些，要到19世纪末和20世纪初。在19世纪中叶以前，当西方近代文学迅速向前发展并且取得重大成就的时候，东方各国的文学仍处于中古后期阶段，有些国家的文学甚至陷入停滞不前的状态。这样计算起来，东方近代文学的产生要比西方晚四五百年，历史要比西方短四五百年。

第二，东方近代文学的主要思想倾向不同于西方近代文学。如果说西方近代文学所表现的主要是资产阶级思想的话，那么在东方，恐怕惟有日本近代文学的思想倾向与之接近，而其他绝大多数国家由于社会性质和社会矛盾与之不同，所以近代文学的主导思想也与之不同。概括起来说，这些国家近代文学的主导思想，一是反对殖民主义、争取民族独立的民族革命思想，二是反对封建主义、争取民主自由的民主革命思想。

第三，东方近代文学的发展不如西方近代文学充分，一般说来作家作品的数量不如西方多，质量也不如西方高。这归根结底是因为社会条件的限制，即资本主义没有得到充分发展；同时也因为东方近代文学产生较晚和历史较短。众所周知，这个时期西方近代文学的发展相当充分，出现了一大批杰出的作家和优秀的作品，构成了西方文学史上一个光辉灿烂的阶段。

当然，这是仅就一般情况而言，并不意味着东方近代文学没有取得什么成就，并不等于说东方近代文坛上没有出现什么出类拔萃的作家作品。如日本的二叶亭四迷（1864～1909）、森鸥外（1862～1922）、夏目漱石（1867～1916）、岛崎藤村（1872～1943）、志贺直哉（1883～1971）、谷崎润一郎（1886～1965）和芥川龙之介（1892～1927），菲律宾的黎萨尔（1861～1896），印度的迦利布（1797～1869）、般吉姆（1838～1894）、帕勒登杜（1850～1885）、泰戈尔（1861～1941）、萨拉特（1876～1938）和伊克巴尔（1877～1938，他的出生地今属巴基斯坦，所以他也是巴基斯坦诗人），伊朗的巴哈尔（1886～1951），埃及的巴鲁迪（1838～1910），黎巴嫩的纪伯伦（1883～1931）等都可以列入世界近代优秀作家之林。为了进一步论证东方近代文学所取得的成就，以下分别举日本文学和泰戈尔为例。

就单个国家来说，日本的近代文学，无论是在文学理论上还是在创作实践上，也无论是在作家阵容上还是在作品水平上，都具有相当的实力，不仅在东方各国中数一数二，在世界文坛上也应当排在前列。作为东方近代史上惟一一个资本主义国家，日本近代社会的发展具有时间短、速度快的特点，日本近代文学的发展也有时间短、速度快的特点。日本文学的发展过程大致可以分为四个时期：

从1868年到1886年是启蒙时期。这个时期，日本一面在文学创作上进行一些尝试，一面在文学理论上进行一些探索，为近代文学的产生和发展做了各种准备。

从1887年到1904年是确立时期。二叶亭四迷和森鸥外是这个时期的代表作家。二叶亭四迷在《小说总论》里系统地阐述了自己的文艺观点，主张通过现象表现本质，提倡现实主义的创作方法。随后，具体体现这种文艺观点的长篇小说——《浮云》便问世了。这部小说成功地塑造了一个名叫内海文三的青年知识分子形象，通过他被官僚机构排挤出来的事实，反映了有良心的知识分子与天皇专制政权的矛盾，揭露了这个政权的黑暗和腐朽；通过他与周围人物的矛盾，表现了这类知识分子与种种社会势力的冲突，暴露了明治时代的许多弊病和缺陷；通过他自身的弱点，批判了这些知识分子在矛盾和困难面前的软弱无力。这个形象不是偶然的产物，而是作者长期观察分析社会生活所得出的认识的形象化，具有广泛的代表性和鲜明的时代性。同时，它还采用了言文一致的语言，不仅在人物对话部分使用生动的口语，在叙述描写部分也力求做到口语化，为日本近代文学语言的发展打下了良好的基础。总之，由于《浮云》反映现实具有相当的深度，由于它塑造了现实主义的典型，由于它采用了言文一致的语言，所以日本文学史家几乎一致公认，日本近代现实主义文学是从这部小说的出版正式迈出第一步的。森鸥外早年留学德国，他的处女作——短篇小说《舞姬》便是依据留学时的亲身经历和体验写成的。它写的是一个在德国留学的日本青年太田丰太郎和一个德国穷舞女爱丽斯的恋爱故事，其结局是悲剧性的：太田丰太郎受到日本政府的压力，害怕丢掉官职，竟然把已经怀孕的爱丽斯抛弃了；爱丽斯经受不住这个可怕的打击，终于发了疯。作者对于这对男女青年的不幸遭遇深表同情，但对太田丰太郎最后向强权妥协退让的行为却并未加以谴责。从艺术风格和艺术方法来说，这篇作品充满浪漫情调，为日本近代浪漫主义文学开辟了道路。森鸥外的后期创作以历史小说为主。这些历史小说可以分为两类：一类忠于史实，完全按照史料来写；另一类则借题发挥，借助历史事件表达作者自己的理想和愿望。

从1905年到1911年是成熟时期。这个时期最引人注目的是夏目漱石的创作和岛崎藤村的创作。在夏目漱石的前期创作中，长篇小说《我是猫》是最受读者欢迎、社会影响最大的作品。它借用一只猫的眼睛来观察世界和展开故事，对于资本家的丑恶嘴脸、官僚和侦探等资产阶级统治工具的实质、当权者所推行的对外侵略扩张政策以及人与人之间的虚伪关系等黑暗现象，进行了尖锐的揭露和辛辣的讽刺。在他的后期创作中，长篇小说《过了春分时节》《行人》和《心》在思想内容和艺术形式方面都有密切联系。《过了春分时节》的主人公须永、《行人》的主人公一郎和《心》的主人公"先生"都是孤独而痛苦的人物，他们孤独而痛苦的原因都是由于在爱情上遭到挫折和失败，而他们遭到挫折和失败的原因又都是由于嫉妒心理和利己主义；虽然具体情况不同，发展程度有别。夏目漱石关心社会现实，认真思索人生，努力通过各种典型形象反映生活，特别是知识分子的生活，坚持现实主义的道路。他的作品是颇有深度的。前期创作以批判社会黑暗现象见长，后期创作以批判人的私心杂念取胜。如果说前者在社会批判的大胆和尖锐方面超出日本同时代一般作品水准的话，那么后者在细致地剖析人物心理、深入地批判人的私心方面也是同时代一般作品所不及的。他的作品描写细腻、生动，风格朴素、幽默，语言朴实、凝练，结构巧妙、多样，达到了相当高的艺术水平。岛崎藤村是当时日本文坛上人数最多、影响最大的流派——自然主义派的代表作家，他的长篇小说《破戒》则是自然主义派划时代的作品。小说以"部落民"（即贱民）出身的小学教师濑川丑松为主人公，描写他克服种种思想顾虑，终于公开自己身份的过程：在强大的社会压力下，他遵照父亲教导，长期隐瞒自己的低贱出身，害怕为社会所抛弃；但当他听到自己崇敬的一个部落民出身的思想家因公开身份而被政敌杀害的消息后，毅然下定决心，向学生宣布了自己的身份。他"破戒"了。部落民问题是日本资本主义社会所遗留下来的封建主义残余，是日本明治维新不彻底的表现。这部小说的揭露性和批判性很强。它的基本倾向是批判日本近代社会的阴暗现实，揭发身份差别制度的罪恶，追求自由平等的民主理想。从这个意义上说，它虽然被说成是自然主义的代表作品，其实具有鲜明的现实主义倾向，并未陷入日本一些自然主义作品专门描写个人生活琐事的泥潭。在长达五十多年的创作生涯中，岛崎藤村从自己主观的抒情出发，随后转向客观的自我表白，再转向对客观世界的描写，方向是明确的，步伐是坚定的，为日本近代文学的发展所做的贡献是重大的。

从1912年到1918年是分化时期。这个时期近代文学队伍产生分化，主要出现三个反对自然主义的流派：惟美派、白桦派、新思潮派。

惟美派的作品充满惟美主义色彩和享乐主义情调。在惟美派中获得最高成就的作家当推谷崎润一郎。他早年便逐步确立了以探求感性美和追寻官能享乐为中心的惟美主义观念，并发表了体现这种观念的小说《文身》和《麒麟》；到了中年又再度确认这种惟美的个性，写有《痴人之爱》等小说；其后经历种种曲折之后，终于达到在日本传统中追求"永远的女性"的阶段，而长篇小说《细雪》则是它的艺术结晶。这部小说以一家四姐妹的生活为主要描写对象，以女主人公雪子的亲事为中心事件展开故事。雪子既具有温雅、谦和等日本女性的传统特色，又具有独立、自由等近代女性的时代特色。正如许多日本学者所指出的那样，《细雪》深受日本古典小说《源氏物语》的影响，有人甚至称之为现代的《源氏物语》。谷崎润一郎的小说技巧圆熟，文笔生动，语言优美，所以颇有感染力量。

白桦派是以《白桦》杂志为中心的青年作家流派。他们不满意自然主义派刻板地描写日常琐事的倾向，带着青春的蓬勃朝气登上文坛，主张尊重自然的意志和人类的意志，努力探讨个人应当如何生活，提倡尊重人的个性，强调理想主义精神，富有人道主义色彩，所以又有新理想主义文学和人道主义文学之称。志贺直哉是该派影响最大的作家。他的小说以中短篇为主，长篇只有一部（《暗夜行路》）。《到网走去》是他的处女作，《清兵卫和葫芦》乃是写两代人隔阂的佳作，而《在城崎》和《和解》则被誉为心境小说的杰作。他在创作时喜欢反复推敲，精雕细刻。他的小说语言洗练，文字简洁，堪称艺术精品。

新思潮派因其同人杂志《新思潮》而得名，又称新现实主义派、新技巧派。他们力图将自然主义派所提倡的"真"、白桦派所提倡的"善"和惟美派所提倡的"美"融为一体，强调题材多样，讲究写作技巧，注重形式完美。芥川龙之介是该派的杰出代表之一，是短篇小说的巨匠。他的早期创作大多取材于历史故事，用来影射现实社会，如《罗生门》、《鼻子》和《地狱图》等均堪称名篇。之后逐渐转向现实题材，着力表现作者内心的苦闷，可以《玄鹤山房》等篇为代表。临自杀前所写的《河童》，则采用寓言式的笔法抨击日本社会。他的小说思想深邃，想象丰富，哲理性强，耐人寻味。

就单个作家来说，可以泰戈尔为代表。泰戈尔是印度近代文学史上最伟大的诗人和作家，东方第一位诺贝尔文学奖获得者。他在文学上所取得的成就是巨大的、多方面的，可以毫无愧色地被列入世界近代最优秀的文学家行列。他熔东西方文化于一炉，他的创作既具有鲜明的民族特色，又达到高超的艺术水准。他的作品生动地反映了印度人民反对封建主义、争取民族独立和向往美好生活的强烈愿望。这是他的作品为广大印度人民和世界各国人民所热爱的根本原因。

泰戈尔首先是诗人。他在诗歌创作方面所取得的成就最大。他的诗歌享有盛名。印度和世界各国的泰戈尔研究者对于他的小说和戏剧的看法常有分歧，评价有高有低；但对于他的诗歌评价都很高。他在印度被称为诗圣，在世界范围内也是最伟大的诗人之一。爱尔兰著名诗人叶芝读了他的《吉檀迦利》以后激动不已，认为"这些诗歌是高度文明的产物"[1]。美国著名诗人庞德认为泰戈尔"是一个比我们中间任何一个都要伟大的诗人"；在泰戈尔的《吉檀迦利》里，"我们突然发现了自己的新希腊"；甚至于写道："当我向泰戈尔先生告辞时，我确实有那么一种感觉：我好像是一个手持石棒、身披兽皮的野人。"[2]我国著名诗人郭沫若和谢冰心也热情赞扬泰戈尔及其诗歌。郭沫若读了泰戈尔的诗歌之后写道："我好像探得了'我生命的生命'，探得了'我生命的泉水'一样，那清新和平易径直使我吃惊，使我一跃便年轻了20年"；并且认为，他创作的第一阶段为"泰戈尔式"。谢冰心写道：读了泰戈尔的传略和诗文——心中不作别想，只深深地觉得澄澈、凄美。她的创作也深受泰戈尔诗歌的影响。泰戈尔一生写了60多部诗集，主要的有《刚与柔集》、《心声集》、《收获集》、《故事诗集》、《吉檀迦利》、《园丁集》、《新月集》、《飞鸟集》、《边沿集》和《生辰集》等。兹以《吉檀迦利》为例。"吉檀迦利"是孟加拉文的译音，它的意思是奉献，其中的诗歌都是奉献给诗人心目中的神灵的。这部诗集里的诗歌主要表现三个方面的思想：一是表现诗人日夜盼望与神相会、与神结合，以便达到合二而一理想境界的急迫心情；二是表现诗人虽然热烈追求，但却难以达到合二而一理想境界的无限痛苦；三是表现诗人经过顽强追求，终于达到合二而一理想境界以后的无限欢乐。因此，这部诗集的主题思想，可以说是对于与神结合的合二而一理想境界的追求以及达到这种境界的欢悦。不过，泰戈尔的追求不是到现实世界外去追求，而是在现实世界中去追求。所以，他对神的理想境界的追求是与他对人间理想社会的追求密切相关的；或者不如说，他对神的理想境界的

---

[1]　转引自[印]克里希那·克里巴拉尼：《泰戈尔传》，倪培耕译，漓江出版社1984年版，第264页。
[2]　同上，第267～268页。

追求，其实就是他对人间理想社会的追求。这正是《吉檀迦利》积极思想意义之所在。《吉檀迦利》也体现了诗人卓越的艺术表现才能。首先，他善于使自己的思想和感情插上想象的翅膀，任其自由翱翔，构成栩栩如生、色彩斑斓的图画。其次，他善于使自己的思想和感情化为具体的形象，显得格外生动活泼，富有魅力。瑞典文学院诺贝尔奖委员会主席哈拉尔德·雅奈在授予泰戈尔诺贝尔文学奖的授奖辞中，对这部诗集给予如下的评价：这些赢得直接的和热情的赞赏的诗歌，其特点是完美。依靠这种完美，诗人将自己的观念和外来的观念融为一体。他的韵律和谐的文体——借用一位英国批评家的说法——兼具诗歌的柔美和散文的刚劲；他在遣词造句和吸收外国语言表达方式方面，表现出质朴而高尚的情趣——这个评价是中肯的。总之，他的诗歌尽情地抒发了他对丰富多彩的现实生活的无限热爱，生动地表现了他对苦难深重的祖国人民的无限关怀。他的诗用生动流畅的孟加拉语写成，感情充沛，韵律丰富，文字优美。他的诗在内容上和形式上达到了充分的多样化，它们犹如一座百花吐艳的大花园，各种不同形状、颜色和香味的花朵都有，随你喜爱什么。他既描绘大自然的种种景观，也描绘人类生活的各个方面；既表现人与自然的关系，也表现人与神灵的交往。他使用长诗、短诗、抒情诗、叙事诗、十四行诗、赞美诗、对话体诗、格律诗和散文诗等多种形式。尽管他也受到英国诗歌（如雪莱、济慈）和欧洲诗歌的影响，但是他的诗歌创作主要还是植根于民族艺术的土壤之中，从印度古典梵语诗歌（特别是《罗摩衍那》和迦梨陀娑的作品）和孟加拉诗歌中吸取养料。他在诗歌创作上达到了自由的境界，驰骋的情思和独特的表现融为一体，构成孟加拉和印度人民喜闻乐见的新形式，并且通过译文在世界各国赢得了广大的读者。他在这方面获得了极大的成功，为孟加拉和印度的诗歌开辟了新天地。

泰戈尔也是小说家。他在小说创作方面所取得的成就仅次于他在诗歌创作方面所取得的成就。印度国内外不少学者认为，他的优秀小说不仅代表了当时印度小说的最高水平，而且达到了当时世界小说的水平；有的学者还认为，他的短篇小说可以和当时世界最优秀的两位短篇小说大师——法国的莫泊桑和俄国的契诃夫的作品相提并论。他一生写了90多篇短篇小说，6篇中篇小说和9部长篇小说。短篇小说主要有《邮政局长》、《喀布尔人》、《摩诃摩耶》、《饥饿的石头》和《一个女人的信》等；中篇小说主要有《四个人》和《两姊妹》等；长篇小说主要有《小沙子》、《沉船》、《戈拉》、《家庭与世界》和《纠缠》等。他的小说在思想方面对普通人寄予无限同情，而对横行霸道的权势者表示无比憎恨；在题材方面不以历史故事为主，而着重表现现实生活；在结构方面不以传奇式的巧合取胜，而立足于矛盾的必然的、合理的发展之上；在人物方面不停留于表面的描述，而侧重于心理的活动和性格的刻画。他从印度古典小说和故事中得到启示，并以西方近代小说为楷模，接受后者更多的影响。在长篇小说领域，般吉姆是他的先驱者，但他却在题材上、写法上和表现时代精神上比般吉姆提高了一大步，是他写出了印度第一批真正的长篇小说，特别是心理小说。在中短篇小说领域，他在几乎没有前辈经验（指印度作家的经验）可资借鉴的情况下，写出了一系列优秀作品，创立了印度近代中短篇小说的体裁。他的中短篇小说不仅内容充实，而且在艺术上形成了自己的独特风格，其主要特点是抒情性。有的评论者指出，他创造了一种将抒情诗与小说结合起来的新形式。这是符合事实的。他的许多小说都具有浓厚的诗意，充满浓郁的抒情气氛，有的作品本身就像是一首优美的抒情诗或者一篇优美的抒情散文。他的小说的抒情性表现在许多方面：如他用他那支生花妙笔描绘印度美丽的自然风光，并且把他的人物放在这种环境之中，让自然环境与人物的命运和心情巧妙地融合在一起；他用诗意盎然的语言描写人物的外貌、神态、性情和心理；他用感情充沛的笔调揭示人物内心世界所蕴藏的丰富的诗意和美。他把小说所必备的生动的情节和抒情诗所特有的充沛的感情有机地交织在一起了。

泰戈尔又是戏剧家。他在戏剧创作方面也取得了一定的成就。他写了60多部剧本，主要有《花钏女》、《邮局》、《坚定寺院》、《摩克多塔拉》和《红夹竹桃》等。这些剧本大致可以分成两个时期、两种类型：前期剧本（《花钏女》以前）采用直接描写的表现方法，风格质朴，文笔清新，意思比较好懂；后期剧本（《邮局》以后）采用象征主义的表现方法，意思比较难懂。他的剧本是风格独特的。从思想内容上说，他的剧本大部分具有社会的、政治的、哲理的性质，反映出先进与落后、压迫与被压迫的矛盾，表现了作者对生活和社会的见解，并且由于到处演出，在群众中影响甚大，因而其意义不可低估。从艺术表现上说，他的剧本以发人深省的哲理和耐人寻味的对话为特色，而不以曲折紧张的情节见长。他从印度古典梵语戏剧、孟加拉民间戏剧和西方近代戏剧等几个方面吸取养分，充实了自己的戏剧创作，形成了自己的戏剧风格。

泰戈尔还是散文家。他的许多回忆录、游记、随笔、书简以及有关文学、语言、教育、政治、宗教、哲学、科学和社会等方面的论文和专著都是出色的散文作品，主要有《生活的回忆》、《孟加拉风光》、《西行日记》、《俄国书简》和《诗人的宗教》等。他的散文思想深刻，内容丰富，语言精美，风格自然，形式多样，被认为是孟加拉和印度近代散文的典范。

然而，尽管东方近代文学取得了以上的成就，但在整体实力上仍然远远不及同时代的西方文学。这也是我们不能不承认的。这个时期西方国家涌现出许许多多蜚声世界文坛、代表世界文学水平的大家。诸如法国的司汤达尔、巴尔扎克、福楼拜、左拉、莫泊桑，英国的狄更斯、哈代，俄国的果戈里、屠格涅夫、陀思妥耶夫斯基、托尔斯泰、契诃夫，德国的海涅，美国的惠特曼、马克·吐温等便是。

总而言之，我们既要看到东方近代文学具有历史比较短、发展不充分等弱点，又要看到东方近代文学取得了一定的成就，并且表现出鲜明的特色。在东方文学发展史上，它是一个复兴时期、过渡时期，起着承上启下的重要作用；在世界近代文学史上，它是必不可少的组成部分之一，并与西方近代文学形成对比，大放异彩。

第四节　现代东方文学正在蓬勃发展前途无量

现代东方文学，一般是指20世纪10年代以来的文学。从历史的角度来说，这个时期可以第二次世界大战为界，分为战前和战后两个阶段。

战前，东方绝大多数国家的社会性质与近代相同，仍然属于殖民地、半殖民地和半封建社会；但革命形势却与近代大不相同，即普遍展开了民族民主革命，反对殖民主义和封建主义的压迫。只有日本的情况有所不同，它发展成为军国主义国家，走上法西斯化的道路。在10年代末，世界上发生了两件大事，一是第一次世界大战结束，二是俄国十月革命成功。二者对于东方的历史进程都有很大影响。东方各国的革命形势从此发生了明显的变化：一个是民族解放运动以空前巨大的规模、空前磅礴的气势普遍展开，如1919年朝鲜的"三一"起义，1919年我国的"五四"运动，1918年至1922年印度的民族解放运动高潮，1926年印度尼西亚人民大起义等；再一个是不少国家的无产阶级登上历史舞台，建立无产阶级政党，并且成为民族解放运动的领导力量。到20年代末和30年代初，资本主义世界发生了一场深刻的经济危机。日本军国主义势力为了摆脱自己的危机和独占中国以及东亚、东南亚其他国家，悍然发动侵略战争。

随着日本以及德、意法西斯的步步进逼，战火日益扩大，东亚、东南亚以及北非一些国家成为直接受害者，其他许多国家也间接受到损害。事实证明，这场大战给东方各国人民带来了深重的灾难，但同时也迫使他们走上了反抗的道路，为战后民族民主革命的蓬勃发展准备了良好的条件。

战后，东方地区的形势发生了翻天覆地的变化。东方国家出现了几种不同的情况，走上了几种不同的道路。中国、朝鲜（北方）等国人民在无产阶级政党领导下，经过长期革命斗争，战后不久便彻底推翻了帝国主义和封建主义的统治，完成了新民主主义革命，走上了社会主义的道路。其他许多东方国家也在民族资产阶级政党领导下，在战前民族民主革命的基础上，进一步开展了轰轰烈烈的革命运动。国家要独立、民族要解放、人民要革命，成为一个势不可当的历史潮流。并且终于在五六十年代先后挣脱了殖民主义的枷锁，建立了独立自主的国家。日本则重新确立了资本主义制度，逐渐变成了一个经济高度发展的国家。

东方地区社会形势的巨大变化，促使东方文学发生相应变化。东方现代文学的发展也可分为战前和战后两个阶段。

战前是东方现代文学奠定基础的阶段。10年代末和20年代初，现代文学开始形成。一般来说，这个形成过程并不平静，而是经过一番激烈的较量，其中包括进步文学与反动政治势力的较量，无产阶级文学与资产阶级文学的较量等。20年代末和30年代，现代文学得到发展。这时作家队伍逐渐壮大，作品数量逐渐增多，质量逐渐提高。30年代末和40年代前期，由于法西斯势力猖獗，疯狂镇压进步文学，使日本以及一些被侵略国家的文学发展受到严重挫折，只能曲折前进。不过那些没有遭到直接侵略的国家的文学仍在继续前进。

战后是东方现代文学繁荣兴旺的阶段。如果说战前的文学是在极端艰难困苦的社会条件下形成和发展起来的，那么战后的文学则是由于各个民族相继解放，国家相继独立，社会条件比过去优越得多，因而文学前进的步伐也就大大加快，呈现出一派蓬勃发展、蒸蒸日上的美好景象。

总起来说，比起东方近代文学来，东方现代文学在数量上有很大的增长，在质量上有很大的提高，在地域上也大大地扩展了。从北亚到南非，从东亚到西非，许多国家的文学都得到了飞速的发展，取得了惊人的成就。如日本的川端康成（1899～1972）、小林多喜二（1903～1933）、井上靖（1907～1991）、野间宏（1915～1991）和大江健三郎（1935～　），朝鲜的李箕永（1895～1984）和韩雪野（1900～1976），我国的鲁迅（1881～1936）、郭沫若（1892～1978）、茅盾（1896～1981）、老舍（1899～1966）、巴金（1904～2005）和曹禺（1910～1996），泰国的西巫拉帕（1905～1974），缅甸的德钦哥都迈（1875～1964），印度尼西亚的普拉姆迪亚（1925～2006），印度的普列姆昌德（1880～1936）、安纳德（1905～2004）、克里山·钱达尔（1914～1977）和阿基兰（1922～1988），伊朗的赫达雅特（1903～1951），吉尔吉斯的艾特马托夫（1928～2008），土耳其的希克梅特（1901～1963），以色列的阿格农（1888～1970），埃及的塔哈·侯赛因（1889～1973）、陶菲格·哈基姆（1898～1987）和迈哈福兹（1911～2006），土耳其的奥尔罕·帕慕克（1952～ ），塞内加尔的桑戈尔（1906～2001），尼日利亚的索因卡（1934～ ），南非的纳丁·戈迪默（1923～2014）和约翰·马克斯韦尔·库切（1940～ ）等人的创作，都达到了很高的艺术水平，在世界上产生了广泛的影响。

试以日本战后文学为例。日本现代文学在战前已经做出了一定的成绩，到战后则获得了更大的发展，取得了更高的成就。这可以从以下两方面看出来：

其一是作家作品迅猛增加，文学流派异彩纷呈。战前日本作家和作品的数量就是比较多的，战后随着社会环境所发生的巨大变化，尤其是广播、电视、报纸、杂志、出版机构以及其他各种新闻媒体等的飞快发展和大量增加，作家和作品的数量都比战前有成倍的增长。特别值得注意的是，这些作家又分属多种不同的流派，具有多种不同的倾向，而这些众多的流派和倾向则自由发展，自由竞争，真可谓多姿多彩，千变万化，令人颇有眼花缭乱之感。翻开战后文学史，首先引人注目的是不断涌现出来的一系列新流派和新倾向。举其要者如下：民主主义文学——这是战后最早形成的流派之一，实际上是以战前无产阶级文学运动的骨干成员为核心的统一战线，代表作家有宫本百合子（1899～1951）等。战后派——这是指适应战后新形势而登上文坛的一批新作家，一般认为该派是真正能够体现战后文学新意的流派，它在文学作品的思想内容上既重视表现社会，又强调表现自我，在艺术形式上力图突破传统的方法，广泛吸收西方各种现代派和后现代派方法，代表作家有野间宏、安部公房（1924～1993）和三岛由纪夫（1925～1970）等。无赖派——这是日本战后的特殊产物，该派的出现与战后社会秩序混乱、原有权威普遍崩溃和人们感到茫然不知所措有关，该派作家对权威抱着不信任感和反抗意识，对生活采取自嘲自谑的态度，嫌恶市民社会的伪善，并且往往具有颓废倾向，代表作家有太宰治（1909

~1948）等。第三批新人——这是指继第一批和第二批战后派之后，第三批登上文坛的一批青年作家，该派作家不像战后派作家那样持有明确的目的意识性，他们大多具有纤细的感觉和小市民意识，他们的作品着力描写普通人的日常生活，同时部分地继承了私小说的写作方法，代表作家有安冈章太郎（1920~2013）等。社会派推理小说——这是战前侦探小说的新发展，该派在创作中突破了战前侦探小说的框框，注意探索杀人犯罪的原因，揭示社会存在的矛盾，代表作家有松本清张（1909~1992）等。作为人派——这是因同仁杂志《作为人》而得名的一个流派，该派倡导社会小说，他们笔下的人物大都是对现实不满的，对革命失望的，对前途悲观的，即所谓"忧郁的党派"、"容易衰老的一代"，代表作家有高桥和巳（1931~1971）等。内向一代派——这是指与作为人派几乎同时登场，但却不太关心社会的一批作家，他们常常采用超现实主义方法，描写所谓无意义的人物在无意义的场所所过的无意义的生活。进入70年代以后，又有一批接一批走上文坛的青年作家，力求使自己的创作更加紧密地贴近稳定增长时期的社会现实，更加直接地反映人们的生活状况和心理状态，如有的努力唤起人们对传统文化的热情，以便达到回归传统文化的世界；有的热心宣传西方文化的影响，企图将西方和日本等同视之；有的着力表现人们在高度发达的资本主义社会的孤独体验；有的重点表现人们在繁华大都市里的失落感受；有的精心描绘当代青年独特的青春生活和青春体验；还有的则在语言感觉、作者视觉、艺术手法、浪漫情调和国际视野诸方面进行革新等。除此之外，在战后日本文坛上还活跃着其他一些令人瞩目的作家：一是战前即已蜚声文坛的老一代作家，如志贺直哉、谷崎润一郎和川端康成等；二是一批长期以严肃认真的态度进行创作，从种种侧面描绘社会生活场景，有的还对高度现代化所覆盖着的阴暗面加以揭露和批判的作家，如石川达三（1905~1985）、井上靖和水上勉（1919~2004）等；三是有新文学旗手称号的大江健三郎等人。这三类作家并不明确属于战后哪个流派或倾向，但他们大都具有较高的艺术造诣，拥有广大的读者，享有崇高的声誉，因而其作用不可低估。在战后文学史上另一个值得注意的现象是，不仅新流派和新倾向名目繁多，而且它们之间常常形成此起彼伏、相互更替的局面，后者或者一面是前者的继承和发展，一面又是对前者的部分批判和否定，或者干脆与前者针锋相对，是对前者的彻底否定。例如：战后派极力扩大作品的视野，极力摆脱私小说手法；但随后出现的第三批新人却不大喜欢战后派的作风，以为他们的小说不容易理解，与自己的世界有距离和隔阂，于是便不再强调什么社会性和政治性，逐渐地接近了私小说。这是一重否定。又如：1970年前后，同时有两个流派出现在文坛上，即作为人派和内向一代派。作为人派的成员大多出生于30年代，少年时期体验过战争和战败的痛苦，青年时期参加过进步学生运动，并与六七十年代的社会政治运动有直接关系。因之，他们对第三批新人的创作倾向表示不满，反对所谓日常小说，明确提出社会小说的主张。可是，内向一代派又成了它的对立面。内向一代派作家对于社会现实不大关心，专门寻求自身内部和日常生活中的不安定因素，后来则进而把小说的场面局限于家庭内部了。这是再一重否定。

其二是创作水平日益提高，国际影响逐步扩大。所谓创作水平日益提高，是指日本战后的文学作品在反映生活的广度和深度上，在克服公式化概念化的倾向上，在艺术表现的多样化和成熟度上，都取得了长足的进展，大大地超过了战前的水准。所谓国际影响逐步扩大，是指日本战后文学在世界文坛上的影响比战前大为扩展，地位大为提高。这表现在日本战后作家获得各种国际性奖金的越来越多，担任各种国际性职务的越来越多，成为国际知名人士的越来越多，他们的作品在世界各国翻译出版的越来越多。从一定的意义上说，川端康成和大江健三郎先后荣获诺贝尔文学奖，便是日本战后文学创作水平日益提高和国际影响逐步扩大的标志之一。以川端康成的创作而论。在思想内容上，他除了喜欢描写自身的孤儿生活、抒发自己的孤独感受之外，还特别善于描写处在社会下层的人物，尤其是下层妇女（如舞女、艺妓、女艺人、女侍者等）的悲惨遭遇，表现他们对生活、爱情和艺术的追求，不仅比较真实地再现出这些被侮辱者与被损害者的不幸，比较充分地表达出他们的痛苦，而且洋溢着作者对他们的同情和怜悯。在艺术表现上，他一贯勇于探索，敢于创新，不肯亦步亦趋地跟在别人后面，力求闯出真正适合自己的道路，终于达到了相当高的艺术水准，并形成了个性鲜明的艺术特征。如在创作方法方面，他的特点是东西结合（即继承日本文学传统与吸收西方现代派方法结合），自成一格；在人物描写方面，他的特点是重视感觉，刻画细腻；在结构安排方面，他的特点是自由灵活，活而不乱；在艺术风格方面，他的特点是既美且悲，抒情味浓。瑞典科学院常务理事安德斯·奥斯特林在诺贝尔文学奖授奖辞里指出，川端康成"以敏锐的感受，高超的艺术技巧，表现了日本人的精神实质"。

那么，日本战后文学取得以上成绩的原因何在呢？笔者以为恐怕主要有以下三个方面：一是以战前文学为基础。自明治维新起，日本文坛便向西方开放，大力介绍西方文学理论，大量翻译西方文学作品，使得战前文学面貌焕然一新。这就为战后文学的进一步发展打下了坚实的基础。二是政治的自由为文学的发展创造了条件。战前文学是在军国主义和法西斯主义的严酷统治下艰难地前进的，许多具有进步倾向的作家作品受到不同程度的摧残，尤其是革命文学和无产阶级文学处境更加艰险，前进更加困难。战后文学则处在比较自由的政治条件下，一般来说各种流派和倾向的文学都可以自由发展和自由竞争，因而前进的步伐大大地加快了。三是经济的发展、文化的提高和教育的普及促进了文学的发展。由于种种原因，日本的经济在战后发展迅速，如今业已成为一流经济大国，这就为文学的发展奠定了物质基础。大众传播媒体的迅猛增加，既对文学创作提出了迫切的要求，又为文学创作提供了广阔的天地。与此同时，经济的繁荣又推动了文化水平的提高和教育事业的普及，而文化水平的提高和教育事业的普及也要求文学的相应发展，所谓人人都是读者，家家都有书库的局面已经形成。这是显而易见的事实。

再以东非、西非和南非文学为例。如果说日本文学是以前具有相当基础而在现代取得突出成绩的典型，那么东非、西非和南非文学则是以前基础颇为薄弱而在现代发展极为迅速的典型。这个地区大多数国家书面文学产生较晚，约在19世纪末和20世纪初。但是，近一个世纪以来，特别是第二次世界大战结束以来，随着当地社会状况的巨大变化，随着各个民族的觉醒和殖民主义的瓦解，各国文学取得了突飞猛进的发展。现在世界不少国家的学者都承认，这个地区的文学已经成为世界文学体系中一个重要的、必不可少的组成部分。如苏联科学院高尔基文学研究所主持编写的《非洲现代文学》一书指出："大多数非洲国家书面文学的产生都不早于20世纪上半期；但不容质疑的是，到现在为止，在世界文学的体系中，已出现了一个新的成分——非洲各国文学。它虽然十分年轻，但已具备了本地区的特点，各国之间文学虽互不相同，但同时又具有共同的特征，构成世界文学中独立的一大支。"[①]这个地区各国文学的共同特征主要在于发展的迅速性和跳跃性，即努力克服自己的落后状态，充分利用当代世界文学的成果和经验，力争尽快达到世界先进水平。其不同之处则首先由于各个殖民主义国家所执行的文化政策不同。大体说来，法国和葡萄牙在殖民地国家执行同化政策，即拼命压制当地民族的语言和文学，极力扶植法语和葡语文学；英国和比利时则执行使殖民地国家的语言和文学为自己服务的政策，

[①] ［苏联］尼基福罗娃等：《非洲现代文学》，刘宗次、赵陵生译，外国文学出版社1981年版，第3页。

即一面推动欧洲语言文学的发展，另一面也不压制非洲语言文学，甚至于在一定程度上鼓励非洲语言文学的发展。以下概括介绍这个地区文学的主要成果。

东非文学包括使用当地语言的文学——斯瓦希里语文学和使用外来语言的文学——英语文学在内，其中以坦桑尼亚和肯尼亚较为突出。坦桑尼亚的斯瓦希里语文学和英语文学是有密切联系的，前者历史较长，并对后者有所影响。斯瓦希里语文学可以上溯到18世纪，20世纪中叶以后进入了一个新时期，出现了夏巴尼·罗伯特（1909～1962）这样的著名作家；英语文学则要年轻得多，是20世纪60年代以后才刚刚诞生的，至今没有大作家问世。夏巴尼·罗伯特一生写了二十多部作品，包括诗歌、小说、传记和随笔等，代表作有《可信国》等。肯尼亚虽然也有斯瓦希里语文学存在，可是却没有像坦桑尼亚那样产生夏巴尼·罗伯特一类具有广泛影响的作家；反之，肯尼亚的英语文学虽然也像坦桑尼亚的英语文学那样年轻，可是却取得了相当大的成就，出现了恩古吉（1938～　）等杰出的作家。恩古吉擅长写作长篇小说，代表作有《孩子，你别哭》等，描写新老殖民主义的罪恶，表现肯尼亚人民争取土地和自由的斗争，在群众中引起强烈共鸣。

西非文学从语言上可以分为两组：法语文学有塞内加尔、科特迪瓦和喀麦隆等国，英语文学有尼日利亚等国（此外还有当地语言的文学——豪萨语文学）。塞内加尔的法语文学产生于20世纪30年代，战后获得较大发展，从50年代后期起进入繁荣时期。诗人桑戈尔和小说家乌斯曼（1923～　）分别在诗歌和小说领域占有重要地位。桑戈尔被认为是塞内加尔以至黑人非洲影响力最大的诗人之一，代表作有《影之歌》、《黑色的祭品》和《埃塞俄比亚之歌》等。他的诗歌具有鲜明的个性特征，这种特征主要是由以下三个要素构成的：自始至终洋溢着浪漫主义激情，以音乐加强诗歌的表现力和感染力，采用种种手段力图充分体现非洲的特性。乌斯曼写有《黑人码头工》、《祖国，我可爱的人民》和《神的儿女》等长篇小说，分别描写黑人在殖民主义统治下的悲惨遭遇，表现他们不甘受辱、奋起抗争的战斗精神。科特迪瓦的法语文学是从30年代的戏剧创作起步的，40年代以后发展较快。贝尔纳·达迪耶（1916～　）被认为是科特迪瓦最优秀的诗人和作家。他的诗歌具有政论倾向，充满战斗激情。从早期诗集《昂然挺立的非洲》起，始终贯穿着非洲各族人民团结友爱共同奋斗的思想。喀麦隆的法语文学产生较晚，直到50年代才涌现出若干富有才华的诗人和作家，其中以奥约诺（1929～　）最负盛名。他的主要业绩是三部长篇小说

——《家僮的一生》《老黑人和奖章》和《欧洲的道路》，其共同主题是表现黑人对殖民者的曲折认识过程，揭露殖民者奴役和毒害黑人的罪恶。尼日利亚是西非英语文学最发达的国家。该国的英语文学出现于40年代，从60年代初起，由于国家获得独立，文学方面也取得了迅速进展。小说家阿契贝（1930～2013）的名作——长篇小说《瓦解》，描述殖民者入侵前后该国东部地方的社会风貌，具有浓郁的乡土气息。索因卡乃是该国以至黑人非洲最有才华的剧作家。他迄今已出版剧本二十多部。这些剧本是充分多样化的，有轻快的喜剧、滑稽的闹剧、严肃的悲剧、荒诞的哲理剧、辛辣的讽刺剧和有力的鼓动剧等。在60年代中期以前的剧本中，《沼泽地居民》《狮子和宝石》《森林之舞》和《路》占有重要地位；在60年代中期以后的剧本中，《疯子和专家》《死神和国王的马弁》《文尧西歌剧》和《巨头们》占有重要地位。他的创作活动具有明确的目的性。他以反对外族人和本族人的暴力压迫，维护人的个性和自由为宗旨，所以反保守、反压制、主持公道、伸张正义成为他的创作的重要思想内容。他的创作活动又具有广泛的包容性。他既深深地植根于民族生活和文化艺术传统的土壤之中，又受过西方系统教育和文化艺术的长期熏陶，并且善于将两方面巧妙地融合起来，再加上自身的独创，所以使自己的创作达到了世界先进水平，正如他1986年获得诺贝尔文学奖时，瑞典文学院秘书斯古勒·埃比在宣读授奖辞中所说的那样，索因卡以其广阔的文化视野和富有诗情画意的想象影响了当代戏剧。

南部非洲文学在语言方面更加多样，有使用葡萄牙语的文学，如安哥拉；也有使用班图族语、英语和阿非里卡语的文学，如南非共和国。安哥拉的文学主要是用葡萄牙语写成的。该国葡萄牙语文学始于19世纪中叶，但取得较大成果则是20世纪40年代以后的事。维埃拉（1936～　）是该国卓越的小说家之一。他的代表作品《罗安达》和《多明戈斯·哈维埃尔正传》都具有明确的反殖民主义倾向，对当代青年作家产生了积极的影响。南非共和国的居民包括许多民族，所以它的文学也使用多种语言，如班图族语、英语和阿非里卡语等。南非共和国文学形成于19世纪，白人文学分为英语文学和阿非里卡语文学两个平行系统发展起来；到了20世纪50年代开始融合，英语文学逐渐取代阿非里卡语文学。黑人文学起初用班图族语写作，到了20世纪50年代以后也被迫改用英语。席莱纳、阿伯拉罕姆斯、纳丁·戈迪默和约翰·马克斯韦尔·库切是该国文学史上影响较大的作家。女作家席莱纳（1855～1920）最有名的作品是自传体小说《一个非洲庄园的故事》,其中含有批评宗教教义和社会陋习的意义。阿伯拉罕姆斯(1919~)长于长篇小说创作,以《雷霆之路》流传最广,其基本主题是揭露殖民主义的罪行,谴责种族主义的恶果,所以能够激荡黑人读者的心灵。女作家纳丁·戈迪默因1991年获诺贝尔文学奖成为南非文学界最令人瞩目的人物之一。她的创作是从短篇小说入手的,其后转入长篇小说的写作。1970年以前的作品(如《陌生人的世界》、《恋爱时节》和《贵宾》等)采用的是现实主义的创作方法,着重揭露种族隔离制度的种种弊端,善于表现这种罪恶制度所酿成的各种悲剧,刻画深受这种罪恶制度所迫害的人们的复杂心理。1970年以后的作品(如《自然资源保护论者》、《伯格的女儿》、《自然变异》和《我儿子的故事》等)则是前一时期作品主题的进一步深化;但不同的是,她这一时期的作品一面继续致力于表现南非现实社会面貌及其存在的缺陷,一面注意着眼于展示南非的未来,并在反映生活的广度和深度上有所前进,此外在创作方法上则更加多样化,特别是意识流手法得到广泛和灵活的应用。总之,纳丁·戈迪默几乎所有的小说都与南非共和国的社会现实问题密切相关,都把矛头指向黑暗的、野蛮的种族隔离制度。从这个角度来说,她获诺贝尔奖具有特别重要的意义。瑞典文学院有关人士对她的评价是:在一个对书籍和作家进行审查迫害的警察国家,纳丁·戈迪默长期站在文学界争取言论自由的前列,她的壮丽的史诗般的作品使人类获益非浅。库切是该国另一位获此殊荣的作家。他的重要作品有《幽暗之地》、《内陆深处》、《等待野蛮人》和《耻》等。如《耻》被认为是他的代表作之一,主要描述两个白人父女在南非社会的遭遇,从而揭示出南非社会曾经存在的殖民主义和种族隔离制度所造成的种种矛盾及其难以消除的后果。

  不过,我们在充分肯定现代东方文学所取得的成绩的同时,也应当明确指出它的不足之处。我们必须看到,现代东方文学的创新还不够多,发展还不够快,在质量上还有待于进一步提高;向西方文学学习较多,对西方文学影响较少;在世界各国翻译出版的较少,介绍评论的较少,获得国际性奖金的较少。之所以造成这种情况,笔者以为除社会方面的诸多原因外,主要是由于现代东方文学的底子薄。所谓底子薄,主要是指东方现代文学的前身——近代文学的历史较短,实力较弱,发展不够充分。由于近代文学与现代文学互相衔接,关系密切,所以近代文学乃是现代文学产生和发展的直接基础;近代文学的底子薄,直接影响现代文学的发展水平。而在这方面,西方先进国家具有坚实的近代文学基础，条件比东方国家优越得多。

那么，东方的现代文学怎样才能改变这种状况，迅速赶超世界先进水平呢？从东方一些著名作家所走过的道路，以及他们所取得的经验来看，我们可以发现其共同点是"东西结合，以东为主"。这就启示我们，东方的现代文学也应走这条路。所谓"东西结合，以东为主"，首先要使东方的现代文学更深入、更牢固地植根于各国现实生活的土壤之中，因为社会生活归根结底是文学的源泉，东方各国现实社会生活归根结底是东方现代文学的源泉；在这个基础之上，一方面积极大胆地、同时又分析批判地继承本民族的文学传统，另一方面积极大胆地、同时又分析批判地吸取外国文学的经验。为什么要积极大胆地继承本民族的文学传统呢？道理很简单，因为不积极大胆地继承本民族的文学传统，东方各国的现代文学就会成为无源之水，无本之木。为什么又要分析批判地继承本民族的文学传统呢？这除了一般来说继承遗产都要经过分析批判之外，还因为东方各国的文学遗产主要的、大量的是古代和中古的文学遗产，奴隶社会和封建社会的文学遗产（而近代的文学遗产却比较少），这些文学遗产与现代文学在性质上相去甚远，在时间上距离很大。所以，我们在继承这些文学遗产时，尤其需要强调分析批判；否则便会不知不觉地使这份丰富的遗产变成压在自己背上的沉重包袱，将自己重新装入牢固的旧框架之中，限制了自己的视野，束缚了自己的手脚，那是十分危险的。为什么要积极大胆地吸收外国文学的经验呢？这不仅是因为一般来说各国的文学都要互相交流，尤其是当今世界各国文学的发展都是彼此联系的，完全孤立的民族文学几乎是不存在的；而且是因为东方国家吸收外国文学经验还有其特殊的必要性。毫无疑问，东方国家既要互相吸收经验，也要吸收西方文学经验；既要吸收西方古代和中世纪文学的经验，也要吸收西方近代和现代文学的经验；但东方国家的重点显然应当放在吸收西方近代和现代文学的经验上。我们强调吸收西方近代文学的经验，是因为东方自己的近代文学比较薄弱，有的国家的近代文学几乎是一片空白，所以只能从西方近代文学的丰硕成果中汲取营养，以补充自身之不足。我们强调吸收西方现代文学的经验，是因为西方现代文学是在西方近代文学的坚实基础上培育出来的，代表当前西方文学的发展水平，也在一定程度上代表世界文学的发展水平。为什么又要分析批判地吸收外国文学的经验呢？这不仅是因为西方文学既有精华又有糟粕，我们必须取其精华去其糟粕；而且是因为即使精华也不应当原封不动地照搬过来，而应当把它加以消化和改造，使之与东方国家自己的文学有机地结合起来，成为东方文学的一个有机组成部分。那么，既然是东西结合，为什么还必须以东为主呢？因为只有以东为主，才能具有鲜明的东方性，也就是民族性；才能保持浓厚的东方色彩，也就是民族色彩；只有具有鲜明的民族性和浓厚的民族色彩，才能更加具有世界性，才能更加引起世界其他地区人们的注意，才能更快地走向世界。关于这一点，鲁迅说得很明白。他说："现在的文学也一样，有地方色彩的，倒容易成为世界的，即为别国所注意。"[①]其中所谓"地方色彩"，便可以理解为民族色彩。

展望未来，展望21世纪，我们对东方文学的前景充满信心。我们坚信，随着殖民主义的彻底瓦解，随着东方地区经济的迅速崛起，具有悠久历史传统的东方文化和东方文学必将再度辉煌起来。进入20世纪六七十年代以来，东方地区，尤其是太平洋沿岸亚洲国家和地区（即东亚和东南亚地区）的经济崛起，早已成为世界经济发展中一个格外引人注目的现象。与同一时期大西洋沿岸国家和地区（即欧洲和美洲）的经济发展趋于缓慢形成鲜明对照，太平洋沿岸亚洲国家和地区的经济却越来越充满了生机和活力，在世界经济格局中所占的地位也越来越重要了。从世界经济嬗变的历史上看，出现这种现象并不是不可思议的，因为世界经济的中心常常会有变化，不大可能永远固定在一个地方。如今太平洋沿岸国家和地区由于各种复杂的客观条件和主观条件的共同作用，经济崛起已成事实，并且还将继续发展下去；非但如此，东方其他国家和地区的经济也会陆续呈现崛起态势。无数历史事实证明，经济的腾飞必将促进文化的腾飞和文学的腾飞。东方文学的前途必然是美好的、光明的。

[①] 《鲁迅书信集》，人民文学出版社1976年版，第528页。

第二章　东方文学的基本特征

东方文学在长期的发展过程中，形成了自己的体系，具有了自己的特征。那么，与西方文学相比，东方文学具有哪些基本特征呢？论述这个问题可以从各种不同的角度切入。本章从文学历史发展的角度切入，将其基本特征归纳如下：

第一节　历史悠久源远流长

与西方文学相比，东方文学的第一个突出特征是历史悠久，源远流长。其中包括两个要点：一是产生较早，二是历史较长。

首先，就总体而言，东方文学显然比西方文学产生早，历史长。如第一章所述，古代东方地区既是世界文化最早的发祥地，也是世界文学最早的发祥地。埃及文学和巴比伦文学堪称世界上最古老的文学。印度文学和中国文学的产生仅晚于埃及文学和巴比伦文学，但却先于世界其他国家和地区的文学。此外，伊朗文学和希伯来文学的历史也相当古老。而作为欧洲文学之源头的希腊文学，则是在上述古国文学之后产生的。

由于东方文学的产生比西方文学要早一两千年，所以东方文学的历史也比西方文学的历史要长一两千年。从古至今，整个东方文学的发展过程犹如一条长江大河，昼夜不息，奔腾向前；尽管其间有过曲折，有过险滩，但是始终没有出现断流，没有濒于绝境；而是不断扩展，不断壮大，逐渐由小变大，由窄变宽。例如，从古代进入中古时期以后，虽然埃及文学、巴比伦文学和希伯来文学先后中断（就一个国家和民族文学的整体来说是中断了，但其实并没有彻底消亡，而是以各种不同的形式融入到其他国家和民族的文学中去了。如埃及文学和巴比伦文学融入希伯来文学和阿拉伯文学之中，希伯来文学融入阿拉伯文学和西方文学之中），可是印度文学、中国文学和伊朗文学却在古代的坚实基础上继续向前发展，取得了更加光辉的成就；与此同时，又有日本、朝鲜、越南、泰国、缅甸、马来、阿拉伯、格鲁吉亚和乌兹别克等国家和地区的文学登上了历史舞台，产生了较高水平的作家作品，构成了多民族文学共同兴旺的美好景象。又如，从中古进入近代时期以后，虽然有些国家和地区没有立即涌现出世界知名的优秀作家和优秀作品，可是它们的文学活动并没有停止，它们的文学历史并没有中断，只不过暂时处于酝酿过程之中，处于发展阶段之内；至于日本、菲律宾、印度、伊朗、黎巴嫩和埃及文学所取得的卓越成绩则是有目共睹的。再如，从近代进入现代时期以后，东方各国文学得到更加普遍的发展，尤其是在第二次世界大战之后，由于民族获得解放，国家获得独立，文学创作的条件大为改善，文学前进的步伐也就大大地加快了。

其次，就单个国家而言，无论是东方还是西方，当然都不乏文学大国；不过若从历史悠久、源远流长的角度来看，东方的印度文学和中国文学应当说是极其罕见的，西方国家没有能与之比肩者。诚然，西方也有文学历史相当古老的国家。如希腊，在公元前9世纪至前4世纪的古代时期，文学颇为繁荣，创作了一大批光彩照人的神话、史诗、抒情诗、戏剧和寓言作品，成为以后西方文学的源头之一；但自公元前334年马其顿亚历山大大帝统治后，其文学便逐渐消失光彩；再到公元4世纪至15世纪的东罗马帝国时期，由于官僚统治和基督教会的束缚，其文学无法正常发展，尽管留下不少著作，但却没有特别值得一提的作家作品；至于15世纪以后的近代和现代文学，虽然也出现了若干比较优秀的作品，可是一般西方学者都认为它们既不能与古代希腊文学的光辉成就相比，也不能与同时代西方其他文学大国的著名作品相比。西方其他几个文学大国，如英国、法国、德国、俄罗斯和西班牙等，虽在近代、现代时期取得了可观的成就，但若谈到"历史悠久、源远流长"，却既不能与希腊相提并论，更不能与印度和中国相提并论。

在英国，当地的早期居民凯尔特人和其他部族没有留下什么书面文学作品；直到5世纪时，原来住在欧洲大陆的三个日耳曼部落（盎格鲁、撒克逊和朱特）侵入英国，他们创作的史诗《贝奥武甫》流传下来，成为英国文学史上第一部书面文学作品；但英国文学真正得到重大进展，还是14世纪乔叟出世，特别是16世纪文艺复兴时期莎士比亚等文学大师登上文坛以后的事。

在法国，通常以824年印刷的《斯特拉斯堡盟约》为文学起源之标志，但这个材料只是法兰克王与日耳曼王订立的攻守同盟条文，其内容几乎与文学无关；其后自9世纪至15世纪的中世纪时期，虽有若干作品产生，但除了史诗《罗兰之歌》和市民文学《列那狐的故事》等较为有名之外，其余作品均不值得特别予以介绍；法国文学开始大放光彩，是与16世纪文艺复兴时期小说家拉伯雷和散文家蒙田等人的名字分不开的。

在德国，它的文学历史可以上溯到古日耳曼时期，据说古日耳曼人曾经创作了一些赞歌和战歌，讴歌神灵和英雄，但这些作品都属口头文学，如今已经丧失殆尽；德语文字于8世纪创立，德国书面文学自此产生，初期作品大多出自僧侣之手，如8世纪的《魏索布隆创世歌》和9世纪的《世界的末日》等；在漫长的中世纪时期，形成了宗教文学与骑士文学对抗的局面，后者的代表作是12世纪末至13世纪初的民间史诗《尼贝龙根之歌》；此后到文艺复兴时期，德国也未能像它的一些邻国那样出现文学巨匠，或许可以说直至18世纪莱辛、歌德和席勒等名家相继登场，才使德国文学名声远扬。

在俄罗斯，俄罗斯文学和乌克兰文学、白俄罗斯文学同出一源，都产生于10世纪末和11世纪初，即988年基辅罗斯定基督教为国教之后。初期创作与口头文学密切相关，并且往往与宗教和历史著作合为一体，如11世纪的《鲍里斯与格列勃行传》、12世纪初的《往年故事》等。约形成于12世纪末的史诗《伊戈尔远征记》，被认为是俄罗斯古代文学史上的第一部重要作品，代表着俄罗斯古代文学的最高成就。其后几个世纪，由于外族不断入侵等原因，俄罗斯文学长期没有得到显著发展，没有出现重要成果。直到18世纪末和19世纪初，由于资本主义的发展、1789年法国革命的冲击和1812年卫国战争引起民族意识的高涨，才推动了文学的前进，迎来了文坛的辉煌。

在西班牙，最早的文学作品是10世纪以后出现的一系列史诗，其中有的史诗已残缺不全，惟有1140年左右完成的《熙德之歌》比较完整地保存下来。此后西班牙长期受到摩尔人的统治和阿拉伯文化的影响，一直到15世纪才算告一段落。但西班牙古典文学史上所谓"黄金世纪"的到来还要晚些，要到16世纪中叶之后，而塞万提斯的长篇小说《堂吉诃德》则是"黄金世纪"达到高峰的标志。

与上述国家的文学相比，印度文学的历史更加悠久，更加源远流长。从成书于公元前1500年至前1000年的四部吠陀本集起，到现在止，它的文学发展历史已经延续了三千余载，其间虽然有起有伏，有高潮有低潮，但是一直连绵不绝，并且不断涌现达到当时世界水平的作家和作品，如古代的诗集《梨俱吠陀本集》和《阿达婆吠陀本集》、大史诗《摩诃婆罗多》和《罗摩衍那》、故事集《五卷书》、诗人和剧作家迦梨陀娑的创作、婆罗多的文学理论著作《舞论》，中古伐致呵利的抒情诗集《三百咏》、薄婆菩提的剧本《后罗摩传》、格比尔的格言诗、加耶西的长篇叙事诗《莲花公主传》、苏尔达斯的抒情诗集《苏尔诗海》、杜勒西达斯的长篇叙事诗《罗摩功行之湖》，近代诗人和作家泰戈尔的创作、诗人伊克巴尔的创作，现代小说家普列姆昌德、安纳德、克里山·钱达尔和阿基兰的创作，等等。

而在世界上能够与印度文学比肩而立和并驾齐驱，同样历史悠久和源远流长的恐怕只有中国文学了。中国文学的起源与印度文学一样古老。尽管由于进入封建社会较早等原因，中国的古代文学似乎不如印度的古代文学丰富，但是中国的中古文学却比印度的中古文学更加充实。中国的近代文学没有取得多大成就，没有出现泰戈尔式的大作家；但是中国的现代文学却得到了蓬勃的发展，并不比印度的现代文学以及西方国家的现代文学逊色。

第二节　民族特色浓厚鲜明

与西方文学相比，东方文学的第二个突出特征是民族特色浓厚鲜明。

东方文学之所以具有浓厚鲜明的民族特色，其原因是多方面的。首先，它与东方地区的人种、民族、语言和宗教比较复杂有关。

从人种来说，欧洲的人种比较单一，主要是欧罗巴人种（白种人）；而亚洲和非洲的人种则比较复杂。亚洲人大多数属于蒙古人种（黄种人），约占亚洲全部人口的59%，主要分布于东亚和东南亚。居第二位的是欧罗巴人种，约占亚洲全部人口的29%，主要分布于南亚和西亚。另外，还有属于尼格罗—澳大利亚人种（黑种人）和欧罗巴人种的混合人种，约占亚洲全部人口的9%，主要分布于印度南部和阿拉伯半岛沿海地区；属于尼格罗—澳大利亚人种和蒙古人种的混合人种，约占亚洲全部人口的3%以下。尼格罗—澳大利亚人种在非洲居第一位，约占非洲全部人口的三分之二，主要分布于撒哈拉沙漠和埃塞俄比亚高原以南。居第二位的是欧罗巴人种和黑白混合人种，主要分布于北非、埃塞俄比亚高原和索马里半岛。另外，马达加斯加岛东部的居民具有蒙古人种的血统。

从民族来说，欧洲共有一百六十多个民族，但其民族成分也比较单一，大多数民族都是在各自国家的范围内形成的，所以民族分布区域与国界大体一致，只是在不同民族的交界处成分较为复杂；而亚洲和非洲的民族情况却要复杂得多。亚洲居住着一千多个民族，而且这些民族的分布极为错综复杂，这些民族的状况也千差万别，在经济、文化、风俗、习惯、宗教、信仰、语言、文字上各不相同，并且长期处于社会历史发展的不同阶段。非洲民族的数量或许不像亚洲那样多，但非洲民族的差异却不会比亚洲小。

从语言来说，欧洲的语言也比较单一，绝大多数人使用的语言属于印欧语系，而且90%以上的人使用的是印欧语系中日耳曼、罗曼和斯拉夫三大语族的语言，使用非印欧语系（如乌拉尔语系、阿尔泰语系和高加索语系）语言的人只占很少一部分；而亚洲和非洲的语言差别却要大得多。亚洲的语言非常复杂，分别属于八个语系。使用汉藏语系语言的人最多，约占亚洲全部人口的一半以上，其中包括汉语、藏缅语、壮侗语和苗瑶语四个语族，主要分布于中国以及东南亚和南亚。使用印欧语系语言的人次之，约占亚洲全部人口的29%，其中包括印度和伊朗两个语族，另外还有塞浦路斯的希腊人和西亚的亚美尼亚人。使用达罗毗荼语系语言的人分布于南亚，包括泰卢固、泰米尔、坎纳拉、马拉雅兰和布拉灰民族。使用南亚语系语言的人分布于中国、东南亚和南亚，包括孟—高棉和蒙达两个语族。使用闪含语系语言的人分布于西亚，主要是指阿拉伯各族。使用阿尔泰语系语言的人分布于东亚、中亚和西亚，包括突厥、蒙古和满—通古斯三个语族，此外日本语和朝鲜语迄今系属未定，有人认为属于阿尔泰语系。使用高加索语系语言的人分布于西亚，包括格鲁吉亚和切尔克斯等民族。使用南岛语系语言的人分布于东南亚，包括马来、爪哇、巽他、马都拉、他加禄和比萨扬等民族。非洲的语言也比较复杂，分别属于五个语系。使用尼日尔—科尔多凡语系语言的人最多，约占非洲全部人口的一半，主要分布于撒哈拉以南，包括西大西洋各族、曼德各族、沃尔特各族、克瓦各族、贝努埃—刚果各族和东阿达马瓦各族。使用闪含语系语言的人次之，主要分布于北非和东北非，包括闪语族、柏柏尔语族、库希特语族和乍得语族。使用尼罗—撒哈拉语系语言的人数较少，包括桑海语族、撒哈拉语族和沙里—尼罗语族。使用科伊桑语系语言的是布须曼人和霍屯督人。使用南岛语系语言的是马达加斯加人。

从宗教来说，欧洲的宗教也比较单一，绝大多数人信仰基督教；而亚洲和非洲的宗教却要复杂得多，既有佛教、伊斯兰教和基督教等世界性宗教，又有神道教、道教、印度教、锡克教、耆那教、琐罗亚斯德教、摩尼教和犹太教等地区性和民族性宗教。佛教主要流传于东亚、东南亚和南亚，约占世界宗教徒总人口的6.2%。伊斯兰教主要流传于西亚、南亚、东南亚、北非、东非和西非，约占世界宗教徒总人口的17.1%。基督教在亚洲和非洲各地也得到广泛传播，约占基督教徒总人口的三分之一。神道教是日本的民族宗教。道教是中国的民族宗教。印度教、锡克教和耆那教是印度的民族宗教（印度教流传于南亚，尼泊尔也奉为国教）。琐罗亚斯德教和摩尼教是伊朗的民族宗教，前者曾在亚洲不少地区流传，后者曾在亚洲和非洲不少地区流传。犹太教是犹太人的民族宗教。

总之，由于东方地区的人种、民族、语言和宗教要比欧洲复杂得多，由于东方地区各个国家和各个民族在经济生活、社会状况、文化传统、风俗习惯以及心理气质等方面的差异要比欧洲各个国家和各个民族大得多，而文学又与这些因素有着千丝万缕的联系，所以东方文学比西方文学的民族特色更加浓厚鲜明也就是完全可以理解的了。

其次，东方文学之所以具有浓厚鲜明的民族特色，与东方各国文学彼此之间联系较少、交流较少有关。由于东方地区地域辽阔，山海阻断，国家众多，民族歧异，加之长期以来资本主义没有得到充分发展，经济不够发达，交通不够便利，所以东方各国之间的文化和文学的联系不像欧洲各国那样频繁，东方各国之间的文化和文学的交流不像欧洲各国那样密切。这也使得东方各个国家和民族的文学保留了更加浓厚鲜明的特色。

最后，东方文学之所以具有浓厚鲜明的民族特色，还与东方文学产生的"多源性"有关。在古代，西方只有古希腊文学和古罗马文学，而且古罗马文学是在古希腊文学的深刻影响下产生的（古罗马诗人贺拉斯就曾说过，希腊被罗马征服，但希腊反过来又用自己发达的文化征服了罗马）；但东方却有古埃及文学、古巴比伦文学、古印度文学、古中国文学、古伊朗文学和古希伯来文学等几个源头，其中除了古希伯来文学在形成时期曾经受到古巴比伦文学的影响之外，其余的文学基本上都是在本地区、本国家和本民族的土壤上独立产生并发展起来的，到了后来才出现了相互之间的联系、交流和影响。到中古以后，东方又有日本、朝鲜、越南、泰国、缅甸、马来（包括今印度尼西亚、马来西亚、新加坡和文莱）、阿拉伯、格鲁吉亚、乌兹别克等一系列国家和民族文学兴起，这些国家和民族的文学不像欧洲各国文学那样属于一个文化体系（欧美文化体系），只受一个文化体系的影响，而是分别属于中国、印度和阿拉伯—伊斯兰三个文化体系，分别受到这三个文化体系的影响，并且即使是在同一文化体系内，也由于人种、民族、语言和宗教等方面的巨大差异，又使得这些国家和民族的文学保留了远比欧洲各国文学为多的特性。

那么，东方各国文学浓厚鲜明的民族特色是怎样显示出来的呢？大体说来，是通过文学作品的思想内容和艺术形式的统一显示出来的。它可以表现在一个国家文学的总体倾向上，也可以表现在一个作家的创作倾向上。以下各举一例予以说明。

从一个国家文学的总体倾向上来考察其民族特色，可以日本文学为例。虽然日本是中国仅隔"一衣带水"的东方近邻，日本文化属于中国文化体系，日本文学（主要是古代和中古文学）受到中国文学广泛而又深刻的影响，但是日本文学无论是在思想内容上还是在艺术形式上仍然与中国文学差别很大，仍然具有自己鲜明的个性和独特的格调。

就思想内容而言，首先是日本作家和中国作家的文学观念大不相同。一般来说（当然，这里指的是"一般"的情况，是"基本"的倾向，并不是包容一切），日本作家不很关心政治问题和社会问题，而中国作家比较关心政治问题和社会问题。这可能与两国作家的身份不同有关系。从历史上看，日本作家大多属于僧侣、女官、隐居者、老百姓或者专业作家之列，他们不是官场上的人，对政治问题和社会问题往往采取超脱的态度（宫廷的女官其实是伺候天皇和皇后的，不同于普通的官僚），他们从事文学创作不是想要参与政治，也不是以文学作品作为进入官场或者在官场上再晋升的阶梯，他们从事文学创作常常只是为了描写一下自己的所见所闻，抒发一下自己的心情感受，因而不免有时怀着游戏的心理，有时采取滑稽的姿态；即使那些官场上的人，当他们从事文学创作时，也并不那么认真，只是偶尔为之，逢场作戏而已。中国作家却不同，他们大多属于士大夫，即知识分子和官僚，也就是说他们或是即将进入官场的人，或是已经进入官场的人；他们是积极关心政治问题和社会问题的，而他们所从事的文学创作在一定的意义上是他们参与政治的手段，甚至是他们进入官场或者在官场上再晋升的阶梯。所以他们从事文学创作的态度是认真的，他们的作品不是随意描写一下自己的所见所闻而已，也不是随意抒发一下自己的心情感受而已，而是力图反映政治问题和社会问题，力图表现自己对政治问题和社会问题的观点。正是由于日本作家和中国作家的身份不同、观念不同，所以日本人在吸收中国文学时便表现出自己的好恶态度，提出了自己的取舍标准。例如，日本在中国唐代曾经多次派遣使者前来学习，带回许多文学作品，但大诗人杜甫的诗歌在日本没有广泛流传，而另一位大诗人白居易的诗歌却在日本流传很广，这大约是因为杜甫的诗歌具有更强的政治性和社会性，不大适合他们的口味吧；再就白居易本身来说，他的"闲适诗"和"感伤诗"在日本大受欢迎，而他自己认为最重要、最能代表诗歌本质、最能体现其"文章合为时而著，歌诗合为事而作"之文学主张的"讽喻诗"，即《秦中吟》和《新乐府》，在日本却未能引起什么反响，这大约也是因为"讽喻诗"的政治性和社会性较强，不大适合他们的口味吧。也正是由于日本作家和中国作家的身份不同、观念不同，所以日本文学在风格上更加含蓄蕴藉，像中国那样愤世嫉俗、激昂慷慨的作品较为少见；在描写上更加柔美细腻，像中国那样粗犷奔放、气势磅礴的作品较为少见；在题材上偏重表现个人生活和感情，像中国那样直接表现重大政治问题和社会问题的作品较为少见。

就艺术形式而言，在长期的历史发展过程中，日本人一面向中国文学学习，一面根据自己的语言特点和审美情趣，创造了和歌、连歌、俳句、川柳、狂歌、物语、物语草子、假名草子、浮世草子、能、狂言、净琉璃和歌舞伎等一系列独特的文体，这些文体虽然也可以分别归入诗歌、小说、散文和戏剧等文学部类，可是又决不等同于一般的诗歌、小说、散文和戏剧。兹举俳句为例。俳句一首只有5句，17个"假名"（日语字母），即5、7、5、7、7，译成汉语约为8个至10个字，用字极其节省，内容极为含蓄简洁，诗人只是点到为止，不加铺陈，不加渲染，留下充分的余地，供读者去想象，去填充，被认为是世界上最短小的诗体之一。在日本俳句史上开一代新风（称为"蕉风"）、拥有"俳圣"称号的松尾芭蕉的名句"蛙跃古池，水声清响"，短短一首诗几个字，古往今来不知引起了多少日本文人学子的浓厚兴致，令他们慨叹，让他们欣赏，供他们研究。据说松尾芭蕉本人也很重视这首诗，在他临终前，门人向他求辞世之作，他答曰："古池"句是我风滥觞，可以此句辞世也。俳人高滨虚子对这首诗的评论很有启发性。他说：当春回大地、草木发芽的惊蛰时节，藏于地下过冬的百虫都开始活动，青蛙也不例外。这时，本来冰冷的古池之水也变得温暖起来，于是青蛙扑通一声，跃入池中。松尾芭蕉闻声有感，提笔成诗。所以，"古池"句不能算是表现"闲寂"趣味的代表作品，而是在歌咏美好的春光，歌咏春天那充满生气的、充满活力的世界。不言而喻，不读高滨虚子的评论，外国的读者是很难从这首短诗中体会到那么多东西的。

由于日本文学在思想内容上和艺术形式上具有上述浓厚鲜明的民族特色，

所以不仅使日本文学有别于西方国家的文学,有别于东方其他国家的文学,而且也有别于对它产生了广泛而深刻影响的中国文学,使它独立于世界文学之林。

从一个作家的创作倾向上来看其民族特色,可以泰戈尔为例。泰戈尔的祖国是我国的西南邻邦印度,在地理上与我们相距并不十分遥远;泰戈尔本人生活于19世纪后半期和20世纪前半期,在时间上也与我们相距并不十分遥远。然而,由于中印两国在人种、民族、语言和宗教等方面大不相同,由于中印两国的经济生活、社会状况、文化传统、风俗习惯以及心理气质大不相同,由于中印两国分别属于两个不同的文化体系,所以深深地植根于印度民族土壤之中的泰戈尔文学对于我国读者来说是颇难理解和接受的,在一定的意义上说,甚至于比一些西方国家作家的作品更加难以理解和接受。以他那遐迩闻名的诗集《吉檀迦利》来说,书名"吉檀迦利"是孟加拉文的译音,它的意思是奉献,这部诗集是奉献给诗人心目中的神的。对于这个神,诗人在不同的诗歌里使用了不同的称呼,诸如"你"、"他"、"我的主"、"上帝"、"圣母"、"圣者"、"我的朋友"、"我的情人"、"我的父"、"我的国王"、"万王之王"、"诸天之王"、"我的永远光耀的太阳"等等。那么,这个神究竟是谁呢?原来,在泰戈尔看来,宇宙万物有一个共同的主宰者,这个主宰者是一个无形无影而又无所不在的存在——梵,而梵也就是神;人们只有达到与梵即神完全合一的境界,才会真正感到快乐和幸福。《吉檀迦利》所表现的就是对于这种境界的追求以及达到这种境界以后的感受。不过值得注意的是,《吉檀迦利》所描绘的神,既不同于西方人心目中的上帝,也不同于我国人心目中的老天爷;这个神既不在远离人间的天上,也不在山里,而是生活在人们之中,出现在世界的各个角落,无形无影但却无所不在。第45首诗写道:

> 你没有听见他静悄的脚步声吗?他正在走来,走来,一直不停地走来。
> 每一个时间,每一个年代,每日每夜,他总在走来,走来,一直不停地走来。
> 在许多不同的心情里,我唱过许多歌曲,但在这些歌调里,我总在宣告说:"他正在走来,走来,一直不停地走来。"
> 四月芬芳的晴天里,他从林径中走来,走来,一直不停地走来。
> 七月阴暗的雨夜中,他坐着隆隆的云辇,前来,前来,一直不停地前来。

愁闷相继之中，是他的脚步踏在我的心上，是他的双脚的黄金般的接触，使我的快乐发出光辉。①

在《人格》一书里，泰戈尔把这一点阐述得更明白。其大意如下：在印度，我们的文学大部分是宗教性的，因为与我们同在的神并不遥远；他属于我们的寺庙，也属于我们的家庭。我们在所有友爱的人际关系中，都感觉到他与我们亲近，而在我们的喜庆活动中，他又成了我们尊敬的嘉宾。在开花与结果的季节，在雨季到来的时候，在秋天的累累果实中，我们似乎看到了他的披风的边缘，仿佛听到了他的脚步声。

泰戈尔的神主要来源于《奥义书》。《奥义书》是婆罗门教和印度教的古老哲学经典之一，吠陀经典的最后一部分。它的内容十分庞杂，而且有些地方互相矛盾；其中心部分包括"梵我同一"和"轮回解脱"。"梵我同一"的主要意思是："梵"作为一个形而上学的实体，乃是世界的最高实在，万物的主宰。它在本体的意义上既不具有任何属性，也不表现任何形式；既不能为人类所感觉，也不能用语言来表达。它是不生不灭的，无所不在的。"我"则是人的主体和灵魂。"梵"和"我"在本质上是同一的，但由于人们眷恋尘世生活，所以才把二者视为不同；他们若能摒弃尘世生活，抑制情欲，便可亲证二者同一。"轮回解脱"的主要意思是：一个人死后其灵魂会在另外的躯壳里复活，如车轮般回旋不停，循环转世；转世的形态首先取决于本人现在的行为——业，行善的成善，行恶的成恶；而断灭轮回的解脱方法，主要是证悟梵我同一和从事艰苦修行。不过，泰戈尔并不是把《奥义书》的思想全部地、原封不动地接受下来，而是有所选择，有所取舍。他吸取的主要是前者，对后者则持有自己的见解。简而言之，他认为达到"梵我同一"的境界，不必通过摒弃尘世生活的解脱道路和修行方法，而应当在现实生活的范围内去追求。但不管怎样，他的思想是与《奥义书》有千丝万缕的联系的，是与印度古典哲学有千丝万缕的联系的。正因为泰戈尔的哲学观主要是以印度的传统思想为依据的，而印度的传统思想与我们的思想差距很大，所以我们很难理解他的关于神的观念，很难理解他的《吉檀迦利》之类的作品。这表明泰戈尔文学是具有浓厚鲜明的民族特色的。

东方文学民族特色浓厚鲜明这个特征具有什么重要意义呢？笔者以为至少可以指出以下两点：第一，由于民族特色浓厚鲜明，所以东方文学显得更加丰

---

① 《泰戈尔作品集》，第1卷，谢冰心译，人民文学出版社1960年版，第142页。

富多彩、变化无穷，给人以琳琅满目、美不胜收之感。第二，由于民族特色浓厚鲜明，所以东方文学反而更加容易具有世界性，更加容易引起世界其他地区有识之士的注意。这是因为文学是不能千篇一律的，特色越是浓厚，越是鲜明，越会使人感到兴趣，越会使人产生美感。西方的有识之士，如歌德、席勒、伏尔泰、雨果等人，之所以盛赞东方文化和东方文学，有时甚至达到无以复加的地步，恐怕便与东方文学所具有的这个特征有密切关系吧。

第三节　道路漫长迂回曲折

与西方文学相比，东方文学的第三个突出特征是道路漫长，迂回曲折。这个特征归根结底是由东方社会历史发展的特征决定的，是与东方社会历史发展的特征密切相关的。

依据马克思主义经典作家的意见，世界各国社会发展的历史，大体上都是遵循着共同的规律和次序的，即原始社会、奴隶社会、封建社会、资本主义社会，最终进入共产主义社会；无论是东方国家还是西方国家都是如此。这就是说，在古代，东方国家也同西方国家一样经历了奴隶社会阶段。不过，古代东方国家的奴隶社会是和古代西方国家的奴隶社会有所不同的。如果说古代西方国家(希腊和罗马)的奴隶占有制度产生较晚，是比较发达的、典型的，那么古代东方国家的奴隶占有制度产生较早，具有比较早期的、原始的性质；前者主要以生产剩余价值为目标，后者主要以生产直接生活资料为目标。具体说来，东方国家的奴隶占有制度有以下几个特点：

古代东方国家的奴隶占有制度发展不够充分，而且变化比较缓慢。其表现之一是家庭奴隶剥削形式居于重要地位。由古巴比伦王国的权威法典——《汉穆拉比法典》可以看出，家长对妻子儿女拥有部分奴隶主的权力，如家长有权将其妻子儿女出卖或令其作为债奴，家长可以任意离弃妻子或将其降为女奴等。类似的规定在古印度的法典《摩奴法典》以及东方其他国家同样性质的文件里也能够见到。以这种隐藏在家庭内部的奴隶制为基础的制度是很难彻底摧毁氏族制度的残余和农村公社的。

在所有制方面，古代东方国家几乎没有土地私有制，其基本的生产细胞一直是原始的农村公社，其中只有个人占有，而不是个人所有，公社才是真正的土地所有者。这种被长期保留下来的农村公社的形态，是阻碍和延缓东方奴隶占有制度的进一步发展的。

不仅如此,这种原始的农村公社还是东方专制制度的牢固基础。古代东方国家专制政体的首要特征是君主拥有最高的、绝对的政治权力,他非但掌握行政、立法和司法大权,而且连农业生产、水利灌溉以及宗教事务都要进行干预。在有些政教合一的国家,君主同时也是宗教领袖,集政治和宗教大权于一身。为了巩固君主的地位和加强君主的力量,有关方面竭尽全力宣扬"王权神授"的思想。古巴比伦的《汉穆拉比法典》宣称,君主是应神的召唤而出来治世的,君主是神的光荣的、忠实的战士。古埃及人认为,君主是太阳神的亲生子。古印度的《摩奴法典》说君主是伟大的人形的神。古代中国人也把君主叫做"天子",意思是说国家政权是受天命建立的,君主乃是上天的儿子。在君主的手下,有一整套庞大的官僚机构,负责管理全国上下大大小小的事务。这些官僚大部分出身于贵族,与君主和贵族有着共同的利益,而与平民百姓处在对立的地位。因此种种,古代东方国家的专制制度颇为巩固。

由于古代东方国家的奴隶占有制度在以上几个方面具有自己的特点,所以使得它有别于古代西方国家的奴隶占有制度,同时也使得东方国家的社会发展速度较为迟缓,有时甚至处于停滞不前的状态。

到中古时期,东方地区各国封建社会的发展很不平衡,水平有高有低,速度有快有慢;但从整体上看,东方国家封建制度存在的时间要比西方国家长得多,解体的时间要比西方国家晚得多。这是有目共睹的事实。其原因何在呢?笔者以为,这一方面与古代东方国家奴隶占有制度有一定的联系,即由于古代东方国家的奴隶占有制度具有上述特点并使得其社会发展速度较为迟缓,而当这些国家从奴隶社会进入封建社会时又没有像西方国家那样发生急剧而重大的变革(大约也正因为如此吧,所以东方许多国家究竟何时从奴隶社会进入封建社会很难找到明确的标志,以至于长期以来在学术界争论不休),于是古代社会的特点又延续到中古社会来了;另一方面是在封建制度统治下,东方许多国家的经济发展速度仍然比较迟缓,生产仍然长期维持在较低的水平上,直到19世纪前后相继沦为殖民地、半殖民地为止,资本主义因素始终没有得到显著发展。

关于中古时期东方国家社会的特点,笔者以为可以参照收入《毛泽东选集》的《中国革命和中国共产党》一文对于中国这一时期社会的分析。文章首先指出"中国自从脱离奴隶制度进到封建制度以后,其经济、政治、文化的发展,

就长期地陷在发展迟缓的状态中",然后提出中国封建时代的经济制度和政治制度有如下四个主要特点:

一、自给自足的自然经济占主要地位。农民不但生产自己需要的农产品,而且生产自己需要的大部分手工业品。地主和贵族对于从农民剥削来的地租,也主要地是自己享用,而不是用于交换。那时虽有交换的发展,但是在整个经济中不起决定的作用。

二、封建的统治阶级——地主、贵族和皇帝,拥有最大部分的土地,而农民则很少土地,或者完全没有土地。农民用自己的工具去耕种地主、贵族和皇室的土地,并将收获的四成、五成、六成、七成甚至八成以上,奉献给地主、贵族和皇室享用。这种农民,实际上还是农奴。

三、不但地主、贵族和皇室依靠剥削农民的地租过活,而且地主阶级的国家又强迫农民缴纳贡税,并强迫农民从事无偿的劳役,去养活一大群的国家官吏和主要是为了镇压农民之用的军队。

四、保护这种封建剥削制度的权力机关,是地主阶级的封建国家。如果说,秦以前的一个时代是诸侯割据称雄的封建国家,那么,自秦始皇统一中国以后,就建立了专制主义的中央集权的封建国家;同时,在某种程度上仍旧保留着封建割据的状态。在封建国家中,皇帝有至高无上的权力,在各地方分设官职以掌兵、刑、钱、谷等事,并依靠地主绅士作为全部封建统治的基础。①

文章接着写道:"中国历代的农民,就在这种封建的经济剥削和封建的政治压迫之下,过着贫穷困苦的奴隶式的生活。农民被束缚于封建制度之下,没有人身的自由。地主对农民有随意打骂甚至处死之权,农民是没有任何政治权利的。"② 这就是说,由于自给自足的自然经济制度居于统治地位,商品交换和货币经济不够发达,对社会发展起了相当大的消极作用;由于封建主义野蛮的政治压迫和残酷的经济剥削造成农民极端的穷苦和落后,使农民陷于水深火热之中,几乎丧失了推动社会生产的积极性和发展社会经济的可能性,这些正是中国封建社会发展迟缓甚至停滞不前的根本原因。东方其他国家的情况,大体

---

① 《毛泽东选集》,第2卷,人民出版社1991年版,第623~624页。
② 同上,第623~624页。

上和中国差不多。

与古代和中古东方社会发展的长期性和缓慢性相适应，古代和中古东方文学的发展也具有长期性和缓慢性的特点。这个特点其实在古代和中古前期就已经存在了，但在当时并不十分明显；然而到了中古后期便显得颇为突出了。在古代，由于东方文学产生早、历史长和源头多，所以在数量上远远超过西方文学，在质量上足以与西方文学媲美，在影响上东方文学对西方文学的影响大于西方文学对东方文学的影响，所以没有明显地暴露出东方文学自身发展长期性和缓慢性的弱点。在中古前期，由于西方国家受到封建统治者和基督教教会的严格束缚，中世纪文学未能取得引人注目的成就，而东方各国却创造了丰富多彩的文学，取得了光辉灿烂的成就，所以也没有明显地暴露出自身发展长期性和缓慢性的弱点。可是到了中古后期，东方文学与西方文学的对比形势便发生了根本性的变化。尽管这时东方文学还在继续向前发展，还有若干名家名作产生；但由于这时西方先进国家业已步入资产阶级革命时代，业已发动文艺复兴运动，资产阶级文学业已取得突飞猛进的发展，所以继续囿于封建框框之中的东方文学就显得大大落后了，东方文学自身发展长期性和缓慢性的弱点也就充分暴露出来了。

古代和中古东方社会发展的长期性和缓慢性，不仅直接导致中古后期东方落后于西方的结果，而且进一步影响到近代和现代东方社会的历史发展进程，使得近代和现代东方社会也走上了一条迂回曲折的道路。在15世纪左右人类历史进入一个重大转折时期之际，首先在西欧，社会经济发生了前所未有的巨大变化，资本主义开始以崭新的生产力和生产关系猛烈冲击原有的生产力和生产关系。这些西欧国家一反以农为本的传统，采取重商主义政策，借以促进海外贸易和殖民活动，鼓励资本原始积累，扶植工业生产，从而有力地推动了资本主义的发展。特别是英国，于18世纪中叶发生了以机器生产和蒸气动力为标志的产业革命，使人类物质生产实现了一次新的飞跃。从此以后，东方国家和西方国家生产水平大致相当的局面被打破了，西方国家的工业社会对于东方国家的农业社会构成了明显的优势和严重的威胁。在西方向东方进行血与火的扩张之前，东方有些国家（如中国、日本等）的生产水平本来并不低于西欧国家，但遗憾的是它们却没有及时奋起直追，反而采取固步自封的保守政策，顽固地维护传统的以农为本的经济模式，从而失去了与西欧国家并驾齐驱的机会。在西方向东方进行血与火的扩张之后，这些东方国家则作出了各不相同的反应：日本有一批有远见的改革家与力量日益强大的工商业者联合起来，推动日本进行资产阶级革命——明治维新，将日本引上了资本主义的道路，成为东方惟一一个迅速赶上西欧先进水平的国家，惟一一个没有沦为殖民地或半殖民地的国家；中国在19世纪末也曾进行过维新变法运动，但可惜由于保守势力过于强大而维新势力过于弱小，结果惨遭失败，最后沦为西方列强的半殖民地；其他如伊朗、印度以及当时占据亚、欧、非三洲广大地区的奥斯曼帝国都曾先后发动过改良运动和人民起义，但结果也都以失败而告终，并且也都沦为西方列强的殖民地或半殖民地。于是，在近代和现代这两个历史时期，东方和西方便走上了两条完全不同的道路：在近代，西方国家的历史是资本主义发生和发展的历史，而东方绝大多数国家（除日本外）的历史则是沦为殖民地或半殖民地的历史；西方国家的资本主义发展比较充分，而东方绝大多数国家的资本主义则没有得到充分发展。到现代，西方国家在资本主义的道路上得到更进一步的发展和提高，而东方绝大多数国家则一面不得不为挣脱殖民主义和封建主义枷锁付出沉重代价，一面又不得不为摆脱贫困和落后状态进行艰苦奋斗。

历史的教训值得总结。究竟是什么原因使得东方国家从中古后期到近代以至现代走了这么一大段弯路呢？笔者以为，其原因是复杂的，既有内因，又有外因。所谓内因，是指东方国家内部的结构特点，也就是上文已经提到的东方国家在经济制度和政治制度等方面的特点决定了东方封建社会发展的长期性和缓慢性，兹不赘述。所谓外因，是指西方列强的侵入对于东方国家的影响。关于这个外因，我们必须加以分析，不能简单地下结论。上引《中国革命和中国共产党》一文对这个问题的论述是科学的、全面的，值得我们仔细研究。文章指出，中国的封建社会继续了很长时间，后来"由于外国资本主义的侵入，这个社会的内部才发生了重大的变化"[①]。然后，文章从积极和消极两个方面阐述了外国资本主义侵入对中国的影响。其积极方面是：

> 中国封建社会内的商品经济的发展，已经孕育着资本主义的萌芽，如果没有外国资本主义的影响，中国也将缓慢地发展到资本主义社会。外国资本主义的侵入，促进了这种发展。外国资本主义对于中国的社会经济起了很大的分解作用，一方面，破坏了中国自给自足的自然经济的基础，破坏了城市的手工业和农民的家庭手工业；又一方面，则促进了中国城乡商

[①] 《毛泽东选集》，第2卷，人民出版社1991年版，第626页。

品经济的发展。

这些情形，不仅对中国封建经济的基础起了解体的作用，同时又给中国资本主义生产的发展造成了某些客观的条件和可能。因为自然经济的破坏，给资本主义造成了商品的市场，而大量农民和手工业者的破产，又给资本主义造成了劳动力的市场。①

其消极方面是：

可是，上面所述的这一资本主义的发生和发展的新变化，只是帝国主义侵入中国以来所发生的变化的一个方面。还有和这个变化同时存在而阻碍这个变化的另一个方面，这就是帝国主义勾结中国封建势力压迫中国资本主义的发展。

帝国主义列强侵入中国的目的，决不是要把封建的中国变成资本主义的中国。帝国主义列强的目的和这相反，它们是要把中国变成它们的半殖民地和殖民地。

帝国主义列强为了这个目的，曾经对中国采用了并且还正在继续地采用着如同下面所说的一切军事的、政治的、经济的和文化的压迫手段，使中国一步一步地变成了半殖民地和殖民地。②

文章就这个问题所作出的结论是：

由此可以明白，帝国主义列强侵略中国，在一方面促使中国封建社会解体，促使中国发生了资本主义因素，把一个封建社会变成了一个半封建的社会；但是在另一方面，它们又残酷地统治了中国，把一个独立的中国变成了一个半殖民地和殖民地的中国。③

这些论述清楚地说明了西方资本主义的侵入对于中国社会所产生的积极影响和消极影响。这些论述大体上也适用于其他东方国家。

---

① 《毛泽东选集》，第2卷，人民出版社1991年版，第626～627页。
② 同上，第627～628页。
③ 同上，第630页。

与近代和现代东方社会发展的迂回曲折相适应,近代和现代东方文学的发展道路也是迂回曲折的。在近代,由于东方绝大多数国家的资本主义没有得到充分发展,由于东方国家的近代文学产生较晚和历史较短,所以东方文学的发展不如西方文学充分,一般来说作品数量不如西方多,质量也不如西方高。在现代,我们一方面应当看到,东方文学正在蓬勃发展,正在形成一个繁荣时期,到处呈现一派积极向上、欣欣向荣的美好景象;但另一方面也应当看到,由于近代文学发展不够充分,所以东方文学的基础不如西方文学雄厚,要想迅速赶超世界先进水平还得付出艰苦的努力。

第四节　民间文学繁荣兴旺

与西方文学相比,东方文学的第四个突出特征是民间文学繁荣兴旺。

自古以来,在东方文学中,民间文学就很发达,它所占的比重很大,它所取得的成就很高。在古代,产生于远古时期的歌谣、神话、传说、故事等,本身便是人民大众的口头创作。它们大多没有作者的名字,可以说人民大众是其作者。其后的许多作品,如抒情诗、颂神诗、史诗、箴言等,主要也是人民大众的集体创造,署名作者往往只是统编过程中的编辑者和加工者。即使较晚出现的专业作家的创作,也大多以上述民间文学作品或以民间文学为基础的作品为题材来源,同人民口头创作保持着密切的联系。因此我们可以说,古代东方文学是在人民口头创作的基础上逐步发展壮大起来的。到了中古时期,东方的民间文学继续向前发展,在民间歌谣、民间故事、民间戏剧和民间说唱等领域产生了不少优秀作品,并且对专业作家的创作起了巨大的推动作用。即使是进入近代和现代时期以后,东方的民间文学也始终保持着繁荣兴旺的态势,显示出永不衰减的生命力。

东方地区民间文学繁荣兴旺的特征,具体表现在以下三个方面:

第一,不少东方文学的古典名著是在民间创作的基础上整理和加工而成的,它们仍然具有浓郁的民间文学色彩。古埃及的诗文集《亡灵书》、古巴比伦的史诗《吉尔伽美什》、古代印度的诗集《梨俱吠陀本集》和《阿达婆吠陀本集》以及史诗《摩诃婆罗多》和《罗摩衍那》、古代中国的诗集《诗经》、古代伊朗的典籍《阿维斯塔》、古代希伯来的典籍《旧约》等都在其列。这里举《旧约》为例。

据学者考证，《旧约》中仅有一部分作品为个人所作，如先知书和《耶利米哀歌》；其余多数作品均非个人创作，而是民间创作和集体创作的结晶。尽管其中有些卷明白地记载着作者的姓名，如第一卷至第五卷（《创世记》、《出埃及记》、《利未记》、《民数记》和《申命记》）被称为"摩西五经"，为摩西所作，第21卷《传道书》开头写道"在耶路撒冷作王、大卫的儿子、传道者的语录"（圣经公会译本，下同），第22卷《雅歌》的第一句话是"所罗门之歌，是诗歌中最美的歌"；然而这些说法却未必可靠。举一个明显的例子：摩西本人是不可能描述自己怎样死的，也不可能知道自己的墓地将永远不为人知，但《申命记》却写了；摩西本人也不可能知道自己死后之事的，但《创世记》却说明后来以色列的第一任国王是扫罗；不仅如此，这几卷里还有一些前后矛盾的说法，也证明并非出自一人之手，如《创世记》第一章说上帝在第六天创造了人类，包括男人和女人，但在第二章里又说上帝先用泥土造了男人，又用男人的肋骨造了女人，这似乎是把不同的说法拼凑在一起了。其实，《创世记》和《出埃及记》等乃是希伯来远古神话传说和历史故事的汇编，不大可能属于个人创作范畴；即便后来由某个人写成，他也只是编写者而不是创作者。再如《传道书》，文中多数条目采用第一人称，并且常用所罗门的口气说话（如"我对自己说：'我是一个大人物，比任何一个统治过耶路撒冷的人都有智慧。我知道智慧是什么，知识是什么。'"①）。从这些地方来看，认为本卷是所罗门的语录，相信本卷的作者是所罗门，似乎并非没有道理。不过，本卷的内容不连贯，有重复；有的地方思想不够统一，甚至自相矛盾（如第1章第18节否定智慧的作用，说"智慧越多，烦恼越深；学问越博，忧虑越重"②；而第8章第1节又肯定智慧的作用，说"只有明智人知道事务的意义。智慧使他面有光彩，并使他的忧郁消失"③）。由是可知，正如其他许多卷一样，所谓本卷全为所罗门所作乃是一种假托，无非是假托名人之口表达自己要表达的思想罢了。又如《雅歌》，其中所谓"所罗门之歌"，也可以理解为"献给所罗门的歌"或者"关于所罗门的歌"。所以，不能由此断定《雅歌》是所罗门所作的歌。另外，关于《雅歌》的性质，也有种种不同的解释（如犹太教徒认为，本卷所描写的是上帝和他的选民的关系；而基督教徒则认为，本卷所描写的是基督和教会的关系）。事实

---

① 《圣经》，香港圣经公会1981年版，第838页。
② 同上，第839页。
③ 同上，第844页。

上，如果仔细研究《雅歌》本文就会发现，这些说法都未免有些勉强，都是想方设法使之为自己服务。其实《雅歌》所写的内容乃是一对青年男女互相倾诉爱慕之情，它是一组情歌，这是显而易见的；《雅歌》的男女主人公是普通老百姓，它具有浓厚的民间文学色彩，所以它是一组民歌性质的情歌，这也是显而易见的。

《旧约》文学的这种民间性，充分地证明了希伯来人民群众的艺术创造力。这种民间性使得《旧约》文学在内容上反映现实生活更广泛，更真实；在艺术上显得更质朴，更清新。它长期流传，历千年而不衰，大约与这种特性有密切关系。它受到后世许多作家的赞美，被认为是不可企及的典范，大约也与这种特性有密切关系。以《雅歌》而论，其中共有六首诗，从头至尾采用新郎、新娘对唱的形式。新郎像是一个牧羊人，新娘也像是一个劳动者。在这六首诗之间，看不出明显的联系，似乎只是反复咏唱；每首诗都可以独立出来，构成一支优美的情歌。如第四首诗就是构思新颖的佳作。这首诗描写姑娘做了个梦，明明听见情人敲门，可是开门以后却不见他，于是焦急万分，四处寻找，以至被守夜者击打受伤，让守城人夺走披肩也不肯罢休，从而表现了一个热烈追求爱情和幸福的女性形象。《雅歌》在艺术风格上的特点是大胆、热情、奔放。无论是新郎还是新娘，都在热烈地追求幸福的爱情，尽情地享受幸福的爱情。他们的感情是专一的，是只爱对方一人而永不转移的。尤其是在第六首诗里，作者通过女方的口把爱情与死亡、阴间、烈火、洪水、财富等加以比较，认为爱情跟这些人世间最有力、最可怕的东西一样强大，甚至远远胜过它们——"爱情跟死亡一样坚强，／恋情跟阴间一样牢固；／它爆出火焰，／像烈火一样燃烧；／水不能熄灭爱情，／洪水也无法把它淹没。／若有人想用财富换取爱情，／他必定招来鄙视。"① 这是《雅歌》大胆、热情、奔放风格的突出表现，是希伯来民族性格的突出表现。这种写法在别的民族文学中似乎是不多见的。

《雅歌》在表现方法上也有自己的特点，最突出的是喜欢使用比喻。如在第三首诗里，新郎赞美新娘长得漂亮的一节，写法很有意思：

> 我亲爱的，你多么美丽！
> 你的眼睛在面纱后面闪耀着爱的光辉。
> 你的头发像一群山羊，

---

① 《圣经》，香港圣经公会1981年版，第858页。

从基列山跳跃着下来。
你的牙齿如新剪的
刚刚洗刷干净的绵羊一样白。
成双成对地排列着,
一颗都不缺少。
你的嘴唇像一条深红色的丝带,
你开口说话时秀美动人。
你在面纱后面的双颊像泛红的石榴。
你的脖子像大卫的高塔,
圆直牢固,
挂着的项链像成千勇士的盾牌。
你的双乳像一对羚羊,
像孪生的小鹿在百合花中吃草。
我要往没药山,
到乳香岗上,
等清晨的凉风吹拂,
黑夜逐渐消逝。
我亲爱的,你多么艳丽,
你多么完美![1]

这一节的写法在《雅歌》中很有代表性。在这里,作者大量地使用了"像……""如……"之类的句式,广泛运用他们在实际生活中最常见、最熟悉的东西,他们心目中最美丽、最可爱的东西,诸如山羊、绵羊、丝带、石榴、高塔、盾牌、羚羊、小鹿等来比喻新娘的美,描绘新娘的美。这种比喻具有直接、具体的性质,给读者留下的印象也很形象,很生动。这种方法是古代民间文学(特别是歌谣)所常用的,表现了古代民间文学朴素的美。后世专业作家的作品,一般就不这样写了,写得更细致了,更复杂了,但是也就失掉这种朴素的美了。

第二,不少东方的民间文学作品达到很高的艺术水平,产生很大的社会影响,成为世界文学宝库中的精品。在中国文学的历史长河中,涌现出无数的民间文学佳作,已为人所共知。其他东方国家也不乏其例,如印度的故事集《五

---

[1] 《圣经》,香港圣经公会1981年版,第852页。

卷书》和《伟大的故事》，阿拉伯的寓言故事集《卡里来和笛木乃》、民间传奇故事《安塔拉传奇》和民间故事集《一千零一夜》，日本的说话集《今昔物语集》等堪称这方面的杰出代表。这里举《一千零一夜》为例。

《一千零一夜》可以说是全世界流传最广、影响最大的民间故事集。诚然，世界上每个国家和每个民族都有自己的民间故事，其数量多得几乎难以统计；但是作为一部完整的民间故事集在世界各地广泛流传，成为各国人民的共同读物，并在世界文学史上占据一个重要席位的，却首推《一千零一夜》。该书至今仍有"世界最大奇书"之称，成为世界民间故事的白眉。各国作家对它赞不绝口，推崇备至。如法国作家伏尔泰说，我读过四遍《一千零一夜》，才算尝到了它的味道。法国作家司汤达尔希望自己忘记《一千零一夜》的内容，以便再读一遍，重温其中的乐趣。俄国作家车尔尼雪夫斯基说过："我小时候简直被《一千零一夜》迷住了，后来长大了，我还是常常读这奇妙的故事集，而且每读一次就会感到一种新的魅力；我知道很多优美的诗歌，但却不知道比《一千零一夜》更优美的故事。"苏联作家高尔基写道："在民间口头创作的宏伟巨作中，《一千零一夜》是一座最壮丽的纪念碑。这些故事完美地表现了劳动人民的意愿，表现了东方各民族美丽幻想所具有的豪放力量。它的语言美妙无比，犹如用五彩缤纷的丝线编织的地毯，覆盖着整个地球。"

《一千零一夜》之所以能够传遍世界并且经久不衰，不外两方面的原因：一方面是因为它在思想内容上丰富多彩、包罗万象。它的故事是多种多样的，诸如神话、传说、寓言、童话、故事、奇谈怪说、逸事趣闻等等，可谓五花八门；人物也是形形色色的，从神到人，从帝王、后妃、王族、将相到工匠、渔夫、妓女、乞丐，可谓应有尽有。这些故事和人物构成了一幅幅色彩斑斓的图画，形象地表现了中古时期阿拉伯国家的社会面貌和风土人情。另一方面（也许是更主要的方面）是因为它在艺术表现上具有鲜明的特点和明显的长处，把民间故事这种体裁的艺术水准提高了一大截。例如：

《一千零一夜》在结构上采用故事套故事的新颖形式。全书几乎所有的故事（除几个作为补遗的故事外）都被套在开篇故事——《国王山鲁亚尔及其兄弟的故事》之中。这个开篇故事起着穿针引线的作用，把一百多个故事串联起来。这种结构形式至少有两个好处：一是增加故事的吸引力，让人一夜接一夜地读下去，一个故事接一个故事地听下去，因为一夜紧接一夜，两夜衔接的地方往往正是故事的紧张之处，一个故事套着一个故事，你如果不读或不听套着的故事就不知道原来故事的结局如何(这有点像我国的章回小说,所谓"欲知后事如何,且听下回分解")。二是使这样一部规模庞大的作品得以完整地保存下来,因为一夜接一夜,一个故事套一个故事,丢了一夜或一个故事马上就会接不下去。世界上其他许多民族的民间故事由于没有采取这种方法,所以渐渐地散失了。因此,有人说:没有"夜",便没有《一千零一夜》。这话是有道理的。当然,目前世界各国流传的版本不同,对"夜"的处理也有所不同。如英译本巴顿版从第一夜一直排到一千零一夜,共计169个故事(插话不计入内),另有补遗故事若干;而纳训的中译本则只在《商人和魔鬼的故事》中分为三夜,以下不再分夜。

《一千零一夜》的故事既有长的,也有短的,二者互相搭配,避免单调乏味;而长故事往往具有场面广阔、人物众多、内容复杂、情节曲折的特点,所以大大地扩大了故事的容量(包括广度和深度),提高了故事反映生活的能力。如《巴索拉银匠哈桑的故事》,长达七万多字,重要登场人物有十几个,他们的活动舞台从人间社会到鬼神世界,从热闹的都市到荒凉的旷野,故事的发展起伏不定,曲折多变,令人难以预测。与世界其他民族的同一类型故事相比,《巴索拉银匠哈桑的故事》在表现内容之丰富方面是极其突出的。

《一千零一夜》的故事既有丰富瑰丽的想象,又有具体精细的写实,二者巧妙地交织在一起。该书的想象因素特别出色,这早已是众所周知的了,如一夜之间建成的宫殿,一闻能治百病的苹果,一坐上去就可以遨游世界各地的飞毯等,充分地表现了当时阿拉伯人梦想征服自然和征服世界的愿望,同时也表达了世界各国人民的共同心愿。该书的写实因素也很突出。一般民间故事在写实方面往往比较概括,不大进行详细描写;但《一千零一夜》中许多优秀故事的写实则是具体的、精细的,有的甚至已经接近近代写实小说对环境、人物和细节描写的水平了。

《一千零一夜》的故事不仅以故事情节取胜,而且注重描写人物形象,刻画人物性格。一般民间故事常常单纯注重故事情节,人物形象描写比较概括,人物性格刻画比较粗糙,更加很少进行心理活动描绘。但《一千零一夜》中的一些优秀故事却加强了对人物形象的描写和人物性格的刻画,有时还对心理活动加以描绘,在关键时刻利用诗歌等形式抒发内心感受。如《辛伯达航海旅行的故事》所描写的主人公——辛伯达就是成功的一例。这个故事生动地描写了辛伯达这个阿拉伯航海商人有血有肉、栩栩如生的艺术形象,具体地刻画了他的复杂性格，描绘了他的心理活动——一方面，他经商航海是为了赚钱，所以无论处在什么情况之下都不忘记一个"钱"字，即使处在虎口余生关头也不忘记捞一把钱，有时还会干些损人利己的勾当；另一方面，他经商航海又是为了求知探险，他从不满足于已经达到的现状，总是如饥似渴地探求新知识和新生活，而且无论遇到什么困难，总是振作精神，决不坐以待毙。

《一千零一夜》在文体方面的特点是散文和诗歌互相配合，诗文并茂。该书主要采用散文体，但在不少地方穿插了诗歌，其总数达到一万多行。这些诗歌大部分是现成的，是16世纪以前阿拉伯著名诗人如乌姆鲁勒·盖斯、艾布·努瓦斯、艾布·阿塔希叶、穆太奈比、麦阿里和蒲绥里等人的名篇。它们为阿拉伯人所熟知和热爱，所以阿拉伯人读起来感到格外亲切。在故事里，这些诗歌不仅起到调节作用，使文章不会过于单调，而且辅助表现故事的思想内容，如有时作为说明某种道理的依据，有时作为抒发人物内心感情的手段等，从而成为故事的有机组成部分。正因为如此，所以可以说诗歌是该书不可缺少的重要因素，有人甚至认为：没有诗歌的《一千零一夜》，犹如没有太阳的白昼。

第三，东方许多优秀作家的创作与民间文学有着千丝万缕的联系。这些作家善于从丰富多彩的民间文学作品中汲取营养，学习民间文学作品形象、活泼的语言，感受民间文学作品朴实、清新的风格，吸收民间文学作品生动、感人的题材。这是东方文学自古至今的优良传统，非但古代和中古的作家如此，即使近代和现代的作家也是这样。它使得东方作家的创作更加富有民族色彩，更加贴近现实生活，更加受到人民大众的欢迎和热爱。这里举"蕾莉与马杰农"的故事作例子。

在中古时期，阿拉伯地区曾经广泛流传过一个感人肺腑的爱情故事——"蕾莉与马杰农"生死相爱的故事。其主要内容是：蕾莉是一个美丽、热情的姑娘，她与另一部落的青年相爱，两人情投意合。那个青年由于深陷情网，不能自制，因而被人称为"马杰农"，意思是疯子。但不幸的是，他们的恋爱遭到家长的反对，两人不得不分手。马杰农无法忍受离别的痛苦，他心烦意乱，便撕破衣服，奔向荒郊，攀上高山，白日在野地踟蹰彷徨，夜晚露宿于荒野牧场，和豺狼做伴，与虎豹为伍，痛哭流涕，苦不堪言。在此期间，蕾莉被禁闭在家，也是心如刀绞，终日以泪洗面。不仅如此，其后不久，蕾莉便被迫嫁给他人。因为心情郁闷，蕾莉终于病倒在床，随即一命呜呼。马杰农闻讯五内俱焚，热泪如雨。他直奔蕾莉的墓地，头顶坟墓，倾诉衷肠，呼天抢地，直到精力耗尽，命归黄泉。人们同情他俩的遭遇，便将两人合葬一处。

这个故事产生于阿拉伯地区，其后又流传到伊朗、印度以及西亚和中亚广大地区，经久不衰，不知感动了多少善良的人民群众和文人墨客。据说阿拉伯文的《诗与诗人》一书已经记载过这个故事，《乐府诗集》也描述了其中的若干情节。到12世纪时，伊朗诗人内扎米对这个故事产生了浓厚的兴趣，决心用长诗的形式将它完整地、充分地表现出来。由于热情高涨，他运笔如飞，正如他在"序诗"中所写的那样：

> 这总共四千余联诗句，
> 用了不到四个月就写完。
> 若不是其他琐事缠身，
> 写完它只消十四个夜晚。①

以上述这个感人肺腑的民间故事为基础，再加上内扎米充沛的感情、高超的思想和卓越的技巧，一部享誉世界的长篇叙事诗终于诞生了。在这部长诗里，诗人成功地塑造了男女主人公——马杰农和蕾莉的鲜明形象，并且赋予了进步的思想。在他之前，伊朗已有不少诗人写诗讴歌青年男女的情笃意长，但还没有人像他这样刻画出具有如此强烈叛逆精神的形象，还没有人像他这样大胆地揭露压制人身自由和爱情自由的社会习俗，还没有人像他这样猛烈地遣责制造恋爱悲剧的道德观念。在这部长诗里，诗人充分地表现了自己的写诗才华，在艺术表现方面有不少值得称道的地方。比如注重自然景物描写，并使自然景物与人物形象、心理活动、思想感情的描写巧妙地交织起来，互相映衬，从而达到情景交融的艺术效果。再如语言生动丰富、优美典雅，大量地使用了比拟、对偶、排比、夸张等多种方法，极其富于表现力。

更加值得一提的是，"蕾莉与马杰农"故事还不只是感动了伊朗诗人内扎米，促使他写出了长诗《蕾莉与马杰农》；在内扎米之后，这个故事又一而再再而三地感动了其他一些不同国家、不同民族的诗人，促使他们也写出了一系列同名的诗歌。其中比较著名的有：伊朗诗人贾米的《蕾莉与马杰农》，它在伊朗的影响仅次于内扎米的诗歌；乌兹别克诗人纳沃伊的《蕾莉与马杰农》，它在乌兹别克及中亚地区享有盛名；印度诗人阿密尔·霍斯陆的《蕾莉与马杰

---

① [伊朗]内扎米：《蕾莉与马杰农》，张鸿年译，中国文艺联合出版公司1984年版，第8页。

农》，它在印度流传很广；土耳其诗人富祖里的《蕾莉与马杰农》，它在土耳其拥有广大读者。除此之外，还有别的诗人也写过这个故事。据有人统计，用伊朗文（波斯文）写成的有二十多部，用乌兹别克文写成的有一部，用土耳其文写成的有十多部，用阿塞拜疆文写成的有三部，用塔吉克文写成的有两部，用库尔德文写成的有一部。尽管其中只有内扎米和纳沃伊的作品最为出类拔萃，其他有些人的作品难免有模仿之嫌，但是一个民间故事能够引起如此众多的诗人的兴趣，已经足以说明它所具有的魅力了。

第五节　宗教影响既广且深

与西方文学相比，东方文学的第五个突出特征是与宗教的关系颇为密切，受宗教的影响既广且深。

在古代，东方的几个文明古国创造了人类最古老的文明，其中包括物质文明和精神文明两部分，而后者则既含古代文学在内，也含古代宗教在内。

古代埃及宗教的形成可以上溯到公元前3000年左右。公元前2000年以前刻在法老坟墓内壁的金字塔文是当时信仰的最古文字的依据，其中汇集了符录、祷词、颂歌、挽歌、神话、传说、宗教仪礼文等。金字塔文后来又演化为棺文和《亡灵书》。前者是当时写于木棺外面的文献，后者是置于死者墓内的书籍，内容较前者更为完备，有的还附上图画。埃及宗教是具有单一主神教倾向的多神教，但有时又具有轮换主神教的倾向。它认为人死后要受神的审判，然后还有可能复活；信仰的神很多，最高的神是太阳神。古代埃及人创作的大多数文学作品都与这种宗教信仰有关。如在神话方面，关于开天辟地的神话、拯救人类的神话、太阳神的神话、奥西里斯与伊西斯的神话等，是他们宗教信仰的形象表现；在诗歌方面，有为数甚多的颂神诗和宗教诗，直接反映他们的宗教观念；在散文方面，宗教仪礼文无疑是体现其宗教信仰的。以《亡灵书》为例，它是使死者的亡灵顺利地通过下界的旅行，以便获得重生的指南。虽然它并非正式的宗教经典，但却是迄今能够找到的古代埃及宗教最完备的文字资料。同时，它又是古代埃及文学最有代表性的作品之一，标志着古代埃及人在宗教文学创作方面所取得的最高成就。我们可以说，古代埃及大多数文学作品都含有浓重的宗教观念，带有浓厚的宗教色彩；它们往往兼备双重性质，既是宗教的文献，又是文学的创作。

古代巴比伦的情况也大抵如此。古代巴比伦的宗教上承苏美尔和阿卡德宗教，是美索不达米亚宗教的一个组成部分，与古代埃及宗教并称为世界具备最古文字典籍的古代宗教。巴比伦宗教信仰多神，但将巴比伦地方神列为诸神之首；认为人死后只能住在黑暗之中，根本没有什么天堂。在古代巴比伦人所创作的丰富多样的文学作品中，神话《埃努玛·埃立什》在描写宇宙创造的过程中，特别突出地歌颂了巴比伦地方神马尔杜亥的功绩，其目的在于提高马尔杜亥的地位，而这正好成为巴比伦宗教的重要依据；史诗《吉尔伽美什》在描写吉尔伽美什及其友人恩启都的英雄业绩之后，接着叙述恩启都之死以及吉尔伽美什千方百计企图使之复活的故事。这个故事以吉尔伽美什的失败而宣告结束。这种神力无边、人们只有听天由命的思想，显然属于巴比伦宗教教义的一部分。由此可见，上述巴比伦文学作品也与宗教密切相关，也兼备宗教文献和文学创作的双重性质。

如果说埃及宗教和巴比伦宗教属于存在于古代而现今已不再流传的宗教，那么印度的宗教则有所不同，它是产生于古代而现今仍继续存在的宗教。古代印度宗教主要分为两大体系，一是吠陀教—婆罗门教体系，二是佛教体系。吠陀教起源于公元前2000年左右，崇拜天界、空界和地界的多神，具有灵魂观念，但是尚未产生轮回思想。婆罗门教上承吠陀教，约形成于公元前7世纪，崇拜多神，并奉梵天、毗湿奴和湿婆为三大神，主张善恶有因果，人生有轮回。流传至今的印度古代文学遗产主要与这两个宗教有密切关系。如卷帙浩繁的"吠陀"文献，既是吠陀教的文字依据，又是婆罗门教及其后继者——印度教的正式经典，同时也是印度的文学创作，具有相当的文学价值；篇幅浩瀚的两大史诗《摩诃婆罗多》和《罗摩衍那》，不仅以吠陀教和婆罗门教的信仰为指导思想，而且成为婆罗门教及其后继者——印度教的正式经典，其文学价值足以与希腊两大史诗媲美，形成东西方并立之势。佛教创立于公元前6世纪至前5世纪之间，主张因果报应和修行解脱，但是认为四个种姓平等。佛教经典繁多，其中《法句经》、《上座僧伽他》、《上座尼伽他》和《佛本生故事》等都具有浓厚的文学色彩和一定的文学价值，被视为印度古代文学遗产的一部分。总之，古代印度宗教比古代埃及宗教和古代巴比伦宗教又向前发展了一步，产生了正式经典；而在这些正式经典中，便有许多同时也是文学作品。这个事实完全可以说明古代印度文学与宗教的关系是多么密切了。

类似的情况还可以在东方另外两个文明古国——伊朗和希伯来的文学与宗

教中看到。伊朗最古老的文献——《阿维斯塔》，既是琐罗亚斯德教的经典，又是神话、传说、故事和歌谣等文学作品的汇集。希伯来古代神话、传说、故事、歌谣、诗歌、小说、戏剧、预言、箴言等的汇编——《旧约》，既是犹太教的经典，又是基督教的经典。公元前6世纪大批希伯来人被巴比伦人掳走，成为"巴比伦之囚"以后，他们一直渴望重返家园，再建祖国，并且祈求救世主降临人世，引导他们脱离苦海。于是，犹太教应运而生。该教以上帝耶和华为宇宙惟一主宰，以犹太人为其特选子民，并将希伯来的大量历史资料和文学资料汇集起来，经过几百年的努力，编纂成了自己的经典——《圣经》。其后又有基督教产生，认为人类只有崇拜上帝及其儿子耶稣基督才能得救。基督教把犹太教的经典继承下来，称之为《旧约》，另外编纂《新约》，并将二者合称《圣经》。由是可知，古代伊朗和希伯来的文学与宗教也有着难分难解的血缘关系。

综上所述，在古代东方，埃及、巴比伦、印度、伊朗和希伯来等国的文学都与宗教有着几乎密不可分的联系。有些文学作品本身就是正式的宗教经典；有些文学作品虽然并非宗教经典，但其中充满宗教的内容，是重要的宗教文献；还有些文学作品在题材和思想等方面与宗教联系密切；至于不带任何宗教味道的文学作品，即使不能说是凤毛麟角，也可以说是较为少见吧。

当东方社会进入中古时期以后，一般来说，文学与宗教逐渐分离，宗教对文学的影响有所削弱；但是许多文学作品仍然不同程度地带有宗教色彩，受到宗教制约。中古东方与文学联系较多、对文学影响较大的宗教有印度教、佛教和伊斯兰教。

印度教属于吠陀教—婆罗门教体系，公元4世纪至5世纪间形成，主要承袭婆罗门教教义，同时吸收佛教、耆那教教义以及民间信仰，以"吠陀"、《摩诃婆罗多》和《罗摩衍那》等为经典。印度教对中古印度文学的影响相当广泛。举例来说，中古后期印地语两位最有代表性的诗人——苏尔达斯和杜勒西达斯的创作都与印度教血肉相连。苏尔达斯是虔诚文学主要诗人之一，有形派黑天支派的代表。他的《苏尔诗海》以毗湿奴大神之化身黑天下凡为题材，而黑天则是史诗《摩诃婆罗多》以及一系列往世书中的重要人物，具有半神半人性质。杜勒西达斯也是虔诚文学主要诗人之一，有形派罗摩支派的代表。他的《罗摩功行之湖》是史诗《罗摩衍那》的改写，主要讴歌罗摩的业绩，既被视为诗歌的楷模，又被奉为宗教的经典。

印度教和佛教虽然都是印度人的创造，可是在中古时期前者的影响主要是在印度境内，后者的影响主要是在印度境外。自公元后最初几个世纪起，佛教便不断向印度境外传播，逐渐发展成为世界性的宗教。其中传入中国、朝鲜、日本、越南等地的以大乘佛教为主，称为北传佛教；传入东南亚地区的以小乘佛教为主，称为南传佛教。佛教对中古东北亚和东南亚各国的文学产生了广泛的影响。以日本文学为例，自大和时代起至江户时代止，在汉诗、和歌、俳句、物语、日记、随笔、小说、谣曲、狂言、戏剧等创作中，都很容易找到佛教留下的或多或少、或深或浅的痕迹，佛教文学以及与佛教有关的文学成为日本文学的重要组成部分。如平安时代物语文学的代表作品《源氏物语》，其中登场的几乎所有的人物都信仰佛教，相信因果报应，认为前世、现世、来世三者之间存在因果关系，前世为现世之因，现世既为前世之果，又为来世之因，一切已经决定，人们无能为力；出家遁世成为他们之中许多人摆脱现实矛盾和苦恼的惟一出路。

　　佛教产生于古代，而伊斯兰教则是中古时期出现的新宗教。伊斯兰教在公元7世纪初创立于阿拉伯半岛，属一神教，以安拉为惟一神灵，相信死后复活和末日审判。伊斯兰教主要分布于西亚、北非、中亚、南亚、东南亚、东亚、东非和西非等地区，使这些地区的文学相当普遍地染上了宗教色彩。首先，由伊斯兰教创始者穆罕默德以安拉的名义颁布，为其弟子记录下来的《古兰经》，既被认为是该教的根本经典，又被认为是中古阿拉伯文学史上第一部重要著作。这部书堪称宗教与文学结合的又一突出例证。其次，如果翻阅一下中古阿拉伯、伊朗以及其他伊斯兰国家的文学史料和文学作品，也可以随处发现许多明显的宗教痕迹。举民间故事集《一千零一夜》为例。这部作品极力推崇伊斯兰教及其所信奉的主宰安拉，经常出现"安拉是惟一的主宰"之类的词句，一切非伊斯兰教思想均被视为异端邪说，所有非伊斯兰教徒都被看做坏人。

　　自东方社会转入近代时期以来，随着生产的不断发展和科学的不断进步，人们正在进一步摆脱宗教的控制；与此同时，文学与宗教的联系也在进一步减少，受宗教的影响也在进一步削弱。但这决不等于说近代以来的东方文学已经彻底断绝了与宗教的联系，已经彻底消灭了宗教的影响。事实上，从近代到现代，东方文学与宗教的联系和受宗教的影响，仍然在种种不同的程度上以种种不同的形式表现出来。在这个阶段，与东方文学联系较多、对东方文学影响较大的宗教，除印度教、佛教和伊斯兰教外，还有基督教以及其他一些宗教。

　　印度教在近现代又有所发展。不少思想家和改革者对印度教教义重新加以阐释，提出许多新见解，形成许多新组织。近现代印度教对同时代印度文学的影响仍然是显而易见的。以这一时期印度最杰出的诗人和作家泰戈尔为例便可说明问题。上面已经提到，尽管泰戈尔并不是一个虔诚的印度教徒，尽管他的世界观不仅容纳印度教的思想，而且容纳其他宗教以及西方近代思想家的思想，可是他的世界观的核心部分还是承继吠陀教—婆罗门教—印度教的思想，即印度自古以来代代相传的泛神论思想、梵我同一的思想。在某种意义上可以说，他一生所追求的理想便是这种梵我同一的境界，他全部作品所表现的基本主题便是这种梵我同一的愿望；只不过他不主张遁世，而主张入世，不主张到现实世界外去探求，而主张在现实世界中去探求罢了。用他自己的话说就是："《自然的报复》可以看作我以后的全部作品的序曲；或者更确切地说，这是我所有作品都详述的一个主题——在有限之内获得无限的喜悦。"[①]这里所谓的"有限"，即现实世界；所谓的"无限"，即梵我同一的境界。

佛教在近现代也有所变化。由于经典浩繁，流传地域越来越广，传播时间越来越长，在许多国家和地区形成了各具特色的教派，出现了宗派林立的局面。近现代佛教对东方一些国家的文学继续产生影响，缅甸就是一个突出的实例。在缅甸古典文学史上，佛教文学曾经占据主要地位；19世纪末缅甸沦为英国殖民地后，又有一些爱国志士希望通过佛教振兴民族精神，著名诗人和作家德钦哥都迈便是代表人物之一。德钦哥都迈从小在佛教寺院中学习，深受佛教思想的影响。他的创作从内容到形式都保留着佛教的痕迹。如在戏剧创作方面，他的许多剧本取材于《佛本生故事》；在诗文交织体"注"的创作方面，他不仅创造性地使用这种诠释佛经的文体，而且在有些地方热情歌颂佛教僧侣传扬佛教、振兴民族的举动。

伊斯兰教在近现代的嬗变表现在两个方面：一是巴布、瓦哈比、马赫迪、赛努西等教派运动不断展开；二是泛伊斯兰主义、复古主义、现代主义、改良主义、伊斯兰社会主义等社会思潮接连兴起。由于近现代伊斯兰教在东方地区继续扩展，所以它对这时东方各国文学的影响也不容忽视。尤其是在伊斯兰教国家，这种影响更是随处可见。如用乌尔都语和波斯语从事写作的著名诗人伊克巴尔就是一个例子。伊克巴尔是伊斯兰现代主义运动的代表人物之一，有名的宗教改革家和思想家。他希望穆斯林通过修炼得到净化，达到充分发展；并

[①] 这一段文字的译者是冯金辛。转引自[印]泰戈尔：《回忆录·附我的童年》，冰心、金克木译，人民文学出版社1988年版，第139页。

且要求建立合乎理想的穆斯林社会。他还对伊斯兰教教义提出许多崭新的见解，为改革伊斯兰教提出许多可贵的主张。他的诗歌则是表现其独特宗教观念和新颖哲学思想的得力工具。

此外，随着西方殖民主义的侵入，基督教在东方得到广泛传播，基督教对东方文学的影响也颇为引人注目。基督教虽然起源于东方，但在近代以前其传播范围主要是在西方；到近代以后才又回过头来传布于东方。由于基督教是一种高度发展的宗教，又是与西方文化密切结合在一起的，似乎比佛教、伊斯兰教和印度教等纯粹东方宗教显得更加时尚，因而更容易为许多作家，尤其是那些接近西方文化和西方文学的作家所接受，并以各种不同的形式反映在他们的作品里。所以，基督教及其经典《圣经》对近现代东方文学的影响相当普遍。例如，自1868年明治维新以来的百余年间，基督教与许多日本的文学流派和作家发生了密切的联系，对许多日本的文学流派和作家产生了深刻的影响，举其要者即有《文学界》杂志及其主要成员北村透谷，自然主义文学及其代表作家岛崎藤村、国木田独步、正宗白鸟，"社会主义"小说及其骨干人物德富芦花、木下尚江，《白桦》杂志及其重要同人武者小路实笃、有岛武郎，战后作家椎名麟三、远滕周作等。

以上所述是东方文学与宗教关系的大致轮廓。总而言之，东方地区几个历史比较悠久、文学比较发达的国家和民族都笃信宗教，都具有深厚的宗教感情（惟有中国例外。这可能是由于中国的主要民族——汉族早已存在天命崇拜和祖先崇拜的信仰并具有着眼现实的精神，由于对鬼神敬而远之的儒家在思想界始终居于统治地位，所以无论是由外国传入的佛教还是土生土长的道教，虽然都得到相当广泛的传播，拥有为数众多的信徒，但却未能达到垄断的地步，未能成为真正的国教；因而宗教对中国文学的影响较小）。东方地区盛产宗教，世界三大宗教——佛教、伊斯兰教和基督教都产生于东方，并对东方国家的社会生活产生了普遍的影响；此外古代埃及宗教、古代巴比伦宗教、吠陀教—婆罗门教—印度教、耆那教、锡克教、琐罗亚斯德教、摩尼教、犹太教、神道教等民族性和地区性宗教，也对东方一些国家和地区的社会生活产生了巨大的影响。与此同时，这些宗教与东方国家文学艺术的关系也就显得格外密切，对东方国家文学艺术的影响也就显得格外深刻。从历史的进程来说，大体上可以归纳如下：东方文学与宗教的关系有一个变迁过程，受宗教的影响有一个演化过程，即起初二者密切结合，后来逐渐分离，联系逐渐减少，影响逐渐缩小，不过至今没有断绝联系，没有消除影响。总起来看，东方文学与宗教的关系是密切的，受宗教的影响是深刻的（如泰戈尔就曾说过，印度的大部分文学是宗教性质的文学）。

那么我们应当怎样认识东方文学这个特征呢？长期以来，不少人（包括笔者本人在内）在谈到这个问题时，总认为宗教对文学的影响完全是消极的，东方文学与宗教关系密切、受宗教影响深刻是一个缺陷。这种看法虽然不是完全没有根据，但却显然不够全面。笔者现在认为，根据辩证唯物主义观点，对于这个问题不宜一概而论，而应采取分析态度；所谓采取分析态度，就是既要充分看到宗教对东方文学影响的积极面，也要充分看到宗教对东方文学影响的消极面。

宗教对东方文学的积极影响主要表现在如下三个方面：首先是从文学创作的角度来看，宗教观念和宗教信仰有时会起到丰富文学作品思想内容，增加文学作品浪漫色彩的作用。这是因为，宗教观念和宗教信仰往往与幻想分不开，宗教故事常常充满五花八门的想象，时而上天，时而入地，妖魔鬼怪，无奇不有，令人感到变幻无穷，神秘莫测；尽管这种幻想似乎是没有现实根据和不大合乎情理的，但却对于充实文学的幻想精神大有裨益。鲁迅在《中国小说史略》和《中国小说的历史的变迁》里谈到六朝志怪时，都曾经涉及印度佛教对我国志怪文学的影响。如"此外还有一种助六朝人志怪思想发达的，便是印度思想之输入。因为晋、宋、齐、梁四朝，佛教大行，当时所译的佛经很多，而同时鬼神奇异之谈也杂出，所以当时合中、印两国底鬼怪到小说里，使它更加发达起来……"[①]。这是我国文学的例子，而类似的情况在东方其他国家文学中也屡见不鲜。如印度的《梨俱吠陀本集》中收入不少优美的诗篇，这些诗篇想象丰富，色彩瑰丽，充满奇特的形象、离奇的构思和浪漫的情调；而这类诗篇之所以能够产生，显然是与当时人的宗教信仰分不开的，是与他们所崇拜的众多神灵以及关于这些神灵的奇特故事分不开的。

其次是从文学作品保存和传播的角度来看，由于宗教往往利用文学作为宣传工具，因而文学也就常常依靠宗教的力量保存下来，并且进行广泛传播。印度的"吠陀"、《摩诃婆罗多》和《罗摩衍那》，希伯来的《旧约》，阿拉伯的《古兰经》等宗教经典都保存了不少宝贵的文学遗产，如果没有宗教力量的支持，这些文学遗产就不大可能汇集成书并流传千古，这是显而易见的事实。以《古

---

① 《鲁迅全集》，第8卷，人民文学出版社1959年版，第320页。

兰经》为例，这部书不仅在文字、语法、修辞、风格等方面成了阿拉伯语文的典范，推动了阿拉伯文字学、语法学、修辞学等学科的发展；而且还根据传教布道的需要引用了许多流行于阿拉伯半岛的故事、传说和谚语等，其中包括阿拉伯人的创作，也包括犹太教和基督教的材料。

第三是从各国文学交流的角度来看，历史悠久国家的宗教流传到其他国家，不仅促进了后者宗教的发展，同时也促进了后者文学的发展，甚至使一些后进国家的文学产生飞跃。这是因为，历史悠久国家的宗教是以文学为宣传工具的，当它们的宗教传入其他国家时，它们的文学自然也就随之传入其他国家了。这种情况在东方文学史上屡见不鲜。例如，印度的佛教在亚洲许多国家得到广泛传播，这些国家可以分为两种不同的类型，一种类型是像中国这样与印度具有同样悠久历史的文明古国，另一种类型是中国以外远远落后于印度的其他国家。即使是中国，也从佛教和佛经中吸取了不少的营养，滋补了自己的文学。如佛教和佛经给中国文学带来许多新观念和新境界，使大批印度故事在中国作品中得到新生，佛经散文和韵文相结合的体裁促进了中国变文的产生，佛经丰富了汉语的句式和词汇等。至于其他国家，从佛教和佛经中所获得的东西自然就更多了，有的国家几乎是以印度佛教及其文学之传入为书面文学之起点的。如缅甸，在10世纪以前只有神话、故事和民歌等口头创作，没有真正的书面文学作品；直到11世纪中叶蒲甘王朝建立，佛教在全国推广普及，各地广立佛塔、石碑，于是碑铭记事文学应运而生，成为该国书面文学之始；在缅甸古典文学中，包括碑铭记事文学、佛经哲理文学和佛经故事文学在内的佛教文学长期占据主要地位。再如老挝，在13世纪以前主要作品都靠口头流传；从14世纪中叶起，佛教经柬埔寨传入，于是才有最早的佛教文学产生，也就是真正的书面文学产生；在老挝古典文学中，根据佛本生故事翻译和改编的作品流传极为广泛，并对世俗文学影响深远。

宗教对东方文学的消极影响主要表现在如下两个方面：一方面，宗教观念和宗教信仰经常限制作家的思想，甚至扭曲创作的内容，使文学作品产生消极、悲观、宿命、遁世等不良倾向。这是因为，宗教乃是某种力量在人们头脑中虚幻的反映，它相信在现实世界之外还存在着超自然、超人类的神灵，并相信这些神灵主宰着自然界和人类社会。

宗教虽然与文学有共同之处，即二者都属于社会意识形态，都借助于形象和想象；可是由于宗教是对生活的虚幻的反映（文学则应当是对生活的真实的反映），一般来说它崇拜神灵，轻视人类，向往神灵世界，轻视现实世界，所以对文学有消极影响，使文学不能真实地、正确地反映现实生活，不能鼓舞人们积极面对现实生活。以佛教对日本物语文学《平家物语》的影响为例便可说明问题。作为一部优秀的军事文学和杰出的历史小说，《平家物语》生动地描绘了由平安时代向镰仓时代过渡时期的社会面貌；但也不容否认，由于佛教无常观和宿命论等消极思想作怪，这部作品的思想性受到了一定程度的削弱。从该书开篇的八句偈语起，便明确地表述了世事无常、盛者必衰的观念。这首偈语是："祇园精舍钟声响，／诉说世事本无常；／娑罗双树花失色，／盛者必衰若沧桑。／骄奢主人不长久，／好似春夜梦一场；／强梁霸道终殄灭，／恰如风前尘土扬。"[①]以下各卷则通过源氏、平氏两个武士集团的角逐过程，具体地表现了世事无常、盛者必衰的观念。这可能是因为当时社会动荡，人心浮动，人们深感自己不能把握自己的命运，于是只好以佛教的无常观和宿命论来加以解释了。

另一方面，宗教势力和宗教思想往往制约作家的艺术创作才能，束缚作家的艺术创作力量，使文学创作长期囿于狭小的、固定的框框之内，反复使用传统的题材，反复讲述传统的故事，反复描绘传统的形象，反复运用传统的形式，缺乏创新，因循守旧，因而缩小了文学前进的步伐，延缓了文学发展的速度。这可能也是东方一些国家的文学起步较早，但其后却落后于西方国家的原因之一。这些国家的古代文学和中古前期文学走在世界各国前列，取得了光辉灿烂的成就；但进入中古后期之后，由于多数作家的创作继续为宗教所局限，不厌其烦地讲述古老的故事，刻画古老的形象，不敢大胆创造，于是所取得的成绩也就有限了。尽管有些富有才华的作家善于依据时代需要和个人志趣有所创造，在原有故事中注入若干新鲜血液，使之在一定程度上获得某种新的生命；可是毕竟由于题材本身的限制，很难充分展示自己的才智。至于那些才智平庸的作家则只会人云亦云地讲述陈旧的故事，亦步亦趋地描绘固有的形象，自然更加缺乏创新了。

最后应当指出，宗教对东方文学的影响并非一成不变，而是随着时间的推移不断发生变化。即起初宗教对东方文学既有积极影响，又有消极影响；其后积极影响逐渐缩小，而消极影响则逐渐扩大。如宗教在丰富文学作品思想内容和增加文学作品浪漫色彩方面的积极影响，在保存和传播文学作品方面的积极

---

① ［日］《平家物语》，周启明、申非译，人民文学出版社1984年版，第1页。

影响，在促进各国文学交流方面的积极影响等，都以生产技术尚未得到充分发展和思想认识尚未达到发达阶段的古代最为明显；而宗教在限制作家思想和扭曲创作内容方面的消极影响，在制约作家艺术创造才能和束缚作家艺术创造力量方面的消极影响等，则在其后生产技术不断进步、思想认识不断提高以及宗教日益牢固地为统治者所控制的历史阶段变得越来越明显起来。

第三章　中国文化体系与东方文学

第一节　中国文化体系的形成和特质

伟大的中华民族是成就辉煌的中国文化的创造主体,中国文化是历史悠久的中华民族对人类和世界的伟大贡献。

中国文化的共同体,基本上形成于秦王朝统一中国之后,秦王嬴政经过不断的兼并战争,先后消灭了韩、魏、楚、赵、燕、齐等6国,公元前221年,在华夏大地上建立了第一个统一的、中央集权的封建专制主义国家。政治上的统一,为文化的统一创造了极为有利的条件。秦始皇统一天下之后,大刀阔斧地消除"田畴异亩,车途异轨,律令异法,衣冠异制,言语异声,文字异形"(许慎《说文解字·叙》)等诸侯割据造成的千差万别之"异",采取了一系列重要措施——"书同文"、"车同轨"、"度同制"、"行同伦"、"地同域",经过重大改革,形成了后世称赞的统一文化。

到了西汉王朝,政治上的稳定和经济上的繁荣,又加强了文化统一的力度,推行了"罢黜百家,独尊儒术"的文化政策,不仅使儒家思想取得了"定于一尊"的独特地位,而且成为汉代文化思潮的主流。这一"独尊儒术"的文化政策,由汉代至清代,产生了长达两千年之久的影响。

在世界上,任何一种文化体系,总是经常不断地吸取外部世界文化——各个国家、各个民族的文化营养,才能健康发展并永葆其活力。中国文化是一种开放的文化,在发展过程中总是有目的地、有选择地、自觉地借鉴外部世界的文化,在继承中结合着自己的需要又进行不断的创新。

中国文化同外域文化的友好交流、互相融汇的历史表明:中国文化在发展过程中先后接受了中亚游牧文化、印度文化、阿拉伯文化和欧洲文化的影响,增强了自身的生命力。中国文化同外域文化交汇的历史,大致可分为三个阶段。

第一个阶段,是由秦汉时代开始的,中国文化同外域文化——主要是中亚、西亚、东亚、南亚和东南亚文化的交流。

根据史书记载,中国和西域——中亚、西亚的国际贸易从汉代以后得到了迅速的发展。当时的国际贸易是由汉朝政府组织和领导的，政治使者即外贸主管，如张骞是汉朝政府的政治使者，也是国家对外贸易的带头人。他们在出访时，还带走大批货物、资金，"牛羊以万数，赍金币帛直数千钜万"，带领的队伍"一辈（车队——引者注）大者数百人，少者百余人"；在每一年"使者多者十余（辈）少者五六辈；远者八九岁近者数岁而反"。（《前汉书·张骞传》）。在丝绸之路上，中国的丝织品源源不断地运往中亚、西亚乃至欧洲；而西域各国的皮货、毛织品也络绎不绝地运到中国。现在，我国人民喜欢的葡萄、石榴、核桃、芝麻、绿豆、豌豆等数不清的物品，都是当年传入中国的。这正如《肃州新志》中所说："不是张骞通异域，安能佳种自西来"；又如《汉书·西域传赞》中也称颂"殊方异物，四面而至"的盛况。频繁的经济往来，必然要促进文化交流。

在东亚地区，中国与唇齿相依的朝鲜和一衣带水的日本发生了日益密切的文化交往。早在商周时代，周武王灭商后，封箕子于朝鲜；箕子在朝鲜半岛上传播了田蚕礼仪等中国文化。战国、秦汉时期，燕、齐、赵等地人民到朝鲜躲避战乱，又带去中国的文字、器皿等。在日本，关于徐福东渡的传说，开创了中日关系史的先河，经学者考证，徐福不再是虚幻的人物，而是日本文化的奠基者之一。日本人肯定："徐福是我们日本人的国父。"1975年，"香港徐福会"成立，日本昭和天皇之弟第三笠宫在贺词中所说。在日本福冈的志贺岛上出土的"汉倭奴国王"金印表明，这一地区是当时中日文化交流的中心。

在南亚地区，同"身毒"（即印度）已经有了交往，《汉书·张骞传》中说："臣在大夏（即阿富汗——引者注）见邛竹杖蜀布，大夏国人曰：'吾贾人市之身毒国。'"可见，已经有了文化交流。

在东南亚地区，印度支那半岛上越南、老挝、柬埔寨成为中印文化交流的窗口和驿站，在中印文化交流过程中，也促进了中国与这三国的文化交流。

据史书记载，秦始皇统一中国后，公元前214年，秦王朝平定南越，设立南海、桂林、象郡（今越南北部和中部）。公元前207年，秦亡；南海尉赵佗"击并桂林、象郡，自立为南越武王"（《史记·南越尉佗列传》）。西汉初年，汉中人锡光任交趾太守，建立学校，教授礼仪，传播耕种技术等。中柬文化交流始于东汉章帝元和元年（84）（《后汉书·章帝纪》卷三），两千年来，一直和睦相处，患难与共。

根据考古文物，学者们断定：中国和马来的贸易往来、文化交流，是在公元1世纪前后开始的。

秦汉时代,是中国封建文化发展繁荣的第一个鼎盛时期。农业、医学、天文学和数学等四大门类,属于我国的传统科学技术,经过几百年的发展,到了秦汉时代已经形成了成熟的、独特的体系,在世界上处于领先地位。例如:"麻沸散"的使用在世界医学史上开创了全麻手术成功的先例;张衡创造的地动仪,是世界上第一台地震仪,并成功地测出当时的强烈地震;汉代的《九章算术》,体现了中国古代数学体系在世界上的领先地位;纸的制造和使用,对人类文化的发展,产生了无与伦比的巨大作用和深远影响。

总之,秦汉时代的中国文化已经初步确立了自己在世界文化体系中的重要地位;同时,也在多方位、多层次的文化交流(包括落后于本土文化的西域草原文化)中吸取了营养补汁,增强了自身发展的活力。

第二个阶段,在隋唐时代,中外文化交流又有了新的发展。南亚次大陆的佛教文化这时已经成为输入中国的外来文化的主体。佛教哲学的影响甚至在某些方面已经超越了中国传统儒学和魏晋时期流行的玄学,对中国文化,如哲学、文学、艺术,都产生了巨大的影响。

中国文化不仅吸收、消化了佛教文化,而且伊斯兰教、景教、祆教等也相继传入。中亚、西亚的科技知识,也丰富了中国的科技宝库。

隋唐时代,是中国文化空前繁荣昌盛的时代,在接受外来文化方面形成一种"坐集千古之智"、"人耕我获"的大好局面。在吸取外来文化过程中,又根据自己的民族需要进行选择取舍,加工改造,因而更加增强了中国文化的民族特色。

同时,具有高度发展水平的中国文化,对周围各国又产生了明显的影响,因而形成了以中国文化为中心的,包括中国、日本、朝鲜和越南在内的中国文化体系。

构成中国文化体系的基本要素有汉字、儒教、中国化佛教、中国式习俗、中国式律令、中国式科技等。公元七八世纪前后,是东亚日本和朝鲜相对稳定和统一的时代,在朝鲜半岛和日本列岛先后形成了较为强大的中央集权制的封建国家。他们的社会发展需要接受中国文化。在7世纪初期,日本国王在接见隋朝使节时说:"我闻海西有礼义之国,故遣朝贡。我夷人僻在海隅,不闻礼义……冀闻大国维新之化。"(《隋书·倭国传》)在公元645年,日本发生了"大化革新"的政治改革,其目的在于以"唐化"为标准,大力推行租庸调制度、班田制和中央集权制,这都是效法唐朝的政治制度。8世纪初,由日本天皇颁布了《养老律令》,其中官制、兵制、田制、税制等,几乎都是因袭唐朝政治制度的。8世纪日本迁都后,奈良是模仿唐长安城建造的;大规模地派遣留学生,将唐朝文化带回日本;日本邀请鉴真和尚东渡,尊他为"日本文化的恩人"、"日本律宗太祖"。日本深受唐朝文化的影响:吟唐诗,好唐乐,爱"唐绘"(中国风格的绘画),行唐礼,衣唐服,食唐式点心,用唐式餐具……"唐风"大盛,席卷全国。

到了唐代,在朝鲜半岛上,更加强调学习中国文化,把唐制视为立国的规范。一切政治制度、政府机构,都效法唐制。如:中央政府模仿唐朝尚书省设执事省,总揽国政;下设位和府(主管人事)、仓郡(主管租税)、礼部(主管教育)、兵部(主管军事)、左右理方府(主管律令)、例作府(主管工事),很像唐朝尚书省的六部。向唐朝派遣留学生,学习中国文化。在国内,效仿唐朝,设国学,后改为大学监;其中,设国学科和技术科。儒学以《论语》、《孝经》为必修;以《周易》、《毛诗》、《礼记》等为选修。

8世纪前后,越南所推行的文教制度和选拔人材的政策,一如唐制;通过进士,科举考试,也是袭用唐朝的惯例。在法律方面,"中华法系"的代表——《唐律疏议》,对越南产生了极大的影响。同时,对朝鲜和日本的影响,也是明显的。

从上述事例,不难看出:在中国文化体系内,日本、朝鲜和越南等国都积极选拔聪明好学之士,热情主动、如饥似渴地学习唐朝文化。他们不仅主动地吸取中国文化,而且经过咀嚼、消化,进行创新,努力使中国文化在他们国家里实现本土化、民族化。更值得提出的是:他们在创造性地借鉴中国文化之后,又将再创造的新文化成果反送回中国。如:中国造纸技术传入朝鲜、日本之后,经过再创造,又制造出超过中国水平的纸张。朝鲜主要以楮皮为造纸原料,造出大量的优质纸张,质量好,种类多,出口量大,深受我国的欢迎。

光辉灿烂的唐代文化,不仅多方面地、多层次地影响和促进了东亚各国的文化发展,而且对西方各国也产生了有力的影响。不过,这种影响,主要是体现在科学技术方面。中国的造纸术、纺织术,传入了中亚、西亚各国,继之输入欧洲,对西方的文明产生了难以估量的促进作用。

唐代文化同阿拉伯文化的交流,加速了中国炼丹术的西传,推动了阿拉伯和欧洲炼丹术的发展。学者们认为,现代化学便是在欧洲中世纪炼丹术的基础上发展起来的。因而,西欧学者高度评价中国炼丹术的世界意义。

唐代文化同印度文化的交流过程中,中国最早创立的十进位记数法直接推动了印度位值制数码——印度、阿拉伯数码的前身的诞生。这正像李约瑟在《中国科学技术史》中所说的:"在西方后来所习见的'印度数字'的背后,位值制早已在中国存在两千年了。"

唐代文化的对外交流,极为有力地推进了世界文化的进程,唐代文化在世界文化史上闪烁着夺目的光辉。

第三个阶段,是从明清到20世纪,这400年间的文化交流,同前两个阶段不同,中国文化面对的是超越自己水平的欧洲文化。

西方传教士传入中国的西方文化,包括欧洲的古典哲学、逻辑学、美术、音乐以及自然科学,都是前所未闻的新学问。到了19世纪中叶以后,西方列强的坚船利炮打破了清朝闭关锁国的大门,中国社会及其文化日益解体,欧洲文化同中国文化的交流带有强制因素,在规模和速度上远远超过了以前。这时,一些有识之士日益觉悟:要改变被动挨打的局面,使中国走向现代化,必须对中国社会及其文化进行全面的彻底的改造——从生产方式到政治制度,甚至到思想文化体系的最深层次。

关于中国文化的类型和特质,《中国文化概论》①的作者经过深入研究,得出如下几点结论:

由于中国文化是在半封闭的大陆性地域、农业经济格局和宗法与专制的社会组织结构等条件下形成的,因而确定了它的伦理类型。这种伦理类型文化深刻地影响着人们的意识形态和行为规范。他们视天地为父母,视百姓为兄弟,视万物为朋友,即将人伦观念贯彻到天地万物之中。

强大的生命力是中国文化的特质之一。在世界各古老民族文化中,几乎只有中国文化长期延续下来而从未中断,便是这种特质的表现。这种强大生命力,表现在它的同化力、融合力、延续力和凝聚力等方面。所谓同化力,是指外国文化(如佛教文化)传入中国之后,便逐渐被中国化。所谓融合力,是指中国文化以汉族文化为基础,融合了各少数民族文化。所谓延续力,是指在世界多种原生形态文化相继中断后,只有中国文化持续至今。所谓凝聚力,是指凡属中国血统的人(无论住在国内还是国外)大多具有文化心理的自我认同感和文化群体的自我归属感。

---

① 参见张岱年、方克立主编:《中国文化概论》,北京师范大学出版社1994年版,第347~374页。

重实际求稳定的农业文化心态是中国文化的特质之二。从根本上说，中国文化属于农业文化的范畴，其物质基础的主导方面和支配力量是农业，并且是长期在自给自足的自然经济条件下发展的农业。因此，在长期的社会生活和生产实践中，逐步形成了重实际求稳定的农业文化心态，其中包括重农业轻商业的思想，重实际轻玄想的性格，安于故土的意识，相信循环和恒久的观念等。

以家族为本位的宗法集体主义是中国文化的特质之三。在中国从氏族社会进入阶级社会后，原有的氏族社会并未完全解体，原有的宗法制度和意识形态残余大量积淀下来，社会组织主要是在父子、君臣、夫妇之间的宗法原则基础上建立起来的。由此形成的宗法制度根深蒂固。社会关系以家族为本位，其基本单元是宗族。在宗族里，个人不是独立的，至少要和上下两代人（即父、子）发生关系，从而构成一个父亲、自己、儿子的基本宗族单位。

既尊君又重民的政治文化是中国文化的特质之四。提倡尊重国君是为了加强国家的凝聚力，以便抗击外族侵略，保持国家统一。提倡重视人民是为了保障生产所需的生活资料，以便保全国家，安定国家。尊君和重民是既相反又相成的，二者共同构成了中国传统的政治文化。所谓相反，是指尊君和重民常常发生尖锐的冲突，形成严重的对立。所谓相成，是指尊君和重民又往往互相补充，封建统治者及其知识分子力图使二者统一起来。

摆脱神学独断的生活信念是中国文化的特质之五。中国在远古时代曾产生过原始宗教和鬼神崇拜，但在殷周时代发生了重大变化，确立了宗法道德观念，摆脱了神学独断观念。这是中国传统文化的理性的方面。长期对中国文化发展产生深刻影响的两大流派——儒家和道家都具有其理性的方面。如孔子所谓"敬鬼神而远之"（《论语·雍也》）和"子不语怪、力、乱、神"（《论语·述而》）等便是其例。不言而喻，这是中国文化与印度文化、阿拉伯—伊斯兰文化以及欧洲文化的重要区别之一。

重人伦轻自然的学术倾向是中国文化的特质之六。中国传统文化历来强调人伦，而忽视自然。这首先是因为以孔子为代表的儒家思想持有这种观点。如《论语》虽涉及不少自然现象，但大多是以自然现象说明伦理和道德等问题的。这种观点对以后数千年中国历代文化发展的影响是颇为巨大的。从一定的意义上说，轻视研究自然的思想，乃是中国的自然科学技术未能取得更大成就（特别是在16世纪以后）的原因之一。

经学传统优先并笼罩一切文化领域是中国文化的特质之七。中国文化一直具有以儒家经学为主流的传统，这种传统的影响达到了文化科学的各个领域。因此，各种文化都只好遵循儒家经学的思想，自然科学的研究受到一定的制约，宗教的发展也受到明显的限制。

中国古典文学是中国传统文化的重要组成部分。它生动地体现了中国传统文化的基本精神。关于中国古典文学的文化特征，学者们概括为下列三个方面①：

第一个特征是关注现实的理性精神。同西方文学不同，中国古典文学具有鲜明的人文色彩和理性精神。即使在上古神话中，中华民族的先民所崇拜的也是具有神奇力量的、建立了丰功伟绩的人间英雄，而不是像希腊诸神那样的天上神灵。补天的女娲、射日的后羿、治水的大禹，这些神话人物其实正是人间英雄的写照。有巢氏、燧人氏、神农氏等，分别发明了筑室居住、钻木取火和农业生产。他们的主要活动场所是人间，是人类早期生产活动的艺术夸张。因而，在某种程度上带有信史化的倾向，许多神话人物一直被看作是真实的历史人物在神话传说中的艺术再现。这正反映了人文色彩和理性精神的文化特征。因而，在整个中国古典文学中，无论是抒情作品还是叙事作品，作家的创作目光总是对准人间而不是天国；他们关注的是现实世界中的悲欢离合，而不是虚妄幻想中的天堂地狱。

第二个特征是"文以载道"的教化传统。中国古代的文学家都是在以儒家思想为主的传统思想哺育下成长起来的。"治国平天下"的入世思想是大多数作家共同追求的人生目标，而"兼济天下"和"独善其身"互补的人生价值取向则是他们的共同心态。因而，以诗文为教化手段的文学功用观成为古代最重要的文学观念。如：先秦诸子的"文"都是为其"道"服务的，"文"只是手段，"道"才是目的。这一传统，被唐宋古文家表述为"文以载道"，从而成为作家创作的共同准则、中国古典文学的基本精神。

当然，全面地分析"文以载道"的思想，它给中国古典文学带来了正、负两个方面的深刻影响。首先，"文以载道"的思想强调了文学的政治作用和教化功能，为古典文学注入了政治热情、进取精神和社会使命感，使作家重视国家、人民的群体利益，即使在个人抒情作品中也时刻不忘积极有为的人生追求。其次，"文以载道"的思想也给中国古典文学带来了负面影响。它使文学在一定程度上沦为政治的附庸，从而削弱了其主体意识和个性自由。

---

① 详见张岱年、方克立主编：《中国文化概论》，北京师范大学出版社1994年版，第229～233页。

第三个特征是写意手法和中和之美。历代创作的抒情特点和写意手法，使中国古典文学产生了以下的文化特征：中国古典文学是中国社会生活的艺术画卷，但更是古代中华民族的心灵记录；从这一窗口可以了解我国民众的传统文化心理。历代的作品，像镜子一样真实地反映了各自时代的思想面貌和人生向往。同时，中国古典文学所追求的艺术境界往往不是真实而是空灵，着重追求的是神似而不是形似，透过精练含蓄的艺术表现可以使人窥视作家的心理、憧憬和人生追求。

儒家倡导的"中庸"精神，对中国古典文学有深刻的影响。孔子借助《诗经》提倡"乐而不淫，哀而不伤"（《论语·八佾》）的思想；这一精神，后来又发展为"温柔敦厚"的"诗教"说（《礼记·经解》）。这一主张，像创作原则一样约束着作家的创作：即要求作家在创作中要有节制地宣泄情感，不可把感情表达得过分强烈。这种文学思想上的"中庸之道"必然会使中国古典文学在整体上呈现出一种不同于欧洲的中和之美。因而，在中国古典文学中，一般地说，很少有剑拔弩张的狂怒或手舞足蹈的狂喜。大多数古典作家都自觉或不自觉地遵循着"诗教"的精神，以"怨而不怒"、"婉而多讽"的方式来批判现实。诗人和作家在情感的表达上总是力求委婉曲折、含蓄深沉。中国古典作品中决不缺乏真挚、浓重的情感，但从未像西方诗歌那样炽烈狂热。中国古典文学在总体上所表现出来的含蓄深沉、意味隽永的艺术特征正表现了中华民族的平和和宽容。这也是注重理性这一文化特征在古典文学中的积淀。

第二节　中国文化体系对日本文学的影响

中国和日本是一衣带水的邻邦，两国人民之间有着两千多年的友好往来和文化交流的历史。长期以来，两国人民在经济上和文化上的密切联系和相互影响是不可割裂的、息息相通的。

早在公元前二三世纪，航海交通条件极其困难的情况下，中国文化已开始传入日本。日本史学家认为，中国早期文化曾以原始的交通工具通过日本海左旋回流的自然航路传入日本。

日本学者推断，在公元3世纪，应神天皇的时代，中国的《论语》和《千字文》等已传入日本，人们开始学习书写汉字，阅读中国古代典籍。到了7世纪，天智天皇的时代，写作汉诗的风气开始盛行起来。公元8世纪，奈良时代，相当于中国的盛唐时期，中国文化大量输入日本。这一时期的汉诗作品，主要收入诗集《怀风藻》中。

《怀风藻》是公元751年编成的日本文学史上现存的第一部汉语诗集，其中辑录了日本64位汉语诗人的120首作品（今实存117首）。这一诗集的书名，明显地反映了中国诗歌的影响："怀风"一词，学者认为，一方面源于六朝南齐王融《咏琵琶》诗中"抱月如可明，怀风殊复清"，意思是说琵琶之音，与清风明月相谐；另一方面，取自初唐王勃《夏日宴宋五官宅观画幛序》"佩引琅玕，讵动怀风之韵"，有引风入怀的意思。至于"藻"，既指文章辞藻，东汉张衡诗《归田赋》中有"挥汗墨以奋藻"；又言文采修饰，曹植《七启》诗中有"华藻繁缛"。所以，以《怀风藻》为诗集名，显然是中国六朝文学的影响。这正像《怀风藻·序》中所说的："余撰此文意者，为将不忘先哲遗风，故以怀风名之云尔。"

《怀风藻》中的作品，不仅是采用了中国汉诗的艺术形式，而且大多是中国六朝诗歌的模拟之作。有的是在句式上的模拟，如：春日藏老《述怀》诗中有"花色花枝染，莺吟莺谷新"，释辨正《在唐忆本乡》诗中有"日边瞻日本，云里望云端"这种一字重复使用的句式，正是模拟六朝诗歌句式的结果，如梁元帝《折杨柳》诗中有"巫山巫峡长，垂柳又垂杨"；梁湘东王《春日诗》中有"春还春节美，春日春风过"。有的诗，超越了句式模拟，对一首汉诗进行整体模拟，如《怀风藻》中释道融有《无题》二首，其诗有"我所思兮在无漏，欲往从兮食瞋难，路险易兮在由己，壮士去兮不复还……"正是对张衡《四愁诗》"我所思兮在太山，欲往从之梁父艰……"和晋张载《拟四愁诗》"我所思兮在南巢，欲往从之巫山高……"这一类诗的整体模拟。

《怀风藻》中大部分是侍宴、从驾和应召的应景诗篇，但是，这部最早的汉语诗集却反映了奈良后期汉诗创作接受中国影响的基本风貌。

我国唐初的张鷟所著《游仙窟》，在我国虽早已失传，但8世纪传入日本后却影响极广。最初，在《万叶集》已经看到了这种影响。山上忆良在《沉疴自哀文》中"九泉下人，一钱不值"一句，明显出自《游仙窟》："儿是九泉下人，明日在外谈道儿，一钱不值"。在大伴家持的15首《赠阪上大娘歌》中，有几首明显地反映了《游仙窟》的影响。如：其第15首中："黎明握别，比益难堪，痛切胸怀，如烧似割"之句，同《游仙窟》中的"未曾饮炭，腹热如烧，不异吞刃，肠穿似割"句，如出一辙。

公元9世纪进入平安时代以后，白居易等唐代诗人的诗集传入日本，在诗坛上产生了巨大影响。特别是白居易的作品传入日本以后，首先影响到汉语诗歌的创作上。因而，平安时代以来汉语诗歌有了很大的发展，先后有三种汉语诗集问世。汉语诗歌的诗风同《怀风藻》时期相比，有了显著的变化：七言诗逐渐增多，突破了以五言诗为主的局面；诗歌题材有了明显变化，"咏史"、"咏物"、"述怀"等作品取代了"侍宴"、"从驾"等歌功颂德的诗篇；诗歌创作日益关注社会生活、表现人类情感。在这一诗风的转变过程中，白居易诗歌的传入成为重要的契机。

平安时代，模拟白居易诗歌的写作技巧，表达日本民族情感、民族性格的诗篇日益增多，人们称这一类汉语诗歌为"白体诗"。学者们把"白体诗"分为三种：第一种是模仿白居易的各种诗体，以白诗的整体为蓝本，进行模拟创作。例如，菅原道真是日本第一个模拟白诗排律的汉语诗人，他的《寒早》10首完全是模拟白诗《春深》20首的结果。平安时代兼明亲王的汉词《忆龟山》2首，同白居易《忆江南词》，极其相似。第二种是摘取白居易的诗句创作汉诗，选用白诗的某一诗句作为汉诗的题目，进行新的汉诗创作。如大江维时的汉诗《秋声脆管弦》，便是选取白居易《小曲·新词》中的"霁色鲜宫殿，秋声脆管弦"。第三种是借鉴或模仿白居易诗歌的意境或主题，进行仿作。如菅原道真的《路遇白头翁》描写老人的悲惨处境和社会的黑暗，显然是模仿白居易《新丰折臂翁》、《卖炭翁》的结果。白居易诗歌传入日本后，深受日本诗人和作家的喜爱，其诗便成为争相学习的榜样和不断效仿的楷模。在日本的汉诗、和歌、散文等诸多文体中都鲜明地反映了白诗的广泛影响。

白居易对平安时期女作家的影响也是明显的。在日本散文史上占有重要地位的清少纳言的《枕草子》中，对白诗的征引和推衍之处，屡见不鲜。紫式部在《源氏物语》中更是显示了对白诗特殊的喜爱和高深的造诣。有学者统计，《源氏物语》中引用中国文学作品的语句，共有130余处，其中白氏诗句和相关典故竟多达80处。在第一回《桐壶》中描写：出身并不十高贵的更衣却蒙皇帝的特别宠爱。大家议论道："这等专宠，真正教人吃惊！唐朝就为了有此等事，弄得天下大乱。"《长恨歌》的影响，昭然若揭。在第十二回《须磨》中我们看到，当源氏怀着离愁来到荒无人烟的须磨时，紫式部借助白居的诗句"三千里外远行人"的意象展示源氏面对须磨荒漠凄凉景象油然而生的百感交集、万分复杂、缕缕苦楚的心绪变化。这正像严绍璗先生所分析的："'三千里外远行人'一句，原本白居易诗《冬至宿杨梅馆》，其中曰：'十一月中长夜至，三千里外远行人。

若为独宿杨梅信，冷枕单床一病身。'女作家在这一情节进展点上，融入白居易诗的这一意象，成功地构筑了源氏公子被放逐的环境与心态——在这荒凉的海边，'长夜'、'独宿'、'冷枕'、'单床'、'病身'将集于一身。紫式部运用这一句白诗，把物态模拟和心态表述和谐地组合在一起；把一个谪居边地的贵公子的生活环境与苦楚的内心作了典型的概括。同样的艺术手段在《须磨》这一卷中被多处运用。"①

13世纪50年代到16世纪70年代，即镰仓、室町时期，出现了深受中国文学影响的五山汉语文学。严格地说，这是禅宗僧侣的汉语文学欣赏与创作，其中又以汉语诗歌创作为主。

五山汉语文学发展的前期，虎关师练是一个代表人物，是一位广泛学习研究中国文化的学者。中岩圆月在评论虎关师练时说，微达圣域，度越古人，强记精知，且善昔述。凡吾西方（指中国）经籍五千余轴，莫不究达其奥。称赞他精通中国的经史子集，他的汉语诗歌创作又是立于博学的基础之上的，以洗练著称。如他的汉诗《秋日野游》："浅水柔沙一径斜，机鸣林响有人家。黄云堆里白波起，香稻熟边荞麦花。"前两句借鉴了宋僧道潜诗"隔林仿佛闻机杼，知有人家在翠微"的意境，后两句又巧用了王安石"缲成白雪桑重绿，割尽黄云稻正青"的句法，前后两句都学习了宋诗的神韵，而没有袭用宋诗的原句，从而开创了五山汉语诗歌的创作风格。

在五山汉语文学的兴盛时期，禅林诗人辈出，成绩斐然，具有代表性的名家有：惟忠通恕、愚中周及、歧阳方秀……不胜枚举。

在江户时代，汉语文学依然在发展。前期的汉语诗歌，继承了五山文学的遗风，又深受朱子学的影响；后期汉语诗歌，摆脱五山文学的束缚之后，学派林立，明显地受到了明朝复古主义诗风的影响。汉语诗歌的繁荣一直延续到明治年间。值得一提的是，在江户时代的汉语诗歌发展过程中，汉语词的创作也有了很大的进步。在知识界中填词之风，日益扩展，并产生了最早的词谱《填词图谱》。

中国传奇小说、民间故事和短篇小说对日本散文文学的发展，也产生了明显的影响。

日本奈良时代后期出现的《浦岛子传》明显受到了张鷟传奇小说《游仙窟》

---

① 严绍璗：《中日古代文学关系史稿》，湖南文艺出版社1987年版，第270页。

的影响，前者是以后者为范本创作的"翻案作品"——"是日本古代小说发展中形成的一种特殊类型，它以中国文学作品为原型，取其题材、结构、情节与人物形象等，把原作品中的故事，融化在特定的日本背景之中，然后把原作品的人名、地名等，置换成日本式的人名、地名，在一定程度上进行重新编织而成篇，此种创作手法，习惯上称为'翻案'，其作品称为'翻案小说'"①。

严绍璗教授对两篇作品的四个方面进行了比较：

一、记游女之美貌

《浦岛子传》："玉钿映海上，花貌耀船中，回雪之袖上，迅云之鬓间。容貌美丽而失魂，芳颜熏体而克调。眉如初月出峨嵋山，靥似落星流天汉……"

《游仙窟》："华容婀娜，天上无俦，玉体逶迤，人间少匹。辉辉面子，荏苒畏弹穿，细细腰支，参差疑勒断……靥似织女流星去，眉似姮娥送月来。"

二、记共至"仙宫"门前情景

《浦岛子传》："神女与岛子携手来到蓬莱仙宫，而令岛子立门外，神女先入金阙，告於父母，而后共入仙宫。"

《游仙窟》："女子曰：'儿家舍贱陋，供给单疏，只恐不堪，终无吝惜。'遂止余于门侧草堂中，良久乃出……遂引入中堂。"

三、记游女卧房陈设之华丽

《浦岛子传》："岛子与神女共入玉房，薰风吹宝衣，而罗帐添香，红岚卷翡翠，而容惟鸣玉。金窗斜，素月射幌，殊帘动，松风调琴……"

《游仙窟》："遂引少府向十娘卧处。屏风十二扇，画障三五张，两头安彩幔，四角垂香囊，织文安枕席，乱彩叠衣箱，相随入房里，纵横照罗衣，莲花起镜台，翡翠生金履……"

四、记男女主角相别时的情景

《浦岛子传》："眠久欲觉，魂浮故乡，泪浸新房。愿吾暂归旧里，即又

---

① 严绍璗：《中日古代文学关系史稿》，湖南文艺出版社1987年版，第146页。

欲来仙室。女送玉匣，裹以五彩……"

《游仙窟》："薄媚狂鸡，三更唱晓。遂则披衣对坐，泣泪相当……十娘报双履，又赠手中扇……"①

根据这一比较，严绍璗教授认为："如果说，《游仙窟》对于《万叶集》和歌的影响，还只是片断的话，那么，它对于《浦岛子传》的影响，则具有整体性——即指构思、情节、主题，以及语言表现诸方面的综合形态。这种全面存在的内在联系表明，日本古代小说，在其形成的过程中，早于'物语'体小说的产生，就出现了以中国文学为模拟对象的汉文'翻案作品'，成为蓄积文学表现能力的一个重要的过渡性阶段。"②

平安时代，大约在10世纪中期，日本文学史上出现了第一部物语文学作品——《竹取物语》。这是利用刚刚创造出来的日本民族文字——"假名"文字创作的最早的小说。这一部在民间口头文学基础上形成的古代小说，对后代日本文学的发展产生了重大的影响。

在这部日本最早的小说中，却可以看到中国民间文学的影响。《竹取物语》中描写：有一伐竹翁，在一次伐竹时，发现一竹筒中有个三寸左右的小女孩。他带回家去，只经3个月的精心抚养，小女孩就长成了一个漂亮的大姑娘，名为赫映姬。类似这种"竹中变异"的民间故事，在中国辽阔的南方地区流传广泛。如在福建地区，有一名为《月姬》的民间故事，也是从竹中跳出一小女孩，自称从月亮下凡，因而起名月姬。以后，成为当地闻名的美女。在唐人李冗的《独异志》中引《华阳国志》说："有一女子浣服小滨，忽见三节大竹筒至女前，闻竹中儿啼，剖而视之，得一男。"凡此种种传说，都是竹林地区产生的。其次，赫映姬用五个难题拒绝五个求婚者的追求，同川西北地区流传的《斑竹姑娘》的情节构思，极为相似。再次，赫映姬的飞归月球，也同中国六朝志怪小说中的情节相近：《搜神记·董永妻》中，有"凌空而去，不知所至"的情节；在西王母的故事中，也有自天而降的情节。这都表明了《竹取物语》同中国民间文学的密切联系。严绍璗先生认为：最重要的是，作者把《竹取物语》全部故事建立于中国秦汉之间形成的"新神话"之上，这"新神话"，是指中国在秦汉之际以方士追求长生不老观念为基础而构成的日月神客体论神话，其中最有

---

① 严绍璗：《中日古代文学关系史稿》，湖南文艺出版社1987年版，第147~148页。
② 同上，第148页。

代表性的就是"嫦娥奔月";《竹取物语》所摄取的汉民族日月神客体论新神话,在作品中表现为三个方面:第一,作者以此种新文化观念作为全篇小说构思的基础;第二,作者依据"嫦娥"形象,把它改造为一位美貌无瑕的日本女子作为全篇的主人公;第三,作者采用了中国新神话中支撑嫦娥形象的重要道具即"不死之药",作为赫映姬回归月亮的连接点,并把它与日本国象征的富士山相呼应,构成全部故事的尾声。

《剪灯新话》对日本短篇小说的创作产生了明显的影响。《剪灯新话》是明代的瞿佑(1341~1427)模仿唐人传奇而创作的小说集。学者推断,其最迟在15世纪已传入日本,最早的译文见于日本的《奇异杂谈集》(16世纪)。其中,译自《剪灯新话》的有3篇:《金凤钗记》、《牡丹灯记》和《申阳洞记》。但是,并不是纯粹的译文,只是选取主要故事,保留原貌,依照日本读者的民族欣赏习惯,略作增删,然后再用假名译汉文。《剪灯新话》的翻译方式,经过增删,会使故事更紧凑,更能突出故事情节,带有再创作的因素。江户时代的"假名草子",便是在这一基础上,以中国文学为题材进行创作的。"假名草子"大师浅井了意的代表作《御伽婢子》和《狗张子》便是《剪灯新话》、《剪灯余话》的改编作品。

《御伽婢子》(1666),全书共13卷,有67篇故事,其中18篇是《剪灯新话》的改编作品。在故事背景、人物形象和情节安排上,都没有离开《剪灯新话》原来的基础;但是,按照日本民族的审美兴趣、传统的欣赏观念,进行了艺术加工,也可以说是新的创作。

《御伽婢子》的续编《狗张子》(1692)中的《盐田平九郎见怪异》是根据《剪灯余话》的《武平灵怪录》改写的。江户时代还出现了通俗文学读物——读本,也是以中国白话小说为范本而改写的。第一部读本小说都贺庭钟(1718—1794)的《古今奇谈英草纸》,便是一部吸收了《御伽婢子》、《狗张子》等短篇小说的怪异特点,依据中国小说改写的。

"三言二拍",即明冯梦龙的《喻世明言》、《警世通言》、《醒世恒言》和凌濛初的《初刻拍案惊奇》、《二刻拍案惊奇》,是中国著名的白话短篇小说集,对后世的小说和戏曲产生了巨大的影响。"三言二拍"的日译节选本,早在18世纪问世后便深受日本人民的喜爱,而且对日本文学产生了明显的影响。例如:上田秋成的名著《雨月物语》中的《蛇性之淫》是以《警世通言》中的"白娘子永镇雷峰塔"为蓝本改写的;《菊花之约》是以《喻世明言》中的"范巨卿鸡黍死生交"为底稿加以改编的。

"三言二拍"对日本文学的影响,是经久不衰的。它的艺术成就和创作内容,为日本古代文学、近现代文学提供了丰富的素材和宝贵的经验。森鸥外的短篇小说名著《舞姬》(1890),就是在《警世通言》中"杜十娘怒沉百宝箱"的间接影响下创作出来的。森鸥外是在江户时代作家都贺庭钟的《江口游女愤薄情沉珠玉》影响下创作《舞姬》的;而都贺庭钟的作品又是以《警世通言》"杜十娘怒沉百宝箱"为底稿改编出来的。

日本的长篇小说同样受到中国文学的影响。在11世纪初期由日本女作家紫式部创作的东方第一部现实主义长篇小说《源氏物语》,便多方面地反映了中国文化、中国文学的影响。在《源氏物语》中引用的中国文学作品多达几十种,尤其是《白氏长庆集》、《长恨歌》被引用的最多。

据严绍璗教授研究,紫式部在创作《源氏物语》时,"运用中国文学成果,把它们布于小说情节之中时,大致有三种主要的方式":"一、局部性的浸润——小说情节发展中布设的一个层:在《源氏物语》这部作品中,紫式部于152处情节进展点上,布设了131节选自中国文学作品中的文句和诗句";"二、整体性的浸润——小说情节的全面组合:……是指紫式部在《源氏物语》的某一章卷中,融入中国文学某一作品的完整的意象联缀,从而推进'物语'故事情节的全面组合……试以《桐壶》为例……从文艺的结构的角度讲,《源氏物语·桐壶》与《长恨歌》是完全一致的";"三、基础性的浸润——小说情节合成的观念因素"。①

《水浒传》大约在17世纪后期传入日本,深受读者的喜爱。经过一个世纪的传播,在日本出现了"水浒学",研究风气日盛。《水浒传》对江户时期日本的文学创作,对日本新文体的产生都具有直接的影响。

在中国《水浒传》的影响下,日本文坛上出现了一系列《水浒传》的模拟作品。建部绫足创作的《本朝水浒传》(1773),以8世纪日本孝谦天皇时代的朝廷为背景,表现了日本历史上震惊全国的朝臣惠美押胜叛乱的故事。作者按照《水浒传》的故事内容设计情节:把朝廷的太政大臣写成高俅式的人物,把反叛者惠美押胜当做宋江,把日本近江附近的吹伊山描绘为梁山泊。故事中描写惠美押胜率义军起兵于近江,不幸受阻,被迫走上吹伊山,与早年来此处的兄长白猪老人相会合,此后各方义士纷纷聚集在此。整个故事的进展,完全模拟

---

① 详见严绍璗:《中日古代文学关系史稿》,湖南文艺出版社1987年版,第265~279页。

《水浒传》。自从《本朝水浒传》问世以后，江户文坛上相继出现了不少的《水浒传》的模拟作品：仇鼎山人的《日本水浒传》(1777)、伊丹椿园的《女水浒传》(1783)、山东京传的《梁山一步笑》(1792)、泷泽马琴的《倾城水浒传》(1840)等十余种，陆续问世，经久不衰，长达一个世纪之久。虽然众多作品都以《水浒传》命名，但是在故事题材、情节结构、人物形象以及主题思想等方面，远非完全一致，甚至差异颇大。由此可见，中国《水浒传》对日本长篇小说的有力影响。

17世纪，在日本出现了《三国演义》的第一部日译本《通俗三国志》(1689～1692)，对江户时代的翻译界产生了较大的影响，掀起了翻译中国小说的热潮，并且直接影响到日本作家的创作。例如，著名文学家泷泽马琴对中国小说有极大兴趣，不仅熟读，而且认真研究，甚至发表文章，抒发己见。这说明他对中国小说有坚实的研究功力，因而创作出一系列优秀作品：《椿说弓张月》(1806)、《三七全传南柯梦》(1808)、《南总里见八犬传》(1814～1842)。马琴的代表作，当推《南总里见八犬传》为第一。这部作品首先采用《水浒传》式的开篇，在情节展开过程中，到处都可以看到《水浒传》、《三国演义》、《搜神记》、《西游记》等中国长篇小说的影响。《八犬传》写的是南总里见手下的八个勇士：犬眆、犬坂、犬江、犬山、犬村、犬川、犬饲、犬田；这八勇士又代表孝、智、仁、忠、礼、义、信、悌八德。这部花费了28年的时间、甚至在双目失明的情况下坚持完成的宏伟巨著，在日本文学史上像一座展示中日文化交流的艺术丰碑，令世人仰慕和敬佩。

井上靖（1907～1991），在当代日本作家中，是热爱中国文化和中国文学的代表性作家。他热爱中国，对"西域"有浓厚的兴趣，对像孔子那样的伟人十分仰慕。在谈到对西域的浓厚兴趣时，他在《西域》的后记中写道："我从学生时代起，就贪婪地阅读有关西域的游记，这种习惯一直持续至今，凡是出版有关西域的书我就一定想法读到，这也许是属于兴趣和爱好吧！但正因为多亏是这样，我才写下了几本以西域为背景的小说。"为了创作长篇历史小说《孔子》，仅1981年以来，他便7次来中国，到山东、河南考察。

取材于中日友好往来历史的《天平之甍》(1957)、以伟大历史人物为题材的《孔子》(1989)、以中国西域为题材的《楼兰》(1958)、《苍狼》(1959)、《敦煌》(1959)，都深受中日两国人民的欢迎和喜爱。特别是《天平之甍》，以一千二百多年前中国高僧鉴真东渡的历史题材，颂扬了中日两国人民之间源远流长的文化交流和真挚友谊，对中日文化交流的第一个使者鉴真表达了仰慕和崇敬之情。作者对中国文化的热爱和称赞，真诚感人。

第三节　中国文化体系对朝鲜文学的影响

中朝两国是唇齿相依的友好邻邦，据历史学家的考证：早在原始社会末期，中朝两国已经发生了较为广泛的联系，形成了密切相关的文化。公元前7世纪，中国战国时的齐国已经同朝鲜进行了频繁的海上交通和贸易往来。

自公元前5世纪至前2世纪，中国汉字已经传入朝鲜，朝鲜可能开始使用汉字。公元元年前后，高句丽在建国初期已经广泛地使用汉字了。因而汉语文学在高句丽也有了相当的发展，遗留至今的琉璃王的四言抒情诗《黄鸟歌》、乙支文德将军的五言爱国诗篇以及定法师的歌颂壮丽河山的五言诗《孤石诗》，都是流传至今的名篇。

据《三国史记》中记载，公元372年，高句丽在中央已经立了太学，这种专门教育王族和高级贵族子弟的最高教育机关，是以传授儒家经典为主要目的的。

在公元6世纪以后，中国文化，尤其是汉文和儒家思想，得到了日益广泛的传播。在新罗，上层统治者首先把国号和王号都改为汉文名称。7世纪中叶以后，接受中国文化的影响，甚至连妇女的衣着也按中国的样式进行了改革。当时，善德王派遣弟子到中国去，入国学，当留学生。他们在唐朝的国学里，同数千名唐、日本、高句丽、百济以及其他国家的莘莘学子在一起，共同学习儒家经典和中国的各种先进文化。这些人学成归国后，又积极宣传汉文、儒家思想和中国文化。

到了公元7世纪后期，任强首等人又总结了长期使用汉字的经验，创造了符合朝鲜民族需要的"吏读"——利用汉字的音和意，标记朝鲜语言的方法。"吏读"的使用，对用朝鲜语言解释学习中国古代典籍，创造了极为有利的条件。这是中国文化对朝鲜文化发展的巨大贡献，同时也表现了朝鲜人民在发展本国文化方面的杰出智慧和才华。

15世纪，郑麟趾、申叔舟等集贤殿学者总结了朝鲜人民长期使用汉字和吏读的正反两方面经验，并结合中国在音韵学方面的研究成果，终于在1443年12月（即公元1444年1月）创制出朝鲜自己的民族文字——训民正音。它在

500余年的历史进程中，对朝鲜文化、特别是朝鲜文学的发展做出了重大贡献。

训民正音的创制，不仅总结了朝鲜语语音的特点，同时也吸收了汉语音韵学的科研成果。例如：古汉语音韵学根据发声顺序把语音分为"声母"和"韵母"两个部分，训民正音根据发声的顺序分为"初声"、"中声"和"终声"，由这三声合而成字。其实，初声相当于汉语的声母，中声和终声相当于汉语韵母中的元音和辅音。同时，训民正音也像汉语古音韵理论一样，把自己的字母音素分为五音和两个半音；另一方面，训民正音同汉语一样，把语音分为全清、次清、全浊、不清不浊等类型。这都反映了中国文化的影响。

中国文化包括中国文学对朝鲜文学的影响是明显的，也是多方面的。这种影响，既表现在汉语诗歌和国语诗歌的创作上，又表现在长篇小说和短篇小说的创作上。

在朝鲜文学史上，汉语诗歌的创作是贯穿在全部发展过程中的一种文学体裁。早在三国时期，便出现了四言的《黄鸟歌》，诗意单纯，语言质朴，在风格上颇似中国的汉代诗风。五言排律《太平颂》，从内容上看，表现了对唐朝的敬意和联唐的愿望；从艺术上看，语言生动，词汇丰富，对仗工整，气势雄浑。这卓越的创作技巧表明三国时期的汉文造诣和写作水平已经达到了相当的高度。

到了统一后的新罗时期，汉语诗歌大量涌现，诗人辈出，五、七言诗，成为当时创作的主要体裁。僧人慧超、女诗人薛瑶以及到过中国的崔承、朴仁范和崔匡裕等，都是有名的诗人。他们的诗歌都不同程度地反映了中国文化的影响。

但是，在统一新罗时期最有代表性的诗人，还是在中国留学过的崔致远（857～？）。他的诗歌成就，不仅在朝鲜，而且在当时的中国文人中也是享有盛名的。崔致远的汉语诗歌不仅反映了中国文化的深厚修养，而且对朝鲜文学的发展做出了卓越贡献。朝鲜汉语七言诗的创作，正是通过他的努力而日趋成熟的。

12世纪，高丽中期，汉语诗歌创作有了更大的发展。在朝政紊乱、武人跋扈、文人遭害的乱世，一些文人效仿中国的竹林七贤，成立了类似的文学组织。其中，最著名的是李仁老（1152～1230）所组织的竹林高会，共有7人：李仁老、林椿、吴世才、皇甫抗、咸淳、李湛之和赵通。人们仿中国竹林七贤的称呼，把他们称之为海左七贤。李仁老的七律《游智异山》，表现了对陶渊明

"桃花源"式的理想境界的追求和向往,附于诗后的散文《青鹤洞记》,被誉为高丽时期的《桃花源记》。

高丽时期最著名、最有代表性的是爱国爱民的诗人李奎报(1169~1241)。他熟谙中国经史、诸子和佛教典籍,热爱中国文学和诗人。他在自己的诗歌中,不止一次地称颂屈原、李白、杜甫等伟大诗人。他在《晚望》中说:"李杜嘲啾后,乾坤寂寞中。江山自闲暇,片月挂长空。"这首诗表达了对李杜的敬慕之情。在《郁怀有作》中说:"安得与太白、子美对醉横笔阵,吐出郁气和长虹?"他也欣赏、称赞陶渊明的诗歌,仰慕他的愤世嫉俗和洁身守志的高尚品德:"读诗想见人,千载仰高义。"

李奎报汉语诗歌的写作技巧,在朝鲜是深受称赞的,李朝的文学评论家徐居正(1420~1488)在评论李奎报的咏史诗《开元天宝42咏》时说:"随笔讽咏,抑扬顿挫,沉沉痛快,虽置之唐诗作者亦无愧焉。"(《东人诗话》)

李齐贤(1288~1367)是同崔致远、李奎报齐名的三大诗人之一,而且是朝鲜文学史上优秀词人。他曾长期生活在中国,写过不少歌颂中国名山大川、历史人物的诗词,对中朝文化交流做出过独特的贡献。他在诗词创作上的杰出成就,与长期接受中国文化的熏陶,是有密切关系的。这正如徐居正所指出的:"李齐贤北学中原,师友渊源,必有所得者。"(《东人诗话》)

在朝鲜封建社会末期(17世纪至19世纪中叶)出现了进步的文学流派——实学派文学。从李朝中期开始,一些进步的知识分子主张并提倡向北方的中国学习,学习中国的交通贸易以及从西欧输入的科学和技术。人们称这种主张为"北学论";把以实事求是为学风的、重视实际学问的文人,称为"实学派"。实学派的汉语文学,到了朝鲜李朝的后期便成为文学的主流。被誉为实学派四大家的李德懋(1741~1793)、柳得恭(1747~?)、朴齐家(1750~1805)和李书九(1754~1824)以及实学派巨匠、汉语诗文大家朴燕岩(1737~1805)和丁茶山(1762~1836)等人的汉语诗文,从思想到艺术,明显地反映了中国文化对他们的影响。

中国文化尤其是中国文学对朝鲜国语诗歌的影响,也是相当明显的。韦旭升先生认为这主要表现在下列五个方面:

一、对新体裁产生的影响。13世纪高丽中期,出现了一种国语诗歌的新体裁——"翰林别曲",14世纪后半期又产生了一种国语的短歌形式——"时调"。这两种新体裁都是"结合着原有国语诗歌的三、四音节的传统,吸收了中国诗词结构中的音节组成法"的结果。

二、从思想内容上看,也受到了儒家的忠君思想的影响。儒家的孝悌忠信、礼义廉耻思想,在时调中都有所反映。

三、在朝鲜国语诗歌中,有不少作品使用了中国典故。这些典故,有的出自中国的神话传说,有的出自历史人物,也有的出自文学作品。如:荆轲刺秦王、伯夷、叔齐饿死在首阳山、伊尹、李斯、韩信、屈原等等,在国语诗歌中经常出现。

四、在朝鲜的国语诗歌中吸收了大量的中国辞藻。国语诗歌中经常出现借用的中国词语,从字数上看,有两字、三字、四字、五字、六字、七字,乃至八字的。如:霞鹜、尘喧;带月归、归去来;花开莺啼、一片丹心;难于上青天,一去不复还;蓬莱山第一峰、黄鹤楼姑苏台;苍梧山崩湘水绝、秋水共长天一色;春城无处不飞花、兴许是风雪夜归人,等等。

五、对国语诗歌的传播与保存,中国文学也起到了重要作用。①

中国文学对朝鲜短篇小说的影响,是新罗统一时期开始的。当时,朝鲜还没有产生典型的短篇小说,只有传奇作品问世,可算是短篇小说的雏形。这时出现了传奇作品《新罗殊异传》,原书已失传。据学者推断,其中的9篇作品,有几篇几乎可以说是唐代传奇的翻版。例如,《竹筒美女》中描写:新罗的著名英雄金庾信在路上发现一举止异常的人。他看四周无人,从怀中取出一竹筒,轻叩数下,便从竹筒中走出两个美女,他同这二女叙谈很久,又将二女纳入筒中,揣入怀里离去。金庾信甚为惊诧,追上前去,同他交谈,并同去京城。当在南山松树下设酒宴款待他时,两美女也出来一起饮酒。此人说:他本住在西海,现在同妻子去东海,拜望岳父母。话音刚落,风云大作,天昏地暗,他同二美女,立即消失,不知去向。

这篇传奇作品,很容易使人联想起中国梁朝的吴均所写的志怪小说集《续齐谐记》中的《阳羡鹅笼》的故事。这本来是印度的故事,传入中国后,经过衍变,又影响到朝鲜的。又如《老翁化狗》、《仙女红袋》、《首插石楠》、《心火绕塔》等,也都同六朝志怪小说多相类似。

朝鲜李朝时期,金时习(1434~1493)所作的《金鳌新话》,明显受到明代瞿佑(1341~1427)所作《剪灯新话》的影响。《金鳌新话》现在仅存五篇:《万

---

① 详见韦旭升:《中国文学对朝鲜国语诗歌的影响》,载卢蔚秋编:《东方比较文学论文集》,湖南文艺出版社1987年版,第81~111页。

福寺樗蒲记》、《李生窥墙传》、《醉游浮碧楼记》、《南炎浮州志》和《龙宫赴宴录》，一共有三万多字。据学者研究，《万福寺樗蒲记》，受《剪灯新话》中《滕穆醉游聚景园记》、《富贵发迹司志》、《牡丹灯记》、《绿衣人传》和《爱卿传》等影响，将情节互相混杂而写成。《李生窥墙传》是由《剪灯新话》中《渭塘奇遇记》、《爱卿传》、《翠翠传》、《金凤钗记》、《联芳楼记》和《秋香亭记》等篇传奇情节汇合而成的。《醉游浮碧楼记》，是模仿《剪灯新话》中《鉴湖夜泛记》而写成的。《南炎浮州志》是《剪灯新话》中《令狐生冥梦录》、《太虚司法传》与《永州野庙记》等传奇汇编而成的故事。《龙宫赴宴录》，是金时习改编《剪灯新话》中的故事，进行再创作的结果。将背景、时代、地点都换成了朝鲜的，并加添了朝鲜的民间传说，形成了具有民族特色的新作品。

在近现代之交出现的短篇小说《青楼玉女传》，学者认为，是明显模仿中国《警世通言》中的"杜十娘怒沉百宝箱"的朝鲜作品。只不过是将人物改成朝鲜穷书生裴氏，将地点改成鸭绿江。尽管如此，也可看出中国作品对朝鲜短篇小说的影响。

中国的长篇小说，从内容到形式，都对朝鲜长篇小说有明显的影响。在朝鲜，无论是国语长篇小说还是汉语长篇小说，在形式上，都接受了中国章回小说的影响。每一回，都要用对偶的文字标目，称为回目，用以概括本回的故事内容。如:《玉楼梦》第六回正文前标有:"姜南弘身靠白云洞，沉着对答昌谷责问";《谢氏南征记》，第一回正文前标目是"淑女撰白衣象，良媒结赤绳缘"。在各个章回的开头，往往用"且说"、"话说"等词语，还有的也以"未知如何，请看下文分解"之类的话语作为终结。

以朝鲜人民打败倭寇为题材的国语长篇小说《壬辰录》，深受中国《三国演义》的影响。在《三国演义》的第一回中，以大青蛇从梁上飞下、洛阳地震等异常的自然现象预示国运的不祥，这种类似的描写手法在《壬辰录》中也可看到。如，"白虹贯日"、"白虎闯入平壤"、"黑云压城七日不散"等，显然是《壬辰录》借鉴《三国演义》的结果。又如，以夜观星象的办法，表现作品中将帅人才的命运，《壬辰录》中，援助朝鲜的名将李如松，是靠将星发现朝鲜将才金应瑞的，这和《三国演义》104回中，孔明遥指一星说"此吾之将星也"，在表现手法上是类似的。《壬辰录》中李舜臣以草船耗尽敌人利箭和弹丸而战胜敌人的故事，显然是效仿诸葛亮草船借箭情节的结果。《壬辰录》中申砬拒绝正确的建议，结果失败，只好跳江自尽。这显然是借鉴马谡误失街亭的情节。

金万重(1637～1692)的国语小说《谢氏南征记》和《九云梦》中，中国文学、文化的影响也是显而易见的。研究者认为，《九云梦》中由性真转世的杨少游爱慕由仙女转世的郑琼贝，听从别人的计策，乔装为女道士混入郑府，以横琴奏曲而博得郑琼贝的喜爱，这一情节显然是以《太平广记》中"王维"的故事为题材的。在《玉楼梦》第17回中，祝融与江南红不断变化形体的多次战斗，同《西游记》中孙悟空与二郎神的斗争场面极为相似，如同出自一人的手笔。著名爱情小说、章回体汉语长篇《彩凤感别曲》开端部分的描写，正是以《今古奇观》中的"王娇鸾百年长恨"的开篇情节为蓝本的。

朝鲜古典名著、代表封建社会最高创作水平、在民间口头文学的基础上形成的《春香传》，生动地表现了中朝文化交流的情况，中国文学对《春香传》的影响是多方面的。

在《春香传》中引用了大量的中国典故，这说明朝鲜人民非常喜爱中国文化，精通中国历史，熟谙中国诗歌。根据《春香传》中译本的粗略统计，全书涉及到的中国典故大约有110多个。对许许多多的中国典故，《春香传》的作者非常熟悉，如数家珍，随手拈来，运用自如。例如，贪官污吏卞学道逼迫春香做守厅，春香在坚决反抗时说："我与李秀才有白首之盟，一心一意，苦志守节。即便有孟贲之勇，夺不去我的心；即便有苏秦、张仪之辩，说不动我的心；即便有孔明之智，能借东风，也移不动我的一片丹心。想当初，箕子许由，拒受唐尧之命，坚不出仕，伯夷、叔齐，义不食周粟，宁可饿死首阳山……贱门之女，虽然不敢高攀许由，也不配和伯夷、叔齐相比，但是那从一而终的道理，却还能领悟。"①在这里，中国历史人物的著名典故，不仅作为比喻增强了春香话语辩驳和抗争的力量，而且以孟贲、苏秦、张仪和孔明的典故所形成的排比修辞方式，更加有力地表现了春香坚守誓盟、"从一而终"的爱情节操，不图富贵、不慕虚荣的高尚品德和宁死不屈、反抗到底的顽强性格。值得注意的是，中国的典故，在这里早已失去了原意，成为与春香反抗意志血肉相连的有机部分，这充分反映了作者的创造精神。在《春香传》中所引用的百余中国典故，几乎都不拘泥于原意，而是创造性地加以运用，赋予其创作需要的崭新意义。

《春香传》善于运用中国的古籍、古训增强艺术表现力量。在《春香传》中，涉及到的中国著名古籍便有20多种，著名的古训不胜枚举。作者常常利用这

---

① 《春香传》，冰蔚、张友鸾译，作家出版社1956年版，第60～61页。

些古籍、古训表现人物的精神面貌、心理活动和性格特征。例如，春香因拒绝做卞学道的守厅而遭到严刑拷打，被打一杖，便唱一曲；在歌曲中利用中国的古训进行驳斥和反抗："三板声起，春香诉道：三道我的心，三从古训世所重。三纲与五常，家家女儿终身诵。不怕三刑发配去充军，梦魂也要飞到三清洞。"①"三从"、"三纲"、"五常"和"三刑"，都出自中国古代典籍。前三者都属于封建礼法，但是，出自春香之口，着重强调的是"烈女不嫁二夫"的精神，表明春香忠于李梦龙的决心。所谓"三刑"，是中国古代星相家使用的术语，在这里指的是一天12个时辰连续不断地拷打刑罚，也改变不了春香的一片丹心。"三清洞"，是汉城李梦龙家的所在地；这表明，哪怕被折磨至死，魂魄也要回到李梦龙身边。

《春香传》能巧妙地利用中国的诗句增强艺术魅力。在《春香传》中被引用的中国诗句，初步统计，多达40余处。在《春香传》中被引用的中国诗句，有一鲜明的特征：完全没有录用全诗，几乎都是断章取义，最多只引用原诗中的一两句；这些被引用的中国诗句，又总是失去了原诗中的本意，被赋予了新的思想、新的意境和新的内涵，成为与《春香传》血肉相连的有机部分了。所以，这些中国诗句丝毫没有削弱《春香传》的民族风格和民族气魄，反而增添了《春香传》的民族艺术特色。例如："金樽美酒千人血，玉盘佳肴万姓膏；烛泪落时民泪落，歌声高处怨声高。"②不难看出，这首绝句的头两句诗，显然是脱胎于李白《行路难》中的名句："金樽美酒斗十千，玉盘珍馐值万钱。"然而，李梦龙的诗，已经完全没有李白诗的原意了，其新意主要在于斥责封建两班官僚鱼肉人民的吃人本质。

《春香传》和中国文学的血肉联系，生动地表明《春香传》作者对中国文化，特别是中国文学具有广博的知识和精深的造诣；在运用中国诗句的过程中充分显示了他们的艺术智慧和创作才华，是值得称赞的。

第四节　中国文化体系对越南文学的影响

中国和越南是山水相连的邻邦，有着悠久的文化交往的历史。考古发掘证明，公元前4至3世纪，红河三角洲已存在发达的青铜器文化，反映了中国文

---

① 《春香传》，冰蔚、张友鸾译，作家出版社1956年版，第63页。
② 同上，第95页。

化的明显影响。从秦汉时代起，瓯越、洛越，史称交州或交趾，属于多民族中国的一个郡。南海郡地方官赵佗，在秦末汉初，兼并了桂林郡和象郡，建立了南越国，自称南越王。起初，无文字；赵佗时，传入汉字，建立学校，一千多年来，越南文化一直接受着中国文化的影响。在10世纪，吴权起义成功，摆脱了中国的直接统治，但是依然与中国保持着藩属关系，政治制度、生产方式和文化生活，一切效仿中国，并且规定汉字是全国通用的文字。陈朝（1226～1400）建立后，越南民族有了显著的发展：倡儒学，修国子监，立国学院，塑孔子像；儒家思想成为正统思想。13世纪，越南的民族文字——字喃问世，开始流行，然而汉语文学仍然是文坛的主导力量。

越南的汉语文学，常常因为封建帝王的提倡和支持而获得长足的发展。在越南的历史上，有很多皇帝是诗人，如李朝的太祖、太宗，陈朝的太宗、圣宗、仁宗，黎朝的圣宗等，都是汉语诗文的爱好者，并且留下了许多诗文和专集。

越南的汉语诗文，虽然描写的是越南的景物风光、著名人物和历史事件，但是，所展示的主题却往往是中国传统的儒家思想。中国的孔孟精神成为越南作家创作的主导思想，大多数作家的诗文都体现了"文以载道"的中国文化特征。

例如，黎朝的开国功臣、政治家、军事家、诗人和作家阮廌（1380～1442）的汉语诗歌创作，鲜明地体现了这一特点：

周公辅成王图

懿亲辅政想周公，处变谁将伊尹同。
玉几遗言常在念，金縢故事敢言功。
安危自任扶王室，左右无非保圣躬。
子孟岂能瞻仿佛，拥昭仅可挹余风。①

这首诗充分地体现了阮廌的理想和抱负：要以周公和伊尹为榜样，竭尽全力"扶王室"、"保圣躬"，终生献身于宗庙社稷。因而，时刻牢记"玉几遗言"和"金縢故事"，用孔孟精神效忠于黎氏王朝的理想，已经跃然纸上。他在踌躇满志的得意之时是这样；在失意之时，依然如此。如：

---

① 转引自季羡林主编：《东方文学作品选》上册，湖南人民出版社1986年版，第437～438页。

漫成

青年芳誉蔼儒林，老去虚名付梦寻。
仗策何从归汉室，抱琴空自操南音。
仲尼三月无君念，孟子孤臣虑患心。
但喜弓箕存旧业，传家底用满簏金。①

当他遭到同僚的排挤，皇帝的不信任时，感到异常的空虚和孤独时，他仍然以孔孟自况，始终不忘儒家思想。

邓陈琨（1710～1745）用汉文写的乐府诗长达483句，全诗采取征妇自述的手法表现了思念征夫的伉俪深情，反映了战争给人民带来的痛苦，特别是给妇女造成的悲痛：

……良人二十吾门豪，投笔砚兮事弓刀；欲把连城献明圣，愿将天剑斩天骄。丈夫千里志马革，泰山一掷轻鸿毛；便辞闺阃从征战，西风鸣鞭出渭桥；渭桥头，清水沟，清水边，青草途，送君处兮心悠悠；君登途兮，妾恨不如驹；君临流兮，妾恨不如舟。清清流水，不洗妾心愁；青青芳草，不忘妾心忧。复语复兮，执君手，步一步兮，攀君襦；妾心随君似明月，君心万里千山箭。掷离杯兮，舞龙泉，横征槊兮，指虎穴……望云去兮，郎别妾；望山归兮，妾思郎；郎去程兮，氵蒙雨外；妾归处兮，昨夜房；归去两回顾，云青与山苍。郎顾妾兮，咸阳；妾顾郎兮，潇湘。潇湘烟阻咸阳树，咸阳树隔潇湘江。相顾不相见，青青陌上桑。陌上桑，陌上桑，妾意君心谁短长……②

在这一首长诗中，可以明显地看到汉乐府和唐诗的影响。

越南汉语诗文兴起之时，正是中国五代、北宋的历史阶段。正像中国一样，在越南文坛上，诗歌的创作，也成为主流。历代著名的汉语诗人层出不穷，著名的作品不胜枚举。如：陈朝的陈光启（1241～1294）、范五老（1255～1320）二人，不仅是名将，也是名诗人；朱文安（？—1370）的《樵隐寺集》、阮飞卿（1355～1428）的《蕊溪诗文集》（已佚，但有77首收入《全越诗录》中）和阮蜩

---

① 转引自北京大学东语系编印：《越南文学史讲义》。
② 同上，第441～443页。

的《抑斋诗集》，都是具有代表性的优秀诗集。

越南的汉语散文同汉语诗歌相比，居于次要地位，成就不如汉语诗歌突出。越南文学的研究者认为，初期的汉语散文，流传下来的多为帝王的诏书、朝臣的奏议和士子的策论等，从严格意义上讲，不能算作是文学作品。

15世纪，阮廌为黎利王朝写的布告全体越南百姓的开国文献《平吴大诰》，虽然也是一篇政府文告；但是，一直被认为是具有很高艺术成就的汉语散文杰作，享有"千古雄文"的盛誉。其中写道：

> 仁义之举，要在安民。吊我之师，莫先去暴……顷因胡政之烦苛，致使人心之怨叛……痛心疾首者，垂十余年，尝胆卧薪者，盖非一日。发愤忘食，每研读韬略之书，即验古今，细推究兴亡之理。图回之志，寤寐不忘……饮象而河水乾，磨刀而山石缺。一鼓而鲸刲鳄断，再鼓而鸟散惊。决溃蚁于崩堤，振刚风于槁叶……僵尸塞谅江谅山之涂，战血赤昌江平滩之水。风云为之变色，日月惨以无光……①

不难看出，《平吴大诰》非同一般的政府布告或安民文件，显示了阮廌卓越的艺术才华，是一篇文情并茂的颇有文采的汉语散文。

在许多汉语散文作品中，武干（1474～？）的《松轩文集》、黎贵惇（1726～1784）的《桂堂文集》以及阮廌的散文作品，都可以说是汉语散文的优秀作品。还有受中国六朝志怪小说和唐传奇作品影响的汉语散文作品，如陈士法的《岭南摭怪》、女作家段氏点（1705～1748）的《传奇新谱》也是深受喜爱的。

越南的民族文字——字喃的问世，改变了汉语文学创作独霸越南文坛的局面。大约在13世纪末，在越南出现了由汉字组成的字喃。每一个字喃是用一个或一个以上的汉字组成的；每一字喃中的汉字，有的是标音的，有的是表意的。如："助市"，上边的"助"是标音的，下边的"市"是表意的，这"助市"，是"市集"的意思。又如："南年"，左边的"南"是标音的，右边的"年"是表意的。有的字喃，只借音，不表意，如字喃"没"字，只读"没"音，而不表意，这个字喃"没"是"一"的意思。字喃便于越南人记录自己的语音，与民族语言相符合，因而迅速成为文学创作的有利工具，对越南文学的发展起到了促进作用。

字喃出现，由韩诠（原姓阮，因为撰文有功，皇帝赐姓韩）仿照唐诗的格

---

① 转引自北京大学东语系编印：《越南文学史讲义》。

律创作了字喃诗歌,人称"韩律",也叫"唐律"。这种"韩律"虽然在文字上越南化了,但是,却无法摆脱汉诗的影响和约束。著名女诗人胡春香,是公认的"韩律"高手,但却无法冲破汉诗的影响。如:《无夫而孕》一诗:"只因迁就成遗恨,/此情此景郎知否?/无缘未曾见冒头,/柳分却已生横枝。"针对这首诗,颜保先生说:"她的创作语言一直被认为是当时诗人中最越南化的,可她也未能摆脱汉诗的影响。上面的诗平仄谐调,对仗工整,尤其是一幅对偶句。上句是说'天'字不出头,尚未成'夫',下句'柳'字,越音与'了'字同音,'了'生横枝即为'子'字,全句意为尚未结为夫妻,却生了孩子,这岂非以汉字为拆字之谜么?若不谙熟汉文,怎能做得到呢?"[①]当时,韩律诗写得比较好的有:韩诠,著有《披沙集》;朱文安,著有《樵隐国音诗集》;阮士固,著有《国音诗赋》。可惜,大多佚失,留传至今者只有很少一部分。此外,还有三部用韩律字喃改写的长篇叙事诗:《王嫱传》,以中国汉朝王昭君和番的故事为题材,由30余首韩律组成。这部作品,主要以马致远的《汉宫秋》为蓝本,又适当地增加了隋朝《西京杂记》的情节。但是,由于表现形式的限制,同中国各种原著相比,已经大不一样。《林泉奇遇》(原名《白猿孙恪传》)全诗由140余首韩律组成,以中国唐传奇《孙恪传》(又名《袁氏传》)为蓝本。《苏公奉使传》是以中国苏武出使匈奴的故事为创作题材的。从内容上看,没有脱离中国的创作题材;从形式上看,尚未突破唐律的束缚。

六八体诗,是在韩律的基础上吸收了民歌的因素而创造出来的一种新诗体。颜保先生说:

> 顾名思义,这种诗歌就是六、八字句相间组成,具体形式如下:
> 第一句:平平仄仄平平起韵
> 第二句:平平仄仄平平叶韵仄平又起韵
> 第三句:平平仄仄平平叶韵
> 第四句:平平仄仄平平叶韵仄平又起韵
>
> 如此周而复始,长短不限。从例子中可以看出,除平仄的要求比较严格外(不过写作时也如汉诗留有"一三五不论,二四六分明"的余地),其他方面确实解放多了。[②]

---

① 颜保:《越南文学与中国文化》,载卢蔚秋编:《东方比较文学论文集》,湖南文艺出版社1987年版,第268页。
② 同上,第269页。

后来，又创造一种双七六八体，即把六八体诗和律诗结合起来，在每一六八字句前，加上双行七字句。格式成为：

第一句：平仄仄平平仄仄韵
第二句：平平平仄仄叶平平韵
第三句：平平仄仄平平叶
第四句：平平仄仄平平叶仄平韵①

六八体长诗出现后，有许多诗人利用这一形式创作长诗，使字喃文学有了新的发展。其中，影响较大，受到群众喜爱的作品有：《花笺传》，是阮辉似（1743～1770）创作的六八体长诗，以才子梁芳州和佳人杨瑶仙的爱情故事为主要情节。这部作品对字喃文学的发展，起到了一定的促进作用。《二度梅》，是根据中国《忠孝节义二度梅传》改写的，忠臣和奸臣的斗争是主要情节，抨击了封建统治的腐败，颂扬了忠孝节义的封建道德，被认为是18世纪的名著。《玉娇梨》，是李文馥（1785～1849）写的六八体长诗，是根据中国的同名小说改写的，以才子苏玉白和佳人白红玉的爱情婚姻故事为主要情节，对阮朝封建统治有所抨击，是19世纪文坛上的名著。《西厢传》，也是李文馥依据王实甫的剧本改写的，在个别的地方加进了元稹《会真记》的情节。《蓼云仙》，是阮廷瘤（1822～1888）创作的六八体长诗，描写的是蓼云仙和乔月娥的爱情故事，情节曲折，人物众多，颂扬了正义，批判了不义。当时在越南南方是家喻户晓的、深受称赞的作品，可与越南北方的《金云翘传》相媲美。

《金云翘传》，在根据中国的故事题材进行再创作的六八体长诗中，是独占鳌头的名著。阮攸（1765～1820）在出使中国到达北京的时候，正是处于"才子书"盛行的热潮时期。他看到了《金云翘传》，便产生浓厚的兴趣。他对中国的社会现实生活、人情世故、喜怒哀乐各个方面都极为了解。于是，他便产生了借中谕越的想法，对《金云翘传》进行了再创作。根据明末清初的才子佳人小说、青心才人的《金云翘传》再创作了越南的长诗《金云翘传》，其主要情节、人物形象以及故事产生的背景、地名、人名，同中国小说《金云翘传》是完全相同的。但是，作者根据自己的创作意图，进行了创作性的改造，利用中国题材反映了越南的社会现实，表达诗人对当时封建统治的不满，深恶痛绝地抨击

---
① 颜保：《越南文学与中国文化》，载卢蔚秋编：《东方比较文学论文集》，湖南文艺出版社1987年版，第269页。

了越南社会的黑暗和官僚为非作歹的罪恶。

阮攸创造性地改变了许多细节，使故事情节的发展变得更简洁、紧凑，使人物性格变得更加鲜明突出。例如：在原著中翠翘卖身赎父的情节、束生赎翠翘出青楼、官军使者几次诱降徐海等非主要情节，显得冗繁、拖沓，经过阮攸的再加工，增加了艺术性。同时，删去了原著中一些自然主义描写，也更加突出地展示了主要人物的性格特征。

青心才人的原著，在中国文学史上并非名著；但是经过阮攸创作的长诗《金云翘传》却成为千古不朽的名著，家喻户晓，妇孺皆知。讲述《金云翘传》，利用其中的诗句表达自己的情感，借用其中的反面人物表达人们对邪恶势力的唾弃等，《金云翘传》在越南人心目中的地位是任何一部作品也无法取代的。黄轶球先生在评价《金云翘传》时说："从文字技术来说，诗人巧妙地汇集中越文学语言，高度地、完美无缺地溶铸在整齐的诗句里，尤其运用中国经籍上的典故，除极少数略欠自然，都是随手拈来，十分惬当的。此外还善于提炼民间通俗语言，使词藻更加丰富，描写更加生动。"[①]

19世纪末叶，法帝国主义者利用大炮和军舰强占了越南，对越南施行全面的殖民化统治，采取强制手段使越南的文字拉丁化，企图割断越南与中国的传统文化关系。随之以政治手段取消汉字，取消科举制度，禁止中国图书入境。同时，强制越南人民接受法国的教育。法殖民统治的这一文化政策，曾遭到多方面的抵制，甚至拒绝学习拉丁化文字。然而，因为拉丁字母是声音的符号，易学易记，在推行新文字后，传播得很快。

新文字的产生，给越南文学的发展创造了有利的条件，利用拉丁化文字创作的文学作品，越来越取代了汉字、字喃的作品。在报刊杂志上刊登的翻译作品，使掌握了拉丁文字的越南读者产生了浓厚的兴趣。因而逐渐地形成了翻译介绍中国文学的热潮，特别是中国小说被翻译介绍的数量越来越大。据统计，从19世纪末叶到20世纪50年代，中国文学作品被译介到越南的多达300余部。从60年代到今天，又有不少的越南文译本问世。

中国的古典文学名著，在越南都有翻译和介绍。《三国演义》的越南字喃译本，于1908年问世。据统计，从1918年至1972年出版的越文《三国演义》译本，多达7种。越南文的《水浒传》译本，书名《水浒演义》，于1960年出版。在《序言》中评介说："《水浒传》就像一颗珍珠，它不仅是中国人民的骄傲，也是亚

---

① 黄轶球：《十八世纪越南诗人阮攸和他的杰作〈金云翘传〉》，载《华南师范学院学报》1958年第2期，第181页。

洲人民的骄傲。"《西游记》的越南文译本，出版于1961年，书中带有插图多幅，并附有4篇评论文章。《聊斋志异》的译本，1916年至1917年出版，在30年代，还出版过几种节译本。《儒林外史》的越南文全译本于1959年问世。《红楼梦》的全译本，1962年至1963年，共分6册出版。此外，还有大量的历史小说、公案小说、传奇小说、言情小说、民间笑话，被译成越南文，可见，中国小说是深受越南作家喜爱和读者欢迎的。

越南的学者邓台梅先生曾说过："……我的祖父曾对我的叔父们说'圣叹好评小说，人多薄之。'可是我发现大人们仍喜欢看小说，所以我也看起小说来。开始，我顺手抓到《三国》。真太好了，我完全被他迷住了！……对那些所谓'天下大事'……都略过去了。可是看到有关曹操、孔明的段落就不同了，连饭拿到嘴边都不愿把书放下。我读着，读着，快乐与悲怆轮番叩击我的心扉。记得有一次，夜已深了我还在读，祖母醒过来把书抽走，逼我上床才算罢休……我还记得，第一次我读到关云长死去的时候，我痛哭起来，只得把书搁置几天。可是再拿起来读时，读到那段就又哭起来，只好再停下。这样反复了一个月的时间……可是读到张飞死去的段落……读到孔明死的时候，和上两次一样，又哭得读不下去了。结果花了好几个月的时间，才把这部书读完。"[①] 这段感人的话语是很有代表性的。

第三节　中国文化体系对东方其他国家文学的影响

中国文化、中国文学不仅对日本、朝鲜和越南产生了全面的影响，而且对其他的东方国家，特别是东南亚各国也产生了显著的影响。这种影响在菲律宾、印度尼西亚、新加坡、马来西亚和泰国等国家，表现得尤为明显。

中国和菲律宾的文化交流有着悠久的历史。菲律宾这个太平洋西部的群岛之国，同我国隔海相望，我们两国自古以来便有着友好往来的密切关系。民族学者认为，菲律宾人的祖先，大多数都是来自中国大陆的，尤其是同华南少数民族有血缘关系。1417年，苏禄东王访问中国时，病逝于德州；明朝政府拨给祭田二百余亩，其妃子与王子留下守墓。两位王子的后裔，经清朝政府的批准加入中国籍，传为佳话。

在中菲文化交流中，我国陶瓷占有重要地位。菲律宾的农业生产技术、手

---

① 转引自颜保：《越南文学与中国文化》，载卢蔚秋编：《东方比较文学论文集》，湖南文艺出版社1987年版，第276页。

工业生产技术以及采矿、航海、建筑等科学技术,往往都是从中国传入的。

学者认为,中国的戏剧对菲律宾的摩洛—摩洛剧和说唱剧的影响相当明显。摩洛—摩洛剧,原来是西班牙人引进菲律宾的民间戏剧,通常是以摩洛战争为题材的爱情故事。摩洛战争是指西班牙人(基督教徒)同菲律宾穆斯林之间的战争,总是以西班牙人的胜利为结局的。如果把中国京剧和摩洛—摩洛剧加以比较,不难发现,两者之间有许多相似之处。如:在舞台上,两者的布景都是很简单的;但是演员的服装却是色彩鲜艳,刺绣动人,并且从服装上便可分辨出人物形象的身份和等级。在舞台上,两者都相当重视道具的作用,如在表现战斗场面时,都是使用刀剑和弓箭,借助于象征性动作表现思想感情。两者在前台侧面或下边都有小型乐队进行伴奏,其乐器主要是打击乐器和管弦乐器。其伴奏密切配合演员的表演动作,音乐的旋律随剧情的变化而变化,因而产生了更加动人的演出效果。

在民歌方面,也可以发现中国民歌的影响。学者指出,菲律宾伊戈律族的音乐是没有乐谱的,也没有音符,他们的歌曲很像我国华南的山歌和民谣,有如天籁,自然而然地从心中唱出。特别是青年在恋爱时的对唱,更像我国南方少数民族中盛行的爱情对歌。

菲律宾的华语文学,大约产生于19世纪末叶和20世纪初期。菲律宾华语文学的产生和发展,同华语报刊的出现和发展有着密切的关系。

1888年,最早的华语报纸《华报》创刊,至1941年太平洋战争爆发,在40多年的时间里,有23种华语报纸、31种华语期刊问世。在这些报刊上,常常设有"文学讲座"专栏和文艺副刊,提倡新文学,宣传新思想,为发展菲律宾华语文学做出很大贡献。

第二次世界大战胜利后,文艺活动开始复苏,华语文学作品在菲律宾文坛上日益增多。1950年,成立了"菲律宾华侨文艺工作者联合会",创办刊物,举办菲华青年文艺讲习班,培养了一批华语文学新秀。

目前,在当地出生的第三代华人,已经取得菲律宾国籍,因而华人已是菲律宾的少数民族之一。他们的华语文学创作,也成为菲律宾文学的一个组成部分。[①]

中国大陆和印度尼西亚群岛之间的联系,开始于史前时代,这是许多中外学者的普遍看法。考古证明:早在公元元年前后,中国人已经在印度尼西亚活

---

① 参见高慧勤、栾文华主编:《东方现代文学史》,上卷,海峡文艺出版社1994年版,第737～738页。

动，并开始定居了。此后，唐宋以来，直至明清，中国和印度尼西亚之间的友好往来，日益密切。

由于华侨、土生华人同印度尼西亚人民的长期相处，他们互相学习，彼此影响。大约从19世纪中期开始，在巴达维亚（现在的雅加达）逐渐形成了"中华—马来语"。这是马来语和印度尼西亚语的一个分支，1945年印度尼西亚独立后便消失了，融入统一的印度尼西亚语之中。但是，在印度尼西亚语言中可以找到大量的汉语——主要是闽南方言的词汇。

从19世纪中叶开始，印度尼西亚的土生华人创办了中华—马来语的报刊，并把中国的文学名著、历史小说、武侠小说、言情小说翻译为中华—马来语、爪哇语和望加锡语等方言。据法国学者统计，19世纪70年代至20世纪60年代，印度尼西亚的华人作家、翻译家共有800多人，他们创作和翻译的作品有2750多部，另有无名氏作品240多部，总数达3000部以上。如:《大学》《论语》《孟子》《中庸》《孝经》；《西周列国志》《东周列国志》《三国演义》《三宝太监下西洋》《洪秀全演义》；《水浒传》《西游记》《镜花缘》《琵琶记》《西厢记》和《聊斋志异》等，都有译文。

从19世纪后半期，一直到太平洋战争爆发，以巴达维亚为中心的土生华人文学处于繁荣发展的阶段。不仅创办了许多报刊杂志、出版社，而且还有印刷厂和书店。当时，涌现出大批的作家、新闻记者和翻译家。①

梁立基先生认为：

> 20年代至40年代初是华裔马来语文学的全盛时期，不但作家辈出，作品数量也十分可观。这个时期最有成就和最有代表性的作家首推郭德怀（1880~1951）。他是一位博学多才的土生华人，从事小说、戏剧和诗歌创作时间最长，成就最大。据不完全统计，他发表了15部长篇小说，10部剧本和1部诗集，至于短篇小说和论文更不计其数。他的创作非常有特色，熔中国文化、印度尼西亚文化和西方文化于一炉，而以中国文化和印度尼西亚文化的融合为基调，善于从现实生活中汲取创作素材，塑造典型人物，表现具有社会意义和时代意义的主题。②

---

① 参见周南京:《历史上中国和印度尼西亚的文化交流》，载周一良主编:《中外文化交流史》，河北人民出版社1987年版。

② 高慧勤、栾文华主编:《东方现代文学史》，下卷，海峡文艺出版社1994年版，第759~760页。

郭德怀的代表作有描写土生华人和土著姨娘三代人生死恋情的《芝甘邦的玫瑰》和以1926年民族起义为题材的《地窑儿流放地恩仇记》。前者曾多次搬上舞台和银幕；后者被誉为"不朽之作"，是印度尼西亚独立前现代文学的第一巨著。

中国和马来西亚文化交流的历史是悠久的。马来西亚是中国和印度之间的海上要冲，自古便是中国和印度交通的中继站。华侨和华裔在发展中国和马来西亚友好往来的活动中，发挥了重要作用。马来西亚土生华人社会的重要中心是马六甲、槟榔屿和新加坡（当时尚未独立）。土生华人出于谋生和交往的需要，首先创造了巴巴马来语，或称华裔马来语。在进入20世纪以前，大部分马来西亚的土生华人，尤其是妇女，只会使用这种巴巴马来语，而不懂得其他语言。

马来西亚土生华人的文化活动，特别是文学创作，大约肇始于19世纪80年代，在20世纪以后则有了长足的进步。马来西亚土生华人开始创办出版社和报刊，为土生华人的作家和翻译家提供了广阔的发表园地。宝华轩、古友轩和金石斋等，这些出版社的名称不仅具有中国的传统特色，而且主要刊印土生华人的作品和译著。当时，比较有影响的报纸有《东星报》、《土生华人新闻》、《阳明报》等，也为文人创作提供了发表的园地。因而，在当时的文坛上涌现出一批享有盛誉的土生华人作家和翻译家，如石瑞隆、陈明德、曾锦文等都是杰出的代表。

在这一历史阶段翻译的中国古典名著，是深受读者欢迎的。如：《东周列国志》、《封神演义》、《三国演义》、《聊斋志异》、《水浒传》、《西游记》、《七侠五义》等，都是脍炙人口的译作。

学者们认为，马来西亚的土生华人对马来民歌的发展也做出了自己的贡献。马来民歌明显受到《诗经》歌谣和中国传统民歌的影响。在土生华人创作的马来民歌中，鲜明地表现了中国人的精神面貌和中国的民俗特点。英国的马来西亚文学研究者温斯泰德曾说过：

> 居住在马六甲这个国际性港口城市的中国人可能对马来民歌（板顿）演变成现在这个形式施加过影响。因为，马来半岛出生的中国人几十年甚至几个世纪以来都是这种四行诗的热心的即席创作者。①

---

① 转引自周南京：《回顾中国与马来西亚文莱文化交流的历史》，载周一良主编：《中外文化交流史》，河南人民出版社1987年版。

这位英国学者在另一部著作《马来亚》中评论马来民歌时还说过：

> 马来民歌（板顿）现在无论从比喻手法和语言来说都纯粹是马来民族的，它具有朴实、给人以美的享受和充满激情的优美性质，丝毫看不出有任何翻译的痕迹……但是，很难相信这种脍炙人口的四行诗的精致的结果、悦耳的押韵没有异国的渊源，比如波斯；特别是因为17世纪的马来文学中的一些作品还是粗糙和不成熟的。马来民歌像中国《诗经》一样，在头两行中"以独特的自然景色、众所周知的事情或偶发事件作引子。这无异就像奇妙的阿拉伯乐曲那样，先塑造一种形象和意境，然后才把衷情吐露出来"。而马六甲出生的中国侨民又十分喜爱马来民歌，他们是创作这种民歌的里手，因此，完全有能力使马来民歌变得更加完美。①

在这里所说的在头两行中"以独特的自然景色、众所周知的事情或偶发事件作引子"，就是指的"兴"——民歌的一种艺术表现手法。《毛诗正义》中说："兴者起也，取譬引类，发起己心"；《诗集传》中说："兴者，先言他物以引起所咏之事也。"马来民歌受中国文学的影响是相当明显的。

20世纪20年代，马来西亚的华侨在中国"五四"运动的影响下开始用白话进行文学创作，开创了马来西亚华语文学的历史。早期的马华文学是侨民文学，属于中国文学的一个分支。

在30年代，卢沟桥事件爆发后，中国全面抗战的热潮冲击着马华文艺界人士，"抗战卫马"成为文艺工作总的奋斗方向。各种文艺活动得到迅猛的发展，如救亡戏剧运动、文学通俗化运动、诗歌大众化运动，日益活跃。由于中国抗战文学的影响，同时又有一些南下的中国作家像郁达夫等著名人物的积极活动，使文学的救亡活动如火如荼。南下的中国作家们创作出一批以华人抗战救亡活动为题材的作品。如：《谁说我们年纪小》、《逃难途中》和《小根是怎么死的》等。

在第二次世界大战胜利之后，由于侨民的日益本土化和侨民意识的逐渐减弱，马华文学的创作题材出现了明显的变化——从以中国社会为主转向以当地生活为主，逐渐形成马华文学独立自主的特点，而成为马来西亚文学的一个重

---

① 转引自周南京：《回顾中国与马来西亚文莱文化交流的历史》，载周一良主编：《中外文化交流史》，河南人民出版社1987年版。

要组成部分。在改变了侨民文学的创作倾向之后,确立了马华文学新的创作方向。70年代以来,马华文坛一派生机,不仅在小说、诗歌和散文方面的名篇佳作层出不穷;而且设立了文艺出版基金和文学奖,举办各种学术报告会、讨论会和专题讲座,还开展了各种文学创作的比赛活动。同时,文艺出版社也相继成立,为马华文学的蓬勃发展创造了有利条件。

新加坡这个以华人为主的多民族岛国,同中国文化有着极为密切的联系。在西方殖民主义入侵的时代,由于华语学校和华语报刊的创办,使中国文化早已在新加坡扎下了牢固的根基。早在1854年,华侨便创办了萃英书院;1919年建立的"华侨中学",是南洋最早的华语中学。在19世纪后半期出现了许多报纸,如《星报》、《天南日报》和《日新报》等,这些报纸经常宣传尊孔崇儒和维新变法的思想。

从19世纪末到20世纪初,中国著名人物在新加坡的活动对新加坡的文化政治活动产生了积极的影响。如:清朝驻星洲总领事、著名诗人黄遵宪和南下避难的康有为、梁启超等维新派先锋都在当地报刊上发表过汉语诗词。1905年,孙中山亲赴新加坡组建同盟会分会;1911年,辛亥革命前夕,孙中山再次赴新加坡进行革命演讲,极为有力地增强了广大华侨反清救国和弘扬中国文化的爱国热情。从1912年至1941年,先后创办华语报刊38种,其中著名的有陈嘉庚于1923年创办的《南洋商报》、胡文虎在1929年创办的《星洲日报》。这些报刊一直宣传中国文化和"五四"后的新文化、新思想,这对新加坡华语文学的发展产生了积极的影响。另一方面,从1927年至1941年,有许多中国著名作家和文化人到新加坡从事新闻、文学创作、抗日宣传和教育等进步活动,如老舍、艾芜、郁达夫、胡愈之和王任叔等人的积极努力,也促进了华语文学的发展。不难看出,在二次大战前,新加坡的华语文学主要接受的是中国文化、尤其是中国文学的影响,洋溢着浓重的侨民意识。华语文学创作,大多以中国社会为背景,以华工背井离乡的悲惨遭遇或抗日救亡运动为题材,充满了思乡爱国的激情;也有的作品反映了当地的现实生活,以暴露黑暗和表现劳苦大众的苦难,进行反帝反封建的启蒙教育。

新加坡于1965年8月9日宣布独立,建立了共和国。政府将华语列为官方通用语言之一,进一步促进了华语文学的发展,并且使华语文学走上建国文学的发展道路。

在70年代以后,在新加坡华语文坛上建立了三个全国性的文学团体:新加坡作家协会(1970)、五月诗社(1978)和新加坡文艺研究会(1980)。这三个团体,为新加坡文学的发展和繁荣,为新人作家的培养和提高,为开展和加强国际文学交流,都发挥了积极作用。

在这一阶段,新加坡的华语文学创作,在主题上有了明显变化:反映各民族之间民族和谐的主题取代了过去反殖反帝争取民族独立的主题,提倡华人落地生根、做新加坡主人的主题取代了怀念故国、落叶归根的主题,赞颂成功企业家的主题取代了描写受难华工的主题……歌颂新加坡、表现爱国热情的作品有洪保苏的诗篇《新加坡河,母亲的河!》、周粲的诗篇《暗香》和《胡姬花》等;提倡扎根新加坡的作品有王润华的诗《根》和黄孟文的小说《云漠万里》等。另一方面,新加坡华语文学也体现了中国传统文化同西方现代文化的交融和互补。例如诗歌创作,以中国历史题材为内容的现代诗,既展示了西方的技巧又反映了东方的风貌,巧妙地表现了传统与现代、东方文学与西方文学的交融。其代表诗作有王润华的《象外象》、淡莹的《楚霸王》、《虞姬》和谢清的《给三闾大夫》等。[①]

中国和泰国的文化交流也开始得比较早。泰国是一个由泰族为主体组成的国家;泰族是属于汉藏语系的民族,大约于公元初年定居于今日之泰国北部。元明以来,由于中泰贸易的频繁,进一步促进了两国的友好往来和文化交流。中国的纺织、制瓷、造船、航海等技术,以及农业技术和手工业技术,相继传入泰国,对泰国文化的发展产生了积极的影响。

泰国的语言和文学也受到中国语言和文学的明显影响。在语言方面,由于我国闽、粤籍移民大批迁徙至泰国,随之也带去闽、粤地区的方言。

例如广东客家人带入客家话,潮州人带入潮州话,海南人带入海南话,丰富了泰语中的日常用语。泰人称(广告)牌(bai)属海南音;字号(yì hào)、税(sui)来自潮州音;鸡(kāi)、银(gùn)、金(knàm)、仔(chày)的发音与广东方言相同;行(hàng)、茶(chà)、瓜(guā)、仓(chǎng)则属汉语普通音。数词中的三、四、六、七、八、九、十等七个字,纯是中国语音,二、五的读音也与中国有关。泰语"二"读成"爽",当即广东话"双"的发音。至于"五",泰语读成广东音"虾",与广东音之"五"也颇相似……泰语从汉语借用的词汇量,估计每千字中在三百个以上。大量中国词汇出现于泰语之中,构成了两个民族间交流

[①] 参见高慧勤、栾文华主编:《东方现代文学史》,上卷,海峡文艺出版社1994年版,第690~696页。

思想的纽带。①

中国古典文学和闽粤戏剧对泰国文学和戏剧的影响也是很明显的。最早引起泰国人民极大兴趣的中国著名文学作品是《三国演义》,逐渐地在王族显贵中也受到了重视,甚至得到了国王的欣赏。1802年,国王拉马一世(1782~1809)认为,《三国演义》中的斗智艺术很有现实意义。因而,把《三国演义》列为泰国军事将领学习战略战术的必读作品。当时,一位精通中泰两国文字的贸易和外交大臣遵照国王拉马一世的指示,主持了罗贯中《三国演义》的泰语翻译工作。明万历时甄伟撰写的《西汉通俗演义》,也是根据拉马一世的御令,由宫内皇侄主持翻译的。

到了拉马二世(1809~1825)时期,又翻译了《水浒传》、《西游记》、《红楼梦》、《金瓶梅》、《聊斋志异》、《东周列国志》、《东汉演义》和《封神演义》等。拉马三世(1825~1851)时期,泰国出现了印刷所,为大量出版文学作品创造了条件。到了拉马五世时期,除了宫廷所属三家印刷所外,还有一个专门出版中国古典作品的印刷所——"乃贴印刷所"。后来,其他印刷所也争先恐后地出版中国的小说。从拉马三世到六世(1910~1925)的百余年间,翻译了大量的中国传奇小说、历史小说以及各种文学作品。从20世纪20年代开始,泰国的各种泰语报刊杂志,都经常刊登中国小说。例如,久负盛名的《京华报》因刊登以为民伸冤的清官为题材的长篇小说《左维明》,而蜚声全国报界。30年代以后,有的出版社以传播中国文化而获得崇高声誉。同时,鲁迅和茅盾的作品,也大量地被介绍到泰国。

中国文学作品泰语译本的不断出现,特别是《三国演义》泰语译本的广泛传播,对泰国文学的发展产生了巨大影响。首先,泰语《三国演义》的问世,使泰国文学史上第一次出现了采用散文形式翻译的作品,打破了一直使用韵文形式翻译外国作品的传统。其次,《三国演义》的泰语译本,文句优美流畅,语言通俗易懂,因而使泰国形成了一种新的文体——"三国文体",在泰国文学史上占有重要地位。再次,《三国演义》的泰语译本,也影响了作家的艺术构思和情节处理。如在诗人吞蒲(1786~1855)写的长篇叙事诗《帕阿派玛尼》中,就可以看到这种影响关系。

水战一节,尤其是叻威娘施计火烧帕阿派玛尼船只和帕阿派玛尼攻打新城两段,酷似《三国演义》中孔明和周瑜设计火烧赤壁的情节。书中塑造的人物

---

① 葛治伦:《1949年以前的中泰文化交流》,载周一良主编:《中外文化交流史》,河南人民出版社1987年版。

素塞尼，把帕阿派玛尼和陶素里尤泰馈赠的衣服穿在里面，把在盖披沙岛同一居士修炼时穿的虎皮兽衣罩在外面，以示他是一个重情义的人。这段情节，类似关羽身在曹营心在汉一样，把曹操送他的衣服穿在里面而将刘备赠他的衣服罩在外面，以示关羽对刘备的忠心未变。诗中还有这样一段："请来医生治伤痛，毒汁去除用刀刮，止住伤痛用药敷，粘合伤口用针缝"，显然是利用了《三国演义》"关云长刮骨疗毒"的故事。[①]

中国古典小说也影响了泰国的戏剧创作。泰国作家帕耶玛吉特叻塞所编的舞剧就是取材于《封神演义》中"姜子牙金台拜相"至"摘星楼纣王焚";《三国演义》中的"废汉帝陈留践位"至"灵帝建造毕圭苑"……此外歌剧也有取材于《三国演义》的。

泰国的华语文学，在早期只能算是侨民文学，也可以说是中国文学的一个分支。但是，在50年代以后，伴随着华人的归化和作品题材的当地化，它已明显地成为泰国文学的一个组成部分。在80年代以后，泰国华语文学出现了繁荣的局面。1983年，成立了泰华写作人协会，1990年改名为泰国华文作家协会。华文报纸《新中原报》、《中华日报》、《星暹日报》和《世界日报》等有文艺副刊，成为发表华语文学的主要园地。此外，从1988年到1992年，仅在不到5年的时间里，出版的华语作家作品集便有50余种。在华语文坛上，以散文创作的成就最为突出，数量大，质量高；小说创作不如散文。在泰华文学中变化最快的应属诗歌，中国大陆的朦胧诗和台湾的现代派诗歌，对泰华诗歌创作有明显影响。

第六节　中国文化体系对东方各国文学影响的比较研究

中国是世界上著名的文明古国之一，历史悠久，文化灿烂。早在秦汉时代，中国便面向东西两方进行了长期的、深入持久的文化交流。在东方，同一衣带水的日本、唇齿相依的朝鲜和山水相连的越南进行了文化交流；同时，又开展了同南亚的印度、斯里兰卡、东南亚的菲律宾、印度尼西亚、泰国、缅甸、马来西亚和新加坡等国的文化交流。在西方，又西出阳关，跋涉戈壁大漠，历经艰险，开辟了举世闻名的"丝绸之路"，开创了人类文化史上的辉煌一页。

中国同东亚、东南亚各国的文化和文学交流，可以概括为两类国家：一类

---

① 参见葛治伦：《1949年以前的中泰文化交流》，载周一良主编：《中外文化交流史》，河南人民出版社1987年版。

是日本、朝鲜和越南三国；另一类是菲律宾、印度尼西亚、马来西亚、新加坡、泰国和缅甸等国。同前一类国家的文化和文学交流是多方面的、多层次的，这些国家全面接受中国的影响，从生产技术、百工技艺到语言、文学、史学、宗教、科学乃至典章制度——官制、学制、兵制、田制、法律，甚至历法、节令和民俗等，无所不包。同后一类国家的文化、文学交流，不像上述三个国家那样全面，往往是根据其本国的需要，有所选择和取舍。

中国的文化和文学，对东亚、东南亚各国的影响，突出地表现在语言文字、诗歌、小说和戏剧等几个方面。这些国家虽然都接受了中国的影响，但是，如果将这些国家接受影响的情况加以比较，又可看出明显的差异。例如，在中国文化体系内的日本、朝鲜和越南三国，都接受了以儒家思想为主体的中国文化影响，历代祭孔，孔庙林立，尊孔之风大盛。但是，三国尊儒的情况还是有所不同的：在越南，可以说是独尊儒家，佛教道教被视为异端，遭到排斥。在日本，儒佛两家长期对峙，然而佛教稍占上风。在朝鲜，儒学则占一定优势。

中国的汉字对日本、朝鲜和越南的影响是很大的。这三个国家在民族文字尚未创造出来以前，都借用中国的汉字作为书写、记录或文学创作的工具。后来，他们的民族文字又无一不是在中国汉字的影响下创造出来的。

在日本，平安时代以前没有自己的民族文字，只能使用汉字作为书写工具。例如，《万叶集》中的诗，便是使用"万叶假名"记录的。借用汉字的音训标注日语的声音——这样的汉字称之为"万叶假名"。如："山"用"也麻"或"也末"表音；"樱"用"散久良"来标记；那么，"也麻"、"也末"和"散久良"便是"万叶假名"。然而，因为汉字的笔画太多，日本人进行了创造性的改革，把汉字拆开，利用其部首、或偏旁、或某一部分简化为"略体字"。这"略体字"，后来发展为"片假名"。如："ア"是由"阿"去掉"可"而蜕变的；"イ"是由"伊"去掉"尹"而蜕变的；"ウ"是由"宇"去掉"于"而蜕变的；"エ"是由"江"去掉"氵"而蜕变的；"オ"是由"於"去掉"仒"而蜕变的。由汉字的楷体蜕变为"片假名"之后，不久又从汉字的草体蜕变为"平假名"。如"あ"来自"安"的草体；"い"来自"以"的草体；"う"来自"宇"的草体；"え"来自"衣"的草体；"お"来自"於"的草体。随后又创造了假名和汉字交混在一起的书写方式。从此开始，日本的民族文学才获得了运用自如的表现手段。这对平安时期的散文文学——物语文学的产生和发展，起了重要的作用。

在朝鲜，15世纪"训民正音"出现以前，中国的汉字是通用的文字。7世纪后半叶，朝鲜人民总结了使用汉字的经验，创造了用汉字的音或意标记朝鲜语的方法，人称"吏读"文字。这是在使用汉字的基础上创造出来的文化财富，也是训民正音的先导。但是，"吏读"有两个明显弱点：一是使用"吏读"标记朝鲜语必须在懂汉字的基础上才能进行；二是"吏读"文字同汉字一样是不符合朝鲜语音和语法结构的。

15世纪，朝鲜学者认真研究了朝鲜语的语音，总结了长期使用汉字和吏读的正反两方面的经验，并利用中国音韵学研究的科学成就，深入钻研中国明初撰写的《洪武正韵》，并13次往返辽东，向明朝谪居辽东的翰林学士黄瓒请教，终于在1443年12月（1444年1月）创制了训民正音。从此，朝鲜人民开始使用自己的民族文字——训民正音。

训民正音的创制，不仅是深入研究朝鲜语音的结果，而且是广泛吸取中国音韵学成就的结果，中国的影响是明显的。现在使用的朝鲜文字，就是字母文字。如本章第三节所述，训民正音对朝鲜语音的分类与中国古音韵学对汉语语音的分类是极其相似的。

训民正音的创制，对朝鲜文学事业的发展起到了积极的促进作用；同时，对"谚解"事业——即用"谚文"（训民正音）翻译汉文典籍创造了有利条件。

在越南，13世纪以前一直使用中国的汉字，越南人称汉字为"儒字"，并亲切地称为"咱们的字"。大约在13世纪初，越南人利用汉字的结构和形声、会意、假借等造字方式，创造了"字喃"。这种字喃，使越南国语文学创作有了新的发展，也出现了不少用字喃创作的著名作品，如阮（韩）诠的《祭鳄鱼文》、阮攸的六八体长诗《金云翘传》和阮庭瘤的六八体故事诗《蓼云仙》等。但是，字喃的缺点同汉字一样，书写繁难，笔画比汉字更多，既不是表音文字，音与形又脱节，很难在人民大众中推广，到了17世纪便被拉丁文字所代替。

不难看出，日本的民族文字——"片假名"和"平假名"都是在汉字的基础上创造出来的，而且变成了表音文字；朝鲜的"训民正音"是在中国音韵学的影响下，摆脱了汉字的形体，直接进入了表音文字阶段。然而，越南的字喃虽然也体现了创造和改革的精神；但是，终究没有突破汉字的传统，依然停留在文字的象形阶段，而没有进入标音阶段，后来不能不被淘汰。

由于中国文化，尤其是中国文学的影响，日本、朝鲜和越南的汉语诗歌创作，都很兴旺发达。在日本，早在公元751年便出现了第一部汉诗集《怀风藻》，在平安时代又有三部汉诗集《凌云集》、《文华秀丽集》和《经国集》问世。中国的著名诗人李白、杜甫、王维和白居易的作品先后传至日本；特别是白居易的《白氏长庆集》，诗人还生活在世上时便已传至日本，深受日本读者的欢迎。日本的汉语诗人，不胜枚举。例如："五山汉文学"形成后，以虎关师练为代表的汉语诗人有铁庵导生、天岸慧广、中岩圆月；"五山汉文学"兴盛时期的惟忠通恕、性海灵见、龙湫周泽等。到了江户时代，早期的代表是藤原惺窝；石川丈山和元政，被誉为江户前期汉语文学的"双璧"。到了后期，则诗派林立，诗社蜂起，诗人辈出。人大诓行和菊池桐孙，被称为江户后期汉诗的"双璧"。在朝鲜，最早的汉文诗是高句丽琉璃王在公元前17年所作的《黄鸟歌》；此后，在公元6世纪后半期，曾到中国留学的高句丽僧人定法师的五言律诗《孤石》问世。到了9世纪，统一新罗时期汉语诗人的杰出代表崔致远，其汉语诗文集《桂苑笔耕》共20卷，有4册收入我国《四库全书》。高丽王朝的文学，从10世纪到14世纪，汉语诗歌有了新的发展，以仿中国"竹林七贤"而闻名的"海左七贤"，人人都是诗坛名家。才华横溢的李齐贤堪称高丽诗坛的杰出代表。到了李朝时期，汉诗的创作在实学派的诗人中得到发扬光大。朴趾源及其弟子李德懋、柳得恭、朴齐家和李书九等四家的汉诗，还有实学派重要思想家丁若镛的汉诗，对李朝诗坛做出了重大贡献。在越南，汉语诗歌的创作，也取得了颇为可观的成就。被尊为"安南千古文宗"的姜公辅，留学中国，应试仕唐，官至谏议大夫，能诗善文，堪称汉诗高手；柳宗元的友人廖有方的汉诗，出类拔萃，颇有名气。著有《介轩诗集》的阮忠颜、著名的《白藤江赋》的作者张汉超、《樵隐诗集》的作者朱文安，都是陈朝汉语诗歌的名家。此后，汉语诗人，层出不穷；阮蝻的《抑斋诗集》、阮攸的《清轩诗集》，在越南文学史上，都是汉语诗歌的瑰宝。

中国文学的影响，不仅使日本、朝鲜和越南的汉语诗歌取得了巨大的成就；而且使三个国家的国语诗歌因为汉诗的影响，也增强了艺术的表现力。

日本的俳句，由于借鉴了中国诗歌的写作技巧，有时出现了与汉诗相类似的意境；并且因为采取汉诗的词汇，而使俳句的语言显得更丰富了。例如：芭蕉的俳句"寒鸦宿枯枝，秋深日暮时"，显然受到马志远《天净沙》"枯藤老树昏鸦"的影响；芜村的俳句"荒野萧条不堪，夕阳沉没山石间"，其中的汉语词汇"萧条"同杜甫《野望》中"不堪人事日萧条"和班固的"原野萧条"句有关[①]；俳句中的意境、汉语词汇，都是精通汉诗的俳人加以创造性利用的结果，

---

① 参见林林：《俳句和汉诗》，载刘德有、马兴国主编：《中日文化交流事典》，辽宁教育出版社1990年版。

对增强俳句的艺术表现力，发挥了不可轻估的作用。

朝鲜的国语诗歌"时调"，同日本的俳句一样，在受到中国诗歌的影响之后，也增多了在展示意境上的表现手法和抒发思想感情上的景物描写。例如，时调《大雁》："大雁远飞尽，寒霜几度临？／秋夜长漫漫，客愁归复新。／夜静静，满庭月光明，疑是故乡近！"诗中所表现的思乡情绪，很容易使人想到刘禹锡的"何处秋风至，萧萧送雁群"（《秋风引》）和李白的"举头望明月，低头思故乡"（《静夜思》）。两者是用相同的景物和相似的意境抒发了思乡的离愁别绪的。①

精通中国诗词的朝鲜诗人，往往以白鸥象征清高出世、洁身自好；以幽兰象征隐士高雅脱俗的情志；以松、竹、石、月等自然景物和山林、田园等意境抒发隐退之情，反映避世之心。同时，中国的历史人物、古代典故、著名诗人也经常出现在时调之中。

在越南，中国诗歌的影响，同其对日本和朝鲜的影响不同，不只是对俳句和时调那样的短诗有影响，而且对"六八体"、"双七六八体"两种长诗的影响也很突出。13世纪，字喃的产生是摆脱中国文化、文字束缚的一种标志。这种新文字消除了创作上言文不一致的矛盾，促进了民族文学的发展。但是，正像字喃本身并没有摆脱汉文化、汉字的影响一样，越南诗人在创作上也无法完全摆脱中国文学的影响。例如，"六八体"这一新的诗体，是在韩律诗——用字喃写的唐律诗的基础上，吸取了民歌的因素而创造出来的，因而一直成为越南人民喜闻乐见的民族文学形式。后来，又把"六八体"诗和汉语律诗相结合，创造出"双七六八体"。这两种新的诗体，从形式到内容，依然留存着中国诗歌的影响。从形式上看，两种新的诗体都有汉语律诗的影响，并且在平仄的要求和押韵的规则上，汉语律诗的影响更为明显。从内容上看，大多是以中国文学作品为创作题材的。例如：无名氏的《潘陈》是以中国明代高濂的《玉簪记》为题材的；阮辉似的《花笺传》是根据中国《第八才子书花笺记》写成的；李文馥的《玉娇梨》脱胎于中国明清时期获夷散人的章回小说《玉娇梨》；无名氏的《二度梅》源于中国《忠孝节义二度梅》。其中，反映六八体长诗创作最高水平的阮攸的《金云翘传》，是以中国明末清初青心才人的同名才子佳人小说为题材的。阮攸的《金云翘传》，在社会背景、人物形象、故事情节、作品名字上，

---

① 参见韦旭升：《中国文学对朝鲜国语诗歌的影响》，载卢蔚秋编：《东方比较文学论文集》，湖南文艺出版社1987年版。

同中国小说完全相同；但是，在形象塑造、情节增删、表现手法、创作风格和语言运用等方面，却明显地表现了阮攸的创造性和艺术才华。

根据中国的散文作品、通俗小说、才子佳人小说来创作长篇叙事诗，是越南诗坛不同于日本、朝鲜的一个鲜明特点。这些散文作品或小说，在中国本来不算是名著，但是经过越南诗人的再创作，便成为深受越南人民欢迎的、脍炙人口的名篇。

在越南，六八体或双七六八体长诗创作，在接受中国文学影响时，往往对中国小说原著不进行改写，常常是原封不动地利用中国小说中原有的人物、故事、背景。如阮攸的长篇叙事诗《金云翘传》，故事产生于中国，人物形象（翠翘、金重、徐海等）以及悲欢离合的情节发展和最后的大团圆结局，同青心才人的《金云翘传》完全相同；只是在细节描写、修辞手段、叙述的繁简上有所不同。这是越南长篇叙事诗，在接受中国文学影响时，不同于朝鲜、日本的地方。当然，在六八体或双七六八体长诗的创作过程中，也体现了创造性，展示了越南诗人的艺术智慧和创作才华。

在散文的创作方面，中国的短篇小说对周边各国的影响，也是很明显的。中国的传奇作品、文言短篇小说对朝鲜、日本和越南三国产生了普遍的影响。如明朝瞿佑（1341～1427）创作的《剪灯新话》对周边国家的影响是广泛的。

在朝鲜，产生于高丽时期、发展于李朝时期的"稗说体"文学中，已经显示了中国和印度的影响。在李朝时期，金时习（1435～1493）《金鳌新话》的问世表明，在朝鲜文学史上开始出现了具有近代短篇小说因素的作品。研究者们认为，朝鲜的《金鳌新话》明显受到中国的《剪灯新话》的影响。

在日本，早在中古时期出现的"物语文学"已经反映了中国文学的影响，如：《竹取物语》。到了17世纪，盛行于日本的通俗短篇小说"假名草子"的题材，大多来源于中国的传奇作品。然而，对"假名草子"影响最明显的，还是中国明朝两部短篇名著：瞿佑的《剪灯新话》和李祯的《剪灯余话》。如"假名草子"的代表作《御伽婢子》中，作者浅井了意将《剪灯新话》中20篇作品改写了18篇，使其成为新作。

在越南，到了16世纪30年代，出现了阮屿创作的《传奇漫录》。这部作品同朝鲜的《金鳌新话》和日本的《御伽婢子》一样，也是在《剪灯新话》的影响下进行再创作的越南汉语文学作品。

如果将中国的《剪灯新话》同朝鲜的《金鳌新话》、日本的《御伽婢子》和越南的《传奇漫录》加以比较，便不难发现下列特征：

首先，《剪灯新话》在我国国内所受到的重视，远不如在国外。这部作品问世以后，到了明朝的中后期，才显示了它的影响，其中的不少故事成为明朝后期白话小说和戏剧的创作题材。后来，随着时间的推移，这部名著的重要价值和国外影响，在学术界日益受到忽略。自从比较文学复兴以后，情况才日渐好转。但是，在朝鲜，15世纪传入后随即出现了金时习的仿作《金鳌新话》，相传还产生了《剪灯新话句解》，是历史上第一部注释本。时至今日，依然激发着学者的研究兴趣。在日本，大约是15世纪中期传入的，最早的日译篇章见于《奇异杂谈录》（1532～1555），接着又见于《怪谈全书》（1698）；到20世纪，几种全译本相继出现。在越南，大约在16世纪30年代左右阮屿的《传奇漫录》问世后，在百余年的时间里，出现了一些不同的版本；《旧编传奇漫录》（1712）刊印后，又有不少版本重刊、再刊。可见，这部名著在越南人民心目中的极高地位。

其次，朝鲜、日本和越南在接受《剪灯新话》的影响时，总是以接受国家的民族意识、民俗民情、审美情趣为依据，对中国原著中的人物形象、故事情节、产生背景进行适当的改造。如朝鲜金时习《金鳌新话》中的《万福寺樗蒲记》，主要是在瞿佑《剪灯新话》中《滕穆醉游聚景园记》的影响下创作出来的。但是，其中的人物形象变了，用南原府流浪鳏夫梁生代替了浙江永嘉的读书人滕穆；梁生逗留的地方不是杭州的庙宇，而是朝鲜的万福寺；当失去美女之后，梁生终生未娶，不是"入雁荡山采药，遂不复还"，而是进入朝鲜的智异山采药，不知所终。又如，日本的《御伽婢子》中有18篇是依据《剪灯新话》改写的作品。这18篇虽然在故事背景、人物形象和情节发展上都没有脱离《剪灯新话》原有的基础，但是却按照日本民族的民俗习惯、美学观念和欣赏兴趣进行了重新构思和创造性的再创作。例如：《御伽婢子》卷3中的《牡丹灯笼》，是根据《剪灯新话》卷2中的《牡丹灯记》创作的。但是，中国的乔生被代之以荻原新之丞，符丽卿被二阶堂之女所取代，铁道观人改变为东寺之卿公；时间也从中国的元末至正上元节换成了日本天元17年的盂兰盆节；这一系列的改变，正是为了适应日本民族的欣赏情趣和民俗心理。又如：越南阮屿《传奇漫录》卷1中的《木棉树传》，是根据《剪灯新话》卷2中《牡丹灯记》创作的。中国的乔生换成了商人程忠遇，符丽卿被代之以美女叶卿，挑灯侍女金莲被改换为手持胡琴的侍女……这也是为了适应越南民族的阅读心理而进行再创作的。

再次，中国的《剪灯新话》中每篇作品都夹杂大量的诗词，这也影响到朝鲜的《金鳌新话》、日本的《御伽婢子》和越南的《传奇漫录》，使这3部作品集中的绝大多数篇章含有大量的诗歌。孙楷第先生在评论这一特点时说："凡此等文字皆演以文言，多羼入诗词。其甚者连篇累牍，触目皆是，几若以诗为骨干，而第以散文联络之者……此等作法，为前此所无。其精神面目，既异于唐人之传奇；而以文缀诗，形式上反与宋金诸宫调及小令之以词为主附以说白者有相似之处；然彼以歌唱为主，故说白不占重要地位，此则只供阅览，则性质亦不相侔。余尝考此等格范，盖由瞿佑李昌祺启之……及佑为《剪灯新话》，乃于正文之外赘附诗词，其多者至30首，按之实际，可有可无，似为自炫。"（《日本东京所见中国小说书目》）《剪灯新话》中"羼入诗词"这一特点，也影响到朝鲜的《金鳌新话》，其中的诗歌也是比较多的。韦旭升先生在评论朝鲜文学中这一特点时说：

> 《金鳌新话》中诗歌较多，它们和情节的发展具有一定的关系。这正是当时文人传奇中常出现的现象，作为根据当时的美学观点塑造人物、设置背景、渲染气氛的一个手段，无可厚非。①

在日本的《御伽婢子》中，也同样夹杂着大量的诗歌。如：《牡丹灯笼》中，插入了日本文学特有的31音对唱；《龙宫的上栋》中，将《水宫庆会录》中的《凌波曲》、《采莲曲》和《水中庆会诗20韵》，全部改成相应的日本诗歌。在越南的《传奇漫录》中，也有不少的诗词；但是，与中国的《剪灯新话》相比，还是不多的。

尽管《剪灯新话》对《金鳌新话》、《御伽婢子》和《传奇漫录》的影响存在着上述许多异中之同的现象，但是，也应看到它们之间还呈现出一些明显的同中之异。

首先，《金鳌新话》、《御伽婢子》和《传奇漫录》虽然都是在《剪灯新话》的影响下创作出来的新作，但是，也反映了明显的同中之异。如：《金鳌新话》中的《万福寺樗蒲记》，并不是根据《剪灯新话》中某一篇作品为惟一依据进行再创作的，而是将《剪灯新话》中的《滕穆醉游聚景园记》、《富贵发迹司志》、《牡丹灯记》、《绿衣人传》和《爱卿传》等篇杂糅在一起而创作出来的。《李生窥墙

---

① 韦旭升：《朝鲜文学史》，北京大学出版社1986年版，第227页。

传》，又是在《剪灯新话》中《渭塘奇遇记》、《爱卿传》、《翠翠传》、《金凤钗记》、《联芳楼》和《秋香亭记》等篇影响下经过再创作而完成的。这种写法，显然是同《御伽婢子》中根据《剪灯新话》改写的18篇作品，存在着明显的不同。越南的《传奇漫录》是受到了《剪灯新话》的明显影响，但是也不应忽视阮屿对越南神话传说的继承，如《传奇漫录》卷2中《范子虚游天曹录》；也不可忘记阮屿创作与越南民间口头文学的联系，如《传奇漫录》卷2中的《徐式仙婚录》正是依据越南民间传说的有关题材创作出来的。

其次，《剪灯新话》的作者借助烟花粉黛、神仙鬼怪一类的富有浪漫色彩的故事表达了对现实的揭露、对百姓的同情、对邪恶的抨击，显示了劝善惩恶、哀穷悼屈的政治倾向。正是由于瞿佑的影响，使金时习在《金鳌新话》中表现了对国事的关心、对百姓的同情，也使阮屿在《传奇漫录》中抒发了对兵荒马乱的伤感，对政治腐败的不满。金时习和阮屿虽然在关心社会、同情百姓的政治倾向上是相同的；但是，由于各自国家的政治局势不同，其政治倾向的具体表现也呈现了明显的差异。如在《金鳌新话》中使人看到：《万福寺樗蒲记》中表现了对入侵倭寇的谴责，《李生窥墙记》中抒发了对破坏李生夫妻幸福生活的红巾军的深仇大恨，在《醉游浮碧楼记》中通过殷商箕子到朝鲜的传说，表示了对李朝政治的不满。与朝鲜金时习《金鳌新话》不同，越南阮屿《传奇漫录》中的政治倾向，主要表现在反对佛教、不满异族入侵和抨击篡权政治三个方面。阮屿出于独尊儒学的思想，在《龙庭对讼录》、《东潮废寺传》中表现了对佛教的抨击；基于爱国的民族意识，在《丽娘传》中抒发了对明人入侵的不满；由于封建的正统观念，在《快州义妇传》、《那山樵对录》和《沱江夜记》中反映了对篡陈自立的胡氏政权的抨击。

第七节 中国文化体系与东方其他两大文化体系的关系

在东方社会发展的历史进程中，相继形成了三大文化体系，即中国文化体系、印度文化体系和阿拉伯—伊斯兰文化体系。这三大文化体系，在各自的文化体系之内，各个国家各个民族之间的文化交往是频繁普遍的；同时，三大文化体系之间的文化交往也是经常发生的，在有的方面还是非常密切的。中国文化体系同印度文化体系、阿拉伯—伊斯兰文化体系之间的友好往来和文化交流的历史是悠久的，而且是不断发展的。

中国文化同印度文化的交往历史颇为悠久，史书记载表明已有两千多年的历史，如果从民间传说上看，双方交往的历史还要再早几百年。中国和印度的友好往来，最早是从物质文化交流开始的。从古代印度的物品名称上看，有许多东西是从中国输入的。

丝绸，是中国的特产，中国是世界上最早的发明国。印度古代常常把丝绸叫做"中国布"、"中国衣"。旗子也叫"支那"，可能因为是用绸子做的。季羡林先生说："中国丝也传进了印度。在侨胝厘耶的《政事论》（Arthasastra）中有cinapatta这个字，意思是"产生在中国的成捆的丝。梵文里还有cīnāmśuka这个字，意思是"中国衣服，丝衣服"。这些同丝有关连的字都有cina（支那，中国）这个字眼儿，可见丝是产生在中国的。①

"造纸术同样是中国人民对世界文化的一个伟大贡献。纸，同丝一样，也传出了中国，传遍了世界。②

钢，在古代印度语言中，称做"中国出产"，可能因为炼钢技术是从中国传去的。季羡林先生说："梵文中有许多字表示钢的意思，其中之一是cinaja。这个字的意思是"支那生"，也就是出产在中国。既然如此，中国的钢至少在某一个时代，从某一个地区传到了印度。九世纪的阿拉伯旅行家伊本苦尔达巴（Ibn Khurdadhbah，820～830）在游记中记载着，在克什米尔有一座用中国铁建成的观象台，坚不可摧。"③

有一种樟脑，在古代印度叫做"中国樟脑"。铅，也叫"支那"，还叫"中国板子"，又叫"中国铅"。梨树，叫"中国王子"。花生，叫"中国的杏仁"。瓷器，在印度北方称为"中泥"。"支那"，在古代印度，也是一种鹿或羚羊的名字。④"支那"，有些学者认为是我国秦朝"秦"的译音，另一说法是"支那"得名实由于"绮"。⑤

正如许多中国物品传入印度一样，也有许多印度物品传入中国。如：琉璃、消石、胡椒、白芳蔻、密草、郁金香、菩提树、波罗树、天竺干姜、龙脑香、天竺桂、沉香、茉莉花、乳香等等。

在物质交流之外，在哲学、佛学和史学等学术交流上，我国去印度学习的学

---

① 季羡林：《中印智慧的汇流》，载周一良主编：《中外文化交流史》，河南人民出版社1987年版，第141页。
② 同上。
③ 同上，第143页。
④ 参见金克木：《中印人民友谊史话》，中国青年出版社1957年版，第8～9页。
⑤ 参见沈福伟：《中西文化交流史》，上海人民出版社1985年版，第29页。

者对印度也有积极的影响和贡献,出现了一些动人的佳话。举几个突出的例子:

一、关于老子《道德经》的翻译问题,金克木先生说,玄奘"还曾经把《老子》译成印度的梵文。这部哲学书是道教的最重要的经典。他译了以后还曾经跟道教徒讨论过有关的问题。这书可能传到了印度,因为当时皇帝指定他译这部书就是为了要把中国哲学传到印度去。玄奘把《老子》译成梵文是我国学术著作第一次译成外国文字。这件事是中印古代文化交流中的'投桃报李'的美谈。可惜的是现在除了这一项记载以外,在印度和中国都没有发现《老子》的译文和其它有关材料"①。薛克翘教授1978年在印度发现了梵文、印地文、英文、乌尔都文和马拉提文多种文字的《道德经》,可见印度人对《道德经》的偏爱。② 甘地和泰戈尔等名人都很重视老子的理论,并用以阐释自己的观点

二、玄奘的佛学研究,深受印度人的喜爱和称赞。金克木先生说,玄奘"曾在那烂陀寺(当时印度的最高学府——引者注)讲学,发表过重要的哲学论文,并且在辩论中胜过了反对他的人,得到很大的声名……他在印度作的论文是用梵文写的,可惜现在已经失传了……东北印度的一个国王曾特请玄奘去讲学……戒日王也请玄奘到他的宫廷里去……戒日王曾经在首都曲女城(现在叫加瑙吉,属印度的北方邦)举行一次大会,宣读玄奘所作的论文,展开辩论。大会中有十八国的国王和无数的各派学者参加。大家对玄奘的学问都很佩服……玄奘对戒日王谈到了中国的情形,引起了戒日王很大的兴趣。他们两个人缔结了友情。这实际上就是中印两国古代人民友好关系的一个表现。公元643年,玄奘动身回国……带了很多的佛教书籍回来……他还带回来一件不可估价的珍宝,这就是印度人民的友谊。公元652年,印度的摩诃菩提寺派一位印度和尚法长到中国来,给玄奘带来了老朋友的问候信和著作,还有两匹白布做为礼物。有一封信中说:'送去白布两匹,表示我们并没有忘记你。路程太远,希望你不要怪带去的东西太少,还是接受下来吧。如果你需要什么书,请开一个单子来,我们会抄出来送去的……'公元654年,法长回国,玄奘托他带回一些礼物和两封信,并附了在回来路上遗失的书籍的单子。玄奘的回信中对于他的印度老师戒贤的死去表示深切悼念,并且希望戒贤的学生智光,能够继承他老师的事业。他又报告自己回国后译了多少书。寄信给玄奘的人中有一个叫慧天,是派别和玄奘不同的学者。玄奘在印度时曾和他进行过辩论。这次他来了

---
① 《中印人民友谊史话》,中国青年出版社1957年版,第60页。
② 详见薛克翘:《老子与印度》,载王树英编:《中印文化交流与比较》,中国华侨出版社1994年版,第192~203页。

信，附来自己的著作，并且托带信人传达给玄奘说，他没有忘记当年的互相辩论，向玄奘表示'谢悔'。玄奘给他的回信里说：'当年在大会上辩论，为了追求真理，就不能顾到人情，因此在语气上有些触犯的地方。辩论过后，也就不再记在心上了。现在你来信何必还要提到过去的事呢？'最后，玄奘在信中还是劝他放弃自己错误的见解，免得将来懊悔。从这件事我们可以看出古代中印两国的学者的交情多么深厚，而在寻求真理的学术研究上又是怎样的认真。学术意见上的分歧与彼此的友情之间并不互相冲突。原则要坚持，真理不能让步，但是态度谦虚，感情真挚，完全为了大家共同进步，没有个人意气和宗派私见，这正是值得我们学习的地方。"①

三、玄奘撰写的《大唐西域记》是具有重要价值的珍贵学术著作，对印度历史研究的重大贡献及其重要意义是不可轻估的。季羡林先生在论述其功绩时说："《大唐西域记》对印度古代和中世纪的历史上的许多大事件都有所记述……至于在玄奘时代，印度的政治、经济、宗教、文化、民族关系，等等方面……都有非常翔实的论述……如果再谈到佛教史，这书里的材料就更多……《大唐西域记》是一部稀世奇书，其它外国人的著作是很难同这一部书相比的。"②在文学上，我们中国受到印度文学的影响也是相当明显的。我们中国文学在语言运用、形象塑造、题材选取和体裁创新等方面，都受到了印度文学的影响。

在文学语言的运用方面，由于受到印度文学的影响，使我们增加了许多具有印度文学表现特点的比喻性语言，如"瞎子摸象"、"盲人辨白"等比喻性成语来源于印度的寓言故事。特别是因为佛经的翻译和介绍，佛经中的比喻性成语也成为中国日常生活中司空见惯的成语了，如"一尘不染"、"不二法门"、"三生有幸"、"四大皆空"、"五体投地"……显然是来源于佛经文学的影响。

在文学形象的塑造方面，我们中国的文学创作也明显地受到了印度文学的影响，甚至在我国的古典名著中都能看到这种影响。例如，在罗贯中的《三国演义》中，对刘备这一著名人物形象外貌特征的描写是："身长七尺五寸，两耳垂肩，双手过膝，目能自顾其耳。"季羡林先生认为，在先秦的作品中难以找到类似的表现手法，显然不是我国古代的传统写法，而是印度佛经文学影响的结果。又如《西游记》中孙悟空这一著名文学形象的塑造，有些特点显然是受

---

① 《中印人民友谊史话》，中国青年出版社1957年版，第63～65页。
② 季羡林：《佛教十五题》，中华书局2007年版，第202～203页。

到了印度史诗《罗摩衍那》中哈奴曼这一形象的某些影响。季羡林先生说：

> 最著名的长篇小说之一《西游记》里面就有大量的印度成分。要想研究孙悟空的家谱，是比较困难的。不可否认，他身上有中国固有的神话传统；但也同样不可否认，他身上也有一些印度的东西。他同《罗摩衍那》里的那一位猴王哈奴曼太相似了，不可能想象，他们之间没有渊源关系。①

不仅《罗摩衍那》对《西游记》有影响，而且《摩诃婆罗多》对《西游记》也有影响。古代印度文学研究专家赵国华曾举出许多例证说明这一问题。例如《西游记》第五回中描写的"定身法"——孙悟空在蟠桃园中口念咒语将七仙女定在桃树下。这是受到《摩诃婆罗多》的《初篇》第53章描写的影响："阿斯谛迦朝龙王高叫三声：'住！住！住！'那龙王多刹迦立刻在半空中定住了。"又如《西游记》中描写孙悟空的毫毛变化，在第二回中说："这猴王……身上有八万四千毛羽，根根能变，应物随心。"这也是借鉴了《摩诃婆罗多·初篇》中的写法："它从尾毛中释放出大火炭，如同降下一场大雨……它从屋巴里造出众多波罗婆人。"再如《西游记》第18回，写孙悟空乔装高小姐，降伏了猪八戒；这也是源于《摩诃婆罗多·毗罗吒篇》的第21章的表现手法："怖军乔装黑公主杀死了企图调戏黑公主的摩差国的国舅空竹……"这些情节有力地证明了《摩诃婆罗多》对《西游记》的明显影响。想要了解更详细的情况，请看赵国华的《西游记与摩诃婆罗多》。②

在文学题材的选取方面，我国文学的创作题材也受到了印度文学的影响。鲁迅先生很早就注意到了这个问题，并且有过精辟的分析。他在《中国小说的历史的变迁》中，以阳羡鹅笼的故事作为例子加以论断："此种思想，不是中国所固有的，乃完全受了印度思想的影响。就此也可知六朝的志怪小说，和印度怎样相关的大概了。"③季羡林先生通过许多例证说明，我国古代的许多文学创作在题材的选取上都受到了印度文学的影响。他认为，"孙悟空跟杨二郎斗法，跟其他的妖怪斗法，这一些东西是中国古代没有的，但是在佛经里面却大量存在。如果我们说，这些东西是从印度借来的，大概没人会否认的"④；"小说家和梵文学者许地山对印度文学有特殊的爱好。他的许多小说取材于印度神话和

---

① 季羡林：《印度文学在中国》，载《文学遗产》1981年第1期。
② 此文载于《印度文学研究集刊》第2辑，上海译文出版社1986年版，第256～289页。
③ 《鲁迅全集》，第9卷，人民文学出版社1981年版，第308页。
④ 季羡林：《印度文学在中国》，载《文学遗产》1981年第1期。

寓言，有浓重的印度气息"①；《太平广记》所引《潇湘记》中一人用神斧造木鹤、同富人女儿同乘并一起飞走的故事，以及柳宗元的《黔之驴》等，都受到了印度民间寓言故事集《五卷书》的影响。②

在文学体裁的创新方面，也受到佛经文学的影响。由于佛教的宣传和佛经的翻译，在我国也出现了受到佛经影响的新文体。如唐代新产生的变文，便是在佛经影响下出现的新的文学形式。季羡林先生说：

> 谈到变文，印度的影响就表现得明显。里面当然也有不少的是讲中国的故事，譬如《伍子胥变文》、《孟姜女变文》、《捉季布变文》、《李陵变文》、《王昭君变文》、《董永变文》等等都是。但是更多的却讲的是印度佛教故事，譬如《太子成道经》、《太子成道变文》、《八相变文》、《破魔变文》、《降魔变文》等等都是。此外还有许多讲经文，例如《金刚般若波罗密经讲经文》、《妙法莲华经讲经文》等等，也属于这一类。③

印度的佛教对中国文学的影响是多方面的，无论对散文、诗歌、小说、戏剧和民间文学都产生了明显的影响。现在，仅以诗歌为例，简述佛教文学对中国诗歌创作的影响。

首先，由于佛经中偈颂的翻译，使中国的诗风转向通俗化和口语化，更易于为人民大众所接受。宣讲佛经，主要是面向大众，因而特别要注意语言的明白易懂，要接近口语，惟有如此，才会产生较好的宣传效果。偈颂的翻译，虽然采用的是中国传统诗歌四言、五言、七言的形式（也有六言的），但是从译诗的语言上看却更加通俗化和口语化了。有多数偈颂的译诗，很像民歌，与中国传统的诗作，在风格上有了明显的不同，是一种不重视诗律，不讲究"八病"，不拘泥节奏、韵律，又不运用典故的富有新诗风的韵文。这正如唐代贞观年间的高僧寒山诗中所说："有个王秀才，笑我诗多失。云不识蜂腰，仍不会鹤膝。平侧不解压，凡言取次出。我笑你作诗，如盲徒咏日"④；"有人笑我诗，我诗合典雅。不烦郑氏笺，岂用毛公解。不恨会人稀，只为知音寡。若遣趁宫商，

---

① 季羡林：《印度文学在中国》，载《文学遗产》1981年第1期。
② 同上。
③ 同上。
④ 《全唐诗》，下卷，上海古籍出版社1986年版，第1981～1982页。

余病莫能罢。忽遇明眼人，即自流天下"①。可见，这是自觉地提倡新的诗风，宣传诗歌创作上的创新精神。由于这种影响，不仅使唐代产生了通俗体的诗歌，而且广为流行。中唐时期开一代新风的"元和体"的流行，虽然有许多原因，但是偈颂体的佛教译诗和僧侣创作的通俗诗的影响，是不可忽视的原因之一。谁都知道"元和体"的代表人物白居易，不仅信仰过佛教，而且早年还写过《十渐偈》一类的偈颂体诗歌。到了宋代，王安石也写过模仿寒山的诗篇。一直到明、清时期，依然有人提倡寒山等人的通俗诗。可见佛教的偈颂译诗对中国诗歌创作的影响是十分深远的。

我国同阿拉伯国家友好交往的历史，早在汉代就开始了。《史记》和《汉书》中提到的"条支"就是今天的波斯湾和伊拉克等阿拉伯地区。张骞的两次出使西域，使中国人民更加了解阿拉伯地区，丰富了关于阿拉伯的知识，从而促进了友好往来和文化交流的发展。

到了唐代，我国同阿拉伯国家的往来有陆路和海路两条"丝绸之路"。自唐代以后，来中国经商的阿拉伯人，日渐增多，并在长安、广州、泉州、扬州等大城市居住。他们在这些大城市里还建立了清真寺，伊斯兰教开始在中国传播。

阿拉伯是中国文化西传的必由之路。中国的四大发明——造纸术、印刷术、指南针和火药，都是先后通过阿拉伯而传入欧洲的。这些伟大的发明，对人类文明的发展和世界文化的进步，产生了不可轻估的深远而巨大的影响。

中国的造纸技术传入阿拉伯之后，在公元8世纪中叶建立了生产中国纸张的造纸厂。接着，公元793年在巴格达、794年在大马士革又相继建立了生产中国纸张的造纸厂。阿巴斯王朝的第五位哈里发——哈伦·拉施德（786～809年在位）下令：只能用这种纸张写字。从此，这种中国式的纸张，在阿拉伯地区得到了广泛的使用，极大地促进了阿拉伯文化事业的发展。

火药大约在13世纪中叶传入阿拉伯。13世纪末到14世纪初，阿拉伯人把蒙古人传授的火筒和突火枪加以改造，制成"大炮"。欧洲人又从阿拉伯人手里学到了火器的制造技术，14世纪以后，意大利人开始掌握了这一秘密，使火器在欧洲得到迅速的传播。

指南针。大约在公元11世纪初期，我国已在航海上使用罗盘；这一技术最早被阿拉伯商人发现，并在阿拉伯商船上开始使用。12世纪，这一新技术

---

① 《全唐诗》，下卷，上海古籍出版社1986年版，第1981～1982页。

又从阿拉伯航海家手里传入意大利，从此，开始了人类航海史的新篇章，为环球航行和发现新大陆开辟了道路。

雕版印刷术公元七八世纪在我国发明后，8世纪至10世纪传入阿拉伯和西亚地区；12世纪经阿拉伯传入西西里岛。其后，我国又发明活字印刷，完成了从雕版印刷到活字印刷的飞跃。大约于15世纪中叶，受我国影响，德国人又发明了铅活字印刷，开创了印刷史上的新时代。

阿拉伯文化对我国的影响，也是十分明显的。早在唐代，阿拉伯药物便不断传入我国；朝廷在长安设立皇家回回药物院。元朝末年，《回回药方》已有中译本。在天文方面，元朝时十分重视阿拉伯天文历法，郭守敬吸收其优点，编出著名的《授时历》，并参照其天文仪器改进、重新设计和制造十几种天文仪器，推动了我国天文事业的发展。大约在13世纪以后，阿拉伯的历算、代数、几何、三角等知识传入我国，15世纪又传入了阿拉伯的进位制。

阿拉伯文学对我国的文学创作也有明显的影响，特别是在民间口头文学的创作上表现得尤为突出。如蜚声世界的阿拉伯著名的民间故事集《一千零一夜》（在我国的独特译名为《天方夜谭》），据学者们研究，对我国各个民族的民间故事产生了较为普遍的影响。《一千零一夜》中《乌木马的故事》同我国新疆维吾尔族《木马》故事的主要情节基本一致，前者对后者的影响十分明显；阿拉伯人民非常喜爱的《阿里巴巴和四十大盗的故事》同我国藏族民间故事《阿里巴巴》相比，虽然在故事情节上有某些改动——《阿里巴巴》中把兄弟二人改为兄弟三人，把女仆马尔基娜刺死匪首，改为兄弟老二、老三妻子互相配合刺死匪首……但是，在两个故事的大同小异中依然鲜明地反映了阿拉伯的故事对我国藏族故事的影响。《一千零一夜》中《白第鲁·巴西睦太子和赵赫兰公主的故事》，是一篇富有奇异怪诞特点的魔法故事，其中有的地方描写了人兽易形的诡谲多变的情节：赵赫兰公主施行法术，将白第鲁·巴西睦太子变成了白羽红嘴红脚的飞禽；王后看穿魔法，又使太子白第鲁·巴西睦变成了人类；太子得到了一个精通魔法的老人指点，又利用吃面粉的妙法将魔法城中欺诈狡猾的女王变成了一头母骡；这头母骡被买去，女王又恢复人形，与其母勾结，又将太子白第鲁·巴西睦变为丑鸟儿；太子又恢复了人形，成为魔法的新主人。①这样奇怪的故事，也不是阿拉伯所固有的，而是来源于欧洲。像杨宪益先生所说，此故事源出西方，最早的记载怕要算希腊的《奥德修纪》，又见于罗马阿蒲流

---

① 参见纳训译：《一千零一夜》，第5卷，人民文学出版社1984年版，第68～114页。

的《变形记》。在我国，也有许多类似的故事，如刘守华先生所说："唐人传奇中的《板桥三娘子》，亦演此奇异故事。旅店有一老板娘子，施法于夜间种麦，磨面，做成烧饼。旅客早餐后，俱变为驴。一旅客目睹此状，思加报复，第二次住店，以自己所携之魔饼与老板娘的烧饼交换，把她变成了驴子。后在骑驴周游旅程中，经一老人说情，擘开驴皮，使其回复人形而去。这个故事见于唐人的《幻异志》、《河东记》，明代冯梦龙编纂的《古今谭概》，为清代蒲松龄所吸取，写成《聊斋志异》中的《造畜》。"①刘守华认为，《板桥三娘子》是"直接源于阿拉伯故事"②的。

同时，《一千零一夜》中的故事，有的也受到中国民间故事的影响。如《一千零一夜》中的《商人阿里·密斯里的故事》，同我国长安书生苏遏的故事有惊人的相似之处，学者推断，是后者影响了前者。刘守华先生认为：

>《商人阿里·密斯里的故事》讲一埃及商人在巴格达一凶宅里过夜而得宝的故事。这类故事在我国早有流传。魏晋人所撰《列异传》中之《何文》(《古小说钩沉》)、唐人所撰《博异志》中之《苏遏》，均叙此事……
>阿里故事同苏遏故事如此相似，应是从同一故事演化而出。从它在中国扎根之深、流传之广及与中国民族生活、心理之紧密联系来看，它很可能是在唐代，同古都长安的辉煌形象一道传入阿拉伯地区的。③

伊朗（波斯）是阿拉伯—伊斯兰文化体系中重要的文明古国之一，同我国的文化交往已有两千多年的历史。关于伊朗，我国《史记·大宛传》曾记载："安息（即伊朗——引者注）在大月氏西可数千里。其俗土著，耕田，田稻麦，葡萄酒。城邑如大宛。其属小大数百城，地方数千里，最为大国。"

我国和伊朗之间，不仅有着频繁的物质交流，而且有着密切的文化往来。中国古代历史书籍中对波斯人在中国文化生活中的影响，有着许多生动的记述。如唐代的李珣，原是波斯人，黄巢起义时，不仅随僖宗入蜀，而且定居于当地。他的汉语诗文颇有特色，他的《琼瑶集》深受称赞。他的脍炙人口的诗篇，在《全唐诗》中收入五十余首。他的妹妹李舜弦也是吟诗能手，其诗作也

---
① 刘守华：《〈一千零一夜〉和中国民间故事》，载《外国文学研究》1981年第4期。
② 同上。
③ 同上。

收入《全唐诗》。

伊朗的古典文学作品，深受我国人民喜爱，在我国广为流传。如著名诗人萨迪，不仅亲自到过中国，对中国怀有友善的美好感情，而且他的充满哲理的诗篇，几百年来一直在中国流传，成为人们品德修养的座右铭。

我国塔吉克族的民间口头文学，同伊朗的珍贵文学遗产有着亲密的不可分割的文学姻缘。如关于鲁斯塔姆的故事、霍斯陆和希琳的故事，生动地反映了同伊朗文学的手足之情。伊朗学者和我国塔吉克族学者有一共识："四行诗"（鲁拜体或称柔巴依）这一诗歌形式，最早出现于塔吉克族的文艺园地中，以后又经过欧玛尔·海亚姆之手而成为蜚声世界的名篇。杨宪益先生在论述这一问题时说："从时间和地域方面来看，如果说鲁拜体是从唐代绝句演变而来，这并不是不可能的。这个假设也并未为我首创，一位意大利学者包沙尼（（Alesandro Bausani）就曾经指出鲁拜体可能来自西突厥，而且他也认为可能与唐代的绝句同出一源。"①这鲁拜体的诗，在古代波斯称为"塔兰涅"（Tareane），全诗共四行，第一、二、四行必须押韵，第三行不押韵。据说这一诗体在古波斯称作"塔兰涅"（Tareane），就是绝句的意思，或有旋律和抒情诗的含义。从这一诗体的形式——必须四行，只在一、二、四行押韵——即可判断，中国的绝句与波斯塔兰涅是同出一源的。

如果从波斯长篇叙事诗的创作上看，同我国古代文学关系也是十分密切的。内扎米·甘哲维（1141～1209）享有世界声誉、影响广泛的著名长诗《蕾莉和马杰农》，便生动地反映了我国和波斯文学交流的亲密关系。从这部长诗中可以明显看到中国著名四大民间传说之一的《梁山伯与祝英台》的影响。内扎米在1188年创作了这部长诗之后，激起了许多人的好奇心理，"从7世纪末到9世纪，一些文学史家对马杰依其人其事进行了实地考察，其结果出乎意料，马杰依其人其事近乎子虚乌有……几乎所有重要诗人的诗歌和文学典籍都提到其他纯情诗人，而从未提到过马杰依。如艾布·泰玛姆（796～843）编辑的一部古代最重要的诗歌集——《激情诗集》，几乎囊括了他以前的所有诗歌并分为十大门类，但仍未提到马杰依。"②这是因为马杰农的原型不在波斯而是在中国，在《梁山伯与祝英台》的民间传说中。

---

① 杨宪益：《试论欧洲十四行诗及莪默凯延的鲁拜体与我国唐代诗歌的可能联系》，载《文艺研究》1983年第4期，第25页。

② 郅溥浩：《解读天方文学》，宁夏人民出版社2007年版，第253～254页。

梁祝的爱情故事肇始于晋末，经过四、五百年的民间流传，到了唐代已经形成了情节感人、结构完整的传说了。晚时期有了文字的概要："英台，上虞祝氏女，伪为男装游学，与会稽梁山伯者同肄业。山伯，字处仁。祝先归。二年，山伯访之，方知其为女子，怅然如有所失。告其父母求聘，而祝已字马氏子矣。山伯后为鄞令，病死，葬鄮城西。祝适马氏，舟过墓所，风涛不能进。问知山伯墓，祝登号恸，地忽自裂陷，祝氏遂并埋焉。晋丞相谢安奏表其墓曰'义妇冢'。"（张读《宣室志》，张读为晚唐人）当时，中国和波斯船舶来往频繁，商品贸易盛况空前。这种经济交往，必然会促进文化交流。在唐朝，侨居我国的阿拉伯人较多，他们还常有参加科举的，中榜者亦不乏其人，进士登科的，如李彦升，颇有名气的，如李珣兄妹，原为波斯后裔。两国文化的相互交流，司空见惯，特别是民间故事的彼此传诵，不胫而走，难于统计。梁祝的殉情传说也必然会激发内扎米的热情和想像力，使他创作出世界名著《蕾莉与马杰农》。

如果将张读所记梁祝传说内容和内扎米《蕾莉与马杰农》的情节加以比较，就不难发现，两者的母题——叙述情节的最小单元，有许多相似和雷同之处。如：男女离家；住校同学；互有情意；英台先归，山伯访之，蕾莉走后，葛斯去看望；长期相处，山伯不知英台是女人，尽显愚鲁，别号傻人，葛斯为蕾莉丧失理智，癫癔失常，被称疯人；山伯告知父母求聘，祝已字马氏子，葛斯父亲携带财礼，前去求婚，竟遭拒绝；山伯病死，英台恸哭，死于墓前，蕾莉含悲逝世，葛斯直扑坟头，哭诉衷肠，终于死去；最后，梁祝并埋一墓，蕾莉葛斯也合葬一起。这些纷繁复杂的类似情节表明，两者之间必然存在着影响和借鉴的关系，晚出的内扎米的创作接受了早已流传的梁祝传说的影响。然而，凡是天才作家在接受别人影响的基地上必然会结合自己的民族文化传统进行改造和创新。如父亲带葛斯去朝麦加、努法尔与蕾粒部族开战、马杰农与努法尔反目等情节，都是内扎米的天才创造。

第四章　印度文化体系与东方文学

第一节　印度文化体系的形成和特质

在古代,"印度"指整个南亚次大陆,古时波斯人称之为"Hindu",西方人称"India",我国则称"天竺"、"身毒"或"贤豆"。它涵盖了今日印度、巴基斯坦、孟加拉三国,次大陆南端的斯里兰卡(原称锡兰岛)和印度北端的尼泊尔、锡金和不丹等共七个国家。所以我们常说的"印度文化"实际上是指自古代形成的南亚次大陆文化体系。

据考古发掘得知,早在公元前25世纪左右,印度河流域就已进入青铜器时代,出现过奴隶制城邦,居民主要从事农业、畜牧业和手工业。当时已出现了文字,现在主要保存在出土的2000余枚印章之上,今日人们称其为印章文字,但可惜的是至今仍未能有人释读。后来不知由于外族入侵还是因为自然灾害,在公元前18世纪时早期印度河流域文明又突然衰亡无迹可寻了。它与后来发展起来的以恒河为中心的文明之间有何联系也成了至今尚未破解之谜。

约从公元前15世纪时起,原居住在中亚一带的雅利安人南迁入主印度,征服了印度早期土著居民,并且与之融合,逐步又出现了以恒河流域为中心的文明。自此印度文化一直发展延续至今没有再中断,经过长时期的不断变化、发展、吸收、融合,形成了当今世界四大文化体系之一的印度文化体系。可以说从公元前15世纪至前6世纪(人们称之为吠陀时代)是印度文化体系的形成时期。

印度次大陆北依重叠、陡峭的号称世界屋脊的喜马拉雅山脉,东北是丛林密布的那伽山脉,西北是崎岖险要的喀喇昆仑山脉与兴都库什山脉,东、西、南三面则为浩淼无垠的印度洋所环绕,整个次大陆呈一菱形,上端是克什米尔,下端是科摩林角和隔一狭窄海峡的斯里兰卡岛,它有着几乎与外部世界完全隔绝的自然地理环境。而次大陆本身的自然环境也非常复杂,山岭、河川、湖泊、沼泽、荒漠等样样俱全,并将次大陆割裂成许多不同的地理单位与生态系统。

印度次大陆进入阶级社会阶段后,尤其是从公元前15世纪开始直至公元

12世纪末叶，生活在次大陆境外的多种民族先后不断入侵或徙来定居，战乱频仍，阶级与民族压迫长期存在，历史发展过程复杂，社会局势动荡多变。另外，印度素有"人种博物馆"之称，拥有众多民族和部族。据民族学家的考证，在印度最早的土著民族是尼格利多人，即小矮黑种人。其后陆续迁入印度次大陆定居的有：原始澳大利亚人、地中海人、亚美尼亚人、达罗毗荼人、雅利安人、蒙古人等等。到了12世纪末叶，穆斯林又大举进入印度。15世纪以后西方殖民者不断入侵，进一步增加了欧印混血人种，尤其是英印混血儿。上述各民族经过长期融合、同化形成了今日次大陆境内存在着的为数众多的不同民族。现在人口在千万以上的民族有：印度斯坦、孟加拉、泰卢固、马拉地、泰米尔、古吉拉特、卡纳尔、马拉雅拉姆、奥里雅、阿萨姆、锡克等族。在印度还存在有许多古老的居民群体，即所谓的部族。这些部族长期处于落后贫困状态，生产与生活水平低下，社会地位卑微。据1956年统计，印度有414个部族。复杂的民族矛盾，反对压迫争取平等的部族斗争都成了今日印度棘手的社会问题。

在上述这种地理、历史与人文背景下形成的印度文化，也表现出一些与其他文化体系完全不同的突出特征。关于印度文化的特征，不少学者有过不同的概括。譬如：

圣雄甘地认为印度文化只有三个要素：一、耕田的犁；二、手工的纺织机；三、印度的哲学。这是印度文化的特点。其中农业文化和宗教哲学为文化的核心。印度自古以来是一个自给自足的农业社会，这是甘地所说的"耕田的犁"、"手工的纺织机"的真正含义。而"印度的哲学"，主要是印度的宗教哲学，追溯吠陀经，正统六派哲学，以及非正统的佛教、耆那教哲学等，它影响和渗透到道德、文学、艺术和政治领域。所以，在自给自足的农耕文化基础上的印度教哲学，是印度文化的灵魂。[①]

我们认为印度文化的特征可以主要概括为如下三方面：

首先，印度文化是宗教气氛浓重的文化。我们知道在印度次大陆，宗教兴衰发展的历史源远流长且变化繁复广博。"据印度政府1981年调查，印度人口的99.36%是当今印度七大宗教的忠实信徒，这些宗教徒的多少依次为：印度教、伊斯兰教、基督教、锡克教、佛教、耆那教和帕西教（拜火教）。此外，还

[①] 糜文开：《印度文化十八篇》，台湾东大图书有限公司1984年版，第48页。

有些印度人皈依了犹太教，一些部族民则在信奉着原始的萨满教。"① 不论是就人们信奉世界主要宗教种类之多而言，还是就宗教存在发展历史之久而言，印度在世界上都是首屈一指的。宗教对社会文化各个层面的影响也是非常深远的。所以多种宗教浓郁气息的影响就成了印度文化体系的特质之一了。

产生于印度次大陆本土的宗教有：

吠陀教　早在公元前25世纪左右古印度河流域文明时期就已出现了原始崇拜的现象。到了公元前20至前15世纪左右则出现了现代所知的印度第一种宗教——吠陀教，这是一种多神崇拜的宗教，由古印度西北部雅利安游牧部落的信仰演化而来。当时尚无这一明确名称，是后人鉴于该教典仪与敬神祭祀等诗歌均载于四部"吠陀"②经典之中，遂称之为"吠陀教"。该教崇拜种种神化的自然力和祖先、英雄等。凡日月星辰、雷雨闪电、山川草木及种种动物均幻作神明，有"36尊神明"之说。另据各种神明所在位置又分成天、空、地三界，天界有：天神伐楼那、黎明之神乌莎斯；空界有：雷神因陀罗、风神伐由、雨神帕阇尼耶；地界有：火神阿耆尼、酒神苏摩、河神娑罗室伐底等等。

婆罗门教　公元前10世纪左右雅利安人征服北印度后，建立起奴隶制国家。约于前7世纪在吠陀教的基础上演化成婆罗门教。该教仍保持着多神崇拜，奉梵天、毗湿奴和湿婆为三大主神，并认为他们是三相神，分别代表宇宙的"创造"、"护持"和"毁灭"。主张吠陀天启、祭祀万能、婆罗门至上三大纲领，把人分为婆罗门（祭司）、刹帝利（武士、贵族）、吠舍（农民、工商业者）、首陀罗（无技术的劳动者）四个种姓，四种姓之外还有"贱民"。种姓是职业世袭、内部通婚，且不准外人加入的社会等级集团，承继父母，永远不变。前三个种姓为"再生族"，意即他们可获得第二次生命；第四种姓首陀罗为"一生族"，无法获得第二次生命；贱民则处于社会最底层。宣扬人生业报轮回之说。一个人转世的形态取决于他现世的行为与奉行婆罗门教的虔诚程度。来生可变为神、变为四种姓的人或贱民，也可变为畜生乃至下地狱受苦之辈。但今世沦为首陀罗、贱民者则永世沉沦，没有任何希望了。

公元前6世纪前后，南亚次大陆的政治、经济与文化方面都有了新发展。进入了列国时代，诸多国家争霸、战事频繁。经济方面达到一个新水平，铁器

---

① 陈峰君主编：《印度社会述论》，中国社会科学出版社1991年版，第127页。
② 印度最古老的经典。约在公元前2000至前1000年成书。据传是古代仙人受到神的启示诵出的，后经广博仙人整理后，用梵文写成。四部吠陀即《梨俱吠陀》、《夜柔吠陀》、《娑摩吠陀》和《阿闼婆吠陀》。

普遍应用，农业、商业获较大发展，恒河下游出现许多城市。随着刹帝利、吠舍种姓力量的强大，出现了反婆罗门教的沙门思潮。"沙门"（Sramana）意即"勤息"是对婆罗门教后期一批反对吠陀权威、反对祭祀、反对婆罗门至上的出家修行人的称呼。这些人是势力增长了的刹帝利阶层的代表，可以称其为婆罗门教社会的叛逆者。他们是一批具有新思想、敢于向婆罗门和婆罗门教挑战的人物。①但是他们的主张各种各样，其中，有三个派别在当时势力强大，对后世印度文化产生了很大影响。一个是释迦牟尼创立的佛教，一个是"六师外道"中的耆那教，还有一个是唯物主义派别顺世论。②

佛教 公元前6世纪古印度迦毗罗卫国（处于今日尼泊尔南部提罗拉科特附近）王子悉达多·乔答摩（即释迦牟尼）创立了佛教。其基本教义是：把现实人生断定为"无常"、"无我"、"苦"；"苦"的原因既不在超现实的梵天，也不在社会环境，而由每个人自身的"惑"、"业"所致。"惑"指贪、瞋、痴等烦恼；"业"指身、口、意等活动。"惑"、"业"是因，造成生死不息之果；根据善恶行为，轮回报应。反对"婆罗门至上"，在因果报应和修行解脱方面主张"四姓平等"。佛教在印度的发展大致分为四个阶段：前6世纪中叶至前4世纪中叶为原始佛教期；前4世纪中叶以后分裂成许多教派，为部派佛教期；1世纪左右出现大乘佛教，大乘佛教将部派佛教中最主要的一派——上座部称为小乘佛教；7世纪以后大乘中部分派别又与婆罗门教混合形成呾特罗曼特罗派（即密宗、密教）；此后佛教在印度本土逐步消亡，至13世纪几近绝迹；19世纪末佛教在印度又开始出现复兴现象。据统计，"1951年印度仅有佛教徒18万人。""1956年印度贱民领袖安倍德卡尔率领50万（一说100万）不可接触者皈依佛教，使印度佛教徒人数大增。"③现在印度的佛教徒大约占印度总人口的0.7%，主要限于马哈拉施特拉地区的贱民。④

耆那教 公元前6世纪末和前5世纪初，与佛教同时兴起。是由属刹帝利种姓的筏驮摩那创办的。"耆那"（Jaina）是筏驮摩那的称号，原意为"胜利者"、"完成修行的人"，有人则译为"大雄"，故该教用耆那教作为该教教名（即胜利者的宗教）。汉译佛典中称其为"尼乾外道"、"无系外道"、"裸形外道"、"无惭外道"、"宿作因论"等。其基本教义是业报轮回，灵魂解脱，非暴力和苦行主

---
① 尚会鹏：《印度文化史》，广西师范大学出版社2007年版，第62页。
② 同上，第65页。
③ 同上，第245页。
④ 威尔·杜兰：《世界文明史：印度与南亚》，台湾幼狮文化公司编译，第320页。

义,反对吠陀权威和祭祀。分宇宙万物为命与非命二者。1世纪时因对教祖遗训解释不同,分成天衣派与白衣派。4世纪至13世纪曾在印度广泛流行,不少君王都是该教信徒。13世纪因伊斯兰教在印广泛传播,受到很大打击。17世纪后该教内部出现改革运动,主张用人道主义、博爱等观点解释该教古老教义。18世纪又出现了斯特纳迦卡瓦西派运动。教徒数量虽不多,但在印度社会中仍有一定影响。

印度教 公元4世纪前后婆罗门教又渐渐复苏,在保持其原有教义的情况下又吸收了佛教、耆那教等的某些教义和一些印度民间信仰演变成印度教。公元8、9世纪时,随着佛教在印度的衰落,印度教又趋兴盛。经过公元8世纪时的商羯罗改革,逐渐形成了今日的印度教。主要经典有"吠陀"、"奥义书"、"往事书"、《摩诃婆罗多》、《罗摩衍那》等。基本教义与婆罗门教同。后逐步形成毗湿奴、湿婆和性力派等三大派别。印度教的节日繁多。主要圣地是恒河与恒河三条支流的发源地。贝拿勒斯是印度教徒朝拜的中心。当穆斯林大举进入次大陆,伊斯兰文化影响加大,尤其是1206年在印度北部地区建立起德里苏丹王朝后,印度教受到极大的挑战与冲击。伊斯兰教与印度教两大宗教发生了激烈的冲突与对立,一方面大批下层印度教徒改宗了伊斯兰教;另一方面印度教内部更趋保守,强调一体性,出现了各教派、各种思想融合的倾向;再有就是12世纪兴起于印度教内部的虔诚派运动大发展,先后出现过罗摩奴阇、柴坦尼亚、瓦拉巴、罗摩难陀、卡比尔等知名大师,他们一面对抗伊斯兰教,一面又对保守的印度教不满,否定婆罗门祭司的作用,宣传什么人都可以靠直接的虔诚获得救赎。代表了当时印度下层人民的利益,代表了印度教世俗化的倾向,反对种姓分离、歧视妇女和繁琐礼仪,主张各种种姓在神的面前一律平等。16世纪初开始西方的葡萄牙人、荷兰人、法国人和英国人先后来到印度,19世纪初开始英国人扩大势力逐步驱逐了其他西方人,到19世纪中叶英国人确立了它在印度的统治地位。随着西方文化的传入,印度教又受到了新一波的冲击、影响。印度教内又出现了新的改革风潮。先后出现过一些著名的宗教改革团体,如"梵社"(Brahma-samaj)、"雅利安协会"(又称圣社,Arya Samaji)、"神智协会"(The Theosophical Society)等。19世纪以后,随着印度教徒大量外迁,该教在亚洲、非洲等地也有传播。印度教遂成了集印度原有各宗教之大成者。婆罗门教、佛教和耆那教等各教神皆被推崇为印度教的圣人。直至今日,印度教成了印度境内势力最大的宗教。

锡克教 锡克教是在伊斯兰教影响下经过改革的一个印度教派。所以有人说它的产生是两大宗教文化融合的产物。15世纪末16世纪初由旁遮普贵族那纳克创立。"锡克"一词源于梵文Sikha,意为"门徒"。因教徒们自称为教祖那纳克的"门徒",故名。主张业报轮回,提倡修行,反对祭仪苦行和消极遁世,认为世间所有现象都是神力的最高表现,人在神的面前都是平等的,种姓分立、歧视妇女等均违背神意。个人灵魂只有和神结合才能获得解脱。"现在印度的锡克教徒约为1200万,为印度的第四大宗教"[①]。主要分布于印度旁遮普邦一带。近百余年来还传播到东非诸国、英国、美国、加拿大和泰国等地。

从境外传入的宗教有:

伊斯兰教 早在8世纪前后穆斯林商人便来到次大陆西北部。11世纪穆斯林征服了旁遮普。到了12世纪直至17世纪几乎整个南亚次大陆都处于穆斯林统治之下,其影响逐步显露。1206年至1526年和1526年至1859年,在印度本土先后建成过两个伊斯兰教王朝,即德里王朝和莫卧儿王朝。后来者居上,伊斯兰教势力在印度日益强大。印度原有宗教备受摧残,佛教几乎灭绝,耆那教受到严重挫折,印度教也遭到很大削弱。伊斯兰教终于成了今日印度的第二大宗教。它给印度社会以及文化的各个方面都带来了非常深远的影响,且其中很多是有别于印度文化传统的全新内容。

另一方面传入印度的伊斯兰教本身也有了很大变化。随着大批下层印度教徒的皈依,一些印度教的习俗或信仰也带进了伊斯兰教。比如伊斯兰教本来是不崇拜偶像的,而印度的穆斯林对圣者的墓冢是巡礼膜拜的;伊斯兰教的苏菲派接受了印度教神秘主义的影响;印度的穆斯林也崇拜印度教的某些圣者,印度教徒、锡克教的创始人那纳克就被誉为"既是印度教徒的祖师,又是伊斯兰教的圣人"[②];改宗伊斯兰教的印度教徒们仍分成互不通婚的集团,保留了种姓的特点等。印度的穆斯林商人、传教士还把伊斯兰教传向东南亚等地区,使东南亚地区的伊斯兰教也显现出的宗教排他性相对较弱,有了地区性的一些特色。

基督教 基督教则早在4世纪就从西亚传入印度西南地区。15世纪末叶当西方殖民者在印度开始进行贸易殖民之时,基督教也开始大规模传入,但效果并不大。据1981年的统计,基督徒仅占全印人口的2.6%,且其内部派别林立,

---

① 尚会鹏:《印度文化史》,广西师范大学出版社2007年版,第216页。
② 高建章:《锡克·辛格·阿卡利——锡克民族与锡克教》,四川民族出版社1994年版。

极不统一。

帕西教 帕西教又称拜火教，即波斯的琐罗亚斯德教。7世纪阿拉伯人征服波斯后，一些不愿改宗伊斯兰教者先后移居印度，该教遂传入印度次大陆。该教主张善恶二元论，认为火、光明、洁净、创造、生是善端；黑暗、恶浊、不净、破坏、死是恶端。阿胡拉·玛兹达和安格拉·曼纽是主宰善恶两端的两大主神。

对上述印度人所信奉的各种宗教进行一些比较可以发现：先后起源于印度本土的几种宗教之间有某些相同或近似之处，而起源于印度境外的宗教在印度的发展也在某些方面受到了印度文化或多或少的影响。在印度这个特定的环境里，不容质疑，历史上每一次划时代的变革或进步都与某一宗教的改革、兴起或创建有着密切的关系。同样，宗教也为印度文学艺术的繁荣和数学、医学、哲学、天文学等学科的发展做出了巨大贡献。不仅如此，宗教对印度社会的影响是全方位多层次的，包括对印度人的思想意识、情感观念等等方面都有着深远的影响。当然这种影响也是积极、消极两个方面都存在着的。

由于各种宗教信仰、教义的不同，它们本身就存在着矛盾。伴随着各种宗教的兴衰，教派斗争也自古就已存在。到了19世纪80年代以后，由于殖民主义者们的有意挑拨与煽动，在印度先后发生了1893年、1907年、1926~1927年、1946~1947年等印、穆两大教派多次流血冲突，最后导致了印度与巴基斯坦分治，后来巴基斯坦再度分裂为巴基斯坦与孟加拉两国。印度独立后，直至今日印度教与伊斯兰教两派教徒的骚乱、斗殴、流血事件仍时有发生，成了当今印度面临的主要社会问题之一。另外，1943年6月集中于旁遮普邦的锡克教徒开始提出了要求建立"自由旁遮普"的要求，同年8月又正式提出建立独立的锡克人国家的要求。此后锡克教的自治运动一直不断，且有日益加强之势。

其次，印度文化是种姓制度观念影响深远的文化。人类自从进入阶级社会以来，社会就被人为地划分成若干等级。这种维护阶级压迫与剥削的等级制在世界上各个地区都曾存在过。但是印度的这种等级制——种姓制度却表现得最为突出最为森严，存在的时间也最为长久，直至今日仍影响着印度社会文化的各个层面。因此，种姓制度观念也就成了印度文化体系的特质之一。

"印度专门研究种姓制度的学者古里，将种姓制度的特征归纳为如下六点：一、社会的分隔；二、等级制；三、饮食和社交的各种限制；四、不同集团具有不同的世俗的宗教的权利；五、缺乏选择职业的自由；六、婚姻的各种限制。"①印度的种姓制的产生不晚于公元前1000年。雅利安人进入恒河流域开始创造恒河流域文明时，逐步形成了印度最古老的四大种姓。著名的四吠陀之一的《梨俱吠陀》中已有了这方面的论述就是明证。虽然种姓制度出现之初尚无纯洁污浊观念，但是随着种姓制度的发展，纯洁污浊观念成了它的存在依据。他们认为决定一个人的纯洁污浊程度的因素有三，即职业、饮食与习俗。所以人一生下来就是不平等的，就有着纯洁、污浊、高贵、低贱之分，这是无法改变的。种姓的划分，在前文讲述婆罗门教情况时已经涉及，在此就不再赘述了。印度的种姓制度产生至今已有近3000年之久。随着历史的推进，在英殖民主义者统治下，人们经济地位有所变化，因之种姓制度也发生了不小变化。但是由于印度种姓制度有着非常严格的规定和限制，对违犯者处置非常严厉，甚至可能被处死；而种姓制又是印度大多数人信奉的印度教所提倡维护的；加之印度社会长期发展缓慢；次大陆又长期处于分离混乱各自为政的状态；所以种姓制度的基本内容——纯洁污浊的理论对印度人思想观念的影响长期顽固地存在着。包括那些因种种原因已经改宗信仰伊斯兰教或基督教的印度人在内，人们往往会利用种姓观念为自己获得更牢固的社会地位和更广泛的支持而努力。种姓观念甚至影响到了同一阶级或阶层的内部，工农都可能因为种姓关系而不能团结一致，组成统一组织和力量为自己阶级的利益而斗争。在日常生活中，一般人也不愿与非同一种姓的人交往，包括一起去拜佛、敬神、做礼拜。这种严重的互相排斥心理，明显地妨碍了印度人民共同民族意识的形成，使他们无力抵御外来之敌，也使得国内一直不能很好地建立起一个安定的环境，种姓冲突时有发生。可以说，种姓观念直接影响了印度经济现代化和政治民主化的进程。实际上教派斗争的根源也在于种姓制度。佛教、耆那教、锡克教等等都是源于反对这一制度建立起来的；许多印度低级种姓的人们也是不堪忍受高级种姓的歧视与压迫才改宗伊斯兰教或基督教的。长期袭扰印度社会直至今日的最严重的问题之一——贱民问题也是种姓制度的直接产物，它可以说是种姓制度的核心。贱民被称之为第五等级，是印度社会最受摧残和歧视的底层。但它的数字却不小，据人们估计约有一亿人之多。种姓制度又是印度许多陈规陋习的直接根源。如内婚制、妇女殉葬等。职业世袭制也是种姓制的产物。至今一些政界人物为了个人地位权势的巩固与加强，也不惜与某些种姓团体组织保持着密切的关系。

---

① 陈峰君主编：《印度社会述论》，中国社会科学出版社1991年版，155页。

第三，繁复深邃的思想方法是印度文化体系的另一特质。这种思想方法影响了印度文化的各个层面和社会的发展。我国著名东方学者季羡林先生在为《印度社会述论》写的序文中说："经过多年的推敲与探索，我发现，这四个文化体系又可分为两大类。这两类之间又是互有差别、各有特点的。最简明、最清晰的差别可以从雕塑和建筑风格上窥探出来。一类是风格明快，线条清晰；一类是风格繁复，线条迷乱。前者以简明著，后者以深邃显。中国、闪族、古希腊、罗马属于第一类，印度属于第二类。"季羡林先生的论断非常精辟确切。我们还可以举出许多实例来说明印度文化的这一特质。譬如语言。由于印度民族种族的复杂性，它境内的语言使用情况也是异常复杂的。英国著名语言学者乔治·阿布拉汗·格里尔森曾在其所著《印度语言概观》一书中说，印度有179种语言和544种方言。在1961年印度人口普查中，登记作为母语的语言则竟达1600余种之多。虽然包括著名的印度政治家尼赫鲁等人都反对说印度语言有如此之多，但他们又都不能不承认印度语言问题确实是非常复杂的这一事实。正因为如此，处理语言问题也成了印度独立后当政者的一个重要课题。1950年通过生效的印度宪法规定，印地语为官方语言，同时还列举了13种语言为有关邦的官方语言，1966年又增加了信德语共14种。而且在规定印地语为全国官方语言问题上也是一直存在着争议的。使用印地语者虽在全印占第一位，但也只有全印人口的29.67%[①]。再以印度古老的梵语为例，它从公元前18世纪出现，人称古代梵语为吠陀梵语，公元前5世纪实现了规范化。但梵语变化非常繁复，它有阳、阴、中三性，单、双、复三数，还有主、宾、具、与、夺、属、位、呼等八格。一个动词就可能出现时态、人称、数、语态或语气等多种变化。书写形式采用的字母也曾有过多种。所以今日梵语已成了死的语言，世间仅有少数学者还能了解它或用其写作了。再如，在印度文学作品中也不难发现这种思想方法的深远影响。印度史诗《摩诃婆罗多》竟有10万颂，《罗摩衍那》也有2.4万颂之多，其篇幅之长是世界各民族史诗中罕见的。故事情节的叙述方法也有它独特之处。围绕着中心故事插入了大量的神话传说寓言故事，真可谓是枝蔓庞杂。

---

① 转引自陈峰君主编：《印度社会述论》，中国社会科学出版社1991年版，第204页。

第二节　印度文化体系对南亚国家文学的影响

众所周知南亚次大陆发展起来的印度文化体系中的文学，在公元12世纪以前主要是梵语文学。留存至今的主要作品有：印度上古诗歌总集——《吠陀本集》(含《梨俱吠陀》、《阿闼婆吠陀》等四部)、《摩诃婆罗多》和《罗摩衍那》两大史诗、神话故事集十八部《往事书》、寓言故事集《五卷书》等。①因梵语和人民的口头用语相距越来越远，从12世纪起衰落。原有的较接近人民口头语言的巴利语(巴利语文学作品主要有后流传于世的上座部佛教的巴利语三藏经等)的流传地区又有限。这些梵语和巴利语典籍是印度文学的滥觞，也都成了后世南亚各国文学以及其他受印度文化影响较深国家文学作品再创作的原始素材或借鉴对象。

12世纪至19世纪中叶，次大陆处于穆斯林统治之下，1206年至1526年和1526年至1859年，在印度本土先后建成过两个伊斯兰教王朝，即德里王朝和莫卧儿王朝。后来者居上，伊斯兰教势力在印度日益强大。伊斯兰教文化与印度教文化发生了碰撞与融合，这也为印度文学带来了新的要素。穆斯林统治者把波斯语带到印度。尤其是莫卧儿王朝时把波斯语定为第一官方语言。印度的波斯语文学随之兴盛起来。留存至今日的有《阿克巴则例》、《阿克巴本纪》等历史著作，《摩诃婆罗多》、《罗摩衍那》、奥义书、《薄伽梵歌》等印度教经典波斯语译本和一些波斯语诗歌或韵文。

南亚各地运用的诸语言主要属于印欧雅利安语系和达罗毗荼语系。这些语言有信德语、旁遮普语、克什米尔语、印地语、乌尔都语、奥利萨语、孟加拉语、阿萨姆语、马拉提语、古吉拉特语、泰米尔语、泰卢固语等。这些语言大多与梵语有承继关系，或吸收了大量梵语词汇受梵语影响较大。大约在8、9世纪时这些地方书面语言都已形成；10世纪出现了早期文学；当12世纪梵语文学衰落时开始获得了较大发展。随着当时印度教虔诚派运动的发展，各地方语文学中普遍出现了大量颂扬神明、表达对神明忠诚的作品以及把两大史诗、往事书等古典梵语文学作品翻译、改写成地方语的作品，形成了盛行一时的"虔诚文学"。当时最突出的是泰米尔语、马拉提语和旁遮普语文学。16世纪到19世纪中叶出现了各地方语文学的繁荣。19世纪中叶后，各地方语文学进入了现

---
① 关于梵语文学的详细情况可参见金克木：《梵语文学史》，人民文学出版社1964年版。

代文学发展期。

1498年葡萄牙人达·伽马到达印度西海岸。此后,葡萄牙人在印度西海岸建立据点进行贸易并传播基督教。这是西方文化传入印度之始。17世纪时荷兰人取代了葡萄牙人。18世纪法国人、英国人又来了,赶走了荷兰人。19世纪初英国人又凭借武力将法国等实力逐出印度。到了19世纪中,英国人站稳了在印度的统治地位。近代西方人来到印度与古代历次外族入侵次大陆不同。这次入侵比历史上任何一次境外民族进入所带来的文化冲突都激烈,产生影响的范围都深广。政治、法律、经济、科技、宗教、语言等等方面都受到剧烈的冲击,传统的印度文化出现了不少重大改变。大致可归纳为三点:一、西方的科学技术研究思路与丰硕成果促使印度人重新审视自古以来本地人所积累下来的各方面知识、经验与经典,用更加理性、客观的态度对它进行分析研究并归纳出自己的各个学科体系;二、从超自然中心方式迈向世俗化;三、抵制了基督教的传播,使该教传播的范围甚小,效果甚微,但是吸收了某些西方思想,对印度文化的核心印度教提出了一系列改革,重新解释印度教教义,批判传统印度教的一些陋习。在西方文化影响下印度教中出现了改革派的同时,也出现了捍卫传统的"原教旨主义"派,使原有的穆斯林与印度教徒间的矛盾进一步加剧,且这些思想方面的变化渗入到了政治方面。

在上述文化背景下,19世纪中叶开始发展起来的南亚现代文学中除了多出了一种印度英语文学之外,上述各地方语言文学进一步发展繁荣。这一"新时期的文学反映了印度民族意识的觉醒、人民获得政治自由的意愿和发展民族文化传统的愿望";"文学艺术的形式也发生了变化。传统的印度文学形式最主要是诗歌,其题材多取自史诗和其他宗教经典……但在新的时期,这种单一的模式已难以表达人们关心的各种问题,也难以满足人们欣赏的需要。这个时期出现了欧洲许多作品的印度文译本……开始出现欧洲类型的小说、话剧等,诗歌也充满了新的内容";"文学语言也起了变化。民间语言具有越来越大的作用"①。

下面再具体概括地谈谈在诸多地方语中,目前在南亚次大陆使用较多的三种语言文学即:印地语言文学、乌尔都语言文学和孟加拉语言文学的情况。

印地语文学② 印地语主要用于印度次大陆的北部和西部,是目前南亚使用人数最多的语言。它形成于中世纪前期,8世纪已有文学作品问世,大量出

---

① 尚会鹏:《印度文化史》,广西师范大学出版社2007年版,第253~254页。
② 详情可参见刘安武:《印度印地语文学史》,人民文学出版社1987年版。

现文学作品则在10世纪之后。早期文学作品主要是些叙事诗，如：长篇叙事诗《帝王颂》等。

14世纪至16世纪出现了不少虔诚派作家。如：格比尔达斯（1399？～1518？）口头创作多首四行格言诗，存世的有经其弟子整理成的《真言集》；苏尔达斯（1478？～1585？），他以《薄伽梵往事书》为蓝本，写了近5000首诗，集中成一部《苏尔诗海》；加耶西（1493～1542）的长篇叙事诗《莲花公主传》；杜勒西达斯（1532～1623）根据史诗《罗摩衍那》改写的长篇叙事诗《罗摩功行录》等。还有一位是格谢沃达斯（1555～1617）他的诗歌理论和抒情诗都是形式主义的代表作，如他的诗《诗人所爱》主要论述诗的形式与技巧，每段论述之后都附有诗例。

17世纪至19世纪中正值莫卧儿王朝时期，社会发展平稳。这一时期的印地语文学出现了写艳情作品的倾向，大多作品格调不高，在艺术上追求形式主义。代表作家有比哈利拉尔（1603～1663）、德沃德特（1673～1769）等。有的作家也写了些反映民族主义精神的诗歌。如普生（1613～1715）写农民起义领袖西瓦吉的诗《西瓦吉王》和《西瓦吉五十二首》，1828年觉特拉杰（生卒年月不详）写的长篇叙事诗《赫米尔王颂》等。

1857年印度人民反英大起义后，印地语文学出现了一个新转折，接近民众、抨击英殖民统治者的作品增多。著名的代表作家是帕勒登杜（1850～1885）。他办过不少报刊杂志。他的代表作有《印度惨状》（又译作《印度三灾难》）、《金德拉沃里》（又译作《蓝色女神》）、《印度母亲》等剧作。

进入20世纪后，随着民族独立运动的发展与民众觉悟的不断提高，印地语文学也进入了一个空前的繁荣期，出现不少优秀作家作品，不论从内容或从形式上看都超过了以前各个时期。作家普列姆昌德（1880～1936）是一位标志性人物。40岁以前曾在政府部门任职，在甘地的不合作运动思想影响下，辞去政府工作，专事写作。人称他是现代印地语小说创始人。一反以前小说的写法，以现实社会生活为背景，用新观点对各种问题进行分析描述，从而把印地语文学推向一个新高度，也使得他本人在印地语文学史中拥有了一个崇高的地位。他著有12部长篇小说、约300篇短篇小说，故人称他为"印地语小说之王"。代表作有：批判封建婚姻制度、披露妇女可悲命运的《服务院》；反映农村激烈阶级斗争的《博爱新村》（中译本名《仁爱道院》）；以城市和城市近郊为背景，描述的人物是些城郊下层的牧民、商贩以及城中资本家、土邦王公的子女,主人公是个低级种姓出身瞎乞丐的《舞台》(又译作《战场》)和被誉为"一部印度农村的史诗"的《戈丹》等。

直至1947年印巴分治以前,活跃在印地语文坛上的著名作家还有:浪漫主义诗人、剧作家、小说家杰耶辛格尔·伯勒萨德(1889~1937);富有斗争性和反抗性的诗人尼拉腊(1896~1961);浪漫主义诗人苏米德拉南登·本德(1900~1977);政治上激进有着强烈爱国意识的小说家耶谢巴尔(1903~1976);民族主义诗人纳温(1897~1960);民族主义诗人蒂纳格尔(1908~1974);专门以酒为题材的诗人伯金(1907~?);现实主义小说家高西格(1891~1946);博学的学者、文学理论与文学史专著作者拉胡尔·桑格里德亚英(1893~1963)等。

印巴分治后著名的印地语作家有:被誉为翻开了印度文学史上无产阶级文学新篇章的小说家亚什巴尔(1903~1976),他的代表作有描述第二次世界大战时印度社会变化的《叛国者》和反映印巴分治前后社会情况的《虚构的事实》,该书分成上下两卷,上卷名"故乡和国家",下卷名"祖国的未来"等;诗人、小说家和文艺评论家阿葛叶(1911~),他主张无我(即非人格化)的诗学。在小说创作方面题材的发掘、写作手法的创新方面都有突破,开创了印度心理小说的先河。

乌尔都语文学① 乌尔都语是在13、14世纪形成的。它是从古梵语——俗语——阿波布朗舍语发展而来,与印度语同源,但更多地受波斯语影响,用阿拉伯字母书写,吸收了较多阿拉伯语和波斯语的词汇。可以说乌尔都语文学是印度教文化与伊斯兰教文化在语言上融合的产物。乌尔都语主要流行于德里、旁遮普和德干地区,也是今日巴基斯坦的国语。

早期乌尔都语文学,因大量借用波斯语、阿拉伯语词汇,大量使用混合语、双关语,而显得生硬、词藻华丽,具有形式主义特点。18世纪中叶出现了虔诚文学派四位穆斯林诗人:蜜儿(1722~1810)、苏达(1713~1780)、达尔德(1721~1785)、哈森(1721~1786),人们合称他们为"德里诗派"。在他们的努力下,乌尔都语文学作品趋于简练、严谨和成熟。从内容上看,这个时期的文学作品反映了社会生活,对社会道德的沉沦进行了无情的揭露。②18世纪末19世纪初乌尔都语文坛出现过一位有影响的诗人纳齐尔·阿克巴拉巴迪(1740

---

① 详情可参见[巴基斯坦]西迪基:《乌尔都语文学史》,山蕴编译,中国社会科学出版社1993年版。
② [印]R.C.马宗达、H.C.赖乔杜里等:《高级印度史》,上卷,商务印书馆1986年版,第432页。

~1830），他继承了民间创作的优良传统。乌尔都语文学也同印地语文学一样，在1857~1859年印度人民反英大起义之后出现了转折，分化成旧派与新派两派。旧派趋于僵化，而新派则在追求用新的形式写作，更加贴近群众。19世纪中叶诗人伽利布（1797~1869）成为乌尔都语古典诗歌最高成就者和近代诗歌奠基人。他用波斯语和乌尔都语两种语言创作诗歌。普列姆昌德也曾用乌尔都语发表了一些小说。20世纪前期乌尔都语文学中最伟大的诗人是穆罕默德••伊克巴尔（1877~1938）。他是个学识渊博、精通哲学的人，留下了大量乌尔都语和波斯语诗集。早期作品爱国主义主题突出，比如他1901年发表的《喜马拉雅山》继承了乌尔都语诗歌华美的形式，感情奔放，通过对喜马拉雅山的歌颂，表达了对祖国的热爱；1923年写的《伊斯兰的崛起》则是对伊斯兰世界民族独立运动的歌颂；用波斯语写成的哲理诗《自我的秘密》、《非我的奥秘》反映了他对真主、对先知的虔诚与尊敬。①

1947年印度被分治，巴基斯坦立国。乌尔都语除了在印度部分地区仍有使用者外，还成了巴基斯坦的国语。"处于国家分裂，以及分治后随之而至的众多灾难性问题，（操乌尔都语的）人们普遍存在的沮丧、痛苦和对丧失了的价值的留恋，促使这种最适宜于表达主观情感的抒情诗重见天日。这时，含有真情实感的抒情诗，已达到情感、音调和思想的统一。能反映这个特殊阶段特征的（乌尔都语）抒情诗人无疑要数费兹（1911~1984）"。②费兹的诗格律严谨、用词凝练尖刻，富浪漫主义情调，且政治色彩甚浓。当时除费兹外，这类诗人还有纳迪姆·卡斯密（1916~ ）、扎赫尔·克什米利（1919~ ）、纳赛尔·卡兹密（1925~1972）等人，他们的成果也很丰硕。除了抒情诗外，新的格律诗、自由诗、无韵诗等也有发展，有的诗歌还反映出西方的非理性主义思潮，有的则将西方的十四行诗的形式嫁接到乌尔都语文坛获得了成功。同样，分治引发的无政府状态、民族迁徙、暴乱、杀戮等也使得小说作者们产生了与诗人们一样的忧虑与伤感，不同程度地受到当时政治环境的影响。所以20世纪50、60年代的小说，分治与暴乱成了一大主题，其次就是反映立国的宗教思想和民族精神内容的。历史小说、室内小说、道德小说、心理小说、科幻小说等等均有。表现手法上也是意识流、象征主义、超现实主义等等不一。杰利斯（1924~1977）的短篇小说《大地在觉醒》、贾菲利（1912~1968）的长篇小说《圣战

---

① 尚会鹏：《印度文化史》，广西师范大学出版社2007年版，第258~259页。
② 高慧勤、栾文华主编：《东方现代文学史》，下卷，海峡文艺出版社1994年版，第1021页。

者》与《暴风雨》、希贾兹（1909～1982）的《土与血》、哈蒂嘉·玛斯杜尔（1927～1982）的小说《庭院》、赫佳布·伊姆蒂亚兹·阿里的《疯人院》、法扎尔·阿赫默德的《鞠躬尽瘁》等都是这一时期的代表作。进入70年代后，文坛上有不同的三种倾向：有的老作家仍坚持传统的现实主义创作方法；而新作家们有的喜欢运用意识流、表现主义、象征主义等现代派的创作方法；有的则既不用现实主义的也不用现代派的创作方法，表现在作品中时空观念杂乱无章，任凭作家主观想象，不受形式拘束。

孟加拉语文学　孟加拉语流行于恒河下游的孟加拉地区。1947年印巴分治、1971年孟加拉建国，孟加拉语又成了孟加拉国的国语。

10世纪至15世纪是孟加拉语早期文学时期。早期文学多为民间故事和神话。13世纪以后才出现书面文学作品。14世纪末至15世纪初孟加拉语文学中兴起了翻译改写梵语两大史诗和《薄伽梵往事书》的热潮，格利迪瓦斯（1346～？）改写的孟加拉语《罗摩衍那》最为著名，甚至有人认为，它成了孟加拉语文学的基石。取材于《薄伽梵往事书》的诗人钱迪达斯（15～16世纪）的《黑天颂》也是一部成功的名著。15世纪后孟加拉语文学文学中出现了一种孟格尔体的颂神诗。18世纪，大量的梵语经典被翻译改写成孟加拉语。

19世纪上半叶开始，西方基督教文化在孟加拉地区传播，这一地区的社会经济较发达，民族意识觉醒也较早。变革的孟加拉语文坛培育出驰名世界的伟大诗人、作家泰戈尔（1861～1941）。他为后世留下了50多部诗集，其中《吉檀迦利》是使他获得诺贝尔文学奖的最具代表性的一部；12部中长篇小说，其中具代表性的是长篇小说《戈拉》，被人誉为史诗小说，揭露了印度教问题和隐藏在它背后的社会病态；100余篇短篇小说；40余部剧作以及大量的各个方面的文章。他在音乐和绘画方面的造诣也很高，创作过2000余首歌曲，1500余幅画作。与泰戈尔几乎同一时期，还有一位有成就的孟加拉语作萨拉特··钱德拉·查特吉（1876～1938），他写了多部孟加拉语的现实主义长短篇小说。此后，还有印度文坛的怪杰，最有争议的小说家、诗人、剧作家和文学评论家布塔代沃·巴苏（1908～1974），他一生创作颇丰，包括16部诗集、43部中长篇小说、20部短篇小说集、6部剧作、7部文学评论集、4部散文集和9部译作。他推崇泰戈尔，但他的创作思想却与泰戈尔截然相反。他是受到西方文艺思潮影响很重的作家。他的作品基调是迷惘、孤独、痛苦、肉欲，往往被人斥为庸俗颓废的作家。但他运用西方文艺思潮与艺术技巧，进行了新实验，促进了印度文学的发展，反映了当时中产阶级的特征与心态，因而获得了印度1970年的国家最高文学奖——"荷花奖"。达拉巽格尔·邦多帕代（1898～1971）也是位多产的作家，创作过短篇小说130篇、中长篇小说57部，还写过不少剧作、诗歌、回忆录、游记等，他丰富的主题结构、特殊的历史文化意识和民族心态，使他成为当时文坛上独树一帜的一位作家。[①]

今日南亚诸国中除印度外，其他各国建国均晚于印度文化体系形成期。斯里兰卡建国在公元前5世纪；尼泊尔在公元4、5世纪；而巴基斯坦和孟加拉国则更晚，它们原来曾与印度是同一国家，直至1947年和1971年才成为独立国家的。不少民族是跨国而居的，这就更增加了各国之间的影响与联系。在文学方面更是如此。所以不少学者认为，南亚文学包括印度文学在内应视为一个整体，南亚其他国家文学实际上都是印度文学的分支。可以说南亚各国文学本身充分反映了印度文化体系的传统与特征。当然在它们与印度分别成为不同的国家之后有着不同的发展历程，也逐渐形成了它们各自文学的某些特色。

下面再单独谈谈斯里兰卡和尼泊尔文学的发展情况。

斯里兰卡原称锡兰，它不在印度次大陆之上，是印度洋上一岛国。该岛已有2000年以上人类定居及文明生活的记载。但它的两个主要民族僧伽罗族与泰米尔族最早都是从印度本土迁徙而来的。僧伽罗族的先民源自北印度，而泰米尔族则与南印度的泰米尔人同源。所以，在斯里兰卡佛教和印度教文化占据着统治地位。斯里兰卡有文字记载的历史始于公元前6世纪。公元前3世纪印度孔雀王朝阿育王在位时，其子摩哂陀长老率一僧团赴斯里兰卡弘法。斯里兰卡自国王至百姓纷纷皈依，佛教很快在岛上占据了主导地位，久盛不衰直至今日。早在公元前1世纪这个岛国举行佛教第四次结集时，便记录了卷帙浩繁的巴利语三藏经，并用僧伽罗语写了《佛经注疏》，这是一部佛教文化和佛教文学的百科全书，也是僧伽罗语的第一部巨著。但可惜在10世纪前后就散佚了。在古代斯里兰卡文学作品中，除有用其民族语言——僧伽罗语写成的以外，还有用南传佛教经典语言——巴利语和北传佛教经典语言——梵语写成的。譬如：巴利语名著有《岛史》，公元4世纪成书，作者不详，是一部斯里兰卡古代歌谣汇编，也可以说是斯里兰卡最古老的编年史，讲述了佛祖生平与佛教的创立，也记叙了佛教传入该岛以及教派的分裂情况；《大史》，公元5世纪摩诃那摩长老著，全书37章，2800余颂，是一部语言优美、韵律整齐、内容丰富的文

[①] 高慧勤、栾文华主编：《东方现代文学史》，下卷，海峡文艺出版社1994年版，第960～962页、第997～999页。

学巨著，也是一部诗体编年史，不仅在斯里兰卡文学史上有着很重要的地位，在世界佛教史上也具有重要位置；《千篇故事集》，原为公元1世纪前后受佛本生故事影响用僧伽罗语写成的一部故事集，内含94个故事，公元5世纪由罗陀波罗长老译成巴利语，14世纪吠提诃长老又用巴利语进一步加工润色增添补充，共收故事103个，改名为《趣事河》。梵语名著有《悉多落难记》，公元6世纪鸠摩罗达萨由印度史诗《罗摩衍那》故事改写而成，全篇20章，1452颂，效仿了迦梨陀娑《鸠摩罗出世》的手法。除巴利语和梵语作品外，公元7至10世纪间，人们在西格利亚石山王宫遗址山壁上题写了千余首"西格利亚壁诗"抒发个人情怀，大多用僧伽罗语书写，其中不少诗显然也受到印度大诗人迦梨陀娑《云使》的影响。

进入中古后期以后，斯里兰卡文坛上不再多见巴利语、梵语作品，而以僧伽罗语作品为主；但从内容上说仍以佛教文学为主，从文体上说则散韵皆有。著名散文作品有：古鲁卢高弥（12世纪末至13世纪初）所著对《大菩提史》的注疏《法灯》与对佛陀生平赞述的《甘露》；维底耶·格拉瓦尔迪引用了须大拏等佛本生故事赞颂佛陀品德的《皈佛》（13世纪）；13世纪中期达磨舍那长老取材于佛音《法句注》300个故事加工改写成的《妙法宝脉》，14世纪末达磨揭蒂长老取材于《趣事河》和泰国故事（共有155个故事）的《妙法庄严》以及15世纪初达磨丁那长老所著《妙法宝藏》，三者合称之为"三妙法"；还有号称"五史"的《佛牙史》、《佛塔史》、《供养史》、《菩提史》和《舍利史》等神话或传说，据传都早有僧伽罗语本，后散佚，是14世纪再从巴利语译本重新译回僧伽罗语的。其中声誉最高、影响最大的散文巨著则是《五百五十本生故事》，该书最初由斯里兰卡僧人根据佛教经藏《小部》中的《本生经》故事用僧伽罗语在公元1世纪左右写成，公元5世纪时佛音长老将它译成巴利语，10世纪僧伽罗语原文散佚，14世纪初叶又从巴利语译回僧伽罗语。除全本外，还有仅收最长十个故事的《十本生》或某些长故事的单行本。这部故事集影响甚广，对东南亚影响尤深。著名的韵文作品有以上述佛本生故事为题材的大量诗作，如巴拉克拉玛巴忽四世王（1302年至1326年在位）取材于《拘舍本生》的《皇冠宝石诗》，斯里·拉胡拉长老（15世纪）取材于《炒面本生》的《优异诗篇》，维代维长老取材于《古地拉本生》的《古地拉诗》等。它们分别讲述了爱情纠葛、家庭矛盾、师徒关系等有趣故事，前两篇还因文学韵味甚浓而被认为是斯里兰卡文学史上最有名的两部"大诗"。这一时期的世俗文学也明显地体现了印度文化的影响。

比如当时斯里兰卡风行的大量假托飞禽传书送信的"禽使诗",实际也是仿效迦梨陀娑的《云使》写成的,包括格律与修辞方面都很近似。另一类"格言诗"也是这种情况。我们可以举15世纪中叶至18世纪末叶斯里兰卡文学史上最具代表性的三部"格言诗"为例。维达迦摩·迈特勒的《盖世书》(1446)内容完全是佛教格言;阿勒盖亚万那的《良言书》(1611)巧妙地将印度《妙语联珠》等梵语格言诗改写成僧伽罗语格言诗,却不露丝毫翻译痕迹;拉那斯迦勒长老的《利世书》(1799)则是从巴利语《法句经》和梵语某些名句中摘录改写而成的,全是体现佛教思想,倡戒、定、慧等"三学",斥贪、嗔、痴等"三毒"的名句。

进入近代19世纪以后,斯里兰卡的文学已不再是佛教文学为主了,西方文学也开始对它有所影响,但印度文化的深刻影响仍然是客观存在。譬如斯里兰卡现代最杰出的文学家马丁·魏克拉玛辛诃(1891～1976)是位具有创见和浪漫主义色彩的现实主义作家,不过他的某些作品仍反映了某些印度文化影响的成分。首先因为他本人就是一位佛教徒。他系统地研究斯里兰卡文学的发展,对《古地拉诗》、《佛本生故事》等斯里兰卡的古代名著都给予了很高评价,而且认为只有既从印度古典梵语、巴利语文学,又从契诃夫、巴尔扎克、托尔斯泰、左拉等西方名作家的作品中吸收营养,才能丰富发展斯里兰卡的民族文学。他本人的作品,如小说《一缕青丝》(1945)写的是一个善于讲经说法的僧人的爱情故事,小说《轮回的解脱》(1975)描述佛祖释迦牟尼是一位智慧极高的人等等,也都直接联系到佛教的内容。在诗歌方面,直至近现代斯里兰卡的佛教诗仍很流行。甚至在近现代才发展起来的剧作方面也有佛教影响,如萨德特江德拉的剧作《玛纳梅》(1956),实际上就是取材于第374号佛本生故事《小弓术师本生》,经过加工改写而成。

尼泊尔王国是北邻中国,东、南、西三面与印度接壤的一个内陆国家。印度教和佛教有史前时期关于当地居民尼瓦尔人的两种传说。众所周知佛教创始人释迦牟尼是古印度迦毗罗卫的王子,而该国故地就在今日尼泊尔南部提罗拉科特附近。另据统计,今日近200万的尼泊尔居民中有90%是印度教徒,6%是佛教徒。以上诸点足以说明尼泊尔文学一直深受印度文化体系影响是有其根源的。公元四五世纪,尼泊尔境内兴起了第一个王朝——梨本王朝。随之,尼泊尔文学也开始问世了。但在整个古代多用佛经语言——梵语写作。最早的作品是碑铭和使用大量赞美之词把历史人物神化了的"往世书"。严格地讲这些作品虽有历史价值,但文学价值却不高。10至18世纪在尼泊尔占据统治地位的是末罗人建立的末罗王朝。当时除仍有大量梵语作品问世外，还开始有末罗人用其母语尼瓦尔语创作的文学作品。1769年沙阿王朝在尼泊尔境内建立了统一政权，廓尔喀语（即现尼泊尔语）被确定为国语，才出现了尼泊尔语的文学作品。19世纪初赞美诗、艳情诗最为流行，曾风靡文坛。这种浮丽雕琢的文风不能不说与其古代梵语"往世书"的传统文风有关。在近、现代尼泊尔文学作品中，除作品思想仍到处可见印度教、佛教文化的影响外，有的作家仍间或用印度教、佛教本身的题材写作。如赫利戴利·吉达尔（1906～1982）用尼瓦尔语写成的诗作《乔答摩佛》和莱克纳特·鲍特雅尔（1884～1965）的尼泊尔语写成的诗作《年轻的苦行僧》等。有的作家沿用自古以来印度文学常用的一些故事作为素材进一步加工改写。如诗人拉克希米·普拉萨德·德瓦科达（1908～1959）也写过《沙恭达罗》诗。还有的作家则反对种姓制度观念，揭露在印度传统文化影响下形成的陈规陋习。如：巴尔克里希南·沙姆（1903～1981）的长诗《冰冷的炉灶》是写男女主人公敢于冲破传统种姓观念的束缚而自由恋爱的故事；他的另一部剧作《我》则是反对童婚，要求提高妇女地位的。总之，自古至今尼泊尔的梵语、尼瓦尔语和尼泊尔语文学作品都反映了印度文化体系的深远影响。但成就高的作品比较少见，故不大为人所知。

巴基斯坦和孟加拉国与印度曾是一个国家，1947年才分成印、巴两个国家；而孟加拉国则更晚，直到1971年才与巴基斯坦分成两个国家。他们的主体民族分别通用乌尔都语、孟加拉语，与印度北部穆斯林和印度东部的孟加拉人所操语言完全相同。巴基斯坦境内使用的一些其他语言，如信德语、旁遮普语和克什米尔语等，也与印度相邻地区相同。因此，巴基斯坦现代文学和孟加拉国现代文学都是在印度古典文学传统的基础上发展起来的。其区别在于巴基斯坦现代文学主要继承的是印度乌尔都语文学的传统，而印度乌尔都语文学则是印度文化与波斯文化、阿拉伯—伊斯兰文化融合的产物（详见本书第五章第三节）；孟加拉国现代文学继承的是印度孟加拉语文学的传统，而印度孟加拉语文学虽然也受到波斯文化、阿拉伯—伊斯兰文化的部分影响，但却保留着印度文化的基本特征。所以，无论是巴基斯坦现代文学还是孟加拉国现代文学，都与印度文化体系有着这样那样的联系。

第三节　印度文化体系对东南亚国家文学的影响

东南亚地区绝大部分处于热带，气候炎热潮湿，山清水秀，土地肥沃，物产丰富。这一地区民族成分相当复杂，但多属蒙古人种。公元前后这一地区开始出现了国家。东南亚地区西与南亚次大陆相邻，公元前2、3世纪印度已与这一地区有了水陆交通。当东南亚开始建立国家之时，印度文化体系早已形成并对这些国家产生直接的影响。尤其是在印度先后产生的佛教、印度教等，在这一地区得到广泛的传播与发展。所以，可以说东南亚地区深受印度文化体系的影响。但是，现代一些西方学者把广大东南亚地区称之为"东印度"、"外印度"或"印度教化的国家"，认为它们根本没有自己的文化，而是一些隶属于印度文化体系的国家，这种观点是完全错误的。因为我们知道居住在东南亚地区的人种与在南亚生存的主体民族——雅利安人和达罗毗荼人属于完全不同的语系，有着不同民族文化的底蕴，所以东南亚文化并非单纯承继了印度文化体系的特色，还先后受到中国、阿拉伯—伊斯兰和欧洲等三大文化体系的影响。但毋庸讳言东南亚地区现存的一些古代文化遗迹，如建于8世纪位于印度尼西亚中爪哇日惹附近的婆罗浮屠（意即千佛坛），建于12世纪上半叶以精美雕塑艺术著称于世的柬埔寨吴哥窟，12世纪处于极盛时期的缅甸中部的"手指之处必有浮屠"的千塔之城——蒲甘等，都足以表明印度文化早期对这一地区的影响深远。

东南亚早期文字记载手段相当落后，受印度文化影响，也用贝叶、用石刻记载。纸张出现较晚，加上自然条件的影响，保存至今的古代文字记载残缺不全，且几乎都是10世纪以后的。但从东南亚流传的口头文学中，就可以看到印度文化影响下的一些特色。

东南亚各国神话有不少是与印度神话有密切关系的。从出土文物中或古代遗迹中，可以发现不少印度古代神话或传说中的怪兽形象，可见印度神话早已传入这一地区。泰国有个关于中印半岛产生的神话：很久很久以前雷雨之神因陀罗和蛇妖弗栗多在天上大战，弗栗多的一把大斧掉到中国南部和印度之间的大地上。但是人们没有看到那把大斧，却看见了一片金色的土地——苏伐剌蒲迷（意即"金地"），所以今日中印半岛的轮廓很像一把大斧，马来西亚是斧柄，柬埔寨、越南是斧刃。①而关于因陀罗与弗栗多在天上大战的传说，在公元前13世纪至前10世纪间成书的印度经典《梨俱吠陀》中早已有描述。印度尼西亚有个关于爪哇岛的神话，说爪哇岛本来是漂在海上的一块陆地，动来动去，晃动不已。毗湿奴大神搬来了须弥神山压在岛上，才使它固定了下来，这神山就是今日爪哇岛上的斯美鲁山。本来他把山压在爪哇的西端，爪哇岛倾斜了；又把山由西向东移动，结果搬山时掉下来的碎块就成了今日爪哇岛旁的一些小岛。毗湿奴大神的化身也就成了这里的第一代君主。人所共知，毗湿奴等三大主神正是印度教的主神，关于他的传说很多。泰国有个"拉霍的故事"说，拉霍是一个女仆，伺候着两个姐妹。两个姐妹非常虔诚地笃信佛教。一次姐妹俩当众羞辱了拉霍，使她无地自容。她暗自算计着有朝一日一定要报复一下。后来姐妹俩相继去世，分别化作了太阳和月亮。拉霍死后也升入天国。拉霍飞越天空，四处追赶太阳和月亮，有时她几乎可以抓到她们中的一个，这就是日蚀和月蚀的来由。②大家知道印度有个"搅乳海"的神话。天神和阿修罗们协议搅乳海取甘露以求长生不老。一个叫罗睺的阿修罗混在天神之中饮了甘露，被日神、月神发现，告知毗湿奴。毗湿奴用神盘将罗睺砍成两截。由于罗睺饮了甘露，他的头得以不死。为了报仇，他的头经常追逐吞食日、月神，就形成了日蚀与月蚀。③这两则神话显然有着共通之处。因为拉霍与罗睺本来就是同名异译而已，但是关于他与日、月之间的仇隙缘由的解释并不一致。泰国拉霍的故事是后来从印度神话发展演变而来的。金翅鸟迦楼罗（亦音译作咖咙）、人面鸟身文雅可爱的紧那罗等都是东南亚各国神话故事中常见的角色。缅甸有个类似于我国黔驴计穷的成语即"咖咙制盐"，故事是这样的：咖咙与龙是死敌，龙为了躲避咖咙的追捕几次变换形象。咖咙识破了龙的伎俩，也随之变化身形紧追不舍。最后龙逃入海中，但咖咙不谙水性只好变作制盐人，在海边守候着，此外无计可施。印度尼西亚爪哇有一个民间故事说：迦楼罗是一只会说话的鸟，它的母亲不幸沦为奴隶。奴隶主声称，如果它能献上一种能使人长生不老的仙药，就可赎回它的母亲。可这种仙药是由龙守护着的，要想得到仙药就得与龙搏斗并战胜它。迦楼罗最终得到了仙药，救出了母亲。所以人们常把迦楼罗看成子女热爱母亲、人民热爱祖国的象征。今日在印度尼西亚国徽、校徽乃至一

---

① 参见高长荣：《泰国文学简史·序言》，载［苏联］弗·柯尔涅夫：《泰国文学简史》，外国文学出版社1981年版。
② 参见姜继编译：《东南亚民间故事》，中册，福建人民出版社1982年版，第28页。
③ 参见《中国大百科全书·外国文学》，第1卷，中国大百科全书出版社1982年版，第487页。

些企业的标记上都采用了它的形象。显然,两个国家故事的褒贬不同,缅甸故事似乎说龙是弱者,是应被同情的角色;而印度尼西亚故事却表明迦楼罗是值得赞颂的人物。

东南亚的早期诗歌——民歌民谣中,也有不少带有印度文化影响的痕迹。比如:印度的佛教哲学和轮回因果报应思想在某些缅甸民歌中就有所表现;印度尼西亚、马来的板顿诗形式为四句式,与印度梵语古诗偈陀的写法颇为近似。

东南亚各国自己语言的文字出现较晚,不少语言的文字也是借南印度婆罗米字母创造出来的,不论是今日已湮没无闻的古代骠国所用的骠文、古代菲律宾曾用的"巴伊巴因"文字,还是当今仍通行使用的老挝、柬埔寨、泰国和缅甸文的字母都是依据婆罗米字母创造而成的。所以这些国家的书面文学从一开始就受到印度文化的影响也就不足为奇了。

东南亚最早使用本民族文字书写的书面文学是古占婆文学和古爪哇语文学。

古占婆王国位于今日越南中部。古占婆碑铭最早刻于拔陀罗跋摩国王在位的公元400年前后,明显地表明了当时信仰的是湿婆教派,把国王的名字与湿婆联系起来。占婆王一世(明法王)的碑文,其中引用了蚁垤的诗句,这可能是目前发现的东南亚最早流传罗摩故事的证据,说明不晚于7世纪《罗摩衍那》文本已传入这一地区。

古爪哇语文学从内容到形式皆受到印度两大史诗《摩诃婆罗多》、《罗摩衍那》等梵语文学的影响。10世纪在中爪哇就已有《罗摩衍那》的古爪哇语的改写本。11世纪初东爪哇王朝达尔玛旺夏王在位时兴起了用古爪哇语改写两大史诗的散文体,称之为"篇章文学",起到了借宣扬印度教教义以巩固当地王权的作用。其后爱尔朗卡王即位后,宫廷文学突起,多以一种称为"格卡温"的诗体为主要形式,题材多取材于印度两大史诗故事。如当时出现的恩蒲·甘瓦的《阿周那的姻缘》、恩蒲·塞达与恩蒲·巴努鲁的《婆罗多大战记》、恩蒲·达尔玛查的《爱神遭焚》和作者不详的《波玛之死》都是其中的名篇。不同的是它们都是借古喻今,讲印度史诗故事,歌颂本朝帝王功德,情节又有一定改变,人物、生活皆不同于原作,使其成为服务于当时政治且具有爪哇特色的宫廷文学作品。

略晚于古爪哇语文学出现的柬埔寨(古高棉)和缅甸的碑铭文学,都成了它们各自文学的源头。刻碑叙事在形式和内容上都深受印度佛教文化的影响,但在写作体裁和风格方面却迥然各异。缅甸碑文大多为简洁流畅的散文,少数片断是带韵脚的文字,以记叙佛事者居多,其他内容甚少。而柬埔寨碑文却恰恰相反,以诗碑居多,韵脚工整,在内容上涉及面也较广,佛事俗事皆有,按所用文字柬埔寨碑铭又可分为两类:一类是梵文碑铭,另一类是古高棉文碑铭。梵文碑铭多半是以歌颂国王为内容的赞美诗;而古高棉文碑铭大多为散文体,更多描写了世俗间的一些事物,除了"国王们非常喜欢自比旃陀罗、婆罗门教的神祇和英雄,特别是阿周那和罗摩等",11世纪一方碑铭"赞颂一位名为商罗摩的将军,描写他英勇地面对敌人就像罗摩面对罗波那一样",16世纪一方碑铭"提到了为寺庙提供(印度)史诗抄本和每日背诵史诗的事情"[①]。

总之,东南亚古代文学受印度文化影响很深,具体来说印度教、佛教文化影响突出。印度史诗《罗摩衍那》与《佛本生经》的影响尤重。

进入中古后期以后,印度文化对东南亚文学影响的态势有所不同了。从总体来讲,印度文化体系对东南亚的影响仍在继续,而印度文化对东南亚北部地区即半岛地区的影响有所加强,尤其是缅、泰、老、柬诸国因南传佛教在这些国度里的进一步深入传播,在文学领域也有所体现;但在东南亚的南部地区即海岛地区则随着伊斯兰教的传入,原已存在的印度文化的影响锐减,只保留了部分痕迹。16世纪以后,西方殖民主义者先后进入东南亚地区,随之而来的西方文化也扩大了对东南亚的影响,这就在客观上使得中古后期东南亚各国所受东方文化三大体系包括印度文化体系的影响进一步被削弱。下面我们简要说明中古后期印度文化对东南亚各国文学影响的表现。

缅甸

按缅甸民族的族属,它的文化本来与汉文化有着某些共同的底蕴。但因毗邻印度,佛教较早传入,尤其在11世纪佛教上座部教派成了全缅独尊的教派,使得印度文化体系在缅甸的影响大大增强。佛教文化对缅甸影响之深在东南亚地区可以说是首屈一指的。有人甚至以"佛教是缅甸的习惯"来说明佛教影响之深,它的哲理已经渗透到了社会生活的各个层面和人们思想意识的深处。缅甸文学经历了口头文学和蒲甘碑铭文学阶段以后进入了中古后期。中古后期从1287年蒲甘王朝解体、彬牙王朝起直至贡榜王朝1885年被英帝灭亡时止。这一时期缅甸走过了封建社会从兴至衰的整个路程,先后经过彬牙、阿瓦、东吁、

[①] 参见张玉安、裴晓睿:《印度的罗摩故事与东南亚文学》,昆仑出版社2005年版,第139~140页。

良渊、贡榜等几个王朝。实际上彬牙、阿瓦王朝时期，缅甸全国一直是处于四分五裂各族争雄的战国时期，先后约240年，前者80年，后者约160年，直至公元1526年。阿瓦王朝时代被称为"诗歌的年代"，是缅甸文学第一个大发展时期。当时文坛主要被僧侣作家所占领，最有名的两位僧侣诗人是信摩诃蒂拉温达（1453～1518）和信摩诃拉塔达拉（1468～1530）。人们评论此二人各有千秋，前者文章深奥，充满佛教哲理；后者则善于将俗事与佛教哲理紧密结合，通俗而且生动。信摩诃蒂拉温达首创了称为"比釉"的长篇叙事诗体，专门描述有关佛陀的逸事。他的代表作《修行》比釉诗被人誉为"可望而不可及"的佳作。信摩诃拉塔达拉最成功的代表作《九章》比釉诗，是根据509号佛本生故事再创作而成的。巴利文原文仅有20颂，他却写了324节诗，洋洋万言，不仅宣扬了佛法，也反映了缅甸的风俗习惯，至今仍是缅甸妇孺皆知的名著。僧侣诗人不论写山水风光，还是影射时政，都离不开佛教。如：信乌达玛觉的山水自然风光诗——多拉，就是与释迦牟尼回归故里的故事联系在一起写成的；信埃加达玛底根据《佛本生故事》的情节再创作的《地狱》、《天堂》等诗，都是影射当时阿瓦（1527至1543年在位）摧残佛教的多汉发王的。不仅僧侣这样写作，还影响到俗家文人。佛教故事尤其是《佛本生故事》成了中古后期僧俗文人创作题材的主要来源之一，形成了盛极一时的佛教文学。当然个人创作目的不尽相同，除了弘扬佛法宣传教义外，也有不少人是为了以此反映宫廷内部斗争或针砭时弊的。从文学体裁方面看，不仅有据此写成的各种诗歌、剧作和小说等，散文的写作也与之有密切关系。缅甸的剧作与佛经故事有着千丝万缕的联系，首先值得一提的是在缅语中"剧"这个词本身就是从巴利语"佛本生故事"一词演化而来的，仅此一点足可见它们之间的关系了。从17世纪下半叶巴德塔亚扎写出了缅甸第一部剧作《红宝石眼神马》，直到19世纪缅甸戏剧改革家吴邦雅等人的大部分剧作，都取材于佛经故事。缅甸的早期小说更是这样，是从佛经故事发展而来。比如缅甸第一部小说《天堂之路》是信摩诃蒂拉温达根据佛教经典《法聚论》中的故事改写成的。其后在17世纪初叶缅甸的小说《翠耳坠》、《兴旺》等实际都没有脱离开佛经故事的素材。到18世纪中叶缅甸宫廷小说兴起。如瑞当底哈都的《宝镜》虽然与弘扬佛法不再有直接关系，但其故事人物仍明显受到佛经故事和印度神话的影响。如果从佛教哲理思想影响这方面来说，范围就更广了，可以说几乎每个作家每一作品或多或少都有所体现。

印度文化对缅甸文学的影响绝不仅仅限于佛教方面的影响，再举一例说明印度史诗《罗摩衍那》对缅甸的影响：

当今缅甸南部，根据孟族本身的史料记载，从公元前五六世纪开始一直到11世纪曾存在过一个以直通为中心的孟王朝，公元1057年时被缅族的阿奴律陀王所灭，孟族摩奴哈王也被俘至蒲甘。据悉，随着印度航海技术的发展，印度的婆罗门教、佛教等的外传和印度商人、婆罗门、僧侣等的到来，从公元初始时起印度文化就传入了这一地区，罗摩故事也随之传入。缅甸学者在缅甸南部考古发掘中曾发现一片陶片上有罗摩故事里神猴哈奴曼与十首王鏖战的画面。后来，在泰国曼谷附近农村还发现过缅甸乌关吴奥达玛仰巴大法师用孟文写成的长诗《罗摩》，该诗在孟族文学史上是一部举足轻重的名著。[①]在缅甸中部或北部缅族、骠族王朝早已建立，印度文化对它们的影响不小，但这种影响大多是通过缅甸南部孟族地区传入的。蒲甘阿奴律陀王（1044～1077年在位）兴建的那朗庙的外墙上就有毗湿奴大神转世的罗摩旃陀罗和持斧罗摩像。江喜陀王（1084～1112年在位）更用孟文在碑文中明确写道："朕前世曾生于毗湿奴转世者阿逾陀国的罗摩家族，消灭了恶敌使人民幸福安康，作过各种善事功德。"从这些事实可推断罗摩故事早期是从东南亚的海岛地区经缅甸南部孟族地区传入的。罗摩故事当时在人们之间广泛口耳相传。1220年波耶亚绍壁画文中写道："抄写了藏经导言、戒规、论释、十车本生、法句、律藏等各一部"。可见在缅甸最迟到13世纪已有罗摩故事的文字文本流传。[②]这类罗摩故事有很浓重的佛教色彩，缅甸学者称其为佛陀罗摩，可证实这些是从锡兰岛经过孟族地区后传入缅甸本部的。在印度佛本生故事传入泰国以后，也有从泰国再次传回缅甸的例子。缅甸阿瓦王朝时期（1364～1555）流传的罗摩本生故事就是从泰国口耳相传而来的。比如1527年缅甸僧侣诗人信埃加达玛迪所写《黄金富国》比釉诗的第100节写了哈奴曼的故事。缅甸东吁王朝摩诃德玛亚扎王（1733～1752年在位）时东敦敏寺法师在写密达萨（一种诗文间杂的书信体文章）时，曾提到罗摩非常信任地和不与十首王同谋的维毗沙那结盟是聪明之举，在文中还引用了罗摩本生故事的一段。巴德塔亚扎（1684～1751）的剧作《红宝石眼神马》中多处以罗摩故事为例，提到十车王求子、拉弓会、罗摩与悉多成婚等情节。古代缅泰之间曾多次发生战事，缅甸君主们主动引进了泰国舞蹈、音乐、剧作等等，而其中罗摩故事是主要内容之一，尤其是历史上明确地记载着

---

① 李谋、姜永仁:《缅甸文化综论》，北京大学出版社2002年版，第205页。
② ［缅甸］拉德门:《缅甸的〈罗摩衍那〉》(缅文)，缅甸红宝石鹅毛文学出版社1998年版。

1789年缅甸贡榜王朝王储专门命吴都等8位学者考察了泰国、马来的戏剧后写成了缅甸的吉祥罗摩剧。上述这些事实说明缅甸曾从泰国输入了罗摩文化。缅甸与印度接壤，虽然边境峻岭重隔，交通不便，但从印度直接传入罗摩故事也并非不可能。缅甸有些文本中取自蚁垤文本的情节或孟加拉文本的情节很可能就是这样直接传到缅甸境内的。缅甸学者在总结缅甸所流传的罗摩故事时明确指出，在缅甸的罗摩故事有三大类，即：佛陀罗摩（源自《本生经》故事的罗摩故事）、面具罗摩（从泰国传入的罗摩故事与蚁垤仙人所著《罗摩衍那》故事相结合的故事）和毗湿奴罗摩（与婆罗门教徒、毗湿奴教徒们信仰有关的罗摩故事，包括持斧罗摩故事等）。缅甸境内从古至今流传的罗摩文本，有的是境外传入的，有的则是本土作家改编改写成的，直至19世纪中叶在缅甸先后大约已出现《十车王本生》（12世纪前）、《罗摩本纪》（17世纪）、《罗摩雅甘》（18世纪末）等7种不同文本。①

泰国

泰国是世界上为数不多将佛教定为国教的国家之一。它的宪法中明文规定佛教和国王享有至高无上的地位。可以说佛教已经渗入到泰国文化的各个方面。泰国人自己也说："佛寺成了人们各种目的的汇集点和须臾不可离开的地方。"泰国古代文学基本分两大类：宗教文学与宫廷文学。宗教文学作品，从泰国文学开始出现一直绵延至今从未间断过；就是宫廷文学乃至一般世俗文学也多受到宗教思想的影响。1257年泰族人建立了第一个统一王朝——素可泰王朝。1283年在孟文、高棉文基础上用南印度字母创造了泰文，泰国书面文学从此诞生。从泰国最早的碑铭文学代表作《兰甘亨碑文》就可看到佛教文化的影响，该碑文在讲述兰甘亨王业绩中也提到了从事佛事活动的情况。1345年写成的《三界经》是泰国宗教文学的第一部巨著，用巴利文、高棉文与所译泰文相间写成。1767年阿瑜陀耶王朝被缅甸所灭该书散佚，后又重新搜集整理补写成书，1912年泰国再次正式印刷出版，改名为《帕朗三界》。该书旨在宣扬善恶有报的因果论，引导人们弃恶从善求得解脱，引用了30多部佛经内容，集佛教、印度教等教义于一身。《三界经》成了泰国后世文学创作的源泉之一，从泰国古代文学作品中大多能看到它的影响。《誓水赋》（亦译《水咒赋》）产生于1350年以后。"誓水"仪式最早产生于印度，为祭拜毗湿奴、湿婆、梵

---

① 参见张玉安、裴晓睿：《印度的罗摩故事与东南亚文学》，昆仑出版社2005年版，第148～162页。

天等三大神所用，后又经柬埔寨传入泰国。即在重要典仪上由婆罗门将誓水送予朝廷官员们饮用，以示忠诚。《誓水赋》是泰国的第一部律体诗。《大世词》是1482年左右宫廷文人与高僧们集体在国王督导下写成的一部诗作。取材于佛本生故事，讲述佛陀未成佛前最后一次轮回的故事。后来另一位国王在位时认为《大世词》难懂，下令再编一部与之内容相同的经典，于是《大世赋》又问世了。它对泰国宗教文学的发展也有举足轻重的影响，后来不少作家依据它又写出过不少宗教文学新作。《南陀巴南属堪銮》和《帕玛莱堪銮》是1736年和1737年先后由探马提贝王子所作的两首诗。前者讲的是龙王南陀巴南皈依佛门的故事；后者脱胎于斯里兰卡1153年成书的《摩罗耶经》，讲摩罗耶悟道敬佛劝人行善的故事。上述一系列泰国古代宗教文学的名篇都表明了印度文化的影响。在宫廷文学中我们也可以发现很多与印度文学有直接关系的例子。著名诗人銮顺拉维奇（即后来曼谷王朝一世王时的昭披耶帕康）在吞武里王朝（1762～1782）时写成了《律律佩蒙固》这一部故事诗，实际它取材于印度古代的《僵尸鬼故事二十五则》。

而对古代泰国文学影响最大的是印度两大史诗《摩诃婆罗多》和《罗摩衍那》的故事。尽管两大史诗的全译本至今未译为泰文，但是其中一些故事情节却一直被作家们作为自己创作的素材，不断加工写出新作。泰国历代国王很喜欢借用《摩诃婆罗多》中的人名为自己或为宫中官吏命名，甚至今日泰国普通百姓也有不少人用这些名字。《摩诃婆罗多》为人们所熟知，有不少故事诗和剧本都是取材于它的插曲或某个情节的。譬如故事诗《莎维德丽》、《帕仑堪銮》、《帕仑堪禅》、《生命之歌》等皆是。而最著名的是阿瑜陀耶王朝时著名诗人西巴拉的故事诗《阿尼律陀堪禅》和吞武里王朝诗人比丘因的《格莎娜训妹》。

罗摩故事在今泰国地区至少已经流传了900年以上。证据是，泰国北部的皮迈石宫就有罗摩故事石雕。泰国的最早的罗摩口传文本可能是孟语的，因为泰国早期的罗摩传说大多与4～10世纪的堕罗钵底王国的古都罗斛城有关。堕罗钵底王国是孟人的国家。有的学者说，该城是罗摩送给猴将哈努曼的，城名"罗斛"即罗摩之子罗婆的名字。10世纪前后也可能有高棉语的口传文本在今泰国地区流传。10世纪至19世纪中叶流传过的文本有《十车王教导罗摩》（四平律克龙体诗12首，帕那莱王1656～1688年在位期间所作）、《波林教导兄弟》（四平律克龙体诗23首，帕那莱王所作）、孔剧《罗摩颂》（有人按泰文音译为《拉玛坚》）格伦诗体剧唱词、孔剧《罗摩颂》格伦诗体剧本、抒情诗《别离悉多》禅体纪行诗、写于1770年吞武里王的剧本《罗摩颂》格伦体诗、曼谷王朝一世王普陀耀华的剧作《罗摩颂》(即《拉马坚》,1797年写成)、曼谷王朝二世王普陀勒拉1809~1824所作《罗摩颂》剧本和孔剧《罗摩颂》配唱词以及曼谷三世王(1824~1851)时格拉索拉威奇等五位诗人所作菩提寺石雕画《罗摩颂》配诗(克龙诗154首)等。① 就是在上述早已出现的《兰甘亨碑文》、《誓水赋》等作品中也曾提到过这一史诗的人物或故事。

即使是故事情节源自泰国本土的文学作品,仔细观察分析,其中也有不少印度文化影响的痕迹。比如,描述泰北民间传说故事成书于16世纪前后的泰国古典叙事长诗《帕罗赋》中,不仅有佛教哲理"轮回""果报"的表述,也有一些印度教三大神以及其他神明或神兽形象的描绘。②

老挝

有文字记载的老挝历史始自14世纪中叶的法昂时代。法昂建立了老挝历史上第一个统一的国家澜沧王国。他从柬埔寨引入了上座部佛教,并将佛教定为国教。僧侣被授予职位受到朝廷重用。佛教哲理对大多数人有着深刻影响。17世纪苏里亚旺萨王(1637~1694)在位时澜沧王国进入鼎盛时期,老挝的建筑、雕刻、绘画等文化艺术都染上了浓重的佛教色彩,这种情况同样也反映在文学上。中古后期老挝文学可分为佛教文学和世俗文学两大类。佛教文学中受印度《佛本生故事》影响甚大。以精选本生故事10篇做讲经布道用的《十戒》和讲佛陀未成佛前最有智慧的一世《大隧道本生》故事的《玛诃索德》两部故事集最为著名。故事集《休沙瓦》写的是佛祖给他从弟讲经的故事,其中也反映了老挝的风俗习尚。老挝的世俗文学也受到佛教思想的影响,比如,世俗文学中一个重要体裁——诗体小说,普塔可萨占的《祖父教孙子》、因梯央的《因梯央教子》等名篇中间,都贯穿着佛教教义。

从老挝流传的罗摩故事手抄文本中都夹杂有佛教教义的内容,信徒到寺庙听经时,僧侣也常念诵这些文本,并深信罗摩也是佛祖的一世来推断,印度史诗《罗摩衍那》传入老挝最早也是与佛教传入时间一致的。口头流传了一段时间后才形成了今日的老挝文本。共有四种:第一种也是最广泛流传的一种万象文本《罗什与罗摩》(即音译为《帕拉帕拉姆》的老挝古典名著),是一部近3000

---

① 参见张玉安、裴晓睿:《印度的罗摩故事与东南亚文学》,昆仑出版社,2005年,第111~120页。
② 参见裴晓睿、熊燃译著:《〈帕罗赋〉翻译与研究》,北京大学出版社2013年版。

行的长诗。在万象的玉佛寺、缸塔寺、波喔寺、班拿算寺、班洪寺、侬伯安寺等处都保存有该文本的手抄本。大都是1850年抄录的，据推测该文本写于阿努王（1804～1828）在位年间，以流行于孟加拉和南印度的《罗摩衍那》地方文本为基础，加进了许多具有地方特色的传奇故事，受泰国《罗摩颂》的影响不小。第二种是在曼谷发现的老挝文本《罗什与罗摩》，原系一部贝叶册，共计约有1100片贝叶，也是一部长诗，且比万象文本长得多。其中有些片断是印度的《罗摩衍那》和泰国的《罗摩颂》中都没有的。第三种也是一部约有1000余片的贝叶册。内容与上述两种略同，但是用散文书写的，通篇具佛教文学特点，似乎是一篇用于讲经的文稿。第四种是原收藏于琅勃拉邦王宫中的一部贝叶册，名为《牛王托拉毗》。用流行于老挝北部的方言庸那迦语写成。该文本虽与《罗摩衍那》中的东杜毗片断基本一致，但情节母题可能源自印度的多种文本，且具有更多的地方特色。比如："悉多"这个名字按方言解释为"揉眼睛（的女孩）"；悉多是在罗波那的腿上坐胎成人的；并非是用石头筑堤，而是造木筏渡海的；等等。① 总之，老挝的几个文本中糅进了不少老挝本民族的内容，其中一些故事情节也被移植到老挝古典戏剧中。再有，寓言集《娘丹黛》是当时老挝僧王马哈维汉根据印度的《五卷书》改写而成的。

柬埔寨

柬埔寨，古称扶南、真腊，是个历史悠久、受印度文化体系影响较早的国家。上文已提到早在它的书面文学初始阶段——碑铭文学时期已受印度文化影响。印度两大史诗《摩诃婆罗多》、《罗摩衍那》从印度南部经斯里兰卡、爪哇、马来亚传入。吴哥王朝的文人根据《罗摩衍那》内容编译成高棉文，经过民间艺人结合柬埔寨本土的传说、神话等反复加工改写，最后被汇集成著名的长篇神话诗《罗摩赞》(柬埔寨文为Ramakerti或Reamker，也有人音译为《林给的故事》)，原稿最后完成于17～19世纪之间，全书81分册，至今仅存16分册（第1～10分册和第75～80分册，其余65册散佚）。在吴哥王朝后期，上座部佛教开始传入，取代了早已在柬盛行的大乘佛教教派和印度教的地位。随着上座部佛教的传播，柬埔寨的宗教文学兴旺起来。当时许多文人大量地将巴利文的佛教经典译成高棉文，人们称之为"解经文学"。印度的《佛本生故事》成了柬埔寨宗教文学所选用素材的主要来源，但是在再创作的过程中也有不少新意。

---

① 参见张玉安、裴晓睿：《印度的罗摩故事与东南亚文学》，昆仑出版社2005年版，第131～138页。

比如，1856年著名作家阿里雅基牟尼·朋综合流传久远的各种佛本生故事编成了一部长篇故事诗《真那翁的故事》，塑造了一个新主人公——真那翁的形象。柬埔寨的宫廷文学和民间文学虽然没有直接描述宗教的内容，但是不少作品也从思想方面受到佛教哲理的影响，有的内容受到印度神话的影响，有的则在写作手法上借鉴了印度文学。

越南

越南在古代并非是一个统一的国家。越南南部本与今日柬埔寨地区同属扶南古国。越南中部和越南南部部分地区是占婆古国故地。前文已述及，它公元2世纪末建国，公元3世纪末国势日盛，也受印度文化濡染甚深，信仰印度教、佛教。10世纪末开始受到越南北方王朝的入侵，国势日衰，居民活动区域逐渐南迁，17世纪被越南北方王朝完全吞并。所以虽然占婆人曾使用占文，但今日却很难从文学角度来考察其受印度文化影响的情况了。而越南北部却历来直接受汉文化体系的影响，北传佛教即大乘教派亦从中国传入越南北方，它只是通过接受汉文化的传播，间接地受到某些印度文化的影响而已。但是，越南汉文典籍《岭南摭怪》中记有《夜叉王》一篇，短短仅有140余字，就是一篇越南罗摩故事的概要。在这个故事中，占婆被称为猢狲精国，占婆国王成为十车王，罗摩变成了太子微姿，罗摩之妻悉多变成了白净后娘。据说，这个故事记录于15世纪左右，源于占城的故事。① 在越南中部的藩朗—藩里（Phanrang-Phanri）发现有占婆文学的记载，其中提到占婆的古典文学是以印度两大史诗为内容的。现流传下来的有五种，并有各种抄本，但产生年代已经无从稽考。从民间抄本中保存下来的古占婆与罗摩故事有关的作品有两部，即《普兰姆·狄克和普兰姆·拉克的传说》和《波·凯台·穆赫拉希的故事》。二者内容大同小异，故事主干都取自《罗摩衍那》。② 在儒教处于独尊地位的时候，黎朝的学者桥富和武琼改编了《夜叉王》这一作品，其目的是按照儒家正统思想将它用作说教的利器。正因为如此，越南人的《夜叉王》中几乎所有的人物都被改头换面，夜叉王（即罗波那）成了故事的中心人物。很显然这两位儒学家按照越南的历

---

① [越]陈庆浩、郑阿财、陈义：《越南汉文小说丛刊》第二辑，神话传说类第二册，法国远东学院出版，台湾学生书局印行，1992年，第106页；转引自张玉安、裴晓睿：《印度的罗摩故事与东南亚文学》，昆仑出版社2005年版，第164页。

② 梁立基、李谋主编：《世界四大文化与东南亚文学》，经济日报出版社2000年版，第215～216页。

史文化特点将印度的罗摩故事本地化了。①

菲律宾

印度文化传入菲律宾大约在10~14世纪，但印度文化并非直接传入，而是通过当时印度尼西亚海上帝国麻若巴歇传入的。早在10世纪前后，菲律宾就已出现了受印度文化影响的早期国家——麻逸国和苏禄国。1380年左右伊斯兰教开始传入，1450年后建立了第一个伊斯兰政教合一的苏丹政权。1565年西班牙殖民者侵占菲律宾，开始强行传播天主教文化。所以在西班牙殖民统治前菲律宾文学受印度文化、伊斯兰文化影响，而在西班牙殖民统治后则受西方文化影响。菲律宾的古代文字就是从印度文字变化而来的。他加禄语词汇中约有四分之一的词汇是梵语词汇。文学方面受印度文化影响表现在情节内容方面，如印度神话人物和史诗故事被写进菲律宾的作品之中，史诗《因达拉帕特拉和苏来曼》、《比达莎莉》歌颂的人物就是印度天神因陀罗和火神阿耆尼；伊富高史诗《阿林姆》、马诺波传说《安哥传奇》的情节都与《罗摩衍那》中的某些故事相似；伊富高传说《英雄巴立土克用箭从石中取水》与《摩诃婆罗多》中阿周那用箭射地取水几乎完全雷同。在形式体裁方面，如菲律宾各族诗歌多为四行诗，每行有12个音节，这与古梵语诗歌——偈陀完全一致；尤其是当时菲律宾的谜语诗，更明显地受到了印度文化的影响。

印度尼西亚

现今印度尼西亚爪哇地区在1293年创建了麻喏巴歇王朝，直至1527年灭亡。这也是爪哇地区最后一个印度教佛教王朝。随着它的没落与崩溃，在印度尼西亚印度文化影响占主导地位的时代也就结束了，代之而来的是伊斯兰文化影响时期。麻喏巴歇王朝时爪哇语文学中印度文化影响仍居主导地位，但已逐步摆脱单纯效仿的形式，注意了民族化，反映了民族特色。这一时期直接以印度神话和两大史诗故事为题材的作品日益减少，有的作品即使写的是印度教大神也有意淡化印度色彩，或者使印度教大神爪哇化，或者让印度教大神与爪哇民族神相结合，融为一体。如著名的散文《丹杜·邦格拉兰》讲的是毗湿奴大神在爪哇创造了山川人物人类文明，且转世化身成了爪哇的第一个帝王。格卡

---

① ［越］杜秋霞：《印度史诗罗摩衍那在一些东南亚国家的本地化问题》，越南河内文化新闻出版社2002年版，第26页；转引自张玉安、裴晓睿：《印度的罗摩故事与东南亚文学》，昆仑出版社2005年版，第164页。

温诗体作为宫廷文学的正统仍在运用，但内容有所突破，印度史诗与神话不再是主要题材来源，印度教、佛教之间的矛盾也反映到作品之中来，作者往往对两方面有着不同的褒贬。二者比较起来，佛教影响更大。如恩·蒲·丹杜拉尔的《阿周那凯旋》和《梭打梭玛》，故事取材于印度史诗和《佛本生故事》，但却有意贬抑大神的威望，抬高佛祖的地位。

其他

苏门答腊、加里曼丹、马来半岛等马来民族聚居区现在分属于印度尼西亚、马来西亚等国。马来古典文学的口头文学源远流长。前文所述受印度文化影响的板顿诗就是马来古典文学最早的诗歌。口头文学中不少民间故事也显然受到印度神话、故事的影响。从出土碑文得知，早在公元7世纪已有了马来文，在亚齐地区也发现有刻于1380年国王墓碑上的马来诗文。但是马来古典文学的书面文学真正蓬勃发展起来是在伊斯兰教13世纪下半叶传入以后的事。所以我们在马来古典书面文学中，仅能见到早期问世的《室利·罗摩传》、《伟大的般度族传》、《桑·波马传》等取材于印度史诗故事的作品，其后就很少见到印度文化直接影响下出现的作品了。

从19世纪下半叶起至今日，东南亚地区各国经历了短暂的半个世纪的近代时期后跨入了现代时期。它们有着基本相同的经历，走过了一条基本相同的道路：先后沦为西方列强殖民地（只有泰国在名义上一直保持着独立），民族逐渐觉醒，对原宗主国和日本法西斯的侵略先后进行了两场艰苦斗争，终于陆续获得了新生，走上了国家独立发展的道路。这一时期东南亚各国文化的特色是：西方文化体系对这一地区的影响明显加强，前期是西方人文主义思想，后期除西方各种现代派思潮的影响较大外，在法、德、苏联等国逐步形成的社会主义思潮也在东南亚一带广泛传播；各国人民注意维护各自不同的文化传统，其中包括在古代已经完全融汇入各自文化传统之内的三大东方文化体系影响的不同成分；独立后，各国人民又都在摸索如何建立符合各国传统、适合民族发展的新文化。

过去的一个半世纪中，在上述社会文化背景下印度文化对近现代东南亚各国文学的影响明显比古代减弱。其具体态势是：

一、直接取材于印度神话、史诗、本生故事等进行再创作的作品较之以前大幅度减少。仅有的少数这类作品也不是像古代东南亚文学那样为了宣传佛教教义或者为了借古喻今，而大多只是为了抒情怀古表露民族情感而已。如缅甸著名爱国诗人德钦哥都迈（1872～1964）在其早期就曾取材于佛本生故事创作了80余部剧作。再如：在泰国曼谷王朝六世王帕蒙固告（1880～1925）的故事诗《那罗传》和诗剧《玫瑰的传说》等均取材于印度史诗《摩诃婆罗多》故事，而诺·摩·梭（1876～1945）的故事诗《黄金城》则源自《故事海》。

二、在注意译介西方文学名著的同时，也注意译介包括印度古典名著在内的东方文学名著。如，泰国曼谷王朝六世王、缅甸作家佐基（1908～1990）都翻译出版过印度迦梨陀娑的剧本《沙恭达罗》的泰译本和缅译本。又如，柬埔寨高僧帮·卡根据印度的《五卷书》译成了柬文的《盖世书》。不仅如此，近现代印度著名作家泰戈尔、普列姆昌德等人的作品也开始被翻译介绍给各个国家的人民，他们的文艺思想、写作风格也影响到了东南亚的一些作家。再有，到了现代有些作家已经开始把目光集中到了对本国文化乃至对东南亚影响深远的印度文化、印度文学名著的研究上，并取得了一些成果。

三、进入近、现代以后，东南亚受印度文化体系的影响已经从题材素材的借用改编、文体形式的仿效借鉴转到思想意识、道德价值观的层面上来。这包括佛教哲理乃至在近现代反英反殖斗争中在印度形成的一些主要思想流派，譬如印度的甘地主义等。只要深入观察东南亚各国一些作品表现出来的倾向，就可发现东南亚文学与印度文化的这些内在联系。例如，1904年在缅甸出现了第一部现代小说——詹姆斯·拉觉的《貌迎貌玛梅玛》（中译本译作《情侣》），它是在西方现代小说形式的启发下，借用了法国名著大仲马的《基度山伯爵》中的某些情节片断改写再创作而成的。但是作者把西方复仇了结恩怨的主题改变为善恶有报、轮回无常的主题。作者在小说一开头便道明了他的创作目的。他说主人公貌迎貌"犹如我们的佛祖前世那伽。在遇到极其困难的境遇时，能以男子汉大丈夫的气概和毅力进行顽强的奋斗，终于绝处逢生，以至成为富翁，并与年青时相爱的情侣，经过长期分离，最终还是重新团聚，白头偕老"。显然作者是以《佛本生故事》中的那伽作为典型，想把书中的主人公也塑造成这样一个理想人物。再如，在1900年，泰国作家迈宛翻译了一本西方小说《复仇》，这是泰国翻译的第一篇小说。但是不久另一个作家銮威拉巴利瓦就针锋相对写出泰国自己创作的第一篇小说《解仇》，他完全是从佛教观点出发的。

四、进入近现代以后，印度文化体系对东南亚不同地区的影响也有了明显的差异。总而言之，处于东南亚海岛地区的菲律宾、马来西亚、印度尼西亚和新加坡诸国虽然也曾受过印度文化的某些影响，但是近现代以后由于其他文化体系影响的加强，在文学方面印度文化影响也便进一步减弱；而处于半岛地区的各国却与海岛地区完全不同，虽然西方文化影响加强，但因为源自印度的佛教等思想深深地扎根于群众之中，所以在文学领域中印度文化体系的影响仍然存在。

第四节　印度文化体系对东方其他国家文学的影响

印度文化体系对东亚各国文学的影响，首先直接影响了中国文学，再进一步间接影响到朝鲜和日本文学。

朝鲜和日本，由于经济、社会、文化以及所处的地理位置等诸多原因，在它们各自文学产生的初期即东方文学的中古时期就直接受到中国文化的影响。在这个影响的过程中，印度文化的某些部分，尤其是佛教文化也随之影响到朝鲜和日本文学。经过中国，间接传入的佛教影响直至中古后期还较明显。近代以后，由于西方文化影响加大，印度文化的影响也渐趋淡薄。但直到今日，在朝鲜、韩国、日本某些作家作品中仍可见印度文化影响的痕迹。

公元元年前后至9世纪是朝鲜的高句丽、百济、新罗三国鼎立争雄时期和统一新罗时期。这一时期印度的佛教思想与中国的儒学、道家思想一起传入朝鲜地区。公元372年中国遣使送名僧顺道以及佛经到高句丽，此为佛教在朝鲜正式传播之始。唐朝时，朝鲜还有僧侣到中国留学。如，公元8世纪初新罗僧人慧超抵唐后，经南海转赴印度求法，西行至伊朗、叙利亚等地再经中亚、新疆返回长安后，长期从事译经工作。在口头歌谣基础上产生的新罗乡歌，就明显地表现出佛教的影响。我们可以发现，当时这种文体的作者本身就是僧人，而且这些乡歌中有相当一部分是颂神拜佛的，反映了佛教轮回报应思想。像新罗僧人融天师的《慧星歌》、新罗僧人月明的《祭亡妹歌》等都是代表。另外，新罗时代的传奇文学也显然是间接受到印度神话影响才出现的。13世纪中叶，高丽曾用金属活字印刷术出版了大藏经。佛经的印刷不仅直接促进了高丽印刷术的发展，也使得佛教思想进一步在朝鲜传播。如，僧人一然（1206～1289）所著《三国遗事》（5卷）中，不少传说故事是与佛教有密切关系的。进入中古后期，李朝建立后，推崇儒家，排斥佛学，文学方面表现出来的佛教思想也趋减弱。在15世纪以后形成的小说类作品中，反映佛教思想的就较少。但是，像金时习(1435～1493)的《金鳌新话》写人鬼恋的传奇作品，仍在一定程度上表现了佛教的思想。近现代作品中这种影响就更少了。不过在个别作家身上仍有所体现。如，韩国著名现代作家李光洙的代表作中，就有《有情》(1933)、《无明》(1939)等以佛教专有名词命名的小说，足可见佛教思想对一些作家仍有影响。

早在公元5、6世纪间，源自印度的佛教便经中国、朝鲜传入日本。在这种影响下，约于公元6世纪下半叶至公元7世纪上半叶，形成了日本本土最早的佛教文化——"飞鸟文化"。日本奈良时代(710～794)生产发展，社会安定，宫廷重视中国文化的传播，推崇佛教，书面文学开始形成。所以可以说在日本书面文学形成之初就受到了佛教的影响。日本古代天皇为了巩固统治，宣扬皇权神授，倡导神道，后又与佛教结合，形成所谓"神佛习合思想"。这种思想对日本文学有较大影响。这在第一部成文的历史、神话、传说集——《古事记》(719)，最早一部和歌总集——《万叶集》(作者阶层广泛，上起皇族，下至百姓，也有僧尼。经后人多次整理，于8世纪下半叶才正式成书)等作品中都有所表现。到了公元9世纪末10世纪初开始出现的"物语文学"，也可以看到佛教思想的影子。成书于1004年至1011年间的紫式部所著的日本长篇古典名著《源氏物语》，是物语文学中的一部代表作。其中也间有佛教宿命论、无常、因果报应的思想反映。当时"说话文学"的杰作、僧侣向民众宣讲佛法用的《今昔物语集》，约成书于12世纪。全书包括天竺、震旦和本朝三大部分，共有3000余个故事，分为31卷。前5卷为天竺即印度部分，有释迦牟尼从出世到成佛的种种故事，也包括释迦牟尼后弟子们弘法传教的故事，卷6至卷10为震旦即中国部分，讲佛教传入中国以及在中国境内普及的故事。卷11至卷31则是日本本土的故事，包括佛教传入，佛寺遍建，各种法会缘起，灵验故事，佛教的奇闻逸事等。可见该书基调非常明确，即宣扬佛法，惩恶劝善。进入日本中古后期(1192～1867)后，佛教思想对日本文学的影响又有所加深。在镰仓时代(1192～1333)，物语文学进一步发展。"拟古物语"是贵族们模仿或改写《源氏物语》等王朝物语而成的，反映了佛教新教派的思想，如《住吉物语》(约1219～1221)。"军记物语"以战争史实为题材，反映了新兴武士阶级的情感与经历。其中最著名的是《平家物语》。它所反映的历史时期正是佛教净土宗在日本大盛之时，上起贵族下至庶民包括武士，都对其虔诚信奉。所以在《平家物语》写作过程中，既参照了史实又吸取了佛教故事传说内容，写得绘声绘色非常生动。它的主题思想也与佛教的诸事无常思想有着密切联系。"说话文学"这时也步入极盛时期，无论是佛教的还是世俗的说话，都带有浓厚的佛教色彩。著名佛教说话集有《发心集》（约1215）、《沙石集》（1283）等。当时出现的出家遁世类散文也是以佛教思想为核心的。佛教影响在庶民文学中也有反映。如，"能"这一剧种中，梦幻能一类多以鬼怪神灵为主角，结局大多是主人公追悔往事，皈依佛法，誓志解脱。喜剧型短剧"狂言"中，也有不少反映轮回宿命佛教思想的。这个时期之末，物语文学开始衰微，出现了一种短篇庶民小说"御伽草子"，从思想内容上看也有若干佛教色彩。代表作有《文正草子》、《懒太郎》等。其后，佛教思想对作家的影响仍有所表现。譬如，在17世纪开创了"浮世草子"这一崭新小说体裁的井原西鹤（1642～1693），他本人在晚年也皈依了佛法就是一例。近代以后西方文化和资产阶级民主主义思想对日本的影响加深，原来影响日本文化的儒、释、道思想则有所弱化。在西方文化影响下，日本文学先后出现了许多现代流派和代表作家。但就是在这些作家身上，也能间或发现一些佛教文化影响的痕迹。比如，日本近代新思潮派代表人物芥川龙之介（1892～1927）就利用了前文所述宣讲佛法的《今昔物语集》中的故事素材，增添了新意，以此来反映现实并获得了成功。像他的成名作《罗生门》（1915）、《鼻子》（1916）、《芋粥》（1916）等都是。在日本现代作家中，同样也可以发现这种影响的痕迹。如：日本第一位诺贝尔文学奖获得者川端康成（1899～1972），他的审美情趣就直接受到佛教禅宗"幽玄"的影响，表现出一种神秘而优雅的特色。另外，著名代表作《雪国》是他在1935至1947年间陆续发表的一部连载小说，1948年修改后才定稿的。这一作品近似于若干短篇的连缀。这也使我们很自然地联想到那种把一些单独成篇的小故事连接起来构成一个整体故事的印度典型传统文体。又如，日本著名作家井上靖（1907～1991）曾读过不少佛典，为他创作与佛教思想有关的小说打下了基础。他的历史小说表现了历史长河中一些人物的命运，常常流露出一种孤寂郁悒的情调，也表明这与他所受到的佛教思想影响有一定关系。再如，另一位诺贝尔文学奖得主、日本现代作家大江健三郎（1935～　），他也受到佛教思想某些影响。他的早期作品就常表现第二次世界大战后日本青年的那种虚无孤独的心理。在他的代表作《万延元年的足球队》中，主人公鹰四极力要使自己同数百年前领导农民起义的曾叔祖父和20年前死去的S兄重合起来，这种梦幻无疑也表现了佛教的轮回思想。

印度文化体系对西亚北非以至其他地区文学也有一定影响。

众所周知，西亚北非地区是产生阿拉伯—伊斯兰文化体系的核心地带，加之这种文化具有不易接受其他文化影响的特质，所以似乎可以说在阿拉伯—伊斯兰文化体系尚未形成之前更易吸取其他文化的影响，而当这一文化体系形成后就较难看到其他文化的影响了。

伊朗地处亚洲西部，位于欧、亚、非三大洲交界地带，使得它与世界各国交流甚为方便。古代它是"丝绸之路"西段最为主要的一站，曾是东西方商品的集散地，也是世界文明荟萃的中心。各种宗教和学术思想也从东西方传入该处，经过当地波斯人的融汇再传到周围其他地区去。在公元前6世纪曾建立起一个东起印度河，西至地中海，北自中亚高加索，南临波斯湾的幅员辽阔、实力强盛的奴隶制波斯大帝国。当时正值阿契美尼德王朝，在伊朗占统治地位的是琐罗亚斯德教（即帕西教，或译祆教、拜火教）。该教经典《阿维斯塔》记载了该教教义、古代雅利安族的传说故事以及雅利安族西迁情况和风俗习惯等。它既是一部宗教典籍，又是伊朗的最古诗集和神话传说总汇。通过波斯《阿维斯塔》与印度《梨俱吠陀》的比较研究，可以推知由于波斯、印度同属雅利安族人，他们的宗教可能共同源自公元前15世纪以前中亚"印度—波斯人"宗教。波斯上古宗教与印度吠陀教可能只是后来发展演变成的两个不同派系而已。所以两教中的人物神灵大都可以找到明显的对应。如：阿胡拉（波）、阿修罗（印）——天神，迪弗（波）、提婆（印）——魔鬼，密特拉（波）、密多罗（印）——光明之神，豪摩（波）、苏摩（印）——酒神，伊摩（波）、阎摩（印）——阎王等。公元7世纪中叶，波斯的萨珊王朝被统一在伊斯兰旗帜下的阿拉伯大军所推翻，沦为阿拉伯哈里发帝国一个行省。波斯的中下阶层人民改变了信仰，皈依了伊斯兰教，只有一些皇族仍坚持拜火教的信仰。直到10世纪末，伊斯兰教才最终在波斯确立其统治。但在我国隋唐佛教大盛时，有不少波斯名僧参与了我国的译经活动，这从一个侧面说明了波斯与印度文化关系密切。

古印度诗歌与散文对阿拉伯文学也有影响。比如，阿拉伯古代学者比鲁尼（973～1048）在其著作《印度考》一书中，对印度诗歌的格律进行深入研究后，曾指出："正如有人猜测的那样，赫利勒·本·艾哈迈德可能听说过印度有诗歌格律之说。"而赫利勒（？～约786）正是最早整理并确定阿拉伯诗歌格律的阿拉伯学者。他的这一工作很可能是受了印度人的启发。[①]同样，古代印度的寓言故事和神话传说也大多借波斯巴列维文，上文所述波斯《阿维斯塔》就

---

① 参见季羡林主编：《东方文学史》，上册，吉林教育出版社1995年版，第171、521页。

是用巴列维文写成的。转译影响了阿拉伯的叙事文学，如著名的《卡里来和笛木乃》、《一千零一夜》等都是这种影响的例子。目前我们所能见到的关于《一千零一夜》的最早历史资料，是公元10世纪阿拉伯著名历史学家麦斯欧迭（？～956）在其历史巨著《黄金草原》（947）中的记载。作者说："此类内容纯属志怪传奇。这是由那些通过讲述志怪传奇而得以接近国王的近侍所编纂。此类志怪传奇通过波斯语、印度语和罗马语（也有传述说，通过波斯语、罗马语和巴列维语）的抄本或译本流传到我们这儿，如《赫柴尔·艾夫萨乃》，即波斯语义的'志怪'。有时它被简称为'艾夫萨乃'，而老百姓则乐意把它叫做'一千夜'（在另两则传述中，又被叫做'一千零一夜'）。这本书是讲述国王、大臣、大臣的女儿山鲁佐德及其婢女丁亚佐德的传奇。"①虽然波斯故事集《赫柴尔·艾夫萨乃》早已失传，无从查考，但是阿拉伯学者的意见自19世纪以来已被许多学者的研究所证实。大多数人都认定产生于中世纪的阿拉伯民间故事集《一千零一夜》中含有的外来成分，主要是印度和波斯、土耳其的故事。像其中《辛伯达航海旅行的故事》中主人公叫辛伯达，这就是个典型的印度人名。从思想方面来看，虽然印度教与伊斯兰教不同，甚至有时是对立的，但这两种宗教文化也还是有交融的。像印度教黑天派与伊斯兰教苏菲派两者的神秘主义思想就相互有所借鉴和影响。所以，具有这两派思想作家的作品也很自然地有着相似相通之处。

　　印度叙事文学传统的大故事套小故事的框架结构在世界范围的影响就更广了。本章中已提到多处，不仅南亚文学、东南亚文学、中国和日本等东亚文学，阿拉伯文学《一千零一夜》等也受到这种文学体裁形式的影响。此外，从意大利薄伽丘的《十日谈》、英国乔叟的《坎特伯雷故事集》，一直到现代以色列诺贝尔文学奖获得者阿格农的《婚礼华盖》、坦桑尼亚斯瓦希里语作家夏巴尼·罗伯特的《可信国》等的文体结构，都可以说是印度文学这种传统体裁影响的结果。当然，西方所受印度语言文学的影响还有其他方面的表现，像西方开始出现的比较语言学、比较神话学等新学科，都是在研究了印度语言文学和文化之后才建立起来的。

---

① 参见季羡林主编：《东方文学史》，上册，吉林教育出版社1995年版，第171、521页。

第五节　印度文化体系对东方各国文学影响的比较研究

我们将印度文化体系对东方各国文学影响的情况进行比较，可以从以下几个方面来考察：

第一，传播时间。一种文化体系总是在动态中存在的，它的形成、完善、变化、发展都是在动态中发生、完成的。所以它的对外影响其实从它一出现就会产生，且延续不断；只不过随着时间的推移、条件的改变，各个时期影响的大小有所不同罢了。在公元元年前后，甚至从公元前2、3世纪开始，印度对外交通线的开通、航海术的出现，使它的对外交往大大地增加了。印度文化体系对外的影响也开始多了起来。影响较大的时期有两个：其一，从公元7世纪到10世纪左右是印度文化对外影响大发展时期。由于邻近地区很多国家都处于奴隶制向封建制过渡阶段，社会大发展，思想非常活跃；而中国的社会发展则更快，当时正处于极盛的封建王朝——唐代。当时中国的译经活动有力地促进了印度文化体系对东亚地区的影响。其二，在20世纪以后，国家要独立，民族要解放，各个国家与民族都希望更加了解外部世界，主动接受各自所需的文化影响。在世界各种文化汇流融合的新态势下，印度的传统优秀文化也更多地被世界各国所介绍了解，使得印度文化体系对各国的影响又有了一定的深入。

举例来说：受印度神话故事影响的中国志怪传奇类小说就是在上述第一个时期中出现的，在这基础之上才发展成以后的《西游记》、《封神演义》等小说。受佛教讲经弘法影响形成的"变文"体，也是在唐代出现的。印度文化经过中国才影响到了朝鲜和日本。公元8世纪朝鲜有颂神拜佛类的新罗乡歌、传奇文学等。公元6世纪下半叶至7世纪上半叶，日本就出现了本土的最早"佛教文化"——"飞鸟文化"。公元8世纪的奈良时代是日本佛教大盛时期。公元9世纪末和10世纪初以后出现的《源氏物语》等"物语文学"、《今昔物语集》等"说话文学"都体现了佛教思想的影响。日本也是在这一基础上，后来才出现了带有佛教色彩的《平家物语》、"军记物语"和"能"剧、"狂言"剧等一类"庶民文学"的。东南亚是印度文化体系影响最浓重的地区。由于地缘关系，在这一地区各民族文化刚刚形成之时就受到印度文化体系尤其是佛教、印度教文化的直接影响。而这一地区各族文化大约也就是在这一时期内形成的。印度的神话故事早已传到这一地区。据考，建于公元8世纪位于印度尼西亚日惹附近的婆罗浮屠上面所刻有关佛教故事的精美浮雕和各地一些出土文物上出现的印度神话中的某些怪兽形象都是证明。早期诗歌——民歌民谣中同样也有印度文化影响的痕迹。不仅普遍反映了佛教轮回因果的思想，有的形式上也与印度古诗偈陀相仿，像印度尼西亚、马来的板顿诗就是。再有，几乎整个东南亚地区的主要民族最古的文字，包括直至今日的缅、泰、老、柬诸国文字，都是依照南印度婆罗米字母发展起来的，所以在这一地区各族的书面文学一出现就有着印度文化的影子，连文字记载手段也是仿效印度的，即用贝叶、铁笔或金石铭刻。现已发现的有10世纪的《罗摩衍那》古爪哇语改写本，11世纪初源自印度史诗《摩诃婆罗多》故事用古爪哇语写的"篇章文学"，略晚于古爪哇文学的缅甸、柬埔寨碑铭文学等。这些也是他们各自文学的源头，内容大多记载佛事。在这以后才逐步发展成后来兴盛一时的东南亚中印半岛地区各国的佛教文学。

20世纪以来世界各种文化之间有了更多的接触、撞击与融合，印度文化的优秀传统内容以及近现代印度最伟大的诗人和作家泰戈尔对外界的影响尤大。无论是在中国，在东亚，还是在东南亚，以至世界其他各国，都有许多明显的事例。

第二，传布路线。印度文化从其体系的中心地带恒河流域，也就是南亚次大陆的中部地区逐步向外传播。大体是沿着自北向南、从内至外、由近及远这样的顺序和层次对各地区文学逐步施加了它的影响。首先是印度文化体系自身的中心地带，其次是南亚周边地带使用诸多地方语言的区域，再次是东南亚地区，然后是东亚、西亚、北非地区，最后是欧洲和世界其他各地，沿着这样一条地缘环状曲线，印度文化渐渐传布开来。其影响势头则逐次递减，越接近该文化体系中心地带的地区受影响越深，反之则逐渐减弱。

印度文化体系中心地带的恒河流域，在古代是梵语文学。梵语文学于12世纪衰落后，这一地区存在的主要是从梵语演变而来的印地语文学。印地语文学直接继承了古印度梵语文学的传统。其次受印度传统影响大的是南亚次大陆周边地带的诸多地方语言文学，其中包括现在印度境内一些民族的语言文学和今日南亚某些国家（如斯里兰卡、尼泊尔等国）文学。由于12世纪末穆斯林大举进入南亚次大陆，印度文化本身也受到伊斯兰文化的很大冲击和影响，其内容也有所改变。尤其是后来完全变为伊斯兰教占主导地位的地区，印度传统文化的特色逐渐减弱，像今日已经成为独立国家的巴基斯坦、孟加拉国，则除了仍保持若干印度文化影响的痕迹外，其文化已经改宗为阿拉伯—伊斯兰文化体系。除印度文化体系中心地带和南亚周边仍保持印度文化传统的地区和国家外，受印度文化影响最大的就要数东南亚地区了。在古代，东南亚地区曾全面受到印度文化体系的影响。虽然东南亚在古代早已存在中国文化体系的影响，但比较起来，当时印度文化影响的色彩还是更重的。东南亚的群岛地区13世纪时伊斯兰教开始传入，印度文化在这一地区的影响逐渐减弱。在菲律宾，15世纪中叶开始建立了伊斯兰教政权，16世纪下半叶沦为西班牙殖民地，西方文化强行侵入，20世纪初美国又代替西班牙占领了菲律宾，直至1946年7月4日菲律宾才宣布独立。在印度尼西亚，1527年印度教佛教王朝——麻喏巴歇王朝灭亡，印度文化影响占主导地位的时期也宣告结束。在今日东南亚群岛地区诸国中，菲律宾受西方文化影响较大，已难看到印度文化影响的痕迹；其他如印度尼西亚、马来西亚、文莱诸国也已穆斯林化，印度文化影响只保留了若干痕迹。而在半岛地区，除越南、新加坡受中国文化影响较大外，其余缅甸、泰国、老挝、柬埔寨诸国均一直深受印度文化影响，尤其是佛教文化影响。东亚地区本来是中国文化体系地区，文学也是这样。但印度文化尤其是佛教文化从公元前后开始传入中国后影响不小。佛教也经中国又传入朝鲜、日本，有一定影响。西亚北非地区是阿拉伯—伊斯兰文化体系的中心地带，因为宗教关系，印度文化体系对这一地区的影响大多只表现在该文化体系形成以前。当阿拉伯—伊斯兰文化体系形成之后，印度文化对该地区影响表现不多，相反阿拉伯—伊斯兰文化对印度文化体系中心地带即印度的影响却较大。印度文化体系对欧洲、世界其他地区文学的影响就更小了。最明显的影响只是大故事套小故事那种印度古典叙事文学的框架结构形式。

　　第三，影响趋向。各种文化之间的影响总是双向的，如果认为文化之间的影响只会是单向的话，那是绝对错误的。因为文化之间的影响并非是简单的授予和接受，而是相互撞击、融合、汇流的结果。当然双向的影响并非是等量的，有多有少，有强有弱。往往文化发达地区对文化发展相对迟缓地区的影响更多更大，反向的影响则较小较弱。比如，中国文化体系的形成可能稍晚于印度文化体系，所以现在我们所能举出中国文学受印度文化影响的例子就比印度文学受中国文化影响的例子要多。东南亚地区各族各国的文化发展的时间尤晚，它们又与印度地缘毗邻，所以它们受印度文化体系的影响可举出很多实例，反之则例子较少。印度文化与阿拉伯—伊斯兰文化的相互影响更可以说明这种影响趋向。西亚北非地区的早期文学，因为它们本地区文化当时尚未发展成一完整的文化体系,而印度文化体系早已形成,所以在西亚北非早期文学中可以明显看到印度文化影响的情况,而同期的印度文学中却很难看到西亚北非文化的影响。公元7、8世纪以后阿拉伯—伊斯兰文化体系成形且处于兴盛发展态势,与其地缘接壤的印度文化体系地区的印度文化却处在发展迟缓的阶段,所以伊斯兰文化对印度文化传统形成了较大的冲击,使印度文化中添加了不少新的伊斯兰文化的成分。尤其是那些伊斯兰教传入的地区,人们纷纷改宗信仰伊斯兰教,原有的印度文化传统也有所减弱,甚至只剩下若干残留的痕迹了。同样,进入近现代时期后,因为东方文化的发展皆比西方文化要迟缓,所以西方文化对东方各地区各国的文学产生了较普遍的影响。印度文化体系也同样受到西方文化的影响。近现代印度文学史上最伟大的诗人与作家、第一位获得诺贝尔文学奖的东方作家——泰戈尔,正是一位符合时代潮流的文学家,他既继承了印度传统文化,又吸收融合了某些西方文化影响,所以他的思想和作品又影响了东亚、东南亚以至世界文坛。

第四,传送内容。如上所述,各种文化是相互影响的。但是我们还可以进一步探讨它们所影响和传播的东西是什么。通过比较,可以清楚地看到影响其他地区的都是本文化体系某些具有特色的东西。比如,我们知道印度人民是非常富于想象力的。他们丰富的古代神话、寓言故事在世界上可以说是首屈一指的。印度的两大史诗《摩诃婆罗多》和《罗摩衍那》是世界上最长的史诗。印度的释迦牟尼创造了世界三大宗教之一的佛教。印度一代文豪泰戈尔的作品充满了爱国主义和人道主义,反映了时代的要求,表达了当时印度人民的心声;而且他的诗歌格律有所创新,气势磅礴奔放,行文通俗流畅。这些都受到世界尤其是东方各国人民的喜爱。也正是这些有特色的内容影响了各地区各国文学。印度的神话、寓言等被许多国家文学所吸收,有的改头换面已很难使人认清其本来面目,甚至误以为是本国的故事,像我国人民熟悉的"曹冲称象"、"神医华佗"等。印度两大史诗故事和佛教故事则反复被各国文学当作素材写成各种不同体裁的作品广泛流传,甚至成了该国文学的名著。在中印半岛地区的缅、泰、老、柬等国,还形成了一类专门的文学,在中古时期兴盛不衰达数百年,即佛教文学。佛教轮回因果报应思想,更是一直影响到今日许多国家的许多作家。泰戈尔反映了一个时代的要求,所以他的作品、思想、风格,甚至写作手法也影响了同一时代的许多国家的许多作家。

第五,吸取层次。一种文化对其他地区文学产生的影响也是从浅至深,由表及里的。愈是浅层的表面的东西影响的面愈广，而深层的内涵的思想或哲理影响的面相对来说则窄得多。

文学形式、体裁是文学浅层表面的东西。印度文学中那些独特的文体，广泛影响了各国文学。梵语诗歌偈陀（又译偈、颂、伽他等），原为佛经用的体裁之一，由固定字数的四句组成，大多为八言一句者。在东南亚，从马来古歌谣板顿诗体到缅甸近代时出现的"八言四句诗"都明显地挪用了偈陀体，各国通过译经也大多出现了一种独特的译经文体，即首先用音将梵文记下，紧接着再将解释文字写于其后。今日缅文中不少词汇前半部是南传佛教佛经的语言——巴利文，后半部则用缅文。这也从一个侧面说明译经文体的影响。印度的佛经使用了韵散相间的形式，我国唐代出现的"变文"体，缅甸在19世纪下半叶出现的"讲道文"，都是由这种写法变成的。采用了印度大故事套小故事这种传统框架式结构者，在世界各国文学中更是可以列出一长串作品名单。

情节内容、题材则是文学作品借鉴他国文化的第二个层次。印度神话、寓言、史诗、佛教故事等常常被各国作家移植到他们的作品之中。有趣的是内容可能是借用同一内容，但各自有所发挥，有的赋予了不同的主题思想，甚至可能成了两种完全不同的形象。前文我们曾举过缅甸的"咖咙制盐"和印度尼西亚爪哇的"迦楼罗救母"故事的例子，两者的主角分别是印度神话中的两种怪兽——金翅鸟和那伽神龙。但是上述两个故事的褒贬显然是完全相反的。有的被作家托古喻今，使当时读者看到作品后并不以为是个外来故事，而是现实的写照。11世纪初爪哇宫廷作家恩蒲·甘瓦题为《阿周那的姻缘》的格卡温诗，取材于印度史诗《摩诃婆罗多》的《森林篇》中有关阿周那的经历与事迹。全诗36章，比原著紧缩了许多。主人公阿周那已不是那个般度、俱卢两族大战中的英雄人物，而让读者看到的是当时战胜敌人恢复王朝的爱尔朗卡王的形象。有的却小题大作，增加内容，赋以新意。19世纪缅甸著名诗人吴邦雅有一部诗剧《卖水郎》，是他的代表作。该故事原是421号《佛本生故事》"冈伽摩拉本生"的一个插曲，而作者却把它大大扩展了。其喻义为劝当时国王敏东与其弟加囊重新和好，同时还表现了普通穷苦百姓奔波在饥饿线上的艰辛生活和善良心地。

思想内涵则是这种影响借鉴的最深层次。像佛教的轮回无常、善恶有报的思想，就是明显的实例。在现代，各国作家利用佛经故事进行再创作的几乎已经没有了，但在作品中体现了佛教思想的作家还是可以举出不少的。

第六，决定条件。文化相互影响的决定因素在接受一方的需求，并不在施加影响一方的主动施予。在文化传播的过程中，接受方在自己文化底蕴的基础之上，对传播方的文化有所选择，凡与自己民族传统文化相悖或与其政治需要不符者皆予以抵制，反之才会主动接受。像种姓制度观念也是印度文化的特质之一。它的产生是在公元前1世纪，雅利安人进入恒河流域后，为了维护阶级压迫与剥削而形成的非常森严的等级制度。但是在印度文化体系向外传播施加影响时，这一特质的影响表现却甚微。其原因就在于各种文化在接受印度文化影响时，这种严格的等级观念并非他们所需要的，所以不予接受。印度两大史诗《摩诃婆罗多》和《罗摩衍那》成书年代、社会背景、形式体裁等都比较近似。但《摩诃婆罗多》叙述的是列国纷争年代婆罗多族两支后裔俱卢族和般度族争夺王位的故事，而《罗摩衍那》则描写了宫廷内部斗争过程中罗摩王子与悉多公主的悲欢离合。所以当10世纪以后东爪哇王朝处于王位争夺激烈之时，就出现了不少以《摩诃婆罗多》故事为蓝本改写而成的作品。像十一二世纪出现的《阿周那的姻缘》、《婆罗多大战记》、《爱神遭焚》等格卡温体诗篇，都是借这部史诗的某些故事歌颂王威之作。《罗摩衍那》宣扬了一批理想人物美好的典型性格，所以它的故事情节就被各国不同时期的作家们更广泛地利用和改写了，其影响远比《摩诃婆罗多》大。正因为东南亚的中印半岛地区诸国始终接受的是佛教，所以印度的佛经故事反复不断地被这些国家的作者们所采用，改造成各种不同文体的作品。可以说《佛本生故事》在东南亚的影响是最普遍、最深远的，甚至一些原非出自佛典的故事也被改写成佛教故事的形式传播起来。最典型的例子就是由一老挝僧人整理的、由泰国清迈附近流行的一些民间故事改写成的《清迈五十本生故事》。这部故事集在中印半岛地区流传甚广，甚至流传到我国西南边疆部分少数民族聚居区和斯里兰卡。

第七，宗教因素。综观之，当一个国家或地区尚处于原始崇拜阶段，或尚未确立一种主要宗教信仰之时，一种外来宗教的传播就会较快，影响亦较深。否则情况会截然相反。印度文化特质之一是宗教气氛浓重。所以它的对外影响主要内容也离不开宗教。起源于印度的婆罗门教以及后来发展改革成的印度教、佛教、锡克教甚至某些原始信仰，都对其他地区有所影响。而其中影响最大的是佛教。该教传到了世界不少地区。南传与北传佛教的对外传播都可说明宗教因素在文化对外传播时的重要作用。公元前3世纪时，印度佛教开始向境外传播。而中国在古代宗教并不发达，只有原始自然崇拜、鬼神信仰。公元前三四世纪战国时期风行各种学说，号称诸子百家。到了公元前一二世纪西汉武帝在位时，佛教传入中国。唐朝时佛教大盛，遂又传入朝鲜、日本等地。这一时期文学方面也表现出明显的佛教影响。南传佛教则先由印度传到斯里兰卡，再由斯里兰卡传到东南亚各地。当时东南亚各国也大都处于原始崇拜阶段，佛教很快成了当地各国的主要宗教信仰。14世纪以后伊斯兰教开始传入东南亚地区，而且海岛地区各国大多改宗信仰伊斯兰教，只剩下半岛地区的缅、泰、老、柬诸国仍虔诚地信仰佛教。东南亚文学早期皆反映了佛教或印度教的影响。14世纪后海岛地区诸国文学已很少能见到印度文化影响的痕迹，半岛地区诸国文学却有不少作品仍表现了佛教的影响。西亚、北非地区是阿拉伯—伊斯兰文化体系的中心地带。虽然印度文化对这一地区文学早期有所影响，但在7世纪左右阿拉伯—伊斯兰文化体系形成后，由于当地宗教的排他性，印度文化就很难对这一地区再施加影响了。尤其是佛教文化对这一地区的影响受到抵制，甚至原有的一些影响也受到了冲击或抵消，或者根本不复存在了。

第五章 阿拉伯—伊斯兰文化体系与东方文学

第一节 阿拉伯—伊斯兰文化体系的形成和特质

阿拉伯—伊斯兰文化体系的形成是与伊斯兰教产生和发展的历史密不可分的。

伊斯兰教产生于阿拉伯半岛。阿拉伯半岛位于亚洲的西南部，北邻美索不达米亚平原和约旦谷地，西滨红海，东滨波斯湾和阿曼湾，南临阿拉伯海，面积达200多万平方公里，是世界上最大的半岛。

在伊斯兰教产生以前，阿拉伯半岛正处在社会剧烈动荡的时期。当时半岛上还没有形成统一的国家和社会，许多氏族部落各据一方，彼此经常发生仇杀、劫掠和战争，生产长期停滞不前，经济水平低下，人民生活困难，社会危机四伏。与此同时，外族势力的侵入，更进一步加深了当地的危机。拜占廷和波斯两个强大帝国为了争夺商道，在半岛西南部的也门地区多次发动战争，严重地破坏了当地的经济发展。随后，也门被波斯帝国侵占，又由于强制改变商道，使若干原来繁华的都市变成一片废墟，大批小商人破产，扩大了贫富差别，加剧了阶级矛盾。在宗教方面，人们信仰的是原始宗教，每个氏族部落都崇拜自己的神灵和偶像。可是随着社会危机的日益加剧，人们对于这种原始宗教的信仰逐渐发生动摇。这时虽有犹太教和基督教在半岛流传，但这些外来宗教似乎也不能完全适应社会的实际需要，解决社会的实际问题。在这种情况下，提出一种新的宗教，以便统一人们的信仰，消除氏族部落的隔阂，建立中央集权的国家和社会，就是大势所趋的了。

伊斯兰教的创始人穆罕默德于570年出生于麦加古来什部落的一个没落贵族家庭。他40岁时，经常到麦加附近的一个山洞里去冥思苦想。有一天，他宣布自己受到惟一的神——安拉的启示，自己是安拉派来的最后一个使者和先知，并从此开始了传播伊斯兰教的活动。他宣称安拉是宇宙万物的创造者、恩养者和惟一的主宰，是全知全能、大仁大慈、无始无终、独一无二的。他号召人们归顺安拉，敬畏安拉，停止崇拜多神和偶像。他以安拉的名义提出买卖公平、救济贫民、善待孤儿、实现和平与安宁等社会主张。这些主张符合当时社会的需要，因而受到了广大群众的欢迎。起初，他只在亲友之间传教。自公元612年起，向麦加居民公开传教。后来又由于遭到麦加一部分人的反对，于公元622年率领大批信徒（穆斯林）离开麦加前往麦地那，并打破穆斯林的氏族部落界限，提出"穆斯林都是兄弟"的原则，建立了以他为首的穆斯林公社。这个公社是一个兼有宗教和政治、经济、军事性质的团体，而穆罕默德则兼有宗教和政治、经济、军事领袖的资格。穆斯林公社陆续提出了一系列有关宗教、政治、经济、军事以及道德伦理方面的法令，着手对阿拉伯社会进行全面的改造。在形成了一定的力量之后，穆罕默德于公元630年亲率1万多穆斯林大军攻占麦加，迫使麦加贵族信仰伊斯兰教，承认穆罕默德的地位和权威。到公元631年，阿拉伯半岛的各个氏族部落全部归顺伊斯兰教。穆罕默德将麦加定为伊斯兰教的宗教中心，而把麦地那作为政治中心。公元632年3月，他率众到麦加进行"辞别朝觐"，以安拉的名义宣布：我已选择伊斯兰教做你们的宗教。同年6月，穆罕默德去世，伊斯兰教初步形成。

穆罕默德去世后，伊斯兰教在中古时代的发展，大致可以分为四个时期：四大哈里发时期、伍麦耶王朝时期、阿巴斯王朝时期、奥斯曼帝国时期。

四大哈里发时期（632～661）

穆罕默德以后，先后有四人担任政教合一的领袖——哈里发，他们是经过推选产生的，被称为正统哈里发。第一任哈里发阿布·伯克尔的主要工作是建立一支强大的军队，平定穆罕默德死后半岛上一度出现的动荡局势，并且开始发动对外战争。第二任哈里发欧麦尔继续进行对外战争，公元636年占领大马士革，公元637年攻下泰西封，公元638年攻克耶路撒冷，公元641年至642年相继征服叙利亚、伊拉克、巴勒斯坦、波斯（即伊朗）和埃及等地。第三任哈里发奥斯曼和第四任哈里发阿里在位期间，由于内部矛盾逐步激化，对外战争趋于停顿。总之，在四大哈里发时期，随着阿拉伯人对外战争的节节胜利，伊斯兰教开始了第一次大传播，为伊斯兰教由地区性宗教变为世界性宗教打下了基础。

伍麦耶王朝时期（661～750）

661年第四任哈里发阿里被刺身亡，当时担任叙利亚总督的伍麦耶族的穆阿维叶自称哈里发，并将哈里发选举制改为世袭制，定都大马士革，使哈里发统治下的国家变成了君主专制的封建国家。在军事上，伍麦耶王朝的统治者向西、向北、向东三个方面继续发动更大规模的对外战争。向西，他们完全征服了北非的广大地区（包括今突尼斯、阿尔及利亚和摩洛哥），随后又渡过直布罗陀海峡，攻占了比利牛斯半岛的大部分地区，势力扩展到了西南欧。向北，他们征服了外高加索，占领了中亚的大部分地区。向东，他们统治了阿富汗，攻下了印度的西北部地区。在文化上，阿拉伯人广泛吸收被征服地区的先进文化，开始形成具有多民族文化特色的阿拉伯—伊斯兰文化。这时阿拉伯的学术研究工作，如宗教学、历史学、地理学、语言学、文学、星相学、哲学、医学、化学等的研究工作业已普遍展开。例如：宗教学包括《古兰经》的诵读学、注释学、圣训学、教义学等；历史学主要研究氏族部落的历史和先知的生平活动；语言学主要研究如何大量吸收外来语，使之阿拉伯化，并改革阿拉伯语，使之容易为外族人所接受等。

阿巴斯王朝时期（750～1258）

公元750年伍麦耶王朝在内外交困中被阿布·阿巴斯所统率的军队击溃，阿布·阿巴斯随即高举还权于先知家族的旗帜，以恢复神权政体为号召，在波斯人的支持下于巴格达建立阿巴斯王朝。阿巴斯王朝任用波斯人为首相，确立了以首相为中心的波斯式官僚体制，这标志着阿拉伯—伊斯兰教国家的封建制度进入了成熟时期。在这个时期，阿拉伯哈里发国家曾经出现过三足鼎立的局面，即中国史书上所说的"黑衣大食"（伊拉克巴格达的阿巴斯王朝）、"绿衣大食"（埃及开罗的法蒂玛王朝）和"白衣大食"（西班牙科尔多瓦的伍麦耶王朝）。由于没有大规模的对外战争，社会秩序比较稳定，经济比较繁荣，因而这时的文化得到迅速发展，呈现出一派欣欣向荣的景象；而巴格达、开罗和科尔多瓦则成为三个文化中心。从公元8世纪中叶到9世纪中叶的百年翻译运动是阿拉伯—伊斯兰文化史上的重要里程碑，也是世界文化史上的重要事件。它促使阿拉伯—伊斯兰文化体系得以最终形成，并促进了东西方之间的文化交流。开展这个运动，既是社会生活的需要，也是文化发展的需要和传播宗教的需要。阿巴斯王朝的几任哈里发都很重视这项工作，并且予以大力支持。如曼苏尔（754～775年在位）是翻译工作的首倡者，他命人将有关医学、数学和天文学的波斯文、梵文著作译成了阿拉伯文；哈伦·拉施德（786～809年在位）也对翻译工作加以扶持,在他的宽容政策的鼓励下,涌现出一大批学者和翻译家,他们进一步拓宽了翻译的范围,着手翻译哲学、逻辑学等理论性书籍和各种自然科学书籍;而麦蒙(813～833年在位)则将翻译运动推上鼎盛阶段,他派人四处云游学习,搜集各种典籍,并不惜巨资修建有名的"智慧宫",集中大批典籍资料和学者、翻译家、编辑人员、抄写人员,专门从事整理、翻译、编辑、注释和校对工作。在百年翻译运动的推动下,阿拉伯人以及当时生活在阿拉伯国家境内的各族人,发挥自己的聪明才智,在社会科学和自然科学的各个领域取得了突出的成绩,做出了重要的贡献。当时欧洲尚处于摸索和彷徨的阶段,而阿拉伯—伊斯兰文化却大放光彩。

奥斯曼帝国时期(13世纪中叶至18世纪末叶)

经过十字军东侵和蒙古人西侵的沉重打击,阿巴斯王朝终于在1258年灭亡。蒙古人的统治使阿拉伯—伊斯兰文化遭到严重破坏,学者被驱逐,书籍被焚烧,成果被毁灭。其后奥斯曼土耳其人兴起,1453年灭亡拜占廷帝国,建立奥斯曼帝国。通过长期征战,奥斯曼帝国占领了原阿巴斯王朝所辖的大部分领土,并且征服了欧洲东南部的巴尔干半岛。除军事力量外,他们还利用商业贸易活动,将伊斯兰教传播到今印度尼西亚和马来西亚等东南亚地区。不过就文化而言,这个时期却没有取得特别引人注目的成绩,未能恢复阿巴斯王朝时期的盛况。

阿拉伯—伊斯兰文化体系的特质主要体现在两个方面:一是多民族文化的融合,二是以伊斯兰教为主导。

阿拉伯—伊斯兰文化体系是多民族文化融合的产物。如果说中国文化体系和印度文化体系主要是一个国家甚至主要是其中一个民族的创造,那么阿拉伯—伊斯兰文化体系则是若干国家和若干民族的共同创造,是若干国家和若干民族文化互相融合的结果。这是因为,中国和印度都是具有悠久历史的文明古国;而阿拉伯则是中古时期新兴的国家,不具有那么悠久的历史,不可能独立地创造一个完整的文化体系,但地理位置和种族关系却为它与其他国家和民族文化融合提供了一定的方便条件。从地理位置来说,阿拉伯所在的阿拉伯半岛及其周边地区位于亚、欧、非三大洲的交界处,位于世界最古老的两大文明发源地——两河流域的巴比伦和尼罗河流域的埃及之间,北方与另一个文明发源地——希伯来接壤,东方和南方则通过海路与另两个文明发源地——印度和波斯联系起来。自古以来,这个半岛就处在东西方交往的干道上,占有重要的战略地位。从种族关系来说,阿拉伯半岛是远古闪人(闪米特人)部落的故乡,闪人则是巴比伦人、亚述人、阿拉米人、迦南人、腓尼基人、希伯来人和阿拉伯人的共同祖先,而另一支闪人又移居埃及,与当地原有居民混合,创造了古埃及文化。由此可见,阿拉伯人与这些民族都有亲缘关系,阿拉伯文化与古老的巴比伦文化、埃及文化和希伯来文化有亲缘关系,而这种亲缘关系便很容易使阿拉伯文化成为当时业已中断或转移的古巴比伦文化、埃及文化和希伯来文化的继承者。

阿拉伯人是善于学习的。伊斯兰教的经典鼓励他们努力学习,认为求学是穆斯林的天命,甚至认为求学比礼拜更善,为求学而死等于殉教。在阿拉伯—伊斯兰国家的上升时期,有些上层统治者和领导者也有远大的眼光,积极引导阿拉伯人向外国人学习,向外族人学习。正是在这种精神推动下,从公元8世纪中叶到9世纪中叶大规模地开展了百年翻译运动,广泛地吸收了各个国家和各个民族的文化。

他们首先翻译的是波斯的典籍,吸收的是波斯的文化。这是因为在阿巴斯王朝时期,波斯人在政治上的势力很大,首相和大臣都由波斯人担任;而且在巴格达,波斯文化长期占统治地位(波斯的萨珊王朝曾经长期统治巴格达)。在语言方面,阿拉伯人由游牧生活转向文明生活后,发现自己原有的词汇远远不够使用,于是一面扩大阿拉伯词汇的含义,一面吸收外来词汇,而波斯语词汇则成了一个重要来源,诸如生活设施、化妆用品、食品、服装、办公用具、政治制度等的词汇(如水壶、盘子、绸缎、珊瑚、糖果、糕点、蔷薇、水仙、外衣、裤子、宰相、机关等)大部分来源于波斯语。在文学方面,不少波斯籍学者致力于将波斯文学作品以及译自梵文的印度文学作品翻译成阿拉伯文的工作,其中最著名的有《卡里来和笛木乃》和《一千个故事》,前者对阿拉伯文学以至世界文学都产生了深远的影响,后者则是《一千零一夜》故事的主要来源之一。此外有些精通波斯语和阿拉伯语两种语言的人,在阅读波斯文学作品的基础上,思想得到充实,智慧得到启发,用阿拉伯文写出了新的文学作品,提高了阿拉伯文学的水平。埃及著名学者艾哈迈德·爱敏在8卷本《阿拉伯—伊斯兰文化史》一书中写道:"在阿巴斯时代,这些阿拉伯化的波斯人及接受了波斯文化的阿拉伯人,让整个世界充满了学术、格言、诗歌和散文,他们的作品中的波斯成分是很明显的。幸好当时阿拉伯语压倒了波斯语,以波斯思想为主产生的成果是用阿拉伯文,而不是波斯文写的。"①在历史学方面,《波斯列王记》《波斯诸王史》《马兹达克》和《琐罗亚斯德教士》等许多传记著作由波斯文译为阿拉伯文,这些译著不仅丰富了阿拉伯人的历史知识,而且为阿拉伯人写作同类著作提供了借鉴。以上所述仅仅属于举例性质,事实上波斯文化对阿拉伯文化的影响是广泛而又深刻的。例如,在政治上,阿拉伯人仿效波斯人的统治方式,学习波斯萨珊王朝的官僚体制,设立首相和大臣等;在宗教上,波斯人虽然纷纷改信伊斯兰教,但是他们原来信奉的琐罗亚斯德教的影响仍然在心底长期存在,并且通过种种途径使伊斯兰教的什叶派染上了民族色彩;在学术上,由于波斯具有悠久的历史传统,波斯学者的学术水平普遍较高,当他们掌握了阿拉伯语之后,便很快在许多领域取得成就,成为各个领域的权威人士。在介绍和翻译波斯文化的学者中,伊本·穆格法无疑是最出色的。他原籍波斯,本来信奉琐罗亚斯德教,后来才改信伊斯兰教。他精通波斯语和阿拉伯语,几乎把波斯文最重要的典籍都译成了阿拉伯文。有人评论他时说道:"在非阿拉伯人中,再没有比伊本·穆格法更聪明、更博学的了。"他的主要译著和论著有《小文学》《大文学》《近臣书》和《卡里来和笛木乃》等。

其次是翻译印度的典籍,吸收印度的文化。阿拉伯人早就知道印度,早就与印度人有商业贸易往来;公元8世纪初,阿拉伯人攻占了印度的西北部地区,印度各种文化也就随之传入阿拉伯。印度文化对阿拉伯文化的影响,可分为直接的和间接的两个方面。前者是指政治统治、军事战争、商业往来、杂居通婚所造成的影响;后者是指经过波斯人的中介,印度各种典籍被译成了阿拉伯文,阿拉伯人接受了印度的多种文化成果。例如:在宗教学领域,由于婆罗门教和佛教典籍的关系,轮回解脱和因果报应的思想,对伊斯兰教的许多教派产生了深远的影响。在数学领域,阿拉伯人从印度引进了零的符号和十进位法,然后加以改进,又传到了西方;据说印度用圆点(·)作为零的符号,有的阿拉伯人至今仍用圆点作为零的符号,传到西方后才改用圆圈(0)作为零的符号。在天文学领域,阿拉伯的天文学家法扎里根据印度学者于公元628年写成的一部理论著作,制定了著名的《天文历表》,根据这部历表制定的历法,在阿拉伯使用了很长时间。在文学领域,不少印度语言的词汇融入阿拉伯语中,有些修辞学的理论是印度人教给阿拉伯人的,最初产生于印度的《卡里来和笛木乃》和《一千个故事》中的许多寓言故事受到阿拉伯人的热烈欢迎,并对阿拉伯的

---

① [埃及]艾哈迈德·爱敏:《阿拉伯—伊斯兰文化史》,第2册,纳忠等译,商务印书馆1982年版,第167~168页。

寓言故事和散文文学的发展产生了很大的影响，另外印度短小精悍的格言也深为阿拉伯人所喜爱。

第三是翻译希腊的典籍，吸收希腊的文化。阿拉伯人之所以对希腊典籍和希腊文化产生浓厚的兴趣，不仅由于阿拉伯—伊斯兰国家与希腊隔海相望，而且由于阿拉伯—伊斯兰国家境内的许多地方（如埃及、叙利亚、伊拉克和波斯等地）都曾被古代希腊马其顿帝国占领过，受到过希腊文化的深刻影响。到阿巴斯王朝时期，又有众多学者专门从事希腊典籍的翻译和校勘工作，几乎将古代希腊的全部重要典籍都译成了阿拉伯文（有的是从波斯文转译的，有的是从希腊文直接翻译的），涉及多种学科领域。在哲学方面，如亚里士多德的《形而上学》（含《同一律》、《矛盾律》、《排中律》），主要论述一般理论问题，《工具论》（含《范畴》、《论辩》、《解释》、《前分析》、《后分析》、《智者的驳辩》），主要论述逻辑问题，《物理学》、《论天》、《论生灭》、《论灵魂》，主要论述自然哲学问题；柏拉图的早期作品《申辩篇》、《高尔吉亚篇》、《普罗泰戈拉篇》，中期作品《斐多篇》、《费德罗篇》、《国家篇》、《巴门尼德篇》、《泰阿泰德篇》，晚期作品《费雷波篇》、《智者篇》、《政治家篇》、《法篇》等；玻非利的《亚里士多德〈范畴〉导论》等。在数学方面，如阿波罗尼罗斯的《圆锥曲线》、《比例截割》、《有限极数》，欧几里得的《几何原理》、《数据》，阿基米得的《论球和圆柱》、《圆的测定》等。在医学方面，如格林的《解剖学》、《小技》，获奥斯科里的《药物学》，获奥科里迪斯的《医典》等。在天文学方面，如托勒密的《天文大集》等。在地理学方面，如托勒密的《地理学》等。在物理学方面，如托勒密的《光学》，欧几里得的《光学》等。在文学方面，如亚里士多德的《诗学》等。在众多翻译家中，最杰出的代表是侯奈因·本·易司哈格（809~877）。他一生孜孜不倦地从事翻译和著述工作，有时给译著作注释，有时对译著进行改写。他翻译最多的是医学著作，特别是格林的著作。据说他将格林的75部著作译成了古叙利亚文，又将其中的39部译成了阿拉伯文，此外他还进行了大量的校订工作。通过易司哈格等人的手，阿拉伯人广泛地吸收了希腊人在哲学和自然科学领域所取得的多项成果，并以此为借鉴进行创新，提出了自己的新理论和新发明。但相比之下，阿拉伯人却很少吸收希腊人在文学领域所取得的成果，这可能是因为哲学和自然科学具有更多的世界性，而文学则具有更多的民族性，阿拉伯人能够接受希腊人的哲学和自然科学，却不大欣赏希腊人的文学，在文学领域，阿拉伯人似乎更欣赏波斯和印度的作品。

第四是犹太教文化和基督教文化对阿拉伯文化和伊斯兰教文化的影响。在阿拉伯—伊斯兰国家，对犹太教和基督教采取比较宽容的政策，正如梅兹在《伊斯兰教的兴起》一书中所指出的那样："中古时代，伊斯兰国家与基督教的区别在于：大批信奉伊斯兰教以外其他宗教的人生活在伊斯兰国家里，但穆斯林在欧洲却无法生存。此外，在伊斯兰国家里，基督教的教堂、修道院林立，似乎不属于政府权力的管辖，又好像是国中之国，能享受到穆斯林给予的种种权利，使犹太人和基督教徒能与穆斯林生活在一起，从而出现了一种中世纪欧洲所不能想象的和睦气氛。犹太教徒与基督教徒完全有信仰的自由，但是，如果改奉伊斯兰教后又叛教者必处死；但在拜占廷帝国，凡改奉伊斯兰教者一律处死。"[①]因此，在阿拉伯—伊斯兰国家境内，有大量犹太教徒和基督教徒与穆斯林杂居在一起，彼此交往，互相学习。在这个过程中，有些犹太教徒皈依了伊斯兰教，他们之中出现了一些宗教学家，将犹太教文化融入到伊斯兰教文化里。伊斯兰教接受的犹太教的影响，主要表现如下：在伊斯兰教《古兰经》里，有许多与犹太教《圣经》（即基督教《圣经》的《旧约》）内容相似的部分，特别是有关先知的故事；但二者讲述的方式有所不同，《圣经》讲述的比较具体，而《古兰经》却只是点到而已，一般不叙述细节，不叙述经过。犹太人将上帝形象化，甚至相信人死后还可以复活，这些观点为伊斯兰教的某些教派所接受。有的伊斯兰教学者认为，在教义学中存在的许多分歧，其根源就在犹太人身上。"总之，在伊斯兰时代，特别是阿巴斯时代，穆斯林中流传着大量以色列式的传说和犹太教文化，其中有正确的，也有不正确的；有的是从犹太学者传入的，有的是由普通犹太人讲述的。久而久之，便成为好像出自伊斯兰的传说了。犹太人与穆斯林进行争论，双方都宣传自己的宗教，都为自己的宗教辩护，古籍中讲述了很多这类争论。"[②]基督教对伊斯兰教的影响也是很明显的。基督教文化主要体现在《新约》以及有关《新约》的注释书籍和故事传说里。这些东西一是通过阿拉伯人中的基督教徒传入穆斯林世界的，二是通过改奉伊斯兰教的基督教徒传入穆斯林世界的。我们不难看出，《古兰经》有些章节容纳了《新约》的内容。不过，《古兰经》的写法较为简明概括，于是有些注释者便依据《新约》进行详细解释。另外，还有些人把《新约》中的一些故事和思想，说成是穆罕默德的圣训，甚至把《新约》中的一些违背伊斯兰教精神的观念，也说成是伊

---

① 转引自《阿拉伯—伊斯兰文化史》，第2册，纳忠等译，商务印书馆1982年版，第297页。
② 同上，第312页。

斯兰教的观念。因之，在伊斯兰教的许多教派中，都能看到基督教教义的影子。据《阿拉伯—伊斯兰文化史》的作者研究，基督教的许多观点已经融入阿拉伯—伊斯兰文学之中。其一是有些阿拉伯诗人原来是基督教徒，他们创作的作品自然会有基督教的蛛丝马迹。如伍麦耶王朝时期的诗人艾赫泰勒（640～710）便是一个典型的代表，他既信奉伊斯兰教，又不免残存着基督教的影子，他在诗里既颂扬真主安拉，又经常出现"穆萨（摩西）"、"十字架"之类的形象。其二是围绕基督教修道院所创作的诗歌。按理来说，修道院应当是远离尘世、虔诚修养的场所；但实际上，许多修道院却成为文人骚客调情取乐、醉生梦死的地方。有些修道院周围开设了很多酒店，还定期举行节日集会，"修道院每年都有自己的节日。是时，基督教男女信徒要在院中居住，穆斯林则去参观游览，淫荡之徒也前去聚会。院内歌弦之声不断，娱乐场所林立，宰牲售卖，美酒痛饮"①。于是，诗人便利用这些有利条件，创作了大量的诗篇，歌咏良辰美景、鲜花醇酒。这种情景在许多地方都可以见到。"诗人们各显其能，自树一帜。有的含蓄，有的放荡；有的文雅，有的粗鄙。就这样，修道院成了当时社会两种生活格调的发源地：一种是避世修行、逃离现实、面对来世的悲哀情调；一种是追求享乐、一醉方休的欢快生活。两种格调，两种生活，各有各的群众，各有各的知音。"②"总之，在阿巴斯王朝时代，犹太教式的和基督教式的传说、故事以及习俗等已渗入到穆斯林群体之中，使《古兰经》、圣训、教派、文学、习俗等都受到影响，并与伊斯兰—阿拉伯文化糅合在一起，成为当时文化中的两个组成部分。"③

正是由于百年翻译运动，正是由于广泛吸收外来文化的营养，使阿拉伯—伊斯兰文化成为东方和西方多民族文化的融合体。这一点如今已成为阿拉伯—伊斯兰文化史家和文学史家的共识。《阿拉伯—伊斯兰文化史》的作者认为：

> 在阿巴斯王朝初期，上述各种文化——波斯文化、印度文化、希腊文化和阿拉伯文化，以及犹太教文化、基督教文化和伊斯兰教文化都汇集到了伊拉克。但是，每种文化都有着自己的特色和韵味，最初它们都在各自的小溪中流淌，没有多久，这些小溪就汇合成了一条巨大的河流。④

---

① 转引自《阿拉伯—伊斯兰文化史》，第2册，纳忠等译，商务印书馆1982年版，325页。
② 同上，326～327页。
③ 同上，328～329页。
④ 同上，348页。

在这场辩论中，没有一个学派、一种宗教、一种语言和文学能够不受其他学派、宗教、语言和文学的影响而单独存在。各种文化相互渗透、相互影响，甚至完全融合在一起了，以至研究人员很难找出各种文化表现形式的来源与出处。各种文化的融合并不是自成一体的油与水的混合，而是糖与水的融合，花香与空气的融合。一经融汇，便连在一起，永不分离。阿巴斯王朝初期，只是文化融合的开始。随着时代的更迭，各种文化的渗透与影响，各种文化的相互融合更加深入和全面了。①

黎巴嫩著名文学史家汉纳·法胡里对这个问题做了更加具体的剖析，他指出：

在当时流行并对文学产生重大影响的是三种文化：纯粹的世界性文化（指整个阿拉伯世界——译者注），主要是《古兰经》及有关的宗教学，诗歌及有关的语言学；其次是希腊文化；再就是东方文化……

引介、翻译和缮录是把所有古典文化引进阿巴斯王朝的最大渠道。卓有成效的印刷所把这些文化传播到全国各地，使其为大众所掌握。哈里发和当事者都赞助这一吉祥的运动，遂产生了可喜的成果……

不同的外来文化在阿拉伯世界得到传播，每一种文化都有它自己的特点。希腊智慧偏重哲理分析，偏重精神多于物质，偏重精神和科学性，这是使阿拉伯人撰书立说和献身科学的巨大推动因素。印度智慧偏重思考，印度思想中诗情的成分多于科学性，富于想象和表现，它在很大程度上取决于感情。印度人的苦行和清修倾向很强烈，并对生活产生巨大影响，这对阿拉伯人的睿智、苦行和故事艺术的产生是一个巨大的推动因素。波斯智慧几乎是一个包含所有古代文化的容器，它由波斯、希腊、印度诸成分构成。印度文化对波斯文化的影响大于希腊，但波斯文化中物质的成分占上风，它对语言和创作中的浮靡艳丽，夸张铺陈，以及对音乐领域和各类乐器的扩展，是一个巨大的推动因素。波斯人对阿巴斯文化的影响超越了任何人，这种文化上的超越不过是政治上超越的结果。

这一切清楚地表明，由于和外来文化交流，阿拉伯文化变得开阔了。它的语言中又增添了新的语汇：从希腊语中（特别是科学性语汇）、从印度

---

① 转引自《阿拉伯—伊斯兰文化史》，第2册，纳忠等译，商务印书馆1982年版，359页。

语中（不同方面的语汇）、从波斯语中（音乐语汇及社会、文化、奢靡方面所需之语汇）翻译和吸收了许多新语汇。在它的知识中，又引进了新的知识，最多的是希腊知识。从波斯和印度获得的，不外有关占星、传记、历史、建筑及波斯古代宗教方面的知识；从希腊所吸取的，则是逻辑学、医学、建筑学、天体学和哲学。在阿拉伯文学中，又增加了新的内容、科学方法和新颖的叙事形式。波斯人强有力地控制着阿巴斯文学。这种控制力在两个发展阶段中表现最为突出：翻译介绍阶段——波斯人在这方面是很有能力的——和融会贯通阶段。不可否认，由于波斯人对自己文化遗产的介绍和在创作上提倡的新方法而对阿拉伯文学有着巨大的功绩。①

也正是由于百年翻译运动，由于广泛吸收外来文化，由于阿拉伯—伊斯兰文化成为多民族文化的融合体，所以阿拉伯—伊斯兰文化才很快地得到了充实，得到了丰富，迅速地提高了自身的水准，形成了独立的体系，并达到了繁荣和昌盛的阶段，甚至足以与其他三个历史悠久得多的文化体系并驾齐驱。这一点如今也已成为学者们的共识。

> 阿巴斯时期是阿拉伯人文学、科学、艺术最辉煌的发展时代。它是文明之光普照，文化之果成熟的黄金时代。书籍记载下各种科学成果，艺术领域空前繁荣。巴格达是这一思想和艺术最重要的中心，是一切都市之首，是哈里发所在地，文学家和学者们从各地前来这里。与巴格达一道作出贡献的还有语言和语法学的摇篮库法和巴士拉，以及其他首府，如大马士革、开罗、阿勒颇等，因而出现了一场运动，哈里发和埃米尔亲自关怀这场吉祥运动，结果出现了语言学、宗教学、历史学、地理学的巨大进步。被介绍过来的书籍对阿拉伯人的思想产生了巨大影响，在哲学、自然科学和数学方面涌现出一批学者，各种艺术，特别是建筑、雕塑、音乐，更不用说文学，十分兴盛和繁荣。②

阿拉伯—伊斯兰文化体系是以伊斯兰教为主导的。从上层统治者和领导者的角度来说，他们认为属于这个文化体系的所有文化都应当是以伊斯兰教的思

---

① ［黎巴嫩］法胡里：《阿拉伯文学史》，郅溥浩译，人民文学出版社1990年版，第244～247页。
② 同上，第463页。

想为指导的,至少是不能违背伊斯兰教的思想的;属于这个文化体系的所有文化都应当是符合伊斯兰教的教义的,至少是不能违背伊斯兰教的教义的;属于这个文化体系的所有文化都应当是为宣传伊斯兰教服务的,至少是不能进行反宣传的;属于这个文化体系的所有文化都应当是为强化国家政权服务的,至少是不能反对国家政权的。因此,宗教学被置于这个文化体系的核心地位,受到格外重视;语言学首先要为研究《古兰经》以及一系列宗教典籍服务;历史学是从为先知和圣人立传起步的;文学创作要为宗教唱赞歌等。当然,在事实上,上层统治者和领导者的这种主观愿望是不可能完全左右各种文化的发展的,不仅自然科学的发展常常走向它的对立面,就是社会科学的发展也往往不受它的限制。然而伊斯兰教在阿拉伯—伊斯兰文化体系中的主导地位毕竟是不可忽视的。

伊斯兰教在融合各种文化的过程中起了很大的作用。各民族中皈依了伊斯兰教的人——上层社会的人——认为只有念诵和研究《古兰经》才能加深其信仰,完成其宗教。为此,必须学习阿拉伯语,接受阿拉伯文化的教育。这样,他们就掌握了两种文化——本民族的文化和阿拉伯文化,亦必然会把两种文化融合在一起,将两种思维方式聚集在一起。很多波斯人阿拉伯化了,很多罗马人和印度人阿拉伯化了,很多奈伯特人也阿拉伯化了。阿拉伯化的含义就是为接受阿拉伯文化敞开了思想和语言的大门,使阿拉伯文化与他们从小就使用的语言和思维方式结合成一体。阿拉伯化还意味着为使伊斯兰教代替他们原来信奉的宗教敞开大门。思想、语言和宗教的融合是阿拉伯人与其他民族通婚的一个原因。①

第二节 阿拉伯—伊斯兰文化体系对波斯文学的影响

波斯的历史可以被阿拉伯—伊斯兰大军征服为界,分为两大时期:伊斯兰化以前时期,伊斯兰化以后时期。公元637年,波斯萨珊王朝的首都泰西封被阿拉伯—伊斯兰军队攻陷,萨珊国王耶兹德卡尔德三世向东逃跑,公元651年在木鹿附近被一个磨坊主杀害,萨珊王朝灭亡。波斯从此成为阿拉伯—伊斯兰帝国的一部分,这是波斯历史上的重要转折关头。这个转折对波斯产生了全面

---

① 《阿拉伯—伊斯兰文化史》,第2册,纳忠等译,商务印书馆1982年版,第360页。

的、深刻的影响。它的影响不仅表现在政治方面，即使波斯由一个独立的大国沦为阿拉伯—伊斯兰帝国的一个行省，使波斯人成为低阿拉伯人一等的被征服者；而且表现在文化方面，即将波斯文化从此纳入阿拉伯—伊斯兰文化体系，使波斯文化从此与阿拉伯—伊斯兰文化结下不解之缘。如果说在政治方面的影响只是暂时的、肤浅的（阿拉伯人在波斯的直接政治统治，实际上只维持了百余），那么在文化方面的影响则是长期的、深入的，几乎彻底改变了波斯的文化进程。如在宗教方面，波斯人被迫改变宗教信仰，不得不放弃原有的民族宗教——琐罗亚斯德教，改信外来的宗教——伊斯兰教，这是触及波斯人灵魂的变化，其过程颇为艰难困苦；在语言方面，由于阿拉伯人强制推行阿拉伯语，波斯人所使用的民族语言也受到强烈冲击，不得不进行一定的改造等。

单就阿拉伯—伊斯兰文化体系对波斯文学的影响而言，主要体现在以下三个方面：一是语言词汇，二是诗歌形式，三是宗教思想。

波斯人所用的波斯语属于印欧语系印度—伊朗语族伊朗语支，主要分布于波斯以及中亚部分地区和我国新疆个别地区。波斯语是一种古老的语言，古波斯语用楔形文字书写，中古波斯语流行于公元前3世纪至公元8世纪，现代波斯语则是阿拉伯人侵入之后的产物。现代波斯语主要是在中古波斯语的基础上，由当时通行于波斯南方法尔斯部族中的一种方言演变而成的。值得注意的是，现代波斯语是在阿拉伯人推行阿拉伯语的背景下形成的。当时，一面有阿拉伯人强制推行阿拉伯语，限制使用中古波斯语；一面又有琐罗亚斯德教的祭司拼命维护中古波斯语，继续用中古波斯语著书立说。然而这两种作法似乎都未能获得完全成功，应运而生的乃是现代波斯语。这种语言采用拼音文字，共有32个字母，其中28个是阿拉伯字母，只有4个是波斯字母。至于词汇方面，也大量吸收阿拉伯语词汇，据统计约有将近一半的词汇来自阿拉伯语。由此不难想象，阿拉伯语对现代波斯语的影响是多么大了，对中古波斯文学的影响是多么大了。

中古波斯文学的主要体裁是诗歌，而中古波斯诗歌的形式也与阿拉伯诗歌形式密切相关。据我国学者张鸿年在《波斯文学史》中介绍，中古波斯诗歌主要有以下几种形式：一是格绥德（颂体诗）。这种诗体来源于阿拉伯，多为宫廷诗人所采用，适于表现庄重严肃的内容，如歌颂英雄、描写战争、欢庆胜利及哀悼亡灵等。二是卡扎尔（抒情诗）。有人认为这种诗体本来是格绥德的开头部分，由于诗人往往在诗的开头部分描写自然风光或抒发内心感受，所以后来这个部分便逐渐独立出来，成为一种单独的诗歌形式，之后它甚至超过格绥德，而成为波斯诗人最喜爱的形式。在萨迪和哈菲兹的手里，这种诗体达到高峰。三是玛斯纳维（叙事诗）。这是一种波斯传统的诗体，其韵脚变化灵活，便于写作长篇叙事诗。菲尔多西的《列王纪》、内扎米的《五卷诗》和萨迪的《果园》等名著都是用这种诗体写成的。四是鲁拜（四行诗）。这也是一种波斯传统的诗体，形式短小，适于表现瞬间的感受和阐述精辟的思想。欧玛尔·海亚姆是最著名的鲁拜诗人。五是卡特埃（短诗）。这种诗体可能是从格绥德分化出来的，大多表达诗人的忠告和规劝。六是姆萨玛特（串珠诗）。这是11世纪时新兴起的一种诗体。由以上的简单介绍可以看出，在六种主要诗歌形式中，有三种是从阿拉伯诗歌引进的。这也证明阿拉伯诗歌对波斯诗歌的影响是很大的。其实阿拉伯诗歌的影响还不限于波斯诗歌，还波及到波斯散文。波斯原来的散文质朴无华，很少使用比喻和对偶等艺术手法。其后由于受到阿拉伯诗歌的影响，波斯散文渐次向典雅凝练方向发展，甚至出现了华而不实的风气。

  阿拉伯—伊斯兰文化体系对波斯文学最大的影响无疑是在宗教思想方面。波斯文学历来与宗教的关系密切，受宗教的影响深刻。在伊斯兰化以前，波斯文学主要是与琐罗亚斯德教有关系，受琐罗亚斯德教的影响；在伊斯兰化以后，波斯文学主要是与伊斯兰教有关系，受伊斯兰教的影响。这是波斯文学最巨大、最深刻的变革。在伊斯兰化以前，波斯的主要文学作品是《阿维斯塔》，其中包括丰富多彩的神话、传说、故事、赞歌、颂歌、咒语、祈祷文等，而《阿维斯塔》本身就是琐罗亚斯德教的正式经典；其他许多文学作品（如历史传记《阿尔戴细尔·巴伯康的业绩》、神话传说《班达赫什》、英雄叙事诗《缅怀扎里尔》等）也在题材和思想等方面留下了琐罗亚斯德教的印迹。在伊斯兰化以后，当波斯人逐渐放弃了琐罗亚斯德教，而改信了伊斯兰教时，波斯文学也逐渐去掉了琐罗亚斯德教色彩，而染上了伊斯兰教色彩。不过，伊斯兰教在波斯传播的过程中，又出现了种种复杂的情况，其中与波斯文学关系密切的有三点：一是什叶派，二是苏菲派，三是舒毕思潮。

  在穆罕默德去世后，伊斯兰教分成许多教派，其中对波斯影响最大的是什叶派。"什叶"是"追随者"、"同党"的意思，即拥戴穆罕默德的堂弟、女婿阿里及其后裔担任伊斯兰教领袖的教派。这个教派在一定程度上反映了不满当时阿拉伯统治者的波斯穆斯林的愿望，所以在波斯具有广泛的群众基础。自1502年起，波斯国王又宣布什叶派中的十二伊玛目派为国教，使该派在波斯广泛发展，历久不衰，成为什叶派中的主流派。什叶派除伊斯兰教共同的信仰外，还有以下信仰：一、信仰伊玛目（伊斯兰教教职称谓），认为伊玛目是继穆罕默德之后穆斯林世界的领袖，伊玛目的权力应当属于阿里及其后裔；二、认为伊玛目并没有死，而是隐遁起来，将来还会以救世主身份重现人间；三、认为经典含有隐义，只有伊玛目才能秘传其隐义；四，崇拜伊玛目的陵墓；五、允许必要时隐瞒自己的信仰，以便保护自己。波斯诗人菲尔多西等人属于什叶派。

苏菲派也对波斯有很大的影响。苏菲派是伊斯兰教中的神秘主义派别。"苏菲"一词原为阿拉伯语，意思是"羊毛"，因信徒身穿粗羊毛衫以示俭朴而得名。苏菲派不是一个统一的整体，也没有统一的教义和仪式。他们除了遵守伊斯兰教最主要的教义和形式之外，另有如下一些特点：其一，与安拉相融合，即通过"无我"达到与安拉的融合，达到所谓"浑然无我，心不纳物，惟独一主"的境界，处在融于安拉、天人合一的状态。其二，迪克尔，意思是赞念安拉，并为此举行一定的仪式，如朗诵、音乐、舞蹈等，据说这是根据《古兰经》的经文进行的。其三，赞珠，又称念珠，用以达到"入神"的境界。其四，卧里（圣徒）崇拜，即通过朝拜卧里及其陵墓的方式代替到麦加去朝觐的义务。此外，他们还从犹太教、基督教、琐罗亚斯德教、佛教、萨满教以及其他多神信仰中吸取若干信仰和形式。在波斯诗人中，苏菲派占有相当大的比例。

舒毕思潮是在波斯忠于琐罗亚斯德教的人士中兴起的一种民族主义思潮。"舒毕"是阿拉伯语词汇，意思是"部族"、"种族"。据说这个思潮所根据的是《古兰经》的一段经文，即"众人啊！我确已从一男一女创造你们，我使你们组成许多民族和宗教，以便你们互相认识。在真主看来，你们中最尊贵者，是你们中最敬畏者。真主确是全知的，确是彻知的"[①]。针对阿拉伯人自以为高人一等的思想，这种思潮认为，没有一个民族比另一个民族优越，阿拉伯人并不比波斯人优越，所有的民族都是由同一块泥土造成的，都来自同一血统，个人之间有优劣，民族之间没有优劣，个人的优劣不在于父辈的功勋，而在于自己的作为、品德的高低和勤奋的程度。持这种观点的人主张民族平等，以为阿拉伯人不能因其为阿拉伯人而优于其他民族，无论是阿拉伯血统还是非阿拉伯血统都不是决定优劣的因素。有些波斯人走得更远，他们认为每个民族都有足以自豪的特长，惟独阿拉伯人例外，阿拉伯人没有什么特长可以与其他民族抗衡；他们看不起阿拉伯人，肆意贬低阿拉伯人的作用，把所有其他民族都置于阿拉

---

① 《古兰经》，马坚译，中国社会科学出版社1981年版，第400页。

伯人之上。一般认为,前一种看法属于舒毕思潮;但也有人认为,后一种看法也属于舒毕思潮。舒毕思潮对许多波斯诗人,特别是中古初期的波斯诗人影响很大。

以下我们大体按照历史的顺序,探究一下阿拉伯—伊斯兰文化体系,尤其是伊斯兰教,与中古波斯著名诗人的关系和对他们的影响。

作为中古诗歌的奠基者,鲁达基自幼年起便受到伊斯兰教的熏陶,据说在8岁时即已熟读《古兰经》,并且常常为别人诵读,成为当地小有名气的《古兰经》诵读者。在他日后创作的诗篇里,也不乏赞美安拉创造世界的诗句,提倡修道行善的诗句,后者如"世界好像一个浩瀚无际的大海,/修道行善即是造船,有船才能漂渡成功"①。不过,比起后世许多诗人的创作来,鲁达基诗歌的伊斯兰教色彩却不很浓厚,而表现世俗生活和赞美世俗生活的思想则颇为突出。赞颂美酒的诗歌,歌咏爱情的诗歌,在他的创作中占有很大比重,表现了他的生活热情。他甚至咏出这样狂放的诗句:"管它什么信仰,痛饮欢歌吧!/并在情人的芳唇上接吻。"②非但如此,在他的创作里,歌颂波斯历史(伊斯兰化以前)上的英雄人物,如萨姆、埃斯凡迪亚尔、鲁斯塔姆等的诗句也屡见不鲜。如在《酒颂》这首著名的颂赞诗里写道:"他是活着的——/鲁斯塔姆·达斯坦;/而鲁斯塔姆的名字,/正是伟大荣誉的象征。"③他有时还公然赞美琐罗亚斯德教。如在《萨曼尼国王颂》里,他以琐罗亚斯德教的经典《阿维斯塔》作为对萨曼尼国王学识和品德的最高赞美词:"对于他的荣耀与威望,/人们难以进行估量;/而他的学识与品德,/则同《阿维斯塔》一般。"④又如在一首爱情诗里,他以琐罗亚斯德教祈坛上的圣光比喻姑娘绯红的双颊:"你双颊绯红,犹如琐罗亚斯德教祈坛上的圣光,/坐在你的身旁,立即袭来麝香和香泥的芬芳。"⑤在鲁达基所生活的时代,舒毕思潮正在蓬勃发展,爱祖国爱民族的热情正在不断高涨。他的创作在一定程度上反映了这种情绪。大约正因为如此吧,所以,在他的诗歌里虽然也有伊斯兰教的影响,但是这种影响并不十分明显;反之,歌唱世俗生活的思想却是很显眼,甚至赞美琐罗亚斯德教的思想也有所表露。

---

① 《鲁达基诗集》,张晖译,新疆人民出版社1982年版,第21页。
② 同上,第55页。
③ 同上,第120页。
④ 同上,第104页。
⑤ 同上,第147页。

著名史诗诗人菲尔多西的主要著作《列王纪》，描述的是阿拉伯人入侵前波斯的历史。菲尔多西是伊斯兰教徒，属什叶派，所以他在《列王纪》里歌颂安拉、赞美伊斯兰教是很自然的。不过，正像鲁达基的诗歌那样，在菲尔多西的《列王纪》里，伊斯兰教色彩也不像后世诗人创作那样浓厚，更加引人注目的却是充溢全篇的热爱祖国和民族的精神。其中包含不少这样脍炙人口的感人诗句：

我们与伊朗休戚相关，
愿为伊朗而决一死战。
保卫国土和子子孙孙，
保卫妻子儿女骨肉至亲。
人人甘愿献出生命，
决不把祖国拱手让人。
勇士啊，你若光荣献出生命，
强似忍辱苟活屈身事人。①

除此之外，《列王纪》与琐罗亚斯德教的联系也是有目共睹的。其主要表现为，《列王纪》在很大程度上是以琐罗亚斯德教善恶对立观念作为结构全篇的思想基础的。在菲尔多西笔下，国王明显地被分为明君和暴君两类，明君贤明公正，廉洁俭朴，关怀下属，英勇善战；暴君凶狠残暴，贪赃枉法，压榨百姓，懦弱无能。在菲尔多西看来，明君是善神阿胡拉·马兹达的信奉者和崇拜者，而暴君则是恶神阿赫里曼的同谋者和追随者。总之，在文学创作与宗教思想的关系上，菲尔多西与鲁达基有些近似之处，这可能主要是由于他们所生活的时代比较接近，并且都曾受到舒毕思潮影响的结果吧。

当哲理诗人欧玛尔·海亚姆从事创作时，波斯各地均处于塞尔柱王朝的统治之下。这时，伊斯兰教已在波斯站稳脚跟，更兼塞尔柱王朝推行高压政策，残酷镇压敌对教派和异端思想，所以一般文人只有俯首听命，不敢越轨。然而，欧玛尔·海亚姆却勇于独树一帜，因而格外令人瞩目。尽管他也像一般文人那样自幼受到过伊斯兰教的教育，熟读过《古兰经》的词句，可是他的思想却不肯完全受宗教教义的束缚和限制，他所写的一系列四行诗便是明证。在这些思

---

① 转引自张鸿年：《波斯文学史》，北京大学出版社1993年版，第40页。

想大胆、语言犀利的诗篇里,他将神学家的理论放在一旁,自己独立探索宇宙的形成、人类的起源和人生的意义;他不相信神学家关于天堂和地狱的说教,甚至还把批判的矛头直接对准某些压榨人民的上层人士。在欧玛尔·海亚姆的诗歌中,大胆怀疑和勇敢批判传统宗教教义的思想犹如一条红线,始终贯穿在他的诗歌创作中。欧玛尔·海亚姆不仅在同时代的诗人中显得出类拔萃,在整个中古文学史上也少有能与之匹敌者。

叙事诗人内扎米一生的大部分时间也是在塞尔柱王朝的统治之下度过的。在宗教信仰上,内扎米不像欧玛尔·海亚姆那样持怀疑和批判态度,他是一个虔诚的伊斯兰教徒,属该教正统派——逊尼派,同时受到苏菲派的若干影响。他早年接受过伊斯兰教的正规教育,晚年又进行了严格的修行,每年要在修道室里独居40天,静心祈祷安拉,诵读《古兰经》,修养身性。因此,他的《五卷诗》便被盖上了深刻的伊斯兰教烙印,带有了浓厚的伊斯兰教色彩。这主要表现在如下几个方面:首先,在每部长诗正文开始前,几乎都要安排一系列的套语,其中包括祈祷(即作者对安拉的祈求和祷告)、赞美穆罕默德(即作者对最后一位先知穆罕默德的祈祷和赞颂)、关于穆罕默德升天、箴言和教训(如安拉如何创造世界、人们如何认识世界等)等几个部分。其次,在行文过程中,大量插入穆罕默德的教诲、《古兰经》的典故和伊斯兰教的传说,或者用以阐述问题,或者用以说明道理,或者用以增添趣味。如《蕾莉与马杰农》有这样一联诗:"要有自知之明,要努力认识自己——/铸造一种思想,要通过这种努力。"[①]其中第一行诗是引用穆罕默德的一句名言:"能够认识自己的人,才能认识自己的主。"苏菲派作家经常援引这句话,旨在说明只有认识自己才能认识安拉,最终达到自我与安拉合二而一的境界。第三,在有些长诗中,还开辟一些专门章节进行训诫,这些训诫大多具有浓郁的宗教味道。如《蕾莉与马杰农》和《七美图》都有诗人教训儿子的专章,《七美图》写道:

只有像穆罕默德般的高尚才最幸福,
人们才会为你擂起赞扬的大鼓。

假若想要获得良好的名声,

---

① [伊朗]内扎米:《蕾莉与马杰农》,卢永译,人民文学出版社1988年版,第18页。

思想就必须更加接近天廷。①

不言而喻，内扎米并不是完完全全循规蹈矩的人，他所讲述的故事和描写的人物也并不是完完全全符合传统思想的，如他对一往情深的忠贞恋爱的歌颂，他对青年男女冲决一切罗网、追求自由幸福的赞美，便不免有与传统观念和传统秩序冲突的地方。

莫拉维是苏菲派的代表诗人。他的父亲就是苏菲派学者，他本人是苏菲派一个教团的创立者和领导者。莫拉维的创作代表着苏菲派诗歌的最高水平。他的诗歌具有浓厚的伊斯兰教色彩和神秘主义味道。在题材和人物上，他大量使用《古兰经》的现成材料，表现穆罕默德和他的朋友、历代哈里发以及苏菲派圣者生平活动的故事占有很大分量。在表现方法上，他往往使用神秘的语言表现自己对安拉的热爱，有时把安拉比喻为真理，有时把安拉比喻为朋友，还有时把安拉比喻为爱人。如他的诗经常表现爱情和歌唱爱情，而且感情颇为强烈；可是这种爱情大多不以人为对象，而以神为对象，不具有世俗性质，而具有神秘性质。莫拉维的诗歌比较全面地体现了苏菲派的思想观点。苏菲派以苦行、禁欲为修行方法，以认识安拉、热爱安拉、最后与安拉合一为一切修行的目的，而不希求在后世获得安拉的报偿。苏菲派认为安拉不在别处，而在人们心里；人们不必到处寻觅，只要消除个人意识，便可使自己融于安拉，从而达到无我的境界。如他在一首诗里写道：

> 呵，朝觐者，你们向何处去？
> 意中人就在这里，快来这里，快来这里。
> 意中人原本与你比邻而居，
> 因何还四野彷徨，到处寻觅？
> 你想拜那无影无形的真主，
> 主仆本为一身，天房就是自己。
> 你若要朝心灵上的天房，
> 先要将心镜上的浮尘拂去。②

---

① ［伊朗］内扎米：《涅扎米诗选》，张晖译，新疆人民出版社1987年版，第241页。
② 转引自《波斯文学史》，北京大学出版社1993年版，第109页。

莫拉维利用诗歌形式宣传教派观点,使诗歌与宗教融为一体,对于中古波斯诗歌的发展产生了深远的影响。

与莫拉维几乎同时传教作诗的另一位著名诗人是萨迪。萨迪出生在一个下层宗教人士家庭,早年长期以伊斯兰教游方者的身份四处传教布道,足迹遍及西亚、中亚、南亚和北非广大地区,还曾到过我国新疆。到50岁左右,他结束了这种飘泊生活,返回自己的故园,着手进行诗歌创作,相继产生了《果园》和《蔷薇园》两颗硕果。这两部作品都具有浓郁的伊斯兰教色调;但二者比较起来,前者比后者显得更为浓郁。萨迪是以一个伊斯兰教徒的眼光观察社会和认识生活的,所以他对帝王、官吏、富人、穷人等的评述无不体现伊斯兰教的特点,但最能体现这种特点的还是他对僧侣的评述。在他的笔下,不少圣徒道德高尚,学识渊博,真理往往掌握在他们手中。这是很自然的。不过,他也并不认为那些被称为圣徒的人个个都是合乎理想的。什么是他心目中理想的圣徒呢?他在《蔷薇园》里写道:

> 圣徒的生活应当是思念和感谢;敬拜和顺从(真主);施与和满足;认一和信赖;驯顺和坚忍。谁有这样的品德,就是真正的圣徒,尽管身上穿的是华贵的袍子。假如一个人华而不实,不作祷告,贪求饱暖,纵情逸乐,从早到晚穷奢极欲,从晚到早昏睡不醒,大吃大喝,信口开河,他就是一个浪子,尽管他披着托钵僧的外衣。①

这种理想自然是符合伊斯兰教教义的,但也包含他的个人见解在内。由此可见,他看重的是品德,不是外表。用这个标准来衡量,他发现不少僧侣是披着宗教外衣的伪善者。于是,他常常很尖锐地揭露宗教内部的阴暗面,揭露僧侣中的伪君子。他的笔锋往往指向那些奉承帝王和权贵的僧侣。如在帝王面前饭吃得比平日格外少而祈祷得比平日格外长的人,为了让帝王看着消瘦一些而服毒丧命的人,就是他所描述的这类人的丑恶形象。"这人穿了一件圣徒的衣裳,等于把天房的幔子披在驴子身上。"②——诗人对这帮宗教败类的愤怒溢于言表。此外,他对于认识问题和待人处世的论述,也与宗教观念有密切联系。

14世纪波斯诗坛上最著名的人物是抒情诗大师哈菲兹。哈菲兹通晓伊斯

---

① [伊朗]萨迪:《蔷薇园》,水建馥译,人民文学出版社1958年版,第103页。
② 同上,第68页。

兰神学，能够从头到尾背诵《古兰经》，他的名字便是"能背诵《古兰经》的人"的意思。他还写过不少阐述伊斯兰教教义和《古兰经》的文章。不过，他的思想观点和诗歌创作却是颇为自由放浪的，并不老实接受宗教教义的拘束。哈菲兹的诗歌在思想风格上比较接近欧玛尔·海亚姆，但又具有自己的鲜明特点。在揭露、批判宗教内部的虚伪、黑暗和腐败方面，他也像欧玛尔·海亚姆一样大胆，而且有时候态度更加激烈，措辞更加尖锐，甚至于还能提出对于未来的设想，似乎是在呼唤新世纪的到来。如：

> 我胸中埋藏着一座火山，
> 那火焰已把苍天点燃；
> 太阳射出的万道金光，
> 仅仅是这火势的一闪。

> 来吧，让我们把鲜花抛撒，
> 把酒杯用甘露斟满；
> 将这苍天的穹顶掀开，
> 绘出一幅崭新的图案。①

哈菲兹笔下的抒情主人公往往是放荡不羁的形象。他热爱的是春花、秋月、夜莺、美酒和爱情；尤其是美酒和爱情，几乎成为他必不可少的歌咏对象，成为他对抗伪善的有力武器。可是由于他的爱情诗感情强烈，并且带有神秘色彩，所以有人认为他是苏菲派诗人。他的挚友古兰丹姆写道："苏菲派歌颂真主时，听不到哈菲兹的激动人心的诗，就唤不起狂热的感情；酒徒欢聚时，不吟咏他的情意缠绵的诗句，就感到意犹未尽。"②这说明，哈菲兹的诗歌早已在苏菲派教徒中间引起很大反响了。

以上所述是中古时期波斯文学史上最主要的几位诗人。他们都是伊斯兰教教徒，他们都受过伊斯兰教教育，他们都熟读过《古兰经》，所以他们的诗歌都与伊斯兰教有联系，都受伊斯兰教的影响。不过，由于他们所处的时代不同，所属的教派不同，所生活的环境不同，所具有的个性不同，所以他们的诗歌与

---

① 《哈菲兹抒情诗选》，邢秉顺译，外国文学出版社1981年版，第4页。
② 转引自张鸿年：《波斯文学史》，北京大学出版社1993年版，第178页。

伊斯兰教的联系和受伊斯兰教影响的程度及表现也就各不相同。一般说来，鲁达基和菲尔多西比较接近，在他们的作品里，伊斯兰教的色彩并不十分浓厚，伊斯兰教的影响并不特别明显；内扎米、莫拉维和萨迪都是虔诚的伊斯兰教徒，都用宗教眼光观察生活和从事创作，因而他们的作品都具有浓厚的伊斯兰教色彩，都受到明显的伊斯兰教影响，但内扎米的作品未必没有与传统观念冲突的地方，萨迪的作品则进而揭露宗教内部的阴暗面；欧玛尔·海亚姆和哈菲兹在思想观点上属于自由派和急进派的类型，他们作品的重点内容之一是揭发和批判宗教的虚伪、黑暗和腐败，而且态度激烈，语言尖锐。

最后应当指出的是，在中古以后的近代和现代波斯文学中，虽然阿拉伯—伊斯兰文化体系的影响不再像中古时期那么明显，其他方面的影响（如西方文化和文学的影响）逐渐表现出来；可是阿拉伯—伊斯兰文化体系的影响仍然存在，而伊斯兰教的影响（如利用伊斯兰教的典故，讲述伊斯兰教的故事，反映穆斯林的生活、思想和感情，采取穆斯林喜闻乐见的形式等）则必然更加长期存在下去。

第三节　阿拉伯—伊斯兰文化体系对南亚国家文学的影响

阿拉伯—伊斯兰文化体系之所以对于南亚（这里主要指当时的印度，含现今印度、巴基斯坦和孟加拉国地区）文学产生深刻影响，是与穆斯林对于这个地区的统治分不开的。穆斯林对于这个地区的统治可分为三个时期：早期（712～1206）、德里苏丹时期（1206～1526）和莫卧儿帝国时期（1526～1858）。

公元712年，穆罕默德·比因·卡西姆率领阿拉伯军队占领达里巴尔以及信德地区，但不久被打退。这是穆斯林对印度的首次入侵。1001年至1024年间，信奉伊斯兰教的突厥人所建立的伽色尼王朝先后12次侵入印度，终于占领以拉合尔为中心的旁遮普地区。但自12世纪后期起，印度西北部地区又由阿富汗的伊斯兰教廓尔王朝统治（也是突厥人）。

1206年，阿富汗伊斯兰教廓尔王朝派驻德里的总督特布—乌德—丁·艾巴克宣布独立，建立奴隶王朝（以其苏丹出身奴隶而得名），自任苏丹，定都德里，成为统治印度的穆斯林中央政权。尽管德里苏丹王朝并没有真正统治全部印度，绝大部分时间仅仅控制着印度北部的广大地区（它的势力曾一度延伸到印度中部的德干高原，不过主要控制德干高原的北部，很少能控制南部，而且14世纪以后便不得不退出德干高原），但在入侵印度的外族人中其势力之大却是前所未有的（以前入侵印度的外族人都未能建立中央政权）。阿富汗穆斯林先后建立了奴隶、卡尔吉、图格鲁克、赛义德和洛迪等五个王朝，统治印度北部长达三百余年。

1526年，信奉伊斯兰教的蒙古—突厥人后裔取代了阿富汗突厥人在印度的统治，成为新的穆斯林统治者。莫卧儿帝国初期的国王没有实行严格的伊斯兰教统治，第三任国王阿克巴为了调和伊斯兰教王朝与印度教贵族的矛盾，巩固自己的统治地位，甚至提出王权高于教权，国王有权解释伊斯兰教，伊斯兰教神职人员不得干预政治的政策，并且自称为穆斯林和印度教徒的公平君主。由于采取以上种种措施，莫卧儿帝国的疆域迅速扩大，成为当时世界上屈指可数的强国之一。但自17世纪下半叶起，国王奥朗则布强化伊斯兰教的统治，并且连年发动战争，加重人民负担，帝国势力逐渐衰落。18世纪时，先后遭到波斯军队、阿富汗军队以及英国军队的侵犯。1759年之后，莫卧儿帝国已经名存实亡。1858年，英国借镇压印度民族大起义的机会，最终灭亡了莫卧儿帝国，结束了穆斯林的统治。

穆斯林对印度的侵占和在印度的统治，不同于以前的外族人（如拉杰普特人、塞种人等）对印度的侵占和在印度的统治。后者由于没有发达的文化，不久便被印度人所同化。可是穆斯林却以阿拉伯—伊斯兰文化武装了自己，他们不仅没有被印度人所同化，反而在一定范围内和一定程度上同化了印度人，使相当一部分印度人伊斯兰化。其过程如下：首先是在8至16世纪间，随着印度穆斯林政权的建立，许多外族穆斯林涌入印度境内。其中包括8世纪初由印度西北边境迁入的阿拉伯人及其后裔，主要居住在印度西北部地区；10世纪以后由印度北部边境迁入的阿富汗人和波斯人及其后裔，主要居住在印度北部和中部德干高原地区；此外还有由海上进入印度的阿拉伯、波斯商人和传教士及其后裔，主要居住在印度西部沿海地区。这些外族穆斯林人数虽然不算多，可是能量却相当大。正是在他们的影响下，在穆斯林政权的压力下，使一部分印度人逐步改变宗教信仰，并被同化的。大致说来，这些印度人的伊斯兰化是在13至15世纪之间进行的，到16世纪莫卧儿帝国建立时，他们的伊斯兰化已初步完成。当然，这个伊斯兰化过程因地而异。以伊斯兰教流传最广的孟加拉地区为例。由于这个地区长期处在穆斯林政权的统治之下，而穆斯林政权又推行伊斯兰化政策（如奥朗则布时期规定，印度教的地主和官吏，若无力缴纳高额税款，则必须全家改入伊斯兰教），所以当地印度教上层人士为了维护自身利益，纷纷改信伊斯兰教；至于广大低级种姓的人，尤其是首陀罗和贱民，则因对印度教内部的不平等不满，也有许多人改信伊斯兰教。这里还应提到的是，在促使印度人伊斯兰化的过程中，苏菲派起了很大的作用。

由于穆斯林在印度的统治，阿拉伯—伊斯兰文化体系对印度文化和印度文学产生了广泛而深刻的影响。就文化而言，其影响涉及语言文字、风俗习惯和宗教信仰等诸多方面，其中在宗教信仰上的影响起了决定性的作用。这种影响非但体现在印度人改信伊斯兰教上，而且体现在伊斯兰教对于印度教的影响上。前者已如上述；后者例如，在伊斯兰教传入印度以后，大约从12世纪起，在印度教内部形成了虔诚派运动。这个运动起源于印度南部，当传入印度北部后，便受到伊斯兰教一神论的影响。该派第二代继承者罗摩难陀接受过苏菲派传教士的说教，主张信奉宇宙的最高主宰——大神毗湿奴，反对种姓歧视。该派另一个领导者、罗摩难陀的弟子格比尔，据说他母亲是印度教徒，父亲是伊斯兰教徒，而他的哲学思想则可以说是印度教吠檀多哲学和伊斯兰教苏菲派一神论的结合，他主张"神存在于万物之中"的泛神论，反对种姓歧视和偶像崇拜。所以，我们可以认为，所谓印度教虔诚派运动，乃是在伊斯兰教的影响下印度教的宗教改革运动。

就文学而言，其影响既涉及印地语文学和孟加拉语文学，也涉及波斯语文学和乌尔都语文学。在印地语文学方面，属于虔诚派运动的著名诗人格比尔、加耶西、苏尔达斯和杜勒西达斯的创作，可以作为例证。格比尔和加耶西属于虔诚派的"无形派"，因为他们心目中的神是没有形体的。格比尔写有许多格言诗，在这些格言诗中，他反对宗教的形式主义，认为只有通过理性或理智才能达到与神的合一。加耶西的代表作品是长篇叙事诗《莲花公主传》，这部长诗一开始便歌颂真主及其使者，因而被认为是苏菲派的作品。苏尔达斯和杜勒西达斯属于虔诚派的"有形派"，因为他们心目中的神是有形体的。苏尔达斯是"有形派黑天支"的代表诗人，他崇拜毗湿奴的化身黑天，他的诗集《苏尔诗海》是歌咏黑天的。杜勒西达斯是"有形派罗摩支"的代表诗人，他崇拜毗湿奴的另一个化身罗摩，他的长篇叙事诗《罗摩功行之湖》是歌咏罗摩的。总之，他们的创作都是在虔诚派运动影响下的产物，都或多或少地受到了伊斯兰教的影响。在孟加拉语文学方面，不仅中古时期受到虔诚派运动的广泛影响，而且近代和现代时期伊斯兰化的倾向也很明显地存在着（主要在穆斯林聚居区的东孟加拉，即今孟加拉国）。

印度波斯语文学是指印度穆斯林（含外来人和本地人）用波斯语创作的文学。这种文学可以说是波斯文学和印度文学结合的产物，它既具有波斯文学的风格，又带有印度文学的色彩。但大致说来，印度的波斯语文学和波斯本土的波斯语文学一样，在语言词汇、诗歌形式和宗教思想等方面都与阿拉伯—伊斯兰文化体系有密切联系，受阿拉伯—伊斯兰文化体系的深刻影响。大体上与穆斯林在印度统治的历史相适应，印度波斯语文学的发展也可分为以下三个时期：

印度波斯语文学发轫于穆斯林统治印度的早期。当11世纪伽色尼王朝的军队侵入印度西北部地区时，波斯语成为宫廷用语和这个地区的官方用语，同时便有波斯以及中亚国家的大批诗人和作家随之进入这个地区，并着手从事文学创作，为印度波斯语文学奠定了基础。当时的拉合尔成为印度最早的伊斯兰文化和文学中心。早期的波斯语文学以颂体诗为主，主要歌颂苏丹和穆斯林的武功，描述苏丹和穆斯林侵入印度的过程。这方面的代表诗人是阿布·法尔考·鲁尼（？～约1104），他的诗以善于使用比喻和富于地方色彩著称。这时还出现了一位有名的散文家——达达·甘吉巴赫希·阿里·哈吉维里（？～1071），他的《奥秘真谛》被视为苏菲派经典。进入12世纪以后，在印度波斯语文坛上活跃的已经是入侵民族的第二代了。他们逐渐扩展了活动范围，不仅写颂体诗，也写其他方面的诗歌，同时还写理论著作和评论文章。诗人玛苏德·萨德·苏莱曼（1046～1121）的颂体诗含有民歌因素和地方色调。他在狱中所写的诗集《囚徒》，也具有一定的价值。诗人和评论家巴德路丁·穆罕默德·奥菲（1172～1242）在诗歌方面写有不少颂体诗和叙事诗，在评论方面写有评论集《精英荟萃》；后者是一部巨著，详细地记述了许多波斯语诗人的生平传记活动，具有重要史料价值。

在13世纪初德里苏丹王朝建立后，印度的伊斯兰文化和文学中心便从拉合尔移到了德里。这时随着更加年轻一代诗人和作家的出现，印度波斯语文学在风格上也就更加地方化和印度化了。诗人阿布·穆法黑尔·奥斯曼·穆赫塔利（约13世纪）一生写有八部诗集，其中最著名的是《帝王志》，该书是仿照波斯诗人菲尔多西的《列王纪》写成的。阿密尔·霍斯陆（1253～1325）无疑是这个时期最负盛名的诗人。他父亲是突厥人，他本人先在巴尔本苏丹宫廷中任宫廷诗人，后又在哈基姆·汗·吉汗苏丹宫廷中任宫廷诗人，而阿拉乌丁苏丹在位的20年间则是他从事文学创作最辉煌的时期。他是著名苏菲派长老和学者谢赫·尼扎姆丁·阿瓦利亚的学生，他的思想和创作都深受这位老师的影响。他用多种诗体写诗，自称一生写诗四五十万联，后人搜集整理起来的有12万联。除了颂体诗以外，他最有价值的作品是叙事诗和抒情诗。在叙事诗方面，他以波斯诗人内扎米为楷模，仿照内扎米的《五卷诗》，他也写了五部长篇叙事诗——《圣光普照》、《西琳与霍斯陆》、《马杰农与蕾莉》、《亚历山大宝鉴》和《八重天堂》。在抒情诗方面，他以波斯诗人萨迪等人为楷模，他把自己的抒情诗分为五部诗集——《青春赠礼》、《中途之旅》、《和谐乐章》、《诗中精粹》和《完美巅峰》。他的诗歌反映了印度穆斯林的思想感情，其中有不少抒情诗具有浓厚的苏菲派色彩。由于阿密尔·霍斯陆的诗歌在语言上受到印度语言的影响，如诗句中常常夹杂印度方言，甚至有时直接使用印度斯坦语写作，从而表现出早期乌尔都语的特色，所以他被后人视为乌尔都语文学的先驱者，被尊为乌尔都语文学之父。抒情诗人阿密尔·哈森·塞考兹（1254～1337）是阿密尔·霍斯陆的朋友。他既写表现苏菲派观点的抒情诗，也写反映社会生活的抒情诗。前者重视艺术技巧，宗教味道浓郁；后者风趣文雅，思想深刻，不乏新意。14世纪末叶以后，德里苏丹王朝日趋衰败，德里一度被蒙古人侵占，以德里为中心的印度波斯语文学也遭到沉重打击。15世纪时，印度波斯语文学在克什米尔、古吉拉特、信德、德干、比贾布尔、戈尔康达和孟加拉等地得到了一定的发展，并且表现出地方的特色。在许多诗人的创作中，苏菲派的影响都很明显。

16世纪莫卧儿帝国建立后，以德里为中心的印度波斯语文学又得到复兴，尤其是在阿克巴当政时代，呈现一派欣欣向荣的景象。当时活跃于诗坛的主要诗人有巴布尔（1483～1530）、拜拉姆·汗（？～1561）、克扎里·麦什哈迪（？～1573）、卡西姆·卡希（1493～1581）和费济（1547～1595）等。17世纪的著名诗人和作家也很引人注目，如努鲁丁·朱胡里（？～1615）写有《散文三篇》，对德干地区的景物作了生动的描绘；塔利布·阿姆利（？～1627）写有《查罕杰王本纪》；达拉·舒古赫（1615～1658）写有诗集《甘醇集》；穆赫辛·法尼（？～1670）仿照波斯诗人内扎米的《五卷诗》也写了五部长篇叙事诗；女诗人马赫菲·泽卜尼斯（1639～1702）写的抒情诗颇有名气；苏菲派诗人贝迪尔（1644～1720）写有哲理诗《伟大的海洋》、散文集《思想精髓》和《四元素》等，具有更浓的宗教味道和神秘色彩。到了18世纪，随着莫卧儿帝国势力的衰落，印度波斯语文学也走上了下坡路。1858年英国在印度建立起殖民统治政权后，波斯语的宫廷语言和官方语言的地位被取消，各种民族语言文学迅速发展起来，在穆斯林中间乌尔都语文学日渐繁荣，而波斯语文学则日趋衰微。这时专门用波斯语写作的诗人和作家逐渐减少，恐怕只能举出阿尔祖·汗（1689～1756）和密尔·阿利谢尔·伽尼（1727～1789）等人的名字了。不过，此外还有一些穆斯林诗人和作家兼用波斯语和乌尔都语写作，将波斯语文学和乌尔都语文学结合在一起。

乌尔都语文学是指南亚地区（含今印度和巴基斯坦）用乌尔都语创作的文学。这种文学一方面继承了印度古典文学的传统，另一方面又继承了波斯古典文学的传统，接受了阿拉伯—伊斯兰文化体系的影响，可以说是印度文学和波斯文学以及阿拉伯文学的结晶。从语言来说，乌尔都语与阿拉伯语和波斯语有密切联系。乌尔都语属于印欧语系印度—伊朗语族印度语支。早期乌尔都语是阿拉伯语、波斯语、土耳其语与印度北方的民间语言——萧尔斯尼语互相结合的产物，11世纪以后逐步发展为近代乌尔都语。近代乌尔都语由印度北方的地方话和阿拉伯语、波斯语以及土耳其语中吸收了大量的词汇，由波斯语中吸收了许多成语和构词手段。乌尔都语的文字是以阿拉伯和波斯字母为基础改造而成的。从诗体来说，乌尔都语诗歌也与阿拉伯诗歌和波斯诗歌有密切联系。乌尔都语抒情诗来自波斯抒情诗，其内容和形式与波斯抒情诗大体相同，只是增加了一些地方的和民族的特色，而波斯抒情诗又很可能是来源于阿拉伯诗歌的（参见本章第二节，下同）。乌尔都语颂体诗也来自波斯颂体诗，而波斯颂体诗又来源于阿拉伯诗歌。乌尔都语叙事诗是在大量翻译波斯叙事诗的基础上产生的，乌尔都语诗人创作的叙事诗在结构方面与波斯叙事诗大同小异。乌尔都语四行诗与波斯四行诗有继承关系。乌尔都语悼亡诗显然也受到了阿拉伯和波斯悼亡诗的影响。从宗教来说，乌尔都语文学与阿拉伯文学、波斯文学一样，都是穆斯林写作和阅读的文学，都和伊斯兰教有着难分难解的关系。乌尔都语文学的历史大致可分为四个时期：德干时期、北印度时期、近代时期和现代时期。

乌尔都语文学约兴起于14世纪左右，如上所述，阿密尔·霍斯陆被认为是它的先驱者。初期的乌尔都语文学主要是在德干高原地区发展。这是因为德里苏丹王朝使用的是波斯语，倡导的是波斯语文学；而德干地区各封建贵族所建立的政权则由于远离德里，保持着独立或半独立状态，相继确立乌尔都语为官方语言，从而为乌尔都语文学的繁荣提供了有利条件。自这时起，德干地区乌尔都语文学的繁荣延续了几个世纪。在德干前期涌现出来的众多诗人中，穆罕默德·古里·古杜布·夏赫（1565～1611）的创作特别值得一提。他的乌尔都语诗集是第一部编成的乌尔都语诗集，其中收入抒情诗、叙事诗和四行诗等多种诗体，包括不少描绘自然景色的优秀诗篇。在德干后期问世的许多诗人中，抒情诗人穆罕默德·沃利（1668～1707）堪称代表。他是苏菲派诗人，所写的诗歌带有较为浓郁的神秘主义色彩。他的突出贡献在于，使用标准的乌尔都语写抒情诗，将历来不受重视的抒情诗提到正统的地位，并使乌尔都语抒情诗不再完全是波斯抒情诗的翻版，而具有了自身的特点。

在德干时期之后，乌尔都语文学的中心又移到了印度北部的德里。这是因为随着18世纪以后莫卧儿帝国的衰落，波斯语和波斯语文学的统治地位在北印度发生了动摇，乌尔都语和乌尔都语文学便获得了在北印度发展和繁荣的大好时机。这时形成了以米尔扎·穆罕默德·勒菲·苏达（1713～1780）、哈佳·密尔·达尔德（1721～1785）、密尔·哈森（1721～1786）和密尔·穆罕默德·特基（1722～1810）四大诗人为代表的德里诗派。苏达擅长写讽刺诗，其代表作为《城市的骚动》；此外也写颂体诗和抒情诗。达尔德出身于苏菲派家庭，他主要是用诗歌和散文的形式阐述苏菲派的奥秘，其名著《惟灵论》被誉为苏菲派的百科全书。哈森是叙事诗人，写有11部叙事诗，其中最出名的是《修辞的精华》，该诗是在印度和波斯民间传说的基础上创作的。密尔·穆罕默德·特基在四大诗人中名声最高。他深受苏菲派学说的影响，认为世界是幻影，人生如梦境。他首先是抒情诗人，写有六部抒情诗集，由于感情悲愤和表现真切，而被称为悲痛的海洋。另外，他的叙事诗也颇具特色；他的专著《诗人评传》是乌尔都文学史上的第一部评论集，具有相当高的学术价值。德里诗派维持了半个世纪，继之又形成了以勒克瑙为中心的勒克瑙诗派。该派的风格绮丽，可以朗金（1755～1834）和简·萨哈布（？～1897）的诗歌作代表；但纳兹尔·阿格巴拉巴迪（1735～1830）的诗歌却与之风格迥异。19世纪后半期，由于英国加强对印度北部的统治，乌尔都语文学的中心又曾一度转移到德干地区。

在1857年印度民族大起义的推动下，各界人士逐渐觉醒，迅速掀起一场民族启蒙和复兴运动。这场运动也波及到穆斯林文化界和文学界。乌尔都语文学正是在这种背景下进入近代时期的。米尔扎·迦利布（1797～1869）是跨越两个时期的诗人，他用波斯语和乌尔都语进行创作，他的诗歌格调优美，含义深刻，具有一定的宗教色彩。阿尔塔夫·侯赛因·哈利（1837～1914）是更新一代的诗人,他的名篇《六行诗——伊斯兰的兴衰》满怀激情地描述了伊斯兰教的兴起和印度穆斯林的衰落,召唤人们面对现实,屏弃愚昧。希布里·纳玛尼(1857~1914)也是高呼改革社会的诗人,他仿照哈利的《六行诗——伊斯兰的兴衰》写有《忠告》一诗,描写穆斯林的社会地位,提出改造穆斯林社会的主张。著名诗人穆罕默德·伊克巴尔(1877~1938)也从这时起进行创作。除诗歌外,长篇小说的出现开拓了乌尔都语文学的新领域。纳兹尔·艾赫默德(1836~1912)、勒登纳特·萨尔夏尔(1846~1902)等人的作品以更广阔的画面描写了穆斯林的生活和感情。

20世纪上半期,印度的民族解放运动一浪高过一浪,有力地促进了乌尔都语现代文学的前进;20世纪中后期,印度和巴基斯坦相继获得独立,更为乌尔都语现代文学的繁荣创造了良好的环境。在这个时期,尽管波斯文学和阿拉伯文学对乌尔都语文学的影响不断削弱,西方文学对乌尔都语文学的影响不断增强,但是波斯文学和阿拉伯文学对乌尔都语文学的影响仍然是不可否认的存在,至于伊斯兰教对乌尔都文学的影响更是有目共睹的事实了。具有悠久历史传统的诗歌,在这个时期继续向前发展,涌现出费兹·艾赫默德·费兹(1911~1984)等优秀诗人;小说领域的成就也是令人瞩目的,名声最大的作家当推克里山·钱达尔(1914~1977)。在他们的思想和创作中,都可以清楚地看到伊斯兰教的影响。

兹举伊克巴尔为例,具体研究一下印度波斯语文学和乌尔都语文学与阿拉伯—伊斯兰文化体系,特别是伊斯兰教的密切关系。伊克巴尔生于印度旁遮普邦锡亚尔科特市,该地现属巴基斯坦,所以他既可以说是印度诗人,又可以说是巴基斯坦诗人。他出生在一个穆斯林家庭,长大以后成为诗人、思想家和社会活动家。作为思想家,他努力用现代哲学理论重新阐释伊斯兰教思想,著有《伊斯兰宗教思想重建》等书,被穆斯林尊为"阿拉马",意思是伊斯兰教大学者。作为社会活动家,他自20年代起从事社会政治活动,1926年至1929年担任旁遮普议会议员,1930年担任全印穆斯林联盟年会主席,并在会上正式提出建立穆斯林国家的主张,1931年和1932年两次代表穆斯林联盟出席印英圆桌会议。因此,虽然他在巴基斯坦建国前去世,但却被认为是巴基斯坦国的奠基者。作为诗人,他用波斯语和乌尔都语两种语言进行创作,一生写有11部诗集,其中七部用波斯语写成,三部用乌尔都语写成,另外一部用波斯语和乌尔都语两种语言写成。在早年写的诗歌(收入乌尔都语诗集《驼队的铃声》)中,他所关心的是祖国印度，是印度教与伊斯兰教的团结。之后，他便提出了泛伊斯兰主义的主张，提出了建立伊斯兰国家的设想。波斯语诗集《自我的秘密》和《无我的奥秘》可以说是他宗教思想的代表作品，前者启示穆斯林要修炼自己和净化自己，以便成为理想的"完人"；后者倡导穆斯林为民族和国家服务，努力建立自由独立的穆斯林社会。此后出版的其他几部诗集，乃是这些思想的延长和继续。他的诗歌创作在许多方面与阿拉伯文化和波斯文化有联系。例如：他喜欢使用伊斯兰教的传统典故，利用与伊斯兰教有关的人物，以便使自己的诗歌更受广大穆斯林的欢迎；他非常崇拜波斯苏菲派诗人莫拉维，认为自己是莫拉维的弟子，在写诗时尽力向莫拉维学习；等等。也许正是由于伊克巴尔既无限忠于伊斯兰教，又热心改革伊斯兰教，所以他的思想和创作才能在印度、巴基斯坦以及整个穆斯林世界引起巨大反响吧。

第四节　阿拉伯—伊斯兰文化体系对东方其他国家文学的影响

　　阿拉伯—伊斯兰文化体系对东方文学的影响，不限于波斯和南亚，还波及到西亚、中亚、东南亚和非洲的许多国家。

　　在西亚，除波斯外，阿拉伯—伊斯兰文化体系对阿富汗和土耳其文学也产生了深刻的影响。

　　阿富汗的全称为阿富汗斯坦，意思是阿富汗人的土地。早在公元705年，阿拉伯人便攻占了位于现今阿富汗境内的吐火利斯坦及其首府巴里黑，将阿富汗置于自己的势力范围之内，并使当地居民信奉伊斯兰教，把当地文化纳入阿拉伯—伊斯兰文化体系。阿富汗人主要使用两种语言，一是普什图语，二是达里语。据学者考证，普什图语与印度梵语的语法很接近，而且具有许多共同的词语和语根，此外它还受到印地语的影响，并吸收了不少波斯语和阿拉伯语的词汇。它采用的是经过修改的阿拉伯文字，在40个字母中，有8个纯粹的普什图语字母，其余的32个是阿拉伯语和波斯语字母。所谓达里语，即阿富汗的波斯语。可见阿富汗的语言与阿拉伯—伊斯兰文化体系有密切关系。

　　阿富汗的文学史也包括普什图语文学和波斯语文学两部分。波斯语文学在中古时期曾经一度呈现过繁荣景象；但普什图语文学却贯穿阿富汗文学史的始终，在近代和现代尤其占有更加重要的地位。在公元8世纪阿拉伯人侵入以前，阿富汗已有一些文化和文学成果，但大多未能保存至今；现在所知的最早文学作品是普什图族地区酋长艾米尔·克鲁的一首战歌。到了10世纪，由于信仰伊斯兰教的君主马赫穆德的大力倡导，曾经涌现出不少爱情诗、感伤诗和赞美诗，其中以贝克尼特的诗集流传最广。从13世纪到15世纪，活跃在文坛上的诗人有苏莱曼·马克、谢赫·米提和巴巴·胡塔克等，此外还有《苏里王朝史》和《真主的爱》等散文作品问世，这些作品大都与伊斯兰教有密切关系。16世纪时，巴雅席德·安沙利（1525～1585）领导了一场持续百年的大规模农民起义运动——"罗森教派"运动。这场运动大大地推动了阿富汗文学的发展。安沙利不仅是起义的领袖，而且是优秀的作家。他提出"在真主面前人人平等"的主张，著有《善行录》等书，以散文形式阐释自己接近泛神论的宗教观和社会观，阐释自己这一派的新教义。在他的影响下，形成了独具一格的罗森教派文学。在17至18世纪的文坛上，诗人胡什哈尔汗（1613～1688）和阿卜杜勒·拉赫曼（？～约1740）的创作占有重要地位。后者是一个虔诚的穆斯林，所写的诗歌大部分讴歌爱情，提倡平等，有的作品具有神秘色彩。他的诗语言生动、流畅，深受广大群众喜爱。

土耳其位于亚洲西部，地跨亚、欧两洲，大部分在小亚细亚半岛上。土耳其民族是由突厥乌古斯人和希腊人长期融合而成的，这个融合过程同时也是土耳其伊斯兰化的过程。13世纪，以小亚细亚为基地的奥斯曼帝国崛起，其极盛时期囊括今亚、欧、非三洲将近40个国家和地区的土地。16世纪以后，奥斯曼帝国逐渐衰落。1920年，土耳其共和国成立。现在99%以上的土耳其人信奉伊斯兰教。土耳其的官方语言为土耳其语。这种语言属阿尔泰语系突厥语族，其词汇除了突厥语族同源词之外，还大量吸收了阿拉伯语和波斯语等语言的借词（近年来逐渐减少），并且长期使用阿拉伯字母书写（1928年后改用以拉丁字母为基础的文字）。可见土耳其的文化也与阿拉伯—伊斯兰文化体系有着千丝万缕的联系。

土耳其的文学在土耳其人被伊斯兰化之前即已产生，但属于口头文学范畴。到土耳其人被伊斯兰化之后，其文学发展大致可分为两个系列：一个是民间文学系列，一个是宫廷文学系列。前者包括伊斯兰教托钵僧和行吟诗人的创作，如尤努斯·埃姆莱（？～约1320），他的诗歌语言通俗而思想深刻，颇受各阶层人士喜爱；又如纳斯列丁·霍加（13世纪），他的笑话含蓄幽默，意趣盎然，深受广大群众欢迎。后者是以宫廷为中心形成的，其语言较为典雅，被称为"迪万文学"。这种文学大多取材于《古兰经》以及圣训、先知及其门徒的故事，具有更加浓厚的伊斯兰教色彩。在奥斯曼帝国的鼎盛时期，也就是迪万文学的黄金时代，出现的著名诗人富祖里（1495～1556）和巴基（1526～1600）的创作业已达到相当高的水平。富祖里流传最广的作品是长篇叙事诗《蕾莉与马杰农》，该诗以感情充沛、抒情味浓、语言优美而广为人知，在众多同一题材的作品中堪称佳作。他的作品共计16卷，对土耳其文学以及西亚、中亚各国文学影响很大。巴基长于抒情诗，有"抒情诗之王"的美誉。他的名著是为悼念其保护人苏列曼大帝而写的《卡努尼挽歌》，该诗感情真挚，颇有动人心魄的力量。20世纪以来，阿拉伯—伊斯兰文化体系对土耳其文学的影响，在语言词汇和诗歌形式方面逐渐削弱，但在宗教信仰方面却是无法磨灭的。

在中亚，阿拉伯—伊斯兰文化体系对乌兹别克、土库曼斯坦和阿塞拜疆等国的文学也产生了深刻的影响。

从社会历史来看，在8世纪前，中亚地区生活着许多不同的民族和部落，信奉着佛教等各种不同的宗教；自公元704年起，阿拉伯哈里发帝国着手征服这个地区，经过一段征战和努力，终于使这个地区伊斯兰化，将这个地区的文化纳入阿拉伯—伊斯兰文化体系的范畴。

在中亚各国中，乌兹别克文学的历史较为悠久。乌兹别克的全称是乌兹别克斯坦，居民以乌兹别克人为主，大多信奉伊斯兰教。其官方语言为乌兹别克语。乌兹别克语属阿尔泰语系突厥语族。它除从其他突厥语言中借用大量词汇以外，还从阿拉伯语和波斯语中借用相当数量的词汇，并长期使用以阿拉伯字母为基础的文字，直到1927年才改用拉丁化文字（1940年又改用以俄文字母为基础的文字）。

乌兹别克古代已有民间口头文学存在。伊斯兰化之后，它的文学可大致分为两种主要类型：宗教文学和世俗文学。其早期作品大都具有劝善惩恶的性质。15世纪时，有一系列优秀的诗人登上文坛，其中包括杜尔别克（生于14世纪末）和纳沃伊（1441～1501）。杜尔别克依据《古兰经》的材料，创作了长篇叙事诗《优素福和佐列哈》，讴歌坚贞不渝的爱情，得到广泛传播。纳沃伊更加声名显赫。他既是诗人，又是思想家和政治家，曾在苏丹的宫廷中任大臣，后因激烈反对贪赃枉法而被迫离职。晚年埋头写作，共有作品30卷，最负盛名的是仿效波斯诗人内扎米的《五卷诗》而写成的同名诗集。这五部长篇叙事诗在内容上有所创新，在风格上特色明显，在众多仿效之作中，不愧为佼佼者。他的《五卷诗》对乌兹别克文学的发展起了很大的推动作用。

除乌兹别克文学外，如土库曼文学和阿塞拜疆文学也取得了一定的成就，并且也受到阿拉伯—伊斯兰文化体系的影响。土库曼的全称是土库曼斯坦，居民以土库曼人为主，大多信奉伊斯兰教。其官方语言为土库曼语。土库曼语属阿尔泰语系突厥语族。它从阿拉伯语和波斯语中借用相当数量的词汇，并长期以阿拉伯字母作为自己的文字（1928年改用拉丁字母，1940年改用俄文字母）。土库曼最古老的作品是在伊斯兰化以后产生的，因而具有明显的伊斯兰教色彩，诗人维帕伊（15世纪）的诗集《伊斯兰的明灯》便是一例。之后，土库曼诗人又创作了不少诗歌作品，从中不难发现与阿拉伯文学和波斯文学的联系，比如穆罕默德·加里布·阿散蒂（18世纪）也仿效波斯诗人内扎米写了长篇叙事诗《蕾莉与马杰农》。阿塞拜疆的居民以阿塞拜疆人为主，大多信奉伊斯兰教。其国语为阿塞拜疆语。阿塞拜疆语也属阿尔泰语系突厥语族，与土耳其语很接近。它也从阿拉伯语和波斯语中借用不少词汇，也长期以阿拉伯字母作为自己的文字（1929年改用拉丁字母，1939年改用俄文字母）。阿塞拜疆文学的起源可上溯到公元前7世纪至6世纪。但后来由于阿塞拜疆被阿拉伯和波斯所侵占，所以该国许多诗人和作家都用阿拉伯语或波斯语写作。其中成就最为卓著的诗人，无疑当属内扎米。他生于阿塞拜疆的中心城市冈扎，精通波斯语和阿拉伯语，主要用波斯语进行创作。因此，他既是阿塞拜疆诗人，又是波斯诗人。此外，还可举出伊泽丁·希尔瓦尼和麦·甘哲维等诗人的名字。生活于14世纪的涅西米，是第一个用阿塞拜疆语进行诗歌创作的诗人。此后阿塞拜疆的文学开始沿着自己的道路发展，但阿拉伯—伊斯兰文化体系的影响仍然是有目共睹的。

在东南亚，阿拉伯—伊斯兰文化体系对爪哇语文学、马来语文学以及其后的印度尼西亚文学、马来西亚文学、新加坡文学和文莱文学等也产生了深刻的影响。

据历史记载，这个地区在13世纪末以前，主要接受的是印度文化体系的影响；而在13世纪末以后，主要接受的则是阿拉伯—伊斯兰文化体系的影响。早在公元3世纪至7世纪，便在爪哇和加里曼丹等地出现了一些具有明显印度文化色彩的奴隶制王国。大约在7世纪中叶，苏门答腊和爪哇开始进入封建社会。苏门答腊的室利佛逝王国尊崇佛教，爪哇的独立王国则既有尊崇佛教的，也有尊崇印度教的。1293年建立麻喏巴歇王国（也是一个印度教—佛教国家），其版图包括今印度尼西亚和马来半岛。但从13世纪初起，阿拉伯—伊斯兰文化势力逐渐进入这个地区。阿拉伯—伊斯兰文化的传入，首先是靠阿拉伯和波斯等国商人的航海贸易活动，其次是靠伊斯兰教的传播，然后才是伊斯兰教政权的建立。

东南亚的爪哇语属南岛语系印度尼西亚语族，主要分布于爪哇岛。12世纪至13世纪的古代爪哇语深受印度梵语的影响，吸收不少梵语词汇；14世纪至17世纪的中古爪哇语转而接受阿拉伯语的影响，使用阿拉伯语借词，并用阿拉伯字母书写。在阿拉伯—伊斯兰文化传入以前，爪哇古典文学在印度文化和印度文学影响下早已形成，并已走过很长一段路程；但自15世纪末麻喏巴歇王国灭亡和16世纪初淡目伊斯兰王国建立起，阿拉伯—伊斯兰文化和文学的影响便迅速取代了印度文化和文学的影响。起初是传入有关伊斯兰教先知和英雄的故事；其后则是将这些外来宗教故事与本地传统故事结合起来，形成一种新的故事，称之为"默纳故事"，代表作品如《楞伽尼丝传》、《玛尼克—玛雅》、《阿姆比亚》、《甘达录》等。

东南亚的马来古典文学（书面文学）是在13世纪以后，即伊斯兰教传入以后产生和发展起来的，是阿拉伯—伊斯兰文化体系影响下的产物。据考证，当地第一个伊斯兰王朝可能是建于13世纪末的苏门答腊的须文答剌—巴赛王朝，而更重要的伊斯兰王朝则是建于15世纪的马来半岛南部的马六甲王朝，再后来的伊斯兰王朝乃是建于16世纪的苏门答腊北部的亚齐王朝。这三个王朝统治的时期，也正是马来古典文学产生、发展和繁荣的时期。马来古典文学所使用的马来语属南岛语系印度尼西亚语族。这种语言产生于7世纪，起初包含大量的梵语词汇，后来又融入大量的阿拉伯语词汇。它所使用的文字，起初是来自印度的帕拉瓦文字，后来改为来自阿拉伯的爪宜文字。在这种背景下产生的马来古典文字，自然会具有浓郁的伊斯兰色彩。对马来古典文学产生影响的，首先是伊斯兰教的先知故事，其中包括伊斯兰教创始人穆罕默德的故事（如《穆罕默德的灵光》和《切月记》等）以及其他先知的故事（如《优素福先知传》等）；其次是伊斯兰教的英雄故事，其中最有名的如《伊斯坎达尔传》、《阿米尔·哈姆扎传》和《穆罕默德·哈乃菲亚传》等。伊斯兰教先知故事和英雄故事的广泛传播直接促进了马来历史传记文学的诞生，属于这方面的主要作品有《巴赛列王传》、《亚齐传》、《马来由和布吉斯王族世系》等。此外，在伊斯兰文化和文学的影响下，马来古典文坛又兴起了一种带有说唱文学性质的文学，包括诗歌和小说两种形式。诗歌采用"沙依尔"诗体（来自阿拉伯语），表演的是神话传说和历史故事，代表作有《望加锡之战》和《希莫普》等；小说采用"希卡雅特"体裁（也来自阿拉伯语），其中如《谢赫·马尔丹传》和《伊斯马·耶丁传》都具有明显的伊斯兰化倾向。不过，在马来古典文学史上，最重要的两部作品乃是《马来由本纪》和《杭·杜亚传》，而这两部作品也都带有浓厚的伊斯兰色调。前者为历史传记文学的代表，是敦·斯里·拉囊于1613年写成的，全书共计34章，详细叙述马六甲伊斯兰王朝的兴衰，从马来王族的祖先起笔，然后记述马六甲王朝的创立和兴盛，最后写到西方殖民者的侵入和马六甲王朝的灭亡。尽管其中包括若干传说和虚构，内容不尽可信；但是由于作者比较熟悉这段历史，又经过仔细研究，所以仍然具有重要参考价值。另外，该书语言精练，被誉为马来古典文学之典范。后者采用"希卡雅特"体裁，作者佚名，大约写于17世纪，描写马六甲伊斯兰王朝侍从杭·杜亚一生的英雄事迹。他先后奉命出使麻喏巴歇、中国、印度、罗马和阿拉伯等国，克服重重困难，千方百计维护马六甲的利益和尊严，从而提高了马六甲的国际地位。他还与葡萄牙殖民者进行了针锋相对的斗争，勇敢地击退了他们的进犯。最后，他隐居山林，直到去世。作者的主要意图在于表彰他的爱国精神，把他写成智勇双全的民族英雄。大约正因为如此吧，所以几百年来这部小说一直在当地广泛流传，深受广大群众欢迎。

由于现今的印度尼西亚文学和马来西亚文学是以爪哇古典文学和马来古典文学为基础的，由于现今的印度尼西亚人绝大多数信奉伊斯兰教，而马来西亚则以伊斯兰教为国教，所以近代和现代的印度尼西亚文学和马来西亚文学都与伊斯兰教有着这样那样的联系。尽管一般来说近代和现代的文学逐渐与宗教疏离，可是二者的联系仍然远远未能断绝。在印度尼西亚文学中，我们只要举出20年代伊斯兰联盟领导人阿卜杜尔·慕伊斯和伊斯兰教作家哈姆卡等人的创作，举出穆斯林文艺工作者协会的活动，便不难看出伊斯兰教对文学的影响。在马来西亚文学中，我们只要举出夏嫩·阿赫玛德所写作的推崇伊斯兰教的小说，便不难看出伊斯兰教对文学的影响。

在非洲，除北非阿拉伯国家可以不论外，阿拉伯—伊斯兰文化体系对东非和西非许多国家的文学也产生了广泛的影响。

在西方殖民者入侵非洲前，阿拉伯人对非洲的影响最大。从7世纪起，阿拉伯人便开始占领埃及以及北非其他地区，推行伊斯兰教和阿拉伯文化。其后，阿拉伯人又沿红海西岸南下，在东非的今苏丹、索马里直至莫桑比克境内扎根，使这一带于10世纪前后出现的城邦大多信奉伊斯兰教,并进而使当地原有文化与阿拉伯—伊斯兰文化结合,形成了斯瓦希里文化。与此同时,阿拉伯人还沿非洲西海岸向南前进,在西非的势力达到塞内加尔河口以北地区,甚至随后又扩展到撒哈拉沙漠以南,并在这个广大地区传播伊斯兰教和阿拉伯文化。由于阿拉伯人的大力宣传,现今在东非地区穆斯林人口数占本国人口数一半以上的国家即有苏丹、埃塞俄比亚、索马里、吉布提和科摩罗等五国,在西非地区穆斯林人口数占本国人口数一半以上的国家即有西撒哈拉、毛里塔尼亚、马里、塞内加尔、尼日尔、几内亚、塞拉利昂和冈比亚等八国。阿拉伯—伊斯兰文化体系对这些国家文化和文学的发展发生了深远的影响。就语言而论,东非和西非的语言主要属于两个语系——闪含语系和尼日尔—科尔多凡语系,这两个语系的语言都与阿拉伯语有着某种联系。闪含语系的语言与阿拉伯语属于同一语系,其间存在着若干共同点,而且都有阿拉伯语的借词。如柏柏尔语族和乍得语族的语言都使用很多阿拉伯语的词汇,库施特语族的语言也使用很多阿拉伯语的词汇,其中的索马里语还采用阿拉伯字母。尼日尔—科尔多凡语系的语言虽与阿拉伯语分属不同语系,但该语系中使用人数最多的斯瓦希里语却与阿拉伯语有密切联系。据统计,斯瓦希里语中的阿拉伯语借词约占全部词汇的30%,斯瓦希里语还长期用阿拉伯字母拼写,直到19世纪为止。东非和西非文学,如东非(今坦桑尼亚和肯尼亚等国)的斯瓦希里语文学,西非(今尼日利亚等国)的豪萨语文学,都受到了阿拉伯—伊斯兰文化体系的深刻影响。

斯瓦希里语文学史可分为三个时期。在它的第一个时期,即从18世纪到19世纪80年代,西方殖民者尚未确立其统治地位,阿拉伯人的影响在各个领域广泛存在,其中也包括文学领域。当时斯瓦希里语文学的主要体裁是诗歌,这些诗歌大致可以分为三类:一是史诗。这类作品写的是阿拉伯的历史,描述诸王朝的兴衰更迭,抒发阿拉伯移民的思乡之情,代表作是《赛义迪那·侯赛因·宾·阿里之诗》和《泰布卡之诗》。二是有关《古兰经》的诗歌。这类作品取材于伊斯兰教经典,具有浓郁的宗教色彩,代表作是《修法卡之诗》和《姆瓦娜·库蓬纳之诗》。三是具有爱国倾向的诗歌。这类作品是在前两类作品的影响下产生的,以讴歌反抗异族侵略的民族英雄人物为主旨,代表作是《姆卡亚之诗》和《富莫·李昂戈之诗》。在斯瓦希里语文学史的第二个时期(19世纪80年代到20世纪60年代,即西方殖民统治时期)和第三个时期(20世纪60年代以后,即民族独立时期),虽然阿拉伯—伊斯兰文化体系的影响逐渐减弱,西方文化的影响逐渐增强，但阿拉伯—伊斯兰文化体系的影响仍然是不可忽视的存在，尤其是伊斯兰教的影响依然随处可见。以坦桑尼亚著名作家夏巴尼·罗伯特（1909～1962）为例。夏巴尼·罗伯特生于农民家庭，是个伊斯兰教徒。尽管作为艺术创作来说，他的某些作品具有明显的缺欠（如说教性质），但是他的作品仍然受到坦桑尼亚读者的热烈欢迎，得到坦桑尼亚评论界的高度评价。这是因为，他是个土生土长的坦桑尼亚人，他与他的祖国和人民息息相通，他善于把深入人心的伊斯兰教的传统信仰与人民大众的现代理想巧妙结合起来。

豪萨语属阿非罗—亚细亚语系（又称闪含语系）乍得语族。古豪萨语吸收了大量的阿拉伯语词汇，并采用以阿拉伯字母为基础的阿贾米文字书写。早在11世纪豪萨人便通过撒哈拉之路与阿拉伯人进行贸易，并开始接受阿拉伯—伊斯兰文化体系的影响。在11至19世纪的漫长岁月里，豪萨语文学都与阿拉伯—伊斯兰文化密切相关。最初的作品是由伊斯兰教士和阿拉伯商人带来的，是为了传播伊斯兰教的，并且都采用诗歌的形式，如《古尔达比》和《伊希里尼亚》等。之后，本地诗人着手写作类似的诗歌，其中以瓦里·丹·马萨尼的《巴达尔战争之歌》名声最大。19世纪初，谢胡·奥斯曼·丹·福迪奥领导穆斯林建立起奥斯曼帝国，同时创作了一系列宗教诗（如《以真主的名义》等），从而使豪萨语诗歌达到了繁荣阶段。19世纪末和20世纪初，尼日利亚等国相继沦为殖民地，豪萨语改用拉丁字母书写。在本世纪，特别是尼日利亚等国获得独立后，尽管豪萨语文学产生了很大的变化，得到了蓬勃的发展（如除传统的诗歌外，小说、戏剧和散文等现代体裁创作颇为活跃，文学作品的题材也大为扩展，不再限于宗教范围等），但阿拉伯—伊斯兰文化的影响依然广泛存在。

第五节　阿拉伯—伊斯兰文化体系对东方各国文学影响的比较研究

如上所述，与中国文化体系和印度文化体系相比，阿拉伯—伊斯兰文化体系对东方文学影响的地域更加广泛，情况更加复杂。归纳起来，可以把在文学上受到阿拉伯—伊斯兰文化体系影响的国家分为以下三种类型。

第一种类型是历史悠久，在受到阿拉伯—伊斯兰文化体系影响之前已经形成自己的文化传统和文学传统的国家，如波斯和印度。这类国家有两个特点：一是民族化的倾向较强，即往往一面接受阿拉伯—伊斯兰文化体系的影响，一面仍然在一定程度上保留自己原有的传统，并且力图将二者融合起来。二是不单方面接受阿拉伯—伊斯兰文化体系的影响，还反过来对于阿拉伯—伊斯兰文化体系产生反影响。

我们首先看看波斯。如本章第二节所述，在阿拉伯—伊斯兰文化体系传入以前，波斯人已经有了很长一段文明历史，已经创造了相当丰富的文化和文学。因此，在阿拉伯—伊斯兰文化体系的强大攻势面前，在波斯文学不能不与原有的琐罗亚斯德教断绝关系而与外来的伊斯兰教发生关系的关键时刻，波斯人便不能不有所"保留"，而与波斯文学关系密切的什叶派和舒毕思潮就是这种"保留"在思想意识方面的表现。正是因为什叶派在一定程度上反映了不满阿拉伯统治者的波斯穆斯林的愿望，所以才能在波斯受到广大群众和若干诗人的欢迎。至于舒毕思潮的民族主义性质，那就更加明显了。舒毕思潮对于波斯中古初期诗人的创作，尤其是鲁达基和菲尔多西创作的深刻影响是有目共睹的。这种"保留"在诗歌形式方面的表现也不容忽视。虽然中古波斯诗歌的六种主要诗歌形式中，有三种（即格绥德——颂体诗、卡扎尔——抒情诗和卡特埃——短诗）是从阿拉伯引进的；但另外三种（即玛斯纳维——叙事诗、鲁拜——四行诗和姆萨玛特——串珠诗）却是波斯人自己创造的。以上是波斯古典文学民族化倾向的表现。进入近代和现代以后，随着民族意识的进一步觉醒，这种倾向也进一步加强了。非但如此，波斯人还用自己的文化和文学反过来影响了阿拉伯的文化和文学。如本章第一节所述，这种反影响既表现在语言方面，也表现在文学方面。在语言方面，许多波斯语词汇进入到阿拉伯语之中，成为阿拉伯语词汇的重要组成部分，增强了阿拉伯语的表现力。在文学方面，许多波斯文学作品以及译自印度梵语的文学作品（如《卡里来和笛木乃》等）被译成阿拉伯文，这些译本不仅丰富了阿拉伯文学的内容，而且成为阿拉伯人进行艺术再创作（如《一千零一夜》等）的重要依据。

我们其次看看印度。如本章第三节所述，阿拉伯—伊斯兰文化体系对于印度等南亚国家文学的影响是深刻的。但是，另一方面我们也应指出，由于印度具有悠久的历史传统、文化传统和文学传统，所以阿拉伯—伊斯兰文化体系的影响只限于印度文学的一部分，即印地语文学、孟加拉语文学、波斯语文学和乌尔都语文学。这里所谓的印地语文学，主要是指虔诚派运动，涉及的是格比尔、加耶西、苏尔达斯和杜勒西达斯等诗人的创作；但这些诗人的创作从根本上说仍然属于印度文化体系，只不过或多或少地受到了阿拉伯—伊斯兰文化体系的影响而已。孟加拉语文学中虔诚派运动的情况也与此类似。至于波斯语文学，则可以说是波斯文学与印度文学结合的产物，并不是纯粹的波斯文学。这只要举出当时最有名的诗人阿密尔·霍斯陆的作品便不难得出这样的结论，如他的诗歌在语言上显然吸收了不少印度方言便是一例。乌尔都语文学同样继承了印度古典文学和波斯古典文学两个传统，而不只是波斯文学一个传统。这首先表现在乌尔都语文学所用的语言上，就是说无论早期乌尔都语还是近代乌尔都语都与印度北方方言有密切关系，都不是与印度北方方言无关的波斯语或阿拉伯语。其次也表现在乌尔都语文学所写的内容上，就是说乌尔都语诗人在进行创作时，常常从印度文化和文学中汲取营养。以上是印度古典文学民族化倾向的表现。进入近代和现代以后，在印地语文学中已经很难看到阿拉伯—伊斯兰文化的影响，孟加拉语文学接受阿拉伯—伊斯兰文化影响的部分主要限于东孟加拉，波斯语文学越来越少见，乌尔都语文学的民族化倾向也进一步加强了。关于印度文化和文学对于阿拉伯文化和文学的反影响，本章第一节也已经提到，如许多印度语言的词汇进入到阿拉伯语之中，印度的《一千个故事》等作品转译成阿拉伯语，促成了《一千零一夜》的产生等，都是很好的例证。

第二种类型是历史比较悠久，在受到阿拉伯—伊斯兰文化体系影响之前已经受到其他文化体系影响，并且形成某些文化传统和文学传统的国家，如印度尼西亚等。与第一种类型的国家相比，这类国家的特点是：一，也有一定的民族化倾向，但这种倾向不像第一种类型的国家那样强烈。二，对于阿拉伯—伊斯兰文化体系的反影响也有，但不像第一种类型的国家那样明显，甚至难以明确地指出来。

印度尼西亚的古代文明开化历史可以上溯到公元前2世纪左右，当时由于社会生产力的发展、交通和贸易的发达以及印度文化的传入，出现了第一个奴隶制国家——叶调。自此以后直到13世纪阿拉伯—伊斯兰文化传入为止，这个地区主要接受的是印度文化的影响，无论是在宗教信仰（佛教和印度教）上，还是在政治制度（如种姓制度）上以及文化和文学上都是如此。仅就文学的范畴而言，如本章第四节所述，印度尼西亚的古典文学包括两个体系，一是爪哇语文学，二是马来语文学。二者比较起来，爪哇语文学的历史要更早一些。据我国学者梁立基研究，在阿拉伯—伊斯兰文化传入之前，爪哇语文学已在印度文化和文学影响下形成了自己的历史，取得了相当的成就。规模巨大的印度两部史诗《摩诃婆罗多》和《罗摩衍那》以及丰富多彩的印度神话故事，成为古代爪哇语文学的主要题材来源和创作依据。诗歌体和散文体的《摩诃婆罗多》和《罗摩衍那》，取材于两大史诗的长诗《阿周那的姻缘》、《婆罗多大战记》、《爱神遭焚》和《波玛之死》，有关黑天的故事《诃利世系》、《卡托卡查传》、《黑天传》等是这时爪哇语文学的主要成果。其后中古爪哇语文学的民族化和世俗化倾向逐渐加强，又产生了《巴拉拉敦》、《丹杜·邦格拉兰》和《查仑·阿琅》等散文作品，《阿周那凯旋》、《梭打梭玛》、《纳卡拉克达卡玛》、《朗卡·拉威》、《巽达吉冬》和《尼迪斯萨斯特拉》等诗歌作品。因此，当阿拉伯—伊斯兰文化传入时，爪哇语文学的接受态度便与马来语文学的接受态度有所不同。后者由于此前尚未形成一定的文化传统和文学传统（只有一些口头文学，没有形成文字），所以接受阿拉伯—伊斯兰文化影响时几乎是无"保留"的。而前者则由于此前业已形成一定的文化传统和文学传统，所以接受阿拉伯—伊斯兰文化影响时便不免有所"保留"。这里我们只要举出有关伊斯兰教先知的故事在爪哇语文学和马来语文学中的不同命运，便不难看出二者的区别。如本章第四节所述，这类故事在爪哇文学中称为"默纳故事"。爪哇文学的"默纳故事"是从马来文学的先知故事来的，而马来文学的先知故事又是从阿拉伯文学来的；但爪哇文学的"默纳故事"却与马来文学的先知故事和阿拉伯文学的先知故事有了明显的差异。这种差异主要表现为两点：一是在内容上，爪哇的"默纳故事"中加入了不少当地早已存在的史诗故事和班基故事；二是在形式上，爪哇的"默纳故事"采用了与班基故事近似的结构方式和叙述方式。所谓史诗故事，是指印度两大史诗《摩诃婆罗多》和《罗摩衍那》的故事，或与其有关的故事。所谓班基故事，是指中古爪哇语文学在走向民族化和世俗化过程中所创作的第一部完整的传奇小说。这部传奇小说主要写的是爪哇戎牙路王子和达哈公主的曲折爱情故事，它的传本很多，其中最流行和最完整的传本是《班基·固达·斯米朗传》。由爪哇的"默纳故事"这个例子，我们便可以看出印度尼西亚古典文学（即爪哇语文学）在受到阿拉伯—伊斯兰文化体系影响时，也是具有一定的民族化倾向的。至于印度尼西亚现代文学的民族化倾向，那就更加明显了。

　　第三种类型是历史较短，在受到阿拉伯—伊斯兰文化体系影响之前尚未形成自己的文化传统和文学传统的国家，如尼日利亚。与前两种类型的国家相比，这类国家的特点是：一是民族化倾向较弱，但决不是完全没有，而是逐步加强，越到后来民族化倾向越强。二是对于阿拉伯—伊斯兰文化体系的反影响较小，几乎难以看出来。

尼日利亚进入文明社会的历史，大体上是与阿拉伯—伊斯兰文化进入这个地区同时的。大约在公元9世纪左右，在今尼日利亚东北部建立起卡涅姆—博尔努王国，其后成为著名的伊斯兰文化中心。到10世纪左右，豪萨人又在今尼日利亚北部建立起一些城邦国家，其后归入当时强大的伊斯兰教桑海帝国。如本章第四节所述，作为尼日利亚豪萨人最早的文学是豪萨语文学，而豪萨语文学又是在阿拉伯—伊斯兰文化传入之后才开始产生的。因此，非但豪萨语文学所用的阿贾米文字以阿拉伯字母书写，而且伊斯兰教的传教书成为豪萨语文学的第一批文学作品，伊斯兰教传教书所使用的诗歌体成为豪萨语文学的惟一一种形式，所有的豪萨语文学作品几乎都与伊斯兰教有密切关系（当然，除这些作品外，豪萨人当时还创作了范围更加广泛的故事和传说等，但这类作品都只在口头流传，没有文字记载）。这种状况直到19世纪末和20世纪初以后才发生了根本的变化。随着西方殖民主义和西方文化的侵入，随着豪萨语改用拉丁字母书写，豪萨语文学在内容上和形式上都不再完全受阿拉伯—伊斯兰文化和文学的束缚，同时也广泛吸收西方文化和文学的营养，并且努力表现出本民族的特点来。如在内容上不再限于与伊斯兰教有关的东西，逐渐使文学与现实社会生活紧密联系起来；在形式上不再限于诗歌，小说、戏剧和散文等体裁也得到了很大的发展等。不过，由于长期以来在阿拉伯—伊斯兰文化体系下所形成的传统，由于豪萨人至今仍有90%以上信奉伊斯兰教，所以阿拉伯—伊斯兰文化对于豪萨语文学的影响依然是不可否认的存在。

第六章 东西方文学的交流和影响

东方文学与西方文学自古以来就有交流和影响。沿着历史的前进足迹加以考察，我们不难发现，这种互相之间的交流越来越频繁，互相之间的影响越来越扩大。总起来说，在古代时期和中古时期，东方文学和西方文学的交流较少，东方文学对西方文学的影响大于西方文学对东方文学的影响；到了近代时期和现代时期，东方文学和西方文学的交流增多，西方文学对东方文学的影响大于东方文学对西方文学的影响。以下分为古代、中古和近现代三个时期加以论述。

第一节 古代东西方文学的交流和影响

人类历史的发展，经历了一个相当长的过程，其中包括纵向发展和横向发展两个方面。所谓纵向发展，主要是指物质生产史上不同生产方式的变化以及相应的不同社会形态的变化。所谓横向发展，主要是指各个民族、国家和地区之间由闭塞到开放、由互相交流很少到互相交流很多、由互相影响很少到互相影响很多的变化。在进入文明社会以前，由于当时物质生产水平极其低下，人类大多以氏族部落或者村落为单位，分散地生活在各个地方，互相之间几乎没有什么分工和交换，没有什么联系，或者只有一些偶然性的联系。当进入文明社会的初期，即古代时期，随着物质生产力的发展、私有财产的产生和阶级社会的出现，在民族和民族之间、国家和国家之间以及地区和地区之间的交往逐步增多；但这种交往仍被限制在有限的范围之内，因为当时的物质生产水平还不高，大体上说，亚欧大陆北方的广大地区以游牧经济为主，南方的广大地区以农耕经济为主，后者显然比较先进，不过即使是在比较先进的农耕地区，基本上也还是自给自足的自然经济，手工业和商业都还处于附属的地位。事实证明，只要这种自然经济继续存在，相对闭塞的状态也就会继续存在。然而尽管如此，这个时期东方和西方之间的交往毕竟已经出现，有时采取和平交往的方式，有时采取暴力交往的方式。

和平交往的方式可以<u>丝绸之路</u>为代表。<u>丝绸之路</u>是古代横贯亚洲的交通道路,又称丝路。它东起我国的渭水流域,向西通过河西走廊,或经塔里木河北面的通道,在疏勒(今喀什)以西越过葱岭,更经大宛(今费尔干纳盆地)和康居南部(今撒马尔罕附近)西行;或经塔里木河南面的通道,在莎车以西越过葱岭,更经大月氏(今阿姆河上、中游)西行。以上两条路线会合于木鹿(今马里),然后向西经和椟(今里海东南达姆甘附近)、阿蛮(今哈马丹)、斯宾(今巴格达东南)等地抵达地中海东岸,再转往欧洲的罗马等地。大约从公元前2世纪起,我国的丝绸便经此路西运,故称丝绸之路。此外,丝绸之路还有一些支线,如通过天山北面的通道和伊犁河流域西行,由我国南部海上直接向西航行,经过云南、缅甸通道再从缅甸南部海上向西航行,经过中亚转到印度各港再从海上向西航行等。这条丝绸之路成为当时东西方经济和文化交往的通道,促进了人类历史的横向发展。

暴力交往的方式可以马其顿王亚历山大大帝东征以及随之而来的希腊化时代和罗马向东扩张为代表。古代马其顿是指公元前5世纪至前2世纪巴尔干半岛北部的一个奴隶占有制国家,该国亚历山大大帝于公元前4世纪大举东征,灭亡了当时统治西亚和北非地区的波斯帝国,建立起一个地跨欧、亚、非三洲的庞大帝国。公元前323年亚历山大大帝死后,他手下的部将之间发生了争权夺利的激烈斗争,其后陆续形成一系列各具特色的希腊化国家,其中最重要的有以埃及为中心的托勒密王朝、以叙利亚为中心的塞琉西王国和以马其顿为中心的马其顿王国。史学家通常称这段地中海东部各国的历史为希腊化时代。所谓"希腊化",主要是指由于亚历山大东征,促使西亚和北非地区的经济、政治、社会和文化方面的本地因素与希腊因素发生了不同程度的融合。继希腊化时代之后,罗马又在统一意大利的基础上向东扩张,并在意大利以外的广大被征服地区设置行省,如阿非利加(前146)、亚细亚(前133)等行省。在这些行省里,同样在经济、政治、社会和文化方面产生了本地因素与罗马因素的融合。

与古代时期人类历史的横向发展情况相适应,这个时期人类文化和文学的横向发展,即各个民族、国家和地区之间文化和文学的交流和影响,虽然也被限制在有限的范围之内,但是仍然通过上述和平交往的方式和暴力交往的方式进行着。不言而喻,丝绸之路的意义不仅限于转运丝绸,而且在于通过这条道路交流东西方的物质文明创造和精神文明创造,包括文学创作在内;马其顿人和罗马人用武力征服西亚和北非虽不可取,但其后果却含有积极的方面,即促进东西方物质文明和精神文明的交流,包括文学交流在内。

就文学而言，古代东方文学对西方文学产生了全面、系统和深远影响的，无疑当属古代希伯来文学。古代希伯来人于公元前11世纪时建立自己的国家，公元前10世纪时该国分裂为南北两国，公元前8世纪时其北国为亚述所灭，公元前6世纪时其南国为新巴比伦所灭，但不久新巴比伦又为波斯帝国所灭。其后，马其顿亚历山大大帝东征，希伯来人所在的巴勒斯坦地区也被纳入其势力范围。亚历山大既是希腊文化的传播者，又容许被征服地区保持自己的文化。在亚历山大死后，巴勒斯坦地区先归托勒密王朝统治，后归塞琉西王国统治，再后来则被罗马统治。在希腊化时期和罗马统治时期，希伯来文化和希腊文化经过长期的互相接触、互相斗争和互相吸引，终于融合了起来。在这个过程中，希伯来人把自己创作的宗教经典（其中含有许多文学作品）翻译成希腊文，同时也吸收希腊、罗马文化和文学，用希腊文写作，从而创造了基督教的文化和文学；而这种由东西方文化和文学融合而成的基督教文化和文学，则对日后的西方文化和文学产生了全面的、系统的和深远的影响。这种影响不仅体现在题材、结构、技巧和语言等浅层次方面，而且体现在思想和精神等深层次方面。

从总体来说，西方文学自古以来形成了两个传统，一个是希腊和罗马的古代文学传统，再一个是希伯来和基督教的中世纪文学传统，即所谓"二希"。《圣经》等希伯来典籍对西方文学的影响大致可以分为中世纪、近现代两个历史阶段。

中世纪西方文化是以希伯来和基督教文化为中心，吸收希腊和罗马的古代文化以及日耳曼文化而成的。中世纪的欧洲文学，如日耳曼的《尼贝龙根之歌》、《贝奥武甫》、《埃达》、《罗兰之歌》、《熙德之歌》，芬兰的《英雄国》，俄罗斯的《伊戈尔远征记》等民族史诗和民间史诗，都或多或少受到了基督教和《圣经》等典籍的影响。《亚瑟王传奇》等西欧骑士文学宣传的也有不少是基督教的思想。例如，法国的英雄史诗《罗兰之歌》，全长4002行，分为291节，用当时的民间语言——罗曼语写成，描写查理大帝转战西班牙时所发生的故事。查理大帝的军队所向披靡，但惟有信奉伊斯兰教的马席勒国王不肯屈服。当查理大帝召集会议商量对策时，骑士罗兰主战，而另一骑士加奈隆主和。在战斗开始后，加奈隆则叛变投敌，并与敌人合谋伏击罗兰所率骑兵，罗兰猝不及防，战死疆场。这部作品歌颂的是罗兰忠君爱国的行为，同时也是歌颂他保卫基督教和讨伐伊斯兰教的行为。这是因为当时基督教会拥有很大的权势，也是文化的掌握者，《罗兰之歌》最早的手抄本也是在修道院写成的，僧侣们在反复传抄的过程中不断使它增加宗教色彩。又如，俄罗斯的英雄史诗《伊戈尔远征记》，依据1185年伊戈尔的一次远征写成。当时俄罗斯内有内乱，外有外患。在内部，各个王公争权夺利，互相攻击；在外部，突厥族的波洛夫人占领了黑海沿岸，严重地威胁着俄罗斯的安全。史诗一方面歌颂了伊戈尔敢于挺身而出、抗击敌人的英雄气概，另一方面又批评了他孤军出征的轻率行为。为了达到歌颂他的目的和强化歌颂他的效果，作者用了很多笔墨描绘在他出征和失败的过程中，俄罗斯的飞禽走兽、花草树木以及日月山川与其共欢乐、同忧伤的场景，颇有动人力量。在作者的笔下，自然万物都成了有灵性的东西，同时也表现了基督教的思想影响。正如马克思所指出的那样："全诗具有英雄主义和基督教的性质，虽然多神教的因素还表现得非常明显。"

从文艺复兴到20世纪的西方近现代文学继续与基督教和《圣经》结下不解之缘；在一定的意义上甚至于可以说，不了解《圣经》等典籍，就难以深入理解西方近现代文学。兹举例说明如下：

意大利作家薄伽丘（1313～1375）。他的代表作是故事集《十日谈》。这部作品写的是10个青年男女在10多天内所讲的100个故事。这些故事的创作经历了很长的过程。在开始创作时，作者怀着大无畏的精神向天主教会发起攻击，无情地讽刺和揭露了教会的黑暗和腐败，可以说一个故事就是一个挑战。正因为如此，当这部作品尚未写到三分之一的时候，就遭到了教会的围攻。作者也说："那一阵阵的无情狂风，刮得我天昏地暗，刮得我站不住脚跟——那尖刻的毒牙把我咬得遍体鳞伤。"尽管这样，作者仍然坚持写下去，直到全书完成。不过，明眼人不难看出，作者后来所写的故事，尤其是书中最后几天所讲的故事已经显示出某种妥协的趋向，如有的故事提倡逆来顺受、谦恭柔顺，不再像开头那样锋芒毕露了。

英国诗人和剧作家莎士比亚（1564～1616）。虽然由于材料极为缺乏，人们迄今仍对莎士比亚的生平活动了解甚少；但据学者们的精心考察和研究，还是可以得出这样一些大致的结论：莎士比亚出生在一个信仰基督教的家庭，他的祖父和父亲喜欢背诵《圣经》中的经句，莎士比亚小时候经常随同父母到教堂去做礼拜，并且在教堂受过洗。他从小就对《圣经》非常熟悉，在教义问答中能够对答如流。因此，他长大以后的文学创作也就被深深地打上了《圣经》的烙印。据有的学者统计，他的作品引用《圣经》的典故多达500多处，平均每部作品14处。此外，他的作品在故事情节上（如往往把善恶冲突放在中心地位),在结构安排上(如喜剧中的主要人物大都得到幸福、美满的结局),在人物塑造上(如喜欢塑造基督式的受难者形象),也很可能受到了《圣经》的启示。不过,这些恐怕还只能算是他的作品接受《圣经》的浅层次的影响,更深层次的影响则表现在他的作品的精神与《圣经》思想的内在联系上。例如,人性与罪恶的矛盾、理智与罪恶的矛盾、罪恶与救赎的关系、人道主义等。

法国剧作家高乃依(1608~1684)。他早年在耶稣会主办的中学里读书,深受天主教的思想影响,使他一生都是一个虔诚的天主教徒,并且使他的创作带有比较浓厚的宗教色彩。如悲剧《波里厄克特》写的是波里厄克特不得不在上帝和妻子之间进行抉择的故事,结果他选择了上帝而舍弃了妻子。这部剧本的主题显然是讴歌波里厄克特对上帝和宗教的虔诚精神。

英国诗人弥尔顿(1608~1674)。他自幼受到宗教熏染,最后毕业于剑桥大学基督学院。他的三部主要作品都与《圣经》有密切关系。史诗《失乐园》取材于《旧约·创世记》,一面写人类的始祖亚当和夏娃违背上帝的命令,偷吃禁树的果子,被上帝赶出伊甸园的故事;一面写撒旦背叛上帝,挑起天上大战,结果失败而堕入地狱的故事。这两条线索的交汇点则是撒旦化为蛇,引诱夏娃偷吃禁果。史诗《复乐园》取材于《新约·马太福音》,写耶稣接受洗礼以后,在旷野上禁食40天,撒旦想方设法加以诱惑,但耶稣都没有上当的故事。最后天使来到,把耶稣接到一个美丽的地方,庆祝乐园的恢复。在作者看来,亚当经不住诱惑而失去乐园,耶稣则经得住诱惑而恢复乐园,二者构成鲜明的对比。剧诗《斗士参孙》取材于《旧约·士师记》,写参孙力大无穷,长期和非利士人战斗,最后与数千敌人同归于尽的悲壮故事。

法国悲剧诗人拉辛(1639~1699)。他从小在天主教让森派办的波尔—罗雅尔修道院生活,随后进入让森派办的教会学校读书,这对他长大以后的思想和创作产生了深远的影响。如他的《以斯帖》取材于《旧约·以斯帖记》,写犹太女子以斯帖依靠自己的机智和勇气,说服残暴的波斯国王,揭穿波斯大臣阿曼的阴谋诡计,拯救成千上万犹太同胞免遭杀戮的故事。此外,他的《阿达莉》也是根据《圣经》故事写成的宗教剧。

英国诗人拜伦(1788~1824)。他虽然经常猛烈地攻击宗教,其实对宗教的态度也是有矛盾的,对宗教的感情有时也是犹豫不定的。在许多作品里,他勇敢地抨击一切宗教思想和宗教传统;而在诗剧《该隐》里,他则巧妙地利用宗教的题材,即《旧约·创世记》中该隐杀弟的故事,但却把该隐描绘成受苦受难、奋斗不止的形象，连上帝也对他无可奈何。

丹麦作家安徒生（1805～1875）。他的不少童话都表现了基督教的精神，尤其是他进入中年时期以后所写的童话更是如此。这是因为，他这时对生活的认识更深刻了，对群众的苦难更理解了。于是，他想要帮助群众，他希望社会要有良心，统治者要有良心，使群众的生活得到改善。但这种愿望当然是不可能实现的。在这种困境下，他只好求助于上帝，希望上帝能够出来解救群众。如在《卖火柴的小女孩》里，那个可怜的小女孩在幻觉中仿佛看见祖母来了，祖母张开温暖的双臂，把她带到了没有寒冷、没有饥饿、没有忧愁的天国，让她跟上帝在一起。

英国作家狄更斯（1812～1870）。他的很多作品都与《圣经》（特别是《新约》）的思想有联系。如在《圣诞欢歌》、《钟声》、《炉边蟋蟀》、《人生的战斗》和《神缠身的人》等一系列圣诞故事里，他采取民间文学的形式表现善胜恶败的主旨，有时把现实与来世结合在一起，有时描写所谓人神一体的境界。又如在长篇小说《艰难时世》里，他想反映的是劳资矛盾，但与葛雷梗和庞得贝等资产阶级典型形象相对立的，却是充满仁爱精神和人道主义思想的工人斯蒂芬和贫女西丝的形象，斯蒂芬一直逆来顺受，临死还在祷告上帝，西丝则以自己的善良感化了葛雷梗。

英国女作家乔治·艾略特（1819～1880）。由于受信奉正统英国国教的父亲和学校教育的影响，她早年读过许多宗教典籍，并且热心参加过宗教慈善活动。其后尽管她曾公开宣布与宗教决裂，但是宗教感情和宗教气氛仍然浸透到她的内心深处和她的小说之中。不过，她并不盲目信仰宗教，在她看来，真正的宗教就是仁爱，而仁爱存在于人的内心。所以，在长篇小说《亚当·比德》里，她以为牧师戴娜的美，不在于她所穿的黑衣和她说话的声音，而在于她的自我牺牲精神；在另一部长篇《织工马南传》里，她以为一个人是否具有宗教精神，不在于参加什么教派和能否读懂《圣经》，而在于是不是同情和帮助别人。

俄国作家陀思妥耶夫斯基（1821～1881）。他早年曾积极参加进步革命活动，并因此遭到流放西伯利亚的折磨。这段可怕的经历摧残了他的精神，迫使他消沉下来，皈依宗教。这给他以后的创作带来了深远的影响。如在《死屋手记》中，他一面描写暗无天日的牢狱生活，一面宣传逆来顺受的思想。又如在《罪与罚》中，他一面揭露资本主义社会的残暴不仁，一面又企图通过主人公拉斯柯里尼科夫的悲剧来证明以暴力消除邪恶的道路是走不通的，拉斯柯里尼科夫只能通过忏悔和信仰上帝的途径达到精神复活。为了证明这个道理,作者还特意安排了索尼娅这样一个人物,正是在她忍耐和顺从的精神感召下,拉斯柯里尼科夫终于屈服了。索尼娅实际上是作者宗教观念的体现者。此外,《白痴》中的正面人物梅什金公爵也是一个基督教徒式的形象,他虽然非常善良而且富有同情心,但在现实生活中却毫无作为,连帮助自己女友的能力也没有,更不用说帮助其他所有的人了。

法国作家福楼拜(1821～1880)。他是个想象力很强的人,所以对宗教题材和历史题材怀着浓厚的兴趣。如《圣安东的诱惑》取材于宗教传说,据说是由于他在教堂里看到尼德兰画家勃鲁盖尔的一幅同名画而萌发创作动机的。小说写的是一个埃及圣徒坚持自己的信仰,抵制魔鬼诱惑的故事,通篇含有浓郁的神秘主义色彩。又如《修道士圣于连的传说》,也取材于宗教传说,据说也是由于他看到一幅画而萌发创作动机的。小说的主人公圣于连在命运的安排下,杀死了自己的父母。这个无法挽回的错误使他无地自容,在世间饱受折磨,最后被耶稣接进了天堂。另外,他的《希罗狄亚》也是取材于宗教传说的小说。

俄国作家托尔斯泰(1828～1910)。为了解除自己的思想危机,他曾花费很大精力潜心研究哲学和宗教书籍。为了更准确地理解《圣经》,他又特地学习了希伯来文和希腊文,并且写了不少有关《圣经》的研究文章和著作。他对宗教有自己的看法,既认为宗教是必须的,又认为现存的一些宗教教义和宗教形式都是虚伪的。在他的晚期创作中(以长篇小说《复活》为代表),主张不分敌友的博爱、不以暴力抗恶、追求道德自我完善以及求助于上帝等思想,表现得颇为明显。

法国作家法朗士(1844～1924)。他对基督教的历史怀有特别浓厚的兴趣,他的不少小说都取材于基督教的历史。如长篇小说《黛依丝》,写的是性情放荡不羁、生活穷奢极欲的古代埃及名妓黛依丝,在隐居修士巴弗奴斯的精神感召下,走进修道院,皈依基督教,终于看见了上帝和天国的故事。另一部长篇小说《天使的反叛》,也取材于宗教故事。

德国作家托马斯·曼(1875～1955)。他的四部曲《约瑟和他的兄弟们》(《雅各的故事》、《年轻的约瑟》、《约瑟在埃及》和《赡养者约瑟》)取材于《旧约·创世记》,写的是雅各的儿子约瑟被兄弟们陷害,后来流亡埃及,经过种种磨难,最终为法老所重用的故事。据说作者之所以在《圣经》中寻找题材,是为了把神话传说从法西斯主义者手中夺回来,并赋予其人道主义的因素。

俄国诗人勃洛克（1880～1921）。他的代表作是长诗《十二个》。在诗里，十二个是指赤卫队员。而诗的最后则写道：他带着白色的玫瑰花环——/走在前面——这就是耶稣基督。这里的耶稣基督是具有象征性的，是新世界的象征。在诗人的心目中，耶稣基督不是代表妥协，而是代表反抗，他体现的是一种人道主义的理想。

英国诗人J.S.艾略特（1888～1965）。他在著名长诗《荒原》中，描绘出一幅黑暗腐败、令人绝望的图画，其中充满了死亡、冷酷、孤独和错误，整个世界变成了一个荒原。据说这是第一次世界大战以后欧美社会面貌的真实写照，而造成这种可怕结果的重要原因之一，则是由于生活在这里的人们失去了对宗教的信仰，抛弃了上帝和耶稣。

除了古代希伯来文学对西方文学所产生的影响以外，古代埃及文学、巴比伦文学和印度文学等也对西方文学产生了影响，但这种影响似乎不像希伯来文学那样全面、系统和深远，仅仅是个别的和孤立的，而且其影响主要不是在当时表现出来，而是在后世表现出来，特别是在近代以后表现出来。

兹举印度文学为例。据学者考证，大史诗《摩诃婆罗多》是在18世纪开始传到欧洲的，起初是写文章介绍，随后是翻译史诗的插话，如《薄伽梵歌》、《那罗传》、《莎维德丽传》等，而第一部史诗英文全译本则出版于1883年至1896年。另一部大史诗《罗摩衍那》在欧洲出版的第一部译本，可能要算1854年至1858年的意大利文译本。迦梨陀娑的名剧《沙恭达罗》是在18世纪被介绍到欧洲去的。第一个译本可能是英国梵文学者威廉·琼斯于1789年出版的英文本《沙恭达罗》。1791年，乔治·弗斯特又把它从英文译为德文。这两个译本一出现，便在欧洲文学界，特别是德国文学界得到了极高的评价。德国大诗人歌德和席勒都对它加以推崇（详见本书第一章，兹不赘述）。关于寓言故事集《五卷书》在西方流传和影响的情况，译者季羡林先生在中译本的序言里进行过详细的考察，有必要在这里加以简要介绍。

《五卷书》传到欧洲的历史可以上溯到11世纪，即赛米翁由阿拉伯文译本译为希腊文的本子。这个希腊文译本又相继产生了一个意大利文译本、两个拉丁文译本、一个德文译本和许多斯拉夫文译本。12世纪时，出版了一个希伯来文译本，这个本子后来被转译为法文本和德文本。这是第一条线索。13世纪时，出版了一个由希伯来文译出的拉丁文本子，这个本子被转译为捷克文本和德文本。在这个希伯来文译本和德文译本的基础上，于15世纪出版了西班牙文的转译本；而16世纪时又由这个西班牙文本派生出意大利文本、法文本和英文本。这是第二条线索。13世纪时，阿拉伯文译本被译为希伯来文和波斯文，而由这个波斯文本子又派生出许多欧洲文字的译本，如法文、英文、瑞典文、德文、荷兰文、匈牙利文等。这是第三条线索。13世纪时，上述阿拉伯文本被转译为古西班牙文，再由古西班牙文本和拉丁文本转译为西班牙文本。这是第四条线索。19世纪以后，阿拉伯文本、古叙利亚文本以及其他一些东方文字版本被分别译为各种西方文字。这是第五条线索。总之，《五卷书》在西方国家译本极多，流传极广，以上只是粗略的介绍，要想彻底弄清它们的关系，恐怕是很不容易的吧。据有人在1914年统计，《五卷书》已经被译成22种西方文字，而且一种文字不止一种译本，有的文字（如英文、德文、法文等）多达十几种译本。其实，《五卷书》在西方不仅译本多，而且影响大。关于后者，季羡林先生写道：

《五卷书》里面的许多故事，已经进入欧洲中世纪许多为人所喜爱的故事集里去，像《罗马事迹》和法国寓言等等；许多最著名的善于讲故事的作家，也袭取了《五卷书》里的故事，像薄伽丘的《十日谈》、斯特拉帕罗拉的《滑稽之夜》、乔叟的《坎特伯雷故事》、拉芳丹的《寓言》等都是。甚至在格林兄弟的童话里，也可以找到印度故事。在亚洲、非洲、欧洲许多国家流传的民间故事里，也有从《五卷书》借来的。虽然故事情节还没有大变，但是人名、地名却已经地方化，当地人民早就不知道它是外来的了。[①]

第二节　中古东西方文学的交流和影响

由于生产水平的不断提高和交通条件的逐步改善，当人类的历史从古代时期进入到中古时期之后，各个民族、各个国家和各个地区之间的交往便进一步增多了。不过，若以东方中古时期的起止时间为依据的话，那么这个时期的前期（约至15世纪）和后期东西方交往的情况显然是有很大差别的。

在东方中古时期的前期，亚欧大陆北方广大地区以游牧经济为主、南方广大地区以农耕经济为主的基本状态仍然没有发生根本变化，比较先进的南方农耕地区自给自足的自然经济的基本格局仍然没有发生根本变化，人们从事生产仍然主要是为了维持生活而不是为了牟取利润，是为了自己消费而不是为了进

---

① 《五卷书》，季羡林译，人民文学出版社1959版，第3页。

行交换，手工业和商业在整个经济体系中所占的地位仍然不很重要，仍然处于附属地位，整个世界仍然处于相对闭塞的阶段。在一定程度上打破这种闭塞的，仍然有和平交往和暴力交往两种方式。和平交往的方式仍然限于丝绸之路以及类似的渠道，暴力交往的方式则包括十字军东侵和蒙古西侵等在内，现以十字军东侵作为例证。

所谓十字军东侵，是指1096年至1291年西欧天主教会、封建主和富商发动的侵略地中海东岸国家的战争，由于侵略者身上有十字标志，所以称为十字军。他们的主要目的是为了掠夺东方的土地和财富，以便自己享用；同时也是为了转移农民的视线，缓和贫富的矛盾。自11世纪末起至13世纪末止，十字军先后进行了八次东侵。十字军东侵给西亚和北非地区的人民带来了深重的灾难，破坏了这些地区的生产和经济；同时也消耗了他们自己大量的人力和物力，加重了欧洲各国人民的负担。但是，十字军东侵在客观上却促进了东西方的交往。在十字军东侵期间和东侵以后，西欧和西亚、北非之间的商业贸易活动日益频繁起来，并且推动了造船和航海技术的发展。由于当时东方的生产水平较高，而西方的生产水平较低，所以这种交往大大有利于西方社会的前进。例如，西方从东方学到了布匹绸缎的纺织和印染技术，金属加工技术，水稻、荞麦、西瓜、柠檬和甘蔗等的种植技术，学会了理发和沐浴等生活方式和生活习惯。

在东方中古时期的后期，即从15世纪左右开始，世界形势发生了很大的变化。这个变化首先发生在西欧。这时，若干西欧国家一反以农耕经济为主的传统，逐渐采取重视商业的政策，极力提倡海外贸易和殖民活动，积极鼓励资本的原始积累，大力扶植适应国内外市场需要的工业生产，有力地促进了资本主义的发展，原来亚欧大陆东西两方以农耕经济为主、发展水平大致相当的平衡局面被打破了，西方工业世界在与东方农耕世界的对峙中取得了优势。凭着这种优势，西方工业世界对东方农耕世界实行了扩张主义政策和殖民主义政策。于是，文明世界的范围空前地扩大了，不仅限于亚欧大陆和地中海南岸，而且将南北美洲、撒哈拉大沙漠以南的非洲以及大洋洲都包容在内。与此同时，各个民族、各个国家和各个地区的联系也越来越密切了，闭塞状态也终于被打破了。

在中古时期，东西方之间文学的交流和影响，也与上述社会历史的发展变化相适应。大体上说，前期主要还是东方文学影响西方文学，后期则逐渐变为以西方文学影响东方文学为主了。

中古前期东方文学对西方文学的影响，可以阿拉伯文学为例。由于阿拉伯在地理上以欧洲为邻，由于阿拉伯帝国在其全盛时代曾经地跨亚、非、欧三大洲，所以阿拉伯文学大量传入欧洲并对欧洲文学产生很大影响也是理所当然的。安达卢西亚文学的形成和《一千零一夜》的流传，应当说是两个最突出的例子。

公元711年至714年，阿拉伯军队征服了伊比利亚半岛比利牛斯山以南的地方（即今西班牙和葡萄牙所在地区），称这里为"安达卢西亚"（据说"安达卢西亚"一词可能是由"汪达尔"一词演化而来的。汪达尔是5世纪时进入当地的部落，他们称这里为汪达尔，阿拉伯人继续沿用这个名称）。伍麦耶王朝在这里设立一个行省。伍麦耶王朝灭亡后，这里又重建伍麦耶王朝，被称为后伍麦耶王朝。这个王朝一直维持到1492年。在阿拉伯人长达七八百年统治安达卢西亚的过程中，这里不同民族、不同信仰和不同生活习惯的居民互相融合，逐渐形成了一种以阿拉伯文化为主导而又兼具阿拉伯文化和当地文化特点的安达卢西亚文化。安达卢西亚的统治者们在各个方面都以阿拉伯东方世界为表率，有位学者甚至写道："这里的人只关心东方，他们习惯于打探东方消息，甚至东方一只乌鸦聒叫、沙姆和伊拉克一只蜜蜂嗡鸣，他们都会顶礼膜拜、大做文章。"①他们以阿拉伯语为官方语言，采用阿拉伯东方的名字为本地的城市和诗人命名，邀请阿拉伯东方的学者前来讲学，派遣自己的学生到阿拉伯东方去学习，从阿拉伯东方购买许许多多阿拉伯—伊斯兰文化典籍（据说仅科尔多瓦王室书库就有藏书40万册），并将其中很多典籍翻译成拉丁文和希伯来文传入欧洲。从一定的意义上说，这里已经成为阿拉伯文化传入欧洲的一座桥梁，东西方文化交流的一座桥梁。而作为东西方文学之结晶、阿拉伯文学和当地文学之结晶的安达卢西亚文学，便是在这种特殊背景下产生的。

正因为安达卢西亚文学是阿拉伯文学与当地文学之结晶，所以它既与阿拉伯东方文学有许多相同之处，又与阿拉伯东方文学有若干不同之处。前者如安达卢西亚文学往往采用阿拉伯东方文学的格式，学习阿拉伯东方文学的写法，使用阿拉伯东方文学的词语等；后者如安达卢西亚文学在风格、手法和语言等方面都不断有所创新，而且这种创新越到后来越明显。安达卢西亚的文学创作，可以分为诗歌和散文两部分。

与阿拉伯东方文学一样，在安达卢西亚文学中，诗歌所取得的成就更为

---

① 转引自《阿拉伯文学史》，郅溥浩译，人民文学出版社1990年版，第485页。

引人注目。有代表性的诗人有伊本·哈尼（938～973）、伊本·宰敦（1003～1071）、伊本·海法捷（1058～1138）等。伊本·哈尼以写颂诗为主，同时也写讽刺诗、景物诗和悼亡诗。他崇拜阿拉伯诗人穆太奈比，并且深受穆太奈比诗歌的影响，以气势雄壮、文字精练为特色。伊本·宰敦善于写爱情诗。他的诗主要是向公主兼诗人婉黛拉倾诉爱慕之情的，不过由于他们之间的恋爱并不顺利（伊本·宰敦曾遭人陷害而被监禁），所以他的诗中虽有欢乐，但更多的却是苦涩。在风格上，他接近叙利亚诗人布赫图里。伊本·海法捷，擅长写作景物诗。他能够把自然景物写得活灵活现，充满生机。

从安达卢西亚诗歌的嬗变过程来看，我们不难发现，它在起始阶段模仿阿拉伯东方诗歌的成分较多，其中最明显的是在诗歌的格律方面（大约有16种格律），另外在内容、形式、遣词、造句等方面也是如此，如写颂诗，必须要有序，要写爱情，要描绘马、骆驼、沙漠和旷野等；但其后（大约从11世纪起）随着诗人艺术水平的日益提高和艺术修养的日益成熟，便渐渐形成一种解放和革新的倾向，即逐步脱离单纯模仿而走向创新，如在内容上更擅长描绘自然景色和男女爱情，在风格上更趋向明白流畅、绚丽多彩，在格律上则不再限于原有的那些，又创造了"彩诗"和"俚谣"。彩诗大约产生于9世纪，据说可能是由当地民歌变化而来，其特点是结构自由，韵律多变，通俗易懂，便于歌唱，基本上使用阿拉伯语。著名的彩诗诗人有欧巴岱·本·马·赛马（？～1030）、艾阿马·图德里（？～1126）和伊本·祖赫尔（1113～1199）等。俚谣也产生于9世纪，在形式上与彩诗大同小异；但基本上使用当地方言土语，所以更加通俗易懂，为群众所欢迎。最著名的俚谣诗人是伊本·古兹曼（？～1160）。这里特别需要指出的是，有的学者经过仔细研究认为，彩诗和俚谣后来衍化为西班牙的民歌（称为"维良西科"），而且11世纪至13世纪在今西班牙、法国南方和意大利北方进行诗歌创作活动的普罗旺斯行吟诗人也受到了彩诗和俚谣的影响，就是说也受到了阿拉伯诗歌的影响。这是阿拉伯文学不仅影响安达卢西亚文学，而且进一步影响欧洲其他地区文学的一个例证。

关于安达卢西亚诗歌和阿拉伯东方诗歌的异同，汉纳·法胡里在《阿拉伯文学史》里写道：

> 安达卢西亚诗歌在主题和发展方面酷似阿巴斯时期的诗歌。安达卢西亚人和阿拉伯东方人媲美的结果，是使他们的诗歌带上阿巴斯时期的诗歌

的特色，在情诗、放荡诗、颂酒诗、描写自然和建筑的诗歌方面出现了革新，但在其他门类诗歌中仍以传统为主。尽管安达卢西亚人在怀念消亡帝国、怨诉、求助诗方面超过东方阿拉伯人，但在其他艺术方面并未达到东方的高度，而且在内容和风格上却常常如饥似渴地学习和模仿东方诗人。安达卢西亚人的诗歌思想不够精细，内容也欠深刻，因为他们没有像东方人那样从哲学和逻辑学中得到启示，他们的诗歌内容明晰，然而浅显，在格言诗方面，他们与艾布·泰马姆、穆太奈比相比就差得很远，只满足于一般大众所了解的格言，不能思考得更深更远。

在想象方面，安达卢西亚人比东方人更具特色，多半是纤细柔和的，特别在描写诗和抒情诗中更是如此。其中充满了取自自然之美的绚丽多姿的图景，轻盈但有时艳软，富有韵律，但也不乏造作之语。

安达卢西亚人的语言简浅流畅，不像东方人那么严密，因为他们远离沙漠旷野，生活在一个异国的环境中，语言能力较弱，表达也显得纤细。尽管存在困难，但像伊本·哈尼这样的诗人在诗中仍模仿穆太奈比，写进了许多生僻怪异的内容和词句。

在诗律上，安达卢西亚人也效仿东方，但他们更注重诗歌的声乐方面。他们国家流行的音乐启示他们创造了一些新诗律，也许他们是通过歌唱实现这一点的，于是他们有了自己的"穆沃什哈"体诗歌（即彩诗——引者注）。①

除诗歌外，安达卢西亚的散文也取得了一定的成就，伊本·阿卜迪·拉比（860~940）、伊本·舒海德（992~1034）、伊本·哈兹姆（994~1064）和伊本·图菲勒（约1100~1185）等人都是当时有名的散文家。如伊本·图菲勒在哲学研究上有相当功底，其代表作《哈伊·本·耶格赞的故事》便是一篇富于哲理性的作品。它通过哈伊·本·耶格赞在一个荒无人烟的岛上独立成长、长大、观察、思考，终于认识世界及其创造者真主的故事，阐明了苏菲派以冥思苦想求得与神合一的观点。

阿拉伯民间故事集《一千零一夜》在西方世界的流传和对西方世界的影响，大致可以18世纪为界分为两个阶段。

在18世纪以前，《一千零一夜》还没有欧洲语言的翻译本，但它却通过各

---

① 《阿拉伯文学史》，郅溥浩译，人民文学出版社1990年版，第491~492页。

种途径传到了欧洲,并对欧洲文学产生了影响。我国学者郅溥浩对《一千零一夜》在欧洲的流传和影响进行了认真的研究,在《神话与现实——〈一千零一夜〉论》中,他认为,当时阿拉伯文化(含《一千零一夜》)可能通过三个途径传到欧洲:一是通过西班牙与法国、进而和欧洲大陆的接触。阿拉伯人在占领安达卢西亚期间,在文化、科学和文学等方面都很繁荣,这些文化、科学和文学成果有的越过比利牛斯山传到了法国的马赛、土伦等地。二是通过西西里岛与意大利、进而和欧洲大陆的接触。阿拉伯人曾经占领过西西里岛,阿拉伯文化和基督教文化曾经在这里混合、开花、结果,而这些文化随后又传到了意大利,并越过了阿尔卑斯山。三是十字军东侵。18世纪以前《一千零一夜》对欧洲文学的影响,最明显的例子是薄伽丘的《十日谈》。首先,《十日谈》所采用的故事套故事的框架结构形式很可能是受到了《一千零一夜》的启示。其次,《十日谈》里有些故事的内容与《一千零一夜》很相近,很可能是受到了《一千零一夜》的启发。如《十日谈》第一天第五个故事说:蒙费拉托侯爵夫人姿色绝伦,国王腓力对她垂涎三尺,便乘侯爵出外之机溜到侯爵府中,图谋调戏侯爵夫人。侯爵夫人设宴招待国王,但端上来的菜全是母鸡。国王不解其意地问道:难道这儿没有雄鸡和野味?侯爵夫人答道:可不是,陛下;不过这儿的女人,就算在服装或者身份上有什么不同,其实跟别的地方的女人还是一模一样的。国王明白了她的意思,只好匆匆离去。这个故事很容易使人想起《一千零一夜·国王太子和将相妃嫔的故事》中第一个大臣所讲的《宰相夫人的故事》。《宰相夫人的故事》说:古时候有个好色的国王垂涎宰相夫人的美貌,便借宰相外出时闯入宰相府中,企图调戏宰相夫人。宰相夫人设宴款待国王,给他端上来90样菜肴。但国王发现这些菜肴都是一个味道,很是不解。宰相夫人告诉他说:陛下的宫中有90位宫娥彩女,她们的容貌姿色各不相同,但在使用方面的滋味却是一样的。国王只得怏怏离去。其他如航海遇难的故事、法宝的故事、偷情的故事等,也有很多相近的内容。除薄伽丘的《十日谈》外,乔叟的《坎特伯雷故事》、拉伯雷的《巨人传》、莎士比亚的一些作品、塞万提斯的《唐·吉诃德》等,也很可能与《一千零一夜》有着某种联系。

《一千零一夜》的欧洲语言译本出版于18世纪。第一个译本可能是法国人安特瓦斯·格兰于18世纪初翻译出版的法文本《一千零一夜》,共六卷。这个译本是此后欧洲各种《一千零一夜》译本的滥觞。该译本一出世,便风靡法国读书界,博得一致好评,不仅何鲁纳·拉施德哈里发和山鲁佐德的名字家喻户晓,辛伯达、阿里巴巴和阿拉丁的名字也都尽人皆知了。该书出版不久,它的英译本(六卷,译者不详)在伦敦问世。关于《一千零一夜》在欧洲人心目中的影响,P.H.牛宾写道,欧洲人向来在心里描绘着与希腊、罗马的古典世界相关联的形象,但如今却驰骋在围绕"和平之城"巴格达异想天开的幻想世界里了。不过,格兰的法译本所根据的原本是不完全的四卷本的抄本,并且是着眼于通俗性的节译,过分重视异国情调,而忽视原书的独特风格和特点,还将包括艳情谈笑在内的多数史话排除在外,因而与原著全貌相去甚远。其后,由于格兰译本所引起的东方热,随着欧洲各国殖民政策和贸易扩张的日益发展,英、法、德等国各种各样的《一千零一夜》译本相继出现。其中比较重要的有如下几种:英国——斯科特、列因、特连兹、皮因、巴顿,法国——皮尔斯维尔、兰古列、高契埃、马尔杜留斯,德国——哈比西特、巴依尔、亨尼库、琴泽尔林库。另外,还有其他国家的译本。但在这些译本中影响最大、被誉为压倒群书的乃是理查德·弗朗西斯·巴顿于1885至1888年翻译出版的全译本《一千零一夜》,共有本卷10卷,补遗10卷。巴顿(1821~1890)是英国学者,相传通晓35种外语,著书数十部。他的《一千零一夜》本卷共有169篇故事,补遗共有93篇故事,合计262篇故事,参照多种版本译出,不仅更正了原书不少谬误,还补充了各种版本之不足。他的译本还打破了欧洲人原有的观念,使《一千零一夜》从一般儿童读物的水准提高到了成人读物的水准,在一定程度上恢复了原书的本来面目。他严格遵守从第一夜到第一千零一夜的分夜形式,将总数达1万行的诗歌全部译出,采用比较彻底地忠实于原文的译文,甚至无论如何卑俗猥亵的语句也都照样译出,并对阿拉伯人的风俗习惯加上精密的人类学性质的注释(可是,巴顿译本也因此在英国长期受到一部分人的非难。他们认为这个译本有伤风化,认为它是好色书籍)。

在这些译本出现后,《一千零一夜》对欧洲以及其他西方国家文学的影响迅速扩展开来,迄今未艾。依据郅溥浩的研究成果,主要可以举出以下一些例证:

英国作家笛福(1660~1731)的小说《鲁宾逊漂流记》出版于1719年,正当格兰译本问世不久。《鲁宾逊漂流记》所写内容与《一千零一夜》中《辛伯达航海旅行的故事》所写内容有若干相似之处。

英国作家斯威夫特(1667~1745)的小说《格列佛游记》出版于1726年,也在格兰译本和英译本问世不久。它受《一千零一夜》中《辛伯达航海旅行的故事》等篇影响的可能性更大。二者关于出海沉船、遭遇巨人、飞人升空翱翔等情节的描写，颇为相近。

法国作家伏尔泰（1694～1778）非常喜欢阅读《一千零一夜》，并且在创作上受到了《一千零一夜》的影响。如他的剧本《扎伊尔》，写的是十字军东侵期间，耶路撒冷的一位伊斯兰教苏丹奥洛斯曼纳与一个基督教女俘虏扎伊尔相爱、误杀和自刎的悲剧故事。据说作者只用了22天就把这个剧本写成了，而且在巴黎上演时大受观众赞赏，甚至连一向反对戏剧的卢梭也不得不承认它具有很大的吸引力。这个剧本的前半部分与《一千零一夜》的《努伦丁和玛丽娅的故事》和《一个上埃及人和他西洋妻子的故事》颇为相似。

德国诗人歌德对东方文学怀有特别浓厚的兴趣，对《一千零一夜》也异常喜爱。卡塔琳娜·莫姆森在《歌德和〈一千零一夜〉》中写道：

> 特别有趣的是这里谈的是世界文学中一部非常大众化的作品，而且对歌德的影响非常大。他童年时代就通过母亲和祖母知道了其中的个别故事，而且永不遗忘。随着年龄的增长，他的兴趣丝毫没有减弱。他的某些作品中喜欢用松散的布局，这一点与他对《一千零一夜》的喜爱有关。《威廉·麦斯特的漫游时代》布局上特别自由。人们对它的结构费力猜测，根据歌德自己的说法，他在此是按山鲁佐德的方式处理的。所有猜测都变得多余了。歌德自己承认，是《一千零一夜》把他引向这种风格的，他是按山鲁佐德方式写《漫游时代》的。在《漫游时代》中，诗人还明显暗指了《阿拉丁和神灯》、《巴格达理发师》等故事。
>
> 每当歌德在一部作品的末尾注上"待续"字样时，我们不用猜其原因，肯定诗人感觉自己是山鲁佐德的效法者。
>
> 他早期的剧作《恋人的情绪》，直到晚年的《浮士德》第二部，都有阿拉伯集子的影响。17岁的歌德写的《恋人的情绪》中主人公的名字是阿拉伯名字艾米娜。人物的整个轮廓、嫉妒的性格都有继承关系。剧的道德也与《一千零一夜》一致……由于近似的原因，歌德的童话诗中也有不少是受到《一千零一夜》启发的。
>
> 所能确认的《浮士德》第二部受到的《一千零一夜》的影响，最令人吃惊。这里的庞大情节段落是来自山鲁佐德童话的……第一场中有大量受到《一千零一夜》启发的例子：掘宝主题、化妆舞会中的各种魔法、精灵变化、大火和海水泛滥的幻象……在化妆舞会的末尾，歌德甚至表示了对

《一千零一夜》和山鲁佐德的崇敬。皇帝对靡非斯陀说道：

"多好的运气把你带到这边，
莫不是直接来自《天方夜谭》？
倘使你也像谢赫娜扎德那样娓娓不倦，
我保证让你晋爵加官。
尘世间常引起我无比烦恼，
你得准备时时为我效劳。"①

德国作家格林兄弟（雅科布·格林1785～1863、威廉·格林1786～1859）的《格林童话全集》中的一些童话与《一千零一夜》有关联。例如，《忠诚的约翰》讲的是一位王子由于不听约翰的忠告，坚持要打开一道禁门，结果发生了一系列惊心动魄的冒险事件的故事。《一千零一夜》中《脚夫和巴格达三个女人的故事》里所插的《第三个僧人的故事》和《国王太子和将相妃嫔的故事》里所插的《终身不笑者的故事》都有类似的情节。

法国作家大仲马（1802～1870）在他的小说《基督山伯爵》中多次提到《一千零一夜》。如有一位长老对主人公邓蒂斯讲宝藏的情况时说：那笔遗产并没有被人拿走，它仍像《一千零一夜》故事里的宝藏那样，睡在大地的怀抱里，由一个魔鬼看守着。于是，邓蒂斯便开动自己的记忆力，像阿里巴巴设法开启宝窟一样，终于喊出了"芝麻，开门"。

德国作家豪夫（1802～1827）创作的童话集采用的是故事套故事的框架结构形式，其中不少故事发生在阿拉伯，有的故事还不止一次地提到过《一千零一夜》中的故事和人物。《豪夫童话集》中文译者傅寰在《译后记》中写道："他模仿《一千零一夜》和《十日谈》，故事由说书人讲述，故事与故事之间用作者的直接叙述联系起来。他不沉湎于中世纪，他接受后期浪漫主义作者重复民间创作、向民间取材的优良传统，反映社会现实。豪夫故事的取材，大致有三个来源：一是东方故事和《一千零一夜》，一是德国民间故事，一是其他作家作品。"②

丹麦作家安徒生自幼受到《一千零一夜》的熏陶，他的头脑里装满了《一千

---

① 转引自郅溥浩：《神话与现实——〈一千零一夜〉论》，社会科学文献出版社1997年版，第306～307页。
② 同上，第303页。

零一夜》的神奇故事。"小安徒生就生活在这个艺术馆里。他的父亲为了要解除他的寂寞,常常对他讲些《一千零一夜》上的古代阿拉伯的传说故事。丹麦是一个没有山的国家,经常有狂风从海上扫过来。当他听到这呼呼的风声的时候,当他望着窗外茫茫大海的时候,他就幻想他来到了风沙满地的、荒凉的阿拉伯沙漠,回到古代阿拉伯传说中的那个世界里去。"①——这是我国著名作家叶君健先生在《鞋匠的儿子——童话作家安徒生》中对当时情景的生动描绘。安徒生既然自幼受到《一千零一夜》的熏陶,当然就会在他长大以后的创作里表现出来。事实果然如此。比如,在《一千零一夜》中他最喜欢的故事之一是《阿拉丁和神灯的故事》,后来他便创作了童话剧《阿拉丁和神灯》。

英国作家狄更斯十分喜爱《一千零一夜》,经常在他的小说里提到《一千零一夜》中的故事。如在半自传体小说《大卫·科波菲尔》中,就有不少这类的文字:"在早晨,当我觉得疲倦、再想多睡一个钟头时,便像山鲁佐德王妃一般被唤醒,在起床铃响以前,必须讲一个长故事。"②

英国作家斯蒂文森(1850～1894)同样喜爱《一千零一夜》,他的《新天方夜谭》和《金银岛》都是在《一千零一夜》的影响下创作的。前者是一部充满异国情调的惊险浪漫故事集,专门揭发生活在社会底层的流氓和骗子的犯罪行为;后者是一部惊险小说,描述主人公——少年吉姆到荒岛上去寻宝的经历,吉姆的勇敢和海盗的阴险构成鲜明对照,吉姆和海盗的激烈斗争也使人感到惊心动魄。

哥伦比亚作家加西亚·马尔克斯(1928～2014)也喜欢在自己的小说中使用与《一千零一夜》有关联的材料。在他的代表作《百年孤独》里,他写到吉卜赛人的飞毯和磁铁等,这显然是受到《一千零一夜》的启示。例如,关于磁铁,小说写道:"他手里拿着两大块磁铁,从一座农舍走到另一座农舍,大家都惊异地看见,铁锅、铁盆、铁钳、铁炉都从原地倒下,木板上的钉子和螺丝嘎吱嘎吱地拼命想挣脱来,甚至那些早就丢失的东西也从找过多次的地方兀然出现,乱七八糟地跟在梅尔加德斯的魔铁后面。"③这自然会使我们想起《第三个僧人的故事》中的"磁石山"。这个故事里的船长对主人公说道:"我的主人哟!你要知道:当飓风突起,波涛汹涌的那天,我们过了一夜,次日风平浪静,在

---

① 叶君健:《鞋匠的儿子》,人民文学出版社1978年版,第5页。
② [英]狄更斯:《大卫·科波菲尔》,董秋斯译,人民文学出版社1978年版,第109页。
③ 转引自郅溥浩:《神话与现实——〈一千零一夜〉论》,社会科学文献出版社1997年版,308页。

岛上休息两天才继续航行。但是我们迷失了方向,至今行了11天的航程;现在不顺风,我们无法向目的地航行。明天下午我们就可以到黑石山,又叫磁石山。船被风浪推到山下,那时候船上的每颗钉子都飞上山去,紧紧地贴在山上,船便解体;因为磁石有一种吸铁的特性,因此那座磁石山上的铁是数不清的,从古至今不知在那里损坏了多少过往的船只。"[①]前者很有可能是受后者的启发而创作出来的。

此外,在受到《一千零一夜》影响的作家作品名单上,至少还应当有德国作家莱辛(1729~1781)的《智者纳旦》、法国作家博马舍(1732~1799)的《塞维勒的理发师》、俄国诗人普希金(1799~1837)的《渔夫和金鱼的故事》、美国作家爱伦·坡(1809~1849)的《一千零二夜》和奥地利作家卡夫卡(1883~1924)的《骑桶者》等。

除文学外,《一千零一夜》对欧洲的影响还涉及音乐、舞蹈、戏剧、电影、绘画和雕塑等诸多艺术领域。俄国作曲家里姆斯基·科萨柯夫的交响曲《山鲁佐德》、法国阿历克山德尔·巴努瓦导演的芭蕾舞剧《山鲁佐德》、美国电影《月宫宝盒》、英国电影《巴格达窃贼》、法国电影《阿里巴巴》等,只是其中的一小部分。

中古后期西方文学对东方文学的影响是随着西欧国家向着东方国家推行扩张主义政策和殖民主义政策而逐渐产生的,并且逐渐显示出来的。当这种影响在多数东方国家尚未明显地表现出来的时候,阿拉伯和菲律宾却由于自身某些特殊的条件首先表现了出来。

如上所述,阿拉伯国家在地理上距离欧洲最近,所以自然也就首先受到西欧国家扩张主义政策和殖民主义政策的冲击,同时也就首先受到西欧文化和文学的影响。尽管西欧国家的扩张主义政策和殖民主义政策是野蛮的、伴随着血与火的,但是它对当时处于贫困、落后和闭关自守状态的阿拉伯社会也是一种刺激和促进;尽管西欧传到阿拉伯国家来的文化和文学是有好有坏、鱼龙混杂的,但是它对当时陷入停滞不前状态的阿拉伯文坛也是一种激励和鞭策。诚然,在十四五世纪后的很长一段时间里,阿拉伯世界显得很落后,物质匮乏,思想闭塞,文学创作处在停顿阶段,缺乏生活气息,专门玩弄文字和数字游戏。针对这种情况,汉纳·法胡里在《阿拉伯文学史》中指出:"这就是阿拉伯国家当时的状况,它本身不具有赖以复兴的条件,必须借助外来的火光照亮思想,并

[①]《一千零一夜》,第1卷,纳训译,人民文学出版社1982年版,第114~115页。

把它提高到世界思想和文化发展的水平。像在欧洲的黑暗时期东方曾把它照亮一样，东方在自己的衰沉时期也要借助欧洲，以建造自己复兴的基础。东西方交流所产生的火花将在阿拉伯世界大放光明，将照亮通向思想、文化、文学广泛进步的智慧之路。"① 事实证明，东西方文化和文学交流乃是阿拉伯文化和文学复兴的重要推动力量。这在黎巴嫩和埃及表现最为明显。在黎巴嫩，早在16世纪就已开始接受西方文化，双方互派专家学者，罗马教皇指令教徒在黎巴嫩开办学校，同时接受黎巴嫩教徒到罗马学习，其他西欧国家也在这方面进行了许多工作。在埃及，以18世纪末法国人的侵入为契机，西欧先进的社会制度、科学教育、文学艺术等迅速传入，埃及人通过派遣使团、翻译书籍、创办报纸、开设剧院等方式接受了西欧文化，提高了民族意识。正是在这种背景下，阿拉伯文学也很快地接受了西方文学的影响，使自己的面貌发生了变化，而这些变化则构成了19世纪阿拉伯近代文学产生的基础。

菲律宾也是东方较早接受西方文化和文学影响的国家。大约在15世纪末和16世纪初，西欧葡萄牙和西班牙的航海冒险者便不断在辽阔的东方海洋上探寻新航线和新陆地。1521年麦哲伦首次航行抵达菲律宾的萨马岛，1565年黎牙实比率领军队占领菲律宾的宿务岛。1571年，西班牙殖民者凭借武力的优势攻占菲律宾首府马尼拉，其后相继侵占菲律宾其他地区，终于在菲律宾全境建立起了殖民主义统治。西班牙在菲律宾所建立的政权是封建专制的政权，总督独揽行政、司法和军事大权，天主教会成为殖民统治的精神支柱，控制包括教育、宣传、出版、印刷等在内的文化事业。他们采取强制手段，拼命压制菲律宾原有的印度教文化和伊斯兰教文化，大力推行天主教文化。为达到此目的，他们焚烧印度教和伊斯兰教典籍，改造菲律宾文字，大量出版天主教读物（第一部是1593年出版的《基督教义》，以后又相继出版了各种祈祷书和圣徒传等）。在文学领域，他们一面宣扬欧洲中世纪的宗教诗和宗教剧，一面鼓励菲律宾作家写作这类作品。宗教诗的重要主题之一是赞美上帝和礼拜上帝；再一个重要主题是歌颂耶稣，描写他的出生、受难和复活。费尔南多·巴贡班塔和托马斯·彬彬的作品属于前者，卡斯帕尔·阿·德·贝伦的作品属于后者。宗教剧的内容除了表现耶稣受难经过以外，还有专门表演天主教如何战胜伊斯兰教、天主教徒如何战胜伊斯兰教徒的，称为"摩罗摩罗戏"。不过，尽管这个时期菲律宾文学受欧洲文学影响是被迫的，但二者的融合却也产生了积极的因

---

① 《阿拉伯文学史》，郅溥浩译，人民文学出版社1990年版，第537～538页。

素，而这个积极的因素则推动了日后菲律宾近代文学的发展。

第三节　近现代东西方文学的交流和影响（上）

从社会历史的发展趋势来看，东方的近代时期，实际上是处于先进地位的西方国家进一步向东方国家推行扩张主义政策和殖民主义政策，并使东方绝大多数国家沦为殖民地和半殖民地的时期；而东方的现代时期，则是东方国家逐步挣脱殖民主义的枷锁，并且努力赶超西方国家的时期。从文化和文学的发展趋势来看，东方的近代和现代时期是世界文化和世界文学进一步形成的时期，是东西方的文化和文学进一步融合的时期，是处于先进地位的西方文化和文学进一步加强其对东方文化和文学影响的时期，同时也是东方文化和文学逐步复兴和繁荣的时期。

上文说过，在东方中古时期的后期，西方国家已经走在东方国家的前头，西方文化已经转而影响东方文化，随着轮船和大炮的到来，西方人开始在东方传布宗教、创办学校、印刷报纸、出版书籍，不断地展示出他们的先进文化，激烈地撞击着东方的固有文化。进入近代时期以后，由于西方资本主义的飞速发展，西方文化向东方传播得越来越多了，西方文化对东方文化的影响更加扩大了，西方文化对东方文化的冲击更加猛烈了。如果说在中古时期东方的中国文化体系、印度文化体系和阿拉伯—伊斯兰文化体系曾经长期在东方文化发展中居于垄断地位，控制和影响中国、印度和阿拉伯及其周围国家和地区的文化，那么到了近代和现代时期，这三大文化体系便不得不与欧洲文化互相融合，从而使得东方各国文化在内容和形式上都发生了空前巨大的变化。正是在这种情况下，不仅有许多西方人大量地向东方输出西方文化，同时也有许多东方人热心地从西方输入西方文化，尽管在不少东方国家曾经出现过东学西学之争、新学旧学之争，但是争来争去，其实争论的内容只能限于具体的学习态度和学习方法，至于向西方学习这个大方向则早已成为大势所趋，是不可阻挡的了。

在文学的范畴，情况也大体如此。一面有西方人积极宣传西方文学，一面有东方人热心学习西方文学，于是在东方国家介绍、翻译和出版西方文学作品蔚然成风，进一步是模仿、改编和借鉴，再进一步是研究、吸收和创新，而这一系列活动则促使东方文学从思想内容到表现形式都发生了深刻的变化。在文学观念方面，过去许多作者是为了传教布道而写作的，或者是为了加官晋爵而写作的；现在由于社会情况的变化和西方文学的影响开始改变这种状况，即以文学为终生事业，以读者为服务对象，并由此派生出了为人生而写作、为文学而写作、为人民而写作、为革命而写作等不同倾向。在文学语言方面，过去大多采用脱离人民大众、脱离日常生活的书面语言，使得文学作品成为专供少数上层人士欣赏的东西；现在由于社会情况的变化和西方文学的影响开始改变这种状况，即提倡白话，力图采用人民大众的语言和日常生活的语言，使得老百姓看得懂并且喜欢看，如日本的"言文一致"运动、朝鲜的"语体文学"运动等便是。在文学体裁方面，过去各个国家、各个民族经常使用自己习惯的传统体裁进行创作；现在由于社会情况的变化和西方文学的影响开始改变这种状况，即逐步以西方文艺复兴以来渐渐形成的近代诗歌、小说、戏剧、散文等体裁取代原有的体裁。在创作方法方面，过去作家进行创作时，虽然也有自己的宗旨，但是一般来说尚未形成系统的理论，尚未形成明确的方法，尚未形成固定的流派；现在由于社会情况的变化和西方文学的影响开始改变这种状况，即逐步地接受了西方文艺复兴以来渐渐形成的各种各样的现实主义、浪漫主义、现代主义和后现代主义等创作方法，自觉地以这些创作方法来指导自己的创作。总之，近现代时期西方文学对东方文学的影响是普遍的、全面的、深刻的、持久的。

近现代时期西方文学对东方文学的影响，既表现在东方各国文学的整体发展上，也表现在东方各个作家的创作过程中。这里我们首先谈谈西方文学对东方各国文学整体发展的影响。在这方面，可以说涉及东方所有国家和地区的文学，几乎无一例外。限于篇幅，这里我们只能介绍如下一些比较重要的国家和地区文学的情况：

在中国，如果说自东汉至唐宋佛教文化和文学的影响是我们接受外国文学影响的第一次高潮的话，那么自19世纪中期至20世纪则是我们接受外国文学影响的第二次高潮。特别是从19世纪末起，一方面西方的政治、经济和文化思想被大量地介绍到中国来，另一方面西方的文学作品，尤其是小说，也被大规模地引入。据不完全统计，在晚清时期，我们翻译出版的外国小说多达400部左右，其中绝大多数是西方小说；仅1907年一年，我们翻译出版的外国小说便有80部之多，其中包括英国小说32部，美国小说22部，法国小说9部，俄国小说2部，其他国家小说15部。当时的著名翻译家林纾与别人合作翻译出版了180多部外国小说，主要也是西方小说。到了1919年"五四"运动前后，介绍、翻译、出版和研究西方文学的工作更加令人瞩目，不但数量多得惊人，质量也大有提高,从而大大地扩展了中国作家和读者的视野,有力地推动了中国文学的现代化进程。中国现代文学的旗手鲁迅曾经指出,中国现代小说的产生,一方面是由于社会的要求,一方面则是受了西洋文学的影响,而他自己创作小说时所仰仗的也全在先前看过的百来篇外国作品和一点医学上的知识。从"五四"到现在,西方文学对中国文学的影响几乎是持续不断的。中国作家本着"拿来主义"的态度,努力加以借鉴,努力使中国文学更快地走向世界。

在朝鲜,西方文学的影响也是不可否认的存在。早在19世纪末和20世纪初从旧文学向新文学过渡的启蒙阶段,所谓"翻译政治小说"便成为推动新文学的基础和文坛广为流行的作品,如《瑞西建国志》、《爱国夫人传》和《柯苏特传》等都是当时的名篇。1919年前后,被誉为现代短篇小说开拓者的金东仁(1900~1951)主持《创造》杂志,大量介绍西方各种文学流派,将浪漫主义、自然主义、感伤主义和惟美主义等引入朝鲜,在文坛上掀起了巨大浪潮,从他本人的创作中也可以清楚地看出这些倾向的影响。20年代初期,无产阶级文学在文坛兴起,其成员大多到过日本,并在日本接受了马克思主义,阅读了高尔基等苏联作家的作品,站在了以金东仁为代表的纯文学派的对立面。第二次世界大战以后,朝鲜分为南北两部分,北方坚持沿着无产阶级文学的道路走下去,南方则广泛地吸收西方多种流派,特别是各式各样现代派的影响。如50年代产生的"战后文学派",对现实社会表示不满,在创作上受到卡夫卡、加缪和萨特的影响;而60年代产生的"新感觉派",重视表现技巧却忽视社会功能,可以说是弗洛依德学说和存在主义文学在朝鲜影响的产物。

越南从1884年起沦为法国的殖民地,所以越南近现代文学首先接受的是法国文学的影响。这种影响突出表现在三个方面:一是对30年代新诗派的影响。新诗派是在法国的自然主义、浪漫主义、达达主义和象征主义等流派传入的基础上形成的,该派的主要代表诗人都与法国诗人有着各种各样的联系,如范辉通(1916~1988)受雨果、缪塞等浪漫主义诗人的影响较多,刘重庐(1912~?)和世旅(1907~1989)受瓦莱里等象征主义诗人的影响较多。二是对"自力文团"派小说的影响。"自力文团"成立于1932年,是一个具有浪漫主义倾向的文学团体。该派作家从法国浪漫主义文学中寻找根据,特别对马拉梅、纪德、热内等人的作品感到兴趣,其创作含有感伤主义、神秘主义等多种色调。三是对现实主义派的影响。这个流派也形成于30年代,左拉强调小说必须真实的思想成为该派的重要理论依据之一。此外,无产阶级文学所接受的外来影响则主要来自苏联文学方面,如高尔基和马雅可夫斯基的作品,日丹诺夫的理论等。

缅甸于1852年被英国殖民主义者占领,它的近现代文学受到英国以及其他西方国家文学的影响。以下几个实例便是这种影响的集中表现:第一,在19世纪末和20世纪初,曾经出现过一个介绍、翻译西方文学的热潮,先后出版了班扬的小说《天路历程》和笛福的小说《鲁滨孙漂流记》等,令人大开眼界,有力地促进了新文学的诞生。第二,在介绍、翻译西方文学的基础上,缅甸作家开始进行学习和模仿,詹姆斯拉觉(1866~1921)出版于1904年的小说《貌迎貌玛梅玛》就是一例,它的前九章是根据大仲马的《基督山伯爵》改写的。第三,在30年代,仰光大学的一些青年,受到英国文学的启迪,决心革新缅甸文学,从事新的创作实验,掀起了所谓"实验文学"运动。第四,1937年,一批具有进步政治观点的青年作家,效法英国的左派读书俱乐部,成立"红龙书社",创办《红龙杂志》和《红龙新闻》,以文学为武器,从事反帝斗争。第五,1947年,组成"缅甸翻译协会"(后改名为"缅甸文学宫"),翻译、出版了大批介绍西方文化和西方文学的著作,对战后文学的发展起了很大的推动作用。

泰国新文学是从19世纪末和20世纪初起步的,其后经历了四个时期,这四个时期都与西方文学有密切的关系。第一个时期称为"翻译时期",主要工作是翻译出版英国和法国的作品,尽管选材不精和译文有误,但仍起了启蒙的作用。第二个时期称为"模仿时期",主要工作是模仿和改编,即借用西方文学作品的故事情节,将人物和地点都改成泰国的,以便适合泰国人的阅读口味。第三个时期称为"融合时期",主要工作是自己进行创作,但仍然具有模仿和改编的痕迹,如从历史小说里可以看出英国小说家柯南道尔的《拿破仑皇帝》的影响。第四个时期称为"独立时期",主要工作是自己独立创作,其标志是在思想内容上已经民族化了,在艺术形式上仍以学习西方文学为主,但也有了新的创造。

印度尼西亚的近现代文学也受到了西方文学的深刻影响。大约正因为如此吧,所以在该国近现代文学发展史上一直存在着"民族性"和"世界性"的争论。例如,在30年代,曾经发生过"东方派"和"西方派"的论战,后者对民族文化传统持否定态度,主张全盘西化;前者则认为应当继承和发扬民族文化传统,保持民族特性。西方文学对印度尼西亚文学的影响是多方面的,既有浪漫主义、自然主义、现实主义等传统文学的影响,也有现代主义、后现代主义等现代派文学的影响。后者如40年代日本占领时期,一部分具有新思想的青年作家以西方现代主义文学为武器，在创作的内容和方法上力图革新，开创所谓"新潮文学"；又如60年代新政权建立之后，许多作家热中于反传统和反理性，打着"试验文学"的旗帜，极力向西方现代主义和后现代主义文学学习，他们在小说、诗歌和戏剧等领域写出了一系列的作品。

印度由于长期处在英国殖民者的统治下，所以自19世纪兴起的近代文学以及其后的现代文学也首先受到英国文学的影响。19世纪末，许多富有革新精神的作家，以莎士比亚、弥尔顿、拜伦和雪莱等为榜样，提出了反映新生活和新时代的主张，形成了所谓启蒙复兴文学高潮。20世纪二三十年代，在英国以及其他西方国家的浪漫主义文学和现实主义文学影响下，印度文坛上先后形成了浪漫主义文学和现实主义文学的高潮，前者以泰戈尔为代表，后者以普列姆昌德为代表。四五十年代，又有所谓"实验主义文学"产生，它显然是受到了英国以及其他西方国家现代主义文学的影响，其具体表现为孟加拉语文学中的超现实主义，印地语文学中的实验主义等。五六十年代以后，这种实验主义文学又嬗变为新诗派、新小说派、非诗歌派和非小说派等现代主义流派。如新诗派接受了弗洛依德主义、西方马克思主义、存在主义、象征主义、意象主义和结构主义等的综合影响，力求创新；新小说派最先接受的是意识流小说的影响，其后也吸收了其他现代主义和后现代主义的因素。

伊朗近现代文学的产生和发展同样离不开引入、利用和借鉴西方文学。在戏剧方面，伊朗的传统戏剧很不发达，只有一些宗教剧保留下来；而新的戏剧则是在效法欧洲古典主义戏剧，尤其是莫里哀戏剧的过程中逐渐兴起的。如卡玛尔·韦扎拉（1875～1930）的三幕喜剧《哈杰·雷亚伊汗》，又名《东方的达尔杜弗》，是模仿莫里哀的《吝啬鬼》写成的。在小说方面，从19世纪后半期起，西方小说开始进入伊朗，初期流行较广的有大仲马的《基督山伯爵》和雨果的《悲惨世界》等，从霍斯拉维·克尔曼沙希（1850～1919）的小说《沙姆斯与托格拉》、《马丽·威尼西》和《托格雷尔与胡玛》中，便可看出《基督山伯爵》的影响痕迹。在诗歌方面，由古典格律诗向现代自由诗转化的长期过程中，西方自由诗所起的作用也是显而易见的，如以诗人尼玛·尤什吉（1897～1960）的名字命名的"尼玛体自由诗"，可以说是伊朗古典格律诗和西方自由体诗歌（特别是法国浪漫主义诗歌和象征主义诗歌）互相融合的结果。

阿拉伯国家离欧洲较近，阿拉伯近现代文学受欧洲文学影响也更深一些。早在19世纪前期，阿拉伯人便着手介绍和翻译西方著作，起初偏重科学技术，后来也涉及文学艺术。到19世纪末和20世纪初，已有大批小说和戏剧被译成阿拉伯文，在阿拉伯出版发行。如黎巴嫩翻译了莫里哀的《吝啬鬼》、笛福的《鲁滨孙漂流记》、莎士比亚的《罗密欧与朱丽叶》等，埃及翻译了莫里哀的《太太学堂》、雨果的《悲惨世界》、歌德的《少年维特之烦恼》等。尽管这些译著未必完全忠于原著，难免出现这样那样的错误，有的地方还有意将其"阿拉伯化"，但它们在促进新文学的诞生方面所起的巨大作用却是不容置疑的。其后，在阿拉伯文学发展的各个阶段和各个领域，也都可以看到西方文学的显著影响。例如，在二三十年代活跃于文坛的阿拉伯"旅美派"（又称"叙美派"）文学，可谓阿拉伯文学与西方文学的结晶。该派成员于1920年在纽约组成"笔会"，其目标是革新阿拉伯文学，使阿拉伯文学从旧框架中解放出来。"笔会"成员是阿拉伯人，植根于阿拉伯文化的土壤之中，相信阿拉伯文化的价值；又长期生活在美国，普遍接受了西方文化的影响，承认西方文化的成果。他们（以纪伯伦、努埃曼和雷哈尼为代表）的创作可以说是东西方文学结合的产物。又如，阿拉伯战后的小说形成了多元化的新格局，包括新浪漫主义、写实主义、社会主义现实主义和现代主义等等，这些不同倾向的文学分别受到西方文学不同流派的影响，其中现代主义文学受西方文学的影响尤深，意识流小说、存在主义文学和超现实主义文学都在阿拉伯文学中扎下了根。

最后我们还应提到东非、西非和南非（南部非洲）的文学。在这个广大地区，外来语言（英语、法语和葡语等）文学接受西方文学影响是不言而喻的，即使是当地语言（斯瓦希里语和豪萨语等）文学也离不开西方文学的影响。就总体而言，非洲新文学乃是民族文化传统和西方文化、民族文学传统和西方文学互相撞击、互相融合的结果，西方文化和西方文学中的思想倾向、创作方法（如浪漫主义、自然主义、现实主义、表现主义、结构主义、意识流小说、荒诞派戏剧、魔幻现实主义小说等）都深深地影响了非洲文学。

以上内容是参照周扬主编《中国大百科全书·中国文学》、冯至主编《中国大百科全书·外国文学》、季羡林主编《东方文学史》、高慧勤和栾文华主编《东方现代文学史》以及有关国别文学史写成的。但这些内容仍然属于举例简介性质的，不能包容全貌。为了更清楚地说明问题，以下以接受西方文学影响最积极、受到西方文学影响最深广的日本文学为例。

第四节　近现代东西方文学的交流和影响（中）

日本近代文学始于1868年的"明治维新"运动。在这个运动中，日本当局为了迅速达到富国强兵的目的，向着西方世界敞开了自己的大门，大量地从西方引进各种先进的思想意识、科学技术、文化教育、社会制度，而这些措施则有力地推动了日本社会的进步，促进了物质生产的发展，刺激了精神生活的变化，使日本迎来了所谓"文明开化"的时代。与此同时，以福泽谕吉（1834～1901）等人为代表的"明六社"发起思想启蒙运动，宣传西方文化，主张人人平等，提倡进行变革。日本近代文学正是在这种社会背景下诞生的。

在日本近代文学史上的启蒙时期（1868～1886），首先应当提到翻译文学，因为翻译文学的流行是西方文学影响的直接表现。早在1872年就有《鲁滨孙全传》（即笛福的《鲁滨孙漂流记》）等翻译作品之先驱问世，但大规模地开展这项工作则是在1878年以后。主要成果有英国作家李顿（1803～1873）作品的译本《花柳春话》（丹羽纯一郎译，1878）、《伦敦鬼谭》（井上勤译，1880）、《慨世者传》（坪内逍遥译，1885），英国作家迪斯瑞里（1804～1881）作品的译本《春莺传》（关直彦译，1884）、《三英双美政海情波》（渡边治译，1886）。此外还有凡尔纳（1828～1905年，法国作家）的作品译本《月球旅行记》和《海底两万里》，大仲马的作品译本《西洋血潮小暴风》和《自由之凯歌》，莎士比亚的作品译本《自由大刀余波锐锋》（即《裘力斯·凯撒》），巴尔扎克的作品译本《幽谷百合》，雨果的革命故事，关于俄国虚无主义政党活动的记录等。不过这些译本的水平不高，译文生硬粗糙。到了1888年，二叶亭四迷翻译的屠格涅夫的《幽会》（即《猎人笔记》）和《邂逅》（即《三次会见》）问世，才真正提高了日本文学翻译的水准，他的译文不仅忠实于原作，而且采用言文一致的文体，文笔流畅、清新。翻译文学的流行开阔了日本作家的视野，推动了政治小说的出现（当然，政治小说的出现还有其政治原因，即1874年由后藤象二郎和板垣退助等人发起的资产阶级民主主义革命——自由民权运动）。政治小说包括户田钦堂的《情海波澜》（1880）、矢野龙溪的《经国美谈》（1883）、东海散士的《佳人奇遇》（1885）、末广铁肠的《雪中梅》（1886）和《花间莺》（1887）等。如《佳人奇遇》写的是作者游历欧美期间会见各国志士仁人所进行的激昂慷慨的谈话。这类小说虽然艺术价值不高，但却具有明确的政治目的。它的出现显然是受到了翻译文学中那些政治色彩浓厚的作品的影响。

除翻译文学和政治小说外,这个时期还在文坛上出现了文学改良运动。这个文学改良运动也与西方文学有密切关系。所谓文学改良运动,大体上包括文学理论和创作实践两个方面。在文学理论方面,起初翻译介绍了若干西方文学理论著作,如英国学者钱伯斯(1866～1954)的《修辞和文章润色》、美国学者芬诺洛萨(1853～1908)的《美术真说》和法国学者维龙(1825～1889)的《美学》等;随后则发表了日本学者自己的研究成果,主要代表是坪内逍遥(1859～1935)在欧洲文学理论(特别是英国文学理论)影响下写作的《小说神髓》(1885)和二叶亭四迷(1864～1909)以俄国文学批评家别林斯基(1811～1848)的文学理论为基础而写作的《小说总论》(1886)。在《小说神髓》里,作者批判轻视小说的传统观念,强调小说具有重要的社会地位,主张小说应当以写实主义的方法反映社会现实,描写人物心理。《小说神髓》在日本近代文学史上具有重要意义,它是日本文坛上第一次提出的系统的新文学理论,对其后不久形成的现实主义文学和自然主义文学产生了很大的影响。在《小说总论》里,作者批判了仅仅注重外形描写的写实论,阐述了艺术的实质,指出艺术是认识真理的手段,认为小说必须写实,必须借助"实相"反映"虚相",即通过现象表现本质,提倡现实主义的创作方法。在创作实践方面,是从模仿欧洲诗歌、创作新体诗歌起步,逐步扩展到改良小说、改良戏剧和改良文体的。最早出面倡导新体诗歌的是外山正一等三人发表的《新体诗抄》,其中包括他们翻译的英国诗人丁尼生(1809～1892)、金斯莱(1819～1875)和莎士比亚的诗歌14首,以及他们自己创作的诗歌5首。该诗抄的"序文"指出,生活在新日本的国民,要抒发其情意,就不能不采用当代日语和欧化诗型。可见他们是受到欧洲诗歌的启发,模仿欧洲诗歌的形式的。不过,他们的诗歌艺术水平不高,他们的努力只是一种尝试。在他们之后,又有汤浅半月、山田美妙、森鸥外等人继续进行新诗翻译和创作活动(其中特别是以森鸥外为首的新声社同人合译的《面影》具有较高艺术价值),为下一阶段日本近代诗歌的确立开拓了道路。

在日本近代文学史上的确立时期(1887～1904),现实主义文学和浪漫主义文学两方面都受到了西方文学的影响。在现实主义文学方面,这时的主要代表作家作品是二叶亭四迷的长篇小说《浮云》,而《浮云》则是他的论文《小说总论》的具体实践,是以别林斯基文学理论为基础的文学观点的具体实践。在浪漫主义文学方面,这时的主要代表作家作品一是森鸥外的创作,二是以《文学界》为核心的同人的创作。森鸥外是德国留学生，回国后致力于西方文学的翻译和介绍工作，同时他的创作也深受西方文学的影响，他的小说《舞姬》、《信使》和《泡沫记》不仅故事内容是根据他在德国留学时的生活体验写成的，而且在创作方法上也与欧洲浪漫主义文学颇为相近，充满了异国情调和浪漫色彩。《文学界》是以北村透谷（1868～1894）为首的文学刊物。北村透谷深受西方自由民主思想影响，早年参加自由民权运动，其后从政治转向文学。他所发表的诗剧《楚囚诗》和《蓬莱曲》显然受到了英国诗人拜伦作品的启迪。在北村透谷的思想和创作的强烈影响下，当时岛崎藤村（1872～1943）、樋口一叶（1872～1896）等人的创作都带上了浓厚的浪漫色彩，甚至一度成为了日本近代浪漫主义文学的主流。如岛崎藤村的早期诗歌创作集——《藤村诗集》（包括《嫩菜集》、《一叶舟》、《夏草》和《落梅集》），以优美的韵律讴歌时代的青春和作者的青春，充满浪漫气息。他可以说是当时首先写出真正的新体诗，并将其提高到艺术领域的诗人。

在日本近代文学史上的成熟时期（1905～1911），无论是夏目漱石的创作，还是自然主义文学运动，或者是其他作家的创作，都与西方文学有着各种各样的联系。就夏目漱石来说，他初期学习的是英国文学，接受的是英国文学的影响，从中世纪到19世纪末、20世纪初的文学作品都在他的视野之内。他的小说《幻影之盾》和《薤露行》取材于中世纪英国的传奇故事；莎士比亚的戏剧（如《哈姆雷特》、《麦克白》、《理查三世》等）在他的《伦敦塔》、《琴之空音》和《虞美人草》等小说中留下了明显的痕迹，他的文学理论专著《文学论》中所用的例子也以莎士比亚的作品最多；他的长篇小说《我是猫》的文风深受十八九世纪英国低回、幽默、讽刺文学（如斯威夫特的小说《格列佛游记》）的影响；他的长篇小说《过了春分时节》的结构方式及其侦探格调和传奇色彩等，可能与斯蒂文森的故事集《新天方夜谭》有着某种关联。其后，他的视野又从英国文学进一步扩展到欧洲大陆的文学（如易卜生、苏德尔曼等人），从十八九世纪的文学扩展到19世纪末、20世纪初的文学。这种变化固然是与欧洲文学的日文翻译作品越来越多，传播范围越来越广，日本读者的观点和趣味不断发生变化有关，不过夏目漱石似乎比一般读者水准更高，比一般作家水准更高，他所吸收的不仅限于个别的艺术方法和手段，而是着眼于更广更深的方面，从精神到题材到形式都加以摄取，并且不是生吞活剥，而是融会贯通，使之成为自己的东西。

再就自然主义文学运动来说，它是在法国自然主义文学思潮的直接启示下产生的。法国的自然主义文学思潮出现于19世纪70年代前后，其创始人是左拉（1840～1902）。左拉在他的《实验小说论》等著作中，一面声明自己是巴尔扎克和司汤达尔的继承者，一面又认为巴尔扎克和司汤达尔的方法与所谓"科学"方法相去甚远，认为他们的作品还不是真正科学的，还包含着若干浪漫主义的因素。左拉认为一个作家应当是单纯的事实记录者，不应当在作品里表示自己的态度，掺入自己的理想，提出自己的评判。他甚至认为一个作家同时应当是一个特殊的生理学家、病理学家和遗传学家，从生理学、病理学和遗传学的角度考察人，描写人。他说："我不愿做政治家、哲学家、道德家，我只要做一个学者就满意了；我要表现现实，而且寻找现实内部所隐藏的东西，但我是不作结论的。"早在1890年前后，森鸥外、德富芦花等人就已经把左拉的理论介绍到日本来了。1900年左右，小杉天外（1865～1952）等人着手创作左拉式的小说（如《流行曲》），主张客观主义的写作态度，对自然现象和社会现象都不加以任何评价，只是冷静观察，如实描写，被认为是日本自然主义文学的初期阶段。不过，小杉天外等人虽然把自然主义作为他们的创作方法，但却未能深入领会左拉所强调的科学实证精神。1906年岛崎藤村发表《破戒》和1907年田山花袋（1871～1930）发表《棉被》，标志着日本自然主义文学的正式确立。这种文学既有敢于正视现实、勇于面对人生的积极方面，又有把人当作生物加以描写、忽视人的社会性质的消极方面。

在日本近代文学史上的分化时期（1912～1918），活跃于文坛的惟美派、白桦派和新思潮派也都与西方文学关系密切。如惟美派是在欧美惟美派文学，特别是法国惟美派文学的影响下产生的。日本惟美派文学的首创者永井荷风（1879～1959）通晓英语和法语，早年便对左拉的自然主义产生了兴趣，并在它的影响下发表了《地狱之花》等小说。随后几年前往美国和法国生活，进一步受到西方文化和文学的熏陶，先后出版小说集《美国的故事》和《法国的故事》。其后，在西方惟美主义思潮的影响下，他的创作逐步走上了惟美主义道路。又如白桦派是在日本当局镇压革命活动的严峻形势下登上文坛的，但他们却带着青春的蓬勃朝气，主张尊重自然的意志和人类的意志。这一方面可能是因为他们大多出身于上层社会，大多属于贵族资产阶级子弟，大多毕业于贵族资产阶级子弟学校——学习院，不愁吃，不愁穿，不懂得现实的残酷和人生的艰难；另一方面则可能是因为他们深受西方文化和西方文学的感染，他们以及当时的许多人都喜欢阅读歌德、惠特曼（1819～1892年，美国诗人）、托尔斯泰、梅特林克（1863～1949年，比利时作家）的作品，热心钻研尼采（1844～1900年，德国哲学家）、柏格森（1859～1941年，法国哲学家）、倭铿（1846～1926年，德国哲学家）、李普斯（1851～1914年，德国哲学家）的著作，十分欣赏塞尚（1839～1906年，法国画家）、凡高（1853～1890年，荷兰画家）、戈庚（1848～1903年，法国画家）的画作以及罗丹（1840～1917年，法国雕塑家）的雕塑等等。在这种条件下，他们才能暂时忘记严酷的社会，保持良好的心境，抒发光明的理想。

在日本现代文学史上的战前时期（1919～1945），除上述近代文学的流派继续活动外，更加引人注目的是无产阶级文学派和各式各样的现代派，二者都来源于西方文学。日本的无产阶级文学运动可分为三个阶段：成立阶段（1915～1923）、发展分裂阶段（1924～1927）和联合统一阶段（1928～1934）。关于日本无产阶级文学产生于何时的问题，大体上有两种说法：一种认为是从1915年开始出现的"工人文学"起步的，另一种认为是从1921年创刊的《播种人》起步的。无论哪种说法，它的产生都与西方文学的影响分不开。如《播种人》于1921年2月创刊，1923年9月停刊。其主要成员小牧近江于1919年在法国结识进步作家巴比塞（1873～1935），当时巴比塞正在创立文艺界的国际组织"光明社"，目的在于团结全世界的进步文艺工作者，开展反对帝国主义的战争。小牧近江与巴比塞商量，决定回国以后也在日本开展"光明"运动。这便是《播种人》的由来。该刊在创刊号上发表的宣言写道："我们为现代的真理而战斗；我们是生活的主人；否定生活的人毕竟不是现代人；我们为生活而拥护革命真理；因此，《播种人》要站起来，和全世界的同志一同站起来。"该刊的主要社会活动也与欧洲有密切关系，即呼吁援救俄国的饥饿民众，反对帝国主义的侵略战争，反对武装干涉苏联等。该刊在文学上提出了"艺术是阶级的武器"的口号，这是马克思主义的影响；同时其成员的创作也接受了托尔斯泰、陀思妥耶夫斯基、高尔基、辛克莱（1878～1968）、杰克·伦敦（1876～1916）等西方作家的影响。1923年《播种人》被迫停刊后，其主要成员又于1924年6月创办《文艺战线》，因之一般认为《文艺战线》是《播种人》的继续，而《文艺战线》的创刊则标志着日本无产阶级文学运动进入了第二阶段。《文艺战线》以及其后的日本无产阶级文学运动可以说是以苏联文学为楷模的。如1925年1月号的《文艺战线》发表莫斯科无产阶级文学联盟国际事务局的《告全世界的普罗作家书》,说明1924年7月10日出席共产国际第五次代表大会的代表,同苏联作家一起开会决定,号召全世界真正的艺术家团结起来,参加无产阶级的革命斗争。为了响应这个号召,日本便于1925年12月6日成立了"日本普罗文艺联盟"。该联盟的纲领是:建立黎明时期的无产阶级文化;在广阔的文化战线上与统治阶级展开斗争。但可惜的是,这个组织于第二年就分裂了。分裂的原因当然与日本共产党的路线有关,而日本共产党的路线又与匈牙利卢卡契(1885~1971)的思想影响有关。经过一段时间的分裂以后,1928年4月26日日本无产阶级文学界又宣布成立全国统一的组织——"全日本无产阶级艺术联盟",使日本无产阶级文学运动进入了第三阶段。我们只要从这时日本无产阶级文学的重要理论家藏原惟人(1902~1988)所发表的文章中,便不难看出当时的苏联文学对日本文学的影响是多么深刻了。藏原惟人早年攻读俄语和俄罗斯文学,并曾在苏联工作,接受苏联文学的影响。回国以后开始投身于日本无产阶级文学运动,一面翻译普列哈诺夫的《艺术与社会生活》和《俄国共产党的文艺政策》等书,一面发表大量评论。如在1928年5月发表的《通向无产阶级现实主义的道路》里,他根据苏联和日本无产阶级文学的经验,提出了无产阶级现实主义的创作方法;而在1930年9月至10月发表的《关于艺术方法的感想》里,他又根据苏联的新提法,将无产阶级现实主义的创作方法改为唯物辩证法的创作方法,认为后者更正确、更清楚。可见他的理论是以苏联文学理论为依据的。以上是日本无产阶级文学与西方无产阶级文学的联系,至于日本各式各样的现代派文学(如新感觉派、新兴艺术派等)与西方现代派文学的联系,更是显而易见的事实了。

  在日本现代文学史上的战后时期(1945年以后),由于日本和世界社会形势所发生的急剧变化,日本文坛和世界文坛形势所发生的急剧变化,日本文学与西方文学的联系进一步加强,日本文学受西方文学的影响进一步加深,其中尤其以现代派文学(含现代主义文学和后现代主义文学)最为明显。不过,日本战后文学接受西方文学影响的形式有所变化,即日本战前文学尚处于学习模仿阶段,其表现为紧步西方后尘,西方出现一个文学思潮和文学运动,日本也跟着出现一个文学思潮和文学运动;而日本战后文学则进入了独立自主阶段,表现为虽然也接受西方影响,可是不再原封不动地照搬了。限于篇幅,在日本战后出现的五花八门的现代派文学中,我们仅举战后派、无赖派、内向一代派为例说明。

战后派各个作家的经历、作风、文学理想等有不少差异；但具有与战前文学不同的若干新因素，乃是他们的共同点。所谓新因素，从其作品的思想内容上说，一是重视反映社会现实，二是重视表现自我意识；而从作品的艺术表现上说，则是努力突破传统的现实主义、自然主义和专写个人身边琐事的私小说方法，广泛吸收西方文学当今流行的各种现代派的方法，如意识流小说、超现实主义、存在主义等等。一般来说，他们不大注重故事情节，不大注重描述人物行为的表面现象；而是着重描写人物行为的心理动机，分析他们的内心感受，力图深入开掘他们的主体意识和精神境界。战后派立意创新，以革新为己任，尽力摆脱战前文学的束缚，抛弃战前文学的框架，甚至要与战前文学切断联系。该派理论家本多秋五在《战后文学的作家和作品》一文中说："若说'战后文学'没有从战败以前文学学习过任何东西，那是弥天大谎。不过，'战后文学'是对战前所有文学都不满意的，是和它切断了关系，至少是想切断关系的。"[1]大约也正因为如此吧，所以对于一般日本读者来说，战后派作家的作品是比较费解的。如被评为"战后派作家第一声"的野间宏的《阴暗的图画》，在杂志上连载时，就以其独特感受和新颖手法引起广泛注意，但同时也使人觉得难以理解。本多秋五在叙述当时人们的印象时写道："对于今天的读者来说，也许以为当时觉得极难理解的《阴暗的图画》，不过是文学发展上一个业已踏平的里程碑；但在那时，像开头之类的描写，几乎被认为怪物一般。这种思想，这种思考方法，这种感受性，究竟从何而来呢？令人感到茫无头绪。到了夏天，在《黄蜂》第二号上发表了第二部分以后，一面的确感到有些切身的问题，另一面仍然觉得有些难以捉摸之处。即使读完全文之后，也不能说充分理解了。"[2]不过，尽管战后派作家极力要与战前文学切断联系，但在实际上这种联系是不大可能完全切断的。这是因为，所谓与战前文学切断联系，其实主要是指与战前的传统现实主义、自然主义和私小说切断联系，而这种联系也很难说完全切断了；至于与战前业已传入日本并在日本逐步成长起来的现代派文学，那大概就不是什么切断联系，而是在新的形势下继续使之向前发展并且更加完善的问题了。小田切秀雄在《现代日本文学史》一书里谈到这个问题时指出："大部分作为战后文学的特色而提出的问题，早在自大正（1912～1926）末年、昭和（1926～1988）初年至昭和12年（1937年，这一年日中战争进入新阶段）之间业已以各

---

[1] 转译自［日］松原新一等：《战后日本文学史·年表》，日本东京讲谈社1979年版，第57页。
[2] 同上，第28页。

种萌芽的形式被提出，被尝试，并在某种程度上被推进了。诸如先锋派、超现实主义、追求社会的和社会主义的人性、分裂和解体的人性问题、新心理主义和意识流的尝试、弗洛依德主义、存在主义、'组织与人'的问题等等便是。当这些东西透过严密的检查网开始取得进展时，却被军国主义和战争破坏、扭曲或葬送了。由于战败，它们才产生了试图彻底加以发展的可能性。从这个意义上说，战后文学在昭和初年已经产生，只不过是在尚未充分展开时就暂时中断了。"① 这里讨论的虽是战后派文学与战前文学的关系问题，其实从中也不难看出战后派文学与西方现代派文学的联系是多么密切了。

无赖派文学是日本战后的特殊产物，是具有鲜明特点的。它的第一个特点是对传统和权威持批判、否定和反抗的态度，第二个特点是带有明显的颓废情调，而第三个特点则是在创作方法上力图革新。他们深感对日本战前文学影响很大的现实主义和自然主义已经成为束缚战后文学向前发展的框框，因此必须有勇气打破它。他们认为，以描写客观对象为中心的现实主义和自然主义的表现方法是公式化的，不加批判地使用这种方法等于向现有秩序投降，再也没有比把已经形成了的事实说成事实，把已经被承认的真实说成真实更容易、更卑怯的了。所以，他们极力想要创造一种更加自由自在的小说创作方法。在这个创造过程中，他们中的多数人都或多或少地受到过西方现代派文学（如乔伊斯、普鲁斯特、波德莱尔、纪德等）的熏陶，有意无意地接受了西方现代派文学的影响；尽管很难明确指出他们主要采用哪一现代流派的方法，但是他们受到现代派的熏陶和影响，采取反现实主义和反自然主义的态度却是确定无疑的。以无赖派代表作家太宰治而论，他的作品从根本上说是主要描写自己的，他所刻画的人物或者是自己的化身，或者是自己的分身；但他并不像私小说作家那样完全如实地描写自己的实际生活。这首先是因为，他对自己的实际生活并不满意，而且异常怕羞；所以不肯把连自己都不满意的实际生活写出来给人看，更不能忍受暴露自己实际生活所引起的难堪心理。其次是因为，他反对把创作作为自我救济的手段，讨厌像私小说作家那样用创作排除自己在实际生活中所产生的郁闷情绪。所以他写的其实是自己的愿望和自己的可能，其实是在批判自己和否定自己。这一点也与私小说作家所特有的无批判的自我肯定态度大相径庭。与此相关，他在文体上也努力革新，以便使读者产生强烈的共鸣；甚至于可以说，他几乎要把日本过去的文章形式全都加以破坏，而只把单词保留下来。

---

① 同上，第29页。

于是他创造出了一种特殊的文体——大量省略助词，变态使用标点，有时形成断断续续的只言片语，有时变成梦话一般的胡言乱语；但却能把他的感受充分地传达给读者，使读者的心灵受到触动。不过，面对文学艺术与现实生活的联系问题，无赖派作家的态度似乎是有所不同的，坂口安吾（1906～1955）和太宰治虽然想要沟通二者的联系，可是似乎始终未能提出具体可行的办法，结果变成不了了之；而石川淳（1899～1987）和石上弦一郎（1910～？）等人则明确主张切断这种联系，以便放手创造自己的文学世界。无论哪种态度，都与西方现代派文学的精神有相通之处。

内向一代派文学也是具有鲜明特点的。它的第一个特点是不关心政治、不理解社会和不认识现实，第二个特点是埋头于自我的范畴之中，而第三个特点则是往往使用超现实主义、表现主义、象征主义和存在主义之类的西方现代派文学创作方法写作。他们喜欢采用一些非现实的和超现实的形象来表现日常生活世界和人物内心世界，因而在他们的作品里常常出现某些按照常规难以理解甚至无法理解的东西，有时又通过所谓"曲折的光线"反映普通的生活感受，构成一种性质独特的形象。这一方面是因为，内向一代派作家不肯直接面对现实和反映现实；另一方面是因为，他们大多在大学学习过西欧文学，有的还到西欧国家留过学，研究过西欧文学，撰写过西欧文学论文，对西欧文学，特别是西欧现代派文学具有浓厚的兴趣，并且深受其影响，所以西欧现代派文学所常用的超现实主义、表现主义、象征主义和存在主义等创作方法，便成了他们得心应手的武器。例如典型的内向一代派作家后藤明生（1932～1999），在长篇小说《夹击》里写一个中年男子，某一天忽然想起自己曾在20年前上东京考大学时，无意中丢了一件外套，于是动身前往东京寻找，终于一无所获的故事。令人感到兴味的是，由于主人公怀疑自我的存在，所以小说不得不想方设法证明这个自我的存在，然而这实际上又是很难证明的。于是就出现了这样的微妙情况：主人公拿不出什么充分的理由和根据来证明自己是确实存在的，他没有机会进行自我告白，他不能算是"自己"；他是怎样一个人呢？谁也不知道；他的人生到底存在不存在呢？也没有什么人知道。这大概就是说，这个人物并不是一个具有内在个性特征的独立存在，他不过是不断出现的众多人物中的一个个体，不过是成千上万颗沙粒中的一颗沙子而已。属于内向一代派的评论家秋山骏写道："这就是内向一代文学的特征。他们必须在这种自我认识（不如说是自我怀疑）和小说批判的基础之上寻找创作新型小说的可能性。他们的奇妙和新鲜之处在于，既要描写自己，但又非得把他写得不像自己才行；既要写作小说，但又非得让它不像小说的样子才行。"①

第五节　近现代东西方文学的交流和影响（下）

上两节我们主要谈的是近现代西方文学对东方各国文学整体发展的影响，这一节我们主要谈谈近现代西方文学对东方各个作家创作的影响。不言而喻，近现代时期几乎所有的东方作家的创作都受到了西方文学的影响。但若从各个作家接受西方文学影响的态度和所走的道路来考察，笔者以为大体上可以分为两种类型：第一种类型的作家尽量要向西方文学看齐，走的是"全盘西化"的道路；第二种类型的作家则力求将东方文学传统与西方文学影响结合起来，走的是"东西结合"的道路。前者可以安部公房为例，后者可以川端康成为例。

安部公房早在大学时代就热心阅读西方文学作品，尤其是对奥地利作家里尔克（1875～1926）的作品产生了浓厚的兴趣（里尔克以1902年发表的诗集《图像集》和1910年发表的长篇小说《马尔特·劳里茨·布里格记事》闻名于世。他的作品提出了日后的存在主义哲学所力图阐明的基本问题，被认为是存在主义文学的先驱之作），并且模仿里尔克的《图像集》动手写起诗来，1947年曾将这些早年诗作集为一册自费出版，取名《无名诗集》。从1948年起，他正式走上文坛，先后参加过多种文学团体和政治团体，受到过多方面的思想影响。如1948年初，与野间宏和花田清辉等人共同组成文艺团体"夜会"，受到先锋派文艺家花田清辉所谓"超现实主义和马克思主义综合"理论的影响，对于超现实主义产生了很大的热情；同年夏天，参加《近代文学》同人杂志（《近代文学》是战后派的主要理论刊物），成为战后派的第二批成员之一；1949年接受马克思主义理论，加入日本共产党等。与此同时，他陆续发表和出版了一系列具有浓厚异端色彩的作品，如《终点的路标》（1948）、《黎明前的彷徨》（1949）、《红茧》（1950）、《墙壁——S．卡尔玛氏的犯罪》（1951）、《闯入者》（1951）、《野兽们向往故乡》（1957）、《沙女》（1962）、《旁人的脸》（1964）、《朋友》（1967）和《樱花号方舟》（1984）等。

安部公房的世界观和文艺观是复杂的、多变的。他曾在评论集《猛兽的心，计算机的手》一书"后记"里写道：我自己无论是在思想上还是在方法上，都

---

① 转译自［日］松原新一等：《战后日本文学史·年表》，日本东京讲谈社1979年版，第427页。

经历了从存在主义到超现实主义再到共产主义的三大转折。这里所说的存在主义,大约是指1943年至1947年热心阅读里尔克作品并加以模仿的阶段;所说的超现实主义,大约是指1948年参加"夜会"并接受花田清辉理论影响的阶段;所说的共产主义,大约是指1949年后接受马克思主义并加入日本共产党的阶段。不过,这种提法只能说明一个大概情况。事实上,存在主义和超现实主义的影响恐怕始终没有从他身上消失,尤其是在文学创作方面,其影响是相当深刻的,甚至是起决定性作用的。以《墙壁——S.卡尔玛氏的犯罪》为例。这个短篇小说是安部公房获得芥川奖的作品,是他在文坛上确立地位的作品。在这篇小说里,主人公S.卡尔玛氏由于丢掉了自己的名字,也就失去了在被传统习俗所支配的现实社会的生存权,失去了自己所应归属的单位和场所。在他的眼光里,现实社会变成了奇怪的、没有条理的一团。在别人的眼光里,他则变成了变态的、莫名其妙的东西。他和自己身边用品(名片、上衣、裤子、领带、皮鞋等)的关系失去了常态,他和自己周围人们(女友、父亲等)的关系也失去了常态。因此,他终于无法再在这样的现实社会中生活下去了,只好走到所谓"世界的边缘"去寻找出路。为了表现这种困境,作者使小说中的人物发生了奇妙的变化,如S.卡尔玛氏变成一张名片,他的女友变成商店橱窗里的木偶等。这种构思显然是受到奥地利小说家卡夫卡的《变形记》的启示,《变形记》的主人公一天早晨起来突然变成了一只甲虫,因而失去职业,成为全家累赘,终于凄惨地死去了。不过,安部公房决非卡夫卡的单纯模仿者,《墙壁——S.卡尔玛氏的犯罪》决非《变形记》的单纯模仿小说。试将两者加以比较便不难发现,前者不仅在"变形"上更加丰富多样,而且在"情调"上显得更加轻松、明快。这可能是因为,安部公房和他的小说的主人公对于自己失去在现实社会的生存权并不感到特别苦恼,对于自己失去所应归属的单位和场所并不感到特别遗憾,能够镇定自若地接受自己所处的奇妙环境,满不在乎地面对自己所见的特异景象。日本学者松原新一在涉及这一点时写道:"安部公房的确是意志坚强的人,他并不哀叹故乡的丧失,能够适应沙漠般都市社会的状况。一般人碰到'墙壁'便会伫立不动,或者知道此路不通而折回头来;但安部公房作品中的人物遇到这种情况却变得更加生气勃勃,积极开动脑筋并采取行动。这是安部公房特性的生动表现。'尽管如此,他也不能让目光离开墙壁,反而被其阴暗所吸引,目不转睛地注视着,希望看得更深入。'(《墙壁》)在他看来,'墙壁'不是界限,反而是开始采取充满自由精神行动的契机。姑且不论作为'先锋政治家'的安部公房是否做出值得提起的成绩，至少作为'先锋艺术家'的安部公房是做出了成绩的。他的作品告诉人们，无论现实是怎样的墙壁，无论其存在是多么不合理，都不要从那里折回去以寻找过去的价值，而应注视墙壁，同墙壁斗争，无所畏惧地踏入墙壁对面所展开的未知的领域，这样才能证实人类精神的自由活动。像安部公房那样，从自己内部彻底切断同过去的事物、传统的事物的亲密联系的作家，是极为罕见的。"①

安部公房在日本有"国际性作家"之称。这一方面是因为他的作品被翻译成多种外国语言文字出版，在世界各国，尤其是欧美国家广泛传播，所以蜚声世界文坛（如《沙女》就曾获得法国的"最优秀外国文学奖"以及其他奖）；另一方面是因为他是一个极力要把日本战后文学和明治维新以前文学彻底切断联系的作家，极力要把日本战后文学和西方现代文学紧密联系起来的作家，所以他的文学创作能够得到欧美国家评论界以及众多读者的理解和认可。也正是由于安部公房具有不同于战后派其他作家的独特生活经历，由于他是一个国际性的作家，由于他采用西方现代派的方法，即存在主义和超现实主义的方法进行创作，所以他成为战后派中一个特异的存在，他的作品也显示出鲜明的特异性质，即特殊的场面，奇怪的情节，象征的手法，深刻的寓意，揭露日本战后社会的不合理性，描写日本人的孤独生活，表现日本人的孤独体验，并且努力探索解决这些社会问题的出路。一言以蔽之，他走的是一条"全盘西化"的道路。那么，这条道路走得通吗？事实证明是走得通的，他所发表和出版的一系列作品受到欢迎便是走得通的证明，他所获得的国内声誉和国际声誉便是走得通的证明。至于走得通的原因，似乎可以归纳为如下两点：一是因为日本是资本主义国家，与西方国家社会性质相同，所以作家可以"西化"。二是因为所谓"西化"并不是绝对的，充其量也仅仅限于创作方法和表现技巧，而作品所表现的生活和反映的问题仍然是日本的，否则他的作品便丧失了赖以存身的土壤。

川端康成所走的道路与安部公房所走的道路不同。研究川端康成的创作道路我们不难发现，他的创作方法不是单一的、固定不变的，而是复杂的、不断变化的。笔者认为，川端康成的创作道路和创作方法的嬗变，可以归纳为三个时期——新感觉派时期、模仿意识流小说时期和走自己道路的时期。

川端康成的创作是从本世纪20年代中期参与创办《文艺时代》杂志、发起新感觉派运动时正式起步的。当《文艺时代》于1924年10月创刊不久，千叶龟

---

① 转译自［日］松原新一等:《战后日本文学史·年表》，日本东京讲谈社1979年版，第102页。

雄便发表一篇题为《新感觉派的诞生》的评论文章，指出《文艺时代》青年作家的主要倾向是重视技巧和感觉，他们的出现意味着新感觉派的诞生。尽管《文艺时代》同人对于这个称号的反应各不相同，有人甘心接受，有人认为并非没有道理，也有人表示怀疑甚至不满；可是这个称号从此就在文坛上流行起来。《文艺时代》其实并没有提出明确的主义和理论，同人们的创作倾向也不尽相同，所以新感觉派曾经被人评为没有理论的文学运动。当时有人提出这样一种看法，即未来派、立体派、表现主义、达达主义、象征派、构成派、如实派的一部分，全部属于新感觉派。由此可见，新感觉派是在西方多种现代流派的共同影响下产生的。关于新感觉派的特点问题，川端康成曾在《新进作家的新倾向解说》一文里做了比较全面和系统的论述。该文在第二部分"新感觉"里，强调新感觉的重要性，指出新文艺和新作家必须有新感觉，因为"没有新表现则没有新文艺，没有新表现则没有新内容，没有新感觉则没有新表现"，其中以新感觉为核心。在第三部分"表现主义的认识论"里，指出新作家或者认为在自我的主观之内存在天地万物，或者认为在天地万物之内存在自我的主观，两者形成了东方古老的主客一如主义。在第四部分"达达主义的思想表达法"里，以为新作家力求从达达主义中找出主观的、直观的和感觉的新表现之暗示来，力求从陈旧的、褪色的和冰冷的思想表达法中解放出来。综观新感觉派作家的理论和创作，我们可以发现，新感觉派文学的首要特点是重视主观感觉，而且这种感觉必须是新的；此外，喜欢使用奇特的形容、新颖的文体和特异的构思等，也是其特点。

就川端康成的实际创作而言，我们可以发现他这个时期所写的作品既有用比较纯粹的新感觉派方法写出的，新感觉派特色很浓厚的，如手掌小说集《感情装饰》(1926)中的许多小说；也有用不很纯粹的新感觉派方法写出的，新感觉派特色不很浓厚的，如短篇小说《十六岁的日记》(1925)和《伊豆的舞女》(1926)。

《感情装饰》共计收入35篇手掌小说(即小小说)，其中多数作品比较充分地具备了新感觉派文学的特点。新感觉派作家强调主观感觉，不是纯客观地进行描写，而是将自己的主观感受移入描写对象之中，使之具有浓郁的主观色彩。如《神在》是这样开篇的："天色傍晚，山边有一颗星像煤气灯般明亮耀眼，使他惊愕不已。这么大这么近的星，他在别处未曾见过。星光四射，令他觉得寒冷，于是他像狐狸似的跑了回去。四周寂静无声，似乎连一片落叶的音响也没有。/他跑进浴室，跳入温泉，用暖烘烘的湿手巾捂住脸，这时寒星才从面颊陨落了。"[1]其中对于异地星光的描写包含着浓厚的主观色彩在内，诸如把星星比喻为煤气灯，说星光让他觉得寒冷，尤其是用热手巾捂住脸，寒星才从面颊陨落等等描述都属此列。这种描写方法是新鲜的，感染力也很强。新感觉派作家喜欢使用华丽、奇特的词藻，特别注意色彩的对比和配合，借以渲染气氛；经常运用种种比拟的方法，以便强化力量。如《滑岩》写一处以有助妇女怀孕而远近闻名的温泉。浴池中央立着一块闪闪发光的黑色岩石，据说不孕的妇女从岩石上面滑落下来就会怀孕。小说里有如下一段描写："滑岩吸住白蛙。她俯卧着撒开手，抬起脚后跟，滑溜溜地落下来。泉水哈哈大笑，泛起黄色泡沫。"[2]这里黑色的岩石、白色的女人和黄色的泡沫构成一幅色彩鲜艳的图画，表明作者对于色彩的感觉极其敏锐。这里还广泛运用比拟的手法，"白蛙"是以人拟物，"泉水……大笑"是以物拟人，"滑溜溜地"是主观感觉的移入，"哈哈"是拟声，而从"泉水哈哈大笑"到"泛起黄色泡沫"则是从听觉的形象到视觉的形象的急剧变化。新感觉派作家在表现形式上追求新奇，其具体表现之一便是采取罕见的反复句式，多次反复同一句子，以便加深给予读者的印象。如《屋顶下的贞操》的开头，分成三行三次反复"下午四点在公园山冈等候"这一句话，然后在第四行写道："她给三个男人发出了同样内容的快信。"这里的反复显然是为了突出女主人公的无贞操，她每天都要给几个男人邮寄快信，而最早来到的男人就是当天跟她过夜的男人。新感觉派作家在艺术构思上也力求标新立异，爱写梦境，爱写幻想，往往具有神秘的色彩和奇异的因素。如《殉情》表现异地感应的奇迹：离家出走、远在他乡的丈夫竟然能够听到孩子在家里发出的各种声音，他感到不堪忍受，要求妻子和孩子不要发出任何声音。于是，家里的一切声音都消失了，因为妻子和孩子都死了，而最后他也和他们并枕长眠了。

《十六岁的日记》以川端康成濒临死亡的祖父为描写对象，具体而生动地记述了祖父的语言和动作，同时也充分地表现了川端康成本人对于祖父时而关心、时而不快、时而同情、时而厌倦的微妙感情变化。一般来说，主要采用朴素、简洁的白描手法，几乎难以找到新感觉派文学过分文饰的特点；仅从一些细节描写里才能发现新感觉派笔法的蛛丝马迹。如5月4日日记记载作者服侍

---

[1] 译自［日］川端康成：《手掌小说》，日本东京新潮社1983年版，第92、144页。

[2] 同上，第92页。

病人小便一段写道:"'哎哟,哎哟!疼啊,疼极了!'祖父一边撒尿一边喊疼。与这种痛苦得要断气似的呻吟声一起,尿瓶底上响起了山谷溪水的清音。"① 这里从痛苦的呻吟到溪水的清音的转换,从丑陋的形象到美丽的形象的转换是突然的、巧妙的、奇特的,可以说把现实非现实化了。《伊豆的舞女》以充满诗情画意的笔调描写一个高等学校学生和一个巡回卖艺舞女在伊豆汤岛邂逅相遇的故事。这篇小说在一定程度上采用了新感觉派的方法,体现了新感觉派的特色。在人物安排上,它使用第一人称写法,设置"我"这个人物;而"我"并非描写的主体,乃是感觉的主体,小说所写的一切(包括主要描写对象薰子在内)都是通过"我"的眼光和感觉表现出来的。在叙事状物上,它注重表现"我"的主观感受,不太注重具体、实在的描绘。如第二段开头一句是"从隧道的出口起,一侧被涂白的栅栏护住山道,犹如闪电一般延伸下去"②。这显然是"我"的感觉的移入,当他刚从长长的、黑洞洞的隧道里钻出来时,眼前豁然开朗,由于眼睛还不适应,所以白色的栅栏显得过分耀眼,犹如闪电一般。不过,这篇小说毕竟不能算是纯粹的新感觉派文学作品。这是因为,它几乎没有使用新感觉派作品所常见的那类奇特的形容、新颖的文体和特异的构思,大体上说它的语言是朴素的,笔法是自然的,风格是淳厚的,而它的美也就寓于其中了。

那么,作为新感觉派运动的重要成员,川端康成为什么会在新感觉派运动兴盛时期既发表《感情装饰》这样新感觉派特色很浓的作品,又发表《十六岁的日记》和《伊豆的舞女》这样新感觉派特色不很浓的作品呢?固然,《十六岁的日记》据说写于1914年,《伊豆的舞女》的雏形《在汤岛的回忆》(前半部分)也是1922年的产物,二者都是新感觉派运动出现之前的作品;可是问题大约并不如此简单,因为《十六岁的日记》在发表时似乎经过重新加工,《伊豆的舞女》则是在回忆录基础上的再创作,所以可以认为其中还包括其他因素,也包括川端康成对于纯新感觉派方法持有一定保留态度,不愿完全受其拘束,力图探索更加适合自身需要的新途径吧?因此,从这个意义上说,川端康成虽是新感觉派的主要代表之一,却并非最典型的新感觉派作家。

1927年5月《文艺时代》停刊和新感觉派运动高潮过去之后不久,川端康成的创作道路便出现了转折,创作方法便发生了变化。1929年4月,他成为《近代生活》杂志同人;同年10月,又成为《文学》杂志同人。这两个杂志都大

---

① 译自《日本现代文学全集·川端康成集》,日本东京讲谈社1961年版,第5页。
② 同上,第34页。

力宣传和介绍西方现代派文学，如《文学》自创刊号起连载法国作家普鲁斯特（1871～1922）的意识流小说——《斯万之家——追忆逝水年华》和法国诗人兰波（1854～1891）的象征主义长诗——《在地狱中的一季》。除此之外，如伊藤整等人于1929年3月创办同人杂志《文艺评论》，该刊以发表意识流小说的作品和评论为己任；他们并于1931年至1934年间翻译出版了爱尔兰作家乔伊斯（1882～1941）的长篇小说《尤利西斯》。据日本文学史家研究，这些翻译介绍工作给当时那些不断摸索新方法的新作家以强烈的刺激和巨大的影响。伊藤整也曾回忆道，从那时起到1931年，许多作家的关心集中于这种心理描写的倾向。川端康成也不例外。他买来乔伊斯等人的原作，和原文加以对照，试图进行一些模仿，正是在这个时候。当然，川端康成之所以很快接受意识流小说的影响，还有其主观的原因。他原来作为新感觉派运动的成员，曾经积极主张从传统表现方法中解放出来，在创作上则一贯重视表现自己的主观感觉，表现人物的主观感受和内心活动；而意识流小说恰好为他提供了适宜的手段。事实上，如果说日本的新感觉派是未来派、立体派、表现主义、达达主义等西方现代流派之混合的话，那么日本的意识流小说也广泛地融会了未来派、表现主义、超现实主义、达达主义等西方现代流派，二者具有一定的亲缘关系。

　　川端康成这时被意识流小说所吸引，写出了两篇模仿性的短篇——《针与玻璃与雾》（1930）和《水晶幻想》（1931），后者被认为是他这一时期的代表作品，并被文学史家和文学批评家誉为日本意识流小说的代表作品之一。《水晶幻想》登场的人物不多，有女主人公——一个不怀孕的夫人，她的丈夫——一个从事生育学研究的学者，还有来访的客人——一个小姐和一个犬商；主要内容是夫人和她的丈夫围绕生育问题的两段谈话，其间插入另外一家的小姐为给牝犬配种前来拜访的情节。这篇小说的特异性质在于作者花费很多笔墨描写夫人的意识活动和自由联想，即括弧以内的部分。夫人在和丈夫、小姐、犬商的谈话以及交往过程中，随时随地引发出一系列的心理活动，其中既有有理性的、自觉的意识，又有非理性的、非自觉的意识，既有对现在的感想，又有对过去的回忆，并且往往通过孤立的单词、短语和句子表现出来，彼此不连贯，上下无联系，在时间上和空间上多跳跃、多变化。如在小说开始时，夫人坐在装有三面镜的梳妆台前化妆，同时和她丈夫谈起恋爱、婚姻和生育问题，谈起人工怀孕问题，接下来的一大段是这样的："夫人面对正面的镜子，望着她那美丽的蔷薇色面颊。（雪白的理发店，清洁又宽敞。店里的修指甲台。让皮肤光洁的姑娘给修理指甲的妇科医生,姑娘的皮肤犹如动物闪光的牙齿一般。)夫人想到这种情景,脸上露出温和的、幸福的表情。(漂亮少年的屁股漂浮在清澈见底的水里。少年像青蛙一样游泳。)丈夫走出房间。(学校老师从河边走过时说道:诸位,太不懂礼貌了,女孩子和男孩子一块儿光着身子游泳!漂亮的少年游到岸边,站在草地上,阳光照得屁股发亮,说道:老师,由于我们没有穿衣服,您根本分不清谁是男谁是女。)夫人看见她在镜中少女般的腼腆样子。她曾经是少女。那个少女想道:(让老师微笑的少年真是个好孩子啊。她父亲是妇科医生。这是她父亲的诊疗室。手术台的白搪瓷。向上翻着肚子的巨大青蛙。诊疗室的门。白搪瓷的把手。在装有白搪瓷把手门扉的房间里有秘密。即使现在我也这样感觉。搪瓷洗脸盆。刚要用手去摸白搪瓷的把手,她又忽然踌躇起来。那边这边几个房间的门。白窗帘。女子学校修学旅行的早晨,看见用白搪瓷洗脸盆洗脸的同班同学时,我忽然想像男人似的爱她。理发师……)"①——小说通过诸如此类的描写,主要探讨的是所谓性的问题,是生育和繁殖的问题。

不过,尽管《水晶幻想》得到某些肯定的评价,但它毕竟只能算作模仿性的作品和尝试性的作品,不能算作成熟的作品;只能代表川端康成一个时期的创作倾向,而这个时期在川端康成的全部创作生涯中又是一个不很长的、过渡性的时期,不能代表川端康成一生创作的主要倾向。后来的事实证明,川端康成并没有在这个阶段逗留多久,便踏上新的道路了。这是因为,作为一位不断探索、敢于创新的艺术家,他是不会完全满足于这种单纯模仿西方意识流小说的状况的,是不会永远停留在这种跟在别人后面亦步亦趋的阶段的。

种种迹象表明,在30年代初,川端康成似乎曾对自己的生活、思想和创作进行过一番整顿。经过整顿之后,他的创作又进入了一个崭新的时期——走自己道路的时期。发表于1934年5月的一篇长文——《文学自传》,可以看作是他进行整顿的结果,可以看作是他对自己前半生创作道路的总结和对后半生创作道路的展望。其中有如下一段话经常为人们所引用:"我受过西方现代文学的洗礼,也曾试图加以模仿;但我在根本上是东方人,从15年前起就不曾迷失过自己的方向。"②这里所谓"西方现代文学的洗礼",应当是指西方各种现代主义文学流派的影响;所谓"也曾试图加以模仿",应当包括新感觉派时期(如

---

① 译自《日本现代文学全集·川端康成集》,日本东京讲谈社1961年版,第75页。
② 同上,第404页。

《感情装饰》)和模仿意识流小说时期(如《水晶幻想》)的创作在内;所谓"从15年前起",应当是从他开始从事创作起。这表明他既善于向外国现代文学流派学习,又重视日本民族文学传统;既勇于汲取他人创作经验,又尊重自己独立创作风格。正因为如此,当他于20年代中期刚刚登上文坛时,便大张旗鼓地宣传西方现代文学流派,参与发起新感觉派文学运动;当20年代末和30年代初意识流小说刚刚传入日本时,他又如饥似渴地阅读起来,并且率先发表模仿式的作品。但也正因为如此,他才不肯在上述两个时期徘徊不前,而是不断深入发掘日本民族文学传统,以便寻找更加适合自己的道路。经过苦苦摸索,他终于找到了一条将日本民族文学传统和新感觉派、意识流小说等结合起来的新道路。

如果说《文学自传》是川端康成跨入新时期的宣言,那么中篇小说《雪国》(1935～1947)则是他跨入新时期的实绩。有趣的是,《雪国》是在《文学自传》一发表就着手进行取材和写作的。这篇小说的问世表明,川端康成不仅已在理论上找到了适合自己的新方法,而且已在创作上实践了这种新方法。《雪国》的创新之处何在呢?首先,它虽是采用新方法的标志,但并未与新感觉派方法彻底断绝关系,而是既有所吸收,又有所扬弃。吸收的是强调主观的感觉,这主要体现在设置岛村这个人物身上。岛村不是描写的主体,却是感觉的主体。小说主要描写的显然是女主人公驹子,可是并不直接地、客观地描写驹子,而是通过男主人公岛村的眼光和感觉间接地、主观地描写驹子,这在一定程度上也就是通过作者自己的眼光和感觉间接地、主观地描写驹子,使作者自己的主观感觉跃入被描写的客观事物之中,让客观事物具有浓重的主观色彩。而扬弃的则是奇特的形容、新颖的文体和特异的构思之类表现手法。它不像《感情装饰》那样大量地使用华丽、奇特的词藻对于事物进行描绘和形容,如精心安排色彩的对比和配合,借以渲染气氛,经常使用种种比拟的方法,以便强化力量等;也不像《感情装饰》那样在表现形式上追求新奇,如采取罕见的反复句式,以便加深读者印象等;又不像《感情装饰》那样在艺术构思上标新立异,如往往具有神秘的色彩和奇异的因素等。其次,《雪国》也并未与意识流小说方法彻底断绝关系,也是既有所吸收,又有所扬弃。吸收的是利用意识活动和自由联想方式表现人物的主观感觉和作者的主观感觉,这集中体现在开头和结尾两节里。开头一节描写岛村坐在火车上凭窗眺望景色,恰巧车外的苍茫暮色和叶子的美丽面影重合在一起,构成一幅其妙无比的图画,引起岛村的无边遐想和无限美感。结尾一节描写一场火灾,叶子在这场火灾里被烧坏;但在岛村的眼里和作者的笔下,火灾却被描写得充满了诗情画意。而扬弃的则是过分自由和漫无边际。这是由于在使用意识流小说方法时有所节制,不像《水晶幻想》那样听凭意识自由流动,联想随意产生。不仅大段使用意识流小说方法的地方基本上限于这两节,而且在这两节里岛村的思绪也始终围绕驹子和叶子这两个女性形象,并没有无限制地扩展开去。最后,《雪国》在吸收并扬弃新感觉派方法和意识流小说方法的同时,广泛地吸取了日本民族文学传统的若干因素:比如,注重描写自然景物,在描写时力求达到真实、准确、细致的程度,并且使之同人物的命运和感情结合起来。这与《源氏物语》等日本文学作品一贯重视自然描写的传统有联系。又如,注意刻画人物形象,着力表现人物的纤细感情和瞬间感受,表现性格的细微之处。这与《源氏物语》等日本文学作品善于细致进行人物刻画的传统有联系。又如,结构安排比较自由灵活,采用一节一节并列连缀的方式。这与《源氏物语》等日本文学作品一向不大强调整体结构和立体结构的传统有联系。再如,在文章风格上形成一种既美且悲的独特格调,抒情味浓,感染力强。这也与《源氏物语》等日本文学作品(尤其是平安时代的"王朝文学")的悲凉色彩有联系。总之,《雪国》既吸收了新感觉派方法,又不是纯粹的新感觉派小说;既吸收了意识流小说方法,又不是纯粹的意识流小说;而是将日本民族文学传统方法与新感觉派方法、意识流小说方法结合起来进行创作的小说,是植根于民族文学传统并汲取了西方文学营养加以创作的小说,是川端康成走上自己道路之后所创作的小说。

在创作《雪国》之后,川端康成又继续了几十年的写作生涯,发表了许许多多的小说。大致说来,这些小说都是沿着《雪国》所开拓的道路前进的,都是采用日本民族文学传统与新感觉派、意识流小说结合起来的方法进行创作的;但具体情况则千差万别,有的新感觉派色彩更浓一些,如《千只鹤》(1949)、《山音》(1949),有的意识流小说色彩更浓一些,如《湖》(1954)、《睡美人》(1960),有的日本民族文学传统色彩更浓一些,如《名人》(1952)、《古都》(1961)。

如上所述,当川端康成的创作进入第三个时期以后,他一面植根于日本民族文学传统,一面汲取了西方文学营养。那么,二者比较起来,他更加重视哪一方面呢?回答是前者,而不是后者。这可以从他关于日本民族文学传统和自己所走道路的一系列论述中得到有力的证明。

关于日本民族文学传统及其与外来文学的关系问题，他曾在评论、谈话、书信、讲演里多次涉及，而且似乎越到后来越加重视民族传统，对二者关系的论述也更加深入。早在1932年9月，他便在报纸上发表题为《近来的感想》一文，其中谈到日本文学的传统时指出，自明治时代起，虽然日本文学随着西方文学的潮流而运动，可是民族传统却是潜在的看不见的河床。这可以看作是他在整顿时期所获得的重要心得之一。到了晚年，他对这个问题的认识显然是更明确了，更深刻了。如1969年5月，他在美国发表讲演——《美的存在与发现》，其中批评明治时代及其以后，不少日本文人学子忙于引进西方文学，埋头从事启蒙工作，但却没有充分注意日本民族传统，因而所写作品未能达到成熟的地步，他们本人也成了时代的牺牲者。他认为，这些人所走的道路应当成为借鉴，今人和后人不可以再效法。又如同年9月，他在题为《日本文学之美》的讲演里，纵论日本自古至今吸取外来文化和外来文学的方法，指出日本平安时代文化之所以光辉灿烂是因为大量吸收了中国唐代文化的营养；不过值得注意的是，平安时代从一开始就采取"日本式的吸收法"，即"按照日本式的爱好去学习，之后则全部日本化"，正因为如此才消化了中国唐代文化，产生了独特的平安文化。他以为，日本要想创造独特的民族文化，就必须采取这种日本式的吸收法，按照自己的需要去学习外来文化；千万不可忘记自己民族文化的传统，盲目引进和模仿西方文化。由是可知，他对于民族文学传统是尊重的，对民族文学和外来文学关系的认识是正确的；而这种态度和认识则成为他选择自己创作道路和创作方法的指导思想。

关于自己的创作所应走的道路问题，他也在各种场合多次加以阐述。尽管他在新感觉派时期和模仿意识流小说时期所发表的言论中，曾经热情地表示要学习西方现代主义文学流派；但在进入第三个时期以后，特别是在第二次世界大战以后，他的态度却发生了明显的变化——从称赞西方现代文学转而称赞日本古典文学，从强调向西方现代文学学习转而强调向日本古典文学学习。例如，在1951年8月发表的《我的信条》一文里，他说自己没有学好西方语言，所以接受西方文学的影响不多，在文章里也没有什么西方语言的脉络；并且明确表示，今后要更多地向日本古典文学的传统靠拢。又如，在1953年3月发表的《作家访谈——川端康成》里，他说自己没有读过多少外国文学作品，没有受过多少外国文学影响，比较起来还是读日本文学作品多些，受日本文学影响多些。再如，在1968年12月发表的荣获诺贝尔文学奖的纪念讲演——《我在美丽的日本》里，他大谈特谈日本文学的传统美，深入阐述日本和歌的内涵，热情称颂《源氏物语》等作品的成就；同时强调指出自己从小深受《源氏物语》等作品的熏陶，它们的情调渗透到自己的心灵深处，对于自己日后的创作产生了无可估量的影响。

当然，在笔者看来，川端康成对于民族文学和外国文学关系的认识及其采取的态度也并不是百分之百正确的，完完全全无可非议的。譬如，他对日本民族文学传统的评价未必完全准确，其中包含不少自己的好恶在内；他所继承的日本民族传统未必都是积极的，其中也有消极的因素在内。举个明显的例子：他在上引《作家访谈——川端康成》一文里承认，日本风俗、习惯、感受方法中的浓重哀伤情调，深深地渗透到了自己的身心之中，使自己的作品充满了感伤主义色彩。尽管如此，但从整体来说，川端康成的认识和态度还是正确的。

对于川端康成所走的这条植根民族传统同时汲取西方营养的道路，日本和外国的一些有识之士已经作出了肯定的评价。在日本方面，如小林秀雄写道，川端氏年轻时受过西方影响，但以后逐渐写出自己风格的东西，产生了不是日本人就写不出来的作品。因此，对于西方人来说，川端康成的作品是难以理解的。可是，非单纯模仿的作品的长处，却是可以感觉到的。在外国方面，德纳尔特·金认为，授予川端氏诺贝尔文学奖，具有使小说的日本传统——世界最古老的传统，进入世界作品潮流的重要意义。非但如此，当1968年川端康成获得诺贝尔文学奖时，瑞典文学院常任秘书安德斯·奥斯特林在"授奖词"里也说道，与已故的谷崎润一郎一样，川端康成显然也受到了欧洲现代写实文学的影响；可是，川端康成又深入了解日本古典文学，努力维护日本的传统模式。

最后应当指出的是，川端康成沿着这条植根民族传统同时汲取西方营养的道路前进，取得了很大的成功，获得了世界的声誉。如果说安部公房的"全盘西化"道路走得通的话，那么川端康成的"东西结合"道路就更走得通，更具有普遍意义。他的道路不仅可供日本作家借鉴，而且可供东方其他国家的作家借鉴。这是因为，日本是一个东方国家，日本文学的情况和东方其他国家文学的情况有许多相似之处。例如，日本和东方许多国家都具有悠久的古典文学历史和丰富的古典文学遗产，但近代以来文学发展的进程却落后于西方先进国家。因此从广义上说，既深深地植根于民族文学传统之上，又广泛地汲取西方近现代文学的营养，乃是日本和东方其他许多国家的文学向前发展的必由之路，也是日本和东方其他许多国家的作家不断前进的必由之路。

第七章 我国东方文学研究史要

从1919年"五四"运动算起,我国的东方文学研究已有90余年的历史。这90余年的历史,大体上可以分为三个阶段:1919年至1949年为起步阶段,1949年至1978年为发展阶段,1978年至今为繁荣阶段。这里概要地论述一下这三个阶段的情况和问题,以便总结出若干经验和教训。

第一节 起步阶段(1919~1949)

1919年爆发的"五四"运动,掀开了我国社会历史新的一页,也掀开了我国文化历史和文学历史新的一页。我国翻译出版和评论研究东方文学是从这时迈出第一步的。从1919年"五四"运动到1949年新中国诞生的30年间,可以称为起步阶段。这个阶段所进行的工作,主要是在两个方面:一是翻译和出版东方文学作品,二是评论和研究东方文学。

在翻译和出版东方文学作品方面,我们做了哪些工作呢?据不完全统计,这个期间我国一共翻译和出版了170多部作品;其中最多的是日本文学作品,计有140余部,占82%;印度文学作品次之,计有20余部,占12%;此外朝鲜、伊朗、希伯来和阿拉伯文学作品不足10部,占6%。从这个统计数字,我们不难看出,这时翻译和出版的文学作品所涉及的国家和地区只有几个,是东方的一小部分。

那么,日本的文学作品为什么受到特殊优待呢?其原因至少有以下两点:首先是因为日本的新文学运动比我国的新文学运动开展得早。从1868年明治维新起,日本便敞开门户,广泛吸收西方文化和西方文学,同时以西方文化和西方文学为楷模,动手改革自己的文化和文学,使日本的文化和文学在很短的时间里就发生了惊人的变化。这种情况引起了我国当时要求改革和进步的知识分子的浓厚兴趣,引起了有志于发起新文化和新文学运动的人士的浓厚兴趣,使他们心向往之。正因为如此,我国当时大量翻译和出版日本文学作品,其实不仅着眼于日本文学本身,在很大程度上是想要通过日本了解西方,通过日本文学了解西方文学。这里所说的"西方文学",既包括资产阶级的文学作品和文学理论,也包括无产阶级的文学作品和文学理论。当时日本的无产阶级文学运动正处于蓬勃开展时期,他们自己创作了不少表现工人、农民和革命者的作品,也介绍了不少苏联的无产阶级文学理论。这些特别吸引了我国一些立志进行无产阶级文学运动的青年。其次是因为我国有很多从事新文化和新文学运动的人士(如鲁迅、郭沫若等)曾经是日本留学生,他们在日本生活过,掌握了日本语言,接触过日本文学,学习过日本文学,所以翻译日本文学作品得心应手。

由于以上原因,所以翻译和出版的日本文学作品绝大部分是明治维新以来作家的作品(属于古代的作品很少,大概只有《万叶集》和"狂言"的两三种选译本吧),其中包括个人作品专集(有的是长篇作品,有的是短篇作品集)80余部,若干作家作品合集20余部,另外还有文学理论著作30余部。涉及的主要作家有浪漫主义作家森鸥外,现实主义作家夏目漱石,自然主义作家岛崎藤村、田山花袋、国木田独步,惟美主义作家永井荷风、谷崎润一郎,白桦派作家武者小路实笃、有岛武郎、志贺直哉,新思潮派作家菊池宽、芥川龙之介,无产阶级作家叶山嘉树、小林多喜二、中野重治,新感觉派作家横光利一、片冈铁兵、中河与一等。

不过,这时翻译和出版的日本文学作品数量虽然不算很少,可是因为没有统一的计划和部署,大多数翻译者和出版者对于日本文学缺乏系统的、深入的研究,往往只是任凭自己的好恶去选择翻译和出版对象,所以必然存在许多缺欠。其一是有些在日本文学发展史上占有重要地位的作家的作品没有翻译出版,如被公认为近代现实主义文学奠基人二叶亭四迷的长篇名著《浮云》;而许多次要作家的次要作品却被大量翻译出版。其二是有些作家翻译出版了他的次要作品,而他的主要作品却没有翻译出版。如夏目漱石影响最大、流传最广、批判力量最强的作品是长篇小说《我是猫》,岛崎藤村在日本近代文学史上具有划时代意义的作品是长篇小说《破戒》,但这两部书都未能翻译出版;翻译出版的却是他们的其他作品,即夏目漱石的《旅宿》和岛崎藤村的《新生》等。这显然是由翻译者和出版者的个人兴趣和政治观点决定的。

印度文学作品的翻译和出版数量仅次于日本而居于第二位,这当然首先与印度是我国的近邻,自古以来和我国的文化交往颇为密切有关系(我国翻译印度书籍,主要是佛教经典,可以上溯到一千七八百年前),与印度是一个具有悠久文化和文学历史的国家有关系。因此，这个阶段我国翻译出版了印度古代著名作家迦梨陀娑的剧本《沙恭达罗》以及其他若干种寓言、童话和民间文学作品等。当然，与典籍浩瀚的印度文学宝库比较起来，仅仅翻译出版这么一点东西，实在是太不相称了。这里还应特别指出的是，我国这时翻译出版印度文学作品与印度诗人泰戈尔在中国的影响，尤其是1924年泰戈尔来华访问有密切联系。泰戈尔所写的诗歌影响了郭沫若、谢冰心等一代中国诗人，促进了中国新诗的成长和发展。泰戈尔热爱祖国、反对殖民统治和维护世界和平的思想，在中国人民和青年心中引起了强烈的共鸣。这些因素促使当时一些报刊大量刊载泰戈尔的作品，并且翻译出版了10部左右泰戈尔作品的单行本。作为泰戈尔这样一位大诗人，翻译出版这么几本书当然不能算多，但却已经占全部印度文学作品翻译出版数量的将近一半了。

除了日本和印度以外，我国这个阶段翻译出版的其他几个国家的文学作品就更加少得可怜了。每个国家不过一两部、两三部。朝鲜是我国的东邻，但我们只出了两三部书，而且其中存在不少问题。伊朗是文明古国，但我们只出了三部书，其中只有著名诗人欧玛尔·海亚姆的《鲁拜集》译本价值较高。希伯来也是文明古国，我们出了《圣经》，但《圣经》不是作为文学书出版的，而是作为宗教书出版的。阿拉伯也是一个文学大国，但我们出的书也很少，其中只有《一千零一夜》的选译本和著名诗人纪伯伦的《先知》译本较为重要。

不过，尽管这个阶段我国翻译出版的东方文学作品译本是很有限的，并且存在着这样那样的缺点；但是，这毕竟是一个良好的开端。非但如此，我们还应看到，在这个阶段还产生了若干部堪称精品的译本，诸如鲁迅译的夏目漱石的《挂幅》和《克莱喀先生》、武者小路实笃的《一个青年的梦》、有岛武郎的《与幼小者》、芥川龙之介的《鼻子》和《罗生门》，郭沫若译的欧玛尔·海亚姆的《鲁拜集》，郑振铎译的泰戈尔的《新月集》和《飞鸟集》，谢冰心译的纪伯伦的《先知》等便是。不言而喻，这几位译者都是我国新文学运动的大家，都是凭着他们非同寻常的文学才华，凭着他们对于原作者和原作品的深入理解，凭着他们高超的中文水平和外文水平，才能产生这些精品的，而这些精品也为解放后的东方文学翻译工作树立了榜样。

在评论和研究东方文学方面，我们又做了哪些工作呢？笔者以为可以归纳为下面四点：

译本的序跋和论文

这个阶段附在译本前后的序跋和发表在报刊上的论文,在数量上虽然远远不及后两个时期那么多,但也相当可观。不仅如此,还有一些文章颇有独到见解,值得我们后人仔细揣摩。

在这方面,首先应当提到的是鲁迅的一系列文章。鲁迅译的夏目漱石的《挂幅》和《克莱喀先生》只是两篇小品文,不能说是夏目漱石的主要作品,但鲁迅却对于夏目漱石的主要成就做出了公允的、恰当的评价:

> 夏目的著作以想象丰富、文词精美见称。早年所作,登在俳偕杂志《子规》(Hototogisu)上的《哥儿》(Bocchan)、《我是猫》(Wagahaiwa neko de aru)诸篇,轻快洒脱,富于机智,是明治文坛上的新江户艺术的主流,当世无与匹者。①

类似的例子还可以举出他对芥川龙之介历史题材小说的科学评论。在译完芥川龙之介的《鼻子》和《罗生门》这两篇小说后,他指出:

> 他又多用旧材料,有时近于故事的翻译。但他的复述古事并不专是好奇,还有他的更深的根据:他想从含在这些材料里的古人的生活当中,寻出与自己的心情能够贴切的触著的或物,因此那些古代的故事经他改作之后,都注进新的生命去,便与现代人生出干系来了。②

鲁迅认为,介绍东方的作家应当符合他本人的实际情况,介绍者不应任凭自己的利益和需要而随意抬高或贬低。鲁迅对泰戈尔是尊重的,他曾说过:"印度除了泰戈尔,别的声音可还有?"但1924年泰戈尔访华时,鲁迅认为有人在利用泰戈尔作文章。针对这种做法,鲁迅评道:

> 人近而事古的,我记起了泰戈尔。他到中国来了,开坛讲演,人给他摆出一张琴,烧上一炉香,左有林长民,右有徐志摩,各个头戴印度帽。徐诗人开始绍介了:"耨!叽哩咕噜,白云清风,银磬……当!"说得他好

---

① 《鲁迅全集》,第10卷,人民文学出版社1981年版,第217页。
② 《鲁迅全集》,第10卷,人民文学出版社1981年版,第221页。

像活神仙一样,于是我们的地上的青年们失望,离开了。神仙和凡人,怎能不离开呢?但我今年看见他论苏联的文章,自己声明道:"我是一个英国治下的印度人。"他自己知道得明明白白。大约他到中国来的时候,决不至于还胡涂,如果我们的诗人诸公不将他制成一个活神仙,青年们对于他是不至于如此隔膜的。现在可是老大的晦气。①

另外,鲁迅介绍东方文学作品不是为介绍而介绍,为翻译而翻译,他总是考虑到这些作品在中国有什么用处。在有些文章里,他清楚地说明了这一点。这也可以说是他所主张的"拿来主义"的一种实践吧。如关于日本作家武者小路实笃的《一个青年的梦》,他写道:

> 全剧的宗旨,自序已经表明,是在反对战争,不必译者再说了。但我虑到几位读者,或以为日本是好战的国度,那国民才该熟读这书,中国又何须有此呢?我的私见,却很不然:中国人自己诚然不善于战争,却并没有诅咒战争;自己诚然不愿出战,却并未同情于不愿出战的他人;虽然想到自己,却并没有想到他人的自己。譬如现在论及日本并吞朝鲜的事,每每有"朝鲜本我藩属"这一类话,只要听这口气,也足够教人害怕了。
> 所以我以为这剧本也很可以医许多中国旧思想上的痼疾,因此也很有翻成中文的意义。②

除鲁迅外,郭沫若关于泰戈尔的若干论述也有必要提到。大约由于特别喜爱泰戈尔,并且在思想上和艺术上受到过他的影响的缘故吧,郭沫若曾经多次谈到过泰戈尔,有的论述颇为中肯。下引一段对于泰戈尔思想的归纳便是一例:

> 他的思想我觉得是一种泛神论的思想,他只是把印度的传统精神另外穿了一件西式的衣服。"梵"的现实,"我"的尊严,"爱"的福音,这可以说是泰戈尔的思想的全部,也便是印度人从古代以来,在婆罗门的经典《优婆泥塞图》与吠檀陀派的哲学中流贯着的全部。③

---

① 《鲁迅全集》,第5卷,人民文学出版社1981年版,第587页。
② 《鲁迅全集》,第10卷,人民文学出版社1981年版,第195页。
③ 《沫若文集》,第10卷,人民文学出版社1959年版,144~145页。

作为泰戈尔诗歌的译者,郑振铎在《〈新月集〉译序一》里对于《新月集》的论述也值得介绍。他用优美动听的文字概括了这部诗集的思想和魅力:

> 我喜欢《新月集》,如我之喜欢安徒生的童话。安徒生的文字美丽而富有诗趣。他有一种不可测的魔力,能把我们带到美丽和平的花的世界、虫的世界、人鱼的世界里去;能使我们随了他走进有静的方池的绿水,有美的挂在黄昏的天空的雨后弧虹等等的天国里去。《新月集》也具有这种不可测的魔力。它把我们从怀疑、贪婪的罪恶的世界,带到秀嫩天真的儿童的新月之国里去。它能使我们重复回到坐在泥土里以枯枝断梗为戏的时代;它能使我们在心里重温着在海边以贝壳为餐具,以落叶为舟,以绿草上的露点为圆珠的儿童的梦。总之,我们只要一翻开它来,便立刻如得到两只有魔术的翼翅,可以使自己飞翔到美静天真的儿童国里去。而这个儿童国便是作者的一个理想国。①

作家传记

这个阶段我国发表和出版的东方作家的传记很少,除去若干零散的文章以外,真正称得上是像样的作家传记的,恐怕只有郑振铎的《泰戈尔传》了吧。作为中国人所写的第一部东方作家的传记,这部书是应当加以介绍的。该书共约4万字,除绪言外,分为12章,大致按照时间顺序叙述泰戈尔的生平、思想和创作。由于当时泰戈尔还健在(该书出版于1925年,泰戈尔到1941年才去世),由于当时研究泰戈尔的参考材料还比较少等因素,所以这部传记不可能是完全的,论述也不可能是很深入的。但尽管如此,这部书的基本材料是可靠的,重点是突出的,作者的写作态度是严肃认真的,至今仍不失为有价值的参考书。例如,在第3章"喜马拉雅山"里,作者详细地叙述了泰戈尔少年时代第一次随父亲前往喜马拉雅山所过的一段生活,强调了这次旅行对于泰戈尔日后成长的深刻影响,并在这一章结尾处写道:"他在这时期所受的他父亲的人格的感化与所得的自然的美景的赏赐,使他终生都印着痕迹。"又如,在第7章"旅居西莱达时代"里,作者用许多笔墨描述泰戈尔青年时代受父亲的委托前往西莱达管理家产的一段经历,着重指出这段经历在两个方面影响了他的思想和创作:一是他爱上了美丽的孟加拉的大自然,正如他在一首诗里所歌咏的那

---

① [印]泰戈尔:《新月集》,郑振铎译,人民文学出版社1954年版,第2~3页。

样——"我爱你,我的黄金孟加拉,因为你的天空和你的空气常拨动我心的弦";二是他爱上了孟加拉的农民,他开始懂得他们的悲苦,了解他们的辛酸,并且采取实际行动帮助他们。再如,在最后一章,即第12章"得诺贝尔奖金与其后"里,作者用不少篇幅评论泰戈尔不求虚名的高贵品格,书中写道:

> 他在晚年,很想逃避名誉,虽然名誉的石碑已重重的压在他的身上。他自己说道:"总有一天,我要从我自己的名誉中突围而出;因为虽然有这庞大而且日益增长的障壁阻隔着,但是柏特玛河流经西莱达的一条河,却仍旧在向我招呼呢。他仿佛向我说:'诗人,你在哪里?'于是我的心,我的灵魂都想去找寻那个诗人。但是那诗人已经是不容易找到了。因为一大群的人把荣誉堆满在他的身上,他被荣誉压在底下,已不能脱逃了。"
>
> 这是很诧怪的,少年的作者总是努力向着名誉的山巅爬上去,他们虽不全以名誉为他们的太阳,为他们的活动力的源泉,而享受名誉的愉乐却至少是他们的成功的骄傲之一;至于已享盛名的作者,在饱餍了名誉的食品之后,却反渐渐的有些厌恶它了,名誉反成了压迫他们的重负,使他们不得不逃避。泰戈尔如此,托尔斯泰也是如此。
>
> 诗人的成功,即是诗人的寂寞;诗人的名誉,则如黑雾似的,使他不能找到他的自己。这即是泰戈尔所以眷恋柏特玛河上的自由生活而欲逃避出现在的名誉之墙的原因。[①]

以上只是随手找出的几个例子,但仅从这几个例子也就足以说明作者对泰戈尔是有深刻理解的。

国别文学史

这个阶段我国出版的东方国家的国别文学史不多,可能只有三部:一部是关于日本的,即谢六逸的《日本文学史》;两部是关于印度的,即许地山的《印度文学》和柳无忌的《印度文学》。兹举许地山的《印度文学》为例。这部书篇幅不长,约有7万字左右;但却理出了印度文学自古至今的发展脉络,在当时来说实在是了解印度文学不可多得的资料。作者把印度文学分为四个时期:第一个时期是吠陀文学,包括颂、净行书与奥义书、修多罗或经书三个部分;第

[①] 郑振铎:《泰戈尔传》,商务印书馆1925年版,第89页。

二个时期是非圣文学,包括佛教文学、耆那教文学两个部分;第三个时期是雅语文学,包括学术、如是所说、往世书及钦定诗、寓言与故事、戏剧、兴体诗、雅语佛教文学六个部分;第四个时期是近代文学,包括雅语文学、非印度语文学、俗语文学三个部分。这种分期法与我们现在的分期法出入不大,而且其中包容了印度文学史上的主要作家作品。对于重要作家作品,作者也用了较多的篇幅介绍,还提出了自己的看法。例如,关于著名诗人和剧作家迦梨陀娑的《沙恭达罗》等三部剧本,作者评论道:"作者想象力底丰富,及描写能力底伟大,使剧中人物底特性都可以在各篇里头看出来","剧里底文体和情节都很简单,动作底时间也很迅速,而最能动人的便是里头底兴体诗歌。它们使作者享受大名,使读者感到无限的优美"①。关于迦梨陀娑的诗歌,作者也给予了很高的评价,认为在梵语古典诗歌中当居首位。他特别赞美《时令之环》,说诗人能把各个季节的自然景象——诸如炎热的夏天、愉快的雨季、清爽的秋日、冷酷的冬令、和煦的春光等,一一真切地描写出来。"这固然是因为印度底风景供给作者底诗料,但一方面又因作者底才能,用了许多动听的音调,故能令人一读这篇诗,便感到非常愉快。"②

郑振铎的《文学大纲》

这部著作可以说是我国学者撰写的第一部世界文学史,而且是真正将西方文学、东方文学和中国文学全都包容在内的世界文学史。在这个意义上说,非但当时没有第二部同类著作,甚至时至今日我国学者仍然未能撰写出更好的、更完善的同类著作来。笔者以为,撰写这样的世界文学史乃是我们当代学者义不容辞的责任。因此,关于《文学大纲》的价值(主要从东方文学的角度来看),这里有必要介绍得稍微详细一些。总起来说,这部著作的价值表现在两个方面:一个是大体上确立了东方文学在世界文学中的地位,再一个是具体地论述了东方文学中若干重要的作家作品。

《文学大纲》的作者是着眼于全世界的文学的。他在本书"叙言"中就提出一种开放的观点,认为"我们研究文学,我们欣赏文学,不应该有古今中外之观念,我们如有了空间的或时间的隔限,那么我们将自绝于最弘富的文学的宝库了","我们应该只问这是不是我们所最感动的,是不是我们所最喜悦的,却

---

① 许地山:《印度文学》,商务印书馆1945年版,第61~62页。
② 同上,69页。

不应该去问这是不是古代的，是不是现代的，这是不是本国的，或是不是外国的，而因此生了一种歧视"①。这当然不是不提倡爱国，而是提倡开阔自己的眼界。正是由于本着这种精神，所以作者能够比较正确地、客观地看待西方文学、东方文学和中国文学的关系，并不厚此薄彼。全书分为古代文学、中世纪文学、文艺复兴至18世纪文学、19世纪至20世纪文学四个部分，其中古代文学部分共计11章，除了第1章"世界的古籍"是介绍世界共有的古籍以外，西方文学占3章，东方文学占3章，中国文学占4章，东西方文学的比例大体上是合理的；中世纪文学部分共计8章，西方文学占1章，东方文学占3章，中国文学占4章，东西方文学的比例大体上也是合理的；文艺复兴至18世纪文学部分共计10章，西方文学占7章，东方文学没有，中国文学占3章，东西方文学的比例失调，这大约是因为缺乏东方文学材料的缘故；19至20世纪文学部分共计17章，除第46章"新世纪的文学"是介绍20世纪世界共有的文学以外，西方文学占14章，东方文学占1章，中国文学占1章，东西方文学的比例也失调，这大约也是因为缺乏东方文学材料的缘故。总起来看，尽管由于当时种种条件的限制，作者还不可能非常充分地认识东方文学的全貌，还不可能十分公正地评价东方文学的地位，但他对古代和中世纪两个时期东方文学地位的安排基本上是适当的。这在当时来说，就是极其难能可贵的了。

《文学大纲》的作者对于东方文学中的若干重要作家作品的论述也很值得重视。其中不少内容可以说是第一次被介绍给中国读者，并且作出了较为公允的评价。这里举几个例子。

在第3章"圣经的故事"里，作者论述了基督教的经典——《圣经》的价值。他在这一章的开头便写道："古书的一个总集，被称为《圣经》的，乃是具有无比的价值与重要的一部书。它的势力遍及于全个世界，尤其是欧洲。它对于人类之道德的与宗教的发展之影响比之任何种文学都甚些。它记载千余年的人类文明的最显著的进步。其中的几篇，它们的艺术的精神直已达到了极峰。"②不过，虽然《圣经》如此之重要，但研究它却有各种不同的角度。作者显然是从文学的角度去研究《圣经》和评价《圣经》的，所以他明确地表示了自己的看法：

---

① 郑振铎：《文学大纲》，上海书店1986年版，第2页。
② 同上，第65页。

在研究历史与宗教思想者看来,《圣经》中的《新约》实较《旧约》为重要;然而在文学方面看来,《旧约》却较《新约》为更可宝贵。在耶稣的时候,里万地方犹太人所说的希腊话已失掉它的纯粹。即以《新约》作者们的热忱与忠恳,也不能使之成为文学艺术的完全媒介。并且,文字与思想之所以能天然和谐者,全因他们所发表的思想,是表现在他们自己的言语里。以犹太的宗教思想,而倾注入希腊的铸范里,这种和谐是不能有的了。所以《新约》中虽有几节非常美丽的文字,却远不如《旧约》中之多而纯粹。我们这里所叙的是文学,不是宗教信仰,所以对于《旧约》较《新约》更为注意。①

这些看法是正确的,符合实际的。也正因为这样,所以他在具体分析《圣经》中的作品时,特别强调《旧约》;在《旧约》之中,又特别强调所谓"杂著"部分,即包括《路得记》、《诗篇》、《约伯记》、《箴言》、《传道书》、《雅歌》、《耶利米哀歌》、《但以理书》、《以斯帖记》等在内的文学性强的部分,并且评价很高。如关于《诗篇》,他认为这是"杂著"中"最伟大的作品",是"一部最好的赞诗总集"。关于《耶利米哀歌》,他认为"作者艺术的手段是非常高的"。关于《雅歌》,他认为是"最美丽的恋歌","教士们虽然不很愿意把它当做神圣的,而在文学研究者却视之为无价之宝",并在引过若干行诗后写道:

就上面的几段文字看来,我们已可见它是如何的美丽幽婉,如何的温柔感人了。难怪歌德极口的称赞它。这些甜柔的恋歌所以能保存在《圣经》中者,以解者称其为所罗门所作的,且以为:它所言的恋爱,是象征耶和华对于他的人民的爱的。这种曲说,直使这些最好的抒情诗永埋在宗教的祭坛之地下。然而到了近代,这种曲说却已为有识者所推倒。它的作家大约不能在纪元前3世纪之前。②

这段论证是科学的、有说服力的。

作者对印度的两大史诗是很重视的。他在第6章里专门论述这两部史诗,恰好与第2章"荷马"里论述的希腊两大史诗相对应。这是颇有见地的安排方

---

① 郑振铎:《文学大纲》,上海书店1986年版,第67页。
② 同上,第85页。

法。关于印度两大史诗的影响、价值和地位,第6章一开头就有清楚的说明:

> 印度的史诗《摩诃婆罗多》与《罗摩衍那》(为方便起见,改用现代通行译名——引者注)是两篇世界最古的文学作品,是印度的人民的文学圣书,是他们的一切人,自儿童以至成年,自家中的忙碌的主妇以至旅游的行人,都崇敬的喜悦的不息的诵读着的书。印度的圣书《吠陀》其影响所及,不过是一部分的知识阶级,远不如《摩诃婆罗多》及《罗摩衍那》之为一切人所诵读。平常的人都能举出他们当中的英雄的姓名,都能背诵他们的诗句,讲述他们的故事,惊骇于他们的英雄的冒险,悲叹于他们的妇人与壮士之厄运,喜悦于他们的主人翁之得最后的成功与胜利。不知有许多男女的儿童在印度是喜欢着罗摩与悉多的,而以他们为将来的模范的。在事实上说来,这两篇史诗实可算是最幻变奇异的,在文学艺术上说来,他们又是可惊异的精练的,在篇幅上说来,他们又是世界上的所有的史诗中的最长的。《摩诃婆罗多》共分为18篇,包含诗句20余万行,其篇幅8倍于本书前述之希腊二大史诗《伊利昂纪》与《奥德修纪》的合计;《罗摩衍那》略短,共分为7篇,包括诗句2.5万行。他们都是世界文学中最伟大的作品。本书前已叙及希腊的大史诗《伊利昂纪》及《奥德修记》,对此二大著作,自不能更不有所述——虽然在影响上讲,《伊利昂纪》及《奥德修纪》为世界的,而《摩诃婆罗多》及《罗摩衍那》的最大多数的读者至今未出于印度的境外。①

这段对印度两大史诗和希腊两大史诗的比较是公允的。

对于中古伊朗文学的成就,本书也进行了比较充分的论述。第15章"中世纪的波斯诗人"一开篇,作者就满怀激情地对它的成就做了如下概括:

> 中世纪的波斯,在文学上,真是一个黄金时代;虽然她曾被阿拉伯人侵入了一次,接着又被蒙古人所统治,然而她的诗的天才,在这个时代却发展得登峰造极,无以复加;正有类于同时的我们的中国,那时,我们也恰是诗人的黄金时代。所有近代欧洲人所熟知的菲尔多西、欧玛尔·海亚

---

① 郑振铎编:《文学大纲》,上海书店1986年版,第211~212页。

姆、萨迪、哈菲兹诸大诗人，都产生在这时。①

然后，作者一个一个地介绍和评论了中古伊朗的诗人及其作品，而对于上述几个著名诗人及其作品则做了更加详细的介绍和评论。如关于萨迪及其《果园》和《蔷薇园》，他指出，萨迪是"波斯的三大诗人之一"，"没有一个波斯诗人，到了现在，还有比他更大的名望的，或比他更被人所敬爱，所诵读的"，"他的《蔷薇园》和他的《果园》，凡是波斯的学生，读第一本名著时，便要首先读到；他的抒情诗与以后的大诗人哈菲兹同样的为最大多数人所读"②。关于哈菲兹及其抒情诗，他以为，哈菲兹的名字"不仅杰出于一代，乃是在不朽的大诗人菲尔多西、萨迪之中的"，"哈菲兹所歌咏的，大都为春天、玫瑰、夜莺、酒、少年与美丽。他的无比的天才，使这些东西都永生于他的诗里；他的流丽可爱、音节谐和的作品，模仿他的人虽多，却没有一个能及得上他"③。以上这些介绍和评论都是有根有据的，并无夸大其词之嫌。

《文学大纲》的第16章论述了中古印度和阿拉伯文学的成就。关于中古印度文学，作者认为其主要成就是在戏剧方面。他说：中古印度文学时代，"可以称之为戏曲的时代"。他着重评论了两位著名戏剧家的创作，即迦梨陀娑和薄婆菩提。论及迦梨陀娑时，他评道："他乃是印度戏曲的莎士比亚，他的剧本表示出印度古剧之最纯洁、最崇高的艺术方式。别的作家都有多少的受到外来的影响，独有迦梨陀娑是完全的站在独立的地位上，以纯粹的古典形式，表现出古时的生活与思想。"④论及迦梨陀娑的代表作《沙恭达罗》时，他评道："这剧是印度戏剧艺术的顶点。"关于中古阿拉伯文学，作者首先谈到它的诗歌，尤其是艾布·努瓦斯、艾布·阿塔希叶、穆太奈比和麦阿里的诗歌创作。如他对艾布·努瓦斯的评价是："艾布·努瓦斯是一个很伟大的诗人，在当时及其后，无可与他并肩者，在古代的诸大诗人中亦未有胜过他的。"⑤其次，作者谈的是中古阿拉伯的故事，重点介绍了《一千零一夜》和《安塔拉传奇》。如他对《一千零一夜》的地位和影响给予了很高的评价：

---

① 郑振铎编：《文学大纲》，上海书店1986年版，第729页。
② 同上，第762页。
③ 同上，第771～772页。
④ 同上，第783～784页。
⑤ 同上，第798页。

> 这部绝大绝有趣味的故事书，在世界上的名望，比之《古兰经》为尤伟大，更不必说别的作品了。有许多的人，不晓得一点阿拉伯的别的东西，却都知道《天方夜谭》——《一千零一夜》之别名，全个世界的小孩子，凡是有读故事及童话的幸福的，无不知《一千零一夜》中之许多有趣的故事；这部书已成为世界文化的一部分，而非阿拉伯所独有的了。①

笔者以为，作者对中古印度文学成就的论述似乎有些不足（大约由于缺乏材料吧，没有涉及诗歌、故事等方面的成果），对中古阿拉伯文学成就的论述则是比较充分的。

《文学大纲》用了整整两章的篇幅系统地论述了日本文学的嬗变和成就，即第19章"中世纪的日本文学"和第45章"19世纪的日本文学"；所以相对来说是较为宽余的，论及的文学现象也多，作家作品也多。在第19章，作者把重点放在《万叶集》和《源氏物语》上，这样安排是恰当的。关于《源氏物语》，他的评语如下：

> 构思的巧妙与行文的富丽，在日本文学中允称独步。心理描写之纤细，为近代小说之先河。原文有八种特色：一、修辞巧妙；二、描写内心的活动；三、描写细密；四、优雅；五、照应巧妙；六、引用古歌、催马乐等，乃以歌心所作的散文；七、短歌与文相联络；八、写情写景融化为一。自此籍出后，一切小说，多模仿它的体裁，尊为典型。②

在第45章，作者把重点放在明治维新以后的文学上，并且对明治维新以后的文学给予了充分的肯定，这无疑是正确的。关于明治维新以后文学的变化及其社会背景，他的分析是能够令人首肯的：

> 明治大正的文学，可以说是维新革命所产生的。以前江户末期的颓废文学，已经到了山穷水尽的时候，到了此时，不能不开拓新局面，乃必然之理。而勃发于此时的新运动，更有明治维新革命。此次革命的性质，虽然没有如19世纪的法兰西革命那样的激烈，可是在日本史上乃是空前的。因为此次革命，颠覆了封建制度，当时的文化也有一半以上被破坏了，于是到了动手建造新文化以代旧文化的时代。当时旧文化的形式，虽然尚存

---

① 郑振铎编：《文学大纲》，上海书店1986年版，第810页。
② 同上，第985页。

留于一部分的社会，但大部分却能够建筑在新的地盘上。如政治、经济、教育、学术等，都带有新的色彩，革新者不仅文学而已。明治文学的萌芽，便是维新革命所带来的新文化的一部分。"[①]另据《文学大纲·跋》："本书中关于日本文学的一部分，几乎全为谢（六逸）君的手笔"。

最后应当指出的是，在这个阶段，无论是在翻译和出版东方文学方面，还是在评论和研究东方文学方面，都表现出不同思想和不同倾向的矛盾斗争，围绕泰戈尔访华问题所引发的激烈争论就是其具体表现之一。

第二节　发展阶段（1949～1978）

1949年中华人民共和国成立是我国历史进入新阶段的标志，也是我国东方文学研究进入新阶段的标志。从1949年到1978年的30年间，我国的东方文学研究在前一阶段的基础上，获得了更多的成果，取得了更大的进步。因此我们可以说，这30年是我国东方文学研究史的第二个阶段——发展阶段。这个阶段我们所进行的工作，可归纳为翻译和出版、评论和研究、教学三个方面。

在翻译和出版东方文学方面，这个阶段比上个阶段有很大的进步，具体表现在两点上：一是翻译和出版的数量增加了，领域扩大了；二是翻译和出版的质量提高了。

首先谈翻译出版数量的增加和领域的扩大。据不完全统计，这个阶段翻译出版东方文学的数量要比上一阶段增加一倍以上，特别是日本文学以外的其他东方国家文学的数量要比上一阶段增加10倍以上。与此同时，翻译出版东方文学的领域（包括国家和作家）也扩大了。兹简要介绍如下。

日本文学

上一节说过，由于种种原因，上一阶段翻译出版日本文学较多，达到140余部。这个阶段翻译出版的日本文学作品约有80余部。这个阶段的数量虽不如上个阶段多，但却在许多方面安排得更合理。例如：开始翻译出版日本的古典文学作品，如安万侣的《古事记》、式亭三马的《浮世澡堂》等；有计划地翻译出版日本近代作家的优秀作品，如《二叶亭四迷小说集》、《夏目漱石选集》、

[①] 郑振铎编：《文学大纲》，上海书店1986年版，第2074页。

岛崎藤村的《破戒》、《樋口一叶选集》、《志贺直哉小说集》、德富芦花的《黑潮》、《石川啄木小说集》、《石川啄木诗歌集》等（其中二叶亭四迷的《浮云》、夏目漱石的《我是猫》、岛崎藤村的《破戒》等都被认为是该作家最重要的代表作）；有意识地翻译出版日本革命作家的作品，如《小林多喜二选集》、《宫本百合子选集》、《德永直选集》等；同时翻译出版日本现代作家的优秀作品，如广津和郎的《到泉水去的道路》、野间宏的《真空地带》、《壶井荣小说集》、《井上靖小说选》等。

朝鲜文学

上个阶段翻译出版的朝鲜文学很少（只有两三部），这个阶段翻译出版的朝鲜文学作品达70部以上。其中包括《春香传》这样的古典名著；更多的则是现代重要作家的作品，如李箕永的《故乡》和《土地》、韩雪野的《大同江》和《历史》、《赵基天诗集》等。

蒙古文学

上个阶段根本没有翻译出版蒙古文学作品，这个阶段翻译出版的蒙古文学作品约有二三十部。其中包括被誉为蒙古新文学奠基者纳楚克道尔基和达木丁苏伦的作品，也包括僧格、仁亲、策伯格米德等当代作家的作品。

越南文学

上个阶段没有翻译出版越南文学作品，这个阶段翻译出版的越南文学作品约有30余部。其中包括古典名著阮攸的《金云翘传》；但更多的是现代重要作家的作品，如阮公欢、吴必素、阮廷诗、素友等人的小说和诗歌。

泰国文学

上个阶段没有翻译出版泰国文学作品，这个阶段已经开始翻译出版泰国文学作品，如西巫拉帕的小说等。

缅甸文学

上个阶段没有翻译出版缅甸文学作品，这个阶段开始翻译出版缅甸文学作品，如德钦哥都迈、貌廷的诗歌和小说等。

菲律宾文学

上个阶段没有翻译出版菲律宾文学作品，这个阶段开始翻译出版菲律宾文学作品，如近代爱国者和作家黎萨尔的长篇小说《起义者》和《不可犯我》等。

印度尼西亚文学

上个阶段没有翻译出版印度尼西亚文学作品，这个阶段开始翻译出版印度尼西亚文学作品，如杜尔的《游击队之家》、慕伊斯的《错误的教育》、宋塔尼的《丹贝拉》等长篇小说。

印度文学

上个阶段我国翻译出版的印度文学作品共有20余部，这个阶段翻译出版的印度文学作品数量大大地增加了，总数达七八十部。从中可以看出若干特点。一是开始认真地介绍丰富多彩的印度古典名著，如翻译出版迦梨陀娑的《云使》和《沙恭达罗》、首陀罗迦的《小泥车》、戒日王的《龙喜记》、寓言集《五卷书》等。二是更加系统地介绍泰戈尔的作品。上一阶段已经翻译出版了不少，这个阶段新翻译出版的有《故事诗》、《园丁集》、《诗集》等诗歌，《委托保管的财产》、《解脱》、《摩诃摩耶》、《原来如此》、《练习本》、《太阳和乌云》、《吉莉芭拉》、《一个女人的信》、《偷来的宝物》等短篇小说，《两姊妹》等中篇小说，《小沙子》、《戈拉》等长篇小说，《国王和王后》、《邮局》、《红夹竹桃》、《牺牲》、《暗室之王》等剧本。其中特别应当提到的是1961年为纪念泰戈尔诞辰100周年而编辑出版的10卷本《泰戈尔作品集》，它的第1卷至2卷是诗歌，第3卷至4卷是短篇小说，第5卷是中短篇小说，第6卷至9卷是长篇小说，第10卷是剧本，从而构成了一个比较完整的系列。收入集中的作品，有一部分是从孟加拉文直接翻译的，有一部分是根据泰戈尔自己编订的英文集子翻译的，有一部分小说是从俄文转译的；有三分之一的作品是第一次译成中文的，有一部分作品是以前有过译本而这次重新翻译的，还有一部分作品的译文是经过重新校订。三是着手大量地介绍印度现代进步作家的作品，如翻译出版了印地语现代文学奠基人普列姆昌德的长篇小说《戈丹》和《妮摩拉》，英语作家安纳德的长篇小说《不可接触的贱民》、《两叶一芽》和《苦力》，乌尔都语作家钱达尔的短篇小说集等。

巴基斯坦文学

这个阶段我们开始介绍巴基斯坦的文学作品，如印度和巴基斯坦的著名诗人伊克巴尔的诗选、费兹的诗选等都翻译出版了。

斯里兰卡文学

这个阶段我们着手介绍斯里兰卡的现代文学作品，翻译出版了魏克拉玛沁格的长篇小说《蛇岛的秘密》和他的短篇小说集等。

伊朗文学

上个阶段我国翻译出版的伊朗文学作品很少，这个阶段开始注意介绍。不过由于条件限制，一时难以大见成效。这时翻译出版的伊朗古典名著有萨迪的《蔷薇园》和《鲁米诗选》等，伊朗现代作品有《赫达雅特小说集》和《波斯短篇小说集》等。

阿拉伯文学

这里所谓的阿拉伯文学，既包括古代和中古用阿拉伯文写的作品，也包括近代和现代各个阿拉伯国家的作品。在上个阶段，我国只翻译出版了阿拉伯的《一千零一夜》选本和纪伯伦的《先知》；在这个阶段，我们也加强了对阿拉伯文学作品的介绍工作，先后翻译出版的阿拉伯古典作品有《亡灵书》、《古代埃及故事》、《卡里来和笛木乃》等，现代作品有台木尔的短篇小说集、塔哈·侯赛因的长篇小说《日子》(以上埃及，含古埃及)、《叙利亚短篇小说集》(叙利亚)、《黎巴嫩短篇小说集》、汗纳的《教堂的祭司》(以上黎巴嫩)、白雅帖的《流亡诗集》(伊拉克)以及约旦、阿尔及利亚等其他阿拉伯国家的作品。

土耳其文学

上个阶段我国没有翻译出版土耳其文学作品，这个阶段着手进行工作，主要翻译出版的是革命诗人希克梅特的作品，如《土耳其诗选》、《希克梅特诗集》和《土耳其的故事》等。

除了以上所说的国家之外，我们在这个阶段还翻译出版了柬埔寨、阿富汗、以色列、亚美尼亚、埃塞俄比亚、莫桑比克、塞内加尔、尼日利亚、喀麦隆和南非等国的文学作品。不言而喻，在上个阶段，这些国家的文学当然是不可能被介绍到我国来的。

其次谈翻译出版质量的提高。与上个阶段相比，这个阶段东方文学的翻译出版工作，不仅在数量上增加了，而且在质量上提高了。所谓质量的提高，一方面表现为随着我国学者掌握东方国家语言和文字的人越来越多，经第二种外国语言和文字转译的现象逐渐减少（在上个阶段，除日本文学作品和其他东方国家一部分作者直接用英文写的作品外，其他的东方文学作品大部分是经第二种外国语言和文字，主要是英文转译的），而直接从原文翻译的作品则逐渐增多，这是使译文更加忠实可靠的重要保证；另一方面表现为译者的翻译态度更加严肃认真，力求精益求精，既要忠实于原文，又要使译文通畅，容易被中国读者所接受。正因为如此，所以在这个阶段，我国东方文学界翻译出版的堪称精品的作品较之上个阶段有大幅度的增加，例如：周启明译的安万侣的《古事记》、适夷等译的《志贺直哉小说集》、周启明译的《石川啄木诗歌集》、丰子恺译的《石川啄木小说集》、冰蔚和张友鸾译的《春香传》、黄轶球译的阮攸的《金云翘传》、季羡林译的迦梨陀娑的《沙恭达罗》、季羡林译的迦梨陀娑的《优哩婆湿》、金克木译的迦梨陀娑的《云使》、吴晓铃译的首陀罗迦的《小泥车》、季羡林译的《五卷书》、吴晓铃译的戒日王的《龙喜记》、谢冰心译的泰戈尔的《吉檀迦利》、谢冰心译的泰戈尔的《园丁集》、谢冰心译的泰戈尔的《诗选》、石真译的泰戈尔的《故事诗》、纳训译的《一千零一夜》（三卷本）等便是。

在评论和研究东方文学方面，这个阶段也比上个阶段有了不少的进步。以下分别介绍一下译本的序跋论文和国别文学史的成果。

译本的序跋和论文

这个阶段翻译出版的东方文学作品大多附有序或跋，内容往往围绕作品本身进行介绍和评论，其总数有数百篇之多；其中材料比较翔实、分析比较透彻、观点比较正确的也不少见，这类序跋非但能够起到正确引导读者阅读欣赏的作用，而且具有相当的学术价值。像这样的序跋在上一阶段较为少见。例如：刘振瀛写的《二叶亭四迷小说集》译本序，《夏目漱石选集》译本序和《樋口一叶选集》译本序，黄轶球写的《金云翘传》译本序，季羡林写的《沙恭达罗》译本序、《优哩婆湿》译本序和《五卷书》译本序，吴晓铃写的《小泥车》译本序和《龙喜记》译本序，等等。除序跋外，这个阶段发表的关于东方文学的学术论文也有约百余篇，其中固然包括若干一般水平的文章，但是也确实有不少是在系统研究的基础上写成的达到一定深度的文章。例如：刘振瀛的《夏目漱石的艺术书简》，卞立强的《试论小林多喜二创作的艺术特征》，季羡林的《纪念印度古代伟大的诗人迦梨陀娑》和《〈十王子传〉浅论》，金克木的《关于印度诗人迦梨陀娑》，戈宝权的《塔吉克古典文学的始祖鲁达基》，郑振铎的《伊朗诗人萨迪的〈蔷薇园〉》，马坚的《阿拉伯文化在世界史上的地位》，黄轶球的《阮攸和他的杰作〈金云翘传〉》等。这里以最后一篇文章为例，具体说明其价值。

黄轶球先生的《阮攸和他的杰作〈金云翘传〉》是一篇长文，除"结束语"外，分为四个部分。第一部分"阮攸的生平、时代和著作"，系统地介绍了这位诗人的一生，其中许多材料是第一次与中国读者见面，很有助于读者了解这位诗人。第二部分"《金云翘传》写作经过和渊源"，其中具体地阐述了阮攸的《金云翘传》与我国的同名小说的关系，提出了一些鲜为人知的材料。由于我国的《金云翘传》在国内已经很难找到，所以人们对它几乎一无所知。为此，作者介绍说，该书共计4卷20回，又名《双奇梦》，作者为青心才人，写作年代为顺治康熙年间；然后根据日本"内阁文库"藏本，列出20回的回目，并引出孙楷第在《日本东京所见中国小说书目提要》中所写的关于这部书的内容。不仅如此，作者还考证了《金云翘传》故事的演变过程——最初记载这个故事的是茅坤的《记剿除徐海本末》，之后是余淡心的《王翠翘传》，最后才是青心才人的《金云翘传》。第三部分"《金云翘传》的结构"，首先从阮攸所采用的诗体——"六八体"谈起，其结论是"从上举实例，可以断言在中国任何诗体中都没有这样结构的形式的……这是越南地方民歌独有的特色，别人不能仿效的"①；其次分析了这部作品的结构，认为全诗可以分为六个部分，并且对于第四部分（第九卷），即全诗的高潮部分，作了较为详细的论述，指出：

> 这一部分的描写，是全诗情节发展的高潮。通过以前八卷的叙述，彻底暴露了封建社会形形色色的统治人物和地痞流氓对于善良人民的残酷压榨，把一个美貌多才的少女拐骗到妓院去出卖肉体，历尽了千般痛苦；她一颗善良的心，纯洁的灵魂，虽然经过几许磨折，无时不在想办法来摆脱这悲惨的生活。在上八卷中，作者通过封建社会中的人物、风俗、习惯、制度，展示出一幅残酷的、腐朽的、濒于衰亡的封建社会历史图画，无情地揭露并鞭挞了统治的罪恶，唱出了人民的声音，并在努力为被压迫者探求出路。徐海的出现，便是对封建社会作强有力回击的突出的英雄形象；

---

① 黄轶球：《阮攸和他的杰作〈金云翘传〉》，载《华南师范学院学报》1958年第4期，第174页。

同时，他真挚的爱情也是对一般玩弄女性的腐朽士大夫一个鲜明的对照。全诗至此，已达到它的高潮，作者的爱和憎，在艺术上达到十分真实感人的程度。①

第四部分"作品的进步意义和艺术成就"，首先将其进步意义概括为暴露封建社会统治的罪恶、高度的人道主义精神、歌颂高尚纯洁的爱情等三个方面，其次从艺术结构、文字技巧、音乐气氛等三个方面论述了艺术成就，最后写道："在越南，有不少长篇巨制的诗篇；但描写的深刻，情节的动人，对封建社会的抨击，对被压迫者深挚的同情，鲜明的追求自由倾向与人道主义精神，是没有一部作品能比上它的。这是它成为古典文学最高典范的理由。"②总之，本文作者在翻译《金云翘传》的基础上，对作品作了细致的、深入的研究，所以才能写出这样很有参考价值的论文来。

国别文学史

据笔者所知，这个阶段正式出版的国别文学史不多，似乎只有金克木先生的《梵语文学史》一部，但这部书却具有相当高的学术价值，大大地超过了上个阶段的同类著作。该书作者是我国屈指可数的几位梵语学者之一，长期从事梵语文学的教学和研究工作，《梵语文学史》便是他的教学和研究成果之一。作者在该书"前言"里写道："本书是1960年写出的讲义，1963年作了一些修改和补充，曾于1964年印出，作为高等学校文科教材。"③该书的主要贡献有两点：一是建立比较科学的、完整的梵语文学史体系，二是对于梵语作家作品的深入评析。

由于印度古代历史的分期很困难，由于印度古代作家作品的资料缺乏，所以如何建立印度梵语文学史体系，长期以来始终没有得到解决。在这种情况下，作者参照印度以及其他国家梵语学者的各种意见，经过反复的、深入的研究，提出了自己的梵语文学史体系，即按照作品的内容和类型，将其划分为三个时代：第一编《吠陀本集》时代（原始社会解体和阶级社会形成时期的文学）；第二编史诗时代（奴隶社会的文学）；第三编古典文学时代（奴隶社会和封建社

---

① 黄轶球：《阮攸和他的杰作〈金云翘传〉》，载《华南师范学院学报》1958年第4期，第75页。
② 同上，第87页。
③ 金克木：《梵语文学史》，人民文学出版社1964年版，第1页。

会的文学)。不仅如此,在每编的第一章里,都要综述这个时代的社会、经济、政治、思想等方面的情况,作为文学发展和演变的背景。如第二编第一章的标题是"奴隶制王国中新文学的形成",下面设三节,其标题分别是"阶级矛盾和斗争的发展"、"思想战线上的斗争"、"反映阶级斗争的庞大文献";第三编第一章的标题是"古典文学的政治和社会背景",下面也设三节,其标题分别是"长期纷争的王国和不巩固的统一王朝"、"城市经济的发展和阶级斗争的尖锐化"、"反映新时代社会生活的文学"。尽管这只能算是一家之言,但毕竟是有根有据的,也是我国学者提出的第一个比较科学的、完整的梵语文学史体系。

该书对于许多梵语作家作品的评析颇见功力。例一是《梨俱吠陀本集》。作者将这部诗集里的诗歌分为反映上古人民斗争生活的、对自然现象进行艺术加工的、描写社会现实生活的以及祭司和巫师的作品等几类。其中,神话传说的主角是因陀罗。人们历来认为他只是自然现象的化身,而与社会生活没有什么联系。作者却提出了自己的新见解。他写道:

> 因陀罗手持雷杵(金刚杵),成群的风神是他的部队,又以解放水为勋绩;印度传统历来把他算作雷雨之神,西方学者更多以为他只是雷雨的人格化。但这不能解说许多关于他的神话故事。看来他是人间的英雄与天上的自然威力的结合。社会的典型人物是他的形象和故事的主体,自然现象的描写则是对他的威力与功勋的艺术加工。①

例二是《阿达婆吠陀本集》。作者认为收入其中的作品大多属于"企图用语言控制客观世界的巫术诗歌","是跟生活有关系的,反映了人民的趋吉避凶的要求"②;并对其中有代表性的作品作了具体的、有说服力的评论,如有的是治病和求长寿的,有的是驱邪降妖的,有的是用作求爱的工具的,有的是掷骰子赌博时用的,有的是祈求家庭和睦的,有的是希望控制自然的等。作者指出:

> 在《阿达婆吠陀》里,我们进入了一个跟《梨俱吠陀》不同的世界。我们在那些咒语中看到了人类在生产力极端低下时怎样经常要进行艰苦的斗争。危害生活的自然力量、疾病、毒蛇、猛兽、各种各样的敌人、不可

---

① 金克木:《梵语文学史》,人民文学出版社1964年版,第25页。
② 同上,第44页。

捉摸的妖魔鬼怪围绕着他们；最基本的生活愿望，维持并延长生命和繁殖后代，还没有充分实现的保证；但是他们仍然坚持斗争，要用荒唐可笑的原始的方法来影响周围世界。他们用诗歌作生活斗争的武器。这表现了当时生活的一个方面。它跟《梨俱吠陀》的诗合起来，使我们能够更多理解上古人类的精神世界。这不只是印度人的。过着同样生活的上古的人和处在社会发展低级阶段的人，都会有类似的思想感情。不过上古印度人给我们留下了比较丰富的文献材料，这是他们的功绩。①

这段论述是符合实际的。

例三是关于大史诗《摩诃婆罗多》的艺术力量。作者指出，从历史发展的眼光来看，《摩诃婆罗多》是印度上古文学的一个高峰。这表现在以下几个方面：一是在创作方法上比以前有重大的发展；二是塑造出许多生动的人物形象；三是表现了高度的组织和安排故事情节的能力；四是在文学形式上有很大的进步；五是所用的语言是朴素的、简明的、近似口语的通俗文言；六是在诗体上带有民间文学的特点，质朴、粗糙但鲜明、生动。这几点的概括是准确的。

例四是关于伐致呵利的《三百咏》。作者认为，这是一部表达穷苦文人思想的作品。我们可以判断，这位诗人正是印度古代穷婆罗门文人的代表，他的诗歌突出地传达了这个阶层的世界观和社会生活感受，因此得到长期广泛流传，同时不断受到修订和增补。就它的社会意义说，这是古典文学中的一个重要典型，它吐露了许多优秀作家的共同思想感情，并且对古代印度文人产生了很大的影响。从作品的流传及引用，可以推测这位诗人生活在公元后不很久的时代。"破落户的有文化的自由民对以铜臭代替书香的封建贵族、富豪暴发户的满腔愤慨，这就是《三百咏》的基本情绪，也就是它的可取之处。伐致呵利和他的较好的补充者把这一社会集团的头脑中所反映的社会生活和阶级矛盾，把他们自己的思想感情集中而且生动地揭露出来了。"②——这种分析恐怕是符合当时的实际情况的。

例五是关于迦梨陀娑创作的艺术成就。作者以为，迦梨陀娑取得了很高的艺术成就。在表达思想感情上宛转含蓄，在语言运用上词与义结合得很好，音乐性很强。他确是一位语言艺术大师，梵语古典文学作家的杰出代表。对于他

---

① 金克木：《梵语文学史》，人民文学出版社1964年版，第43页。
② 同上，第248页。

的抒情长诗《云使》,作者评道:"这篇缠绵悱恻的抒情诗把两部长诗(指《罗怙世系》和《鸠摩罗出世》——引者注)中写过的悼亡化为相思而大加渲染。在艺术的成就上,这是同类古典诗歌中的一个高峰。许多写相思的诗只是陈词滥调,而在这里却看得出不少出发于生活的新鲜的想象。诗体用了长达68音一诗节(分四句读,句中还有停顿)的格律,表现云雨的缓缓行进。在技巧上它也有创造性,突出显示了古典诗体的优点。"[①] 这段评语是很有分寸的,决非溢美之词。对于他的名剧《沙恭达罗》的艺术成就,作者的评论同样恰到好处。他说:

《沙恭达罗》的艺术成就集中表现了迦梨陀娑的才能。就戏剧方面来说,它的场次安排宛如一首起承转合衔接得很好的诗篇。场场有矛盾,幕幕景不同,逐步达到高潮,然后回环宛转现出结局,这正是古典戏剧的完整严密的结构。在各幕情调的配合上也是有变换又有联系,仿佛多变而又和谐的交响乐章。剧中人物的性格也很鲜明,往往着墨不多而神态活现,有如写意的水墨画。台词机警灵活,往往意在言外,足以显现人物性格及场面气氛。就诗的方面说,笼罩着全剧的复杂曲折情节的是一片诗情画意。剧不以斗争冲突见长,而是以含而不露隐而不显为其风格特征。诗句的安排与对白调和,不多不少。诗中不断涌现清新自然的譬喻,突出了作者所特有的才华。在运用梵语方面,诗人创造了古典文学中的典范,丽而不华,朴而不质,音调和谐,富于暗示。总之,这一剧本确是诗人的成功之作。虽然现存写本有一些歧异,但印度流行的刊本彼此差别很小,可以就此概括出上面的评语。[②]

东方文学教学

在东方文学的教学方面,这个阶段也有很大的突破,即在大学强化东方文学的有关专业,并在中文系开设东方文学的有关课程。新中国成立前,北京大学已经设立东方语言文学系;新中国成立后,这个系的力量不断加强,专业的设置不断完善,教师的队伍不断扩大,教学的水平不断提高,成为我国培养东方语言和文学研究人才的主要基地之一。在该系各个专业,先后开设了东方各国的文学课程。从1958年起,北京师范大学、东北师范大学和辽宁大学等十

---

① 金克木:《梵语文学史》,人民文学出版社1964年版,第294页。
② 同上,第308页。

几所大学又率先在历来学生人数众多的中文系设立东方文学学科,开设东方文学课程,作为外国文学课程的一部分,打破了以西方文学为实、外国文学为名的不合理局面,力求在讲堂上为东方文学争得早已应有的一席之地。

在大学设立东方文学学科和开设东方文学课程,对于推动东方文学研究工作起了很大作用。首先,培养了一批东方文学的翻译、评论和研究人才,迅速扩大了东方文学的翻译、评论和研究队伍。在这方面,北京大学在培养专业人才上做出了突出的贡献。其次,直接促进了东方文学的评论和研究工作。为了做好东方文学的教学工作,教师必须从无到有,白手起家,广泛搜集材料,认真探讨问题,深入阅读作品,以便写出有分量的论文,编出有水平的讲义,不断提高教学质量;而这些论文和讲义则成了以后编写东方各国的国别文学史和整个东方文学史的基础。在北京大学,陆续开设的梵语文学史、印地语文学史、阿拉伯文学史、伊朗文学史、日本文学史、朝鲜文学史、越南文学史、印度尼西亚文学史、缅甸文学史、蒙古文学史等课程的讲义,有的在这个阶段就已正式出版,成为国别文学史专著(如上面举出的金克木的《梵语文学史》);其他大部分则在下一阶段作为国别文学史正式出版,或者成为各种正式出版的东方文学史的组成部分。在其他大学,采取本校自己编写东方文学讲义和各校联合编写东方文学讲义相结合的方式,同样取得了相当可观的成果,尽管这些讲义在这个阶段未能获得正式出版的机会(东北和华北十几所大学联合编写的《东方文学简史》书稿已经写成,由于"无产阶级文化大革命"运动爆发而未能问世),但却为下一阶段正式出版的各种东方文学史准备好了条件。

在这个阶段,我国广大的东方文学研究人员都认真学习马克思主义,力求以马克思主义为指导研究东方文学;从一定的意义上说,我们之所以能够在不长的时间内取得以上的成就,也正是与马克思主义的指导分不开的。不过,由于当时政治形势的影响,极左思想对于东方文学研究工作的干扰也是不可否认的事实。例如:不适当地强调东方社会主义国家文学的重要性;不适当地强调东方国家无产阶级文学的重要性;重视东方文学作品的思想性,忽视东方文学作品的艺术性;采用庸俗社会学式的分析方法评论东方文学等。如果说在1949年到1966年的17年间,这种极左思想只是干扰了东方文学研究工作的话,那么在1966年到1978年的13年间,这种极左思想则进一步中断了东方文学的研究工作,使东方文学研究工作陷入了瘫痪状态。事实上,以上所述这个阶段东方文学的研究成绩,几乎都是在1949年到1966年的17年间取得的。

第三节　繁荣阶段(1978～)

经过"无产阶级文化大革命"的波折，在中国共产党改革开放政策的指引下，我国的社会历史又翻开了新的一页。与此同时，我国的东方文学研究历史也翻开了新的一页，进入了它的第三个阶段——繁荣阶段。在这个阶段，我国的东方文学研究取得了突飞猛进的发展，达到了前所未有的繁荣，可谓百花齐放，春色满园。以下从翻译和出版、评论和研究、队伍建设三方面加以论述。

在翻译和出版东方文学方面，与前两个阶段相比，这个阶段的特点可以概括为两句话：一曰数量猛增，二曰质量进一步提高。

在这个阶段，除了一批资深的东方文学老译者继续活跃以外，又有一大批中青年译者迅速成长起来，逐步成为东方文学翻译界的生力军。同时，出版东方文学作品的出版社也在不断增多。上个阶段主要限于北京和上海两地的几家出版社出版东方文学作品，其中以北京人民文学出版社和作家出版社出版的最多，约占全部出版数量的90%。这个阶段出版东方文学作品的出版社则很快扩展到全国各地，其总数超过百家。因此种种，这个阶段东方文学作品的出版数量比上个阶段成十倍、成百倍地增长。以日本文学为例：1949年至1959年的10年间，共约翻译出版60余部；而1979年至1989年的10年间，共约翻译出版600余部，增加了10倍左右。

这个阶段东方文学翻译出版质量的进一步提高，既表现在译文上，也表现在计划性和系统性上。前者是指许多东方文学译者在翻译过程中一丝不苟，精益求精，努力提高译文水平。特别是老一代的翻译家，产生了一批精品，如季羡林译的印度史诗《罗摩衍那》、纳训译的阿拉伯民间故事集《一千零一夜》(六卷本)、刘振瀛译的夏目漱石的《我是猫》和《哥儿》等。后者是指不少出版社为了改变"抓一部译一部出一部"的无政府状态，有意识地加强了出版东方文学作品的计划性和系统性，集中力量出版若干有分量、有水平的书籍。以日本文学为例：如北京人民文学出版社从1980年起陆续出版"日本文学丛书"，其中包括《日本古代随笔选：枕草子·徒然草》、《源氏物语》、《竹取物语·伊势物语·落洼物语》、《平家物语》、《日本谣曲·狂言选》、《近松门左卫门·井原西鹤选集》、《浮世澡堂·浮世理发馆》等古典名著，另外还有尾崎红叶、泉镜花、幸田露伴、二叶亭四迷、德富芦花、山本有三、芥川龙之介、宫本百合子、叶山嘉树、黑岛传治、川端康成、小林多喜二、德永直和野间宏等近现代作家的小说选集。又如上海译文出版社、湖南人民出版社、海峡文艺出版社、江苏人民出版社等也出版了夏目漱石、森鸥外、谷崎润一郎、永井荷风、佐藤春夫、有岛武郎、石川达三、井上靖、松本清张、水上勉、山崎丰子、三浦绫子、司马辽太郎、有吉佐和子、安部公房和星新一等近现代作家的作品。再如十家出版社在1985年至1988年间联合出版"日本文学流派代表作丛书",其中包括浪漫主义——森鸥外的《舞姬》;自然主义——岛崎藤村的《家》、田山花袋的《棉被》、德田秋声和正宗白鸟的《新婚家庭·战争受害者的悲哀》;现实主义——夏目漱石的《哥儿·草枕》、石川达三的《爱的终结》、山崎丰子的《女系家庭》;惟美主义——永井荷风的《舞女》、佐藤春夫的《更生记》、舟桥圣一的《意中人的胸饰》等。更加值得一提的是,由于加强了出版工作的计划性和系统性,所以近年来我们翻译出版了不少规模较大的东方文学的重点作品,如日本近代文学的杰出代表作家夏目漱石的小说系列、日本第一位诺贝尔文学奖得主川端康成的作品系列、日本第二位诺贝尔文学奖得主大江健三郎的作品系列、印度史诗《罗摩衍那》和《摩诃婆罗多》的全译本、印度大诗人泰戈尔的全集、《波斯经典文库》、阿拉伯民间故事集《一千零一夜》的全译本、黎巴嫩诗人和作家纪伯伦的全集、埃及诺贝尔文学奖得主迈哈福兹、以色列诺贝尔文学奖得主阿格农、土耳其诺贝尔文学奖得主奥尔罕·帕慕克、尼日利亚诺贝尔文学奖得主索因卡、南非诺贝尔文学奖得主戈迪默和库切的作品系列等。这些书籍的翻译出版,将会促使我国的东方文学研究达到更加繁荣昌盛的局面。

在评论和研究东方文学方面,这个阶段也取得了辉煌的成绩,无论是序跋论文、专题论著,还是国别文学史、东方文学史,都可以说是硕果累累,比前两个阶段有长足的进展。

序跋和论文

由于这个阶段我国的出版事业蓬勃兴起,东方文学作品的翻译出版园地大为扩展,其数量比上个阶段成十倍、成百倍地增长,所以作品序跋的数量也比上个阶段成十倍、成百倍地增长,达成千上万篇之多。由于这个阶段我国的报纸杂志以及其他各种媒体如雨后春笋般发展起来,发表东方文学研究论文的场所大为增加,其数量也比上个阶段成十倍、成百倍地增加,达成千上万篇之多。与此同时,这些序跋和论文的质量也在日益提高,涌现出不少高水平的研究成果来。

专题论著

在这个阶段，我们翻译出版了若干部外国学者撰写的、具有一定学术价值的东方文学专题论著，如丸山清子的《〈源氏物语〉与〈白氏文集〉》，松泽信的《日本近代作家介绍》，中村光夫的《"不如早死好"——二叶亭四迷传》，坪内逍遥的《小说神髓》，加藤周一的《日本文化论》，进藤纯孝的《川端康成》，中西进的《〈万叶集〉与中国文化》，黑古一夫的《大江健三郎传说》；克里希那·克里巴拉尼的《泰戈尔传》，S·C·圣笈多的《泰戈尔评传》，维希瓦纳特·S·纳拉万的《泰戈尔评传》，黛维夫人的《家庭中的泰戈尔》，阿姆拉特·拉耶的《普列姆昌德传》，艾加·辛格的《泰戈尔诗歌的意象》，韦罗尼卡·艾恩斯的《印度神话》；努埃曼的《纪伯伦传》；勒兰德·莱肯的《圣经文学》，房龙的《漫话圣经》，雅罗斯拉夫斯基的《圣经是怎样一部书》；阿里·穆罕默德·萨贝基的《伊朗当代文学》等。

同时我们也出版了一大批由我国学者撰写的、具有一定学术价值的东方文学专题论著，这些专题论著的付梓，更加充分地说明了我国的东方文学研究进入了新阶段。其中，属于东亚文学范畴的，如张哲俊的《东亚比较文学导论》；刘柏青的《日本无产阶级文艺运动简史》，何乃英的《夏目漱石和他的小说》，宋再新、武继平编译的《日本文学百家》，严绍璗的《中日古代文学关系史稿》，王晓平的《近代中日文学交流史稿》，傅伯宁编译的《日本现代作家及作品》，赵乐甡(的《石川啄木》，何乃英的《川端康成》，叶渭渠的《川端康成评传》，李国栋的《夏目漱石文学主脉研究》，张岩峰等的《简明日本文学辞典》，叶渭渠的《日本文学散论》，刘振瀛的《日本文学论集》，叶舒宪、李继凯的《太阳女神的沉浮：日本文学中的女性原型》，杨非、张爱斌的《川端康成和他的小说》，吕元明的《被遗忘的日本反战文学》，李德纯的《爱·美·死——日本文学论》，陶力的《紫式部和她的〈源氏物语〉》，叶渭渠的《冷艳文士川端康成传》，谭晶华的《川端康成传》，叶渭渠等主编的《三岛由纪夫研究》，何少贤的《日本现代文学巨匠夏目漱石》，郑彭年的《日本中国文化摄取史》，叶渭渠的《川端康成》，叶渭渠等主编的《不灭之美——川端康成研究》，李寅生的《论唐代文化对日本文化的影响》，黄爱华的《中国早期话剧与日本》，陶力的《紫式部和〈源氏物语〉》，王向远的《二十世纪中国的日本文学翻译史》，何乃英的《川端康成和〈雪国〉》，张哲俊的《中日古典悲剧的形式——三个母体与嬗变的研究》，王琢的《中日比较文学研究资料汇编》，蔡毅编译的《中国传统文化在日本》，魏大海的《私小说——20世纪日本文学的一个"神话"》，周阅的《人与自然的交融:〈雪国〉》，王晓平的《梅红樱粉——日本作家与中国文化》，胡令远的《人的觉醒与文学的自觉——兼论中日之异同》，林祁的《风骨与物哀——二十世纪中日女性叙述比较》，张朝柯的《小林多喜二》，肖霞的《日本之桥与"五四"文学》，方长安的《选择·接受·转化——晚清至20世纪30年代初中国文学流变与日本文学关系》，张石的《川端康成与东方古典》，唐月梅的《三岛由纪夫与殉教图》，祝振媛的《夏目漱石的汉诗和中国文化思想（日文版）》，刘德润等的《日本古典文学赏析》，刘立善的《日本文学的伦理意识》，叶渭渠的《川端康成传》，王之英、王小岐的《日本近代文学赏析》，靳明全的《中国现代文学兴起发展中的日本影响因素》，马歌东的《日本汉诗溯源比较研究》，佟君、陈多友主编的《中日比较文学比较文化研究》，张哲俊的《中国古代文学中的日本形象研究》，靳明全的《中国现代文学兴起发展中的日本影响因素》，严绍璗的《比较文学视野中的日本文化——严绍璗海外讲演集》，蔡春华的《中日文学中的蛇形象》，李文的《日本文化在中国的传播与影响》，徐静波的《东风从西边吹来：中华文化在日本》，林少华的《村上春树和他的作品》，卢盛江的《空海与〈文镜秘府论〉》，王新新的《大江健三郎的文学世界》，王琢的《想象力论——大江健三郎的小说方法》，王成、秦刚主编的《日本文学翻译论文集》，佟君、陈多友主编的《中日比较文学比较文化研究》，张龙妹主编的《世界语境中的〈源氏物语〉》，姚继中的《〈源氏物语〉与中国传统文化》，林少阳的《"文"与日本的现代性》，张哲俊的《吉川辛次郎研究》，林涛的《武者小路实笃作品在中国的翻译》，张龙妹的《男人和女人的故事：日本古典文学鉴赏》，王昕的《村上春树音乐之旅》，叶渭渠的《日本小说经典》，李光贞的《夏目漱石小说研究》，刘象愚、胡春梅的《感悟东方之美：走进川端康成的〈雪国〉》，周阅的《川端康成文学的文化学研究——以东方文化为中心》，《大江健三郎文学研究》，李强的《厨川白村文艺思想研究》，杨炳菁的《后现代语境中的村上春树》，何乃英的《川端康成小说艺术论》，吴舜立的《川端康成文学的自然审美》，陳銘磻的《川端康成文學の旅》、张恩辉的《川端康成传》，王建湘的《大江健三郎传》，杨月枝的《大江健三郎文学作品艺术特色研究》，李均洋的《闲收乱帙思疑义——日本文学研究》；崔成德主编的《朝鲜文学艺术大辞典》，韦旭升的《韦旭升文集(朝鲜学—韩国学研究)(全6卷)》,金健人的《韩国传统文化(语言文学卷)》,张朝柯的《〈春香传〉的创作及影响》,陈铉美的《困惑与冲突——当代中韩女性小说之比较》,李岩的《中韩文学关系史论》,杨昭全的《中国—朝鲜·韩国文学交流史》,刘顺利的《半岛唐风——朝韩作家与中国文化》;陈岗龙的《蒙古民间文学比较研究》,却日勒扎布的《探索之路:蒙古文学论》等。属于东南亚文学范畴的,如周维介的《新马华文文学散论》,梁立基、李谋等的《世界四大文化与东南亚文学》,张玉安、裴晓睿的《印度的罗摩故事与东南亚文学》,梁志明等的《古代东南亚史与文化研究》,罗长山的《越南传统文化与民间文学》,刘志强的《越南古典文学四大名著》,赵玉兰译著的《〈金云翘传〉翻译与研究》,裴晓睿、熊燃译著的《〈帕罗赋〉翻译与研究》,李谋、林琼译著的《缅甸古典小说翻译与研究》,许友年的《论马来民歌》,王青的《马来文学》,罗杰、傅聪聪等译著的《〈马来纪年〉翻译与研究》,吴杰伟、史阳译著的《菲律宾史诗翻译与研究》,郭淑云主编的《迈进新世纪——文学言说》等。属于南亚文学范畴的,如季羡林的《〈罗摩衍那〉初探》,金克木译的《古代印度文艺理论文选》,刘安武编选的《印度现代文学研究(印地语文学)》,黄宝生等译的《印度现代文学》,何乃英的《泰戈尔传略》,季羡林、刘安武编的《印度两大史诗评论汇编》,季羡林主编的《印度文学研究集刊(1～3)》,唐仁虎、刘安武译的《普列姆昌德论文学》,倪培耕等译的《泰戈尔论文学》,刘安武的《普列姆昌德和他的小说》,黄宝生的《印度古典诗学》,张光璘的《印度大诗人泰戈尔》,杨非、金康成的《泰戈尔及其创作》,刘安武的《普列姆昌德评传》,唐仁虎等主编的《印度文学文化论》,郁龙余的《中国印度文学比较》,孙宜学的《泰戈尔与中国》,刘安武的《印度两大史诗研究》,刘安武的《印度两大史诗评说》,郁龙余编的《中国印度文学比较论文选》,姜景奎的《印地语戏剧文学》,唐仁虎等的《泰戈尔文学作品研究》,尹锡南的《世界文明视野中的泰戈尔》,薛克翘的《中印文学比较研究》,张朝柯的《泰戈尔诗歌短篇小说诠释与解读》,郁龙余等的《梵典与华章——印度作家与中国文化》,侯传文的《佛经的文学性解读》,张羽的《泰戈尔与中国现代文学》,刘安武的《印度文学和中国文学比较研究》,黄宝生的《〈摩诃婆罗多〉导读》,郁龙余等的《中国印度诗学比较》,刘曙雄的《穆斯林诗人伊克巴尔》,薛克翘的《印度民间文学》,季羡林编、黄宝生译的《梵语诗学论著汇编(上下册)》,薛克翘等的《印度中世纪宗教文学》,北京大学印度研究中心的《万世的旅人泰戈尔:从湿婆耶稣莎士比亚到中国》,尹锡南的《印度比较文学发展史》,王立、刘卫英的《〈聊斋志异〉中印文学溯源研究》,董友忱的《天竺诗人\泰戈尔》,董友忱主编的《泰戈尔画作欣赏》,毛世昌、袁永平的《印度两大史诗解读》,孙宜学的《泰戈尔:中国之旅》,何乃英的《泰戈尔——东西融合的艺术家》,薛克翘等的《印度近现代文学》;王兰的《斯里兰卡的民族宗教与文化》,张惠兰的《传统与现代——尼泊尔文化述论》等。属于西亚、中亚和北非文学范畴的,如孟绍毅的《丝路驿花——阿拉伯波斯作家与中国文化》,赵乐甡译的《世界第一部史诗——吉尔伽美什》,拱玉书的《升起来吧!像太阳一样——解析苏美尔史诗〈恩美卡与阿尔塔之王〉》,朱威烈主编的《当代阿拉伯文学词典》,伊宏的《纪伯伦评传》,郅溥浩的《神话与现实——〈一千零一夜〉论》,林丰民的《为爱而歌——科威特女诗人苏阿德·萨巴赫研究》,李琛的《阿拉伯现代文学和神秘主义》,郅溥浩的《解读天方文学》,薛庆国的《阿拉伯文学大花园》,林丰民等的《中国文学与阿拉伯文学比较研究》;潘庆舲的《波斯诗圣菲尔多西》,何乃英的《伊朗古今名诗选评》,陶德臻、何乃英编选的《伊朗文学论集》;穆宏燕的《凤凰再生:伊朗现代新诗研究》,张鸿年的《列王纪研究》,穆宏燕的《波斯古典诗学研究》;朱维之主编的《希伯来文化》,朱维之的《圣经文学12讲》,卓新平的《圣经鉴赏》,梁工、赵复兴的《凤凰的再生——希腊化时期的犹太文学研究》,梁工、卢荣光编选的《圣经与文学阐释》,张朝柯的《〈圣经〉与希伯来民间文学》,刘意青的《〈圣经〉的文学阐释——理论与实践》,钟志清的《当代以色列作家研究》,陈贻绎的《希伯来语圣经:来自考古和文本资料的信息(至前586)》,陈俊伟的《旧约导论》,邱永旭的《〈圣经〉文学研究》,刘意青的《〈圣经〉文学阐释教程》;杨中举的《奥尔罕·帕慕克小说研究》;史锦秀的《艾特玛托夫在中国》等。属于非洲文学范畴的,如俞灏东等的《非洲文学作家作品散论》,俞灏东等的《现代非洲文学之父钦努阿·阿契贝》等。

兹以季羡林的《〈罗摩衍那〉初探》为例。

据作者自己说,这部著作是他在翻译史诗《罗摩衍那》的过程中产生的。他在该书"小引"里写道:"在过去几年翻译过程中,我读了大量的书籍,思考了一些问题,逐渐对与《罗摩衍那》有关的一些问题形成了自己的一些看法。有些看法同过去的迥乎不同。但是我并不是故意标新立异,也并不是毫无根据地异想天开,而是在我目前的水平上经过一番深思熟虑提出来的。这些可能都是极为幼稚的。但是,古人说:'愚者千虑,必有一得。'我现在就把这些看法写了出来，以期求得读者的教正。"① 可见作者为写这部著作是下了很大功夫的。也正因为如此，这部著作的确提出了若干重要问题和重要见解，引起了学术界的注意。全书分为15个部分，分别探讨了《罗摩衍那》的性质和特点、作者、内容、原型、与《摩诃婆罗多》的关系、与佛教的关系、成书的时代、语言、诗律、传本、评价、与中国的关系、译文版本问题、译音问题和译文文体问题等一系列问题。其中第7部分和第11部分显然是该书的重点，占的篇幅也最多，下面予以介绍。

在第7部分，作者详细地论证了《罗摩衍那》成书的时代。这是世界各国梵语学界长期争论不休的问题。尽管学者们在这个问题上已经花费了很大的精力，进行了辛勤的探索，但到现在仍然处于探索阶段，离开得出具体的、准确的结论还有很长的距离。围绕这个问题，作者从多方面加以论证，有根有据地提出了自己的新见解。例如关于印度古代存在不存在土地私有制的问题，作者认为不应当仅仅到那些早已为人注意的文献里去找证据，最好看看佛经是怎样记载的。他在引用和分析了许多佛经的材料之后指出：不许任何人占有土地，可能只是一种理论，只是国王方面的主观的愿望，事实上却是行不通的。又如关于当时社会伦理道德的问题，作者根据《罗摩衍那》本身的描写，并联系其他各种材料，得出了如下的结论：《罗摩衍那》的道德论是封建社会的道德论，其目的是为了维护和巩固封建统治，维护和巩固封建的男性家长制家庭。依据上面的材料和论证，作者提出了对于印度何时进入封建社会和《罗摩衍那》成书时代社会性质的新看法：在公元前3世纪的阿育王时代，印度已经完全形成封建社会；《罗摩衍那》是印度封建社会的产物。

在第11部分，作者具体地评论了《罗摩衍那》的价值。这是我国学者第一次对这部史诗作出的全面的、细致的评价。在思想内容分析方面，作者首先从阶级谈起，主要从种姓谈起。关于种姓，他详细地讨论了四个种姓的内容、职业和变化，说明四个种姓并不像一般人所认为的那样秩序井然，其实他们的地位是在不断变化的；四个种姓的职业也并不是有条有理的，其实他们所从事的职业是非常混乱的；四个种姓所属的人也并不是一成不变的，其实人的种姓是可以改变的。从一般的种姓问题，作者接着谈到《罗摩衍那》所表现的种姓矛盾、民族矛盾和生产方式矛盾。所谓种姓矛盾，是指掌握祭祀权和文权的婆罗门与掌握军权和政权的刹帝利之间的矛盾。作者举出许多实例证明，在史诗里

---

① 季羡林：《〈罗摩衍那〉初探》，外国文学出版社1979年版，第4～5页。

婆罗门与刹帝利的矛盾斗争是非常明显的,刹帝利受到歌颂和美化,婆罗门的地位显然在其下面,史诗的男主人公罗摩就是刹帝利的代表、封建主的代表,魔王罗波那则是婆罗门的代表、奴隶主的代表。所谓民族矛盾,是指雅利安人和本地人的矛盾。作者认为,罗摩的皮肤黑,是本地人,罗波那是雅利安人,罗摩和罗波那的矛盾也是民族矛盾的表现。所谓生产方式矛盾,是指雅利安人和本地人在生产方式上的差异。作者经过分析以后指出,以罗摩为一方和以罗波那为另一方这两个方面的生产方式和生活方式是迥乎不同的。因此,关于史诗所反映的社会问题和史诗作者的态度,得出了这样的结论:在封建社会初建时,没落奴隶主与新兴地主之间的矛盾还比较突出,《罗摩衍那》写的就是这样一种矛盾。在这个矛盾斗争中,史诗作者蚁垤不是站在婆罗门一边,而是站在刹帝利一边。从社会发展的总趋势来看,蚁垤的态度是进步的。

在艺术特色分析方面,作者谈了以下四点:一是塑造人物形象。作者认为,蚁垤很善于塑造人物形象,几十个主要人物都刻画得精工细致,描绘得生气勃勃;特别是对男女主人公等四个人物,更是精心雕塑,着意描写。从外表仪容,到内心世界,有时采用白描的手法,有时使用抒情的笔调,从细小处加以刻画。他又把他们放在矛盾斗争的中心,加以考验,喜怒哀乐,样样俱全:有时花团锦簇,光风霁月;有时又骇浪惊涛,月黑风高。从各种角度,从各个方面,透视他们的内心深处。所以这些人物显得有血有肉,生意盎然。因之,这四个人物,在两千多年的历史上,赢得了无数印度人民的爱慕与崇敬。二是展开矛盾斗争。作者指出,虽然几乎所有的长篇文学作品都离不开矛盾,可是像这部史诗这样着重写矛盾的作品却不多见。在这里,矛盾多到无法计算,有的剧烈到你死我活的程度,而又大小相间,层次分明,真堪称是写矛盾的杰作。史诗写了三个国家,即人、猴和罗刹。这三个国家都是矛盾重重。粗略地统计一下,重要的矛盾就有罗摩与罗波那的矛盾、罗摩与十车王的矛盾、罗摩与吉迦伊的矛盾、罗摩与须羯哩婆的矛盾、罗摩与悉多的矛盾等等十五六个矛盾,其他小的矛盾几乎无法计算。所有这些矛盾,蚁垤都写得生动活泼,饱满突出,没有一点虚构的痕迹。调配得当,穿插适中,表之以语言,限之以韵律,于是形成了一部动人心魄的伟大作品。三是描绘自然景色。作者以为,世界文学对自然景色描写的共同规律是由浅入深,由单纯到繁复,由朴素到雕缛。印度文学也是如此,从《梨俱吠陀》到《摩诃婆罗多》,都处在淳朴的阶段,直到《罗摩衍那》的作者才敏锐地感受到自然美并满怀激情地描绘自然美,从而开辟了一个崭新的天地。蚁垤不是简略地描写一下自然，而是长篇大论地描写自然，有时甚至专用一篇来描写自然。此其特点之一。蚁垤不是为描写自然而描写自然，而是情景交融，景为情服务，景对情起陪衬和烘托作用。此其特点之二。四是创立艺术风格。作者提出，在印度古代文学发展史上，《罗摩衍那》创立了一种新的艺术风格。与《摩诃婆罗多》比较起来，《罗摩衍那》的大多数诗歌虽然也是简明朴素、明了易懂的，但同时也出现若干语言雕琢、意义隐晦、辞藻繁缛、风格华丽的诗歌。这就是说，在《罗摩衍那》里，朴素之诗为主，藻绘之诗渐多，正处在从《摩诃婆罗多》等文学作品向古典梵语文学过渡的阶段上，名之为"最初的诗"，是再恰当不过的。

作者对于这部史诗的思想和艺术所作的结论是：

> 从思想内容来看，它代表的是新兴地主阶级的利益。同《摩诃婆罗多》比起来是前进了一步的。从艺术特色来看，它是"最初的诗"，它有所创新。在印度文学文体的发展方面，它承前启后，继往开来，地位是异常重要的，影响是异常大的。①

国别文学史

这个阶段我国出版了为数相当可观的东方国家的国别文学史（含断代史、文体史、思潮史和交流史等），其中有的是翻译外国学者的著作，如西乡信纲等的《日本文学史》、松原新一等的《战后日本文学史·年表》、中村新太郎的《日本近代文学史话》、市古贞次的《日本文学史概说》、长谷川泉的《近代日本文学思潮史》、加藤周一的《日本文学史序说》，米哈依洛夫的《蒙古现代文学简史》，柯尔涅夫的《泰国文学简史》，廖裕芳的《马来古典文学史（上下卷）》，阿布赖司·西迪基的《印度乌尔都语文学史》，基布的《阿拉伯文学简史》、戴伊夫的《阿拉伯埃及近代文学史》、法胡里的《阿拉伯文学史》，约瑟夫·克劳斯纳的《近代希伯来文学简史》、格尔绍恩·谢克德的《现代希伯来小说史》，尼基福罗娃等的《非洲现代文学（上、下）》、克莱因主编的《20世纪非洲文学》等。

但更值得关注的是我国学者自己撰写的大量著作，属于东亚文学范畴的，如王长新的《日本文学史》，吕元明的《日本文学史》，李德纯的《战后日本文

---

① 季羡林：《〈罗摩衍那〉初探》，外国文学出版社1979年版，第133页。

学》,王长新主编的《日本文学史》,陈德文的《日本现代文学史》,雷石榆的《日本文学简史》,李均洋的《日本文学概说》,平献明的《当代日本文学史纲》,魏大海的《东方文学简史(日本部分)》,叶渭渠的《日本文学思潮史》,何乃英的《日本当代文学研究》,叶渭渠、唐月梅的《20世纪日本文学史》,叶渭渠、唐月梅的《日本文学史(近代卷)》,叶渭渠、唐月梅的《日本文学史(现代卷)》,孙树林的《日本近现代文学》,郑民钦的《日本俳句史》,张如意的《日本文学史》,叶渭渠、唐月梅的《日本文学史(古代卷)(上下册)》,叶渭渠、唐月梅的《日本文学史(近古卷)(上下册)》,彭恩华的《日本俳句史》,彭恩华的《日本和歌史》,谢志宁的《20世纪日本文学史:以小说为中心》,唐月梅的《日本戏剧史》,《新编日本文学史》,韦旭升的《朝鲜文学史》,韩卫星的《韩国文学简史与作品选读》,金炳岷等的《朝鲜—韩国当代文学史》,韦旭昇的《韩国文学史》,尹允镇等的《韩国文学史》,金英今的《韩国文学简史》,金英今的《朝鲜—韩国文学史》,史习成的《蒙古国现代文学》等。属于东南亚文学范畴的,如尹湘玲的《东南亚文学史概论》,庞希云的《东南亚文学简史》;于在照的《越南文学史》,余富兆的《二十世纪越南文学》;姚秉彦等的《缅甸文学史》,尹湘玲的《20世纪缅甸文学研究》,梁立基的《印度尼西亚文学史》等。属于南亚文学范畴的,如柳无忌的《印度文学》,刘安武的《印度印地语文学史》,黄宝生的《印度古代文学》,季羡林主编的《印度古代文学史》,钟志清的《东方文学简史(印度部分)》,尚会鹏的《印度文化史》;邵铁生的《斯里兰卡文学史》等。属于西亚、中亚和北非文学范畴的,如伊宏的《阿拉伯文学简史》,孙承熙的《阿拉伯—伊斯兰文化史纲》,仲跻昆的《阿拉伯现代文学史》,仲跻昆的《阿拉伯文学通史》,张鸿年的《波斯文学史》;朱维之、韩可胜的《古犹太文化史》,朱维之主编的《古希伯来文学史》,梁工主编的《基督教文学》等。属于非洲文学范畴的,如李永彩的《南非文学史》等。

兹以叶渭渠、唐月梅的《日本文学史》为例。这套文学史不仅是我国学者自己编著的东方各国文学史中字数最多的,而且也是我国学者自己编著的日本文学史中规模最大的。全书共计六卷,其中分为古代卷(上、下册)、近古卷(上、下册)、近代卷和现代卷四大部分。如古代卷,论述公元285年至1192年约900年的文学发展历史,共计600页左右;其中《万叶集》和紫式部的《源氏物语》两部分共计170页左右,约占全文的三分之一弱。笔者以为,这样安排大体上是合理的,显示出作者既照顾全面,又突出重点的原则。《万叶集》分为两章:第一章是"总歌集《万叶集》的世界",分别论述这部歌集的形成、发展、批评意识及其与中国文化的关系;第二章是"《万叶集》的主要歌人歌作",分别论述柿本人麻吕、高市黑人、山部赤人、山上忆良、大伴旅人、大伴家持以及东歌与戍边歌。紫式部的《源氏物语》也分为两章:第一章是"紫式部与《源氏物语》",分别论述紫式部和《源氏物语》的成书、主题与艺术成就、紫式部的美学观;第二章是"《源氏物语》与中国文化",分别论述《源氏物语》与中国文化、《源氏物语》与白居易、《源氏物语》与《红楼梦》比较、结语为"中日文化融合的先范"。从以上简要介绍不难看出,作者在这两部分里,除了评介这两部作品的基本内容以外,还特别强调这两部作品与中国文化和中国文学的关系。这正是作者在这套文学史里所要体现的重要观点之一,而这个观点无疑是符合日本文学历史的实际的。但更值得注意的是,作者的认识还不仅停留在这个层面上,而是深入一步论证这两部作品究竟是由本土文化和文学自发生成的,还是在中国文化和文学影响下产生的问题,也就是所谓"纯粹自发论"和"纯粹影响论"孰是孰非的问题,指出它们更多的是继承本土文化和文学,即歌谣、古歌、神乐曲、催马乐、和歌集、物语文学等的理念、意象、修辞和素材,其数量要比活用白居易诗等中国文化和文学多得多,"因此,中国文化、文学对《源氏物语》的影响是相对的,并不起决定性的作用。还应该强调一句:没有对日本文化和文学传统的继承和创新,没有独创'物哀'为主体的美学观,没有紫式部本人的丰厚的生活体验和素材积累,也就根本上没有《源氏物语》。'源学论'中的'纯粹自发论'或'纯粹影响论'似乎都存在着偏颇性。"[①]非但如此,作者更进一步指出:

> 实际上,《源氏物语》无论采用外来的中国古典文学素材与本土的传统文学理念的结合,还是汲取外来的中国古典文学素材与本土的传统文学理念的结合,也都不是简单的嫁接,而是复杂的化合。是以日本民族的传统文化为主体,以中国文化为催化剂,在彼此化合的过程中促其变形变质,这就是通常所说的"日本化"。它达到了"你中有我,我中有你,以我为主"的天衣无缝的融合境地。因而它吸收中国文化,是按照日本式的思考方法,更多地开拓自己传统的艺术表现的空间。如果说,菅原道真总结日本学习中国文化、文学的历史经验和教训,在理论上提出了"和魂

[①] 叶渭渠、唐月梅:《日本文学史·古代卷》,下册,昆仑出版社2004年版,第514页。

汉才"，那么紫式部则在《源氏物语》的创作实践上成功地实现了"和魂汉才"。似应该说，《源氏物语》是以日本传统为根基的古代中日文化和文学交流交融的结晶，不是"纯粹自发论"，也不是"纯粹影响论"，而是"融合论"，是中日文化、文学融合的先范。①

日本学者加藤周一在为该书写的《序》中，对这套文学史进行了深入的评述。他写道："'历史'不是列举过去发生过的事，而是叙述发生过的事的历时性（在历史发展过程中的变化——译者注）。这种关系不一定是因果论，而是一种根据特定的原理朝着变化的目的论方向发展的形态。如何在相继发生个别的事实中认同一切整合的秩序，这是历史理论的问题。在存在于复数可能性的理论中，决定选择哪种理论，这是历史哲学的问题……没有理论，就没有历史。但是，不能说有理论，就有历史。同样，对个别事实没有详尽的理解，而只是借过去通用的理论，也不是历史，而只不过是获得一具没有血肉的历史形骸罢了。文学史尤其是如此。文学作品如同一般艺术作品，不同时代带有不同时代的精神及其时代局限性，同时它又有超越时代的一面。而且这一面，对作品的评价是具有决定性意义的。叶渭渠、唐月梅两先生撰写这套全四卷的日本文学史所运用的方法是，古代以日中文化交流、近代以和洋文化交流为主轴，分析并综合了文学与地域文化、社会、历史之间的关系。这种方法，重视文化的交流，当然否定了日本文学的'自发论'。同时也不采用中国文化和西方文化的'影响决定论'。在这里，影响是相对的，在影响下实现'日本化'过程，这才构成日本文学史的特质。这一方法与夏目漱石论述日本近代文化的西方影响时所使用的'内发生'与'外发生'这两个概念可能是相通的吧。叶、唐两先生所提出的日本文学'日本化'的基本模式，是'冲突、并存、融合'的模式，并认为这是日本文学史不断循环运行的模式。我赞成两先生这一论点。由于他们理解日本文学史，他们在这里运用的方法是有效的，而且是恰当的。"②笔者认为，这段评述是中肯的。

作者在该书《序章 研究日本文学史的几点思考》中明确指出，他们一方面"在科学的马克思主义文艺理论的指导下，既要摆脱文献学的知性游戏和烦琐的哲学论考"，另一方面"又要运用文献学的合理价值和实证论以观察为证的

---

① 叶渭渠、唐月梅：《日本文学史·古代卷》，下册，昆仑出版社2004年版，第515页。
② 叶渭渠、唐月梅：《日本文学史·古代卷》，上册，第40~41页。

合理内核，从搜集的整理文献起步，下工夫占有丰富的史料，建立翔实的史料基础"，"从对文本的艺术解读和史的辩证分析运动中，深刻地融会历史学和美学的思考，提出文学发展带本质性和规律性的问题"，"力求论从史出，史论结合，构建史的研究格局和研究范式。"①摆在读者面前的这套书表明，作者已经达到了他们预期的目标。

据笔者所知，两位作者之所以能够出色地完成这套巨著，得益于以下两个条件：一是他们在大学学习过系统的日本语言和文学课程，其后又长期从事日本文学的研究工作，对日本文学的思潮、美学意识、重要作家作品以及日中文学文化交流等等问题有比较深入的研究，并出版过许多相应的著作；二是由于他们在研究和写作日本文学史过程中，广泛地参照和吸收了日本学者大量的相关著作，而在东方国家中，日本学者对于本国文学史研究的详细和深入程度，恐怕是首屈一指的。

东方文学史

经过前两个阶段的酝酿和准备，在这个阶段我国终于出版了一系列的东方文学史著作。如朱维之等主编的《外国文学简编（亚非部分）》、陶德臻主编的《东方文学简史》、中山大学中文系主编的《外国文学上册（东方部分）》、张效之主编的《东方文学简编》、季羡林主编的《简明东方文学史》、朱维之主编的《外国文学史（亚非部分）》、陶德臻和陈惇主编的《外国文学上册（亚非部分）》、梁潮等编的《新东方文学史（古代、中古部分）》、张朝柯主编的《亚非文学简史》、王向远著的《东方文学史通论》、高慧勤和栾文华主编的《东方现代文学史》、季羡林主编的《东方文学史》、郁龙余和孟昭毅主编的《东方文学史》、孟昭毅和黎跃进编著的《简明东方文学史》以及何乃英编著的《新编简明东方文学》（作为世界文学史或外国文学史的一部分，没有在书名上标出东方文学史或亚非文学史字样的未列入内）等。这是我国的东方文学研究进入新阶段的重要标志，是从孤立的、片断的、分散的研究进入全面的、系统的、综合的研究的重要标志。

如本书"绪论"所述，建立一个科学的、完整的世界文学史体系，是摆在我们面前的既光荣又艰巨的任务。但要建立世界文学史体系，似乎首先需要分别建立西方文学史体系和东方文学史体系，然后才能在这个基础上建立全面的

---

① 同上，第35页。

而不是片面的世界文学史体系。据笔者所知，由于西方各国文学之间存在着共同的源头、密切的联系和深广的影响，经过几代以至十几代学者的努力，其文学史体系业已基本确立。然而，建立东方文学史体系的任务却要艰巨得多。在国外，确实有一些外国文学学者正在从事东方国别文学或地区文学研究的工作，但仿佛很少有人把东方文学作为一个整体加以研究。在国内，特别是在第三个阶段，对于东方文学的研究采取国别研究和整体研究同时并举的方针，并在整体研究方面取得了引人注目的成果。总起来看，在建立东方文学史体系方面，我们正在不断努力，不断完善，互相学习，取长补短，团结协作，共同前进。我们的文学史越编越好。我们已经取得的共识和经验可以大致归纳如下：

第一，在研究东方文学史时，必须既重视东方社会历史背景的作用，也重视东方文化背景的作用。在对这个问题的认识上，我们也有一个过程。起初，我们较多地注意社会历史背景的作用，注意政治、经济与东方文学的联系和对东方文学的影响，而不大注意各种文化因素与东方文学的联系和对东方文学的影响；后来，我们才逐渐取得了比较全面的认识。众所周知，文化是人类社会历史发展过程中所创造的物质财富和精神财富的总和，特指精神财富，包括文学、艺术、教育、科学、思想和宗教等。文学既然是文化的一部分，当然就与文化的其他组成部分有着密切的联系，并且受到它们的影响。事实上，东方文学不仅与东方社会历史有着密切的联系，而且与东方各种文化有着密切的联系，而东方文学与宗教的关系颇为密切，受宗教的影响既广且深，更是其突出特点之一。正因为如此，所以在季羡林主编的《东方文学史》里，每一编（论述一个时期的文学史）的第一章"概述"都分为三节，第一节是社会历史，第二节是文化，第三节是文学。特别应当指出的是，该书第一次比较详细地阐述了对于东方文学史具有重要意义的东方三大文化体系的形成、发展和影响。以第二编第一章第二节"阿拉伯—伊斯兰文化的形成，东方三大文化的发展和传播"为例，这一节首先阐述了阿拉伯—伊斯兰文化的形成，指出了阿拉伯—伊斯兰文化与古代埃及文化、巴比伦文化和希伯来文化的继承关系，与波斯文化、印度文化、希腊—罗马文化、犹太教—基督教文化和中国文化的影响关系，从而扫清了长期笼罩在这个问题上的迷雾；其次阐述了三大文化的发展和传播，引用了大量的、丰富的史料，令人信服；最后还总结出中古时期东方文化的五个特点，如第三个特点是"中古东方三大文化体系的核心和主要表现形式是意识形态—宗教，即印度文化体系的印度教及佛教，阿拉伯—伊斯兰文化体系的伊斯兰教和中国汉文化体系的儒、佛、道（其中儒家思想是核心，佛教虽是外来的，但已中国化了，成为中国的佛教）"①。不言而喻，该书所反复强调的东方三大文化体系学说，将对今后东方文化和东方文学研究产生深远的影响，将把今后东方文化和东方文学研究提到更高的水准。

第二，关于东方文学史分期问题的探索。编写任何一部文学史都必然会碰到如何划分时期的难题，更何况东方文学史上下长达数千年，所涉及的地域极其广阔，国家极其众多，情况极其复杂，其困难程度自然是可想而知的了。在上引各种东方文学史中，关于分期有以下几种情况：有的分为古代、中古、近代和现代四个时期〔如朱维之等主编的《外国文学简编（亚非部分）》、朱维之主编的《外国文学史（亚非部分）》〕，有的分为古代、中古、近代、现代和当代五个时期（如陶德臻主编的《东方文学简史》、张朝柯主编的《亚非文学简史》），有的分为古代、中古和近现代三个时期（如季羡林主编的《简明东方文学史》），有的分为上古、中古、近古、近代和现当代五个时期（如季羡林主编的《东方文学史》），此外还有其他的分期法（如王向远著的《东方文学史通论》分为"信仰的文学时代"、"贵族化的文学时代"、"世俗化的文学时代"、"近代化的文学时代"和"世界性的文学时代"等五个时期）。这些分期方法的基本依据似乎可以概括如下：参照东方社会历史（特别是比较先进的国家和地区的社会历史）的发展阶段，根据东方文学（特别是比较先进的国家和地区的文学）的发展状况，适当考虑与西方文学史的对应关系。在这些分期方法（王向远的分期方法较为特殊，限于篇幅，这里不准备详细讨论）中，古代（有的称"上古"）是共同的，分歧是在下面几个时期。关于中古，季羡林主编的《东方文学史》将它分为中古和近古两个时期。其理由是：就社会历史而言，中古时期东方的大部分地区是从奴隶制过渡到封建社会，亦即封建社会形成、发展，并达到鼎盛的时期，是远比西方强盛的时期；而近古时期东方封建制度从其主流来说，已经过了有生命力的顶峰，在走下坡路了。就文化而言，中古时期东方无论人文科学，还是自然科学，都远比当时的西方文化灿烂辉煌；而近古时期东方已经创造不出像前一时期处于上升阶段时那样的灿烂文化来了。就文学而言，中古时期是东方文学绚丽、辉煌的一千年，使当时的西方只能望其项背；而近古时期东方的文学创作也走向低潮，西方却走到了世界文学的前列。笔者认为，上述论断大体上是符合事实的，依据这些理由（综合起来考虑）而将原来的中

---

① 季羡林主编：《东方文学史》，上册，吉林教育出版社1995年版，第160页。

古时期分为中古和近古两个时期是可行的,但时间的分界线还可以研究。至于近代、现代和当代三个时期的分歧,人们大多以为这三个时期东方文学的差异乃是客观存在,问题在于它们总共只有一百多年,分得过细或许会显得零碎。所以笔者以为,目前分为近代和现代两个时期是恰当的。

第三,在每个时期里,划分若干地区进行综合评述。综观上述几部东方文学史,可以发现一种发展演化趋势:在较早出版的著作里,每个时期之内往往直接包含几个国家的文学;在后来出版的著作里,每个时期之内往往先分几个地区,再在每个地区之下包含几个国家的文学。这两种安排方法比较起来,后者显然更全面,更科学,更符合东方文学实际,更能够包容东方文学的内容。为什么这样说呢?因为采用第一种安排方法,必然只能抓住几个主要国家,而漏掉许多次要国家(作为"简编"、"简史"还可以允许,但作为"史"则不能允许了),否则便会在每个时期之内罗列许多国家,显得过分琐碎;采用第二种安排方法,非但可以容纳许多国家而不显得琐碎,而且便于归纳总结出同一地区若干国家文学发展的某些规律性的东西来,如共同性、差异性、互相影响、彼此交流等,而研究这些问题乃是编写文学史者不可推卸的责任。事实上,在东方,同一地区的若干国家的文化和文学,确实存在着某些规律性的东西,如东北亚地区属于中国文化体系;东南亚地区受到中国文化、印度文化和阿拉伯—伊斯兰文化的交叉影响;南亚地区属于印度文化体系,但也受到阿拉伯—伊斯兰文化的深刻影响;中亚、西亚和非洲广大地区属于阿拉伯—伊斯兰文化体系,等等。季羡林主编的《东方文学史》采用的便是第二种方法,并且使之更充实了,更完善了。其充实和完善主要表现在两个方面:第一,除上古时期文学不分地区外,以下四个时期的文学都先分为几个地区,再在每个地区内分别论述各个国家的文学及其重要作家作品。由于采用这种安排方法,所以尽管该书比过去出版的同类著作增加许多章节(即许多国家的文学),但却毫无杂乱之感。第二,不仅分地区编排,而且在每个地区专设一节"社会文化背景和文学"。这一节的任务大约是在一定的社会文化背景下,首先分别叙述各个国家文学的发展脉络,然后进行综合比较研究,指出各个国家文学的异同。不言而喻,后者的难度较大,因为需要进行更高层次的理论探讨,才能得出切合实际的结论;但后者的重要意义也是显而易见的,因为如果缺少这个内容,划分地区的安排方法便成了"走形式",同一地区几个国家的文学便会成为简单的罗列和堆砌了。《东方文学史》在这一点上做出了自己的贡献,取得了一定的成绩。如第二编第五章第一节，在概述了中古日本文学和朝鲜文学之后，指出这两国文学有几个特点：一是两国都深受中国文化和文学影响；二是两国在接受中国文化和文学时有同有异，朝鲜受中国影响更深、更广、更持久，日本在国语文学创作上则先走一步；三是朝鲜偏重接受儒家思想，而日本则偏重接受佛教影响等等。就笔者的知识范围而言，这几点是中肯的、有启发性的。

第四，不断地充实东方文学史的内容，扩大东方文学史的容量。东方文学本身无疑是极其丰富的；但长期以来，由于种种条件的限制，我们只能认识其中的一部分，而无法了解它的全貌。用发展的眼光来看，可以说我们过去出版的一系列关于东方文学史的著作，表现了我们对东方文学的认识过程，由少到多、由浅到深、由表到里的认识过程。而在这个不断前进的征途上，季羡林主编的《东方文学史》和高慧勤、栾文华主编的《东方现代文学史》占有重要地位。这两部书大大地充实了东方文学史的内容，扩大了东方文学史的容量。在国家方面，它们不限于已往介绍的几个文学大国，同时也介绍了许许多多文学成就未必很高的国家，其中有不少是我们过去几乎一无所知的。在重要作家作品方面，它们也不限于已往介绍的若干文学大家，同时也介绍了不少取得一定成绩的作家，提出了对他们的新评价，令人颇有眼界大开之感。这两部书的规模都大大地超过了以前出版的同类著作，前者长达120万字，后者长达117万字。

第五，将中国文学纳入东方文学史的体系之中。从广义上说，中国文学也是东方文学的一部分，东方文学史也应当包括中国文学史在内。不过，由于我们写的是外国文学史，所以多数东方文学史著作并未把中国文学史包括在内，或者说的很少。这是可以理解的。季羡林主编的《东方文学史》在这一点上也有所不同。正如该书"后记"所指出的那样，我们尽可能地从宏观上对中国文学做了对比性的概括。笔者认为，这个宏观的、对比性的概括很有必要，是一种大胆的、有益的尝试。这主要体现在该书每一编的第一章"概述"里。举第一编第一章上古文学概述为例吧。在第一节"上古东方社会历史"里，作者在介绍东方几个文明古国的同时，概要地介绍了中国汉朝以前的上古史，点明了中国上古史的国际地位。在第二节"上古东方文化"里，介绍了中国在文字、法律、史学、宗教和科学等领域的成绩，并通过与其他国家的比较指出中国上古文化的特点是，中国汉字自成系统、中国史学最发达、史籍保存最完好、中国汉族宗教不算发达而中国科学相当发达等。这是颇有见地的。在第三节"上古东方文学"里,非但说明了中国上古文学创作的历史地位,而且在总结东方上古文学的特点时,通过比较,对中国上古文学提出了若干有新意的见解。如汉族神话不够发达、缺乏史诗、颂神诗不算发达,这一方面与宗教意识不浓、春秋以后儒家学说占据优势有关,另一方面又与史学发达、书写技术先进、很早开始从事书面写作有关。事实证明,研究东方文学不能撇开中国文学,因为撇开中国文学便描绘不出东方文学的全貌,说明不了中国文学在东方文学中的重要地位和中国文学对东方文学(特别是属于中国文化体系国家的文学)的深刻影响;研究中国文学也不能撇开东方文学,因为撇开东方文学便难以评价中国文学的成就,难以发现中国文学的特点,难以看出中国文学接受了哪些东方国家文学的影响。

我们之所以能够在这个阶段取得以上的辉煌成绩,除了有前两个阶段工作的基础之外,主要有两个原因,一个是扩大了队伍,再一个是解放了思想。

在这个阶段,我国从事东方文学翻译出版和评论研究的队伍空前地扩大了。首先是在大学的教学阵地增加了。继上个阶段在北京大学东语系(后改称东方学系)、若干大学中文系以及一些有关外语院校系科开设东方文学课程之后,这个阶段在更多的大学开设了这门课程。尤其是在80年代初,国家教委正式在《高等师范院校汉语言文学专业教学大纲》中列入东方文学的内容以后,有条件的学校纷纷开设东方文学课程,包括基础课和各种选修课。同时,北京大学东语系和其他不少大学以及研究机构还培养了一批又一批的东方文学硕士、博士和博士后,成为从事东方文学翻译出版和评论研究的高水平的生力军。其次是设立了许多东方文学研究机构。我国东方文学研究的主要基地之一——北京大学东语系(后来又先后成立日语系、阿拉伯语系、南亚语系、亚非语系和东方文学研究中心等教学研究机构),在这个阶段得到了进一步的加强。中国社会科学院先后成立了外国文学研究所、南亚研究所(后改称亚太研究所)和日本研究所等,其中含有东方文学研究组织。此外,北京师范大学、北京外国语大学、首都师范大学、吉林大学、东北师范大学、辽宁大学、山东大学、杭州大学、同济大学、天津师范大学、上海社会科学院、天津社会科学院等单位也纷纷成立了有关东方文学的研究组织。第三是建立了许多东方文学研究学会。作为全国性的东方文学研究学术团体——全国高等学校东方文学研究会(后改称中国外国文学学会东方文学研究会)于1983年正式成立。同时,还相继成立了日本文学研究会、朝鲜文学研究会、印度文学研究会和阿拉伯文学研究会等国别文学研究学会。另外，在这个阶段还创办了专门刊载东方文学的刊物，如《日本文学》（后因故停刊）和《东方丛刊》等。

在这个阶段，我们从事东方文学翻译出版和评论研究人员的思想逐步得到了解放。广大学者渐渐排除了极左思想的干扰，抛弃了各种框框，扔掉了各种枷锁，开阔了眼界，增强了信心，坚持运用辩证唯物主义和历史唯物主义的观点，力求科学地、实事求是地研究东方文学，全面展示东方文学的面貌，努力探索东方文学的规律，充分表现东方文学的精华，深入挖掘东方文学的实质。近年以来，又在不断加宽和加深东方文学本身研究的基础上，广泛展开多方面和多角度的比较研究，从而进一步扩展了东方文学研究的范围，提高了东方文学研究的水准。毋庸讳言，没有自由的学术环境，没有浓厚的学术气氛，我们的东方文学研究是不可能获得上述成绩的。当然，这并不是说我们现在的观点方法已经不存在什么问题。事实上，在我们的研究工作中还常常可以看到一些不能令人完全满意的现象，例如庸俗社会学的观点还在有些人的头脑里起作用，盲目追随外国、模仿外国的情况也时有发生等。为了把我国的东方文学翻译出版和评论研究工作推上更高的水平，我们必须进一步解放思想，扩大视野，为东方文学研究更加辛勤地劳作，使东方文学研究朝着更全面、更深入的方向发展。

附录一　东方文学史大事年表[①]

约公元前4800～前3500年
　　古代西亚两河流域欧贝德文化时期
约公元前3500～前3100年
　　埃及出现"州"
约公元前3500～前3000年
　　古代西亚两河流域乌鲁克和杰姆代特奈斯尔文化时期
　　苏美尔人创造图画文字，以后演化为楔形文字
约公元前3100～前2686年
　　埃及早王朝时期（第1、2王朝）
　　埃及人创造圣书体文字和神话、歌谣、诗歌、箴言、故事等作品
约公元前2900～前2371年
　　苏美尔早王朝
约公元前2800～前700年
　　伊朗高原埃兰国
约公元前2500～前1500年
　　古代印度哈拉帕文化时期
公元前2371～前2154年
　　古代西亚两河流域阿卡德王国
约公元前2017～前1595年
　　古巴比伦时代产生神话、传说、寓言、故事、史诗、歌谣、箴言等作品
公元前1567～前1085年
　　埃及新王国时代（第18—20王朝）
　　《亡灵书》成书
公元前1500～1400年
　　巴比伦神话《埃努玛·埃立什》定型，巴比伦史诗《吉尔伽美什》成书

[①] 本年表不含中国文学。

约公元前1500～前1000年

  古印度前吠陀时期，四部吠陀本集《梨俱吠陀》《娑摩吠陀》《夜柔吠陀》和《阿达婆吠陀》成书

约公元前1000年

  伊朗琐罗亚斯德教经典《阿维斯塔》成书

约公元前970～前931年

  以色列—犹太王国所罗门王在位

约公元前563～前483年

  印度佛教创始人释迦牟尼在世

  佛教徒第一次结集，汇编佛陀言论

约公元前400～公元200年

  印度史诗《罗摩衍那》成书

约公元前400～公元400年

  印度史诗《摩诃婆罗多》成书

约公元前199～前100年

  希伯来犹太教经典《圣经》(基督教称之为《旧约》)成书

约公元前57年

  朝鲜古国新罗建立

约公元1～199年

  印度诗人和剧作家马鸣在世

  印度箴言集《古拉尔箴言》成书

约100～299年

  印度剧作家跋娑在世

约200～299年

  印度剧作家首陀罗迦在世

约320～540年

  古印度笈多王朝

  印度诗人和剧作家迦梨陀娑在世

  印度文学理论著作《舞论》成书

393年

  基督教经典《新约》成书

约300～699年

  日本大和国

约500～599年

  印度寓言故事集《五卷书》被译成巴列维语

  印度小说家苏般度在世

约500～540年

  阿拉伯诗人乌姆鲁勒·盖斯在世

约570～632年

  阿拉伯—伊斯兰教创始人穆罕默德在世，610年创立伊斯兰教。他去世后不久，《古兰经》汇集成书，11世纪首次印行

606～647年

  印度戒日王朝

  印度诗人和剧作家戒日王在世

646年

  日本大化改新

约600～699年

  印度诗人伐致呵利在世

  印度作家波那在世

  印度诗人阿摩卢在世

约600～799年

  印度剧作家薄婆菩提在世

约700～899年

  印度尼西亚夏连特拉王朝

约700～1699年

  西非马里帝国

710～794年

  日本奈良时代

712年

  日本史书《古事记》编定

720年

  日本史书《日本书纪》编定

724～759年
　　阿拉伯作家伊本·穆格法在世
750～1258年
　　阿拉伯帝国阿拔斯王朝
751年
　　日本诗集《怀风藻》编定
762～813年
　　阿拉伯诗人艾布·努瓦斯在世
748～826年
　　阿拉伯诗人艾布·阿塔希叶在世
780年左右
　　日本诗集《万叶集》编定
约700～1599年
　　阿拉伯民间故事集《一千零一夜》的故事产生并编辑成书。
794～1192年
　　日本平安时代
805～940年
　　伊朗诗人鲁达基在世
857～？
　　朝鲜诗人崔致远在世
867～900年
　　伊朗萨法尔王朝
874～999年
　　中亚萨曼王朝
913～914年
　　日本诗集《古今和歌集》编定
915～965年
　　阿拉伯诗人穆太奈比在世
940～1020年
　　伊朗诗人菲尔多西在世
约966～1025年

日本作家清少纳言在世

约978～1014年

日本作家紫式部在世

约900～999年

阿拉伯民间故事集《安塔拉传奇》成书

1044～1287年

缅甸蒲甘王朝

1048～1122年

伊朗诗人欧玛尔·海亚姆在世

1054～1122年

阿拉伯诗人和作家哈里里在世

约1120年

日本故事集《今昔物语集》编定

1141～1209年

伊朗诗人内扎米在世

1169～1241年

朝鲜诗人李奎报在世

约1000～1199年

印度诗人胜天在世

约1100～1299年

格鲁吉亚诗人卢斯达维里在世

1207～1273年

伊朗诗人莫拉维在世

1208～1292年

伊朗诗人萨迪在世

1212～1296年

阿拉伯诗人蒲绥里在世

约1221年

日本小说《平家物语》编定

1253～1325年

印度诗人阿密尔·霍斯陆在世

1283～1350年
　　日本作家吉田兼好在世
1288～1367年
　　朝鲜诗人李齐贤在世
1327～1390年
　　伊朗诗人哈菲兹在世
1333～1384年
　　日本戏剧家观阿弥在世
1350～1767年
　　泰国阿瑜陀耶王朝
1364～1443年
　　日本戏剧家世阿弥在世
1392～1910年
　　李氏朝鲜
约1300～1599年
　　印度诗人格比尔在世
约1350～1899年
　　非洲刚果王国
1403～1511年
　　马来西亚马六甲王国
1414～1492年
　　伊朗诗人贾米在世
1441～1501年
　　乌兹别克诗人纳沃伊在世
1444年
　　朝鲜创制《训民正音》
1453～1493年
　　朝鲜作家金时习在世
1493～1542年
　　印度诗人加耶西在世
约1400～1599年

　　　　印度诗人苏尔达斯在世
1532～1623年
　　　　印度诗人杜勒西达斯在世
1584年
　　　　暹罗脱离缅甸独立
1603～1867年
　　　　日本江户时代
1613年
　　　　马来传记文学《马来由本纪》成书
1637～1692年
　　　　朝鲜作家金万重在世
1642～1693年
　　　　日本作家井原西鹤在世
1644～1694年
　　　　日本诗人松尾芭蕉在世
1653～1724年
　　　　日本戏剧家近松门左卫门在世
约1600～1699年
　　　　马来小说《杭·杜亚传》成书
1710～1745年
　　　　越南诗人邓陈琨在世
1737～1805年
　　　　朝鲜诗人和作家朴趾源在世
1752～1885年
　　　　缅甸贡榜王朝
1762～1836年
　　　　朝鲜诗人和作家丁若镛在世
1763～1827年
　　　　日本诗人小林一茶在世
1768～1820年
　　　　越南诗人阮攸在世

1786～1864年
　　格鲁吉亚诗人恰夫恰瓦泽在世
1788～1862年
　　菲律宾诗人巴尔塔萨尔在世
1796～1854年
　　马来作家阿卜杜拉在世
1797～1869年
　　印度诗人迦利布在世
1802～1945年
　　越南阮朝
1805～1848年
　　亚美尼亚作家阿博维扬在世
1812～1866年
　　缅甸诗人和剧作家吴邦雅在世
1812～1884年
　　朝鲜剧作家申在孝在世（他是《春香传》、《沈清传》等说唱脚本小说的主要整理者）
1822～1888年
　　越南诗人阮廷在世
1838～1894年
　　印度作家般吉姆·钱德拉·查特吉在世
1838～1904年
　　埃及诗人巴鲁迪在世
1840年
　　中英鸦片战争
1849年
　　印度完全沦为英国殖民地
1850～1885年
　　印度诗人和剧作家帕勒登杜在世
1855～1920年
　　南非作家席莱纳在世

1857～1859年
　　印度民族大起义
1859～1935年
　　日本作家和评论家坪内逍遥在世
1861～1896年
　　菲律宾作家和诗人黎萨尔在世
1861～1941年
　　印度诗人和作家泰戈尔在世
1862～1916年
　　朝鲜诗人李人植在世
1862～1922年
　　日本作家森鸥外在世
1864～1909年
　　日本作家二叶亭四迷在世
1866～1921年
　　缅甸作家詹姆斯拉觉在世
1867～1902年
　　日本诗人正冈子规在世
1867～1903年
　　日本作家尾崎红叶在世
1867～1916年
　　日本作家夏目漱石在世
1868年
　　日本明治维新
1872～1943年
　　日本作家岛崎藤村在世
1873～1934年
　　以色列诗人比亚雷克在世
1874年
　　亚美尼亚史诗《沙逊的大卫》第一次用散文形式记录下来
1875～1964年

缅甸诗人德钦哥都迈在世

1876～1938年

印度作家萨拉特·钱德拉·查特吉在世

1876～1940年

黎巴嫩作家和诗人艾敏·雷哈尼在世

1877～1938年

印度和巴基斯坦诗人伊克巴尔在世

1878～1930年

印度尼西亚作家马斯·马尔戈在世

1878～1954年

塔吉克作家阿伊尼在世

1879～1959年

日本作家永井荷风在世

1880～1936年

印度作家普列姆昌德在世

1882年

英国占领埃及

1882～1921年

印度诗人巴拉蒂在世

1883～1931年

黎巴嫩诗人纪伯伦在世

1883～1971年

日本作家志贺直哉在世

1884年

越南沦为法国殖民地

1884～1885年

欧洲列强为瓜分非洲召开柏林会议

1885年

印度国民大会党成立

1885～1896年

越南勤王运动

1886年
　　英国占领缅甸
1886年
　　《沙逊的大卫》用诗歌的形式记录下来
1886～1912年
　　日本诗人石川啄木在世
1886～1951年
　　伊朗诗人巴哈尔在世
1886～1959年
　　印度尼西亚作家慕伊斯在世
1888～1948年
　　日本作家菊池宽在世
1888～1970年
　　以色列作家阿格农在世
1889～1988年
　　黎巴嫩作家努埃曼在世
1889～1973年
　　埃及作家塔哈·侯赛因在世
1891～1976年
　　斯里兰卡作家魏克拉玛沁格在世
1892～1927年
　　日本作家芥川龙之介在世
1892～1942年
　　朝鲜作家赵明熙在世
1892～1954年
　　越南作家吴必素在世
1894～1973年
　　埃及作家迈哈穆德·台木尔在世
1894～1974年
　　土库曼作家凯尔巴巴耶夫在世
1895～1984年

朝鲜作家李箕永在世

1896～1910年

　　朝鲜爱国文化启蒙运动

1898～1947年

　　日本作家横光利一在世

1898～1971年

　　印度作家班纳济在世

1898～1987年

　　埃及作家陶菲·哈基姆在世

1899～1951年

　　日本作家宫本百合子在世

1899～1958年

　　日本作家德永直在世

1899～1972年

　　日本作家川端康成在世

1899～1966年

　　格鲁吉亚诗人列昂尼泽在世

1900～1976年

　　朝鲜作家韩雪野在世

1901～1932年

　　朝鲜作家崔曙海在世

1902～1927年

　　朝鲜作家罗稻香在世

1902～？

　　朝鲜作家朴世永在世

1902～1963年

　　土耳其诗人希克梅特在世

1903～1976年

　　印度作家耶谢巴尔在世

1903～1933年

　　日本作家小林多喜二在世

1903～1951年
　　伊朗作家赫达雅特在世
1903～1934年
　　朝鲜诗人金素月在世
1903～?
　　朝鲜作家宋影在世
1903～1977年
　　越南作家阮公欢在世
1903～1966年
　　乌兹别克诗人古里雅姆在世
1904～1968年
　　乌兹别克作家艾别克在世
1904～?
　　吉尔吉斯诗人托科姆巴耶夫在世
1904～1979年
　　阿尔及利亚诗人穆罕默德·伊德在世
1905年
　　孟加拉分割案
1905～1908年
　　印度民族独立运动
1905～1911年
　　伊朗革命
1905～1974年
　　泰国作家西巫拉帕在世
1905～2004年
　　印度作家安纳德在世
1906～1937年
　　蒙古诗人和剧作家纳楚克道尔基在世
1906～1956年
　　阿塞拜疆诗人和剧作家武尔贡在世
1906～2001年

塞内加尔诗人桑戈尔在世

1907～1948年

　　土耳其作家萨巴哈丁·阿里在世

1907～1991年

　　日本作家井上靖在世

1908～1970年

　　印度尼西亚作家尔敏·巴奈在世

1908～1909年

　　土耳其革命

1908～1986年

　　蒙古诗人和作家达木丁苏伦在世

1909～1934年

　　突尼斯诗人沙比在世

1909～1948年

　　日本作家太宰治在世

1909～1992年

　　日本作家松本清张在世

1909～1962年

　　坦桑尼亚作家夏巴尼·罗伯特在世

1910年

　　日韩合并条约签订

1911～1984年

　　巴基斯坦诗人和作家费兹在世

1911～1989年

　　黎巴嫩作家陶菲格·阿瓦德在世

1911～1977年

　　塔吉克诗人图尔松—扎德在世

1911～

　　印度尼西亚作家米哈尔查在世

1911～2006年

　　埃及作家迈哈福兹在世

1913年
  泰戈尔获得诺贝尔文学奖
1913～1951年
  朝鲜诗人赵基天在世
1913～1985年
  斯里兰卡作家森纳那亚克在世
1914～1918年
  第一次世界大战
1914～1977年
  印度作家钱达尔在世
1915～1991年
  日本作家野间宏在世
1915～1986年
  朝鲜作家千世峰在世
1916年
  阿拉伯大起义爆发
1916～1959年
  蒙古作家达·僧格在世
1916～
  科特迪瓦诗人贝尔纳·达迪耶在世
1917年
  俄国十月革命
1917～1985年
  阿富汗诗人和剧作家贝纳沃在世
1919年
  朝鲜三一运动
  埃及反英武装起义
  阿富汗独立
1919～2004年
  日本作家水上勉在世
1920～1922年

  印度非暴力不合作运动
1920～1979年
  印度尼西亚作家宋塔尼在世
1920～2004年
  越南诗人素友在世
1920～2003年
  阿尔及利亚作家穆罕默德·狄布在世
1922年
  埃及独立
1922～
  印度尼西亚作家卢比斯在世
1922～1988年
  印度作家阿基兰在世
1922～
  韩国作家孙昌涉在世
1923年
  土耳其共和国成立
1923～
  塞内加尔作家乌斯曼在世
1923～2014年
  南非作家纳丁·戈迪默在世
1924年
  蒙古人民共和国成立
1924～1993年
  日本作家安部公房在世
1924～
  叙利亚作家哈纳·米奈在世
1925～1970年
  日本作家三岛由纪夫在世
1926年
  印度尼西亚民族大起义

1926～1999年
　　伊拉克诗人白雅帖在世
1927～1991年
　　埃及作家伊德里斯在世
1928～1984年
　　格鲁吉亚作家顿巴泽在世
1928～2008年
　　吉尔吉斯作家艾特玛科夫在世
1929～1933年
　　资本主义世界经济危机
1929～
　　喀麦隆作家奥约诺在世
1929～
　　莫桑比克诗人桑托斯在世
1930～2013年
　　尼日利亚作家阿契贝在世
1931～
　　韩国作家河瑾灿在世
1934年
　　印度国大社会党成立
1934～
　　尼日利亚作家索因卡在世
1935～
　　菲律宾自治政府成立
1935～
　　日本作家大江健三郎在世
1936～
　　安哥拉作家维埃拉在世
1937年
　　朝鲜抗日武装斗争开始
1938～

肯尼亚作家恩古吉在世
1940～
　　南非作家库切在世
1941～1945年
　　太平洋战争
1941～
　　韩国作家金承钰在世
1945年
　　日本宣布无条件投降，第二次世界大战结束
　　越南八月革命，越南民主共和国成立
　　印度尼西亚八月革命开始
　　朝鲜北部解放
1946年
　　叙利亚独立
　　菲律宾独立
1947年
　　巴基斯坦独立
　　印度独立
1948年
　　缅甸独立
　　锡兰（今斯里兰卡）独立
　　以色列国成立
　　大韩民国成立，朝鲜民主主义人民共和国成立，朝鲜正式分裂为南北两部分
1949～
　　日本作家村上春树在世
1950～1953年
　　朝鲜战争
1952～
　　土耳其作家奥尔罕在世
1956年

突尼斯独立

1960年

喀麦隆、象牙海岸（今科特迪瓦）、塞内加尔、尼日利亚等国先后独立

1963年

肯尼亚独立

1964～

日本作家吉本芭娜娜在世

1966年

阿格农获得诺贝尔文学奖

1968年

川端康成获得诺贝尔文学奖

1971年

孟加拉国独立

1975年

莫桑比克独立

安哥拉独立

1986年

索因卡获得诺贝尔文学奖

1988年

迈哈福兹获得诺贝尔文学奖

1991年

纳丁·戈迪默获得诺贝尔文学奖

1991年

苏联解体，吉尔吉斯、乌兹别克、土库曼、塔吉克、格鲁吉亚、亚美尼亚、阿塞拜疆等国独立

1994年

大江健三郎获得诺贝尔文学奖

2003年

库切获得诺贝尔文学奖

2006年

奥尔罕获得诺贝尔文学奖

附录二　中国出版的东方文学研究著作书目[①]
（1949～2014）

综合

北京师范大学中文系外国文学教研组编.外国文学参考资料（东方部分）.北京：高等教育出版社，1959

中国社会科学院外国文学研究所.东方文学专集（1、2）.北京：中国社会科学出版社，1979

朱维之等主编.外国文学简编（亚非部分）（第一版）.北京：中国人民大学出版社，1983

陶德臻主编.东方文学简史.北京出版社，1985

中山大学中文系主编.外国文学上册（东方部分）.南宁：广西人民出版社，1985

张效之主编.东方文学简编.济南：山东教育出版社，1985

彭端智等.东方文学史话.武汉：湖北教育出版社，1986

穆睿清编.亚非文学参考资料.北京：时代文艺出版社，1986

季羡林主编.简明东方文学史.北京大学出版社，1987

陶德臻等主编.东方文学名著讲话.银川：宁夏人民出版社，1987

邓双琴等.东方文学50讲.贵阳：贵州人民出版社，1987

朱维之主编.外国文学史（亚非部分）.天津：南开大学出版社，1988

陶德臻、陈惇主编.外国文学上册（亚非部分）.北京：高等教育出版社，1988

全国高等师范院校外国文学教学研究会.亚非文学200题.南宁：广西教育出版社，1988

温祖荫.东方文学鉴赏（上、下）.福州：福建教育出版社，1988

傅加令.东方文学名著宝库.北京：工人出版社，1989

[①] 本书目不含中国文学。

梁潮等.新东方文学史(古代、中古部分).桂林：广西师范大学出版社，1990

彭端智主编.东方文学鉴赏辞典.武汉：华中师范大学出版社，1990

张朝柯主编.亚非文学简史.沈阳：辽宁大学出版社，1991

季羡林主编.东方文学辞典.长春：吉林教育出版社，1992

张明.东方小说史话.海口：海南出版社，1993

范军.东方诗歌史话.海口：海南出版社，1993

谢岩津.东方戏剧史话.海口：海南出版社，1993

敏夫.东方文学与中国.海口：海南出版社，1993

何乃英.东方文学简史(亚非其他国家部分).海口：海南出版社，1993

陶德臻主编.东方文学名著鉴赏大辞典.郑州：河南人民出版社，1994

王向远.东方文学史通论.上海文艺出版社，1994

高慧勤、栾文华主编.东方现代文学史(上、下).福州：海峡文艺出版社，1994

季羡林主编.东方文学史.长春：吉林教育出版社，1995

季羡林.文化交流的轨迹：中华蔗糖史.北京：经济日报出版社，1997

季羡林、张光璘.东西文化议论集(上、下).北京：经济日报出版社，1997

孟昭毅.东方戏剧美学.北京：经济日报出版社，1997

黎跃进.东方文学史论.长沙：湖南人民出版社，2000

郁龙余、孟绍毅主编.东方文学史.北京大学出版社，2001

王向远.东方各国文学在中国：译介和研究史述论.南昌：江西教育出版社，2001

朱维之主编.外国文学史(亚非卷)(修订本).南开大学出版社，2001

孟昭毅.东方文学交流史.天津人民出版社，2002

张玉安、陈岗龙主编.东方民间文学比较研究.北京大学出版社，2003

王邦维主编.东方文学：从浪漫主义到神秘主义.长沙：湖南文艺出版社，2003

黎跃进.世界文学论谭：以亚洲文学为主体.北京：中国社会科学出版社，2004

王燕.东方文学：跨文化审视与说解.开封：河南大学出版社，2004

何乃英.探索与开拓：东方文学论文选.南昌：江西教育出版社，2004

王邦维主编.比较视野中的东方文学.太原:北岳文艺出版社,2005

孟昭毅、黎跃进.简明东方文学史.北京大学出版社,2005

张玉安,陈岗龙等.东方民间文学概论.北京:昆仑出版社,2006

王邦维主编.东方文学学科:建设与发展.太原:北岳文艺出版社,2007

孟昭毅等.印象:东方戏剧叙事.北京:昆仑出版社,2007

王向远.王向远著作集.银川:宁夏人民出版社,2007

何乃英.新编简明东方文学.北京:中国人民大学出版社,2007

王邦维主编.东方文学经典:翻译与研究.太原:北岳文艺出版社,2008

王邦维主编.东方文学研究:动态与趋势.太原:北岳文艺出版社,2009

王晓平.亚洲汉文学.天津人民出版社,2009

黎跃进.东方文学史论.北京:昆仑出版社,2012

梁立基、何乃英主编.外国文学简编·亚非卷(第五版).北京:中国人民大学出版社,2014

东亚

张哲俊.东亚比较文学导论.北京大学出版社,2004

[日]手冢英孝.小林多喜二传.卞立强译.北京:作家出版社,1963

[日]吉田精一.现代日本文学史.齐干译.上海人民出版社,1976

[日]绪方惟精.日本汉文学史.丁策译.台北:正中书局,1976

[日]西乡信纲等.日本文学史.佩珊译.北京:人民文学出版社,1978

[日]松原新一等.战后日本文学史·年表.罗传开等译.上海译文出版社,1983

彭恩华.日本俳句史.上海:学林出版社,1983

日本的作家及作品(上、下).陈鹏仁译.台北:黎明文化事业公司,1983~1988

王长新.日本文学史.北京:外语教学与研究出版社,1984

刘柏青.日本无产阶级文艺运动简史.北京:时代文艺出版社,1985

[日]丸山清子.源氏物语与白氏文集.申非译.北京:国际文化出版公司,1985

[日]松泽信.日本近代作家介绍.寒冰译.北京:国际文化出版公司,1985

何乃英.夏目漱石和他的小说.北京出版社,1985

彭恩华.日本和歌史.上海:学林出版社,1986

宋再新、武继平编译.日本文学百家.成都:四川人民出版社,1986

[日]中村新太郎.日本近代文学史话.卞立强、俊子译.北京大学出版社,1986

严绍璗.中日古代文学关系史稿.长沙:湖南文艺出版社,1987

王晓平.近代中日文学交流史稿.长沙:湖南文艺出版社,1987

傅伯宁编译.日本现代作家及作品.台北:故乡出版社,1987

吕元明.日本文学史.长春:吉林人民出版社,1987

[日]市古贞次.日本文学史概说.倪玉等译.长春:东北师范大学出版社,1987

[日]中村光夫."不如早死好"——二叶亭四迷传.刘士明译.长沙:湖南人民出版社,1987

李德纯.战后日本文学.沈阳:辽宁人民出版社,1988

赵乐X(两个"生"合成一个字).石川啄木.沈阳:辽宁人民出版社,1988

何乃英.川端康成.郑州:河南人民出版社,1988

叶渭渠.川端康成评传.北京:中国社会科学出版社,1989

王长新主编.日本文学史.长春:吉林大学出版社,1990

李国栋.夏目漱石文学主脉研究.北京大学出版社,1990

张岩峰等.简明日本文学辞典.长春:东北师范大学出版社,1990

叶渭渠.日本文学散论.长春:吉林人民出版社,1990

刘振瀛.日本文学论集.北京大学出版社,1991

叶渭渠、唐月梅.日本现代文学思潮史.北京:中国华侨出版社,1991

陈德文.日本现代文学史.南京大学出版社,1991

[日]坪内逍遥.小说神髓.刘振一译.北京:人民文学出版社,1991

[日]长谷川泉.近代日本文学思潮史.郑民钦译.南京:译林出版社,1992

雷石榆.日本文学简史.石家庄:河北教育出版社,1992

李均洋.日本文学概说.西安:陕西人民教育出版社,1992

叶舒宪、李继凯.太阳女神的沉浮:日本文学中的女性原型.西安:陕西人民教育出版社,1992

平献明.当代日本文学史纲.沈阳:辽宁教育出版社,1993

魏大海.东方文学简史（日本部分）.海口：海南出版社，1993

杨非、张爱斌.川端康成和他的小说.海口：海南出版社，1993

吕元明.被遗忘的日本反战文学.长春：吉林教育出版社，1993

李德纯.爱·美·死——日本文学论.北京：中国社会出版社，1994

陶力.紫式部和她的《源氏物语》.北京语言学院出版社，1994

［日］加藤周一.日本文学史序说（上、下）.叶渭渠、唐月梅译.北京：开明出版社，1995

叶渭渠.日本古代文学思潮史.北京：中国社会科学出版社，1996

叶渭渠.冷艳文士川端康成传.北京：中国社会科学出版社，1996

谭晶华.川端康成传.上海：外语教育出版社，1996

叶渭渠等主编.三岛由纪夫研究.北京：开明出版社，1996

叶渭渠.日本文学思潮史.北京：经济日报出版社，1997

何乃英.日本当代文学研究.北京师范大学出版社，1997

何少贤.日本现代文学巨匠夏目漱石.北京：中国文学出版社，1998

川端康成谈创作.叶渭渠译.北京：三联书店，1998

［日］进藤纯孝.川端康成.何乃英译.北京：中央编译出版社，1998

叶渭渠、唐月梅.20世纪日本文学史.青岛出版社，1998

郑彭年.日本中国文化摄取史.杭州大学出版社，1999

叶渭渠.川端康成.成都：四川人民出版社，1999

叶渭渠等主编.不灭之美——川端康成研究.北京：中国文联出版社，1999

［日］加藤周一.日本文化论.北京：光明日报出版社，2000

叶渭渠、唐月梅.日本文学史（近代卷）.北京：经济日报出版社，2000

叶渭渠、唐月梅.日本文学史（现代卷）.北京：经济日报出版社，2000

孙树林.日本近现代文学.大连理工大学出版社，2000

李寅生.论唐代文化对日本文化的影响.成都：巴蜀书社，2001

黄爱华.中国早期话剧与日本.长沙：岳麓书社，2001

陶力.紫式部和《源氏物语》.沈阳：辽宁大学出版社，2001

王向远.二十世纪中国的日本文学翻译史.北京师范大学出版社，2001

郑民钦.日本俳句史.北京：京华出版社，2001

何乃英.川端康成和《雪国》.沈阳：辽宁大学出版社，2001

张哲俊.中日古典悲剧的形式——三个母体与嬗变的研究.上海古籍出版

社，2002

王琢．中日比较文学研究资料汇编．杭州：中国美术学院出版社，2002

蔡毅编译．中国传统文化在日本．北京：中华书局，2002

魏大海．私小说——20世纪日本文学的一个"神话"．济南：山东文艺出版社，2002

周阅．人与自然的交融：《雪国》．昆明：云南人民出版社，2002

王晓平．梅红樱粉——日本作家与中国文化．银川：宁夏人民出版社，2002

胡令远．人的觉醒与文学的自觉——兼论中日之异同．上海：复旦大学出版社，2002

林祁．风骨与物哀——二十世纪中日女性叙述比较．西安：陕西人民教育出版社，2002

张朝柯．小林多喜二．成都：四川人民出版社，2002

肖霞．日本之桥与"五四"文学．济南：山东大学出版社，2003

方长安．选择·接受·转化——晚清至20世纪30年代初中国文学流变与日本文学关系．武汉大学出版社，2003

张石．川端康成与东方古典．上海古籍出版社，2003

唐月梅．三岛由纪夫与殉教图．北京：东方出版社，2003

祝振媛．夏目漱石的汉诗和中国文化思想（日文版）．北京：中国书籍出版社，2003

刘德润等．日本古典文学赏析．北京：外语教学与研究出版社，2003

刘立善．日本文学的伦理意识．沈阳：春风文艺出版社，2003

叶渭渠．川端康成传．北京：新世界出版社，2003

王之英、王小岐．日本近代文学赏析．天津：南开大学出版社，2003

郑翔贵．晚清传媒视野中的日本．上海古籍出版社，2003

靳明全．中国现代文学兴起发展中的日本影响因素．北京：中国社会科学出版社，2004

马歌东．日本汉诗溯源比较研究．北京：中国社会科学出版社，2004

佟君、陈多友主编．中日比较文学比较文化研究．广州：中山大学出版社，2004

张哲俊．中国古代文学中的日本形象研究．北京大学出版社，2004

靳明全．中国现代文学兴起发展中的日本影响因素．北京：中国社会科学

出版社，2004

严绍璗.比较文学视野中的日本文化——严绍璗海外讲演集.北京大学出版社，2004

蔡春华.中日文学中的蛇形象.上海：三联书店上海分店，2004

李文.日本文化在中国的传播与影响.北京：中国社会科学出版社，2004

张如意.日本文学史.保定：河北大学出版社，2004

叶渭渠、唐月梅.日本文学史（古代卷）（上下册）.北京：昆仑出版社，2004

叶渭渠、唐月梅.日本文学史（近古卷）（上下册）.北京：昆仑出版社，2004

徐静波.东风从西边吹来：中华文化在日本.昆明：云南人民出版社，2004

彭恩华.日本俳句史.上海：学林出版社，2004

彭恩华.日本和歌史.上海：学林出版社，2004

林少华.村上春树和他的作品.银川：宁夏人民出版社，2004

卢盛江.空海与《文镜秘府论》.银川：宁夏人民出版社，2004

王新新.大江健三郎的文学世界.北京：人民文学出版社，2004

王琢.想象力论——大江健三郎的小说方法.上海文艺出版社，2004

王成、秦刚主编.日本文学翻译论文集.北京：人民文学出版社，2004

佟君、陈多友主编.中日比较文学比较文化研究.广州：中山大学出版社，2004

张龙妹主编.世界语境中的《源氏物语》.北京：人民文学出版社，2004

姚继中.《源氏物语》与中国传统文化.北京：中央编译出版社，2004

林少阳."文"与日本的现代性.北京：中央编译出版社，2004

张哲俊.吉川辛次郎研究.北京：中华书局，2004

林涛.武者小路实笃作品在中国的翻译.北京：人民出版社，2004

张龙妹.男人和女人的故事：日本古典文学鉴赏.北京：商务印书馆，2004

王昕.村上春树音乐之旅.海南：南海出版公司，2004

谢志宁.20世纪日本文学史：以小说为中心.杭州：浙江大学出版社，2005

叶渭渠.日本小说经典.上海文艺出版社，2006

李光贞.夏目漱石小说研究.北京：外语教学与研究出版社，2007

[日]中西进.《万叶集》与中国文化.刘雨珍、色艳军译.北京：中华书局，2007

刘象愚，胡春梅.感悟东方之美：走进川端康成的《雪国》.北京师范大学

出版社,2007

周阅.川端康成文学的文化学研究——以东方文化为中心.北京大学出版社,2008

大江健三郎文学研究.北京：百花文艺出版社,2008

唐月梅.日本戏剧史.北京：昆仑出版社,2008

［日］黑古一夫.大江健三郎传说.北京：中国广播电视出版社,2008

李强.厨川白村文艺思想研究.北京：昆仑出版社,2008

新编日本文学史.大连理工大学出版社,2009

杨炳菁.后现代语境中的村上春树.北京：中央编译出版社,2009

何乃英.川端康成小说艺术论.北京师范大学出版社,2010

吴舜立.川端康成文学的自然审美.北京：中国社会科学出版社,2011

陳銘磻.川端康成文學の旅.台北：凱信企管出版社,2011

张恩辉.川端康成传.北京：时代文艺出版社,2013

王建湘.大江健三郎传.北京：时代文艺出版社,2013

张恩辉.川端康成传.北京：时代文艺出版社,2013

杨月枝.大江健三郎文学作品艺术特色研究.石家庄：河北科学技术出版社,2013

李均洋.闲收乱帙思疑义——日本文学研究。北京：外语教学与研究出版社,2013

韦旭升.朝鲜文学史.北京大学出版社,1986

崔成德主编.朝鲜文学艺术大辞典.长春：吉林教育出版社,1992

韦旭升.韦旭升文集(朝鲜学——韩国学研究)(全6卷).北京：中央编译出版社,2000

金健人.韩国传统文化(语言文学卷).北京：学苑出版社,2001

张朝柯.《春香传》的创作及影响.沈阳：辽宁大学出版社,2001

陈铉美.困惑与冲突——当代中韩女性小说之比较.百花洲文艺出版社,2002

李岩.中韩文学关系史论.北京：社会科学文献出版社,2003

杨昭全.中国——朝鲜·韩国文学交流史.北京：昆仑出版社,2004

刘顺利.半岛唐风——朝韩作家与中国文化.银川：宁夏人民出版社,2004

韩卫星.韩国文学简史与作品选读.大连理工大学出版社,2006

金炳岷等.朝鲜—韩国当代文学史.北京：昆仑出版社，2007
韦旭昇.韩国文学史.北京大学出版社，2008
尹允镇等.韩国文学史.上海交通大学出版社，2008
金英今.韩国文学简史.天津：南开大学出版社，2009
金英今.朝鲜—韩国文学史.北京：外语教研出版社，2010
[苏联]米哈依洛夫.蒙古现代文学简史.张草纫译.北京：作家出版社，1958
陈岗龙.蒙古民间文学比较研究.北京大学出版社，2001
却日勒扎布.探索之路：蒙古文学论.呼和浩特：内蒙古人民出版社，2003
史习成.蒙古国现代文学.北京：昆仑出版社，2007

东南亚

周维介.新马华文文学散论.香港三联书店、新加坡文学书屋，1988
梁立基、李谋等.世界四大文化与东南亚文学.北京：经济日报出版社，2000
张玉安、裴晓睿.印度的罗摩故事与东南亚文学.北京：昆仑出版社，2005
梁志明等.古代东南亚史与文化研究.北京：昆仑出版社，2006
尹湘玲.东南亚文学史概论.北京：世界图书出版公司，2011
庞希云.东南亚文学简史.北京：人民出版社，2011
张玉安、裴晓睿.印度的罗摩故事与东南亚文学.北京：昆仑出版社，2005
于在照.越南文学史.北京：军事译文出版社，2001
余富兆.二十世纪越南文学.北京：军事译文出版社，2003
罗长山.越南传统文化与民间文学.昆明：云南人民出版社，2004
刘志强.越南古典文学四大名著.北京：世界图书出版公司，2010
赵玉兰译著.《金云翘传》翻译与研究.北京大学出版社，2013
[苏联]柯尔涅夫.泰国文学简史.高长荣译.北京：外国文学出版社，1981
裴晓睿、熊燃译著.《帕罗赋》翻译与研究.北京大学出版社，2013
姚秉彦、李谋、蔡祝生.缅甸文学史.北京大学出版社，1993
尹湘玲.20世纪缅甸文学研究.北京：国际文化出版公司，2008
李谋、林琼译著.缅甸古典小说翻译与研究.北京大学出版社，2013

梁立基.印度尼西亚文学史.北京：昆仑出版社，2007

许友年.论马来民歌.福州：福建人民出版社，1984

王青.马来文学.北京：外语教学与研究出版社，2004

［新加坡］廖裕芳.马来古典文学史（上下卷）.张玉安、唐慧译.北京：昆仑出版社，2011

罗杰、傅聪聪等译著.《马来纪年》翻译与研究.北京大学出版社，2013

吴杰伟、史阳译著.菲律宾史诗翻译与研究.北京大学出版社，2013

郭淑云主编.迈进新世纪——文学言说.新加坡：南洋理工大学中华语言文化中心，2002

南亚

金克木.梵语文学史.北京：人民文学出版社，1964

季羡林.《罗摩衍那》初探.北京：外国文学出版社，1979

古代印度文艺理论文选.金克木译.北京：人民文学出版社，1980

刘安武编选.印度现代文学研究（印地语文学）.北京：中国社会科学出版社，1980

印度现代文学.黄宝生等译.北京：外国文学出版社，1981

柳无忌.印度文学.台北：联经出版事业公司，1982

何乃英.泰戈尔传略.天津人民出版社，1983

季羡林、刘安武编.印度两大史诗评论汇编.北京：中国社会科学出版社，1984

季羡林主编.印度文学研究集刊（1～3）.上海译文出版社，1984～1997

［印］克里希那·克里巴拉尼.泰戈尔传.倪培耕译.桂林：漓江出版社，1984

［印］S.C.圣笈多.泰戈尔评传.董红钧译.长沙：湖南人民出版社，1984

［印］维希瓦纳特·S.纳拉万.泰戈尔评传.刘文哲、何文安译.重庆出版社，1985

［印］黛维夫人.家庭中的泰戈尔.季羡林译.桂林：漓江出版社，1985

刘安武.印度印地语文学史.北京：人民文学出版社，1987

普列姆昌德论文学.唐仁虎、刘安武译.桂林：漓江出版社，1987

黄宝生.印度古代文学.北京：知识出版社，1988

泰戈尔论文学.倪培耕等译.上海译文出版社，1988

［印］阿姆拉特·拉耶.普列姆昌德传.王晓丹、薛克翘译.北京师范学院出版社，1989

季羡林主编.印度古代文学史.北京大学出版社，1991

刘安武.普列姆昌德和他的小说.北京出版社，1992

［印］艾加·辛格.泰戈尔诗歌的意象.徐坤译.沈阳出版社，1992

黄宝生.印度古典诗学.北京大学出版社，1993

钟志清.东方文学简史（印度部分）.海口：海南出版社，1993

［巴基斯坦］阿布赖司·西迪基.印度乌尔都语文学史.山蕴编译.北京：中国社会科学出版社，1993

张光璘.印度大诗人泰戈尔.北京：蓝天出版社，1993

杨非、金康成.泰戈尔及其创作.海口：海南出版社，1993

刘安武.普列姆昌德评传.北京：中国国际广播出版社，1999

唐仁虎等主编.印度文学文化论.北京大学出版社，2000

［英］韦罗尼卡·艾恩斯.印度神话.孙士海、王镛译.北京：经济日报出版社，2001

郁龙余.中国印度文学比较.北京：中国社会科学出版社，2001

孙宜学.泰戈尔与中国.石家庄：河北人民出版社，2001

刘安武.印度两大史诗研究.北京大学出版社，2001

刘安武.印度两大史诗评说.沈阳：辽宁大学出版社，2001

郁龙余编.中国印度文学比较论文选.杭州：中国美术学院出版社，2002

姜景奎.印地语戏剧文学.北京：中国对外翻译出版社，2002

唐仁虎等.泰戈尔文学作品研究.北京：昆仑出版社，2003

尹锡南.世界文明视野中的泰戈尔.成都：巴蜀出版社，2003

薛克翘.中印文学比较研究.北京：昆仑出版社，2003

张朝柯.泰戈尔诗歌短篇小说诠释与解读.北京：中国少年儿童出版社，2003

郁龙余等.梵典与华章——印度作家与中国文化.银川：宁夏人民出版社，2004

侯传文.佛经的文学性解读.北京：中华书局，2004

张羽.泰戈尔与中国现代文学.昆明：云南人民出版社，2004

刘安武.印度文学和中国文学比较研究.北京：中国国际广播出版社，2005

黄宝生.《摩诃婆罗多》导读.北京：中国社会科学出版社，2005

郁龙余等.中国印度诗学比较.北京：昆仑出版社，2006

刘曙雄.穆斯林诗人伊克巴尔.北京大学出版社，2006

郁龙余等.中国与印度诗学比较.北京：昆仑出版社，2006

唐仁虎等.泰戈尔文学作品研究.北京：昆仑出版社，2007

尚会鹏.印度文化史.桂林：广西师范大学出版社，2007

薛克翘.印度民间文学.银川：宁夏人民出版社，2008

季羡林编，黄宝生译. 梵语诗学论著汇编（上下册）.北京：昆仑出版社，2008

刘安武.印度两大史诗研究.北京大学出版社，2011

薛克翘等.印度中世纪宗教文学.北京：昆仑出版社，2011

北京大学印度研究中心.万世的旅人泰戈尔：从湿婆耶稣莎士比亚到中国.北京：中央编译出版社，2011

尹锡南.印度比较文学发展史.成都：巴蜀书社，2011

王立、刘卫英.《聊斋志异》中印文学溯源研究.北京：昆仑出版社，2011

董友忱.天竺诗人\泰戈尔.北京：人民出版社，2011

董友忱主编.泰戈尔画作欣赏.上海：中西书局，2011

毛世昌、袁永平.印度两大史诗解读.兰州大学出版社，2012

孙宜学.泰戈尔：中国之旅.北京：中央编译出版社，2013

何乃英.泰戈尔——东西融合的艺术家.北京：中国社会科学出版社，2013

薛克翘等.印度近现代文学.北京：昆仑出版社，2014

邵铁生.斯里兰卡文学史.北京：外语教学与研究出版社，1999

王兰.斯里兰卡的民族宗教与文化.北京：昆仑出版社，

张惠兰.传统与现代——尼泊尔文化述论.北京：世界知识出版社，2003

西亚、中亚、北非

孟绍毅.丝路驿花——阿拉伯波斯作家与中国文化.银川：宁夏人民出版社，2002

世界第一部史诗——吉尔伽美什.赵乐X（两个"生"合成一个字）译.沈阳：辽宁人民出版社，1981

拱玉书.升起来吧！像太阳一样——解析苏美尔史诗《恩美卡与阿尔塔之王》.北京：昆仑出版社，2006

［英国］基布.阿拉伯文学简史.陆孝修、姚俊德译.北京：人民文学出版社，1980

［埃及］戴伊夫.阿拉伯埃及近代文学史.李振中译.北京：人民文学出版社，1980

［黎巴嫩］努埃曼.纪伯伦传.程静芬译.长沙：湖南人民出版社，1986

［黎巴嫩］法胡里.阿拉伯文学史.郅溥浩译.北京：人民文学出版社，1990

朱威烈主编.当代阿拉伯文学词典.南京：译林出版社，1991

伊宏.阿拉伯文学简史.海口：海南出版社，1993

伊宏.纪伯伦评传.海口：海南出版社，1993

郅溥浩.神话与现实——《一千零一夜》论.北京：社会科学文献出版社，1997

林丰民.为爱而歌——科威特女诗人苏阿德·萨巴赫研究.北京：中国华侨出版社，2000

李琛.阿拉伯现代文学和神秘主义.北京：社会科学文献出版社，2000

孙承熙.阿拉伯—伊斯兰文化史纲.北京：昆仑出版社，2001

仲跻昆.阿拉伯现代文学史.北京：昆仑出版社，2004

郅溥浩.解读天方文学.银川：宁夏人民出版社，2007

薛庆国.阿拉伯文学大花园.武汉：湖北教育出版社，2007

仲跻昆.阿拉伯文学通史.南京：译林出版社，2010

林丰民等.中国文学与阿拉伯文学比较研究.北京：昆仑出版社，2011

潘庆舲.波斯诗圣菲尔多西.重庆：重庆出版社，1990

何乃英.伊朗古今名诗选评.北京师范大学出版社，1992

张鸿年.波斯文学史.北京大学出版社，1993

陶德臻、何乃英编选.伊朗文学论集.南昌：江西人民出版社，1993

张鸿年.波斯文学史.北京：昆仑出版社，2003

［伊朗］阿里·穆罕默德·萨贝基.伊朗当代文学.北京：华夏出版社，2003

穆宏燕.凤凰再生：伊朗现代新诗研究.北京大学出版社，2004

张鸿年.列王纪研究.北京大学出版社,2009

穆宏燕.波斯古典诗学研究.北京:昆仑出版社,2014

朱维之主编.希伯来文化.杭州:浙江人民出版社,1988

[美国]勒兰德·莱肯.圣经文学.徐钟等译.沈阳:春风文艺出版社,1988

[美国]房龙.漫话圣经.施旅、于一译.北京:三联书店,1988

[苏联]雅罗斯拉夫斯基.圣经是怎样一部书.谭善余译.北京:三联书店,1988

朱维之.圣经文学12讲.北京:人民文学出版社,1989

[以色列]约瑟夫·克劳斯纳.近代希伯来文学简史.陆培勇译.上海三联书店,1991

卓新平.圣经鉴赏.北京:中国社会科学出版社,1992

朱维之、韩可胜.古犹太文化史.北京:经济日报出版社,1997

梁工、赵复兴.凤凰的再生——希腊化时期的犹太文学研究.北京:商务印书馆,2000

朱维之主编.古希伯来文学史.北京:高等教育出版社,2001

梁工主编.基督教文学.北京:宗教文化出版社,2001

梁工、卢荣光编选.圣经与文学阐释.北京:人民文学出版社,2003

张朝柯.《圣经》与希伯来民间文学.北京:东方出版社,2004

刘意青.《〈圣经〉的文学阐释——理论与实践.北京大学出版社,2004

钟志清.当代以色列作家研究.北京:人民文学出版社,2006

陈贻绎.希伯来语圣经:来自考古和文本资料的信息(至公元前586)北京:昆仑出版社,2006

陈俊伟.旧约导论.北京:宗教文化出版社,2008

邱永旭.《圣经》文学研究.成都:巴蜀书社,2008

[以色列]格尔绍恩.谢克德.现代希伯来小说史.钟志清译.北京:商务印书馆,2009

刘意青.《圣经》文学阐释教程.北京大学出版社,2010

杨中举.奥尔罕·帕慕克小说研究.济南:山东人民出版社,2012

史锦秀.艾特玛托夫在中国.石家庄:河北人民出版社,2007

非洲

［苏联］尼基福罗娃等.非洲现代文学（上、下）.刘宗次、赵陵生译.北京：外国文学出版社，1980~1981

［美国］克莱因主编.20世纪非洲文学.李永彩译.北京语言学院出版社，1991

李永彩.南非文学史.上海外语教育出版社，2009

俞灏东等.非洲文学作家作品散论.银川：宁夏人民出版社，2012

俞灏东等.现代非洲文学之父钦努阿·阿契贝.银川：宁夏人民出版社，2012

附录三 本书主要参考书目

冯至主编.中国大百科全书·外国文学.北京：中国大百科全书出版社，1982

周扬主编.中国大百科全书·中国文学.北京：中国大百科全书出版社，1986

陈翰笙主编.中国大百科全书·外国历史.北京：中国大百科全书出版社，1990

包尔汉主编.中国大百科全书·民族.北京：中国大百科全书出版社，1986

季羡林主编.中国大百科全书·语言文字.北京：中国大百科全书出版社，1988

罗竹风主编.中国大百科全书·宗教.北京：中国大百科全书出版社，1988

季羡林主编.东方文学史.长春：吉林教育出版社，1995

高慧勤、栾文华主编.东方现代文学史.福州：海峡文艺出版社，1994

周一良主编.中外文化交流史.石家庄：河北人民出版社，1987

朱维之主编.中外比较文学.天津：南开大学出版社，1992

卢蔚秋编.东方比较文学论文集.长沙：湖南人民出版社，1987

季羡林主编.东方文学辞典.长春：吉林教育出版社，1992

陈佛松.世界文化史.上海：华东理工大学出版社，1990

吴富恒主编.外国著名文学家评传.济南：山东教育出版社，1990

张岱年、方克立主编.中国文化概论.北京师范大学出版社，1994

孙昌玉.佛教与中国文学.上海人民出版社，1988

［日］市古贞次等.日本文学全史（1～6卷）（日文）.日本东京：学灯社，1994

［日］西乡信纲等.日本文学史.佩珊译.北京：人民文学出版社，1978

［日］松原新一等.战后日本文学史·年表（日文）.日本东京：讲谈社，1979

严绍璗.中日古代文学关系史稿.长沙：湖南文艺出版社，1987

王晓平.近代中日文学交流史稿.长沙：湖南文艺出版社，1987

［日］铃木修次.中国文学与日本文学（日文）.日本东京：东京书籍社，1987

［日］进藤纯孝.传记.川端康成（日文）.日本东京：六兴出版社，1976

日本文学研究资料刊行会编.安部公房·大江健三郎（日文）.东京：有精堂，1974

韦旭升.朝鲜文学史.北京大学出版社，1986

北京大学东语系编印.越南文学史（讲义）

［苏联］柯尔涅夫.泰国文学简史.高长荣译.上海文艺出版社，1960

姚秉彦等.缅甸文学史.北京大学出版社，1993

金克木.梵语文学史.北京：人民文学出版社，1964

季羡林主编.印度古代文学史.北京大学出版社，1991

刘安武.印度印地语文学史.北京：人民文学出版社，1987

［巴基斯坦］阿布赖司·西迪基.印度乌尔都语文学史.山蕴编译.北京：中国社会科学出版社，1993

陈峰君主编.印度社会述论.北京：中国社会科学出版社，1991

尚会鹏.印度文化史.桂林：广西师范大学出版社，2007

［黎巴嫩］法胡里.阿拉伯文学史.郅溥浩译.北京：人民文学出版社，1990

仲跻昆.阿拉伯现代文学史.北京：昆仑出版社，2004

仲跻昆.阿拉伯文学通史.南京：译林出版社，2010

［埃及］艾哈迈德·爱敏.阿拉伯—伊斯兰文化史.纳忠等译.商务印书馆，1982～1999

金宜久主编.伊斯兰教史.北京：中国社会科学出版社，1990

纳忠等.传承与交融：阿拉伯文化.杭州：浙江人民出版社，1993

郅溥浩.神话与现实——《一千零一夜》论.北京：社会科学文献出版社，1997

张鸿年.波斯文学史.北京大学出版社，1993

张鸿年.波斯文学史.北京：昆仑出版社，2003

朱维之主编.希伯来文化.杭州：浙江人民出版社，1988

杨慧林等主编.基督教文化百科全书.济南出版社，1991

［苏联］尼基福罗娃等.非洲现代文学.刘宗次、赵陵生译.北京：外国文学出版社，1980～1981

修订后记

我国目前已有多种东方文学史著作问世，有详有略。我们感到很有必要在此基础上，对其中存在的的若干重要理论问题，如东方文学的定义、意义、历史地位、基本特征，东方三大文化体系及其与文学的关系，我国东方文学研究史要等，进行分析和归纳，并加以探讨和论述。本书是一部文学理论著作，可供大学有关专业师生和社会有关人士阅读和参考。

本书的执笔者和分工如下（按执笔内容出现先后为序）：何乃英——绪论、第一章、第二章、第五章、第六章、第七章、附录；张朝柯——第三章；李谋——第四章。

我们三个执笔者都是我国东方文学学科创立时期的参与者，从事东方文学教学和研究工作已有五十余载，可以说东方文学教学和研究工作是我们的毕生事业。我们认为，从一定意义上说，编写这样一部书既是对我国半个多世纪来东方文学教学研究工作的小结，也是对我们自己五十余载教学研究工作的小结。

我们深知编写这样一部书是不容易的，因为它与我们过去一再编写过的多种东方文学史不是一种类型，需要更广阔的视野，更深入的思考，更高层次的理论水平。为此，我们做出了努力，克服了困难，终于完成了任务。由于自身水平的限制，我们编写的东西必然会存在这样那样的问题、缺点和错误，恳请各位专家、学者和广大读者批评指正。

本书1999年由中国人民大学出版社出版第一版。经过15年的岁月，东方文学又有了新发展，材料又有了新增加，我们的知识也有所丰富，我们的认识也有所提高。因此，我们决定修订这本书，总修订量约占全书九分之一。

我们在编写和修订过程中参考了许多著作（详见附录三），受到了很多启示，得到了很多材料，学到了很多方法。谨向各位著者和译者表示衷心的感谢。

我国著名学者季羡林先生生前不辞辛劳，在百忙之中为本书撰写序文，给我们这些后学者以很大的鼓舞。

我们还要向世界图书出版广东公司和刘正武等各位编辑表示衷心的感谢，没有他们的支持和帮助，这部书是不可能出版得这样快这样好的。

作者

2014年8月